五羊

陈天泽 洪荣辉 著

南方出版传媒 花城出版社
中国·广州

图书在版编目（CIP）数据

玉王庄 / 陈天泽，洪荣辉著. -- 广州：花城出版社，2021.7
ISBN 978-7-5360-9447-5

Ⅰ.①玉… Ⅱ.①陈… ②洪… Ⅲ.①长篇小说—中国—当代 Ⅳ.①I247.5

中国版本图书馆CIP数据核字(2021)第117758号

出 版 人：肖延兵
责任编辑：李 谓　曹玛丽
特邀编辑：洪娜斌
技术编辑：薛伟民　林佳莹
封面设计：李佳丽

书　　名	玉王庄 YUWANGZHUANG
出版发行	花城出版社 （广州市环市东路水荫路11号）
经　　销	全国新华书店
印　　刷	广州市快美印务有限公司 （广州市白云区广从五路410号）
开　　本	787毫米×1092毫米　16开
印　　张	24.75　1插页
字　　数	568,000字
版　　次	2021年7月第1版　2021年7月第1次印刷
定　　价	72.00元

如发现印装质量问题，请直接与印刷厂联系调换。
购书热线：020-37604658　37602954
花城出版社网站：http://www.fcph.com.cn

序　　历史不会遗忘的一代人

历史的车轮滚滚向前，一骑绝尘，风烟弥漫，但待尘埃落定，湮灭飘散，或深或浅的印记就会跃然凸显。伴随着新中国成长起来的这一代人，一路风尘一路艰辛，一路拼搏一路高歌，脸庞慢慢刻上皱纹，青丝悄悄染上白发。伫立回首，浮光掠影，千帆过尽，扼腕感慨！这一代人，儿孙不会忘记；这一代人，国家不会忘记；这一代人，历史更不会忘记。因为，他们是新中国的建设者，是改变贫穷落后、走向富强幸福的生力军。

十几二十岁，正值人生的青春年华，这一代人经历了"上山下乡"运动。城里青年到农村的叫"下乡知青"，而原来家在农村，只是到乡镇或城里读书，读完书之后又回到农村的，都叫"回乡知青"。

"下乡"与"回乡"，一字之差，却有很大的不同。下乡知青到农村去是"扎根"，接受贫下中农再教育，会有相关的政策照应。而回乡知青根在农村，是土生土长的农村人，是贫下中农的子弟，就没有下乡知青的待遇。这一代知青们，都是共和国的长子，是披荆斩棘的勇者，他们肩负着神圣的使命，建设富强的国家，建设美好的家园。

事实证明，他们出色地完成了这一使命。

农村广袤的大地就像宽厚仁慈的母亲，滋养着一代又一代的子民，但与城市相比，农村会显得落后些。中华民族几千年的文明，在城市中比较集中的体现，其积淀的文化内涵，其积聚的文化能量，却是来自广大的农村，来自每一户农户，来自每一位农民身上。

所以，我们传承与弘扬中华民族优秀的传统文化，不仅要着眼于城市，更要放眼于广大农村。《玉王庄》一书，就很好地说明了这一点。

《玉王庄》一书，着力描写了以洪瑞祥为首的一帮农村青年，忠诚于家族文化，致力于传承、弘扬和发展玉文化产业，创造了巨大的物质财富与精神财富，使贫穷落后的乡村蜕变成了世界玉都，变成了世人瞩目的现代化城市的故事。

洪瑞祥和他的几个"铁杆"兄弟，以及众多的在书中连名字都没有出现的年轻人，都有几个共同点：

其一，他们全部都是回乡知青，年龄相近，同时回乡，同步创业，同心发展。

其二，他们都有着严谨的家教和受玉文化的熏陶，他们恪守仁、义、忠、孝、廉的传统美德，都秉承着纯洁、仁爱、忠勇、刚强、宁折不弯的"玉德"。

其三，他们与同一时代的所有人一样，在前进的道路上，经历很多的坎坷，但他们没有一人迟疑犹豫，更没有一个人畏缩后退，他们吃尽酸甜苦辣，披荆斩棘，勇往直前，终于实现心中的理想。

而他们更难能可贵的还有这一点：就是为了弘扬玉文化，一穷二白的时候辛苦营生，努力赚钱。等赚到钱了，他们视钱财为身外之物，孜孜不倦，追求艺术的创新，把中华民族传承八千年的玉文化推向一个更新的高峰。

黄金有价玉无价。洪瑞祥们念完书，身上贴着"回乡青年"的标签回到家乡，面对的是四壁萧然。经过一番的冥思苦想，决定选择最初的起步、也是唯一的出路"走玉"，从价值低廉的旧玉生意做起。但这条路也不容易，洪瑞祥听闻过乡中的一些前辈"走玉"的心酸经历：穿街过巷，餐风饮露不在话下，苦的是有人经常因为"走玉"而被冠上"投机倒把""不务正业"的罪名，轻则批斗游行，重则锒铛入狱。但洪瑞祥们没有被吓倒，他们坚信这是一条能够走向光明的道路，因而有的人甚至放弃了上大学的机会，毅然下海寻玉去了。

俗话说，一样米养百样人。不同文化素养的人做事的风格大相径庭。在"走玉"这条道路上，有的人大道康庄，有的人却末路歧途。洪瑞祥凭着憨厚的人品，睿智的才华，拼搏向上的人格魅力，得到了世人的认可，从而走出了一条坦途。

玉不琢不成器，玉的雕刻除了精巧细腻的工艺手法，更需要的是灵感、胆识和创意。他们诚心拜师，虚心求学，尊师重道，忠于传承。

独木不成林，取暖要抱团。要建设家园，要发展事业，靠一人的力量是很难完成的。于是，他虚怀若谷，开发兼容，事事替别人着想，心里装着父老乡亲，惦记着兄弟姐妹，特别是与自己一起回乡的伙伴们，有好事，绝不会落下他们。

这个过程并没有人来指点，一切源自他骨子里的正能量。

而他的自觉，毫无疑问，是来源于头脑中根深蒂固，融入生命一部分的传统道德思想：君子爱财，取之有道；利者，义之和也；薄师者，无好儿孙，薄族者，无好子弟。

毫不夸张地说，就是这些看似朴素简单的道理在指导着他的行动，在不知不觉中帮助他化解了不少障碍，破解了不少难题。

有人说，文化是看不见摸不着的，传统道德会随着时代的发展而变化，真的是这样吗？

鲁迅说过："人性最大的恶，是见不得别人好。"洪瑞祥和乡亲们辛辛苦苦拼搏取得了成果，惹得村霸眼红了，贪官污吏也心痒痒了。明抢不敢，可以暗偷；可以诱骗，你不"懂事"，我便压制你，打击你！但是，正义从来不会缺席。洪瑞祥们在这些人面前显示出来的是铁骨铮铮，正义凛然。他们生活在革命前辈打下的红色江山国度，有好官员伴随在他们身边，为他们保驾护航。

在与邪恶势力对抗中，他们何尝不知道，这种对抗是危险的，弄不好，轻则财产受损，事业受阻，重则生命不保。但他们还是相信邪不压正，努力协助政府将不法之徒绳之以法。他们的准则就是以"玉德"为准绳，不能与邪恶同流合污，不能污了清白人品。

还是传统道德使然。

达则兼善天下。洪瑞祥们在有了一定的积累之后，凝心聚力，投入大量的资金，选择最好的翡翠，全副身心投入创作之中，终于创作出《长征》系列作品和《圆梦》等一大批震惊世人、引起强烈反响的作品。这些作品，无疑是稀世奇珍、无价之宝。洪瑞祥对求购的人说："这些作品代表中国人民的尊严，不卖。"而且，他们按照玉文化发展的需要，按照乡亲们对美好生活的梦想，建成了今天展现在人们眼前的新玉王庄。

习近平同志说"传统文化是一座城市的灵魂"，玉王庄正是这句话最好的诠释。

洪瑞祥们是接受党多年教育的人，坚持党性原则，热爱祖国，对传统文化传承有着深深的情结，紧跟时代步伐，贴近时代脉搏，所以，他们的每一件作品都是与时俱进，成为国家级非遗代表作。

玉王庄筑梦中国玉都、亚洲玉都、世界玉都，是洪瑞祥们用手刻、用车拉、用飞机运，一点点建起来的。今天的中国一片繁荣昌盛，是无数个洪瑞祥，不忘初心、牢记使命，耕耘不辍，薪火相传创造出来的。

这一代人，子孙会忘记他们吗？国家会忘记他们吗？历史能不为他们浓墨重彩地记上一笔吗？

目　录

第一章　风雨花季　/　001

第二章　相濡以沫　/　036

第三章　天时地利　/　079

第四章　父老乡亲　/　111

第五章　根深叶茂　/　153

第六章　商人之义　/　184

第七章　心有灵犀　/　225

第八章　东进序曲　/　268

第九章　挥师北上　/　312

第十章　长征圆梦　/　342

尾声　梦想总能成真　/　384

后记　/　388

第一章　风雨花季

一　救溺

　　发源于凤山南麓的蓉江，一路穿山越岭，绕过了长长的丘陵地带，汇集了沿途的大小河流，才到了广袤无垠的蓉江平原，从这里，注入了南海。它有时如万马奔腾，声震遐迩，有时又静如处子，温婉贤淑，清新可人。

　　历史如长河。一个国家的历史如是，一个民族的历史如是，一个家族的历史更如是。

　　距离蓉江入海口几十公里的岸边，有一个古老的大村落。村里聚居着洪、夏、林、陈四姓的上千户人家。这四个姓氏的祖先在这里定居的时间有先后，但他们都视同村为同族，千百年来和睦相处，共同建设着自己的家园。从没出现过宗族纠纷，械斗相残之事。究其原因，是这四个姓氏到这里创祖的人，都大有来头，无一不是出自中原的世家大族，他们都是为避战乱而来，寻求的是一种祥和稳定的生活，都有着深厚的文化素养，也都不愿惹是生非。

　　就拿洪姓人家来说，在大家都穷的年代，他们也一样家徒四壁，一样默默地坚持着亦耕亦读亦艺的生活，辛勤而平淡。但走进他们那古旧苍凉的祖祠，翻开他们那厚重沉实的族谱，不了解的人一定会大吃一惊，原来这个家族有着如此值得骄傲的辉煌的历史，族谱上翔实地记载着洪氏历史上出现的许多著名的政治家、文学家、艺术家及商界巨贾。其中最耀眼的是有宋代洪皓、洪适、洪遵、洪迈父子一家四宰相，明代有洪钟等四位宰相三位尚书。而这些官至极品的洪氏子孙，在其他方面的造诣也是登峰造极。洪适与欧阳修、著名词人李清照的丈夫赵明诚并称为宋代金石学三大家。洪遵是一位钱币学家，他的作品《泉志》是中国钱币学的经典著作。而洪迈的学识更为渊博，他的《容斋随笔》《夷坚志》《野处类稿》等著作更是流传至今，为众多文人学士所喜爱。而到了清代，洪升的一部《长生殿》，更是攀登了中国戏曲史的巅峰，被誉为曲仙，而据说他的死，是在看完曹寅排演的《长生殿》之后，与曹寅大醉一场，返家路上，醉溺于钱塘江，其死法竟与诗仙李白一模一样。而到了近代，洪氏子孙又出了个历史上绝无仅有，一生被两次授予上将军衔的著名战将洪学智……

　　定居于蓉江边上这个村落的洪姓是洪氏家族的一个分支。唐宪宗时候，已是商界巨贾的洪大丁，出资兴建著名的灵山寺，这灵山寺后来成为享誉千古的镇国禅寺。洪大丁与灵山寺的住持，当时南海一带的名僧陈大颠成了至交，并一同与被贬到潮州任刺史的韩愈认了乡谊，成为无话不谈的好友。韩愈调离潮州之后，洪大丁与陈大颠、赵德等人，兴教立学，努力将"文起八代之衰"的韩愈文脉，植根于潮汕。洪大丁的后代子孙，还把金石学理论与玉石技艺发展到了一个高峰，到了清代，洪家和村里其他姓氏的一些人先后被清廷造办处聘为特选匠师。一时间，这个村子出了好几位"玉王"，人们便称这个村子为玉王庄，久而久之，连村里人都忘了自己村子的名字，玉王庄的名字就这么沿袭下来了。

家族兴衰，家族的文化积淀、文化渊源、文化传承是关键。尤其是世家大族。洪姓之人不是没有败类，但极少。绝大多数的洪家人，都能记住祖训：孝以事亲，义以睦族，敬以待己，恕以及物。于人须泛爱，周穷恤匮，尤亲其贤。忠君爱国，以民为本。绝大多数的洪家人，都能记住祖宗定下来的规矩：戒游、戒饮、戒博、戒斗、戒色、戒逸。

所以，玉王庄的洪家人知道什么是可以做的，什么是不可以做的。顺境时，该如何继续发展，逆境时，又如何坚守本分。

玉王庄其他姓氏之人，也大致如此。

二十世纪七十年代的一个夏日，乡村教师洪海涛和妻子王秋琴一清早就忙碌起来。王秋琴烧水，洪海涛杀鸡。而洪海涛的父亲，已年过花甲的老农民洪春山则拿了一个凳子，坐在大门外的晒谷场边，一边慢悠悠地往柑木烟筒的烟嘴里塞着烟丝，一边警觉地看向四处。

这一天是洪海涛的大儿子、洪春山的大孙子洪瑞祥"出花园"的日子。"出花园"是潮汕人和客家人为虚岁十五岁的孩子举办的成人礼仪式，是一种传承民俗。但有一些人认为这种传统民俗属于"四旧"，在扫荡之列。所以，为了少惹是非，洪瑞祥的"出花园"仪式，办得有点偷偷摸摸，客人只请了对瑞祥无限慈爱的外婆夏淑萍和对瑞祥无比关爱的老师、洪海涛的同事林清溪。该贴的大红对联也不敢往大门上贴，准备好了的祭祖供品，时辰未到，也不敢往作为供桌的八仙桌上摆。

"亲家母来了！"

正在厅里试着红木履的洪瑞祥，听到爷爷的一声喊，急忙撇下木履，光着脚就往门外跑，边跑边喊："外婆！"

夏淑萍开心地应着："外婆给祥儿'出花园'来了！过了今天，祥儿就是大人了！来！给！"

说着，她把一个小红布包塞到洪瑞祥手里。

洪瑞祥打开布包，不由一愣："这是……"

夏淑萍："没见过吧？这叫袁大头，是银圆，这两块银圆，是外婆的嫁妆，外婆一直舍不得花，今天就送给你了。祝我家祥儿长大成人，一辈子圆圆满满！"

洪瑞祥取出银圆仔细看着："这……"

门外的洪春山开口了："还不谢谢外婆！"

洪瑞祥急忙说道："谢谢外婆！"

夏淑萍笑道："谢什么呀！外婆的东西，都是我家祥儿的！只有一件东西，只能给我外孙儿媳妇！"

洪春山说:"那是你的玉如意簪子吧?我见过,那可是皇宫里出来的古物,价值连城呐!"

夏淑萍说:"什么价值连城,一把簪子罢了。现在我就等着这一天了,等着我亲手把玉如意簪子给我祥儿媳妇簪上!"

洪瑞祥笑着说:"外婆,那你老人家可要保重身体,要长命百岁才行!"

夏淑萍拍了一下洪瑞祥脑袋:"说什么呢!六十五!外婆六十五岁之前一定要看到你成亲!记住了!"

洪瑞祥说:"外婆,你这有点为难我了,你外孙媳妇,说不定现在还在她妈妈肚子里呢!"

夏淑萍眼睛一瞪:"胡说八道!你要是在外婆规定的时间里娶不上媳妇,外婆就要拿回你这玉簪子!"

洪瑞祥故作紧张地:"啊!"

洪海涛提着冒着热气的木桶从厨房里走了出来,冲夏淑萍喊了声妈,便对洪瑞祥说道:"赶快洗澡,换衣服!"说着把装满热水的木桶放在洪瑞祥跟前。

这时,洪瑞祥的弟弟洪瑞麟从卧室里走了出来,叫了一声外婆,便走到洪瑞祥跟前:"哥,你去拿衣服,这洗澡水我帮你提到洗澡间里。"

洪瑞祥笑道:"不用,我自己来。"

但洪瑞麟已提起木桶,马上又放下,惊呼道:"哇!这水里这么多鲜花,好漂亮,好看啊!哥,将来我'出花园',我也要如玉姐帮我采这么多鲜花!"

洪瑞祥笑笑:"这个,到时候你自己跟她说吧!"

夏淑萍一听洪瑞麟的话,马上喜笑颜开:"麟儿,你说这十二种鲜花,都是如玉那妹仔采的?"

洪瑞麟应道:"是的,都是她昨晚送过来的。"

夏淑萍点点头:"如玉,就是和平的孙女吧?那妹仔我知道,人如其名,聪慧、漂亮,性子好!祥儿,她可是真有心啊!这份心意难得呀!你可要记住了!"

洪瑞祥:"我和她从小一起玩,是最好的朋友,彼此帮点忙,也是应该的。"

夏淑萍:"她多大了?应该比你小吧?"

洪瑞祥:"小三岁。"

夏淑萍:"十二岁。青梅竹马,不错!"

洪瑞祥:"外婆!她和我都还是孩子!"

夏淑萍:"外婆我十岁就定亲了!"

洪瑞祥:"外婆,你那是什么年代!"

夏淑萍笑道:"外婆那个年代是不好,定亲是隔山买牛,不像现在,可以从小培养感情!"

洪瑞祥不高兴地提起水桶:"外婆,我不跟你说了!"

看着洪瑞祥走向浴室的背影，夏淑萍不依不饶地笑道："跟外婆说不说没关系，以后记得跟如玉小姑娘好好说话就行！"

关上浴室的门，洪瑞祥紧紧地皱起了眉头，不是嫌外婆多嘴，而是外婆的多嘴起了他从起床到现在一直藏在心里的担忧与疑虑。他"出花园"的事，除了家里人和家里请的客人，知道的就只有林如玉了。按理说，她早就该出现在自己家里了，为什么到现在还不见人呢？她是不是出什么事了？

要不是爷爷告诫他，"出花园"这一天，他不能迈出家门一步，他真想现在就跑出去找她。

长吁一口气，他默默地宽衣解带，洗起澡来，但不时捧起水面上漂浮着的花瓣发呆，他突然想到，为他"出花园"准备的这一桶洗澡水里，须要放上十二种鲜花，而他记得，林如玉家中只养着茉莉花和菊花，其他的十几种花呢，看看就知道，全都是开放在蓉江边坡岸上的野花，要找齐这十几种花，林如玉要在岸边跑多久，花多少工夫！外婆说得对，这份心，这份情，不能忘！

穿上妈妈亲手缝制的新衣，匆匆走出浴室，趿拉着红木屐，他一边帮着妈妈往供桌上摆祭品，一边频频向门口张望，他希望能看到心中那个虽身量未足，却苗条娇俏的人儿出现，她不出现，能早点看到应邀而来的老师林清溪也行，见到林老师，无须问答，只要观察一下林老师的神态，他也可以感觉到林如玉现在的状况，林老师，可是与林如玉同处一个屋檐下的亲叔叔！

见儿子魂不守舍的样子，王秋琴忍不住问道："阿祥，你怎么啦？"

洪瑞祥应道："林老师……"

王秋琴笑笑："林老师有工作，迟点到正常，如玉是个学生，正是放假的时候，不会也有什么事拖住了吧？"

洪瑞祥被道破心事，不好意思地说："她会有什么事，昨天采花跑了那么多路，累了吧，恐怕是睡过头了。"

王秋琴笑笑，不再吭声。

墙上的老式挂钟嘀嗒嘀嗒地响着。在这声音的煎熬中，洪瑞祥没有等到他想见的人，却等来了他最不待见的人，而这人，给他带来的是一声晴天霹雳。

洪瑞祥看见一直坐在门外的爷爷突然站起身来，跷起一条腿，在破旧的塑料凉鞋上磕了磕烟灰，然后转身拉上了大门。他知道，有爷爷不想让进家门的人向他家走来了。王秋琴也看到了，她向洪瑞祥努努嘴，洪瑞祥便跑到门后，贴耳听着门外的动静。

一阵沉重的脚步声由远而近，在门外停下了，一个拉着公鸭嗓子的人说道："春山伯，我爸让我通知，今天下午两点，全部人在村口大榕树下开会。"

这个声音洪瑞祥熟悉，说话的人叫王利群，是个五大三粗的小伙子，比自己大不了几岁，初中毕业后就不再上学了，仗着父亲王庆文是村里干部，一向横行霸道，村里人见了他都绕道走。

洪春山问道:"开什么会?"

王利群说:"批斗会!"

洪春山又问:"又要批斗谁啦?"

王利群说:"林和平。"

洪春山明显大吃一惊:"林和平?他怎么啦?"

王利群说:"他投机倒把,贩卖古玉给港商。昨晚在城里交易时被人赃并获!"

洪春山倒吸一口冷气,见王利群已走去,才大声说道:"告诉你爸,我家里有事,都出去了,请假!"

王利群回头说:"我爸说了,谁也不准请假,谁不到会,扣十个工分。"

后面的话,洪瑞祥再也听不见了,他只觉得脑袋嗡嗡作响,心里只有一个念头,林爷爷被抓了,作为他的孙女,林如玉现在肯定十分痛苦!必须有人去安慰她!

他拉开大门,就往外冲,却一头撞在洪春山身上。洪春山一个趔趄,差点摔倒。洪瑞祥一惊,急忙扶住他。洪春山皱了皱眉,说道:"你不能出去,我看见你老师来了,什么事都等见了你林老师再说。"

洪瑞祥只好点点头。

林清溪匆匆走了进来,洪春山见他一脸憔悴,问道:"都知道了?"

林清溪摘下眼镜,擦了擦眼睛,才说道:"我爸被人设计了!"

洪春山点点头:"坐下说。"然后示意洪瑞祥关上大门。洪瑞祥关上大门,随爷爷和老师走到厅上。洪春山和林清溪在木沙发上坐下,洪瑞祥在一旁站着。想问林清溪林如玉怎么样了,却不敢开口。

林清溪强压着心中的怒火,低沉地诉说着:"我爸有一只翡翠扳指,是祖上留下来的。王庆文想要这只扳指,找我爸说了几回,都被我爸顶回去了,这一次,他找来一个港商,出价三千块买我爸手里的扳指。我爸呢,一是想着这扳指在自己手上,始终是个祸害,俗话说,匹夫无罪,怀璧其罪,二来呢,你知道的,三千元对于一个汗甩八瓣,一个工分才二三毛钱的农民来说,其诱惑是足够大的!"

洪春山叹了口气:"就这样,在交易地点,被人赃俱获?"

林清溪点点头:"这回事大了,我问过法院的人,说得判好几年!"

洪瑞祥脱口而出:"凭什么?不就是卖自己的东西吗?"

林清溪摇摇头:"我也是这么问的,但法官说'家里的东西?谁信?一个贫下中农的家里能有这么贵重的东西?何况……'。"

洪瑞祥问道:"何况什么?"

林清溪说:"他没明说,但我明白,何况这事有人故意使坏,想把我爸往死里整!"

洪瑞祥恼怒地说:"难道就没有说理的地方?"

林清溪说:"有,就看这道理是谁说的。"

洪春山问道:"王庆文通知下午开批斗会,你知道吗?"

林清溪说:"知道,而且……"

他说不下去,只有一汪眼泪。

洪瑞祥急了:"而且什么?"

林清溪哽咽道:"他要我全家上台陪斗!"

洪瑞祥急眼了:"什么?全家,包括如玉和翠翠?他们都是小孩,而且还是女孩!"

林清溪:"这样的事,又不是第一次!"

洪瑞祥:"不行!我不让如玉姐妹上台陪斗!"

说着,转头向门外走去。

洪春山大喝一声:"回来!"

洪瑞祥不屈地叫道:"爷爷!"

洪春山却平静地说道:"祥儿!虽然你'出花园'了,但你还是个孩子!不让如玉姐妹上台陪斗,你做得到吗?这事我去,你在家陪着你老师!"他又对林清溪说道:"清溪,你就在我家里待着,哪都不要去。下午更不准去。我这就去跟村里几个老头子说,谁都不准去开什么批斗会!我就不信,王庆文能把全村人都抓了!"

老人猛地起身,昂首挺胸地走了出去。

洪瑞祥担心地说:"老师,我爷爷他……"

林清溪脸色明显好多了,他肯定地点点头:"他能做到,其实,村里不少人,尤其是你爸爸那种年纪以上的人,多半都在偷偷地做着玉器翻新、玉石雕刻的买卖。你爷爷是做得最好的,反而是我爸,做得很少,因为他工艺不行。"

洪瑞祥一下子惊呆了:"这……真的?"

林清溪环视了一下屋里,点点头:"当然,要不是真的,你以为你家里能在你'出花园'的时候给你做什么新衣服,能杀鸡宰鱼?靠你爸那点微薄的工资和你爷爷、你妈妈挣的那点工分,天天顿顿白粥配咸菜都不一定能保障!"

王秋琴给林清溪端了一杯茶,对洪瑞祥说道:"祥儿,你也长大了,也该知道过日子的不易,林老师说的,都是实话。"

洪瑞祥不知道该说什么,他只是觉得自己太蠢、太迟钝了,就在自己家里,连自己的爷爷、自己的父亲平时在做什么他都不知道。他又想到,自己不知道,弟弟呢?他是不是也不知道?想到洪瑞麟,他才发觉,瑞麟好像不在屋里了,他去哪里了呢?他不由得叫道:"阿麟!"

王秋琴笑笑:"不用叫了,他不在家里,他比你机灵,早就替你去看如玉姐妹了!"

正说着,大门被猛地推开了,洪瑞麟满头大汗地跑进来,边跑边喊:"哥!如玉姐不见了!如玉姐……"

洪瑞祥一惊,问道:"怎么回事?"

洪瑞麟喘着气,断断续续地说:"如玉姐的妈妈说,她们听说下午要去陪斗爷爷,姐妹俩一下子吓呆了,她先去劝慰翠翠,一转眼,就发现如玉姐不见了,找遍了家的周围,都不见人，现在，好多人都在村里帮着找她。"

洪瑞麟的话刚说完，洪瑞祥便大叫一声："坏了！"说着便向门外冲去，那速度，犹如百米冲刺，一转眼便消失在众人的视线里。

他拼命地跑，这时候的他，心里发虚，脚筋发软，他流着汗，不全是跑出来的热汗，而多半是冷汗，他直视前方，但泪水模糊了视线，他只觉得自己的心在滴血……

他想起曾经的一幕，有一次，他和林如玉一起到邻村一个同学家玩，路上遇见过一个神思恍惚、衣衫褴褛的拾荒女孩，女孩一边翻着垃圾堆，一边喃喃地说道："我有罪，我有罪，我全家都有罪……"后来，他们向同学问起这个拾荒女孩，同学告诉他们，这个女孩的父亲是"黑五类"，有一次女孩全家被带到现场看着自己的父亲被挂着各种"身份"的牌子挨批斗，当场吓得大小便失禁，然后便痴痴呆呆，成了现在这个样子。当时，林如玉便发了感慨，说："如果我是这个女孩，我一定不会让自己活下去！"洪瑞祥也跟着感叹："真到了那个时候，想死也没那么容易。"林如玉说："人活着才不容易，想死有什么难的，闭上眼睛往水里一扑，不就一了百了了。蓉江水是我们的生命源泉，但自古以来，也不知吞噬了多少冤魂。"

从小耳鬓厮磨，如玉的刚强他了解，如玉的脆弱他更深知。直觉告诉他，林如玉这时恐怕已自溺于既温婉又冰冷，既多情亦无情的蓉江里了。这时他只有一个念头，生要见人死要见尸。她真的扑进了蓉江，他也不让蓉江把她带走！

到了，终于到了。眼前，依然是一如既往的蓉江，娴静而美丽，如一个柔媚的少女，正轻移莲步，慢慢走向远处那看不见的浩瀚的南海。以往，他每次来到这里，对着蓉江，他都觉得心旷神怡，有一种难以描述的温馨和亲切。但此时的蓉江，却使他双眼喷火，犹如面对着要吞噬他美好的一切的洪水猛兽。

他急忙地扫视着江面。他痛苦地发现，除了水波澎湃，什么都没有，但他的双脚却不由自主地将他带进水里，在江水已浸到他的胸部，他的视线与水面接近平行的时候，他突然发现，在下游不远的地方，有一个时隐时现的黑点，这个黑点，犹如夜空中闪过的流星，使他的精神不由得一振，他毫不怀疑，这时沉时浮的黑点就是如玉的秀发。他发狂般地向这个黑点游了过去。当他接近这个黑点的时候，黑点已不是黑点，而是突然从水里蹿起的一头黑发，他一把抓住了它，同时一阵狂喜涌上心头，是如玉！而且她还没被溺昏，她还在挣扎。他猛地把她揽到身边，而危急中只剩下求生欲望的如玉，一下子便抱住了他，洪瑞祥措手不及，竟被拉着急速下沉。这时，他想起了学过的水中救生知识，最好的办法，是先把被救者打昏，他也握起了拳头，但却舍不得砸向如玉的脑袋，他只是拼尽全力往河底一蹬，带着如玉浮出水面，然后蹿向岸边，就在他觉得全身力气已耗尽的时候，却发现一脚已踩在河床上，他站直身子，居然整个头已露出了水面。心中一喜，绷紧的神经一松，水流的冲力又差点把他们拉到深水里……

二 玉德

　　林如玉投水自溺被救的事，在村里引起的震动，比她爷爷被抓的事还要强烈得多。林如玉年纪虽小，但却是出名的乖巧懂事，又生得靓丽可人，村里无论大人小孩，没有不喜欢她的。一听说她已被救回来，便都拥向她的家。

　　林如玉的家是一座下山虎式的老屋，狭小而残破，哪里容得下全村的人，于是家门口的晒谷场上便挤满了人。许多人连林如玉的面都见不着，也不急着去见她，去安慰她。但谁也没有离去。林如玉投水的原因没有人问，也没有人说，但谁的心里都明白。所以大家都不约而同地在等待，等待下午两点钟那个时刻的到来，等着看哪个畜生来逼林如玉一家去陪斗。洪瑞祥一家子，除了洪瑞祥还守在林如玉房里，其他人都默默地待在这人群里。洪海涛找了一块破砖头，让他老爸靠着墙坐下，洪春山便倚着林如玉家的外墙，捧着他那从不离身的尺把长的烟筒，坐着吞云吐雾。

　　王利群也来了，但他走到离人群还有三十几米的地方便停住了脚步，他发现所有看到他的人都对他怒目而视。而更令他心惊的是，他看到他熟悉的邻居陈茗乾一边瞪着他，一边拳头一挥，便有四五个人一起跟着走出人群向他逼了过来。这陈茗乾虽说只有十五六岁，但已长得人高马大。每天早晚，隔着篱笆，王利群都能看到他在自家后院橄榄树下练武的情景，他的拳脚起处，虎虎生威。而跟在他身边的那几个人，也都是和他一般年纪，与他一起练习拳脚之人。王利群虽然有些蠢笨，但也明白陈茗乾和这几个人逼近他后会发生什么，知道势头不对，急忙掉头跑了。

　　这一天中午，除了王庆文一家，村里哪一家人都没有按时围坐到桌边吃午饭。

　　王庆文家里，王利群一边啃着他跑到海边用粮票偷偷向渔民换来的青蟹，一边对坐在对面的父亲王庆文说："爸，时间差不多了，是不是该打个电话，催一催拘留所，让他们把林和平那个投机倒把犯送过来接受批斗。"

　　王庆文瞪了儿子一眼，没说话，低头默默地喝着粥。

　　王利群问道："爸，你是担心村里人不来参加批斗会？"

　　王庆文说："这由不得他们。他们不到大榕树下的会场来，批斗会可以改在林和平那老东西家门前的晒谷场去开，他们不都在那里吗？"

　　王利群："对呀！"

　　王庆文："对什么？这样一来，谁批斗谁就不好说了。这个你想象不到，但你爸我清楚。"

　　王利群说："爸，你想多了吧。在无产阶级专政面前，谁还敢造反？"

　　王庆文"哼"了一声，又叹了口气，这才说道："你是傻了还是瞎了？因为林如玉那女孩子搞了这么一出，整个村子现在都成了一个火药桶，一点就着。到时候被炸得粉碎的，不是别人，是你老爸！"

　　王利群一怔："这……"

王庆文恼怒地："这什么？知道你老爸为什么能坐在这个位子上这么多年吗？告诉你，你老爸也许什么都不懂，但什么时候都记着这八个字：众怒难犯，法不责众！"

王利群似乎明白了点什么："哦……"

王庆文："不但今天的批斗会不能开了。我还要提醒你，这几天你哪都别去，老老实实给我在家待着！"

王利群不屑地说："为什么呀？"

王庆文："为什么？让你小心群众专政的拳头！群众专政！你懂吗？"

王利群想起陈茗乾那铁锤一样的拳头，心头不由得一凛，低头道："懂了。"

批斗会无疾而终。村里人都松了一口气。到下午三四点钟，聚在林如玉家里和门口的人才逐渐离去。只有洪瑞祥还留在林如玉姐妹的房里。因为两姐妹不让他走，拦着他要再坐着。

林如玉的妈妈拉着小翠翠去做饭。她爸爸和叔叔林清溪坐在厅里谈着林和平的事。房间里只剩下林如玉和洪瑞祥，林如玉无力地倚着床屏，看着坐在床前凳子上的洪瑞祥，说道："阿祥哥，对不起。"

洪瑞祥不解地："你有什么对不起我的？"

林如玉说："一辈子就出一次花园，还让我给搞砸了！难得穿上一身新衣服，也弄得不成样子！"

洪瑞祥笑道："出不了花园，倒成了出水蛟龙！我太自豪了！想不到我真的能从水里把你救出来！你知道吗？你这么小的身体，在水中却是死重死重的，都把我拉到深水里去了，一直到我踩到了河底，猛力一蹬，我们才又浮了上来！"

林如玉笑道："别说了，我都后悔死了！我死了不要紧，要是连累你也丢了命，那罪过就大了！就是到了阎罗王那里，我也不会原谅自己！"

洪瑞祥问道："你真的不怕死？"

林如玉："怕！临死的时候才知道怕！但我想，我以后也不会怕死，因为我相当于死过一回了，不就那么回事嘛！"

洪瑞祥正色地说："怕也好，不怕也好，以后不能这样不珍惜生命了！奥斯特洛夫斯基说过……"

不等洪瑞祥说下去，林如玉便接着说道："人最宝贵的东西是生命，生命对于人来说只有一次！我知道！"

洪瑞祥笑道："知道了还自己去寻死？！"

林如玉："好了！以后不会了！阿祥哥，以前，我和你是邻居，是好朋友，今天以后，你就是我亲哥哥！好吗？"

洪瑞祥点点头："好！那……以后呢？"

林如玉小脸一红："想不到，你年纪不大，肚子里的坏水不少！不过呢，既然坏哥哥你敢问，好妹妹我也没什么不敢答的。以后会是什么，我不知道，只有你知道！"

洪瑞祥不解地:"这话什么意思?什么叫只有我知道?"

林如玉说道:"这还不明白?谁让你救我?你既然把我的命捡了回来,那我的命运就得你来安排。所以,你想怎么安排,我不知道,只有你知道!"

洪瑞祥:"这……你还赖上我了?"

林如玉:"我就赖上你了,不行啊?"

洪瑞祥:"我自己的命运还不知道怎么安排呢!我哪有安排你的本事?"

林如玉:"那你就好好安排自己的命运吧。我不急。"

于是,两个不大不小的人儿,似乎都再无话可说,只是低着头想着什么,似乎越想,脸越红。

林如玉不由得用手去掩自己发烫的脸颊。洪瑞祥眼角扫过林如玉那白皙的手,却不由得一惊,脱口问道:"如玉!你的手?"

林如玉的手腕上,有一道十分显眼的紫色淤痕。两只手腕上都有,都在相同的位置上。

林如玉浑身一抖,想把手藏起来,但已经迟了,洪瑞祥一把抓住她的双手:"怎么会这样,告诉我!"

林如玉的眼泪瞬间珠串般落下,哽咽着说:"我本来不想让你知道的,怕你……"

在林如玉断断续续的哭诉中,洪瑞祥才知道在昨天夜里,林如玉遭到了什么样的凌辱。

昨天傍晚,林如玉在村口公路边碰上了自己的爷爷林和平,知道爷爷要到县城去,正想着什么时候也要到县城去买点文具的她,便缠着爷爷带她一起上县城,林和平最宠溺这个孙女,便答应了。

到了县城,林如玉才知道爷爷是来和人谈生意的,爷爷卖了一只玉扳指给一个港商,港商把钱给了爷爷,收起玉扳指就走了。爷爷对林如玉说:"乖孙女,爷爷有钱了,你想买点什么,吃点什么?"林如玉说:"那我得想想。"她还歪着脑袋想着,王利群就带了几个人走了过来,朝着爷爷冷笑着:"生意做完了?恭喜啊!"林和平吃了一惊,问道:"你们!……想干什么?"王利群说:"我们能干什么?当然是执行公务了!跟我们走一趟吧!"林和平怒道:"凭什么?"王利群喝道:"人赃俱获,还嘴硬!"他对几个手下吩咐:"抓起来!"他的几个手下便扑向林和平,把老人的手扭到背后,推搡着往外走。林如玉急了,哭叫着"放了我爷爷"!一边扑上去用小手去拉爷爷,王利群上前揪住她的头发,吼道:"滚开!"林如玉被扯得痛不可忍,拼命挣扎也挣不脱王利群的手,急怒之下,低头一口就咬在王利群的手臂上,王利群一下子痛得大叫,一把甩开林如玉,叫道:"把他们都给我绑起来!"

爷孙俩被绑起来以后,王利群亲自把林和平送去公安局关押,让手下人把林如玉送回村里,并吩咐手下人,给林如玉挂上"投机倒把分子,袭击执法人员"的牌子,绑到村前的大榕树下,挑灯示众。

可怜十二岁的小姑娘,当被捆住拉扯到村里,绑在大榕树上的时候,已有点神志不清了。幸亏村里已故老书记的遗孀,在村里德高望重的夏韵娟正好路过,见状大怒,骂走了王利群的帮凶，把林如玉解救下来送回了家里……

林如玉话没说完，洪瑞祥已经恨得咬破了嘴唇，他霍地站了起来，就想去找王利群算账。却被林如玉死死拉住。

洪瑞祥一边挣脱林如玉的拉扯，一边愤怒地说："这仇，一定要报！"

林如玉说："是要报，但不是现在！我不想让你和家人知道，就怕你冲动！现在我们斗不过人家！君子报仇，十年不晚！"又说："爷爷已经被他们抓了，你要是……"

在林如玉的劝说下，洪瑞祥才慢慢恢复了平静。

夜幕降临，洪瑞祥才拖着疲惫的身子回到家里。本想进门倒头便睡，却不料全家人还有他的老师林清溪却坐在厅里等着他。他只好强打精神坐下来。

夏淑萍慈爱地问道："还没吃饭吧，外婆去给你把饭热一热。"

洪瑞祥应道："吃过了。如玉的妈妈杀了一只老母鸡给如玉炖汤，非要留我也喝一碗。"

夏淑萍一拍手："我就说了！我家祥儿救了如玉，这回如玉跑不掉了！祥儿，如玉妈妈现在看你，是不是岳母看女婿，越看越喜欢呐！"

众人都哧哧笑着。

洪春山竖起大拇指："好！如玉这妹仔好！无愧如玉这个名字！"

夏淑萍看着洪瑞祥："祥儿你听见没有？你爷爷什么时候这么夸过一个人，尤其是一个女孩子！"

洪瑞祥正想着怎么和外婆唱点反调，就听林清溪说道："我这侄女各方面都不错，就是性子太犟了一点，一个想不开就投江。要不是阿祥救了她，事情就大了！"

洪春山正色道："我可不觉得这孩子之所以投江，不是什么想得开想不开的，而是以死抗争！现在这么刚烈，视名誉于生命之上的女孩子真的不多见！"

洪海涛也插话说："我爸说得是，如玉这叫宁折不弯，还叫……质本洁来还洁去！"

林清溪笑笑："你《红楼梦》看多了！"

洪海涛说："什么看多了，这书看多少遍都不嫌多。还是主席提倡的。除了这本书，还有什么好看的！"

洪春山说："扯远了！还是说说如玉这姑娘。说说我们家祥儿。从今天这件事情看，刚才海涛说得不错，从如玉身上，可以看到她的刚强、高洁，从祥儿奋不顾身救人这一点，可以看出他的仁义勇敢。对了，还忘了说一个人，是我家的麟儿！也不错！"

一直躲在一边的洪瑞麟见爷爷赞扬他，不觉喜上眉梢，却又故作谦虚地说："我怎么不错了？我又没干什么！"

洪春山疼爱地看着洪瑞麟："你以为我不知道，我说了不准你们出去，你却偷偷溜出去，要不是你及时打听到如玉跑了的消息，赶回来告诉你哥哥，他怎么能赶在如玉溺水之前把她救起来。你年纪虽小，但从这件事上看，你能变通，也够机灵、果断。有脑子，值得爷爷好好表扬你！"

洪瑞麟：“这我就放心了。我以为我偷偷跑出去，晚上少不了挨爷爷你的烟筒打屁股！”

众人又哈哈笑了起来。

洪春山：“所以，我今天虽然为和平老兄被抓的事生气，但看到我们的小辈做出的这些事情，还是挺欣慰的。在座的，除了祥儿和麟儿，大家都明白，仁义、勇敢、机智、刚强、高洁，是什么？这就是我们从祖宗那里传承下来的玉德，是我们玉王庄做玉的人所必须具备的，和玉的本质相融合的玉德！"

除了洪瑞祥兄弟，在座的人都认真地点着头，表情十分虔诚。

洪瑞祥问道："爷爷！什么是做玉的人？我怎么听不太明白。"

洪春山看着他："爷爷会让你明白的。其实，今天就是没有发生你林爷爷被抓和如玉寻死被救的事，爷爷也打算和你爸爸一起，在你'出花园'仪式结束以后，好好和你谈一下的。"

洪瑞祥有点不以为然地笑着，看着父亲说道："这么严肃？"

洪海涛一扫平时永远挂在脸上的笑容："好好听爷爷说！"

洪春山说："祥儿，麟儿，你们知道我们的祖先是从哪里来的吗？知不知道，我们家祖祖辈辈都是干什么的？"

洪瑞祥说："我知道我们的祖先是从北方来的，但具体从哪里来，我不知道；至于祖祖辈辈一直以来，不是你说过的，我们是耕读为本、勤俭立家的吗？还能干什么？"

洪春山："爷爷现在就告诉你，我们的祖辈，不仅是我们家的，还包括村里几家人丁兴旺的大姓人家的祖辈都是在一个地方做过事的，那个地方，就是现在北京的故宫，那时候，是大清皇朝的宫廷！"

洪瑞祥张大了嘴巴："真的？"

洪瑞麟却嘻嘻一笑："皇宫，不会是太监吧？"

他觉得好笑，但在座的人没有一个人笑，而是责备地看了他一眼。

洪春山说："麟儿还小，许多事知其一不知其二，不怪他。在宫廷里做事的男人多了，只有很少的一部分是专门伺候皇帝和王公贵族们起居的太监。宫廷里有一个宫廷造办处，是负责宫廷里大大小小各种工程的，我们的祖辈就在宫廷造办处供职，专门负责设计制作宫廷里各种玉石摆件、佩件、首饰，是当时顶尖的玉雕匠师，特别是对翡翠玉石可谓火眼金睛，一看就准，人们尊称他们为玉王！"

洪瑞祥："哦！那他们为什么要跑到这么远的地方来，是犯了什么事，皇帝要杀了他们吗？"

洪春山笑笑："皇帝喜欢他们还来不及呢，怎么会杀他们。"说到这里，他笑容一收，恨恨地说道："但确实怕有人会杀他们，或者像对宫廷里的古董和珠宝一样，把他们抢到外国去！"

洪瑞祥有点明白了："是八国联军！"

洪春山点点头："八国联军进北京之前，皇帝和太后离京避难时忍痛遣散了他们，让他们回乡隐居，别落在鬼子手里。北方人都知道，相对于战乱频仍的北方，自魏晋南北朝开始，我们这五岭以南的地方，就是世外桃源。我们的祖先自南北朝时候就在这里定居了。"

洪瑞祥："就像现在的移民创祖。"

洪春山："是的，不管因为什么，都是到新地方开创自己家族的事业。玉石文化在我们华夏有八千多年的历史了。我们的祖宗都熟悉这一行业，由于他们的设计完美，工艺精良，很快就闻名遐迩，连宫廷都知道了。"

洪瑞祥："可现在……"

洪海涛接话了："不是现在，玉王庄人玉石事业的衰落已经很久了。由于原材料日渐匮乏，更因为连年战乱。但我们都知道，中国的玉石文化绵延八千年，都是波浪式的发展，它的命运，往往与国运相连，国运昌，则玉石旺，国运弱，则玉石无光！但不管是什么时候，我们家的祖祖辈辈，一直到你爷爷和你爸爸我，都有一个梦想，心里都躁动着一股激情，希望在自己这一代，重造玉石事业的辉煌，而且比以往任何时代都强！现在，我们更多地把希望寄托到你这一代身上！"

洪瑞祥着急地："可我什么都不会呀！"

林清溪笑笑："没有哪一个人生来就什么都会，论条件，你是得天独厚的，你有天赋，你是洪家传人，在座的，哪一个都会用心教你！"

洪瑞祥："这……可是……总不能都停留在口上吧？"

林清溪："这你不用担心，肯定是理论与实践相结合的，手把手地教！"

洪春山："而且，什么都是现成的，祖传秘籍、玉石、工具，都不缺。"

洪瑞祥："在哪里？"

林清溪："就在你家后包柴火房里的地下，有一个你爷爷和你爸爸的工作间地下室，小作坊。"

洪瑞祥愣然地看着爷爷，又看看老爸。

他们都朝他笑着点头。

洪瑞祥："林老师，这么说，你家里也有？"

林清溪："我家没有，我只需要一张画桌，我主要从事绘画创作，偶尔，也做一点玉石设计。"

洪瑞祥："那搞玉石要创作，要会画画吧？你得教我！"

林清溪："你不是叫我老师吗？当老师的，当然会把所有懂得的都教给学生。"

洪春山说："好了！今天说得够多了，大家都累了，祥儿，把今天做的事和听的话都好好想想，消化消化。爷爷看好你，相信你！"

洪瑞祥只有点头的份。

三　除草

　　听了父亲与爷爷的话，洪瑞祥心里沉甸甸的。被赋予使命的第一感觉是从此无法轻松。对于仅仅十五虚岁的花季少年来说，这种感觉很陌生，也很不舒服。他知道从此以后，爷爷和父亲会有许多严苛的要求，这也是他很不愿意面对的。

　　回味着家中长辈的话，他忽然产生一种警觉。今夜家中的这一番话，与当今社会政治层面上的要求无疑是冲突的。如果被有心人听到并传播出去，很可能会出现灾难性的后果。他不由向大门望去，他知道，如果在大门外贴着门缝，是可以清晰地听到厅堂里的声音的。他不由得猛地走向大门，迅速拉开大门便冲了出去。还好，大门左右及门外晒谷场上都没有一个人影。他的神经顿时松弛了下来，不由得深深吸了一口气。不远处田野里吹来的一阵阵微风，已没有了夏日的气息，很是凉爽舒适。

　　他觉得自己没有一点睡意，便跨出晒谷场，向村街慢慢走去。在昏黄的街灯下，街道两旁一座座毗邻着的老屋十分齐整。他忽然发现自己生活了十多年的玉王庄真的跟许多其他的村落有着明显的不同，最明显的就是这些老屋。清一色都是中规中矩的四合院，有点区别，也就是"四点金"与"下山虎"之间的一点差异。可以想象，当年建造这些屋舍的人们，虽非达官巨贾，但绝非穷愁潦倒之辈，更不是仅凭着三分力气几把汗水面朝黄土背朝天辛苦劳作的自耕农或是租种地主田地的佃户们所能做到的。风中传来竹叶摇曳发出的沙沙声，村子外面东西北三个地方种着成排竹子，规划得十分齐整，养护得很好，竹林中多不胜数的摩天巨竹迎风而立，气节凸显。

　　他伫立街中，借助着路灯微弱的光线，注视着一个个大门两侧那已经斑驳脱落的壁画和屋脊上的雕塑与彩绘，感到这些以往对他来说毫不关注、完全让他无动于衷的东西，在这个夜晚是那么的亲切。隐约中，他似乎看到在这些壁画、雕塑与彩绘中，浮现出一张张饱经沧桑的老人的脸庞。而老人们都把热切的眼光投向他，那眼光是满满的慈爱与鼓励。

　　他觉得自己有点热血上涌，又有点想流泪。

　　回到家中，他倒头便睡，这一夜，他睡得十分香甜，一个梦也没做。

　　一觉醒来，望向小书桌上的闹钟，已是过了十点，急忙一骨碌爬起来，洗漱之后，走到厅里，见只有母亲一人在绣珠花。便埋怨道："妈，怎么不按时叫我起床？"

　　王秋琴说道："今天你爸爸和爷爷都一早出去了，没人管你，妈就想让你多睡一会。"

　　洪瑞祥不由得嘀咕道："真是慈母多败儿！"

　　王秋琴耳朵可是好使的，不由得瞪着他说："你再说一遍！看我还给不给你饭吃！"

　　洪瑞祥不屑地说道："这早饭我还真不想吃了。妈，爷爷和爸爸都干什么去了？"

　　王秋琴说："你爸回学校开会去了。你爷爷今天分配去给禾田除草。"

　　洪瑞祥"哦"了一声，掉头便跑向门外。

　　王秋琴急忙喊道："去哪里？要出去也吃了早饭再去。"

　　洪瑞祥边应边走："我帮爷爷锄草去，早饭我不吃了，中午一起吃。"说着，早已出了门。

这里乡间有句俗语：读书畏考，种田畏除草。中耕除草，绝对是一件十分折磨人的苦差事。这地方地少人多，田地金贵，历来讲究精耕细作，种地如绣花。作物要种好，肥料不可少。于是在诸多因素的支配下，老农们对于禾田中冒出来的杂草深恶痛绝，绝不允许有一棵杂草与禾苗争肥，影响禾苗生长。如何把杂草赶尽杀绝，老农们便创造出了全世界独一无二的除草法。烈日炎炎之下，人跪在齐膝的泥水中，在禾苗的行距中间爬行，两手在水中摸索搜寻，一发现杂草，必将其连根拔起……

洪瑞祥急急地奔走在田埂上。此时禾苗正绿，千里平畴，一片新绿。景色很是美妙，但他的心情却极其糟糕。是哪个王八蛋派的工？不知道我爷爷已是六十开外的老人吗？在这火一样的日头下，长时间跪在那几近烫手的水田中，能挺得住吗？中暑了怎么办？累倒了怎么办？他真想找到这个派工人，把他的祖宗十八代问候个遍！

他终于在一片水田中找到了爷爷，在与爷爷并排向前慢慢膝行着除草的人中，只有爷爷是两鬓斑白的，其他人都比爷爷要年轻得多。

洪瑞祥飞跑到爷爷旁边，一把扶起他，说道："爷爷，我来帮你干活，你回去吧。"

洪春山解下扎在腰间的水布，擦去了满头满脸的汗珠，笑道："好吧，用你爸的话说，这也是一堂必修课，学的是怎么吃苦。"

这话其实没什么技术含量。洪瑞祥以前没干过，但他干得很好，也很快。一路干到田埂边，众人坐在田埂上稍事休息。一个他熟悉的邻家叔叔贴到他身边，小声问他："你爷爷是不是得罪领导了？"

洪瑞祥一愣："没有啊！"

邻居叔叔说："但我听说是领导指定你爷爷参加除草的，还特意交代让你爷爷在这个组。你可能不知道，别的组虽然也除草，但时间可以自己掌握，可以在太阳没出来之前就开工，太阳刚上树梢就收工，可是我们这个组不行，必须按限定的时间开工收工。因为我们这个组的人都是有'身份'的，都属于监管对象。"

看来，真的是纸包不住火，天下没有不透风的墙。爷爷鼓动大家不参加林和平批斗会的事，王庆文是知道了。

洪瑞祥心里充满愤怒。他一言不发，只是默默地、机械地劳作着。汗流浃背，他也不去擦，不擦难受，擦了一样难受。他只觉得自己像一条被放在热锅里翻来覆去煎烤着的咸鱼。

好不容易熬到收工，一起干活的人都迈着蹒跚的脚步回家去了。洪瑞祥却还坐在田埂上，他要想想，邻家叔叔的话要不要告诉爷爷，还有，明天爷爷或是自己，还要和这些有所谓的"身份"的人一起出工、一起受监管劳动吗？

没等他想出答案，便看见两个熟悉的身影正向他走来。那是他的两个同班同学，一个是夏小雨，一个是林妍。俩人向来形影不离，都是学校里令人瞩目的小美女。

夏小雨远远地喊道："洪瑞祥，我们找了你半天，你怎么躲在这里啊！"

夏小雨和林妍都是班里的活跃分子。尤其是夏小雨，生性率直，说话口无遮拦，做事风风火火。喜欢游泳、打球，百米短跑在县里还拿过名次。

转眼间，两个女孩已来到洪瑞祥跟前。洪瑞祥看着两张跑得红扑扑的粉脸，问道："找我什么事？"

夏小雨愤愤地说："我们被人欺负了！"

洪瑞祥一惊："被人欺负？是……怎么回事？"

夏小雨对林妍说："阿妍，你说！"

林妍说道："下午我们去江里游泳，有水鬼潜到水里，拉我们的腿，还……还乱摸一气！"

夏小雨："还要脱我的裤子！"

洪瑞祥："啊！有这样的水鬼？"其实他知道，没有什么水鬼，是有人对下水游泳的姑娘耍流氓。这样的事以前也发生过，耍流氓的人被民兵逮住挂牌游遍了附近几个乡村。

夏小雨说道："水鬼是王利群，他被我在水里蹬了一脚，逃了！"

洪瑞祥道："是他！那你们赶快报告派出所抓他呀！你们跑来找我干什么？"

夏小雨说："谁不知道派出所和王庆文是穿一条裤子的，能抓他儿子才怪！我们找你，是因为你见义勇为！"

洪瑞祥："见义勇为？你们没搞错吧？我什么时候成了……"

夏小雨说："林如玉是你救的吧？她危急的时候，你能舍命救她。我们被欺负，你也会帮我们出气的是吧？"

洪瑞祥为难地："你这是什么逻辑？我不过是个中学生，一无权二无势，我怎么给你们出这个恶气？我能把那畜生怎么样？"

夏小雨："你可以揍他呀！"

洪瑞祥不由得苦笑，他伸出十分秀气的拳头说道："我虽然不是手无缚鸡之力，可我也没有自信能打得过他，你们是想看我被他揍得鼻青脸肿吗？我没得罪你们吧？"

夏小雨笑笑："不是的，我们是相信你。你有办法的。再说，你还有个好爷爷，他可是能号召全村的人！"

洪瑞祥皱起了眉头："我爷爷？还号召全村？你知不知道我为什么现在会在这田埂上坐着？"

夏小雨："为什么？"

洪瑞祥："因为我爷爷被领导打入另册，今天被迫和一帮受管制的乡亲在这里除草。我怕我爷爷年老体衰扛不住，才来替他干。要不是我，他老人家可能早就倒下了！"

夏小雨："你说的领导就是王庆文？"

洪瑞祥："还能有谁？"

夏小雨："明白了。"

洪瑞祥："你又明白什么了？"

夏小雨："这还问？我明白，你更明白，全村人看到你爷爷在和那些人一起干重活，没有一个人不明白为什么！"

洪瑞祥笑笑："怪不得都说，群众的眼睛是雪亮的！"

林妍："这回，你更应该帮我们，帮我们就是帮你自己，帮你爷爷出气！"

夏小雨说："这对狗父子欺负的人多了！要是能把王利群那混蛋揍出蛋黄来，肯定是大快人心的！"

洪瑞祥有点心动，说："我想想吧。不过，我提醒你们，在王利群这小子还肆无忌惮的时候，你们暂时别去江里游泳了。"

夏小雨说："我们听你的。"

拖着灌铅般沉重的双腿回到家里，洪瑞祥装出一副轻松的样子，洗了澡，便搬出两把椅子，和爷爷在门口的晒谷场上纳凉。他把在田间邻居叔叔的话对爷爷说了。爷爷笑道："这事不用谁说，爷爷心知肚明。"

洪瑞祥说："那这事怎么办？难道我们就让王庆文这么欺负？"

洪春山说："是不能这么忍气吞声，但怎么反击，爷爷还没想好。"

洪瑞祥又把夏小雨找他的事说了一遍。

洪春山听了，不由得愤愤地骂道："真是老子'英雄'儿'好汉'，一窝王八蛋！"

洪瑞祥追问道："那爷爷你说，夏小雨说的办法可不可行？"

洪春山说："王利群这小流氓是该打！小雨这妹仔有胆气！"

洪瑞祥说："王庆文父子这么坏，给我们找这么多麻烦，想办法给他们制造点麻烦不为过吧？"

洪春山说："这不叫麻烦，是叫善有善报，恶有恶报，不是不报，能报就报！"

洪瑞祥开心地："那怎么报？"

洪春山问道："昨天你在如玉姑娘房里，没有看到一个小插曲。王利群昨天也到了林如玉家附近，但突然发现陈茗乾带着几个人从人群里出来要揍他，吓得赶紧溜了。"

洪瑞祥惊喜地："真有此事？"

洪春山："我亲眼看见了，当时开心得不得了！我才注意到陈家这小孩和他身边的几个人，不知不觉间，这些小屁孩都长成棒小伙子了！"

洪瑞祥："陈茗乾和我是同学，人挺仗义的，和我关系挺好，学习上有些问题我时常帮他的。"

洪春山点点头："明天出工前，你把他叫到家里来，就说我有事请他帮忙。我家和他家也算是世交，祖辈之间的情分很深，可以信任。"

洪瑞祥点头答应，又问道："那明天除草的事，怎么应付？"

洪春山沉吟片刻，才说道："本来我想明早不出工，王庆文敢再说什么，我就和他翻脸了，谅他也不敢明着对我怎么样。但现在出了他儿子耍流氓之事，可以利用一下，打他个措手不及，让他无暇顾及我们，我们这一劫也许就这么过去了。所以，暂时还要忍一下。"

洪瑞祥说："那我，我明天再去接受一天管制劳动。爷爷说得不错，这也是必修课，我真真切切地感受到什么是生活,明白了生存之苦,知道了谁知盘中餐、粒粒皆辛苦的深刻内涵!"

洪春山笑了,说:"好!你妈妈在你没有回家之前还抹了眼泪了。我和你爸就是这么劝慰你妈妈的,说吃点苦对你只有好处没有坏处。不是爷爷和爸爸不疼你,是知道怎么疼你才是正道。"

洪瑞祥也笑道:"其实,再苦的事,熬过了最初那一阵子,以后就好受一点了。"

洪春山说:"这话也对也不对,这一阵子不是一刹那,有的人就不一定顶得住。今晚你躺下的时候就知道了。"

爷爷说得没错,回到卧室躺下想睡觉的时候,却无法睡着,身上各种的痛,肩痛腰痛还能忍受,最难受的是膝盖一阵火辣辣的痛,膝盖以下却是冷冰冰的麻木。

天刚亮,他就起床,又装着一脸轻松地走进厅堂,从妈妈手里接过一大海碗稀饭,就着一块咸菜头,吃完了就出门了。不过,今天他还是做了一些准备,上身只穿着一件背心,下身套了一条破裤子,腰上扎了一条水布,头上戴了一顶小竹笠,俨然是一个种田老手的打扮。

他先去了陈茗乾家,敲门叫醒了睡梦中的陈茗乾。陈茗乾见他这一副打扮,笑了一阵。洪瑞祥笑不出来,只是把自己和家里的情况简单说了一下。想了想,又把爷爷找他可能要和他商量的事透露了一下。陈茗乾便兴奋起来,说是他早已让人摸清王利群的活动规律,在考虑揍完他之后如何全身而退,这事正好请教一下洪瑞祥爷爷。洪瑞祥这才放心地向田埂走去,等在田头,待一起劳作的乡亲们到来。

蹚进水田,洪瑞祥发现自己的双腿十分僵硬,要跪下来都费劲,而膝盖一接触田土,便是一阵钻心的痛,昨天磨肿了的膝盖似乎不是自己的,让它们向前跪进一点都十分艰难。而双手也不再像昨天那么灵活,他咬着牙,忍着不出声。他用痛出的冷汗和晒出的热汗换来他在水田中机械地寸进……

终于摸到了田埂,他睁眼一看,一起劳作的人们早已齐刷刷地坐在田埂上休息。他想省下爬上田埂的力气,一屁股坐在水田里。他这时顿觉自己好多了,疼痛减轻了,头脑也清醒了些,他对关切地望着他的邻家叔叔笑笑。邻家叔叔走近他,低声问道:"是不是起不来了?我搀你一下。"

洪瑞祥摇摇头,说了声"谢谢"!依然跪在水田里,悄悄问道:"阿叔,你说你们都有所谓的'身份',你的'身份'是什么?"

邻家叔叔说:"说我老爸是富农,我是不服改造的狗崽子。其实,是王庆文调戏我老婆,被我骂走了,他怀恨在心。"

洪瑞祥一怔:"哦?!那其他人呢?"

邻家叔叔说:"都和我差不多吧,大同小异,都是因为对王庆文大不敬!"

洪瑞祥惊问道:"这……就没有一个是真正的坏人?"

邻家叔叔说:"有人是干过一些坏事,偷个鸡摸个狗什么的,咳!"邻家叔叔暗指着不远处一个胡子拉碴的中年汉子："他就挖了几个番薯，得了个盗窃集体财产的罪名。其实，是因为他曾经到上级反映过王庆文的问题。"

洪瑞祥不可思议地望着这群默默坐在田头的人，问道："他们怎么都不说话？"

邻家叔叔说："言多必失。别看他们都不跟你说话，其实都很关心你，很同情你。很为你不平！他们都很尊敬你爷爷！"

洪瑞祥说了声："这我信！"他握紧拳头，猛地站了起来，又"啊"地痛叫了一声，跌倒在田埂上。

这一下，坐在田埂上的人都纷纷站起来，向他围了上来，眼里全是关切……

四　路殴

玉王庄外的竹林，面积不小。林中曲径纵横。据村中老一辈的人说，这些林中小路别具玄机，是根据八卦阵的阵图修整出来的。没有人知道这话的真假。但熟悉路径的人，闭着眼睛也可以从任何一条小路走出林子，但不熟悉路径的人，睁大眼睛也往往会迷路，在林子里被困上一段时间。

凌晨时分，陈茗乾与几个小伙伴分别来到竹林里，他的几个小伙伴手里都拿着棍棒，只有陈茗乾空着手，身上背了一个可装四个三号电池的长手电筒。他的父亲是村里的治保头，这个长手电筒是村里配给他的装备。陈茗乾把手电筒拿在手里："我这个可以照明，也可以当武器。"

他们已确认今天晚饭后，王利群又跑到西村找他的狐朋狗友喝酒打牌去了。以往每次他去西村，不玩到深夜二三点钟是不会回来的。而每次回来，都会穿过竹林子抄近路回家。所以他们决定在竹林里"设伏"，守株待兔。

陈茗乾打开手电筒，看了看林子里处处四通八达的小径，皱了皱眉头，说道："我们不能在这林子里截他！"

一个小伙伴问道："为什么？"

陈茗乾说："这竹林子里的小路太多，太复杂了，而王利群对这里绝不陌生，万一一下子我们堵不住他，他一窜进小路，就不容易抓住他了。那行动肯定会失败。"

一个小伙子又问道："那怎么办？"

陈茗乾想了想，说："我们就埋伏在林子边，对着通往西村的村路，等他过来了，我们就追上去，揍他！"

众人都说好，于是走出林子，在通往西村的小路口，各自找了地方坐了下来。

这时，整个村子已是一片寂静，家家户户的大人小孩均已进入了梦乡。只有洪瑞祥家的客厅里还亮着灯。爷孙俩相对而坐。

洪瑞祥冲了工夫茶，端一杯放在爷爷跟前："爷爷，你说陈茗乾……"

洪春山一直皱着眉，这时打断了洪瑞祥的话，说："我忽然觉得这事有点不妥。"

洪瑞祥一惊:"爷爷的意思……"

洪春山:"这件事我们是不是做得太草率了?你年纪小,心里恨意浓,想出口气,这我理解,但你爷爷我活这么大岁数了,脑袋一热,就做出行凶打人之事,不好!不好!"

洪瑞祥:"那怎么办?现在已经是箭在弦上,不得不发。说不定,陈茗乾他们已经打完了!"

洪春山:"这样子吧,你马上赶到竹林去,如果还没堵到王利群,那就劝说他们收兵,以后再找机会收拾他,但记住,以后有一条原则,要文斗,不要武斗。如果动手的话,你看着点,对王利群稍加惩戒就行,千万别搞出人命!"

洪瑞祥点点头:"我明白了,这就去。"

他拿起一个手电筒,匆匆进入夜色中。

竹林边上,陈茗乾和小伙伴们正小声聊着,一个小伙子问道:"茗哥,等会儿堵到王利群那小子,怎么收拾他?"

一个小伙子:"这还用问,往死里揍呗!"

陈茗乾:"胡说什么?我的话你忘了?只能伤他身体,不能要他命!都可以动手,但一定要掌握分寸!不,你小子等会就在旁边看着,不准你动手!"

一个小伙子又问:"你们说王利群身上哪个部分最坏?"

一个小伙子说:"当然是脑袋,他干那么多坏事,都是受脑袋指挥的!"

问话的小伙子说:"那就打他脑袋!"

一个小伙子说:"打脑袋不容易把握分寸,有可能一棒子就让他见阎王去了!"

一个小伙子说:"他那张臭嘴,是他家老王八的传声筒,扇他耳光!"

一个小伙子表示赞成:"没错,扇得他满地找牙!"

一个小伙子说:"他最坏的还是他那双狗爪子,他那双手欺负过我们班里的夏小雨!"

一个小伙子说:"还有林妍!"

一个小伙子说:"那就砸他的手,两只手都砸断!"

陈茗乾说:"那就说好了,可以扇他嘴巴,也可以打他手脚,其他地方,别下手。"

一个小伙子说:"屁股呢?我觉得可以像戏台上演的那样,按倒他,然后茗哥你下判决,打他二十军棍,不,民棍!"

陈茗乾笑笑:"嗯,这个可以考虑。"

一个小伙子突然"嘘"了一声,小声说道:"来了!"

众人放眼望去,借着微弱的月光,他们看到一个人影,正沿着村路慢慢走来。

众人不再吭声,只是默默注视着那由远而近的人影。

陈茗乾小声道:"待会我说一声'冲'大家就冲过去,先不忙动手,用水布蒙住他的头,再慢慢折腾他!"

众人在暗中点着头。

就在那人影走到离竹林约二十米处,大家都看清他就是王利群,陈茗乾也已举起右手,准备发出冲锋号令的时候，意外发生了。

只见三个手里持着短棍的人突然从王利群后面疾奔而来，其中有一人远远地喝道："王利群！站住！"

王利群显然被吓到了，一时有点蒙，待回头看清有人举着棍棒向他冲来、下意识要跑的时候，三个人中领头的手里的短棍已脱手朝他飞来，飞棍不偏不倚，正砸在他头上，他当即一个趔趄，倒了下去。

三个人追到王利群身边，把倒在地上的王利群围了起来。一个人朝他踹了一脚："起来！"

王利群一手捂着脑袋，挣扎着爬起来。

一个人问道："王利群，知道我们为什么找你吗？"

王利群嗫嚅道："不……不知道。"

问话的人说："木瓜，搜他身！"

叫木瓜的人便上前在他身上细细摸了一遍，最后从王利群的裤袋里掏出一沓钞票和一张纸，递给问话的人。

问话的人亮起手电筒，展开那张纸看了看，笑问道："我问你，这钱哪来的？"

王利群说："有我自己的，也有……刚刚赢来的！"

问话的人说："这么说，都是赌资了！没收，你没意见吧？"

王利群不服地："你们不能这样！"

问话的人："不能这样，该怎么样？木瓜，掌他嘴！"

木瓜上前，用力挥出一巴掌，"啪"的一声响，王利群站立不住，又倒在地上。

问话的人将钞票塞进自己裤袋，拿着那张纸，蹲下来递到王利群面前："这是什么？"

王利群不吭声。

问话的人："揍他！"

另一个人挥起短棍，狠狠砸在王利群手臂上，"啪"的一声脆响，显然是骨头破碎了，王利群惨号一声，痛得抱着手臂在地上翻滚。

林子边上，蹲在暗处看着的几个人，都觉得有点齿冷。

问话的人逼近王利群，一脚踩在他胸口上，扬着手中的纸张："你不说，我替你说，这是欠条、还款计划和房子转让抵债三合一的凭证吧？你今晚是走了狗屎运，还是出了老千，把我哥坑得那叫一个惨！你也不撒泡尿照照自己是什么东西，我哥不过是逗你玩的，你还当真了，还说什么三天内要接收我家的老屋！我家的老屋里可是出过大人物的，是你这种小流氓要得起的吗？"

说着，他愤怒地将纸张撕了个粉碎，扔向天空，冷笑着说："现在，你的钱没收了，该收的房子，也没收了，肯定恨死我了吧？"

王利群不吭声。

问话的人吼道："说！是不是？"

王利群一个哆嗦："是……不是……不是。"

问话的人："究竟是还是不是，连这个也说不明白，揍他！"

木瓜举起棍子，猛地砸向王利群小腿，王利群又是一声惨叫，叫完了不忘说道："我不恨你，不恨！"

问话的人："不恨我？说说理由？"

王利群一边发抖，一边连声说："你是我爷，我是你孙子！这可以了吧。"

问话的人："当然不可以，我怎么会有你这种不成器的孙子呢？"

王利群马上改口："那以后你是主子，我是你的奴才，你饶了我吧。"

问话的人："嗯，这点可以接受，当奴才，该怎么对待主子，你懂吗？"

王利群："我懂，要孝顺。"

问话的人："怎么个孝顺法呀？"

王利群："这……晚上请主子喝酒，早上请安，替主子……倒尿壶！"

问话的人嘿嘿一笑："你简直无可救药，你想想，你配请我喝酒吗？你只配喝尿！还倒尿壶，现在谁还用那脏东西！你这种人，留你何用，还是去死吧！"说着一棍子砸在王利群头上，王利群这回没有惨叫，昏过去了。

问话的人："木瓜，你们两个，轮流背着，把他背到江边，找条小船，在河中水深流急的地方把他扔水里去。"

木瓜有点迟疑："哥，这……"

问话的人："怎么？怕了？还是想给我留个祸害？告诉你们，这事必须做干净，否则后患无穷，他老爸不是个省油的灯！"

木瓜说："可……这杀人的事……"

问话的人："你没干过？那就干一回！这事天知地知，我们三个人知，而亲手杀人的是你们，你们不会泄露出去吧？"

另一个人说："怎么会呢！大哥！"

问话的人："那就麻利点，干完了我们出去玩几天。"说着他拍拍裤袋："把这钱花完了再回来。"

木瓜无言地背起王利群，率先向前急急而去。

竹林边上，一个小伙子问陈茗乾："茗哥，怎么办？"

陈茗乾还没答话，一个声音在他们耳边炸响："还等什么？赶快救人！"

不是洪瑞祥还是谁！

陈茗乾惊喜地："阿祥，你什么时候来的？"

洪瑞祥说："我早就来了，快！冲上去！"

陈茗乾大喊道："冲！"

洪瑞祥大叫："把人留下！"

众人蹿出竹林，向村路冲去。

木瓜闻声回头一看，见来人不少，气势又盛，吓得一把把王利群丢到地上，拔腿就跑。

问话的人和另一个打手也慌忙逃窜，都跑得比兔子还快。

众人追到王利群身边，洪瑞祥摸摸他的胸口，王利群还活着，只是还没有醒来，松了一口气，对还在往前追赶的陈茗乾喊道："都回来！他们跑不掉的！"

陈茗乾等人这才停止了追击，走到洪瑞祥身边。

洪瑞祥已背起王利群，说道："快，上卫生院！"

洪春山在家里久等不见洪瑞祥回来，心里越来越紧张，在厅里坐立不安，干脆开门走了出来，不知不觉中走进竹林，也不管竹林里漆黑一片，伸手不见五指，只是凭感觉感到通往西村的村路口，一路走来，不见一个人影，不仅是竹林里，村路上也空空荡荡，他心里更慌了，赶紧慌不择路地奔回家，一路上也不知跌了几跤。到家便直奔洪海涛卧室门口，擂门把他叫了起来。

洪海涛迷迷糊糊地走到厅里，看着急得大失常态的父亲，一下子清醒起来，听洪春山说了事情经过，他也有点慌了。心里不由得连连埋怨老爸的鲁莽，但也不好直接指责老人，只是说："我想想，现在该到哪里找他们。"

洪春山说道："会不会被弄到派出所去了？"

洪海涛摇摇头："派出所可以和村里电话联系，有事村里应该闹开了。不过，我还是到镇上看看。"说着，就准备出门。

这时，洪瑞祥气喘吁吁地跑进来了。来不及喘口气，就说道："爷爷，爸爸……"

听了洪瑞祥说了事情经过，洪春山和洪海涛终于松了一口气，终于是没有酿成大错。

洪海涛问道："王利群醒过来之后，你有没有把他被打昏后你们救他的情况和他说清楚？"

洪瑞祥说："在卫生院了，医生折腾了半个多小时才让他睁开眼睛。医生告诉我们，说他醒了，但什么话都不说。让我们去看看他，看他见了我们愿不愿意开口。但我怕你们着急，心想他没事了，先不管他，就急忙跑回来了。"

洪春山问道："陈茗乾他们呢？"

洪瑞祥说："我让他们赶紧回家休息。"

第二天，洪春山和洪瑞祥爷俩都在家中蒙头大睡。没有去参加除草，也没人来催叫他们。他们不知道，王利群被打断手骨，还被打到脑震荡，到现在还不会说话，以后会不会变成白痴都不好说的消息在村里传开了。有人暗自拍手称快，有人惊得瞠目结舌，更多的人相互询问，这事是谁干的？谁有这么大的胆子！

午饭时候，一家人围坐在八仙桌旁。洪瑞祥问道："昨晚这事，我们要不要说出去。"

洪春山说："这事我还没想好。"

洪海涛说："我早上一直在想这个事，我觉得应该主动向上级单位说清楚，至于怎么处理，就不关我们事了。"

洪春山说："怎么不关我们事？说开了，所有的调查、询问，我们这里首当其冲，以后家里就热闹了。"

王秋琴也说："我担心，这事要是由我们说出去，西村那几个打人的人，被抓起来还好，如果抓不住他们，他们会不会找我们的麻烦。"

洪海涛说："只要上边重视，这几个人肯定是会被抓起来的！"

洪春山："你说的上边，上到哪一边？派出所？镇里？我信不过他们！"

洪海涛："信不信得过先别说，有没有能力查清案子，抓捕到位也是个问题，这是力度问题，力度不够，抓捕不及时，真的可能出现秋琴说的，我们可能更麻烦了。那帮人知道是我们反映的情况，非对我们下毒手不可，这些人可是心狠手辣的亡命之徒！"

洪瑞祥："那怎么办？"

洪春山也说："再上面的人，我们不一定能见到！见到了不拿出证据，人家也不一定重视，不一定会认真去查、去抓人。"

洪瑞祥突然想起什么，一下子蹦起来，说："你们先吃饭，我出去一下。"说着，便向门外跑去。

他想起昨晚上对王利群行凶的那帮人中为首的那个人撕掉了扔在地上的那张纸。他一口气跑向竹林，穿过竹林，来到通往西村的路口，在昨夜事情发生的地方仔细搜寻起来。

还好，这段时间没刮大风，更没下雨，地面上片片碎纸，还都在昨夜落下的地方静静地躺着。他一片片捡起来，小心地放进口袋里，直到确信再也找不到一片碎纸。

回到家里，顾不上吃饭，把八仙桌擦干净，将拾到的纸片都掏出来放在桌上，一点点拼贴起来。

没有多长时间，虽然略有残缺，但纸张的原样，上面应有的内容，便都呈现在一家人面前。

洪海涛认真看了看，笑道："有这东西，就好办多了。"

这时，洪瑞祥才感到自己很饿很饿。

五　规矩

吃完饭，王秋琴提醒他："去看看你如玉妹妹吧。"

洪瑞祥想想也是，便点点头，走出门去。

走到林如玉家门前的晒谷场上，便听见林如玉银铃般的笑声从门口传了出来。

推开大门，见林如玉姐妹正在天井里追逐着一只大芦花鸡。没一会儿，灵巧而勇猛的小翠已经把鸡摁在地上。如玉走过去伸手将鸡翅膀一拧，将鸡提起来，这才冲着洪瑞祥笑道："哥，你来了！"

洪瑞祥问道："这时候，抓这么大一只公鸡做什么？"

小翠翠嘟起小嘴："这只大公鸡坏死了，老是欺负小母鸡，我早就要把它宰了吃掉，说了几次，我妈妈不让，今天早上却对我姐说，家里那只大公鸡够大够分量，把它杀了，留一半炒姜葱，拿一半送到你瑞祥哥哥家去。"

洪瑞祥笑着说："好啊！这鸡我来杀。"

和姐妹俩进了厨房，如玉拿了一个碗，放了一小撮盐，倒上清水。洪瑞祥则找了把菜刀，在鸡脖子上一抹，把鸡血滴进碗里。小翠翠已烧开了一锅开水，她打起一瓢，就往放在木盆里的鸡身上淋，谁知原来已垂下脑袋毫无动静的大芦花鸡在这一刻突然蹦了起来，扑扇着翅膀就向厨房外逃去，小翠翠撂下水瓢追出去时，大芦花鸡已跑去大门外，竟不知去向。小翠翠还想去找，洪瑞祥说："算了，这鸡命大，由它去吧。"

小翠翠叫着："怎么会这样？"

洪瑞祥说："可能是没割到它的动脉。"

林如玉笑着说："你可真行，被你杀死的鸡还能飞！今天可是没肉吃了！"

洪瑞祥不好意思地说道："我们去抓石螺吧。"

林如玉一听就高兴起来："好啊！上次在你家喝的石螺汤真是美味！"

洪瑞祥问道："你会做吗？"

林如玉说："会！我问过你妈妈了，她说把抓来的石螺放清水里几个小时，出干净泥，然后放开水里煮熟了，把螺肉挑出来，再把烫石螺的水烧开，把螺肉放进去，滚两滚，放点油盐，撒上葱花，就成了！"

洪瑞祥说："没错，走吧！"

小翠翠说："我也要去！"

三人一起向村外的水利沟走去。水利沟的水引自蓉江，是活水。水清澈见底，一些小鱼小虾时而逆流而动，时而顺流而下。沟壁上，缀着一粒粒的石螺。洪瑞祥踢掉脚上的鞋子，把裤管挽到大腿上，便走进沟里，水刚好漫过膝盖。林如玉也想下水，被他拦住了："我一个人下水就行了，我抓了就往沟沿上扔，你们负责捡起。"

站在沟里，洪瑞祥没有急着去抓沟壁上贴着的石螺，而是静等了片刻，待几只小虾游到他脚边，才猛地一抓，把虾抓到手里。他顺手就把虾的外壳剥了，把虾肉递给林如玉和小翠翠，姐妹俩接过，很自然地就往口里送。

这些小虾，这种吃法，是村里像他们这样半大孩子平常的零食。

近处的小虾抓光了，洪瑞祥这才开始抓石螺，没费多少时间，便抓了两三斤，林如玉连说"够了"洪瑞祥才洗洗手，攀上沟沿。另一边便是生产队的养鱼池塘，眼见池塘游虾为群。三人又下池摸虾，一下水惊得大鱼乱跳。三人怕被人家说偷捕鱼便上岸了。一边慢腾腾地往回走，一边有一搭没一搭地闲聊。

林如玉问道："你真的拜我叔为师学字画？"

洪瑞祥说："是啊！"

林晓翠便嘻嘻笑着。

林如玉："那你要叫我师姐，我两年前就拜我叔叔为师了！"

洪瑞祥"啊"了一声，刚想说什么，小翠翠开口了："我一年前就拜我叔叔为师了。我姐是大师姐，我是二师姐！"

洪瑞祥不出声了。

林如玉没放过他："叫师姐！"

洪瑞祥乖乖地叫着："师姐！"

小翠翠："不对，是大师姐！"

洪瑞祥又老老实实地叫道："大师姐！"

林如玉开心地应道："哎！"

小翠翠："叫二师姐！"

洪瑞祥："嗯，小二师姐！"

小翠翠："也行，再小也是你师姐！"

姐妹俩开心地笑成一团。

进了村街，他们依然笑声不断。但突然间，笑声戛然而止。

他们看到王庆文正一脸威严地朝他们走来，身后还跟着两个人。

王庆文上身穿着白色的确良短袖，下边穿着一条草绿色的假军裤，一条不知从哪里弄来的军皮带紧紧地勒住他那圆滚滚的肚子。远远便朝洪瑞祥喝道："洪瑞祥，过来！"

洪瑞祥停住了脚步，略带不屑地看着他。

见洪瑞祥居然不动，王庆文火气一下子上来，快步走到洪瑞祥面前："我说你这孩子懂不懂规矩？你父母没教你要听大人的话？我刚才的话你没听到？"

洪瑞祥说："我当然懂规矩，不仅懂小孩的规矩，也懂大人的规矩。我的规矩里有一条，对不懂规矩的大人，我就是年纪再小，我也不会跟他讲规矩！"

洪瑞祥的声音很大，一下子惊动了不少街坊路人，不少人驻足观看，也有不少人围了过来。他看见陈茗乾和他的几个小伙伴，也正急急地向他靠拢过来，不由得胆气更壮了。

王庆文却有点发怔，他没跟洪瑞祥打过交道，想不到这个小小年纪的人居然敢对他如此不敬，有点恼羞成怒地说道："你什么意思？你是说我不懂规矩？"

洪瑞祥冷笑一声："你说呢！"

王庆文气极反笑："好啊！那你说，我哪里不懂规矩了？"

洪瑞祥说："首先，作为大人，你凭什么对我吆五喝六的？我做错什么了吗？再说，你不仅是大人，还是领导，当领导更必须懂得当领导的规矩！你懂吗？"

王庆文咬牙切齿："放肆！"

洪瑞祥没有被他吓住，慢慢说道："记得我上小学一年级学唱《东方红》的时候，我的老师，也是我爸爸，对同学们说，这歌词有一句，就是'毛主席，爱人民'，这是一句很朴实的话，但这句话，却是我们新中国最大的规矩，新中国的一切大大小小的规矩，都从这句话来！谁在新中国违背了这个规矩，迟早都会受到惩罚的！你说你一个当领导的，对我一个小孩，都是这个态度，可见你对其他的群众是个什么样子，你平常对老百姓，对乡亲邻里们都是个什么态度，都干了些什么，你心里清楚！"

他的话音一落，陈茗乾和他的小伙伴们拼命鼓起掌来。

王庆文气得青筋暴突，却不知如何应答，只是一指洪瑞祥，对身边的两个人吼道："把他给我带回去！"说着，转身想走。

那两个人走近洪瑞祥："跟我们走一趟吧！"

洪瑞祥："凭什么？"

陈茗乾等人也嚷道："凭什么？这就想抓人呐？谁给你们的权利？"

那两个人中的一个人说道："不是抓人，是有些要紧的话要问一问他。"

陈茗乾说："有话要问，在这里不可以问吗？"

那人说道："领导就是想问问，王利群被人殴打重伤，是不是洪瑞祥你把他送到医院的？他被害的原因和经过，你是不是了解？"

听到这里，王庆文停住了脚步，回头看向洪瑞祥。

陈茗乾说道："这事我也知道，我可以告诉你们……"

洪瑞祥却打断了他的话："茗乾，他们问的是我，还是我来说。"他对着瞪着他的王庆文说道："你儿子是我们救的！"说着他按了按陈茗乾的肩头，才接着说："他挨揍的原因和情景，我也知道。在这里，我只能说说他挨揍的起因，起因就是你这当老爸的，太放纵自己的孩子了，或者是你认为你当领导的，儿子就该怎么没规矩就怎么来！一句话，他挨打是自作自受！至于谁打他，怎么打的。暂时，属于案件的秘密，我只能对明白规矩的办案人和领导说，对于你们，暂时无可奉告。"

王庆文说："行，那你对派出所的人说吧。"

洪瑞祥说："你也就只能叫得动派出所的人，但我告诉你，派出所的级别不够，你就别费这个劲了。"

王庆文气得发抖："好，那你等着！"

洪瑞祥笑着说："叫我等着？你级别不够，我们走！"

说着，他率先迈开大步，林如玉姐妹和陈茗乾几位哥们，也跟着一起走了。

一向横行霸道惯了的王庆文，这时却无可奈何，一筹莫展。连他的随从都觉得当街丢尽了脸。心里对洪瑞祥恨得不轻。

走在路上，洪瑞祥笑着对林如玉姐妹说道："大师姐小师姐，我不能去你们家了，要回去跟爷爷和爸爸说说刚才的情况。"

姐妹俩都说："我们也去你家里。"

陈茗乾等人也随着一起到了洪瑞祥家里，洪春山一见，十分高兴，连连说道："好！好！今天家里热闹了。"忙着叫王秋琴准备饭菜。林如玉姐妹争着去帮厨。

众人坐下来，洪瑞祥问道："爸爸呢？"

洪春山说："你爸爸性急，上县里去找关系了，看能不能尽快把情况反映上去。"

洪瑞祥便把刚才在街上与王庆文发生的事情说了。洪春山道："我家和他，迟早要撕破脸，由你来撕，最好！你没说错一句话，还直戳他的心窝，这更好！全村人现在都在看着他会怎么对付你，他一个领导，一个比你都大多了的大人，要是敢对你出什么阴招，那他只有更加失去人心，更丢脸。"

洪春山又向陈茗乾等人检讨了自己鼓动他们去教训王利群的错误，希望小伙子们原谅。他的诚恳与有错必改的态度，更让孩子们尊敬。

众人又说了听到的和看到的王庆文父子的一些丑行。洪春山说："阿祥的话是对的，王庆文父子这等人，是肯定会受到惩罚的。别看王庆文现在得势，但在新中国，他们连纸老虎都不是，只是跳梁小丑。不用怕他们，但斗争要讲究策略，不能感情用事，要戒冲动，千万别再想用暴力解决问题。"

众人都真诚地表示受教。洪春山又说："你们都是好孩子，都有志气，正直勇敢。未来要靠你们，现在还是要好好学本领。"

气氛融洽的闲聊最能打发时间。不知不觉中，已到晚饭时间，满桌子的农家菜摆了上来，众人落座就餐，首先喝的是林如玉在王秋琴指导下做的石螺汤，众人都赞不绝口。

吃得正高兴，突然虚掩着的大门被猛地推开了。几个身着警服的人走了进来，为首的洪春山认识，是镇派出所一个姓林的头头。人叫林头，他扫了餐桌一眼，冷冷地说道："哦嗬！真够嚣张的，庆功宴都摆上了！"

洪春山慢慢站了起来，声音更冷："是王庆文叫你来的吧？"

林头："谁叫的不要紧，要紧的是哪里有犯罪，我就必须出现在哪里，这是职责所在。"

洪春山冷笑一声："我这里没人犯罪，你来干什么？来制造罪案？来犯罪？"

林头怒道："有没有人犯罪，不是你说了算，是我说了算！你孙子，还有你待为上宾的这几个小崽子，把人殴打致重伤，又假惺惺地把伤者送到卫生院，妄图逃避罪责！我没说错吧？"

洪春山："胡说八道！拿证据来！"

林头："证据？后生们打人抢劫，还偷村里池塘的鱼虾，有没有？到了派出所自然就有！来，把这群小崽子都给我带走！"

洪春山上前几步，挡在孩子们面前，怒道："想抓人是吧？行！抓我吧，这帮孩子还未成年，他们干什么，怎么干都是听我的！想扣什么罪名，都可以扣到我头上！"

林头："你以为你跑得了，你要抓，他们也要抓，来！都铐上！"

洪春山大怒："你敢！"

洪瑞祥和陈茗乾站到洪春山身边。洪瑞祥怒道："敢动我爷爷，我跟你拼了！"

林头："咦，小崽子口气不小！想拒捕？还想袭警，告诉你，这可是罪上加罪！是重罪！"

洪瑞祥："你无法无天，敢公然制造冤案！你不配穿这身警服，不配戴这个警徽！"

林头："配不配，你说了不算，现在抓不抓你，我说了算！懂吗？小崽子！"

这时，几个同样穿着警服的人走了进来，走在前面的中年汉子说："那我呢？我说了算不算？"

众人一抬头，感觉到救星来了，因为中年汉子后面，站着洪海涛。

林头回头一看，却是大惊失色："李……李书记，你怎么来了？"

中年汉子说："你能来，我就不能来？"

林头战战兢兢地："不……不，李局……李书记，我不是这个意思，我是说……"

李书记说："话都说不完整，就敢出来胡作非为！我不想听你说了，回去把有关情况都写出来，你这身警服能不能穿下去，就看你写的是不是真话了！"

林头："这……是……是！"

李书记："还愣在这里干什么？还想让这位被你欺负的老人家请你吃饭呀？"

林头赶紧说："我走，我走！"顾不得喊一声"收队"便匆匆走了出来，跟他来的几个人也赶紧溜了。

李书记走到洪春山面前，伸手握住他的手："对不起，您老受惊了，是我没管好队伍！"

洪春山有点受宠若惊，也有点百感交集，他看了看李书记，又看了看洪海涛："这……李书记……"

洪海涛说道："李书记原来是县公安局的军代表，后来就地转业，留在公安局当党组书记和革委会主任，也就是局长。"

洪春山忙请李书记在木沙发上坐下，又让小伙子们把条凳搬给陪李书记来的干警们坐，这才叫洪瑞祥赶紧泡茶。

李书记说："老人家，不用客气。洪海涛同志向我反映了情况，我马上叫人核实，基本都搞清楚了，可惜三个直接作案的凶手只抓住一个，其他两个在逃。我是想亲自到你们这里的派出所督促他们办案，想不到一到派出所，听说他们根本不了解情况，反而到你这里抓人来了，想做出假案，这问题很严重！所以我就直接赶来了。你放心，该受惩罚的人一个也跑不掉，包括这个案子后面的人，不管是指使三个打手行凶的人，还是指使派出所制造假案的人！"

洪春山激动地："太好了！李书记，谢谢！海涛，你真的找到党了！"

众人都笑了。洪瑞祥没有笑，但眼里却涌出一眼热泪。

洪春山又惭愧地说："说起来，在这件事当中，我也有错！我要检讨！"

李书记说："这点，海涛同志也说了。老人家也不必太过自责。但凡心里向着善良的老百姓的人，都会理解你的冲动。什么叫'官逼民反'？这就是？再说，你也及时改正了，所以，怎么说这事呢？也算是坏事变好事了吧。我尤其欣赏你孙子和这几位血气方刚的年轻人。能在那种时候，把准备算计人变成当机立断救人，这可是立了功了。虽然被救的人很可恶，但其罪不当死。这也从侧面证明你们原先准备'伏击'王利群，只是想教训他，并非想把人置于死地。"

洪春山宽慰地："李书记明鉴！"

李书记一行人走了以后，王秋琴把菜又热了一遍，大家又坐回到桌边吃饭。洪春山问洪海涛："你是怎么找到李书记的？"

洪海涛说："我一早到了公安局，但被传达室的人拦住了，说李书记不在，就算在，也很忙，不是什么人想见就可以见到的。我正无法可施，看见一个人也往公安局走来，不是别人，是在我们村里插队的知青李红军，我和他打招呼，他说回城里探亲。他问我到公安局办什么事，我说我找李书记，他二话不说，就带我进去了，传达室的老头看见他，既不拦，也不问。就这样我见到了李书记。"

陈茗乾说："这李红军跟我走得很近，我们经常一起切磋武艺，一向话不多，想不到他在县里有这么大的面子。"

洪海涛笑笑："你们知道李红军是李书记的什么人？"

众人摇摇头。

洪瑞祥说："不会是他儿子吧？"

洪海涛："你知道？"

洪瑞祥摇摇头："不知道，可是听你这么一说，我一想，李红军姓李，李书记当然也姓李，俩人又有点像，就猜是了。"

洪海涛："还真就是！这李红军还在他爸面前替我们说好话，一见他爸，就说：'爸，我在玉王庄待了一年多了。洪老师一家都是正直诚实的人，他们反映的情况不会虚假，你可要重视。'"

陈茗乾说："怪不得李书记对我们这里发生的事这么上心。"

洪海涛说："也不全是因为李红军的关系，我看李书记就是一个一心为民的好官！而且处事风格全是军人的一套，果断凌厉，眼里进不了一粒沙子。"

洪春山说："好！等李红军过完探亲假回来，一定要请他来吃个饭，你们几个一起来！"

六　师道

过几天，李红军回到了村里。他就寄住在学校空出来的教师宿舍里。洪海涛见到他，便盛情邀请他到家里做客。李红军高兴地答应了。

饭桌上，李红军告诉大家，竹林边的案子已经告破，凶犯已全部归案，包括背后的指使人黄某。定性为凶杀案。

洪瑞祥惊讶地："不是殴打致伤吗？怎么变成凶杀案？"

李红军说："凶手确实是想置王利群于死地。作案人也供认不讳。"

洪瑞祥回想当时看到听到的情景，点头道："确实是。"

李红军又说："王利群虽是受害者，但他的所作所为，也让人不齿，他也被拘留了，估计，就算判不了刑，送劳教是肯定的。"

洪春山说："子不教，父之过，王庆文难逃责任！"

李红军说："这次本来有不少人主张将王庆文撤职查办，但也有人死保他，说要治病救人，不要一棍子打死。结果给了一个记大过、留党察看、以观后效的处分。"

洪海涛说："真是便宜他了！"

李红军说："至于王庆文的狗腿子，派出所那个林头，真的被阿祥说中了，脱了警服，回家种地去了。"

众人都拍手称快。

李红军乘兴举起酒："我借花献佛，敬大家一杯酒。"

众人都高兴地举酒碰杯，痛快地喝了这杯酒。

李红军开心地笑笑，说道："我今天来做客，也是来辞别的。我就要离开玉王庄了！"

陈茗乾惊呼："为什么？你不再跟我切磋武艺了？"

李红军说："恐怕很难有这个机会了。我要当兵去了。这几天说是去探亲，其实是去接受政审，参加体检的。"

洪海涛说："我就说嘛，县城离这么近，每个月都可以回去几次，还探什么亲嘛！也好，当兵比当知青有前途。"

陈茗乾不悦地："当兵也是苦差事，我练武就知道。什么前途不前途的，还不是不喜欢我们玉王庄，不喜欢农村，想跳出去。"

李红军并不生气，仍然一副笑佛模样："我知道你会不高兴，我也不想离开哥们你。我有一点你应该知道，我是真的喜欢玉王庄。玉王庄让我改变了对农村的概念。我曾经对我的同学说过，谁说农民没有文化？玉王庄的农民文化水平就不低，而且整个村子的文化底蕴很深厚！这里藏龙卧虎，几乎每个人都是我的老师，包括茗乾你！"

陈茗乾说："那你还离开？"

李红军说："我喜欢玉王庄，但我更向往我出生和成长的地方，最重要的，那里是我爸战斗过的地方。我这次去的是滇缅交界处的边防部队，那里是反毒反走私的前沿。军事行动频繁。我爸身上，就有和毒匪枪战时留下的伤口。"

众人皆肃然。陈茗乾也不再说话。

洪海涛说："缅北是产翡翠玉石的地方。听说和我们境内的人不时有玉石交易？"

李红军说："不是时有，而是经常。也是走私。但这种走私活动可说是半明半暗，当地政府也是睁一只眼闭一只眼。一来那里是汉族和少数民族混居的地方，二来玉石交易对当地的经济有不少帮助。"

一听这话，洪瑞祥看见爷爷和爸爸的眼睛都亮了，便笑着说道："军哥，你去了部队以后，能不能给我们来信，我也很向往军旅生活。"

李红军笑道："当然可以！我会很怀恋在玉王庄的这段日子，怀恋这个地方。和你们通信，可慰我这份思念之情！"

众人开心地一笑。

令洪瑞祥想不到的是，因为这一句话，他在以后漫长的人生道路上，多了多少助力。

接下来的这几天，人们惊异地发现，原来在地方上不可一世的"霸王"王庆文，像变了一个人一样，他变得谦卑，甚至有点奴颜婢膝；他勤快，整日里马不停蹄。他几乎跑遍了村里每一户人家，对年长的，恭敬地叫着叔伯婶母，对同龄的，亲热地叫着哥弟姐妹，对年轻的，也不再直呼其名，小弟弟小妹妹地套着近乎。见谁都是一脸诚恳，说是上门征求意见，以便他改正错误缺点。对被其伤害过的人，则是连声忏悔，又是鞠躬，又是作揖，甚至是痛哭失声。

洪瑞祥家他是第一个来的。不管洪春山祖孙三代如何冷言冷语冷脸冷着场面，他自管用心表演着，直接就承认他是故意整洪春山的，也是他受意派出所的林头抓洪瑞祥的。还表示，林和平的事他也有错，他会用心改正。

王庆文走后，洪瑞祥问爷爷："他会真的放过林和平爷爷，想办法把他放出来吗？"

洪春山说："假的，他这是所谓的'识时务者为俊杰'能屈能伸。等这一阵子一过，肯定还是原形毕露。"

洪海涛说："爸，林和平叔叔的事，是时候想想办法了。"

洪春山叹道："我已经联系了几个老人，联名证明林和平卖的翡翠扳指是家传旧物，并非投机倒把来的，也将联名信托李红军让他爸爸送出去了，看有没有作用吧，其他的，我还真想不出办法。"

洪海涛叹道："哎，也只好听天由命了！"

酷热的暑假过去了。洪瑞祥白天回校上课，而晚上的时间，一半躲进地下室跟爷爷学玉雕，一半跟林清溪学字画。在家里地下室是一、三、五；在林清溪画室里是二、四、六。洪瑞祥更喜欢二、四、六晚上，因为学画时，林如玉姐妹也在。

开始进入家里地下室学手艺的时候，因为还有点神秘感在驱使，他还有些许的兴奋，但时间长了，对着那些老旧的刀、锯、刨，还有少得可怜的一点旧玉器，慢慢就兴味索然了。但爷爷的严厉和苛求，使他不得不强打精神，努力把爷爷教的手艺学好。

但到林清溪老师家的画室就不同了，画室虽然简陋，工具也就是文房四宝和一些字画书籍，但这里的世界却比家里的地下室精彩多了。

这一天晚上，洪瑞祥放下碗筷，便兴冲冲地赶到林清溪家，他以为来早了，殊不知林家姐妹晚饭竟是在林清溪这边吃的，自然到得比他早。一进门，看到林老师正和两个侄女坐在饭菜旁聊天。他说道："林老师，进画室吧，今天轮到我实际操练，我都有点急了！"

林清溪说："不急，时间有的是，先坐下，谈谈这一段的学习体会。你们三人，一起交流交流。"

洪瑞祥只好坐下，说道："我觉得收获很大，进步很快，主要是老师教得好！"

林如玉看着他，笑道："拍马屁都不会拍！"

洪瑞祥不解地："咋啦？我哪里说错了？"

林如玉没说话，小翠翠却来了一句："悟性真差！"

洪瑞祥奇怪了："啊？"

小翠翠说："究竟是你先学得好，还先是老师教得好，主次不分！你是夸自己还是夸老师？"

洪瑞祥这回听明白了，也知道这俩姐妹故意逗他，只好说："行行行，是我不会说话。"

林清溪笑笑："你们都是聪明的孩子，悟性都不错！今天我让你们交流，就是希望你们能从自己的学习中悟出一些东西来。你们发现没有，阿祥比你们俩姐妹跟我学画的时间短很多。但他的习作，要明显强于你们，一些刚学的技巧，用起来都比你们好，这是为什么？"

小翠翠："是啊，哥哥比我们聪明！"

林清溪摇摇头："论聪明，你一点也不比阿祥差。"

小翠翠："那是为什么？"

林清溪："因为他读书比你们多，因为他的阅历比你们多，所以他动笔自然而然地比你们想得多，有了比你们更多的创意。"

小翠翠："创意？"

林清溪："创意就是与众不同的好构想！要有这个好的构想，就必须对你们所做的事，所画的画有更深的了解和感受，这就需要更多的知识，更多的追求！"

林如玉说："我明白，想画好一幅画，如果你对你画的对象不熟悉，没感受，别说想画好，恐怕连画出来都不行。技巧再好也不行！"

林清溪："对，就像老师……"

林如玉："就像叔叔你画'飒爽英姿'那幅画，你画女民兵，可你对女民兵不熟悉，没有多少感受，所以，你画出来就像一群古代仕女穿上现代的假军装，怎么看怎么不像，还不如你画的公孙大娘舞剑呢！"

林清溪："没错！就是这个意思。"

小翠翠："我有点明白了。我只熟悉小鸡、小鸭、小花、小草，我以后就专门画这些。"

林清溪："这也可以，但就是画这些，你也要有自己对生活的感悟，不然，同样是画不好。"

洪瑞祥说："我明白老师说的，老师这么语重心长，是要我们除苦练基本功之外，还得苦读书，勤做事，多动脑筋。"

林清溪："这个一个层次。老师希望你们明白的是，文化是人创造的，人的每一个细胞都有文化属性！人的一举一动，都是自己文化素养的体现，更不要说做大事，不要说写文章作画了！"

洪瑞祥若有所悟地点点头，林如玉姐妹似懂非懂，陷入了沉思。

洪瑞祥问道："林老师，我现在有点明白了，为什么我在我爷爷那里学手艺总感到兴味索然，但在你这里也是学艺，却总是兴致勃勃。不仅是你这里比较热闹，更主要的是我在你

这里能学到更多东西，在你这里不仅能学画画，还能学到人生很多道理。"

林清溪摇摇头："你爷爷懂的人生道理比我多，只是没有由头，无从说起。这由头有没有，其实是学习条件不同的原因。由头从哪里来，从你们的创作实践来。在你爷爷那里，创作实践几乎无从谈起，因为没有多余的玉石让你们去发挥你的想象力，没法搞创作。而我这里，老师虽穷，但多准备几张宣纸的能力还是有的。学雕刻也好，学画画也好，不与创作实践结合着学，确实乏味，就像学写文章，给你讲半天什么起承转合，什么豹头猪肚凤尾的，不让你动手写文章，你什么时候也不会学出激情，什么时候也学不好。"

洪瑞祥诚恳地点着头："老师，你的话我记住了，以后，我知道怎么学东西了。"

林如玉也说："我也记住了。"

林清溪高兴地点着头。

洪瑞祥趁老师心情好，说道："老师，你什么时候画的'飒爽英姿'，可以让我欣赏一下吗？"

林清溪笑笑："学校操场的围墙要挂几幅宣传画，我就画这一幅，谁知如玉看了，一个劲说不好。确实是不好。就在画室里，你想看就看。"

洪瑞祥笑道："老师不怕我像如玉一样，说些不好听的话。"

林清溪说："是不好就是不好，还听什么好话？如果你不实话实说，我才生气呢！要是你胡说八道，我也会骂人！就像现在批孔老二，孔老二的学生向他请教种田的学问，孔老二回答说，我这人四体不勤，五谷不分，我不如老农，这是实事求是，不想不懂装懂误人子弟，就这么个事，也拿来批，真是混账！"

洪瑞祥吃了一惊，现在正当批林批孔的风头火势，林老师这席话一旦传开，那绝对会大难临头。他不由得看了看小翠翠："翠翠，这话可不能在外面说。"

小翠翠回瞪洪瑞祥："你以为我是傻瓜呀！"

林清溪却不以为然地笑笑，拿出他画的"飒爽英姿"摊开在画桌上，说道："这也是我给你们的教材，你们可以从中体会到今晚我们一起探讨的问题。"

洪瑞祥看了看画，确如如玉所指出的，那画上的人物一个个瓷人似的，白净而细嫩，怎么看都不具英姿。他说道："老师，这幅画更加深了对你观点的理解。我是受益匪浅，但这画还是烧了好，别让有心人看到了，到时候一顶丑化工农兵的帽子，就够你受的。"

林清溪点点头，把画揉成一团，对林如玉说："塞到灶膛里吧，你婶婶正在烧洗澡水。"又对洪瑞祥说："你来，画桌归你了，习作的题目是一首诗：墙角数枝梅，凌寒独自开，遥知不是雪，为有暗香来。"

洪瑞祥铺开宣纸，举笔便写，落笔如飞，墨分五色，顷刻间，一幅水墨画便呈现在众人面前。

画上，寒风呼啸，彤云翻滚，远处，低矮的旧城墙给人一种残破而压抑的感觉，墙角，隐约可见几朵盛开的梅花。而近景，却是一个傲然挺立的人，那人酷似林清溪……

第二天是星期天，林如玉抱着一本书，一早就走进洪瑞祥的家。见洪瑞祥正在一块小小的端石上雕刻着，雕的是一个墨砚。林如玉笑道："我猜得不错的话，这是你第一件雕刻的作品，雕好了送给我。或者说，必须由我保管，我会珍惜它的。"

洪瑞祥不置可否，只是说："这是我对老师教导的第一份答卷，也是对中国传统师道的礼赞，也是我要表达的信念与决心。"

第二章 相濡以沫

一 选择

接下来这几年，玉王庄倒也风平浪静。乡亲们本就与世无争，该种田的时候种田，该鼓捣玉器的时候鼓捣玉器。这里的农民不管在什么时候，在田园里绝不会偷懒。他们历来对土地有一种自然的崇拜，都明白人误地一时、地误人一年的道理。在许多地方粮食收成不好的时候，这里却总是一枝独秀，单造产量近千斤。这可是实打实的，他们不会高报，因为高报要多交余粮，这可是要饿肚子的。而低报也不可能，因为领导们不允许，这可是政绩。至于鼓捣玉器，他们更是尽心尽力，因为获得收入可全是自己的。但苦于原材料短缺，常常是英雄无用武之地，不免十分郁闷。而王庆文自从挨了处分之后，就把他的乌龟头缩了回去，再不敢对乡亲们龇牙咧嘴，颐指气使。个中的原因只有他自己明白。他精心设计速进牢房的林和平，在他的处分未被撤销的时候就被放出来了。他知道这是公安局的李书记起的作用。他不明白村里的这些泥腿子如何会有李书记这样的靠山，心里却不免忌惮。其实，自李书记出现在洪瑞祥家里为他们解了围之后，包括洪瑞祥一家和村里的其他人，都与李书记再没有什么交集。

洪瑞祥上完了高中，进了村办工艺厂待了二年，不显山不露水，除了家里人和林清溪，没有人知道他的玉雕技术和字画水平已达到了出神入化的境界。平日里，他除了上班时间，总是与林如玉腻在一起，几乎是形影不离。林如玉早已出落成一个让人一见就不能忘怀的大美女，村里不少年轻人都喜欢她，但谁都明白她迟早是洪瑞祥的人，只好将那份情愫强压了下来。只有一个王庆文从县里弄来跟在身边叫王宗伟的年轻人，以为有王庆文撑腰，在村里高人一等，别人不敢追林如玉，他敢。谁知骚扰了林如玉几次，每一次都被林如玉无情地抢白。有一次被洪瑞祥的好友陈茗乾看见，陈茗乾还撸起袖子要揍他。他跑到王庆文那里，想让王庆文教训一下陈茗乾，不想却被王庆文一番斥责，让他们以后见了陈茗乾和林如玉绕道走。他这才偃旗息鼓，不敢再造次。

有一天在厂办看报，洪瑞祥看到恢复高考的消息，不由得一阵兴奋，便跃跃欲试。回家与爷爷和爸妈一说，他们也极力鼓动，林如玉知道了，更是一番撺掇，于是报了名，又经过群众推荐，各级盖章，他顺利进了考场。他考得很好，自信满满，但却名落孙山。

知道结果之后，他不服、不解，第一次没有林如玉陪同，一个人踱到蓉江边，希望能在这里见到那宽阔的江面和江边的千顷平畴，心里便会觉得平静许多，敞亮许多。但这一次他失望了，因为他刚在江边一块石头上坐下来，便见到在江里游累了上岸来的王宗伟。王宗伟看见他，不由得一声冷笑，径直向他走来，开口说道："知道了吧，你这叫不自量力！我都没报名，你折腾个啥？被录取的都是一早就内定的，其他的人全是陪考！懂吗？陪考！一点内部消息的渠道都没有，就贸然冲上去了，这不是笑话吗！可怜。"

说罢，他扬长而去。

洪瑞祥愤怒了，不觉一拳砸在身下的石头上。痛得他直龇牙。

愤怒过后，一时间，他只觉得心灰意冷，好些天，提不起神来。

好在这个时候，一些社会性的文化活动已逐渐恢复。县里有关组织举办了第一届青年书画比赛。洪瑞祥和林如玉俩人听林清溪的话，洪瑞祥写了一幅字，林如玉画了一幅画，在比赛中双双获得了最高奖项。这使洪瑞祥有点小兴奋，这兴奋冲淡了他的郁闷，他的脸上又浮起了自信的笑容。

这一天晚上，在林清溪的画室里，洪瑞祥与林如玉的获奖作品挂在墙上。林清溪指着字画说道："你们的作品，获奖了，得到高度肯定了，老师想知道你们的看法，或者说，是你们的自我评价。"

洪瑞祥与林如玉知道这两幅作品获奖后，林清溪就把它们挂在墙上，一有空便端详，但一直没说什么。看来，现在老师是要认真地作一下点评，与他们认真讨论了。

俩人便都严肃起来，但一时都没有言语。

林清溪笑笑，也不等他们开口，自己便说开了："我知道你们都不是容易自我满足的人。在成绩面前会自己找不足。但老师担心的是你们找不到自己的不足在哪里，所以必须多说几句。"

确实如此，洪瑞祥和林如玉都频频点头。

林清溪："先说阿祥这幅字。乍一看，挺好。但仔细一琢磨，就明显地感觉到你写这幅字的时候，笔气不连贯，不够流畅，中间有波折。你这幅字写的是陈毅元帅在赣南坚持游击战时期写的《梅岭三章》，我知道你对陈毅元帅的敬爱和对他这三首诗的理解都没问题，但为什么会出现我刚才说的情况呢？尤其是其中'后死诸君多努力，捷报飞来当纸钱'这两句，显得突兀，不协调。在写这两行诗的时候，你心里有一股亦正亦邪的冲动！"

洪瑞祥不由得一惊，暗赞老师连这都看得出来，便老实承认道："老师真是仁心慧眼。写到这两行诗时，我思想开小差了，突然想到，现在恢复高考了，一切都在向好的方向发展，但目前不公平的社会环境，还是让人心里发冷。落笔的时候，不知不觉间加大了力度。"

林清溪点点头："记住，这是个教训，写字时心神不定，你永远写不出一幅真正的好字。"

洪瑞祥衷心地说："老师，我记住了。"

林清溪笑着看着林如玉："阿玉，你这幅竹子，上面题了一句郑板桥的诗，'咬定青山不放松'，但看画面，青山何在？你的竹子，咬定的不是青山，是玉王庄的平地吧？"

林如玉笑道："老师说得对，我画的时候，根本就没想到青山。"

林清溪又说："再看这竹子，柔媚有余，苍劲不足，配上郑板桥这句诗，有点牛头不对马嘴。我想，你要的只是一个'咬'字，你到底想'咬'住什么？"

林如玉看了一眼洪瑞祥，脸红红的，低下头了。

林清溪哈哈一笑："记住！笔是最忠诚的！"

他不再往下说了。

洪瑞祥明白了，林如玉心里只有他，她就想"咬"住他。林老师其实是在拿她开玩笑。也就笑了起来。

这个时候，在农村的学校里，"有问题"的老师尚未归队，而大中专的学校又好几年没有毕业生可供补充到教师队伍里。于是便出现了"教师荒"。洪瑞祥和林如玉作为贫下中农子女，又刚获了大奖，名声在外，头上有着又红又专的光环。便双双进了学校，当了代课老师。

当了孩子王，他们觉得既新鲜又得意。何况他们本身也是稚气未脱，很快便和孩子们打成一片。虽然他们没上过师范，不懂什么学高为师，行高为范。但他们有林清溪作榜样，知道怎么与学生沟通，怎么让人奋发向上。连他们自己也想不到，仅仅两年时间，他们便各自把原来糟得一塌糊涂的农村学校里的落后班级，带成了全县最优秀的班级。为此，当年的县公安局局长，如今的县委李书记特意到学校来视察。当看到创造出教学奇迹的年轻人竟是当年他第一次到玉王庄见到的那个愣小伙子的时候，不由得感慨万千。对校长说道："小洪和小林这样的年轻人，干什么都能干好。他们应该去深造，将来为党和国家做出更大的贡献！今年县里有清华大学和北师大的招生名额，就让他们去！"

听到李书记这话，洪瑞祥并没有怎么高兴。他突然想到，所谓的内定名额，有些是不是就是这么来的？在这些事情上使用特权的人，有的也并不是为了自己的一己之私？自己原来是不是把当官的想得太差劲了。

离开学校，洪瑞祥和林如玉各自分头回家，都想着把今天见到李书记和李书记的话告诉家里人，让家里人也高兴高兴。

进了家门，见妈妈王秋琴正忙着准备晚饭，没看到平时总是坐在厅里或是大门口抽着烟的爷爷，便问道："爷爷呢？"

王秋琴应道："你爷爷病了，在房里呢。"

洪瑞祥急忙奔进爷爷的卧房，见爷爷正躺在床上，精神有点委顿，便焦急地问道："爷爷，你怎么啦，哪里不舒服！"

洪春山说："爷爷没什么大事，偶感风寒而已，躺一两天就好了。放心，没看到你把祖宗的愿望实现，爷爷不会走的。"

洪瑞祥一怔，祖宗的愿望？是啊，自己当教师的这一两年，好像把这个自己原来视为一生使命的事给淡忘了！

这一夜，他辗转反侧，彻夜难寐。

他明白，自己走到人生的一个十字路口。他检视着自己的一切。他发现自己很喜欢目前的教师生活，他喜欢孩子们，不论看到哪个孩子的一丁点成长，都会喜不自胜。而在潜移默化中，他又很羡慕林清溪老师那种散淡的书画生活，感觉像林老师这样过一生也不错。而李书记让他去上名牌大学，那诱惑也是难以抗拒的，村里人虽有文化，但真上过名牌大学的还真没有，自己和林如玉双双去上这闻名世界的名牌大学，岂不羡煞村里的所有人？而说实在的，前面的这几种选择，都要比真的去继承家中的传统手艺，去努力圆祖辈的梦要轻松得多。除了学艺，他现在还不知道要圆祖宗的梦，该从哪里杀开一条血路！但再难，他能让爷爷痛苦地失望、带着遗憾离开人世吗？能让父亲无奈地叹息着，郁郁地了此残生吗？他们近十年来在自己身上花的心血，能让他们白花吗？如果这样的话，哪怕以后自己的日子过得如何惬意，也无法原谅自己。

玉德！他想到爷爷和老爸常挂在嘴边的这两个字。他知道祖辈之所以爱玉，看重的不是玉能带给他们的富贵荣华，而是玉的品格，玉有玉德，好人如玉。所以才有今天的德玉坊。老爸辈分德辈，德又与"竹"谐音。

他不能背叛玉德，不能背叛家族的传承！他说："食无肉，居有竹，家传玉足矣！"

前路虽多，但他觉得似乎没有其他选择。然而他还是犹豫，不仅是担心自己以后的路难走，他还要考虑到林如玉，这个从小就死心塌地"咬"定他的美丽姑娘，他真的不愿意她跟着自己受苦。

第二天下班离校后，洪瑞祥和林如玉携手回到她的家中，和她父母与妹妹一起用过晚饭后，洪瑞祥说："如玉，今晚我想在我家的地下，在德玉坊里做一件玉器，作为礼物送给你，你想要什么样的东西？"

林如玉说："这样啊，给我做一支玉簪好了。"

洪瑞祥一听，笑笑说："玉簪呀，已经有了，就不用再做了。"

林如玉问："那晚上我们干啥？"

洪瑞祥说："就搬两把椅子，在你家门口的晒谷场上闲聊吧。"

林如玉："这时候你还有心情闲聊，不是要考大学吗？我把书本收拾一下，到你那里和你一起温功课吧。"

洪瑞祥略为沉吟，便说："也好。"

林如玉便去自己房里找出了几本高中课本，和洪瑞祥一起回家，和洪海涛夫妇打了声招呼，便一起进了洪瑞祥住的小屋。

林如玉在灯下摊开书本，洪瑞祥却坐着不动，只是默默地看着她。林如玉问道："怎么？我的脸是高中课本呐？"

洪瑞祥说道："如玉，我想和你商量一下，我不去上大学了，就你去，行吗？"

林如玉不假思索地应道："不行！"

洪瑞祥笑笑，笑得有点苦涩，却不知如何说服林如玉。

林如玉反问道："你打定主意不上大学了？"

洪瑞祥点点头："家里人希望我把玉雕艺术发展起来，我不想让他们失望。"

林如玉说道："上大学也不妨碍你继续搞玉雕艺术啊！"

洪瑞祥摇摇头："上了大学，按我们现在的社会体制，大学生就是国家干部，毕业后分配到什么地方，你都得听从，都得用心干。哪里还有多少自主的时间和精力。"

林如玉点点头："那也是。"

洪瑞祥说："所以，我想放弃上大学的机会，但机会确实难得，你应该去。"

林如玉笑道："嗬！就像你说的，上完大学以后干什么事要听国家的，国家把我分配到西北，然后我天天站在黄土高坡唱'妹妹找哥泪花流'？"说着，眼里分明闪动着泪光。

洪瑞祥心里一凛，他深知如玉说的是完全可能出现的情景，绝不是开玩笑。

他放弃了努力，知道劝说无效了。

果然，林如玉温婉而坚定地说道："你选择了玉石，我选择了你，这就是我们的选择，这一生，你做什么，我跟着做什么，你发达，我们是富贵人家，香车宝马；你穷困，我们是贫贱夫妻，稀粥咸菜。无论如何，只要和你在一起，我便满足！"

洪瑞祥热血沸腾，得女友如此，夫复何求！他想站起，上前紧紧拥抱着眼前的美人儿。但他还是先克制住自己，爷爷、爸爸和妈妈，还有已长大成人的弟弟洪瑞麟，这时都在厅里闲坐喝茶，就这一墙之隔，若弄出什么响动，就该让如玉羞惭了。他看着如玉，眼里充满火热的柔情，说道："你这番话，比起名诗人写的实在多了，也动听多了。什么'如果你是一棵树，我就是一根藤'！殊不知树和藤是相生相克之物，藤是会把树给缠死的。"

林如玉说："你是一棵树，我只会是连理枝，绝不是一根藤，我不会给你压力的。"

洪瑞祥感动地伸出手去，俩人的手在桌上紧紧相握，久久没有松开。

林如玉说道："我只有一个担心，如今玉石资源如此贫乏，怕是英雄无用武之地，光有一腔雄心壮志，以后做不起来，会不会后悔今日的决定。"

洪瑞祥笑笑："我与李红军常有联系，知道腾冲那里现在玉石生意已很活跃。缅北地区每年都开采出大批量的玉石，还愁卖不出去呢！关键不是玉石资源，而是资金。资金可以积累，可以筹措。所以我打算出去闯荡一番，先在内地收些旧玉器，通过加工转卖赚一点钱，然后去腾冲，先收一些人家的下脚料，再一步步发展。"

林如玉一惊："出去闯荡？！"

洪瑞祥："这是必须的，旧玉器生意，在家里等不来，只能主动出击。"

林如玉点点头，却默默无言。

洪瑞祥用力握了握林如玉的手："如玉，我想，人生短暂，该做事的时候一定要毫不犹豫地去做！我想马上出去！"

林如玉："你一个人去？"

洪瑞祥点点头。

林如玉："好！等你有了落脚点，我就去找你！"

洪瑞祥说:"不用这么着急吧。等我能去腾冲的时候,我们再一起去!"

林如玉:"那……我们不是要分开很久?"

洪瑞祥:"不会的,至少过年过节,我是必须回来的!而且我想,我用不了太多时间,就可以做好去腾冲的准备的。"

林如玉说:"那好吧,你要记住,最多隔一个星期,就要给我来一封平安信!哪怕只有一句话,不,就两个字:平安!"

洪瑞祥:"这肯定!必须的!"

这一天晚上,他们聊到凌晨过后,见客厅里的灯早已熄了,洪瑞祥才送林如玉回家。

月光如洗,村里一片静悄悄。俩人携手走到林如玉家门口,洪瑞祥才恋恋不舍地放开林如玉那温软的小手。但同时,俩人几乎是不约而同地伸开手臂,将对方紧紧地抱在怀里。

林如玉动情地在洪瑞祥的耳边悄声呢喃:"不是担心你爸妈对我有看法,今天晚上,我真的想留在你的房间……就那么聊到天亮!"

洪瑞祥耳朵痒痒,心里也痒痒,说道:"那现在我们到你房间去吧。"

林如玉给了洪瑞祥一粉拳:"你想死啊!你不知道我和妹妹睡一个房的!"

洪瑞祥叹了口气:"哎!"

月色朦胧,眼也朦胧,但林如玉还是看到洪瑞祥一脸的沮丧。便笑着说道:"乖!回去吧。"见洪瑞祥不动,又说了一句莫名其妙但洪瑞祥一听就明白的话:"好饭不怕晚。嗯?"

洪瑞祥扑哧一笑,故意说道:"我就怕吃不到!"

林如玉眼里一瞪:"说什么呢?傻瓜!"

说着,在洪瑞祥唇上轻轻一吻,便转身推开大门走了进去。洪瑞祥呆呆地对着关上的大门,过了好一阵子,才听见门里上门栓的声音,这才默默转身离去。

第二天,是暑假的第一天。由于一夜无眠,早上才迷糊过去,林如玉等到十点钟才起床,洗刷之后,连饭都没吃,就赶到洪瑞祥家。一进家门,便看到洪瑞祥一家人全端坐在厅里,他的外婆夏淑萍也在座。而洪瑞祥则抱着他那个她很熟悉的旧背包,背包鼓鼓囊囊的,显然已经做好了出远门的准备。

王秋琴泪眼汪汪,一见林如玉,便说道:"如玉,阿祥要走了,就等你……"

说着眼泪便掉了下来,赶紧用手去揩。

林如玉的眼眶顿时也湿了。她走到洪瑞祥跟前,抱过背包:"我送你吧。"

洪瑞祥站起身,坚定地向门口迈去。

这是,夏淑萍却喊道:"等一等!"

洪瑞祥和林如玉双双站住。

夏淑萍看着他们,说道:"早上,阿祥妈妈就告诉我,阿祥要去闯荡了。都准备好了,就等着我和如玉来送一送他。如玉姑娘,我问你,阿祥此去,是福是祸,不可预知。但放弃上大学,放弃当老师,放弃当画家这些安稳的生活是肯定的,你还是决定这一辈子跟着他吗?"

林如玉有点羞涩,但却是坚定地点了点头。

夏淑萍开心地笑道:"好!我祥儿有福了!本来嘛,是应该给你们办了喜事再让阿祥走,以前很多闯南洋的人都是这样的。但来不及,阿祥急着出去。今天就算是给你们俩订婚吧。外婆我没什么东西,只有一支家传的碧玉簪子,是要给我外孙媳妇的,今天就先给你了!"

说着,伸手从怀里掏出一条绢帕,打开,里面是一支绿油油闪着清光的玉簪子,递给了林如玉。

林如玉看看洪春山和洪海涛夫妇,见他们朝自己点头,便双手接了过来,说道:"谢谢外婆!"

夏淑萍欢笑着:"好!阿祥出门之后,但凡给你来信,都要来告诉外婆,记住喽!"

林如玉说:"我会的。"

夏淑萍说:"好了!我总算了却了一桩心事!你们走吧!"

一家子把他们送出村口。林如玉又执意送了一程,一路上对洪瑞祥千叮咛万嘱咐,最后才好不无奈地依依惜别。

二　闯荡

他一路向东,没有使用任何交通工具,只凭自己的两条腿走着。没有具体的目的地,每座村庄,每个城镇,都是他的目的地。

沿着乡村的土路,他进村入寨,穿街过巷。见到门里门外有人的人家,便上前诚恳地问道:"阿叔,阿婶,家里有旧玉器卖吗?"

有人警惕地看着他,根本不屑回答。有人只是摇摇头,口也不开。而有人更是粗暴地挥挥手:"没有,没有!"

三几天过去,他除了在一个墟市上摆地摊卖旧货的老头那里买到几件不起眼的旧玉,没有多少收获。他检讨自己的行为形式,觉得有问题。他想学以前见过收买旧玉器的人沿街叫喊:"收玉器啰,有旧手镯、旧玉坠、旧碎玉来卖啰。"但他喊不出来,在无人处试了几嗓子,声音洪亮动听,自己感觉很满意,但一到有人的地方,却怎么也张不开口。

这几天,他真的是风餐露宿。他随身带着一个旧军壶,在小饭店里灌满开水,买两个包子几个馒头或是一些蒸熟了的番薯芋头,饿了,对付几口。晚上,如果是在乡村,便在村外找一棵大树下坐下来,时睡时醒,对付到天蒙蒙亮,又起身往前走。如果在市镇,则是在公园里找一张长凳躺下。觉得该洗澡了,便找一处沟渠或是河流,整个人泡进水里,在水里先洗净衣服,晾晒在水边的石头上,然后才美美地洗个澡。好在经过的地方不管是沟渠还是江河,都没有什么污染,且是盛夏,横竖不会着凉。

这一天,他走到一个果林里,果树上挂满成熟了的鲜红的荔枝。果林后隐约可见一座建在坡地上的村落。他便穿过果林向村子里走去。走到村边,见一口大井边上有一个少女正在濯发。少女半坐在井沿上,面前放着一个木制的水桶,她乌黑的长发垂在桶面上。她穿着粉红色的碎花短袖上衣,与身后果林里串串红荔枝成了一幅静谧而美丽的图画。这时少女的纤纤素手拢起乌发,露出来半边白里透红的脸庞。使画面愈发生动。洪瑞祥不禁叹道:"太美了!"他兴之所至,便从背包里取出随身带着的速写本和铅笔,迅速勾勒起来。

待他满意地审视着自己刚刚完成的写生稿,少女已一边甩着秀发一边朝他走来。她看了看洪瑞祥的速写,不禁惊呼:"哇!太棒了!你画得太好了!我有这么好看吗?大哥,能不能把这幅画送给我,我请你吃荔枝!"

洪瑞祥笑道:"当然可以。"

少女便兴奋地走到林边,一下子扯下来几大串荔枝,回头亲手打开洪瑞祥的背包,就把荔枝往里塞,边塞边说:"这不能让人看见,会说我偷荔枝的!"说着嘻嘻笑着。

洪瑞祥理解姑娘。这么大片的果林,肯定是集体的。不可能是她家里的。

塞完荔枝,姑娘接过画,开心地:"这画是我的了,可不能反悔!"

洪瑞祥:"不反悔!"

姑娘:"大哥,你是哪里人?怎么跑到我们这里来了?"

洪瑞祥随口应道:"大哥我就是写字画的,出来写生,顺便收购一些旧玉器,回去修理加工成艺术品。"

姑娘似懂非懂地"哦"了一声,又问道:"你要收玉器?收什么样的玉器?我妈妈以前有一只镯子,是我奶奶留给她的,可惜有一次在石头上磕断了。成了三块碎玉,我妈心疼得很。"

洪瑞祥问道:"那三块碎玉还在吗?"

姑娘说:"还在,怎么,这你也想要吗?我跟我妈妈说说,让她送给你。"

洪瑞祥:"送就不要了,我可以买。"

姑娘:"还买呀,碎了的东西,值什么呢!"

洪瑞祥:"值多少,得看看。"

姑娘:"那你跟我回家吧。"

洪瑞祥便高兴地跟着姑娘走。

进了村子,洪瑞祥才发现,这是一座很大的围寨,处处散发着古老而残旧的气息,但寨里各家各户门前、道路、晒场都打扫得十分干净,能感觉到这里的管理很有一套。

进了姑娘的家,姑娘从一个用竹编做外壳的暖壶里倒了一杯水,双手送到洪瑞祥跟前:"请喝水。"又说,"你坐一下,我妈等会就回来。"

姑娘的妈妈还没回来,她爸爸却先回来了。一个人高马大的中年汉子,未进门却先叹气:"哎!这回麻烦大了。"

姑娘提醒爸爸:"爸,家里有客人!"

汉子这才发现坐在厅里的洪瑞祥,不好意思地笑笑:"这位同志,你是县里派来打前站的。"

洪瑞祥知道他误会了,赶紧说:"不是,我就是路过……"

姑娘说:"爸,大哥是画画的!"她拿出洪瑞祥的画:"你看!大哥画得多好!"

汉子看了看画,笑道:"是真像!"看了看洪瑞祥,问道:"这位兄弟,你会画画,应该会写字吧?我是说,写大字,毛笔字。"

洪瑞祥点点头:"这我会。"

汉子高兴地:"太好了!你可真是我的贵人,巧巧,赶快把你妈妈叫回来,院子里摘几棵菜,中午我要和这位小兄弟喝两盅!"

洪瑞祥:"阿叔,不必客气,不就写毛笔字吗?我给你写了就走,不麻烦!"

汉子霸气地:"想走?那可不行!你今天走不了了!"

洪瑞祥一怔:"这……"

汉子笑笑:"对不起,我不会说话,把你给吓着了。我是说要写的字多,你一个下午写不完!"

洪瑞祥:"啊?"

汉子说:"我这围寨里,有一百二十户,每户两间大屋,共有二百四十个门,都要贴上大红对联,二百四十副对联,你说得写多久?"

洪瑞祥奇怪地:"这时候,又不过年,干吗都要贴对联?"

汉子叹了口气:"哎,这事说来话长,前几天我替村民们去县里申请危房修复款,县里领导说,款可以给,先完成好一个任务。到时候不仅县里会给钱,说不定北京都会给钱。"

洪瑞祥:"哦?有这好事?"

汉子说:"说是有一个什么国家的人要来考察我们的围寨,北京还派人陪同。我作为寨里的支部书记,必须立下军令状,一定要完成好这次接待任务,还说什么'涉外无小事,这是政治,不可马虎'。"

洪瑞祥笑道:"这种接待任务还要你完成?你懂外语?"

汉子笑道:"还外语呢?我中国话都说不好,不过不用我说什么话,说到底,我就负责办两件事,一是让人把寨子内外打扫干净,二是每家每户都要贴上大红对联,说这是我们这种围寨的一大特点,又显得红红火火,生气勃勃。"

洪瑞祥松了口气:"原来是这样。"

汉子说:"把寨子打扫干净,这好办,寨子里的人一向就爱干净,不动员大家一起动手,也脏不到哪里去,这也是我们村的传统。可贴对联这事,说实话,本来也不难办,可不巧的是,我们寨里和镇里都有一个写字的老先生,却都在去年去世了,搞得今年过年好多家都贴不上对联,我今天为这事专门跑县里,跑镇中学,居然找不到一个人能干这事的!想不到天无绝人之路,居然把你给送到村里来。"

洪瑞祥说:"那就别耽误时间,马上开写吧,红纸都有了吗?"

汉子说:"有,有,这还真都准备下了。"

姑娘闻言，马上擦干净四四方方的饭桌，正要找毛笔和墨汁，洪瑞祥却已从背包里取出来石砚、墨条和毛笔。说道："用我自己的顺手。"说着自己铺开红纸，挥笔写了起来。

姑娘很是聪慧，见洪瑞祥动作利落，知道自己一个打下手不够，忙出去叫了两个与她同龄的少女进来，三人一起帮着把洪瑞祥写好的对联拿到门外的晒场上晾干。

洪瑞祥一口气写了几十对，手臂手腕有点酸痛了，这才停下来，与巧巧一家人吃饭喝酒，吃喝完了，又喝了一轮茶，才又开始写……

汉子估计得不错，洪瑞祥写得再快，也一直忙到晚上十点多钟才写完。当天晚上，不在巧巧家里歇着都不行了。这近一个礼拜，洪瑞祥是第一个晚上睡在床上，头上有屋顶，地上是青砖。这一觉，他觉得是这一辈子以来睡得最香的一晚。

直到日上三竿，洪瑞祥才睁开眼，起床走出来，见寨中家家户户都已贴上鲜红耀眼的对联，确实是使人有焕然一新的喜庆之感。

巧巧的爸爸一边咕噜噜地吸着水烟筒，一边笑道："看不出来，小兄弟这么年轻，却能写出这么有劲道的字来，比我们这边原来那两个老夫子强多了！"

洪瑞祥谦逊道："匆匆而就，说不上好。"

巧巧说："是真的好，比原来那两位爷爷写的，好得不是一丁半点，村里人都这么说的！"

吃完早饭，洪瑞祥便要告辞，但巧巧和她父母就是不让走。汉子说了一句："你不是还要收集旧玉器吗？我刚告诉了大家，你等等吧，会有你想要的东西的。"

这下，现在赶洪瑞祥走，他都不走了。

巧巧的爸爸让巧巧带洪瑞祥到寨里寨外各处走走。在寨外转了一圈，又走到昨天巧巧洗头的井边，巧巧摘了两串荔枝，和洪瑞祥一起坐在井沿上，一边剥荔枝吃，一边闲聊。

洪瑞祥："这荔枝好甜，早就熟透了，怎么还不摘了卖了。"

巧巧说："这也是为那个考察团留着。"

洪瑞祥笑道："那我也是托考察团的福，才吃上这么好的荔枝。"

巧巧却问道："大哥！你有姐姐或是妹妹吗？"

洪瑞祥摇摇头："很遗憾！没有！"

巧巧说："拿我当你的妹妹好不好！"

洪瑞祥一怔，一时不知如何回答。

巧巧说："是我不够乖巧？还是不够聪慧？还是不够漂亮？"

洪瑞祥急忙说："都够，都够，只是……"

巧巧说："只是什么？"

洪瑞祥："这事不是你我说了算，要你爸妈同意！"

巧巧说："别看我爸是村里的一把手，在家里，可是我说了算！我妈更是宠我，我的话，她没有不听的！哥！我只想认你当哥哥，以后可以跟着你学字画。"

洪瑞祥："你还是个学生，你现在要好好读书，大哥我在以后的一段时间里，都会到处跑，就像一个流浪汉，居无定所，不可能带着你。"

巧巧叹了口气，眼眶竟有点红了："哥，我现在很迷惘，我就算把高中读完，也考不上大学的，我们学校的教学很差。我看不到未来！"

洪瑞祥心里有点震撼，他想不到小小年纪的巧巧想得这么多、这么远。半晌，才说道："我现在在外面闯荡，过一阵以后，如果我回家了，或是在哪个地方站稳脚跟了，我再告诉你，你到那个时候如果还想跟我学，还想认我这个哥哥，你再去找我，好吗？"

巧巧点点头："那你一定要和我联系！"

洪瑞祥："一定。"

下午，洪瑞祥又为巧巧的两个要好的女同学画了二幅速写。晚饭后，不少村民陆续到巧巧家里，带来了一些旧玉器，更多的是摔坏了的碎玉。洪瑞祥都要了。便一一给了价钱。付款时，巧巧的爸爸却不让，说这些钱统一由村里付，就是洪瑞祥写字的润笔费。洪瑞祥装作生气地说道："我给乡亲们写几个字还要钱，你把我当什么人了？是不是我在你家吃饭喝酒也要付钱？"巧巧的爸爸只好作罢。

洪瑞祥在巧巧家又歇了一个晚上。临睡前给林如玉写了封信，没有告诉自己为省钱而风餐露宿的事，而是把巧巧的事详细说了。

离开的时候，巧巧哭了。洪瑞祥心里不忍，便说道："你这个妹妹我认了！安心读书，等我的消息吧。"

走在路上，洪瑞祥脑子里不停地回放着在巧巧寨子里的情景。便有了感悟，他明白现在农村缺乏文化人，纯朴的农民对有本事的文化人是真心的尊重。他决定改变买旧玉的方式。先以书画家的面目示人，取得当地人的尊重之后，再提出收购旧玉器的要求。

这个迂回战术很是见效。当他从背包里取出速写本夹在腋下，走进一个村子，问村里人道："我是写字画画的，出来采风，村里有人要画画写字，我可以帮忙，无论是壁画、挂画、肖像画还是字幅，都行。"于是有人便问道："村里有一户人家刚死了个老人，急着找人根据死人生前的相片画一幅遗像，你干不干？"他便答应着跟这人向那户人家走去。

遗像很快画成，挂在了灵堂中央。这家的主事人十分满意，拿出几张钞票，洪瑞祥说道："钱就不必给了。如果家里有旧玉器，哪怕是破碎的残玉，卖给我，我就要反过来感谢您了。"

主事人皱眉想了想，说道："我家里是有一把白玉尺子，曾经有人上门出价一万多要买，我老婆不卖，说是想拿它换一台缝纫机，如果你能给我一台蜜蜂牌的新缝纫机，我可以把那把玉尺给你。"

洪瑞祥顿时一阵苦笑。蜜蜂牌缝纫机并不少见，每个县城的五金百货公司或是华侨商店都有卖，但那都是凭票供应，自己人生地不熟，上哪里找那买缝纫机的票？但他想，不管弄不弄得到这票，总得先过过眼瘾，看看是什么样的一把玉尺，值不值得自己去努力吧。便说道："能不能让我见一见那玉尺？我总得知道这两者的价值是否相当吧。"

主事人便从卧室里把玉尺取出来，洪瑞祥见那玉尺通体雪白透亮，长二十厘米，宽三厘米，厚度有一厘米，心里便喜欢上了。这玉尺应是以前作字画的人用来镇纸用的，从玉质看，价值应是不菲，绝对在一台缝纫机之上。便说道："给我一个礼拜时间吧，我去努力一下，看有没有办法淘换到一张缝纫机票。"

主事人点点头："可以！"

洪瑞祥便告辞出来，一路直奔县城。边走边心里琢磨着，这把玉尺，若能弄到手里，遇到识货之人，应可翻几倍利润，若遇不到，将其解开，可做成好些个玉坠、耳环什么的，利润也不少，也可用于治印，可做好几个名印……不由得越想越兴奋。

到了县城已是华灯初上时分。他来不及填一填肚子，便找到五金百货商店，见店里摆着好几台缝纫机，一看，正是上海产的蜜蜂牌，便问售货员这缝纫机票该从哪里弄。售货员倒也热心，说道："这票就是我们的上级单位发的，县里各个重要单位都能分到一两张。这事，有权有势好办，无权无势，难！"

洪瑞祥问道："无权无势，有钱行吗？这票能买到吗？"

售货员笑道："一张票能卖多少钱？能拿到票的人谁缺这点钱？白送可以，卖钱不行！但送也是送给有权有势之人，那可以换来面子。面子虽比不上权势，但也比几个钱强。"

洪瑞祥听得一头雾水，但想想还是明白售货员的意思，只好看了看那些闪闪发亮的缝纫机，沮丧地离开商店。

第二天，他在县城的大街小巷来来回回地走着，问了许多人，没有人能告诉他可以从哪里弄到缝纫机票。

县城很小，他很无奈。第三天上午，他不死心，还想继续找下去的时候，发现有的他昨天已问过，见到那熟悉面孔，他只有微微苦笑，不好意思再开口。

临近中午，他穿过一条小巷，知道巷的尽头有一间面店，昨天他在那里吃过一碗面，味道很好，分量很足。想着再去吃一碗面，便离开县城。那把玉尺虽好，没办法也只好放弃了。

小店生意不错，有几个人在吃面，还有几个人在等着，面师傅忙得不亦乐乎。洪瑞祥在一张小桌子旁边坐下，对面是一位正在吃着面的中年美妇。他把挟在腋下的速写本放在桌上，又卸下背上的背包，才对着师傅说道："一碗面，不加辣椒。"

中年美妇一碗面只吃了半碗就不吃了，一边掏出手绢擦着嘴，一边问道："这位小兄弟斯斯文文的，是个大学生吧？"

洪瑞祥应道："不是，我只是高中毕业。"

中年美妇说："高中毕业也不错了。不知道小兄弟能不能帮我一个忙？"

洪瑞祥问道："我能帮你什么忙？"

中年美妇说道："我老公的姑母姑父早年去了泰国，现在每个月都给我们寄来番批。"

洪瑞祥笑道："番批我知道，就是连信带钱一起寄的侨批。"

中年美妇说："对，对！每次都要回批，有固定批纸，格式那种。我和我老公文化不高，字也写得不好。原来每次都是我儿子回的，可是放假后我儿子就跑上海他表哥那去玩了。"

洪瑞祥："是想我帮着写回批，没问题，吃完面我就去帮你写。"

中年美妇的家就在巷子中间的一座四合院里，一进门，就看到天井里摆放着不少花卉盆景，情趣盎然。洪瑞祥赞赏地："你家里的花草弄得不错！"

中年美妇说："我哪里懂弄这些，都是我老公弄的。"说着，便大声喊道："老公！老公！家里来客人了！"

一个中年人从房间里出来，样子文文弱弱的，还带着一副金丝眼镜，乍看像一个学者的样子，却是连一个回批都不会写。

中年人笑道："请坐，请问……"

洪瑞祥还没开口，他老婆忙介绍道："是我吃面时请来帮我们写回批的。"

中年人"哦"了一声，问道："兄弟贵姓？"

洪瑞祥："免贵姓洪。"

中年人笑道："好啊！我也姓洪，说不定五百年前是一家呢？看你背着背包行囊的，不是本地人吧？"

洪瑞祥："我是揭阳人，玉王庄的。"

中年人哈哈一笑："巧了！我们家从祖上就来到这里，听说就是从揭阳玉王庄来的！"

洪瑞祥一怔："没那么巧吧？"

中年人道："就这么巧，辈分搞不清，论岁数我是你叔，我就认你这个侄儿了，哈哈！"

洪瑞祥也笑。

中年人升起小炭炉烧水冲茶，中年美妇便取出番批，让洪瑞祥看了看，告诉他要写什么内容，瞬间，便写好了，洪瑞祥念给他们听："姑父姑母大人尊前，敬禀者……"

夫妇俩都十分满意。妇人收起回批，说是等分批员来取，便也坐下来陪洪瑞祥喝茶说话。

闲聊中，夫妇俩知道了洪瑞祥来县城的目的与遇到的难处，男人说道："我说我们见面实在是巧，你还不信。你奔走了一天，觉得比登天还难的事，我这里捡点碎纸就给你解决了！"

洪瑞祥一愣："不会吧？捡碎纸？"

男人说："就你刚才看过的番批，随批配送了一些票证，有买油的，买米的，买布的，买饼干糖茶的。还有买工业品的，这工业品票就可以买缝纫机、单车、手表。我家这些都不需要，这三大件我姑母姑父去年探亲都给我家带过来了，还全是进口货。所以，我估计呀，我家有的侨汇工业品票，别说买一台缝纫机，刚才说的三大件全买齐都够。"

说着，男人指指妇人："都去找出来，送给我这侄儿。"

洪瑞祥又高兴又不好意思，忙客气地推辞："不，我无功不受禄，要不，我出钱买。"

男人笑道："你有功，写回批就是功。再说，当叔叔能卖侄儿这玩意？"

洪瑞祥只能是却之不恭了。

由于是刚刚吃过面，洪瑞祥又急着要走，并没有留下吃饭。夫妇俩希望他真的把他们当亲戚，有机会就来走走，才把他送走。

洪瑞祥去了华侨商店，顺顺当当买下了蜜蜂牌缝纫机。他把缝纫机先寄存在店里，只取了发票便赶到刚死了人的那家人家。主妇一听他真的买到了缝纫机，高兴得直跳，忙叫儿子踩着农用单车去县城提货。等货提了回来，洪瑞祥便拿到了那把玉尺，告辞走了。

下一次的行程他已计划好了。他这时已在江西境内，决定先去省城南昌，那里肯定识货又有钱的人多。他想把这把玉尺出手，换一笔资金，再淘换些旧玉器，这一次出门就算功德圆满，可以打道回府了。

三　遭劫

他不知道，人算不如天算。历经艰辛到了南昌，他先瞻仰南昌起义广场之后，深知机遇与风险都在等着他，都使他一时间手足无措。他知道不能贪玩，好好先找个买主，但不能张扬。

他花了两三天的时间熟悉南昌的街头巷尾、商场情况。他感觉，这南昌不过是个中等城市，与省会城市的地位有些不相称。仅有的几间做旧货生意的，看不到什么像样的东西，站在店前三几个小时，也不见有人问津。他知道这些商店是不可能如他愿高价收购他的玉尺的。

得了玉尺之后，他不再坚持风餐露宿。到一个地方，便找个小旅店住下。他怕带着东西在街上晃，在屋外睡，一旦遇到小偷，被偷了，那就得不偿失了。

晚上八九点钟，他踱出小旅馆，向附近的一条小街走去。在与打扫卫生的服务员闲聊中，他得知附近有条小街，晚上八点半后便开始了夜市，卖东西的人来自四面八方，卖什么的都有。因为兴起的时间还不长，影响不是很大，还没引起有关方面的注意，没被"扫荡"。

街不大，长不过百米，宽约三米。街的一边是另一条街民宅的后墙，而一面则是这条街住户的门面。洪瑞祥到的时候，靠墙一面的街边已密密麻麻地挤着各种小地摊。街上已很拥挤，想买什么的人都有，但更多的是逛街看热闹的。

在街角一个小摊子上，洪瑞祥发现了他的"猎物"，有一件玉石制作的旧笔筒和几件旧玉镯、旧吊坠。他便蹲下拿起这些东西察看起来。

看完了就放下，然后拍拍手站了起来。

摊主见他兴趣不大，便说道："好歹出个价吧。"

洪瑞祥摇摇头："玉石倒是玉石，但质地太次。"

摊主说："一分价钱一分货嘛，说个价，合适就拿走。"

洪瑞祥："这一摊，就值个四五十块吧。"

摊主说:"你也太狠了点,看在你是第一个给我出价的,我让着你,一百块吧,不能再少了。"

洪瑞祥心里一乐,这摊东西,五百块买回去稍作加工还大有赚头。嘴上却应道:"六十。"

摊主:"九十。"

洪瑞祥:"七十。"

摊主:"八十。"

洪瑞祥故作为难地:"好吧。回去我老婆肯定会骂我,花二三个月的工资买一撮垃圾!"

摊主说:"小哥好福气,这么年轻就有老婆了!家境不会差的!看你为人还算实诚,不像有些人,就会随便逗几句话,砍半天价什么都不买就走。我这有点好东西,你看一看,买不买没关系。"

洪瑞祥又一阵兴奋:"哦?那快拿出来!"

摊主从身后的竹筐里翻出一个小布包,打开来,只见里面用棉絮小心地包着两个小白兔玉器。摊主蹲下来,将两个已除了包裹物的小白兔放在地上铺开的塑料布上。洪瑞祥于是又重新蹲下来,拿起一个小白兔。他知道摊主之所以没有直接把玉兔放到他手上,是玉器交易行中的一个规矩,怕的是手对手交接时不小心摔坏了,可就谁也说不清楚,难免就会有一场纠纷。

他掏出随身带着的小手电,认真地观察着。手电光下,小白兔表面上略有点泛黄,但难掩它的通体晶莹透亮,玉质极其纯净,是由上等美玉精雕而成。他又将小白兔拿到鼻口处闻了闻,便对这对小白兔的来路甚为了然。

放下小白兔,他对摊主说:"你入这行不久吧?"

摊主笑道:"何以见得?"

洪瑞祥看看小白兔:"东西是好东西,可你胆子也太大了!竟敢在这种地方卖它!"

摊主吓了一跳:"你什么意思?"

洪瑞祥:"这对小白兔叫'玉握',是古代王公贵族死后下葬时握在手里的,这东西应是全套,除了握在手中的这对玉握,还应该有塞在七窍的七件物品,放在嘴里的叫玉蝉。你有吗?"

摊主摇摇头:"我不懂这些……"

洪瑞祥说:"从这对白玉小兔的品相和味道来看,出土还不久。你是自己盗墓得来的还是替盗墓贼销赃的呢?"

摊主急了:"不是,都不是,我就是从一个乡下人手里买来的,什么来路我真的不清楚!"说着,又嗫嚅道:"怪不得昨晚上一个人见了,还拿着照相机拍照呢!"

洪瑞祥听摊主这一说,不觉有点诧异,心想,是谁拍了照呢?是警察?肯定不是。

他问道:"多少钱收来的?"

摊主道："几……几百块。"

洪瑞祥说："八百块钱我拿走，你也就'袋袋'平安了。"

摊主说："一千！一千块好吧。钱货两清，完了我马上走，以后也不来这里做生意了。"

洪瑞祥让摊主将小白兔包起，数了一千元放在摊主面前，拿起玉兔就离开了小街。

一路上，洪瑞祥心里格外忐忑，不知自己这样做对不对。就买卖来说，太值了！这对小玉兔绝对是好东西，其价值少说也在一千元的十倍以上。但毕竟是从古墓里偷盗出来的，自己买下来，会不会有后患呢？最后他决定不再去想这个事，若以后有一天此事被有关方面察觉，只说自己不明来路，喜欢就买了，大不了捐给博物馆就是。

他想到了爷爷和村里的老一辈们，他们浸淫古玉行中一辈子，对这些事的处理自然会有一套。于是，他生出了打道回府的念头。

回到旅馆，洗了个澡，他便躺在床上，考虑着回去的路怎么走，他想沿着来时的路回去，说不定还可以去见一见小巧巧。他发现自己竟然有点惦记这个小姑娘，真的把她当自己的妹妹了？想着想着，一阵困意袭来，就要睡去。

这时，一阵敲门声响起，他在蒙眬中被惊醒，打开门，见到的是一个陌生的青年小伙子，便略带不悦地说："你找谁？"

小伙子一脸歉疚地说："对不起，打扰了！我姓钟，我爷爷急着要见你，所以只好冒昧地敲您的门，请不要见怪。"

洪瑞祥见小伙子举止还算得体，脸色稍霁，便问道："你爷爷是谁呀？我和他认识吗？他干吗要见我？"

小伙子说："是不认识，但却有件事要相商，怕您明早就会离开南昌，所以只好连夜相邀了，我爷爷已经在家烹茶相候，请移步！我家离这不远，几分钟就到了。"

洪瑞祥感觉来人并无歹意，又确有点好奇，便决定跟这小伙子走一趟。看看自己一身睡衣，便说道："好吧，你稍等，我换件衣服。"

临出门，他回头看了看房间。他忽然想道，这小店门户虽严，但防得了君子，防不了小人。怕离去后有贼光顾，便将玉兔和玉尺装在身上，这才随小伙子离店而去。

钟府坐落在一处道旁，气势恢宏。虽然也是平房，却高出周围的民居很多，是一座前后三进的大四合院。洪瑞祥与姓钟的小伙子走到第二进的厅里，便见到坐在酸枝椅上的一位满头银发的老者。他旁边地上的小炭炉烧得正旺，炉上的小铜炉在冒着蒸汽。

老人见到他们，依然端坐在椅子上，只是手抬了抬。洪瑞祥知道他是让座的意思。他没有坐下，径直问道："不知老人家让我来，是有什么指教？"

老人笑笑："我就是一个糟老头子，让我孙子冒昧地去请你，而没有自己去，已是倚老卖老，有点不像话了，还敢有什么指教。你虽然年纪小，但眼光独到，老朽我钦佩得很呐！"

洪瑞祥心里已有点明白，却故作糊涂："晚辈我生来愚钝，不明白老人家所说'眼光独到'是指什么？"

老人笑道："坐下，请坐下，坐下慢慢说好不好，小九，你来冲茶。"

年轻人便默默地洗杯烫茶。

洪瑞祥只好在老人的对面坐下。

很快，工夫茶便端了上来。

老人又是手一抬："尝尝，我知道你是潮汕人，喜欢喝工夫茶，所以用武夷大红袍招待你。我平时喝的是庐山云雾。大杯茶。"

洪瑞祥便端起小茶杯，喝了一口，便觉满口噙香，不觉点了点头，说道："谢谢老人家。"

老人也喝了一口茶，放下茶杯，说道："客气的话我就不说了。多说就显得虚伪了。开门见山吧，我希望你能把今天在夜市上得到的那对玉握让给我。"

洪瑞祥："老人家怎么知道我今天在夜市上得到了一对玉握。"

老人说："这对玉握，昨晚我孙子，就是接你来的他，在我家孙子辈里排老九，所以我叫他小九。小九昨晚就见到了这对玉握，可是这孩子太谨慎，当时拿不准，拍了照片，今天洗出来才让我看。我让他今晚务必把它们买回来，可没想到他就晚去了一步，让你捷足先登了！随后，他跟你到了旅馆，查了你的住宿登记，才跑回来跟我说。所以，我知道你叫什么，从哪里来，也知道你的预住天数，怕你明早就离开了。这事的来龙去脉，这回你清楚了吧。"

洪瑞祥想到自己曾有的顾虑，便脱口而出："可是这对玉握……"

老人说："既然我要从你手里拿走这对玉握，我也得对你坦诚不是？你想说，这对玉握是有人从墓里盗出来的，交易它怕有后患。我可以告诉你，你买了它，可能不安全，我买了它，却绝对无忧。因为我只把它收进我的私人博物馆，我这个私人博物馆，我死后会全部捐给国家，不给子孙留下半件。因为他们既不是很喜欢这些东西，也没能力保护下来。"

洪瑞祥说："老人家是很有想法的人。"

老人说："不对！我没什么想法，我只是自己喜欢这些东西，喜欢收藏把玩。我只为我自己，为自己的爱好。我把我的老底子都告诉你吧，我老爸曾经是国民党的将军，后来起义又成了共和国的将军。他人脉很广，经常能收到一些名人字画。这些东西他不太喜欢，可我喜欢，我从小不务正业，就爱鼓捣这些东西。前几天，我为了淘换一些更好的字画，卖了几幅古画，谁知有的画流到国外去了。这事让上面知道了，找我谈话，说这些字画都是国家的文化瑰宝，流出国外是对国家、对民族犯罪。虽然上面没把我怎么样，但我却感到愧疚。我以后一看字画心里就发紧，不舒服。于是干脆把手里的字画全捐给了博物馆。没得玩了，又感到空虚无聊了，于是开始玩玉石。也一样，只为玩，不为其他，只买，不卖。"

洪瑞祥笑笑："那你得有多少家底啊！"

老人开心地笑道："家底是有点，但主要的是我大儿子在美国做大买卖，赚美国人的钱，给我这中国的老爸花。不花白不花，花了高兴。"

洪瑞祥笑了起来。

老人也笑："说吧，多少钱能把那对玉握给我？"

洪瑞祥想也不想，报了个大数："一万五！"

老人手一拍椅子把手："一万五，你也太狠了点吧！一万二！不少了！"

洪瑞祥笑笑："好吧！看在您老也是在给国家搞收藏的分上，我少赚一点。"

老人气得不行："还少赚点，你别以为我不知道你是多少钱买来的！翻多少倍了！"

洪瑞祥依然笑着："这东西不能以收购成本论价，只能以质论价，何况是周瑜打黄盖，一个愿打，一个愿挨！不是吗？"

老人说："你说得也没错！但你不要以为我是傻瓜，我是想着，你是个有教养有见识的年轻人，多给点钱在你手里不是坏事。"

洪瑞祥诚恳地说："那就谢谢老人家了，您老请放心，我拿到的钱都会用在正道上的。"

老人这才问："我还没问你，你收旧玉器是为了什么？不会也是为了把玩吧，我看你不像我，也没条件像我这样生活。"

洪瑞祥说："老人家明察。"他把自己的志向说了说，老人大为赞赏，还说："希望我在有生之年，能收藏你的佳作！"然后吩咐小九："去我书房里取一万五来，交给你小洪哥！"

洪瑞祥说："不是说好是一万二吗？"

老人说："不，我改主意了，就按你开的价给。"

临出门，老人终于站了起来，颤巍巍地和洪瑞祥握了握手："要说收买旧玉器，离南昌一百来里的甘竹乡机会比较多，那里曾经是达官富贾聚居的地方，你不妨去那里走一走。"

回到旅馆，他给林如玉去了信，告诉他自己在南昌碰到的一切，最后还把自己下面的行程在信中写明白了，明天，他就去甘竹乡，而甘竹乡之后，就是回程的路了。

躺在床上，他翻来覆去睡不着，尤其是想到林如玉接到他今晚写的信后，不知会有多高兴，不由得笑出声来。

他做梦也想不到，第二天当他在甘竹乡站下了车，走进甘竹乡村道的时候，与他擦身而过有两个人，其中的一个，毫无征兆地挥起手中拿着的斧头柄就向他的额头砸去。他只觉得一阵剧痛，"啊"地惨叫一声，便什么都不知道了。

四　瓜棚

这地方名叫甘竹乡，却看不到一丛竹子，离八大山人纪念馆不远。连树木也没有几棵，只见沃野千里，平坦的田野上禾苗正在拔节生长，一片绿海看不到边。

洪瑞祥遭受突然袭击倒地前的一声惨叫，在静谧、空旷的原野上犹如晴天霹雳，惊动了在不远处一片瓜田里正蹲在地上侍弄瓜果的一对父子。他们猛地站了起来，发现村路上一人倒在地上，而一个汉子执棍正张皇地四顾，而另一个人正在扯下倒地人背上的背包。

当父亲的马上操起竖在身边的锄头，当儿子的也捡起地上的一把洞撬，俩人一边向出事地点奔去，一边大叫："杀人啦！都来抓凶手！"

两个凶犯见势不妙，挟起抢来的背包就跑。儿子要往前追，父亲喊道："先救人要紧。"

父子俩俯下身体察看洪瑞祥的伤势，只见洪瑞祥额角上肿起了一个大包，正在往外渗血，人昏迷不醒，但呼吸和脉搏似乎没有大问题。父亲用力按了按洪瑞祥的人中，没有使他醒过来，便说道："先把他弄瓜棚里去吧，再去把傅老先生请来给他看看。"

父子俩把洪瑞祥抬到自己平日里看瓜的棚子里。让他在木板床上躺下。儿子便奔了出去，半个小时之后，带来了留着一把白胡子的傅老先生。这时，恰巧洪瑞祥正悠悠醒转，一醒便感觉额头上传来的巨大疼痛，不由得"啊"地叫了起来。

当父亲的正在忙着与傅老先生打招呼，听到叫声，高兴地说："醒来了！"

傅老先生上前仔细察看着洪瑞祥额头上的伤处，轻声问道："感觉怎么样？"

洪瑞祥这才真的睁开了眼睛，随口应道："痛！"

傅老先生笑笑："当然痛，我是问你，头脑清醒吗？"

洪瑞祥眨了眨眼睛，然后又睁大眼睛看了看众人，说道："清醒，我被人袭击了！是你们救了我？我的东西？……"

当父亲的说道："我们看见你被打昏后，劫匪抢走了你的背包。"

洪瑞祥"哦"了一声，双腿不觉动了动，马上就一阵轻松，说道："那不要紧，背包里只有几件衣服，还有……都不算事。"

他在心里佩服爷爷的精明，从家里出来之前，爷爷把自己用过的一件"装备"送给他。这件"装备"原来是一副用于锻炼身体的沙袋，是绑在小腿上让人负重跑步的。爷爷把沙袋里的沙子掏空了，在外出之时，把买来的旧玉器藏在沙袋里，绑在小腿上，一般的盗贼是想不到的。所以即使身上的包袱什么的被抢或是被偷，不至于"全军覆没"。

老先生舒了口气："没什么大事，这头上贴个消炎药膏，几天就好了！小伙子命大，虽然被砸在头上，但没击中要害。"

瓜地里的瓜基本都收完了，只剩下了少许。看瓜人父子晚上也不用守在棚子里了，商量了一下，决定让洪瑞祥住在瓜棚里养伤，一日三餐由看瓜人中的小伙子给送过来。

第二天，洪瑞祥便起了床，虽然伤处还痛，头还有点晕晕的难受，但行动已没有障碍。他想感谢一下救了他的父子俩，然后自己该干什么就干什么，不能再麻烦人家了。

但中午前来了两名警察，说是抓住了两名现场作案的流窜犯。其中一人供认，昨天在这里的村路上袭击了一个年轻人，抢了一个背包，但背包里一毛钱都没有，全是些不值钱的东西，便被他们连背包一起扔在水利沟里了。他们来查证，此事是否属实。

洪瑞祥确认流窜犯所供属实，在笔录上签了名画了押。但警察告诉他，希望他这三几天里最好不要离开，也许有些细节还要找他确认。

洪瑞祥无奈只好答应。

临走，警察还教训了洪瑞祥一顿，说发生这样的恶性事件，为何不报警？

洪瑞祥哑口无言。他不能说自己事发后昏迷不醒，是救他的人没有报警。

他没有等来警察，却等来了一场大病。

第二天晚上，半夜时分他冷醒过来，冷得牙齿打战。他明白自己病了。因为在这南方的仲夏夜，人不动也会热出一身汗，自己为什么会这么冷呢？他想找可以盖一盖的被子什么的，可是一眼便能看清瓜棚里的一切，哪里有什么被子之类的东西呢？他正想挣扎着起身，找点干树枝什么的烧火烤一烤，但他发现自己忽然又不冷了，又是发起烧来，直烧得他昏昏沉沉，不知是睡着了还是失去了知觉。

当他醒来时，发现天已大亮，那慈祥的傅老先生又出现在眼前，正在给自己把脉。好一阵子，老先生才放开洪瑞祥的手，皱紧了眉头，说道："奇怪，我们这地方好多年没出现过这个病了！"

老瓜农问道："什么病？"

老先生说："疟疾！"

老瓜农问道："那要不要送医院。"

老先生说："这病有特效药，就是口服奎宁片，这药我那里有。去医院也是这么治，但要多花不少钱。"

老瓜农点点头。

老先生说："就让他继续住在这瓜棚里吧，也算是一种隔离，在棚里点上蚊香，别让蚊子吸他的血传染到别人身上去。另外，抱几床被子来，发冷的时候，盖上。"

老瓜农跟着老先生去取药，小瓜农回家去抱被子。洪瑞祥一个人躺在床上，默默流着泪。他怀着对老先生、对瓜农父子浓浓的感激，却又格外地想自己的亲人，想爷爷，想外婆，想老爸老妈更想林如玉……

他已经知道瓜农父子姓刘。父亲叫刘湘，儿子叫刘江。刘湘曾在湖南当兵，对湘江情有独钟，生了儿子便取名江，父子合起来就是湘江。

湘江父子是好人，是他的恩人，是他的贵人。若不是他们及时赶到，自己这一路花尽心血淘来的旧玉器和一万多元的现金，肯定会被抢走。而那两个流窜犯若是得到自己的财物，也许就不会急着又去抢劫，就不会落网，也许就逃之夭夭了。

他想到，越是好人，自己越不能拖累他们。若是自己这病过于缠绵，须要旷日持久地治疗，只有让家中的亲人来了，但让谁来好呢？

没有让他想清楚，他血液里的疟原虫又开始大举发作了。他又冷得牙齿打战，这时，刘江抱着几床被子来了，见状赶紧给他盖上，连盖了四床被子，他依然冷，他发觉这冷是从身体内发出来的，冷得让人如坠冰窖，冷得让人觉得心肺都被冻住了。刘湘取药回来时，他正冷得连牙都撬不开，无法吃药，忽然间，他又从内到外地一阵阵发热，热得让人觉得皮肤上可以煎鸡蛋，热得让他头脑越来越迷糊，终于又昏迷过去。

待他再次醒来，刘湘父子已强行给他喂过药。醒后发觉自己不冷了，也不热了，只是浑身绵软无力，挣扎着想坐起来，竟然不能够，要刘江托他一把，他才勉强坐起身。

刘江在家里熬了稀饭，用保温瓶装了带来喂洪瑞祥喝，洪瑞祥只喝了几口，便喝不下了。

晚上，刘湘回了家，刘江留了下来，坐在床边陪着洪瑞祥。

半夜里，洪瑞祥的病又发作了，先冷后热，到了第二天上午，洪瑞祥刚喝了两口粥，突然，又开始打冷战了……

三几天时间，原来健壮而俊伟的洪瑞祥，只剩下皮包骨的一副架子。双腿软得站不住，大小便都是刘江抱着他，刘江觉得像抱一个孩子，是那么的轻，没有一点重量。

刘湘父子急了，总是在商量怎么办，但又没什么好主意，而傅老先生也没见人。虽然经常处于昏睡中，洪瑞祥也能听到他们的一些对话。这天上午，他硬是睁开眼，对刘湘父子说："打电话，让我家里人来！"

刘江急忙问道："电话号码呢？"

偌大一个玉王庄，就只有一部经过公社转机的手摇电话，在村部领导的办公室里是分机。

洪瑞祥断断续续地报出了电话号码。

刘江记了下来，掉头就往县里赶去，只有在县邮电局，才有长途电话通蓉江市。

玉王庄村部里，王宗伟正要出去吃午饭。桌上的电话机响了，他只得拿起话筒，"喂"了一声，就听电话里一阵不太标准的普通话响起："你这里是蓉江的玉王庄吗？"

王宗伟一怔："是啊，你是哪位？"

电话里问道："你们那里有一位叫洪瑞祥的，你知道吗？"

王宗伟一怔："洪瑞祥啊？知道！"

电话里的声音："太好了，麻烦请他女朋友林如玉或是他家里人来听电话。"

王宗伟冷哼一声："叫人？你知道他们离我这里有多远吗？有事就跟我说吧，我会转告他们的。"

电话里的声音："是这样子的，洪瑞祥在我们这里，他现在病得很重，想让他们快点来，我这里是……"

是哪里，王宗伟都不耐烦听了，说了一声知道了，就挂上了电话。想明白发生了什么事之后，他哈哈一笑，大声叫道："洪瑞祥！你就安心在外面死翘翘吧！想让我通知林如玉去给你送终，想都别想！"又说："这回林如玉这朵鲜花想插在洪瑞祥这堆牛粪上都不行了！我这堆牛粪就有机会了！哈哈！不对，老子可不是牛粪！"

打完电话，刘江回到瓜棚，见去外地出诊刚回来的傅老先生已在为洪瑞祥看病。他用心把了脉，又察看洪瑞祥的眼睛、舌苔。歉疚地说道："是我大意了，一般的疟疾并没有这么厉害，他这是疟疾中最难缠的间日疟，且再感染了疟原虫，疾病潜伏期间，操劳过甚，又饮食失调，积寒积热严重，致使身体抵抗力急剧下降，再加上受伤受惊吓，什么不利因素都凑在一起，才病到如今这个样子！"

刘湘担心地："还有什么办法吗？"

傅老先生说："有，我好好给他配几服中药，奎宁也不能断。另外，最好加上食疗，不过这食疗的食材有点不好找。"

刘江问道："是什么？"

傅老先生："乳狗，最好是刚生下来几天到半个月的小乳狗。"

刘湘兴奋地："这太巧了，我家看园子的大狼狗正下了一窝崽子，只有三几天！"

傅老先生看看昏睡中的洪瑞祥："看来，这小伙子真的运气不错。"

回到家中，刘湘便让刘江去杀乳狗，刘江抱着一只小狗崽子，怎么也下不了手，小声说道："这么小，这么……怎么下得了手！"

刘湘登时便喝道："没用的东西！你还是我儿子吗？杀个小狗崽子都怕，要是去当兵，要你杀敌，你还不扔下枪就跑。"

刘江争辩道："那不一样！"

刘湘说道："有什么不一样，横竖是一刀，去！赶快去！"

刘江还是下不了刀子。他找了块破布，把小狗崽子一包，跑到江边，找了块石头，把包着的小狗崽子往水里一放，又把石头压上去……做完这些，他还是觉得手有点发抖。

喝了傅老先生亲手熬制的药，又分几次喝了一碗乳狗汤。这天晚上，洪瑞祥虽然依然发冷发热，但折磨人的强度明显降低了许多。这使刘江父子一下子松了一口气。

一个多星期过去，傅老先生说不用再喝中药了，奎宁也可以停用了。如果还有的话，再让洪瑞祥喝一点乳狗汤，炖得烂的话，肉也可以吃一点。

刘江含泪溺死了最后一只乳狗。

已经有三天不再发冷发热了。这天中午，刘江回家给他拿吃的喝的，洪瑞祥摇摇晃晃地下了床，扶着一个日字凳，一步步挪到瓜棚外晒太阳，天气很热，在中午时分的阳光下谁都会觉得受不了，但他只感到温暖。

眼前的田园风光很美，一望无际的绿色禾苗像一张覆盖大地的柔软的毯子，他真想在这张毯子上滚一滚。

刘江提着保温瓶过来了，见他竟扶着日字凳弯腰站在门外，忙上前扶住他。

洪瑞祥开心地说道："不用扶，我能走。"

虽然有点蹒跚，但他真的扶着凳子自己走回了瓜棚内。

打开保温瓶，用汤匙吃了一口，他便赞道："好香。"

刘江笑道："见到你这么多天，第一次听你说饭香，你胃口开了，味觉也恢复了。"

但洪瑞祥才吃了几口，便皱着眉头放下了汤匙。

刘江问道："怎么了？又不舒服？"

洪瑞祥摇摇头："刘江，我知道你那天专门去县邮电局里替我打了长途电话。"

刘江说："是啊！我说明了你当时的情况，也说清楚了我们这个地方，怎么到现在还不见你家里的人来？我和我爸都挺纳闷的。"

洪瑞祥问道："你知道接电话的是谁吗？男的女的？声音怎么样？"

刘江说："男的，声音比较尖……"

洪瑞祥："你不用说了，我知道了！"

他心里涌起一阵怒火。

刘江问道："你知道接电话的人是谁了？"

洪瑞祥说："对，除了那个人，谁也不会压下我这个电话！我家里人一旦知道我当时的情况，一定会立即赶过来。"

刘江说："要不要我再去一趟县邮电局？我再打一次长途试试。"

洪瑞祥摇摇头："村里唯一一部电话，就在那人的案头上，再打还是他接。上次就不该让你去打那个电话。让他知道我在外面遭灾受难，还病重不起，他肯定开心坏了！"

刘江："这种人，该剥了他的皮！"

洪瑞祥笑道："心术不正之人，总会遭报应的！我现在担心的是我的亲人，他们肯定急死了。刘江，求你一件事！"

刘江说："什么事？能帮我一定帮，说什么求不求的！"

洪瑞祥也觉得自己说得太过了点，便说道："就是想马上给家里先去一份加急电报，再写一封信报平安，我要纸和笔，还有信封！"

五 寻夫

洪瑞祥家里早就乱套了。

家里笼罩着一片愁云惨雾。自从第一次该接到洪瑞祥的信而接不到的时候，洪春山脸上就再没见到笑容，老人一直紧紧地皱着已经发白的眉头，烟抽得更厉害了。洪海涛则是不停地走来走去，不时地唉声叹气。王秋琴见公公和丈夫心急如焚，在他们面前尽量克制着自己，不敢火上浇油，但却常常偷偷落泪，做事时无法专心，不是把饭烧煳了，就是菜做淡了或是太咸了，夏淑萍虽然口上安慰着众人："我外孙子福大命大，不会有事的。"但说话时嘴角的哆嗦，却暴露了她心里深深的不安。而洪瑞麟，则每天陪着未来的嫂子林如玉，在村口等着每天按时到来的邮递员……

当看着抹着红肿的眼睛与洪瑞麟一起默默走进来的林如玉，众人不用问，知道今天又等空了。

夏淑萍挽着林如玉的手，带着她在木沙发上坐下。给她端了一杯茶："喝口水。在村边站半天了，喝口水润润嗓子。"

林如玉接过杯子，却又放回到茶几上，说道："外婆，我等不了了，我要去找阿祥。"

夏淑萍说："你？你一个女孩子……"

洪瑞麟说："就是，要去也是我去！"

林如玉哽咽着："阿祥要是有什么事，他一定想见到我，见不到我，他会更……"

洪海涛说："你们说阿祥会出什么事？我跟我爸一直在讨论这个问题。我们认为，如果阿祥是在生意上与人发生什么纠纷，或是收了什么不该收的东西，被当地有关部门……"

林如玉打断了洪海涛的话："不会的！阿叔，你也知道阿祥的为人，他不会与人发生冲突，更不会做违法的事的！"

洪海涛点点头："我们也这样认为，那阿祥之所以没有来信，多半是因为身体的问题，但不管是哪方面的问题，通知不到我们家里，应该也会通知到村里的！"

林如玉一下子站了起来："阿叔，你是说不管阿祥或者其他人，肯定会有人给村里打电话，是吗？"

洪海涛："外地与村里的联系，唯一的途径就是村部那部电话，阿祥知道的。"

林如玉再不说话，扭头就向外走去。

洪瑞麟说："如玉姐这是要去找村里！"

洪海涛："让她去吧，其实我前天就问过王宗伟，他对我爱搭不理的。让林如玉再去问问她也好，看能不能问出点什么。"

林如玉一路小跑进了村部，一把推开王宗伟办公室的门，问道："王宗伟！你告诉我，你有没有接过关于洪瑞祥的电话？"

王宗伟站了起来，故作惊讶地："是如玉呀！真是稀客！坐！"

林如玉瞪着他："我问你呢！有没有关于洪瑞祥的消息？"

王宗伟："洪瑞祥？洪瑞祥是谁呀？哦，我想起来了，他是洪海涛的儿子吧，好像他也来问过类似的问题。洪瑞祥怎么啦？看你眼睛都哭肿了，他不会出什么大事吧？要是出什么大事的话，记得要通知村里。"说着一脸色眯眯地看着林如玉。

林如玉转身便走。

背后，传来王宗伟的一声冷笑。

出了村部，林如玉心里有点茫然，这王宗伟究竟有没有得到过洪瑞祥的消息，从他的表情与话语之间还真判断不出来。

这时，有人在后面喊她："如玉老师！"

她回头一看，是村部打扫卫生的李婶，她的儿子就是自己班上的学生。

林如玉强露笑容："李婶，你叫我，是育生做作业碰到什么难题了吗？"

李婶说："不是的，自从你当了我家育生的老师，他学习劲头可足了，做作业挺溜的。我是想问问你，你刚才找王主任是不是问洪瑞祥老师的事？洪老师怎么啦？"

林如玉见问到洪瑞祥，眼泪忍不住便涌了出来："瑞祥他出去近一个月了，十几天前突然断了联系，他家里人都很着急。"

李婶说："原来是这样！"她把林如玉拉到一棵大树下，左右看了看，见没什么人注意到她们，这才小声说："大约在十天前，我从王主任门前走过，听见他说到洪老师的名字，还说什么早点死翘翘的，想让你林老师去送终，想都别想的话。"

林如玉大吃一惊："真的！"

李婶："话是我亲耳听到的，但究竟发生了什么事，我真的不知道。不是我不告诉你，是……"

林如玉也不探究，说了声："谢谢。"便急步离去，直奔洪瑞祥家。

一进家门，见厅里人满为患，陈茗乾和他的一伙朋友都在，顾不上打招呼，她便说道："阿祥肯定是病了，还病得挺重！"

洪海涛问："是王宗伟告诉你的？"

林如玉："不是，那混蛋肯定知道，他是接到过有关消息的，但他幸灾乐祸，是他的话被别人听到了，告诉我的！"

洪海涛怒道："这王八蛋，现在……"

林如玉说："我回去拿点东西。"

说着便匆匆离开洪瑞祥家。

夏淑萍说："这孩子急昏头了！阿祥究竟得了什么病？现在我们怎么办？"

洪海涛："可他现在在哪里？"

夏淑萍："王宗伟那小子肯定知道！"

陈茗乾："我去问他，他不说，我把他的屎都打出来！"

说着，手一挥，一帮小伙子便随他拥出门去。

夏淑萍急追："阿乾，千万别动手！"

洪海涛说："我跟着去！"

说着也出门而去。

夏淑萍与洪春山、王秋琴无言地坐下，正商量着，如玉的妹妹晓翠走了进来，一进门便说道："我姐走了，让我告诉爷爷、外婆和阿姨叫你们别担心。"

夏淑萍说道："如玉走了，去哪里？"

林晓翠说："当然是去找阿祥哥了！他说他可能感觉到阿祥哥在哪里。她是骑着我的单车去的，让我明天去车站停车处拿回单车。"

王秋琴说："车站？"

林晓翠说："我姐说要赶今天最后一班车，走路来不及了！"

王秋琴："这怎么办，她一个女孩，她究竟想去哪找阿祥？"

洪春山说："她去江西，记得她说过，阿祥最后给她写的信，说要到离南昌一百多里的什么……对了，甘竹乡。她肯定是往那里去。"

夏淑萍点点头："如玉真是好样的！但我担心她。"

洪春山想了想，说："这样吧，让麟儿追上去，能追上一起走最好，追不上，到地方也应该可以碰上，迟早有个照应。"

夏淑萍说："好！但今天怕是没办法赶上了，让他明天坐头班车吧。"

洪春山和王秋琴都赞同。

林晓翠问道:"阿麟呢?怎么不见他?"

王秋琴说:"他和茗乾几个人去找王宗伟去了。"

林晓翠说:"找王宗伟干吗?那可不是好人,我姐早就对我说了,要小心这人!"

王秋琴:"王宗伟早就知道你阿祥哥的消息,但故意不告诉我们,到现在还不说,他们找他要个明白话去了。"

林晓翠:"不会是打架去吧,不行!我得去看看。"

说着起身往外就走。

王秋琴看着晓翠矫健而秀美的背影,脸上有了一丝笑容:"姐妹俩一个心性。"

夏淑萍也笑道:"那是你们洪家的福气。"

洪春山依然心事重重:"我现在只要祥儿平安无事!"

夏淑萍与王秋琴脸色又凝重起来。

她们想不到,对阿祥的担心,很快便会烟消云散。

在林如玉急匆匆上门找王宗伟追问洪瑞祥的消息的时候,在甘竹乡外的瓜棚里,去县城寄信的刘江回来了。一进门,便对正在床上勉强做着俯卧撑动作的洪瑞祥说:"阿祥哥!信寄出了,挂号加急!"

洪瑞祥趴在床上,一边喘气一边说着谢谢。

刘江说:"我还替你干了一件事!"

洪瑞祥:"什么事?"

刘江笑道:"寄挂号信要到邮电局的柜台上去,办好之后,有人进来,问打电报上哪儿办,邮电局的人说就在隔壁。我一想,对呀,我们怎么想不到打个电报呢?那不比寄信快多了吗?于是,我就赶紧跑到隔壁,也打了个电报,就按信上如玉姐的地址打的!"

洪瑞祥高兴地大笑:"好!太好了!电报上怎么说?"

刘江说:"就四个字:病愈免念。"

洪瑞祥吃惊地:"咦!你文字水平可以呀!简单、明白,该说的都在这四个字里了!"

刘江不好意思地笑笑:"这还真不是我的本事,我原来在电报稿上写的是:我受了伤,然后又得了一种很罕见的奇怪的病,都差点见到阎王了,可到了鬼门关,碰到两个牛头马面,说我年纪轻资历浅,阎王爷不会见我的,把我赶回来了,奈何桥上的孟婆汤也白喝了。我现在一切都好,不必挂念。我还寄了挂号信,详细情况都写在信上。问家中一切人好。"

见刘江在啰唆,洪瑞祥一个劲地笑。等刘江终于说完了,才问道:"你这么一大篇又臭又长,还不缺乏幽默感的电文,怎么就剩下四个字了呢?"

刘江说:"市邮电局坐柜台的妹仔改的,看着年纪比我小,可本事比我大,长得还挺漂亮的,就是脾气差点,说话太难听。"

洪瑞祥问道:"她怎么说你,让你对她这么多想法。"

刘江:"她一见我写的电报稿,眼一瞪:'你钱多得没处花了?'我说:'我没什么钱啊?'她说:'知不知道打电报是按字数计费的?'我说知道啊,她说那你还废话连篇,知不知道你写这么多废话，不仅浪费你的钱，还浪费别人的时间，浪费别人的时间，等于谋财害命。"

洪瑞祥一听更乐了："这姑娘厉害，这大帽子扣得你一下子喘不过气来了吧？"

刘江："是啊，我一下子也来气了，我就谋财害命了！怎么着？那姑娘不但不生气，反而一乐，一笑，那笑容真好看，我一下子也没脾气了。姑娘大笔一挥，唰唰唰地把我写的全画掉了，在后面写了那四个字，往我跟前一推：'就这样！'我看了看，还真挑不出毛病，也只好说：'行，就这样。'"

这四个字，字字千金。当电报按地址送到林如玉家的时候，林如玉的母亲着实吓了一跳，但当看到电报内容，知道是洪瑞祥打来的，马上转惊为喜，急忙跌跌撞撞地跑到洪瑞祥家，进门便大叫："祥儿来电报了，他平安无事！"

洪春山绽开了好几天来一直绷着的老脸，夏淑萍和王秋琴母女喜极而泣。

而这时，陈茗乾与洪瑞麟正带着一帮年轻人隔着大门与王宗伟对峙。他们到大队部时，正好王宗伟从卫生间出来，一见陈茗乾等人气势汹汹而来，而洪瑞麟一见王宗伟，老远就大叫："王宗伟！你站住！"他便知道这帮人是来找他麻烦的，急忙转身跑回办公室，插上门锁，然后就打电话叫人。

摇了一阵门，王宗伟就是不开。陈茗乾喊道："王宗伟，你老实说，洪瑞祥现在在哪里，他什么情况，你是什么时候得到消息的，说清楚，我们就走！你不说，我们破门进去，不把你打吐血绝不罢休！"

王宗伟在房间里喊道："我不知道，不知道就是不知道！"

洪瑞麟大怒："你是不是不见棺材不落泪！"说着抬腿就要踢门，却被一直跟在他旁边的林晓翠一把抱住："别！阿麟！别冲动！破门打人是会被抓起来的！我……你别给家里添麻烦了！"

洪海涛也说："阿麟，听翠翠的！"

陈茗乾却依然怒骂道："宗伟！你这狗娘养的真的是狼心狗肺！你最好能够一辈子都躲在办公室里，一辈子都不见人！否则，我见你一次揍你一次！"

众人都一齐喊道："王宗伟！开门！"

那声势让王宗伟发抖。

几个警察赶来了，大家都认得，都是派出所的人。为首的问道："干什么？聚众闹事啊？谁是领头的？"

陈茗乾说："我们是玉王庄的村民，找村领导有点事，不行啊？"

见众人也没动手，警察也不好说什么，只是劝道："找领导有事可以好好说，这么多人一齐嚷嚷算怎么回事？都回去冷静冷静再说。"

陈茗乾想说什么，却见林如玉的母亲和洪瑞祥的母亲一起匆匆走来。王秋琴远远地就说道："阿祥来电报了，他没事，大家别担心了，都回我家喝茶吧！"

众人便转身围着她们问个不停。

见众人拥簇着她们离去，王宗伟这才开门出来，对众警察说道："去把陈茗乾和洪瑞麟这两个带头闹事的抓起来。"

众警察没有动，却见走在最后的陈茗乾回过头来，狠狠地说道："王宗伟，你记住我的话，最好不要再让我碰见你！"

王宗伟对众警察说："你们看，他还在威胁我的生命安全。"

众警察无人应他的话，也没有动作。

众人回到洪瑞祥家，家里的气氛好多了，不再让人感到压抑。洪春山说，从电报的情况看，阿祥应该还在甘竹乡，如玉此去，肯定也是直奔甘竹乡，凭她的聪敏，找到阿祥应该没有问题。找到阿祥之后，她也会第一时间给我们消息，所以阿麟可以再等等，看这一两天有什么消息再决定去不去。

大家都认可洪春山的话。

好几天没好好吃顿饭，洪春山便叫王秋琴张罗饭菜，留众人在家中吃饭。

林如玉顺利赶上了晚班车，晚上十点多到了厦门，她要在这里转车去南昌。本应在厦门住一晚，坐第二天的早班车，但她心急，不甘心地走到车站旁边的一个大货场，发现有一辆挂着南昌车牌的解放牌敞篷货车正要启动，便向前问司机："师傅，您这车是去南昌的吗？"司机点头应道："是的。"林如玉便恳切地说："我爱人出差在南昌，现在生病，我想尽快赶去看他，师傅您能不能让我搭你的车去，车费我照付。"师傅说："我这车没座位了，还有一个司机，我俩替换着开车。真的对不起。"林如玉有点失望，看了看车厢里，是一只只用大竹笼装着的大猪，笼子压着笼子，重重叠叠的，再没有空位。她想了想，又对司机说："师傅，能不能让我躺在猪笼子上面。我真的很着急。"

司机挠了挠头皮，看了看林如玉，没有说话，却朝着一个背着挎包的年轻人走去。指着林如玉，说了几句话，见青年人点了头。他便走了回来，对林如玉说道："行吧，上车，你坐到副驾驶的位子，我们俩人替换着躺到猪笼子上面。"

林如玉赶紧说："这不行！不行，你们两位师傅还要开车，还是我躺在猪笼子上面。"

师傅不再说话，爬上了车厢，从车厢的角落里扯出了一大张篷布，将它搭在车厢上的铁架上。对林如玉说："行了，上车吧。"

林如玉明白，原来司机并不准备在车上挂篷布，为了她才辛苦这一回。

车启动了，身下的肥猪们吱吱叫着，但她不怕；强劲的风从篷布的间隙处直灌进车厢，有时连眼睛也睁不开，但她心里却很温暖，她知道这世界上好人无处不在。

中途，司机停车，叫她下车吃点东西。她感到饿了。吃完还算丰盛的夜宵，她要付账，但司机不肯，理由是大男人哪有让小姑娘付款请吃饭的。

到了南昌，她全身无一处不酸痛。但她忍着，对司机千恩万谢之后，便找到车站，买了票直奔甘竹乡。

六 心灵

甘竹乡是中间站,她知道车上的人大多数不是甘竹乡的人,所以心里虽急,却也没有开口询问。正思量着下车后如何能打听到洪瑞祥的消息,特别是他落脚之处,前面两个人的对话却引起了她的注意。

隔着车上的通道,一个中年人问坐在他正前面座位上一位留着白胡子的老人:"傅老先生,您这是到南昌出诊回来?"

老人摇着头:"非也!我这次是专门到省卫生防疫部门反映一个疫情。"

中年人惊道:"疫情?什么疫情?"

老人说道:"不用紧张。一个蓉江市来我们这里的年轻人身上发生了疟疾。这种传染病据我所知,从广东东部,到福建省和我们江西,就是这个年轻人走过的地方,都已经多年没发生过了。所以不得不引起有关方面的重视。"

中年人说:"哦,疟疾就是发冷又发热,有些地方称之为'打摆子'的病?"

不等老人回答中年人的话,林如玉急忙问道:"老人家,请问你说的那个从蓉江来的年轻人姓什么?是不是……姓洪?"

傅老先生回头惊奇地看着林如玉:"正是,叫洪瑞祥,你是……"

林如玉急忙应道:"我是他……妻子,请问他现在怎么样?"

傅老先生高兴地笑笑:"哦!真是太巧了,小洪的病是我治好的。他现在一切都好,你可以放心。"

林如玉的热泪一下涌了出来:"真的!太谢谢您老人家了!谢谢!请问我下车后能马上见到他吗?"

傅老先生说:"能!能!我带你去见他。我还要给他做复查呢!"

这时,在瓜棚里,洪瑞祥与刘江正在有一搭没一搭地闲聊。

洪瑞祥说:"刘江,我已经好多了,许多事情都能自理了,该出工你就去出工,我耽误了你不少工时,少赚了不少工分了吧?"

刘江默默笑着:"没关系,我在瓜棚里待着,就算出工,只要地里的瓜没全部收完卖掉,每天都记我的工分。"

洪瑞祥说:"那就好!再过两天,我也得干活了!"

刘江说:"我还没问你,你是干什么的?"

洪瑞祥:"我一家都是做玉石的。"

刘江惊奇地:"哇!玉石,那可是贵重的东西!"

洪瑞祥:"贵重啥?小打小闹,就弄点旧玉器,改造一下,卖出去,挣不了几个钱。"

刘江说:"买玉器?那得多少本钱啊?厉害!"

洪瑞祥说:"厉害啥?这次我出来,家里凑了三几千块钱,以后的发展,就全靠我折腾了。"

刘江叹道:"你家也是!有三几千块钱,我爸妈就给我说媳妇,让我结婚生孩子,传宗接代,说那才是男人首先要折腾的事。"

洪瑞祥笑道:"阿江!你这么年轻,要想远一点,老婆会有的,孩子也会有的。重要的是,有了老婆孩子之后,怎么让他们过得好!"

刘江说:"什么算好?能一日有三餐,有干有稀,有咸有淡,就满足了。"

洪瑞祥:"以后,你就不会这么想了。"

刘江说:"不说这些了,你能算出来不?你家里人什么时候能到?"

洪瑞祥说:"最快也得明后天吧。"

刘江说:"我去地里挑个好瓜回来,等你家里人来了才现摘,怕在太阳底下晒得发烫,不爽口。"说着走了出去。

一个人留在瓜棚里,摸着自己尖尖的下巴,洪瑞祥心中有点烦躁,他知道家里不管谁来,林如玉是肯定要来的。她看到自己这瘦骨嶙峋的样子,一定会心酸。他有点后悔自己没有编个理由把曾经的这场灾难掩盖过去,待自己养得白白胖胖回去,那时候大家皆大欢喜,多好!

正懊丧间,一阵熟悉的脚步声自远而近传了进来,他心中猛地一喜,便奔出棚外,抬头望去,只见林如玉正朝他飞奔而来,鹤发童颜、健步如飞的傅老先生正紧随其后。

他惊奇地大叫:"如玉!"

林如玉喜极而泣:"阿祥!"

声音还在原野上回响,他们已紧紧地抱在一起。

从瓜田里抱着一个大西瓜的刘江看见眼前这一幕,停住了脚步,一脸傻乎乎地笑着。

傅老先生则慢慢回转身,带着微笑走了。

洪瑞祥与林如玉相拥着走入瓜棚。

洪瑞祥说:"这么快就到了,一路上累坏了吧,快坐下!"

林如玉却把洪瑞祥按坐在床上:"快让我看看!天哪!怎么瘦成这个样子,如果在街上碰到你,我都认不出你来!"

说着,眼泪便断线般地掉下来。

洪瑞祥笑道:"我这是大难不死,必有后福!"

林如玉嗔道:"还必有后福呢?你死了怎么办,我还活得下去吗?这次回去,就不准你一个人跑出来了!"

洪瑞祥笑道:"遵命!老婆!"

林如玉拍了他一巴掌:"谁是你老婆!"

洪瑞祥:"管你是不是我老婆,反正从此以后,我是公,你是婆,公不离婆,秤不离砣。"

林如玉正色说道:"以后真的不要分开了。一天见不到你,我心里都不安了!那些天,你一断了消息,我就像丢了魂。不仅是我,家里人都一样。"

洪瑞祥问道:"家里人都好吧?"

林如玉说:"都好,但现在必须马上想办法通知家里人,说我找到你了,我们都平安都好,让他们放宽心!"

洪瑞祥这时想起刘江,便走出门外,喊道:"刘江!刘江!"

人影都不见一个,只有门口的一个水桶里,清水泡着一个大西瓜。

洪瑞祥弯腰抱起大西瓜,林如玉忙接过来:"这么大一个西瓜!"

洪瑞祥:"这是刘江专门从地里挑出来接待你这个贵客的!"

林如玉问道:"刘江?是……"

洪瑞祥:"是我的救命恩人,没有他和他爸爸,还有傅老先生,说不定你都见不到我了!"

他把西瓜切了,和林如玉一起吃瓜,一边把在甘竹乡发生的事讲给林如玉听。

林如玉含泪听完了他的叙述。感动地说:"这家人,我们一定要好好谢谢他们,傅老先生也得谢谢!"

洪瑞祥点点头:"这可是救命之恩,怎么谢都不为过!"

这一聊,不知聊了多久。忽然听见门外响起一阵脚步声,然后是几声故意发出来的咳嗽声。洪瑞祥笑道:"好端端的咳什么咳,进来吧。"

刘江走了进来,一进门便甜甜地叫道:"嫂子好!"

林如玉笑道:"你就是刘江吧?阿祥的事我都听说了,谢谢你,也谢谢你父亲和傅老先生。"

刘江腼腆地道:"不用谢,是阿祥哥命大!"

林如玉说:"不能这么说的!"

刘江说:"那就不用说了,阿祥哥,没经你同意,我又干了一件事。"

洪瑞祥一猜就着:"你发电报去了?"

刘江说:"是的,这次我知道不能啰唆了,只写道'已见祥安好玉'。"

洪瑞祥:"很好很好!孺子可教也!"

刘江:"你满意就好,不过,我是有点遗憾。"

洪瑞祥:"没见到站柜台那小姑娘?"

刘江:"是啊,换了个满脸肥膘的大姐,态度倒是挺好,就是让人提不起精神来。"

林如玉不解,问是怎么回事,洪瑞祥把刘江第一次打电报见到一个漂亮的小接待员的情景描述了一下,强调那小姑娘让刘江念念不忘。说这次帮着去打电话,一半是学雷锋做好事,一半是为了去见那小姑娘,可惜见不到,心里不自在呢。

林如玉听罢哈哈大笑。

刘江被笑得有点窘,便低头啃着西瓜。

林如玉这才细细地打量了一下瓜棚。这个瓜棚,比她原来见过的家乡那些建在田埂用于夜间值班人守护农作物或者鸭子、鹅群的草寮要坚实得多。泥坯垒成的墙壁,杉皮的屋顶,木板门。睡的床,也是用泥坯垒成的两道矮墙架着两片床板,十分厚重稳固。除此之外,瓜棚里就只有两张日字凳,一张用铁枝作支架的小圆桌。就别无他物了。农具都是放在棚外的。

林如玉很想马上就带着洪瑞祥回家,但看着洪瑞祥大病初愈一副羸弱的样子,怕长途颠簸对他身体恢复不利,还有刘江一家的大恩如何答谢,也得好好准备一下,于是强将回家的冲动压了下来,而是考虑如何给洪瑞祥营造一个更好的康复环境。

她问刘江,附近有没有旅舍。刘江回答是有,但再好的旅舍,养病不如家居。他说他父亲已经准备了,在家中腾出一间房子,想这一两天就让洪瑞祥搬过去。

林如玉便看着洪瑞祥。洪瑞祥笑笑:"其实瓜棚挺好的,白天虽然热点,但晚上挺凉快的,在这里多住两天吧,等商量好下一步的计划再说好了。"

刘江便不再说什么。

林如玉又问起附近还有什么集镇墟市的情况。刘江笑道:"是想给阿祥哥增强营养吧?这个我爸也准备了,家里养的鸡不多,今天我爸从市场上买了几只小母鸡回来,加上在田里、河沟里可以捕捉的青蛙、鱼虾什么的,应该够了,集市上也就这些东西。可惜要乳狗就没有了,想买也买不到。"

听到乳狗这两个字,洪瑞祥和林如玉心里既感动又难受,林如玉的眼睛一下子湿了。

刘江又说道:"就是农村人做菜手法简单,味道单一。嫂子有时间的话,去我家里,给我妈指点一下。"

林如玉反而不好意思了,忙说道:"我也是农村人,而且,我很少做菜。去跟你妈妈学一下倒是可以,阿祥说了,你家的菜他很喜欢吃,特新鲜,味道也好!只是,长时间麻烦你们太过意不去了。"

刘江说:"我不会说客气话。我爸说了,四海之内皆兄弟,碰到了是缘分,能帮一点就帮一点,做人要有这份心。"

林如玉衷心地说道:"你爸真是大好人,你们一家都特好。"

刘江说:"我爸有时候也挺凶的。尤其是对那些看不惯的人和事。他说那天要不是惦记着阿祥哥的安危,他会追上去把那两个流窜犯打出屎来。"

夜里,月光如织,田野里蛙声一片。洪瑞祥和林如玉搬了两个日字凳,依偎着坐在瓜棚门口。

南风吹过,禾海上轻波荡漾。

洪瑞祥:"美吧?"

林如玉:"真的好美!"

洪瑞祥:"我们在这里多待一段时间吧。"

林如玉:"你定吧,不用征求我的意见。还记得你离家前那天晚上我在你旁边说的话吗?"

洪瑞祥:"当然记得,一辈子都不会忘。"

林如玉："那你还问我。"

洪瑞祥笑着，心里浮动着的一个念头更坚定了。

林如玉说："什么时候离开这里都好。刘江一家的恩情，该怎么报答，你得好好想想。"

洪瑞祥叹了口气："我也正为这个挠头呢！他父子俩为人越好，我越觉得这事不好办。送钱，怕他们不接受，可除了一点钱，我们还有什么呢？"

林如玉说："不管他们接不接受，我们总得试一试。"

洪瑞祥说："是啊！虽说我们会一辈子记住他们的好处，但没一点实在的，我会更加不安。"

刘湘父子一起来到瓜棚，寒暄过后，刘湘请洪瑞祥和林如玉搬到家里去住，说是什么都准备好了。

洪瑞祥道了感谢，才说道："我和如玉是很想到你们家里去住，像一家人一样。但是我算了一下日子，这两天不宜迁居，还是先在这里住上几天再搬过去。"

刘湘一听，便嚷道："什么？你真够呛！年纪轻轻的，还信那些玩意，装神弄鬼的！行，你爱什么时候搬就什么时候搬吧！"

洪瑞祥笑笑也不反驳。

刘湘便要离去，洪瑞祥却说道："刘叔，请留步。"

他将两个日字凳放在床边，请他们坐下。

刘湘一脸狐疑地问道："又有什么名堂？"

洪瑞祥从枕头下取出他那两个宝贝沙袋。刘湘父子当然知道这两个沙袋原来是绑在他小腿上的，但里面装的是什么，他们不知道，也没有问过。

洪瑞祥解开一个沙袋，往床上一倒，一时间，琳琅满目的几十件玉石翡翠便呈现在他们面前，包括那一把鹤立鸡群一般的玉尺。

刘湘父子看着床上的东西，面无表情。只是瞥了洪瑞祥一眼，不知他想干什么。

洪瑞祥又从另一个沙袋里，掏出一沓钱，放在刘湘眼前，恭敬地说："刘叔，大恩不言谢，也谢不了。我会一辈子记住你们，会一辈子学你们努力做一个好人。但我还是希望你们给我一个小小的机会，让我表示一点实质性的礼数。这一万块钱，还有请你们在这堆不成器的东西里面挑选几件你们感觉还像点样的，作为纪念。"

听罢，刘湘微微一笑，看着一脸郑重之色的洪瑞祥说道："小洪，你的意思我明白。我心领了。看得出来，你不是一个很有钱的人。我家呢，真的也不富裕。一万块钱对你我来说都不是小数目。但我不能要，也不需要什么纪念，救你帮你这件事，你认为值得纪念，但在我来说，我真的没怎么看重。"

洪瑞祥有点急了："可你救的毕竟是活生生的一条生命啊！"

刘湘笑道："你先别急，我不是说你的生命不重要！而是很重要，当时我就是拼了我这条命，我也要把你救下来。"

洪瑞祥不解地说:"那你是什么意思?"

刘湘:"意思很简单。就冲你说的活生生的性命这句话,我给你解释解释。我当过兵,而且这个兵当得很值。是上过战场,打过硬仗的!一个连队,出去时满员,回来时只剩下两个半人。半个人是因为少了两条腿。我这条命,说到底,是战友们在前面用身体踏地雷,用身体挡住了飞向我们的弹片,才得以幸存的!我感恩,却无从报答。他们挺身而出的时候,明知道付出的就是自己的生命,他们想到报答没有?没有!所以,你不妨替我想想,我如果做一点事就要报答,死后如何去见我的战友们!"

洪瑞祥和林如玉一时不知说什么才好。

刘湘站起来,说:"行了,我知道你们是知恩图报的人,但你们年轻人想的事多,要做的事也多,别纠结这一点。好好养好身体,该干吗干吗吧!"

看着刘湘父子离去的背影,洪瑞祥只觉得有点羞愧,却不明白自己错在哪里了,有一种剪不断理还乱的烦恼。

但他觉得自己的心灵上被刻上了两个字:感恩。

七 婚礼

洪瑞祥恢复得很快,除了还清瘦了些,已看不出是病后初愈的样子。

这一天晚上,洪瑞祥对刘江说:"明天我和如玉想去城里逛逛,中午就在城里吃饭,不用做我们的饭了。"

刘江说:"去城里,你身体还比较虚弱,要去的话,我跟着你们去吧。"

洪瑞祥说:"想当电灯泡,你就跟着吧。"

刘江便不好意思坚持了。

第二天吃罢早饭,洪瑞祥与林如玉便携手到了村口,坐上了去城里的过路车。

到了县城,他们先去了一个专门卖出口转内销服装的商店。因为听刘江介绍,只有在这里可能买到合适的衬衣。但结果还是有点失望,只各自挑了一套运动衣。

然后,他们在照相馆换上了运动衣,照了一张两人的半身相。

林如玉见洪瑞祥一直兴致勃勃,也十分高兴。洪瑞祥说去哪里,林如玉便去哪里。洪瑞祥说买什么,她就买什么。洪瑞祥干什么她便干什么。

直到洪瑞祥在杂货店买了一包红蜡烛,才发问道:"买这个东西干吗?瓜棚里点风灯安全。"

洪瑞祥笑道:"风灯是好,不够浪漫。"

林如玉也笑:"跟你在一起,怎么都浪漫,用不着玩这些。"

但洪瑞祥坚持要买,林如玉也只得把那包红蜡烛塞进提包里。

他们吃了午饭,又买了些糖果、水果、饼干等零食,这才兴犹未尽地回到瓜棚。

晚上,瓜棚里依然通宵达旦地点着风灯。并没见洪瑞祥要点蜡烛,林如玉也懒得问。

两天过去，洪瑞祥又邀林如玉去逛县城。林如玉身体有点不舒服，便推说："县城有什么好逛的，想走走，还不如在田间阡陌中漫步。"洪瑞祥也不坚持，只是在刘江来的时候，把一张小单子交给刘江，把他和林如玉两天前照的相取回来。

晚上，刘江送来的饭菜很是丰盛。清炖小田鸡、剁椒青蛙腿、菜椒炒肉片、凉拌小黄瓜，还有四个大馒头。而让洪瑞祥更为惊喜的是还有一瓶白云边。

夜幕已经降临，洪瑞祥点上风灯，把饭菜在小圆桌上摆开，倒了两杯酒。把两个日字凳放在桌旁，把林如玉按坐在一个日字凳上，自己也在另一个日字凳坐下，然后才看着林如玉认真地说道："如玉，举杯之前，我有一个想法和你探讨一下。"

林如玉拍着小肚子："我可是真饿了，尤其是面对这么好的酒菜，你的问题千万别太复杂。"

洪瑞祥："当然不复杂，你知道吗？两个人结婚，有多少事情要做？"

林如玉："就这个问题，还需要探讨吗？谁都知道，这结婚要做的事，不就是……"

她扳着手指，一个个数着："登记结婚、举行仪式、摆酒请客……好像就这么些事了。"

洪瑞祥笑着问："就这些了？"

林如玉："那还要做什么？"

洪瑞祥说："你把最重要的事给漏了！"

林如玉不解地："还有什么最重要的事？"

洪瑞祥："入洞房呀！不入洞房，其他事做了，也等于没做。"

林如玉："你说的似是而非。入洞房是全部结婚手续完成之后的事，也就是说，是结婚之后的事了。最多只能算是结婚要做的事情中的一件事而已。"

洪瑞祥说："错！那就算是结婚要做的事情中的一件。那你说，结婚要办的几件事情，每件都是有条件才能办成的。如果在某种情况下，不可能所有的事情都办妥，能不能有条件的事情先办，没条件的事情后办？打个比方吧，我们在车站坐车，是先买票后上车，可在没有车站又有人要上车的话，都是先上车后买票的，对吧。"

林如玉想了想，说："嗯，好像是这个道理，但事情不一样，性质不同，你这比方不成立。"

洪瑞祥："这比方可能有缺陷，但我的意思你明白。我这人做事的原则，是有条件的马上办，没条件或条件还不够成熟的往后放一放。"

林如玉："你这个做事方式我赞成。"

洪瑞祥嘿嘿一笑："好！"

说着，他起身，取出红蜡烛点了起来。

林如玉道："你还真想搞烛光晚餐啊！"

洪瑞祥："不，我想过了，在结婚必须做的众多事情中，有两件事情我们现在勉强有条件做。"

林如玉一惊："哪两件事？"

洪瑞祥："结婚仪式，也就是婚礼！还有，当然是进洞房！现在，我们就举行婚礼！"

林如玉吓了一跳："啊！现在，就在这瓜棚里？"

洪瑞祥："对，就在这瓜棚里！瓜棚里的婚礼，全世界独一份！"

林如玉扫视了瓜棚一眼，无言地坐下。

洪瑞祥又拿出了放大了五吋的俩人的合影，放在两支红烛中间，然后拉起林如玉的手："可以吗？"

林如玉低着头，慢慢站了起来。

洪瑞祥端起两个酒杯，说道："就程序来说，这酒我们应该进洞房再喝，但既然整个程序都打乱了，也就无所谓了！来，先把交杯酒喝了，也算是给你壮个胆！"

林如玉已从惊愕，到下决心，再到热血沸腾，所以没有丝毫忸怩作态，举杯与洪瑞祥的手臂一交，仰脖子就干了杯中酒。洪瑞祥也喝完酒，放下杯子，用主持人的腔调喊道："洪瑞祥、林如玉结婚典礼现在开始。"

林如玉扑哧一笑："怎么开始？做给谁看？"

洪瑞祥也笑："结婚是我们自己的事，谁看到谁看不到都不要紧，关键是我们自己做了，看了。"他提起风灯，拉着林如玉的手走出瓜棚。

瓜棚外，月色朦胧，蛙声四起。洪瑞祥把风灯挂在棚柱上，然后与林如玉并肩而立。俩人深情对视。突然间，洪瑞祥唱道："一拜天地！"

林如玉吓了一跳，但马上随着洪瑞祥一起双膝跪地，朝着天空拜了三拜。

洪瑞祥又向家乡方向跪下："二拜高堂！"

林如玉也随着跪下，又是磕了三个头。

洪瑞祥磕了头，却没起身，竟遥空说道："媳妇敬茶！"

林如玉一愣，看着远方，站起来笑道："爸妈一定生气了，我给他们敬了茶，他们却没有给我红包！"

洪瑞祥也笑道："你的担心是多余的，我们这个婚礼，爸妈只会欣赏，不会指责。"他环视原野，我有一首即兴诗，想不想听听！

林如玉："没见过你怎么作诗，但我深知书画与诗赋是一体的，你肯定也下过功夫。念！我真的想看看你的诗写得怎么样？"

洪瑞祥便吟了起来：

瓜棚婚礼静而喧，
喧是田园静是房。
无边禾立贤宾客，
不尽蛙鸣美唱腔。
草径软如红地毯，

泥坯坚比金墙砖。
瑞祥如玉神仙侣，
贫富不移情意长。

　　林如玉听罢，沉吟片刻，笑道："还行！有点意思，对仗工整，平仄也对，没糊弄我。"
　　洪瑞祥却道："诗歌词赋，非我所长，除了在你和家人、老师面前，真的不敢献丑。"
　　林如玉道："知道藏拙就好。"
　　洪瑞祥又唱道："三，夫妻对拜！"
　　说着，面向林如玉跪下。
　　林如玉也急忙对着洪瑞祥跪下，却忍着笑道："真的要拜？"
　　洪瑞祥不管，却已低头拜了下去，林如玉只好跟着拜了三拜。
　　洪瑞祥站起身，又是一副主持人腔调："礼毕！"
　　他的声音刚落，突然从瓜棚后响起了一阵掌声，接着，是鞭炮声炸响，原野上，一阵惊天动地。
　　他们被吓了一跳，循声望去，见刘江领着村里一群青年男女从瓜棚后面蜂拥而出。
　　刘江也学着主持人的腔调喊道："送入洞房！"
　　众人便把他们围了起来，恭喜之声不绝。
　　洪瑞祥和林如玉既吃惊又感动，连声道谢之后，洪瑞祥问道："刘江，是怎么知道我们在秘密举行婚礼？我就是怕麻烦大家！"
　　刘江笑道："我怎么知道的？这只能怪你。我和我爸爸原来就有点想不明白，你干吗还要来这破瓜棚里住几天呢？原来你让我去取你和嫂子的合影，那一看就是标准的结婚照！我就猜到了一点，开始监视你们了！"
　　洪瑞祥无言以对，只得将手一摆："你带兄弟姐妹来，是闹洞房的吧，请吧！请进我的瓜棚新房！"
　　刘江却说道："对不起！这瓜棚不能作为你们的新房！否则，有违我们甘竹乡人的待客之道，丢的不是你们的脸，是我们甘竹乡人的脸！来，把瓜棚里的东西都收拾了，送新郎新娘进洞房！"
　　于是乎，瓜棚里属于洪瑞祥和林如玉的东西便被几个小伙子和姑娘捧在手里，然后，几个人在前面放着鞭炮开道，其他的人拥簇着洪瑞祥和林如玉上了村路，向村里走去。
　　一行人进了村里，便直奔刘湘家。进了家门，刘湘夫妇直接把他们领进了一间厢房，洪瑞祥和林如玉都来过刘湘家，知道这一间厢房原来是刘江住的。房子显然是刚刚清洁和布置了一下，地上的红砖还留着拖洗过的痕迹，而墙上的大红喜字连张贴的糨糊都没干。房间里原来一些杂乱无章的东西都搬走了，显得宽敞而整洁。大床是半新不旧的，但床上的用品，连蚊帐都是新的。

洪瑞祥与林如玉相对无言,但眼睛却有点湿润。

第二天醒来,林如玉低声问道:"接下来我们怎么办?"

洪瑞祥:"第一件事是托刘湘父子买一些糖果饼食,挨家挨户送给村里人。"

林如玉点头:"这事必须马上办!然后呢?"洪瑞祥:"然后就好好地过我们新婚的日子。"

林如玉:"是度蜜月吗?"

洪瑞祥:"一辈子都是我们的蜜月,我说的是这几天。"

林如玉:"然后开始收旧玉器?"

洪瑞祥:"我都不好意思跟甘竹乡的人做生意了!赚也不好,赔也不是。"

林如玉:"那就不做,过几天我们就走。"

洪瑞祥:"嗯!"

林如玉:"回去马上去领结婚证!"

洪瑞祥:"嗯!"

林如玉:"还要马上布置新房!"

洪瑞祥:"嗯!"

林如玉:"还要马上请客,准备摆多少桌?"洪瑞祥:"嗯!"

林如玉一拍他的脑袋:"你究竟有没有在听我说话?"

洪瑞祥:"有啊!"

林如玉:"那你就光知道'嗯',我问你,我们回家请客,这婚宴该摆多少桌?"

洪瑞祥:"这不用我们操心,等我爸妈和你爸妈去决定就行了。"

林如玉:"嗯!这也是。我白操心了。"

洪瑞祥:"该操心的你不操心,不该操心的你尽操心!"

林如玉:"那你现在操心什么?"

洪瑞祥:"我在想,怎么样才能天天和你待在这房间里,哪里也不去。"

林如玉扑哧一笑,又打了他一巴掌:"坏东西!尽想好事!"

洪瑞祥:"你不想?"

林如玉:"想!但我不能这么想,更不能这么做,我们的衣服,我要洗吧?吃的饭,我要去帮阿姨做吧?"

洪瑞祥:"还真贤惠!"

洪瑞祥还真的想到就做到,整整一个星期,除了和刘湘一家一起吃饭、喝酒聊天的时间,就一直窝在房间里。而林如玉每天早饭后一定和刘湘的老婆一起去村外的河边洗衣服。没想到,有一天她洗衣服却洗出了好事!这件事导致他们改变了计划,回家乡的日子往后推迟了一年多,一些该办的事情也就没有及时办了。

八　玉牌

　　早上，刘湘的老婆乔丽霞等林如玉吃了早饭，洗完了碗，便和她一人挽了一个装着脏衣服的竹篮子，向河边走去。

　　这乔丽霞上过中学，能说会道，干活也是一把好手。在村里当着妇女主任，也算得上是一号人物。

　　一路上，乔丽霞一边不停地与洗衣服回来的人打着招呼，一边与林如玉开着玩笑。

　　看着眉里眼里全是喜气的林如玉，乔丽霞笑道："阿玉，其实你不必这么早起床。新婚宴尔，春宵苦短！早上赖一会床没人笑话你的。"

　　林如玉实话实说："我也想赖床，就是不好意思！"

　　乔丽霞叹道："唉！女人的脸皮就是比男人薄，阿祥怎么样，每天早上肯定是拉着扯着不让你起床吧？"

　　林如玉笑道："你怎么知道？"

　　乔丽霞："怎么知道？人同此心，心同此理。我也是过来人呐！我那时候婆婆还在，天天都晚起，搞得我在婆婆跟前抬不起头！"

　　林如玉开心地大笑："幸亏你不是我婆婆！"

　　乔丽霞："你婆婆好吧？"

　　林如玉："好！还有个外婆，更好！如果现在在家里，每天睡到午后他们都不会说我！我真有点想她们了！"

　　不知不觉已到了河边，放眼一望，洗衣服的人都走光了，偌大的河边，就她们两个人。但为了说话方便，她们选择了两块紧挨着的洗衣石，蹲了下来开始洗衣服。

　　日头高起，日光火辣辣的有点撩人。但河水清凉，手脚泡在水里，还是十分舒爽惬意。

　　她们边洗衣服边聊。林如玉的衣服少，一下子洗完了。要帮乔丽霞，乔丽霞不让，她就只好在旁边等着。等着等着，脸对着平静的河面，忽然发起了呆。

　　乔丽霞偶一回头，见林如玉一副傻愣的样子，便问道："发什么呆呀你？想起什么了？"

　　林如玉这才回过神来，说道："我想起小时候的事，我们那里也有条江，叫蓉江。十二岁那年，有一天我突然不想活了，便去投江！幸亏被救了上来，要不，现在就没有我了！"

　　乔丽霞惊道："哇！你还有这样的故事啊！救你的人是谁？"

　　林如玉："就是我老公，从他救起我的那一天，我就知道，我这辈子不会离开他了。"

　　乔丽霞摇摇头："嗯，这我能想象。不管你小小年纪为什么要投江，但我还是羡慕你，有这样的感情经历，太精彩了！我原来以为我的感情生活就很值得回味，但和你比起来，还是差多了。"

　　她一边说着，一边往篮子里放洗干净的衣服，突然"咦"了一声，眼睛便向下流岸边望去。

林如玉随着她的视线一看，见下游十几米处的水面上，正漂浮着一件花格上衣，她认出来，那是乔丽霞的衣服。不知什么时候不留意漂走了。林如玉二话不说，便沿着浅水处向下游跑去。

　　她追上并捞起了衣服，这才放慢脚步往回走，走了几步，她感觉到光脚踩在了一个坚硬的尖角上，痛得她"啊"地叫了一声，不由得蹲了下来，抬起脚底，见没有被戳破流血，稍觉心安，便看向那刺痛她的那个露在泥沙上的尖角。一看，觉得这东西有点怪异，显然不是石头，不是瓦砾，有着弧度而无尖角的一点东西，为何能给人如此痛感？她便下意识地扒开泥沙，把这东西从泥沙里拔了出来。

　　这块东西长不足十厘米，宽不足四厘米，厚不足一厘米。上面满是泥垢与青苔。她便将这块东西在水里清洗了一下，但只是去除了青苔，那累积已久的泥垢却无法清除。但她却相信，她捡到的是一块玉。不，应该是一块翡翠，凭手感传来的厚重，她这样认为。

　　乔丽霞已提着两个篮子迎了过来，边走边笑道："捡到宝了？"

　　林如玉应道："也许吧。不知是什么样的一个东西，但肯定不是一般的石头。"

　　乔丽霞上前看了看，说："别丢了，拿回去看看！"

　　俩人便提着篮子往回走。

　　林如玉的心事并没有在捡到的那块东西上，上了河岸，她便问道："丽霞阿姨，你说你的感情生活很值得回味，能说给我听听吗？"

　　乔丽霞："我当然可以满足一下你的好奇心。我和刘湘，不像你和阿祥，青梅竹马，两小无猜，顺其自然，水到渠成。我和刘湘呀，认识不到十天就结婚了！"

　　林如玉："闪电速度啊？那肯定有霹雳一般震撼人心的故事！"

　　乔丽霞说："没有，一点都没有，这要让你失望了。在认识刘湘之前，我没谈过恋爱，白纸一张。那时候刘湘从部队回来，整个人傻愣愣的，如不食人间烟火一般，说话更是没轻没重，让人生厌。殊不知我爷爷一见他就喜欢，说可以考虑把我嫁给他，我爷爷人称乔老爷，可是阅人无数的。听他这么一说，我也开始注意刘湘了！"

　　林如玉笑道："就这样成了？都因为乔老爷乱点鸳鸯谱？"

　　乔丽霞："嗯。开始的时候，我烦透了他的臭脾气，见了两次，都不想再见他了，可不知道为什么，就是老想着他。我想，坏了，我怎么会让一个只见了两面的人吸引了？你别说，这就是他与人不同的怪异之处让我从心里赶不走他。又过了两天，不知是有意还是无意，我们在河边遇上了，然后是站着说话，再然后，是坐着说话，再然后是躺着说话。那时候也是夏天，我们俩就在河边瞎吹了一晚上，等到天亮了才各自回家。"

　　林如玉感叹："真有你们的！"

　　乔丽霞："我爸妈见我一夜不归，问我都干了些什么，我说什么也没干，就是和刘湘聊天忘了时间了。我爸妈有点生气，狠狠说了我一通，什么女孩子要自尊自爱，要这个要那个。我还没烦，我爷爷烦了，他老人家就说了一句话：'年轻人偶尔忘情了，没什么可指责的。要考虑的是，马上把他们的亲事办了，这才是正经！'就这么一锤定音了。"

林如玉："现在你没后悔吧？"

乔丽霞说："后悔啥？乐都来不及呢！这些年来，我越来越发现，刘湘的怪异之处，正是他最可爱之处。"

想起刘湘拒绝她和洪瑞祥答谢之事，林如玉深深认可乔丽霞的话。

回到家里，洪瑞祥还未起床，俩人晾了衣服。林如玉便拿着捡到的那块东西进房找洪瑞祥。

洪瑞祥接过，在手里掂了掂，说："把我的工具拿过来。"

凭着家传精细的工艺和工具。洪瑞祥很快就让手中的东西恢复了本来面目。

林如玉感觉没错，这是一块质地上乘的翡翠，是一块翡翠玉牌，上面刻着孙中山先生书写的"天下为公"四个大字。平滑的背面左下角还有编号。

洪瑞祥将玉牌翻来覆去看了好几遍，爱不释手。他对林如玉说："我原来以为我的运气算是很不错了，想不到你比我更走运，你捡到宝了！"

林如玉也惊喜道："真的，这究竟是什么人，什么时候失落的，原来是做什么用的？"

洪瑞祥："你老公我实在是孤陋寡闻，你的问题我回答不了，但我可以肯定，这应该是一块玉佩，而且是大有来头，有大用处的。"

林如玉看了看玉牌："玉佩？这么个东西怎么佩戴？"

洪瑞祥指着玉牌的上方，说："你看，这里原来是有东西的，应该是系佩带的一个眼，和玉牌是连体的，可惜被碰掉了。而且，还被磨得几乎看不出来。"

林如玉仔细看了看，还用手摸了摸，说道："嗯，应该是。"

这块玉牌，就放在洪瑞祥枕边。早晚，他都要把玩一番。有时，如玉情不自禁地骚扰他，他都没在意，眼光和心事都在这块玉上。林如玉忍不住问他："与我相比，你是不是更喜欢这块玉。"

洪瑞祥一听忍不住笑："你这么贤惠的人，还会吃这种毫无道理的干醋啊！"

林如玉撒娇："是不是！你先说！"

洪瑞祥郑重地说："当然不是！这世界上，比你让我更喜欢的人和物不会有。"

林如玉委屈地："那你还……"

洪瑞祥说："我是在想一个问题，那就是玉的真正价值究竟在哪里？还有，你捡到的这块玉我确实很喜欢，但我觉得它不属于我们，或者说，我们不能自私地把它占有。我在想怎么去处理这个问题？"

林如玉也认真起来："那你想清楚了吗？"

洪瑞祥："还在想呢！"

林如玉："都想了些什么？说来听听。"

洪瑞祥："世人皆知，金有价玉无价。确实，一克黄金，市价多少就是多少，古董，有文物价值的当然例外。但玉呢？是不是全都无价呢？显然不是，论质定价，还是可以定出来的。但有些玉器，却不能按质论价。就拿我手里你捡到的这块玉来说吧，如果按质论价，超过二千元我都不会收。但是这块玉原来的主人呢？如果它对他们有非凡的意义，那么二百万元他们可能都不肯出手！这就跟金银制品中那些有文物价值的一样。"

林如玉："说半天，我听不懂你是什么意思，想怎么处理这块玉？"

洪瑞祥说："其实就一句话，玉的最大价值就是放在对自己有重要意义的人手里。所以，我想寻找这块玉原来的主人，用一个成语吧，叫'完璧归赵'。"

林如玉说："你这话我也赞成，可'赵'在哪里？如何去'归'？"

洪瑞祥笑道："我们俩的运气向来不错，总是能心想事成。既然想做这件事，那就随时随地去碰、去撞。老天既然让你我撞彩得到它，想必也想通过我们去碰见他的主人。"

这一天，洪瑞祥一直在等外出的刘湘回来。一直到晚上十点来钟，刘湘才一身泥水地从外面归来，一起回来的还有刘江。

直到他们洗刷完毕，在厅里烧起小炭炉，准备喝茶闲坐的时候，洪瑞祥才拿着捡到的那块玉牌，从卧室里走了出来。

晚饭时间过乔丽霞，知道刘湘父子今天是去为村里一位牺牲在越南的烈士家属义务修理房屋，心里对他们充满敬意，一边说着"辛苦了"的话，一边在刘湘对面坐下。

刘湘笑道："你们潮汕人，应该也有喝夜茶的习惯，这些天我比较忙，没跟你好好聊聊。我知道你游走各地，为的是收旧玉器。到甘竹乡来，应该也是这个目的吧？我看你一直没怎么说，也没怎么动，是不是需要我帮什么忙，趁这机会，一块说说。"

洪瑞祥笑道："我不想在甘竹乡做生意了。"

刘湘奇怪地问道："为什么？甘竹乡人有什么不好的地方吗？"

洪瑞祥说："不是的，正好相反，甘竹乡的人对我恩重如山，万一不小心伤害了甘竹乡人的利益和感情，那就不好了！"

刘湘笑着说："你想得太多了，是书读得太多了吧？"

洪瑞祥也笑道："正是读书少，有太多的事不懂，我正要请教你呢。"

说着便拿出那块玉牌，递给刘湘。

刘湘仔细看了看，眼睛不由得一亮，问道："这玉牌哪里来的？"

洪瑞祥如实相告。

刘湘大叫一声："阿霞！"

乔丽霞从房间里走出来："干吗呢？这么大声！"

刘湘说："你快来看看！"

乔丽霞走近，拿起玉牌，立即惊呼道："这？这不是我家那块玉牌吗？"

刘湘说："你也认出来了！我原来没看过这块玉牌，但你爷爷让我看过玉牌的照片，我还以为我看错了呢！"

乔丽霞："你是从哪里得到这块玉牌的？"

刘湘指了指洪瑞祥："你问阿祥。"

洪瑞祥又把事情说了一遍。

乔丽霞惊讶道:"早上,阿玉捡到的就是这个东西?当时我也看了,就是一块又脏又破的石头,想不到……那,你和阿玉想怎么处理这块玉牌,如果是卖的话,我们买!出多少钱都行,我爷爷有钱。我爷爷说过,只有找回这块玉牌,他才有脸面去见祖宗!"

洪瑞祥说:"我找刘叔请教,就是想找到这块玉牌的主人,然后归还他。因为我知道甘竹乡这里以前是大户人家聚居之地。这块玉牌可能就是甘竹乡人的,果然没错。既然主人找到了,那就把他还给你爷爷吧。"

乔丽霞一喜,说:"真的?那我先替我爷爷,替我们乔家整个家族谢谢你,谢谢你!"说着,郑重其事地鞠了个躬。

洪瑞祥赶紧说道:"不用谢,不用谢!完璧归赵,是应该的,是大家都高兴的事。如玉知道了,也一定会很高兴的。"

乔丽霞开心了一阵,忽然说道:"这么大的事,我还不能自作主张。这事阿祥你还必须亲自去见我爷爷,他说怎么谢你,那才算数。"

洪瑞祥:"不必了吧,你干脆就说是你洗衣服的时候捡回来的,事情不就简单了吗?"

乔丽霞:"你想让我说假话?这一点我们全家都不会。"

洪瑞祥的脸便有点红。

刘湘说道:"我知道阿祥你不想要回报,但爷爷那个人也有个脾气,就是从来不欠别人的。你要是太固执,老人家可能会宁可不要这块玉牌,虽然这玉牌他看得比自己的生命都重。"

洪瑞祥:"能告诉我玉牌的来历吗?"

刘湘说:"还是让爷爷告诉你吧,他更清楚。"

约定了明天一早就去见乔丽霞的爷爷,又喝了几杯茶,聊了些别的话题,洪瑞祥才拿着玉牌回到卧房,开心地告诉林如玉,玉牌的主人找到了!

第三章　天时地利

一　决断

虽说同在甘竹乡，但刘湘家与乔太爷家却不在同一个村落，洪瑞祥和林如玉跟着刘湘一家沿着河岸向上游走了七八里，才进入乔太爷家住的村落。刘湘介绍道："这是我们这一带最大，也是最出名的村落河埠村。"

河埠村临河而建，河边有小码头，停着大大小小十几条船。有运输用的货船，也有小渔船。有人过河，打声招呼，小渔船便成为渡船。

村里的房屋大多古旧，门墙高厚。村内街巷纵横，颇为齐整。在一座高大的门楼前，走在前面的乔丽霞停住了脚步，手向前一指，说道："这就是我小时候的家。这时候，我爷爷应该在后院里打拳，我们进去。"

跨进门楼间，便见阔大的天井里，假山盆景十分清雅。洪瑞祥不禁暗叹，在这个年代，还能保有这样的生活环境，乔太爷一定不是一般人。

厅里空无一人。刘湘让洪瑞祥和林如玉在一侧的酸枝交椅上坐下，便领头向后面走去。乔丽霞与刘江紧随其后。

洪瑞祥环视一下厅里。摆设古色古香，无一件多余之物。墙上挂着几幅条屏，画的也是梅兰菊竹，没有一丁点时尚气息。

林如玉笑道："这家人好像不是生活在现在的中国。"

洪瑞祥摇了摇头："应该说这家人与大多数人不一样。或是说，这家人有非同一般的来头。"

正说着，一个头发花白、面色红润的老人，步履矫健地从后面快步走了出来，见到洪瑞祥与林如玉，也不打招呼，直接问道："你们捡到了我家的玉牌？玉牌呢？"

不用猜测，洪瑞祥知道他就是乔丽霞的爷爷乔太爷，于是站了起来，笑着说道："是的，乔爷爷！"说着，掏出玉牌双手递了过去。

老人两眼放光，双手捧着晶莹闪亮的玉牌，凝视片刻，便连声说道："没错！没错！正是我家的玉牌！"然后，老人竟仰天大笑。笑罢，又含泪说道："老爸！我终于有面目可以见你了！"说着，竟激动得有点颤抖。

刘湘和乔丽霞上前挽着他，让他在洪瑞祥对面的交椅上坐下。刘湘劝道："爷，你不能这么激动！"

乔爷爷说道："你不知道，你不知道！我怎么能不激动！"

他望向洪瑞祥："小伙子，我代表我自己，也替我全家人向你表示感谢！感谢你让我家这块玉牌重见天日！"

洪瑞祥说道："不用谢我们，这是您老人家，也是您全家人的运气！"

乔爷爷笑道："没错！但也是你的运气！说吧，要我怎么感谢你？"

洪瑞祥真诚地："乔爷爷，真的不需要，把你家的玉牌还给你，这是天经地义的事，是我们应该做的！不敢也不需要什么答谢！"

乔爷爷定定地看着洪瑞祥，沉吟片刻，才说道："小伙子，这玉牌你也看出来了，对我很重要！你这话，可就让我为难了！"

洪瑞祥笑道："乔爷爷有何为难的？您老人家高高兴兴地把玉牌收下，这事就好了。莫非您不信我的话，以为我嘴上说不要报答，但随后却提什么要求让你为难？"

乔爷爷："诚如你说。我是有这样的想法。怕你所图甚大。可我老头子能力有限。"

洪瑞祥："老人家，您慧眼识人。您一眼就看出您的孙女婿刘湘是个好人，而我和我妻子呢，虽然没有刘湘叔那么高尚，但学他一点点皮毛还是可以的。"

洪瑞祥将刘湘父子救他帮他的事说了一遍。又说道："刘叔父子救的是我的命，成全的是我一生的幸福。尚且施恩不图报。我送还点捡来的东西还想要回报，我还有脸再见刘叔父子吗？"

乔爷爷慈爱地看了刘湘一家三口，笑道："还有这么回事？"

他们都不出声。

乔爷爷点点头："看来是真的！"

林如玉这时禁不住开口说道："乔爷爷！没想到您这么看中这块玉牌！现在我相信，我们能捡到这块玉牌，而且能让这块已经被河泥沾染得面目全非的玉牌重现本来面目，并把它亲手归还你乔爷爷，就是老天给做了大好事而不图报的刘叔一家的奖励，是您乔爷爷教养出这么好的孙女，选择这么好的女婿的一种报答！这就是我们经常说的善有善报。"

乔爷爷听罢哈哈大笑："小姑娘会说话！你这番话，更让我老怀大慰！本来嘛，关于这块玉牌的来历，我不想多说，说了也未必有人相信。但今天，我得说说，让你们小两口也了解一下这块玉牌对我家的意义。"

老人喝了一口乔丽霞端上来的茶，慢慢讲起了那些尘封已久的往事。

他的第一句话，就让洪瑞祥和林如玉大为惊讶："这块玉牌，可不是普普通通的玉牌，它是孙中山先生任大总统的时候，亲手授予乔丽霞的祖爷爷，我的老爸乔精忠的。那时候，我老爸虽然只是孙大总统的贴身保镖，但凭着这块玉牌，不论何时何地，我老爸都可以见孙中山，而且出示玉牌便可调动国民革命军的千军万马。"

乔精忠自幼习武，十七八岁的时候便打遍江淮无敌手。后来，由蒋介石推荐给了孙中山。但他们始料不及的，这时的乔精忠已是共产主义的信仰者。在国共第一次合作期间，他秘密加入了共产党，成为党在隐蔽战线的重要一员。他的玉牌上的编号零零六，便成了他的代号。蒋介石发动"四一二"政变后，他回到老家，玉牌也从此成了家中最重要的珍藏。这段时间，他与党失去了联系，在家赋闲好几年。抗日战争爆发。蒋介石想起了他，召他回部队。他便率部队在江淮一带与日军作战。在回部队之前，他已与延安接上了头，恢复了组织关系。南京解放前夕，身为国民党军中将的他，被暗杀在总统府内。

乔精忠政治生涯中的许多详情，作为儿子的乔保国，也就是乔丽霞的爷爷，并不太知情。作为北京大学毕业的高才生，中华人民共和国成立后备受党和政府的关照与重视，他被安排进政府机关工作，还出任过一段时间的县长。

在非常时期，乔保国被打倒，头上戴了几顶高高的帽子：走资本主义道路的当权派、国民党余孽、混进革命队伍的阶级异己分子……人被关进了监狱，家也被抄了。当时的中央领导得知他的情况，特意做出紧急批示，其措辞的严厉及非常的措施，使当地的各级领导瞠目结舌：乔家的名誉不容任何人玷污，乔家的所有人必须严格保护，被抄的东西必须一件不少地归还。若出差错，严厉追责。

在清点被抄归还的东西的时候，唯独少了父亲最为珍视的这块玉牌，乔保国怒了，但一再追查，却没有一点线索。这成了乔保国心中永远止不住的痛。今天，这痛突然消失了。他如何不喜？

洪瑞祥和林如玉终于明白了。乔保国何以被称为乔太爷，他何以能生活在这种与时代格格不入的环境里，而这块玉牌对他，对他一家的意义，更是不言而喻了。

刘湘不失时机地说："爷爷！玉牌完璧归赵，是大喜事，吃顿好的，庆祝庆祝吧！"

爷爷又是哈哈大笑："正合我意，丽霞好好准备一下吧。"

乔丽霞问道："爷爷，你想吃什么，可不可以提示一下，别等我做出来了你又不满意。"

乔保国笑笑说："爷爷已经想好了。爷爷今天想把藏了好几年的两瓶茅台喝了。而吃的呢？这么多人，杀只鸡肯定不够。"

乔丽霞："一只不够就杀两只。"

乔保国说："我看两只鸡也不够，再说，家里就两只下蛋的鸡了，杀鸡取蛋的事我不干。这样吧，杀一只鹅。"

乔丽霞说："鹅，上哪弄只鹅去？"

乔保国叹了口气："你这做孙女的，嫁出去就不知道爷爷怎么过日子了，爷爷现在每天一起床，都要到江边去遛一圈，一个人溜达着没意思，就买了两只鹅崽，每天一早赶它们到江边吃嫩草。前面那两头鹅已经长大了，爷爷又买了两只小鹅崽。你把大的鹅杀掉，另一只回去时带回去，杀了招待小洪他们吧！"

乔丽霞手一拍："太好了！我知道怎么做了，小江来帮妈的忙！"

十多斤的一只鹅，一个中午饭差不多被吃光了。两只圆乎乎的鹅腿是两个女人啃的。乔保国说他牙口好，专啃鹅头鹅脖子。两瓶茅台更是见了底。

喝完酒，大家回到厅里，刘江点起煤油炉，烧水给大家泡茶。

乔保国这才问起："小洪你是干什么的？"

洪瑞祥觉得对乔保国这样的老人没有什么可以藏着掖着的，就把家族祖辈的传承，家里对他的期望，自己的初步打算和目前所做的事，一一跟乔保国说了。

老人听了频频点头，说："难得，现在有志于家族传承，想做一点实事的年轻人不多见了，我支持你。"又说，"你有志于发展玉雕这个行当，应该书画的功底不错。"

洪瑞祥说："我和我爱人在这方面都向我们那里的名书画家林清溪拜了师，学些基本功。"

老人一听便来了兴致，起身说道："来，我也是个书画爱好者，不过是老来学艺，只是喜爱，不望有成。两位看看我的习作去！"

跟着乔保国走进一间厢房。房里，中间摆着一张大书桌，桌前桌后各有一张藤椅，就没有其他家具了。四面墙上，挂满了大大小小的字画，看落款，都是乔保国的。桌上的一盏台灯还亮着，一幅未完成的画赫然在目。

乔保国指着桌上，说："这幅画我只开了个头，下面怎么画还没想好，两位一起来，合作一下，如何？"

洪瑞祥与林如玉相视一笑，都点点头。

原来的宣纸上，只画了一块怪石，洪瑞祥端起笔来，说："那我们就在爷爷面前献丑了。"他略一思索，几笔落下，画面上便多了一树梅花的树枝干，然后放下笔："如玉，你来！"

林如玉便也举笔，在梅枝上勾勒出一朵朵盛开的梅花，还有含苞待放的花蕾。

片刻工夫，一幅骨格清奇、疏密有致、生机盎然的梅花佳作便出现在眼前。

乔保国连呼："妙哉！"他郑重地落了款，又请洪瑞祥和林如玉也各自署名用印。然后从墙上扯下自己的几幅字画，扔到一边，把他们合作的画挂了上去，用心地欣赏。

乔保国又让洪瑞祥和林如玉各画一幅画，并写了一幅字，洪瑞祥画的是甘竹乡的晨曦，林如玉画了一幅竹子，乔保国喜不自禁，见洪瑞祥不仅画画得好，字也写得好，又硬要洪瑞祥写了一幅字，这才让洪瑞祥和林如玉走出厢房。

回到厅里坐下，刘江为他们换上新茶。乔保国对洪瑞祥和林如玉的字画赞不绝口，弄得刘湘一家又跑进厢房里看了半天。

说着字画，乔保国又扯下了另一个话题。乔保国说："我画画不行，但看人看事的眼光还是不错的。我可以肯定，你们小两口品性都好，而且忒有天分。你们完全有能力完成光大家族传承的能力。但要达到你们的目标，经济助力非常要紧，所以，你们现在收集贩卖旧玉器，艰难困苦地积累资金，也是对的。但我想，你们最大的特点，是对旧玉器进行修理加工，是在做一种推陈出新，可以说是化腐朽为神奇的工作，这可以成倍地增加你们的利率。你们应该把时间和精力放在这上面。"

洪瑞祥笑着说："爷爷说得很中肯，只是这旧玉器从哪里来？没有原材料，我们的本事再好也没用！"

老人说："这就是你们应该解决的问题！"

林如玉说："这个问题还真不好解决。"

老人说："我给你们提个建议。"

洪瑞祥说："爷爷您说，我们洗耳恭听。"

老人说："虽说老头子我一天到晚窝在这小小的甘竹乡。但承蒙组织上关照，报纸、包括《参考消息》，我天天看；而且我家还安了一台电话，经常与各地的老朋友、老同学们聊聊。所以，外面的大事小事、社会动态，我了解得不比你们少。现在，我敢说，对于你们搞个体经济的人来说，无疑是个破茧而出的好时候！因此，我的建议是你们马上选择一个合适发展的地方开一家店，又收又卖，这中间当然是发挥你们的特长，把没用的东西变成有用的东西，把破旧的东西变成光彩夺目、人见人爱的东西。这样，收和卖都方便，不耽误你们把精力放在创新上。"

洪瑞祥不禁频频点头。

林如玉不由得问道："那这店开在什么地方合适呢？"

乔保国说："这我也有个建议。我建议你们去福建的厦门那里看看！"

林如玉："厦门？！"

乔保国说："对！你们经营玉器，说实在的，现在国内各地普通百姓在这方面的消费能力还不强。而厦门那里则不同。由于国家方针政策的改变，台湾关系缓和了。不少旅居台湾的同胞回大陆观光探亲，落脚点都在厦门。他们对玉器这种东西有需求，是他们带回台湾赠送亲友的首选礼品。他们也有这个消费能力。可不要很便宜地卖给他们！"

洪瑞祥笑了起来。

乔保国又说："在你们来之前，到甘竹乡来收旧玉器的人也不少，我还认识几个，我可以让他们收购了去转卖给你们，无非让一点利润给他们，你们可以省时间，又可以赚大头。"

洪瑞祥说："真的很感谢爷爷，替我们想得这么周到。"

离开河埠村，洪瑞祥一路默默无言，他一直在想乔太爷的话。

晚上，林如玉见洪瑞祥一副心事重重的样子，便问道："还在想乔太爷的建议？"

洪瑞祥："他老人家的建议太有建设性！"

林如玉："心动了？"

洪瑞祥："是心定了！"

林如玉："太好了！我们很快可以见到家里人了！也可以把该办的事赶紧办了！"

洪瑞祥拉着她的手："如玉！对不起！我在想，抓住发展的契机才是我们首要的事！"

林如玉马上明白："你想先到厦门？"

洪瑞祥："对！店开起来了，我们再回家！"

林如玉愣了："这……可我们的钱够开店吗？"

洪瑞祥："肯定不够，但我不想等！"

第二天，洪瑞祥把自己的想法和刘湘一家子说了，一家子沉默半响，只好祝他们一切顺利。然后刘江带着他们，买了些礼物，登门去向傅老先生表示感谢同时辞别。傅老先生开心地送走了他们。

回到刘湘家中，林如玉便收拾了行李，准备往县城去赶车。这时，乔丽霞拿出自己的军用旧挎包，从里面掏出一个布袋，将它递到洪瑞祥手里："给！"

洪瑞祥一怔："是什么？"

乔丽霞笑道："我爷爷知道你很快就会离开甘竹乡。昨天离开的时候让我把这包东西交给你，说是帮你壮壮门面。"

洪瑞祥打开一看，是十几件大大小小的玉器，有笔筒、笔洗、笔架、镇尺，还有玉镯子、玉簪子、玉坠子，还有翡翠玉牌三块，都是镶了全边的。无一件是残次品。虽明知是旧物，却都新鲜夺目。

洪瑞祥大惊，急急放回到桌子上说："我不能收，我说过了，我不会收一丝一毫的谢礼！我收了这些东西，那我算什么了。"

乔丽霞说："我爷爷早就猜到你这个态度。他让我告诉你，他问过刘湘，知道你手上开店的旧玉器不够分量，必须有这十几二十件东西，提高顾客的观感和兴致。他还说，你要是不收，就当是他托你销售的，得到款项，一人一半，这总可以了吧。"

洪瑞祥还在犹豫。刘湘开口了："阿祥，你不觉得经过昨天与我爷爷合作作画，又推心置腹的长谈，你们之间已经从原来的完璧归赵和报答的简单关系转化为文友、为忘年交了吗？现在我爷爷给你的这些东西，已经不是谢礼，而是朋友之间的互助、支持，还有什么不可以接受的？"

洪瑞祥无言以对，沉思片刻，他取出一张纸来，逐一记下了这包玉器的名称及形状，然后写了收条，交给了乔丽霞，说："替我向爷爷致谢并辞别。就按爷爷说的那个办法吧，出手之后分利！我会回来和他喝酒的。"

刘湘一家将他们送出村口，看着他们上车，望着汽车绝尘而去，他们才慢慢走回家去。

二 环境

美丽的厦门，让洪瑞祥和林如玉为之心醉。

坐在日光岩上，遥望着辽阔的大海，洪瑞祥有一种要一飞冲天的冲动。他能感觉到，这里，将是他理想的帆船拔锚起航乘风破浪的港湾。

他佩服乔太爷的眼光，厦门确实是一块创业的风水宝地。这里得天时，兼得地利。而今政通人和，百废待兴，正如一只傲视苍穹的初生鲲鹏，正准备着展翅高飞九万里。

洪瑞祥和林如玉一到厦门，便寻了家小旅馆安顿了下来。然后便迫不及待地找到了当地的工商部门，咨询开店的有关事宜。工商所的所长贾文雄亲自接待了他们，这让他们有点受宠若惊。贾文雄说："你们投资规模不大,本来我没有必要见你们,但你们经营的是珠宝玉器,这个行业有那么小小的一点特殊性。还有,据我所知,私营企业经营这方面的,你们是市里的第一家,我不得不重视。"

根据贾文雄的指点,他们先把两个人身上所有的钱凑了起来,全部存入了银行,取得了存款凭证,这也就可以作为验资证明了。对这一点,他们有点疑惑。但他们也知道,目前很多事情都属于新生事物,有些细节不够规范在所难免。接着他们又马不停蹄地寻找铺面,他们运气真的不错,正好闹市中有家店面准备出租,虽然租金贵点,但他们明白时间就是金钱、效率便是生命的道理,没怎么砍价,就把租赁合同签下来了。

选择了主营和兼营的内容,填写了申领营业执照的表格。他们直接送到了贾文雄手里。贾文雄看了看,微笑着收起,给了他们回执,便请他们回去等几天。营业执照办下来了,会通知他们来取。

他们知道办事有个程序,该等就得等。在等待的这几天中,他们足迹踏遍了厦门的每个角落。他们高兴地看到,虽然开工建设的地方还不多,但旅游业已经成气候,尤其是节假日,到鼓浪屿的轮渡常常人满为患。而集美学校区这些有特色的地方,也是人头攒动。游客中,来自我国港、澳、台,以及东南亚一些国家的人特别多,这也印证了当初乔太爷的判断。

他们对即将开张的店充满期待。

等了一个星期,还没接到贾文雄的通知。洪瑞祥有点急了,与林如玉一起又到了工商所,见到了正在与人谈话的贾文雄。贾文雄一见他们,堆起一张笑脸,说道:"你们的事嘛,有点麻烦,今天我没空,另找时间说吧。"

洪瑞祥听了不由得一愣,上次说得好好的,就等拿营业执照了,怎么又有麻烦了?略一想,似乎有点明白,便说:"贾所长事情多,这我们知道。我们来,是想等贾所长下午下班后,一起吃个便饭,再请教一些问题。"

贾所长推辞道:"今天下班后肯定不行,我已经约了我女朋友……嘿嘿,不好意思。"

洪瑞祥也是一笑:"不就吃个饭吧,请您女朋友一起赏个脸,好吧?"

贾文雄:"这样啊?你们这么客气,让我说什么好呢?不过不要太破费了,就在路边新开的大排档吧。七点半见。"

洪瑞祥说:"知道知道,七点半,不见不散。"

晚上,华灯初亮,而天还没有完全黑下来,洪瑞祥和林如玉就来到了贾文雄所说的海边大排档。据说这大排档的主人是个敢于领风气之先的年轻人,好几年前便骑着农用单车穿街过巷地叫卖海鲜。被视为投机倒把分子抓了好几次,但不肯悔改。后来真正开放了农贸市场,他便率先在市场上占了一角,卖起了鲜活的海鲜,去年,又开了这家大排档。由于货好价实,口碑很好,一时间客如云来,货如轮转。

他们也不好先点菜,只好干等着,到八点钟了,还不见人。后面还有食客在候台。服务员见他们占了台面却迟迟不点菜,都有点不给好脸色了。洪瑞祥待不住,便跑到门外去等,远远看见贾文雄与一个女人勾肩搭背，嘻嘻哈哈，边走边打打闹闹地过来。洪瑞祥看不得他们这种做派，也不迎上去，转身回到桌边，便叫服务员点菜。菜点好了，贾文雄和那女人才找到他们的桌边来。俩人脸红红的，似乎是刚喝过酒。果然，贾文雄开口说道："对不起，对不起，刚应付了一帮朋友，来晚了。"

洪瑞祥说："贾所长真是大忙人！"

贾文雄说："哎！人在官场，身不由己。等会，我和小胡还有第三场。不过还好，不是喝酒，只是喝咖啡。"

说着，菜已上来，林如玉站了起来，给每人舀了碗汤，说道："先喝口汤，酸菜贵妃蚌汤，喝了酒喝口热汤好。"

叫小胡的女人却叫了起来："我不吃酸菜，这汤我不喝！又酸又……"

贾文雄瞪了她一眼："不喝汤就吃菜！啰唆！"

小胡便埋头吃菜，再不说话。

林如玉见一开始就让小胡搞得气氛有点沉闷，也看出这对男女是什么层次的人，便笑了笑，从袋里掏出一个翡翠手镯来。这手镯原也是旧物，但经洪瑞祥加工处理，竟如新的一般，在灯光下，晶莹剔透，泛着一圈绿色的柔光，让人不禁眼前一亮，那小胡一见，便张大了嘴："哇，好漂亮！"

林如玉说："喜欢，就送给你！"

小胡一把抓过，马上戴在手上，看着贾文雄，一脸的狐媚："好看吗？"

贾文雄看着洪瑞祥："这，也太贵重了吧？"

洪瑞祥微微一笑："一点心意。我们就做这个，只能送这个了！"

小胡忙说："那就谢谢了！"

洪瑞祥说："贾所长，我们办执照那事究竟碰到什么麻烦？"

贾文雄叹了口气："这事啊，都怪我，前几天局里开会，我把这事当成绩汇报了，没想到局长领导也格外重视，当时就让管政策的部门把材料调上去审核，这一审……哎！"

洪瑞祥问道："局里领导，是局长还是哪一位副局长？"

小胡马上接话："副局长？副局长敢驳我家文雄的面子？官不在大，有权就行，我们文雄虽然只是个所长，级别不如副局长大，但却实实在在管着这一方的百把个企业，你说是吧，文雄。"

贾文雄低着头不吭声。

洪瑞祥："看来，关键还是在局长。"

贾文雄："局里那帮搞政策的老夫子也不是省油的灯！"

洪瑞祥说："不管怎么样，这事一定要办下来。明天，我们去求见一下局长！"

贾文雄连连摇手："不行！不行！你见不到我们局长的，见到了他也不一定会听你们说什么，在他眼里，你什么都不是，你知道吗？"

洪瑞祥不悦地："我总是个人吧？"

贾文雄："人？人多了去了，这要看你这个人值不值得他见？你有什么拿得出手的？一个注册资金不到二万元的小店主！"

洪瑞祥："那你说怎么办？"

贾文雄："相信我吧，我来吧，我知道怎么办，只是需要点时间，你们两位，少安毋躁。"

洪瑞祥："那就麻烦贾所长了。"

贾文雄："你们有所不知，我们局长姓阎，局里人背地里叫他阎王。这个人喜怒无常，高兴时还好说，不高兴时见谁咬谁！心黑，心也大，咬你时不把你咬出一脖子血不罢休！"

洪瑞祥不信地："这样的人还能当局长？"

贾文雄："嘿嘿！就是这样的人才能当局长。你就别不信了，千万别轻易去惹他，我毕竟常去局里，也知道他的品性，看见机会，我就马上把你们的事给办了。"

洪瑞祥看着他："真不需要我们做什么？"

贾文雄："需要什么我想想，想好了再跟你们说。你店里那些东西，送小胡可以，可别拿出来送他，他会当场把东西摔碎！"

洪瑞祥皱紧了眉头。

离开大排档的时候，洪瑞祥像是吃了一只苍蝇，半天说不出话来，只觉得恶心。

回到小旅馆，躺在床上，洪瑞祥忽地发出一声冷笑。

林如玉问道："怎么啦？"

洪瑞祥："没什么。"

林如玉："这事怎么办？"

洪瑞祥："凉拌。"

林如玉："他要是向我们要钱，说是要去疏通那些搞政策的和局长，怎么办？"

洪瑞祥："不给！记住我的话，别听他的！"

林如玉："可听那女的说，他一手遮天……"

洪瑞祥："哼！他的手太小了点，别忘了，现在是谁的天下！别想了，走！先干好我们的本职工作，收旧玉器去。"

林如玉："这么晚了？上哪收去？"

洪瑞祥："夜市。"

林如玉一听逛夜市，马上兴奋起来，挽着洪瑞祥的胳膊就出了门。

问了一些路人，他们七弯八拐，终于来到一条街上。街不是太宽，但也不窄，从街口的交通标识来看，这还是一条车道，是单行道。

但现在的这条街，别说是汽车，就是单车，也别想通过。街上密密麻麻摆满了摊位。中间一溜，都是卖衣服的，简单的铁架上挂着衣服，就凭客人选购了。而街的两边，则是地摊连着地摊，卖什么的都有。

林如玉一眼看见一个摆卖布匹的摊子，便走过去，蹲下来用手摸了摸布头，自言自语道:"这布质量不错!"

摊主听了,高兴地说:"你识货呀!"又看了看林如玉身边的洪瑞祥:"这布给你男人做一身中山装或是学生装,再合适不过了。"

林如玉赞同地点头。但想了想,还是站了起来。

摊主见她没有买的意思,便转身去招揽其他顾客。

林如玉小声地对洪瑞祥说道:"布都是好布,但明显都是走私货,这些人公开贩卖走私货,政府也不抓!"

洪瑞祥说:"这些摆地摊的,大多都是穷苦人家,进这点货的钱说不定都是四处借贷的,抓他们就毁了他们的生活,弄不好还会出人命,要抓,得抓那些把这些货弄进来的大走私犯,才能解决根本问题。"

林如玉点点头,不再说话。

他们正想转身离去,一个中年人却对洪瑞祥笑道:"你这位小同志看法很有见地,听口音不是本地人,是来旅游的?"

洪瑞祥微笑着答道:"我确实不是本地人,但不是来旅游的,是来看看有什么……旧玩意儿,买一点。"

中年人说:"怪不得你来逛这个夜市。哎!前面就有一个地摊专卖旧东西的,不如一起去看看。"

洪瑞祥举目一望,见一盏灯下,摆着一些旧钱币、旧玉器、旧瓷器之类的东西,马上也来了兴致,说了声:"好!"便拔腿向前走去。

守摊的是个头发和胡子花白的老人,样子有点疲倦,只是低头盯着自己摊上的东西,也不看路人。洪瑞祥在他跟前蹲下,看了看摊子中间摆着的十几件旧玉器,都是质量较次的大路货,便从中拿起一个手镯,问老人:"这个镯子多少钱?"

老人眼皮也不抬,瓮声瓮气地说:"一件不卖,我急着用钱,这十几件你要都拿走,给两百块钱就行了。"

洪瑞祥二话不说,拿起摊边一张老人用来包东西的旧报纸,把十几件玉器都包了起来,然后从钱包里掏出四百块钱,放在老人跟前。

老人这才抬起头来,看了看拿着玉器慢慢站起的洪瑞祥:"我说了,只要两百块。"

洪瑞祥笑着说:"老人家,你这些东西值这个数。"说着转身要走。

老人这才看见洪瑞祥身后的中年人,突然一声冷笑:"阎局长,您又微服私访来了,自己局里眼皮底下的事都管不好,跑这里充什么大官来了!"

中年人却没有生气,笑问道:"老人家知道我是谁?"

老人说:"我儿子就是你们工商局看大门的,被冲击大门的流氓打成重伤,你知道吗?你过问了吗?"

中年人一惊:"您就是张志才的父亲张大爷?张志才不是先动手打人,才挨的打吗?"

老人冷哼一声:"阎王!我跟你这种官老爷无话可说,如果说我无证摆摊,想抓我,你尽管下手，不是的话，请让开，别挡我的生意，我得筹钱给儿子治病呢！"

中年人很窘，沉默了片刻才说："张大爷，您儿子的事我会去查个清楚，如果这中间有什么猫腻，我会给您一个公道！"

说着转身离去。

林如玉望着中年人的背影说道："他就是阎局，看样子，好像没贾文雄说的那么坏！"

洪瑞祥把手中抱着的装有旧玉器的纸包塞到林如玉手里，快步向阎局长追了过去。

很快，他就与阎局长并肩而行。他恭敬地叫道："阎局长！"

阎局长："是你，有什么事吗？"

洪瑞祥："阎局长，我觉得，您其实是个好局长！"

阎局长："什么其实不其实的！我就不是个好局长，像刚才张大爷那事，下面的人对我说，有人到局里来办事，张志才怪人家先不递烟，不让人进，发生了口角，他动手就打人，引起公愤，才被打了。如果真是这样的话，张大爷哪来那么大怒气？我看张大爷也不是个不讲理的人。"

洪瑞祥笑道："就凭你才挨了张大爷的骂，不仅不生他的气，还这么看他。我就知道你的为人和你的为官之道。所以，有个事情我也想向您反映。我到厦门来，是受一个眼光独到的老人指点准备在这里开一家珠宝玉器店的……"

阎局一听："珠宝玉器店，好啊！正好填补我市迅猛发展起来的私营经济的空白！准备到什么阶段了？"

洪瑞祥一听阎局这话，越发证明心里对贾文雄的判断是正确的。阎局根本就不知道他已经申报开店的事！他说道："我是万事俱备、只欠东风啊！这东风就是阎局您的支持。听我们那一片工商所的所长贾文雄说，他原来已经签发我的营业执照，可您听了他的汇报，让政策研究室的人把我的申报资料调去审查，至今没有答复。"

阎局长明显生气了，他的脸涨得通红，但强压着，说："真的这么说，他！贾文雄。"

洪瑞祥笑笑："别人敢欺骗您阎局长，我可没那个胆量！"

阎局长说了一句："两天内有人去找你，给你结果。"

说着，加大脚步走了。

林如玉追上来，问道："把贾文雄告下了？"

洪瑞祥点点头："嗯！"

林如玉："他什么态度？"

洪瑞祥："这要看结果才知道。"

两天后，结果下来了。洪瑞祥被通知去工商所签领营业执照。接待他的是新所长阮敏萍。这位不到三十岁的女所长给人以一种干练而不失亲和的印象。她代表工商所向洪瑞祥诚恳地道歉，并给洪瑞祥看了局党组关于处分贾文雄和另一位局本部办公室副主任的决定。给贾文雄的处分是开除党籍，撤职降级。对那位副主任的处分，是撤职，留党察看。处分原因上面也写得清楚，就是因为洪瑞祥申报营业执照的事和张大爷儿子张志才面对流氓打手挺身而出因公受伤反被诬陷，蒙冤得不到应有待遇和照顾之事。洪瑞祥看了心情大好。

接着还散发着油墨香味的营业执照，洪瑞祥和林如玉喜滋滋地走出了工商所。

林如玉笑道："阿祥，我发现你这个人运气真的不错，总能逢凶化吉，在家是这样，来到陌生的地方闯荡也是这样！"

洪瑞祥却正色道："不是我运气好，是我们中国人好！我们中国人生活的大环境好！好人遍地都是，好人帮好人！如果我干的不是正事好事，恐怕运气就没那么好了！"

三　队伍

两天后，他们离开小旅馆，搬进了铺面上面的小阁楼。在以后很长的一段时间里，这小阁楼既是他们的卧室，也是设计室、画室，还是小作坊。

在逐件审视收到的旧玉器做改造打算的时候，洪瑞祥觉得收购张大爷那批东西给了四百元还是少了点，心中便有些不安。于是拉着林如玉往夜市跑，但到了那条街，却见人去摊空，交通也已恢复。在街边墙上，他们看到了市工商局与交通局关于取缔违规夜市的通告。洪瑞祥不信一件牵涉面如此之广、牵涉的人如此之多的事会由这么一纸通告便迅速而干净地处理了。问过行人，才知道所谓的取缔只是官方的一种说法，实际上夜市依旧存在，只是不能在这条街上了，被转移到附近两条不会影响交通的小街上。

洪瑞祥在路人的指导下找到了这两条小街，街面上热闹得很，但他们寻遍所有摊位，就是找不到张大爷的摊位和他本人，只得作罢。

"祥记珠宝玉器店"终于在一个黄道吉日正式开业了。没有庆典，也没有花篮，只是放了一通大红鞭炮。

店面上方高挂着洪瑞祥手书的"祥记珠宝玉器店"的牌子，大方、耀眼。店面正面墙上，镶着一块旧了的木匾，上面只有两个字：祥记。而这两个字，正是洪瑞祥祖上用过的店名，而字体，也是由祖上的手迹复制。这块木匾的出现，象征着洪家祖业的传承与复兴。

正面墙下，是一张藤条制作的茶几和两张藤椅。

店面两侧墙上挂了几幅洪瑞祥与林如玉的画作，取材均来自厦门的美景。墙下则是崭新的玻璃橱柜，柜里，摆满了琳琅满目的玉石制品。它们已不是刚收集来时的苍老残旧，经过洪瑞祥的精心修复和加工制作，全都焕然一新，焕发出高贵与艺术的光彩。

店员只有林如玉一人，她站在橱柜旁边，亲切而随意的笑容始终挂在她的脸上。

而洪瑞祥则有点懒散地坐在藤椅上泡茶。看似悠闲，实际上是累极了，从阁楼上下来放松一下自己。没有人知道他是如何在楼上一忙就是十几个小时，只有林如玉心疼他，但没有办法，只有自己更努力工作，才能把他的成果推销出去。

繁忙的日子易过。转眼店已开张一个月，盘点下来，成绩不错。店子从一开始的默默无闻，到口碑相传，到顾客接踵而来，到台港澳同胞一窝蜂来，这个变化仅仅在三二十天之间。

夜里，店门一关，林如玉拖着沉重的脚步走上阁楼，一下便躺倒在地铺上。洪瑞祥赶紧放下手头的工作，蹲到她身边，一只手握紧她的手，一只手轻抚着她的秀发。林如玉说："你也躺下休息一会吧，累死了！"

洪瑞祥说："别说话，好好休息。我给你按按手，按按腿，按按肩膀和腰。"

一只手臂没按完，洪瑞祥发现林如玉已沉沉睡去，不由得轻轻叹了口气。

第二天一睁眼，林如玉便说道："阿祥，有个事我得跟你说……"

洪瑞祥说："我知道，你一个人一天站十几个小时的柜台确实太累了，我正想……"

林如玉打断他的话："不是这事，这个不用你操心，我已经习惯了，我顶得住！我要说的是另外一件事，我真的顶不住了！"

洪瑞祥："什么事？这么严重？"

林如玉说："就是乔太爷送的那套笔筒、笔洗、笔架、镇尺。这几天有好几个台商都要买，问我价，我说这套东西是镇店压柜之宝，不卖。但顾客说我没道理，哪有店里摆出东西不卖的。我说价很高，他们说，只要有价就买。怎么办？我不能随口胡扯漫天要价吧。若是按我们原来商定的价格，恐怕一下子就出手了，但这套东西一出手，我们店的货品就有点压不住台面了。"

原来对这套玉器的定价，商定的是一套五件，笔筒一件，笔洗一件，笔架一件，镇尺二把。只能整套卖，不单件卖，整套定价五万。

洪瑞祥说："这事我知道，台商的嗓门都大，我怎么听不见。这样吧，提价一万，六万！卖了之后，我们马上去江西，把钱给乔太爷送去，再看看他有什么好东西。"

林如玉："这样啊，也好。江西那边，就你一个人去吧，我一个人看店。店刚开了一个月，总不能就关几天吧？"

洪瑞祥："关几天又何妨？你也该休整一下，弦绷太紧了，会断的！我可不想我的老婆年纪轻轻的落下什么毛病，何况你还没给我生个一男半女呢！"

林如玉："行吧，那我就陪你走一趟。"

洪瑞祥笑着说："不是陪我走一趟，而是你非走这一趟不可！这次去江西，我还想带一两个人过来。其中有个女孩子，你去了，他父母亲会大为放心，这比什么都重要！"

林如玉："你是说巧巧？"

洪瑞祥点点头："来了，一边跟你我学字画，学手艺，一边帮你看店，慢慢就把她培养起来了，我还看重一个人。但感觉把他带出来把握不大。"

林如玉："刘江？"

洪瑞祥："对，这小伙子人品好，又特机灵。在家种田，可惜了！培养好了，是个可以托付大事的人啊！"

林如玉："还有你办不到的事吗？先别泄气！"

洪瑞祥："看来你也赞成我拉他加入？"

林如玉："我当然赞成，你不是只满足于开一个小夫妻店的人。"

洪瑞祥大笑："知我者，如玉也！只靠我们两个人，如何能使我们家的传承发扬光大？这是千百人的事业！我想从现在起，就开始培养我们的核心队伍。一是解目前人手不足之急，二是为以后发展准备人才！"

这天中午，来了一个台商，进门就直言，他是奔笔筒等这套玉器来的。今天，不答应把这套东西卖给他，他就一直坐在店里喝茶。"最多我付茶钱。"他说。

林如玉笑道："怕了你了！你这是第几趟？真不好意思让你再跑了！"

台商大喜："真的？"

林如玉："不假，如果我开出的价位你接受的话。"

台商："多少？"

林如玉手指一比："六万！"

台商："六万港币可以吗？"

林如玉："人民币。"

台商笑笑："行！六万就六万，比我心里价位高了点，不过还能接受，但你要额外送我一件东西。"

林如玉："你还看中什么？"

台商："你墙上这幅画！"

林如玉顺着他的手指一看，是自己画的一幅竹子，便说道："这幅是我自己画的。已经装裱过了，拿下来太麻烦，我重新给你画一幅吧，保证不比墙上这幅差就是了。"

台商说："那我可以亲眼看你作画吗？"

林如玉："当然可以，您稍等。"

说着便上楼取来文房四宝，展开宣纸，就在柜台上画了起来。

台商拿起挂在胸前的相机，不失时机地拍起照来。

不断地有人进来，都围过来看着林如玉作画，"啧啧"的赞叹声不绝于耳。

不到半个时辰，一幅尺寸比墙上那幅更大、更有气势又更为清雅的画便出现在众人面前，林如玉落了款，用了印。才抬头问台商："这幅可以吗？"

台商大叫："太可以了，太高兴了！六万块钱，光是这幅画也值了！"

林如玉开玩笑道："是吧？那你等会就再付六万吧！"

台商够狡猾，马上应道："你是讲诚信的，不会言而无信的！再敲我竹杠可不行。"

洪瑞祥从阁楼上走下来，看了看画，点点头，说道："我再为我老婆这幅画题上几个字吧。"

台商一惊："你？你行吗？"

林如玉说："这墙上所有画的题字都是他的，你说行吗？"

台商看了看墙上挂的几幅画，不由得赞道："行！不是一般行，是太行了！字与画相得益彰，更加完美！"

洪瑞祥在画的左上角题了一行字，也落了款，用了印。

台商把那一行字高声念了出来:"正直形自雅,虚心格更高。"

围观的人由衷地鼓掌叫好。

林如玉与台商交割钱货,围观中有人便提出要买墙上挂的画。洪瑞祥还没有答应,就有人开始指定了要买的画,其中洪瑞祥画的《鼓浪屿春晓》与《集美夜雨》更成了争抢对象。

洪瑞祥与林如玉微笑着对视一眼,都点了点头。于是洪瑞祥开价卖画,高者千余,低者数百,片刻间,店里的字画被抢购一空。

待台商结完账,醒过神来,望着空空如也的墙壁,叫道:"哎呀!我还没买呢!就没了!"

看着一脸沮丧的台商,林如玉笑道:"下次再来吧,给你打九折。"

匆匆离开厦门。洪瑞祥与林如玉便直奔巧巧家住的围屋。抵达时已是黄昏,巧巧一家人都在,巧巧一见洪瑞祥,高兴地跳了起来,说道:"哥!你真的来了!"看见洪瑞祥身后的林如玉,又叫了起来:"哥!这位漂亮姐姐就是你的女朋友吗?你真的太棒了!"

洪瑞祥笑道:"现在已经是你嫂子了。"

巧巧便拉着林如玉,甜甜地叫道:"嫂嫂,快进屋歇会儿!"

巧巧的父母见了洪瑞祥也特别开心,一家人忙着杀鸡择菜,烧水泡茶。巧巧的父亲问道:"这次来还收旧玉器吗?"

洪瑞祥说:"有的话,当然收!"

巧巧父亲便走了出去,洪瑞祥知道他是通知乡亲们去了。

待宾主坐下来吃饭,洪瑞祥举杯与巧巧父亲碰了碰,喝了一口,便说道:"我们夫妻俩这次来,还有一件事想跟阿叔阿婶商量,上次巧巧说要跟我学字画,那时候我还没有条件带着他,现在我和我爱人已经在厦门的闹市中开了一家珠宝玉器店,兼营字画,就想着把巧巧带了去,一边跟着我们学,一边帮着看店,也就是帮我们。不知阿叔阿婶同不同意?"

巧巧的父亲说:"巧巧有这个想法,我知道,也赞成。"说着看了看妻子。

巧巧的母亲说:"这事,主要是看闺女的意思,她要走,我也没意见!"说着,眼圈却红了。

巧巧一下子眼泪就下来了,哽咽着说:"我知道,我爸妈不舍得我走,可是知道我想走,不想拦我……"

巧巧父亲强忍着泪:"当父母的都想着孩子好,你跟你小洪哥哥他们走,以后会更有出息。我和你妈妈不会拦你的。出去以后,要听你哥哥和嫂子的话,不能使小性子!知道吗?"

巧巧说:"知道了。"

巧巧的父亲举了举酒杯:"来,小洪,我们喝酒,从现在起,孩子就拜托你们俩了!"

林如玉笑道:"看得出来,巧巧是个懂事的好女孩。阿叔阿婶你们放心吧,从现在起,她就是我的亲妹妹!"

巧巧破涕为笑:"那我叫你姐还是叫嫂子?"

林如玉替他擦去眼泪："这随你，都行！"

饭后，他们又收了不少旧玉器。在巧巧家待了一晚上，第二天吃过早餐，便告别了巧巧父母，带着巧巧一路往甘竹乡而去。

他们先到了刘湘家。大家相见，欣喜异常。林如玉带来了不少海产品，有虾米、鱿鱼干、干贝什么的，便像在巧巧家教巧巧妈妈一样，想教乔丽霞弄这些东西，如何做才更好吃。乔丽霞却笑道："这些东西我爷爷家从来不缺，从小我就会做。"说得林如玉有点不好意思。

说起想带刘江出去，刘江不觉大喜，但却祈求地看向父母。刘湘沉吟片刻，说道："出去历练是好事。但眼下乡里正在酝酿着搞责任田，包产到户，待这事有了眉目，再说吧。"

于是不好再提这个话题。一行人便出门，向河埠村乔太爷家走去。

见到乔保国，一阵寒暄之后，洪瑞祥便将开店的情况详细说了一遍，并将乔保国拿出来的那批玉器已出手部分所得的款项一共六万余元全拿了出来。乔保国坚决不要，推迟了好一阵，才勉强收下一半。洪瑞祥有点不好意思地请乔保国帮忙再组织一些货源以壮大门面，乔保国爽快地答应了，说收集到东西后，会派人直接送到厦门。

乔保国留大家吃了晚饭，才让众人回去。在刘湘家待了一晚，第二天早上便告辞回厦门。刘湘一家依依不舍地把他们送到上车的地方，中途还专门去了一趟瓜棚，在瓜棚前留下了合影。这次来，林如玉还带了相机。为的就是要留下与巧巧一家、刘湘一家和乔太爷的合影，特别是瓜棚这一张。

闭门三天的店又开始营业了。头几天顾客出奇的多。原来林如玉为台商画画的事情及照片不知怎么的竟上了报，小店出名了，许多人慕名而来，有为买玉器的，有为买画的，有的人却是专门来看林如玉这个才貌双全的老板娘的。

更让他们高兴的是，没过几天，乔太爷派来送旧玉器的人便到了，而来的人竟是刘江。

原来，刘江向乔太爷说了父亲没有马上让他跟洪瑞祥走的事。乔太爷便把刘湘叫来训了一通，说刘湘不为儿子的前途着想，放弃这大好机会以后会后悔的。还不客气地说，包产到户怎么了？能分到你家多少田地？你老了，你和丽霞两个伺候不了那点地了，非得拉上自己儿子陪你们扒土坷垃。又说："我就让刘江先给洪瑞祥当采购，厦门江西两地跑，耽误不了你儿子和你们亲近。"

乔太爷的话对刘湘就是圣旨。

四　登记

刘江这次给洪瑞祥带来了几件比较厚重的旧玉器，也从店面收到一些人家较好的收藏，经过精心修复，镇店压柜面的玉器又有了。而且形成了良性的循环，不断地更换着一些优质商店，店的经营日趋稳定了。

林如玉在附近租了一套旧民居，把刘江和巧巧安顿了下来。洪瑞祥在厦门已渐渐有了一些人脉，他通过熟人在厦门大学为刘江办了旁听证，让他有选择地去听一些课，他希望刘江能尽快地开阔视野，增加学识，从多方面提高自己的素质。而巧巧，则让她跟在自己身边学习，每天替换着也看几个小时的店，让林如玉减少些劳累。刘江和巧巧都很争气，进步很快。

一切顺风顺水。与家里人的联系也多了，而洪瑞祥与林如玉的情况，家里人都十分清楚，除了不再为他们担心之外，更多的是喜悦与对他们的祝福。

但这几天，林如玉突然笑容少了，时时还有点发呆，洪瑞祥问她是不是有什么心事，她都摇头。直到洪瑞祥故作生气地说道："你我还不了解？没什么事你会变了个样？"

林如玉这才迟迟疑疑地说道："我，我怀疑我……是不是……有了！"

洪瑞祥先是一怔，既而一喜："有了？你说我们有孩子了？"

林如玉说："我只是怀疑，过了好些天了……"

洪瑞祥二话不说，便拉着林如玉到医院做了检查，结果证实林如玉的怀疑是对的。

洪瑞祥很兴奋，但林如玉却是一脸担心："我们俩……手续都没办。"

洪瑞祥说："马上回去办！不就是登个记嘛。"

林如玉高兴坏了："好啊！我去打个电报，让家里人知道我们要回去！"

洪瑞祥急忙制止："别！听我的，就搞突然袭击！"

林如玉不解地："为什么呀？"

洪瑞祥笑道："为了让高兴的人更高兴，让不高兴的人更不高兴！"

林如玉："我怎么想不明白？"

洪瑞祥："也许是我以小人之心度君子之腹吧，不过，还是小心点好！记住了，回去后一切都要听我安排。"

第二天，他们便坐早班车回蓉江。

回到家里，与爷爷、爸妈开开心心地聊了几句，喝了口茶，连林如玉想回家他都说等他一起去。他从家里拿了户口本，又和林如玉回家，也只坐了一会儿，就让林如玉取了个户口本跟他走。

他拉着林如玉走到村部，弟弟洪瑞麟已叫了陈茗乾到来，相互拥抱了一下，便一起走进村文书小夏的屋子。陈茗乾与这小夏是一起玩泥沙长大的哥们，一进门，陈茗乾便对小夏说："给你瑞祥哥和如玉姐开个证明。"

小夏当然照办，到民政局去登记结婚的最重要也是唯一手续拿到了。洪瑞祥和林如玉便与陈茗乾和小夏相约晚上喝酒，便告辞了，俩人迅速上了去县里的过路车。

结婚证书上没有合影相片，他们也顺利拿到了结婚证。

捧着鲜红的结婚证，洪瑞祥开心地笑着，对林如玉说道："行了，从现在开始，回村里后你想干什么，想说什么都可以自作主张，不用什么都听我的了。"

林如玉依然不解，仍旧皱眉道："干吗这么神经兮兮的？"

但很快，林如玉便明白了。

这天晚上，洪家设宴请了林如玉一家。陈茗乾与小夏作为洪瑞祥和林如玉顺利领取结婚证的有功之人，也被请来喝酒。

席间，两家长辈忙着商量洪瑞祥与林如玉结婚请客的有关细节。一边的小夏小声地告诉坐在他旁边的洪瑞祥和林如玉："下午临下班，王宗伟到我屋里看了办文登记，看到我办了你们的结婚证明，顿时大发雷霆，说不该给你们办。"

洪瑞祥笑道："果然如此。他说了不给办的理由吗？"

小夏说："说了，说你们在外长期流窜，突然回来办结婚证，肯定有问题。"

林如玉问："有什么问题？"

小夏说："他说像你们这种情况，开结婚证明前要先去做检查，如果发现已怀孕，要先流产才能结婚，否则就是打乱村里的计划生育计划，是违规，会给村里造成很大麻烦。"

洪瑞祥："我就知道他会搞这个名堂，你有没有问他，村里什么时候做出的这个规定？是国家定的规矩还是他出的土政策？"

小夏说："'我说了，村里啥时候有这规定，我怎么不知道。'他说：'你别管啥时候有，你明天一早去一趟县民政局，就说村里给开的证明搞错了，洪瑞祥和林如玉不符合结婚条件！'还有，前几天村民结婚，女方按规定年龄少一个月，结果新娘被赶回家，婚礼无法举行。"

洪瑞祥笑道："晚了，我们的结婚证已经领回来了，不过明天可以照跑一趟，就算是去县里溜达溜达，也可以按他说的，真的去民政局说说，看有什么结果，麻烦的肯定是他。"

众人开心一笑。

林如玉却是恨得咬牙切齿："这个人心太坏了！上次明知我们得不到阿祥的消息急得发疯，他知道了却故意压着，现在又这样子，这仇真结下了！"

洪瑞祥也恨恨地说："让弟兄们好好摸摸他的老底，等我下次回来，好好跟他较量一番！"

陈茗乾说："不是你反复告诫我，我早揍他几回了！"

洪瑞祥："你还是别冲动，还是那句话，要文斗，不要武斗。杀敌一千、自损八百的事不能干！"

洪、林两家人和陈茗乾的一帮年轻人一起忙了两天，把新房拾掇出来，又准备好了请客的东西。

这天中午，在洪瑞祥家的厅堂，天井及门外的晒谷场上摆开了十几张八仙桌，开始摆起了流水席。洪瑞祥跟众位前来赴宴的父老乡亲，亲朋好友拱手致谢，并说明他和林如玉的婚礼已在外面举行了。回来就是请大家吃顿饭，喝杯喜酒。众人也乐得轻松，即来即坐，即坐即饮，酒足饭饱即走。

酒席中，洪瑞祥有选择地和村里的一些人谈了自己在外闯荡的情况与现在开店的经验和教训，有些人听了便跃跃欲试。

洪瑞祥的婚宴在村里有两点与众不同之处，一是时间短宾客少，只有自己亲戚小聚，婚礼简单。二是没有专门请村里的主要领导和宾客。对于这两点，村里有人说，洪瑞祥出去发财了，早就是万元户了，为何婚礼就这么简单。对于不请村领导嘉宾，也有不同的看法，有的人认为洪瑞祥够有骨气，够硬，也有人认为他太自大、太目中无人了。有的人则预料洪瑞祥以后在村里日子更不好过。

在洪瑞祥家的婚宴接近尾声的时候，很多儿童已等着分糖闹新房了。王宗伟正在王庆文家里，一边喝茶抽烟，一边发泄着自己心中的愤怒："没见过这样的刁民，不整死他，我不姓王。"

王庆文平静地问道："你打算怎么整他？"

王宗伟说："我就是来跟你说这事的，我想带几个人把林如玉从她的婚宴上拉走，直接拉到医院里，把她肚子里的孩子打掉！"

王庆文："林如玉的肚子大起来了吗？你亲眼看过没有？"

王宗伟："这倒没有。"

王庆文："你有确实证据证实林如玉未经计划生育办同意就怀孕而且不报吗？"

王宗伟："没有。"

王庆文："那我告诉你，你这时候带人去抓林如玉，只有一个结果，那就是犯了众怒，你和你的人不是被撵走，就是挨一顿打，打了还是白打！"

王宗伟："那……难道就这么算了？"

王庆文："不这么算了还能怎么样？你呀！还是不成熟，君子报仇，十年不晚。我说过，你至少要比我当年更强更有手段，才能去对付他！你现在总是急急忙忙地找些鸡毛蒜皮的事去挑衅他，只能引发他更大的仇恨，对你的成长不利！"

王宗伟不再说话。

王庆文说："回去好好歇着吧，有些事，过一段时间我再和你说，以后弄死这小王八蛋的机会多的是。"

王宗伟见王庆文说得那么自信，那么有把握，便强将一股邪火压了下去，乖乖地走了。

婚宴后第二天早上，洪瑞祥和爷爷、父母亲才有机会好好坐下来交流和探讨一些事情。

夏淑萍拉着林如玉在一旁说着悄悄话。看着夏淑萍一脸慈爱和十分关切的眼神，林如玉心里暖暖的，便由衷地想让她高兴一下，便贴着她的耳朵说道："外婆，你很快就会有重孙了，你是想要重孙子还是重孙女？"

夏淑萍一听，双眼顿时发光："真的，你有了？孙子孙女我都要！先要一个重孙女吧，像你一样漂亮、聪明、懂事的重孙女！"她的声调越来越高，把围在一起商谈的众人都吸引了。

王秋琴首先反应过来，高声问道："什么？阿玉有了！"

林如玉看向婆婆，略显羞涩地点着头。

自洪春山之下，一家人一下子都笑得合不拢嘴。

夏淑萍自告奋勇地说道："这次你们去厦门，我跟着去专门照顾我外孙媳妇，等孩子生下来，我来带！"

林如玉搂着夏淑萍："谢谢外婆，但我觉得你还是晚点去比较好，我现在还需要工作呢！"

众人都觉得林如玉的话有道理，都劝夏淑萍不要急着去厦门。夏淑萍说："好吧，我听我外孙媳妇的，你说我什么时候去，我就什么时候去。不过你记住了，陪你坐月子，带我重孙，只能是我，不准找别人。"说着还示威一般地看着王秋琴。

王秋琴只好说："好了，妈！我不跟你抢就是了。"

众人正笑着，陈茗乾匆匆走了进来，进门便冲着洪春山说："爷爷！我们这些玉王庄的人，消息真是不灵通啊！"

洪春山笑道："本来就是嘛！你说的是啥消息？"

陈茗乾对洪瑞祥说道："阿祥，你让我摸王宗伟的底，没想到让我一摸就着，你猜这王宗伟是什么人？"

洪瑞祥："什么人？"

陈茗乾："是我们的老对头王利群的同父异母弟弟！"

洪春山诧异地："王庆文有过两个老婆吗？"

陈茗乾说："要不怎么说这老狐狸厉害，养情妇养了几十年，儿子都这么大了，居然没多少人知道！"

洪瑞祥："你是说这王宗伟是王庆文的私生子？"

陈茗乾："是的！"

洪瑞祥："怪不得王宗伟那张脸让人一看就讨厌呢！原来是像王庆文！"

陈茗乾说："阿祥，我看，这些爆炸性内幕，足以把王庆文父子炸得体无完肤，干他一下子吧！出一口恶气也好！"

洪瑞祥沉吟片刻，说道："从这次来看，可恨的是王庆文这老王八！从年轻时就腐化堕落，还骗了党和群众这么多年，是该让他原形毕露了！"

洪春山却说道："真是佩服你们这些年轻人。明明自己的事业刚刚起步，基础还不牢固，前面还困难重重，就敢四面出击，矛头指向盘根错节的官场老混子。"

洪瑞祥听出洪春山话里的讥讽意味，便问道："爷爷不主张我们现在去搅这些事？"

洪春山说："你们的当务之急，是强大自己，等你们强大一些了，什么王庆文王宗伟之流算什么，让他们再折腾一下子又如何？不过是跳梁小丑，坏不了什么大局的。"

洪瑞祥与陈茗乾对视一下，都默默点头。

洪春山宽慰地笑笑："跟这些心术不正的人作斗争，既要不把他们当回事，又要时时提防他们，处处把握主动。像这次阿祥顺利领下结婚证这事，像摸到王宗伟底子这个事，你们都做得很好！你们是比以前成熟多了。"

陈茗乾喝了杯茶，就告辞了。洪瑞祥坐到爷爷身边，说道："爷爷，我觉得我现在心里常常发虚。我现在的生意是顺风顺水，收益不错，但还是受制于玉石资源，没有玉石，没有大小任我选用的玉石，我永远无法施展我的才华，也无从去发扬光大我家的传承。而这玉石资源，现在就在腾冲，就在缅北。我却只能望洋兴叹，因为靠我现在个人的努力，积累再快，也不知什么时候能到那些地方去取那玉石！"

洪春山点点头："没错，你想怎么办？"

洪瑞祥说："我一人不行，那就大家来。一块原石几十几百万，我只有十万几十万，那就找四个都有几十万的人合作，一起买回来。大家分着用，不就解决问题了？我愁的是纵使我有几十万，也找不到其他人合作，因为现在只有我一个人发展得还可以，而大多数人还没起步。他们想合作也没钱。所以我希望，能鼓励更多的人奋起创业，那从滇缅边境抱回玉石的时间就指日可待了！"

洪春山听罢微微一笑："不错，想法是对的！但我想借刚才陈茗乾说的那话，你的消息太不灵通了！"

洪瑞祥："啊？你是说……"

洪春山说："你只看到表面情况、一般情况是现在敢动起来、真动起来的人还不是很多，但其实也不少。而且蛇有蛇路，鼠有鼠路，好些人还走得挺顺，发展不比你慢！只是他们不像你这么高傲，他们有顾虑，怕枪打出头鸟，怕一肥就挨宰。"

洪瑞祥大为兴奋："爷爷，你说的是真的？"

洪春山："爷爷什么时候跟你说过假话空话？你放心发展你的吧，爷爷在暗地里替你留心着呢！也许，去腾冲的日子不会太远了！"

洪瑞祥："好啊！"

叫声未落，门外却传来一声喊："洪瑞祥！电报！"

洪瑞祥一惊，莫非厦门那边出什么事了？他急急出门签收，拆开电文一看，不由得呼了一口气，对有点紧张地看着他的林如玉说道："这巧巧，真不太巧，打电报都这么啰唆，记住，回去扣她的零花钱！"

林如玉接过电文念道："画已卖完玉器也将售罄店里卖无可卖特此告急妹祝哥嫂快乐请代问爷爷外婆阿叔阿姨好巧。"

念罢哈哈一笑："真够呛！知道打电报花的不是她的钱！"

洪瑞祥却是眉头一皱："爷爷、爸妈、外婆，我们明天就得走了。"

王秋琴："工作重要，该回去就回去吧。要不，如玉在家多待几天？"

林如玉拼命对洪瑞祥摇头。

洪瑞祥苦笑道："算了，一起走吧，如玉，你今晚回家陪陪家里人。我晚饭后也过去一下，向他们辞别，顺便也跟林老师聊聊。"

林如玉点点头。

王秋琴的眼睛一下红了，林如玉拉着她的手："妈，等天气稍微转凉，我来接你和爸、爷爷，还有外婆，阿麟弟弟到厦门玩。"

王秋琴一边抹泪一边点头。

五　找碴儿

到了厦门，洪瑞祥和林如玉直奔店里。

远远地，便见到一个俏丽的身影，正站在店门外一侧，向远去的一对青年男女挥手。

林如玉笑道："是巧巧在送顾客。这孩子进城才几天，完全变样了，一点也看不出不久前还是个从未离开家的村姑。"

走进店门，巧巧看见他们，便高兴地扑过来，一边"哥哥嫂嫂"地叫着，一头向林如玉怀里扑去，林如玉吓了一跳，来不及闪开，幸亏洪瑞祥伸手一拦，把巧巧拦住了，才没被撞上。

洪瑞祥笑道："巧巧，接下来这段时间里，与嫂子亲近要小心点，她现在是个玻璃杯子，怕撞！"

巧巧一怔："玻璃杯子？啥意思啊？哦！我知道了，嫂嫂，我是不是要当姑姑了？"

林如玉笑笑，没答话。

洪瑞祥说："知道就好！都要当姑姑的人了，还疯疯癫癫的！"

巧巧说："人家不就是见到你们高兴嘛！"

林如玉拉起她的手："行了，我也没那么脆弱。店里还好吧？"

巧巧说："昨天有人到店里来撒酒疯，把一块玻璃柜面砸破了！"

洪瑞祥眉一紧："啊？还有这样的事？"

走进店里，一眼便看见放着营业执照和税务登记证的玻璃橱柜的上方缺了一小角。

洪瑞祥："没报警？"

巧巧："那个人报没报警我不知道，反正我们没报警。"

洪瑞祥："为什么不报警？"

巧巧嘻嘻一笑："因为刘江哥哥比警察厉害，一脚，就一脚，把那人踢进医院了。"

洪瑞祥大吃一惊："刘江伤人了？他呢？现在在哪里？"

巧巧："在住的地方窝着呢，我让他暂时别露面，看看情况再说。"

洪瑞祥点点头："那从事情发生到现在，警察来过吗？"

巧巧摇头说："没有，鬼都没见一个，连那个撒酒疯的人，我是说他的家里人，也没见到。"

洪瑞祥："那个人受伤了，是怎么到医院的？"

巧巧说："是刘江送去的。"

洪瑞祥："哦。如玉你先上去歇歇，我去看看刘江。"

林如玉："别发火！"

洪瑞祥："我为什么要发火？"

说着笑笑，转身走了。

从刘江这里，洪瑞祥了解了事情的整个经过。

昨天晚上九点多钟，因为店里货品不多，顾客也少，他们正想着早点关门算了。这时闯进来一个醉醺醺的人，这人三十岁上下，一手拎着一瓶人头马，瓶里应该还有小半瓶酒，一手挟着一件上衣。进来以后见到我们，就问道："你们老板和老板娘呢？"

刘江说："不在，你有什么事？"

那人说："我就是来告诉他们，也告诉你们，你们这个店是黑店，你们的货源来路不正，就不该让你们开张营业！"

巧巧一听就怒了，嚷道："你胡说什么，给我滚出去！"

那人说："你以为我很想待在你们这个黑店里啊？我来，只是想把你们的营业执照撕了！把营业执照拿出来！"

巧巧一边护住放着营业执照的柜台，一边对刘江说："把他推出去！"

话声未落，那人已一把推开巧巧，手中酒瓶往柜面狠狠一砸，酒瓶的底掉了，柜面也碎了一角。巧巧一把抓住那人的一只手，要拉他离开橱柜，那人却举起半截的酒瓶就向巧巧头上砸去，这时，刘江猛地飞起一脚，就将那人踢飞出去，跌在门边，手中的半截酒瓶和衣服也飞了出去。

刘江冲上去一脚踏在那人胸口，那人已痛昏过去。刘江一眼看到摔在地上的人的上衣，看出来那应是一件不便随便得罪的单位的制服。便与巧巧商量了一下，由他把昏过去的闹事者送到医院，一检查，断了两根肋骨，现在住院治疗，早就醒过来了，见了刘江也不说话，刘江见没什么要忙的了，就回了住处。

听完整个事情经过，洪瑞祥笑道："想不到你手脚如此了得！"

刘江憨笑道："比起我爸差多了，要不，当初看见拿着刀对付你的歹徒，我们敢冲上去！"

洪瑞祥也嘱咐刘江暂时不要出去，然后按照刘江说的医院和床号，找到了那个借酒撒疯的人，乍见之下不觉一怔，此人不是别人，正是原工商所的所长贾文雄。

知道是这个人，洪瑞祥心里有数了，也不说话，只是"嘿嘿"冷笑着。

贾文雄显然被他笑得毛骨悚然，惊恐地问道："你，你想干什么？"

洪瑞祥鄙夷地看着他："借酒撒疯！断了两根肋骨，是不是很好玩啊？还想不想再来一次？"

贾文雄软弱无力，但看得出是咬牙切齿："我，我要去告你！"

洪瑞祥哧哧一笑："告吧！你不去告，你就是王八蛋！"

说着扬长而去。

回到店里，洪瑞祥让人换了被损坏的柜面玻璃，然后上楼准备开工，再不加一把劲，店里真的没东西卖了。

阁楼上，林如玉正在装裱林清溪的画。昨天晚上，他们与林清溪长谈，他们郑重地向林清溪发出邀请，请他到厦门来，他们会专门为他准备一间画室，而他的画就放在店里出售，收入肯定非常不错。林清溪说他暂时还放不下亦教亦画的生活，就先不到厦门了。但却让他们把原来的不少画作带走，说是任凭他们处理。

洪瑞祥看着小心翼翼工作着的林如玉，说道："老师的画要卖，我们也不能停笔，赶紧画一批出来，和老师的画一起挂出来，看看买家的意向，看看能不能青出于蓝而胜于蓝。"

林如玉说："我也是这么想的，今天晚上，我就开始画。"

几天之后，店面的货品数量和质量都恢复了原来的样子，他们才稍稍松了口气。

林老师的画很受欢迎，但还是没盖过他们俩的风头。林如玉有些沾沾自喜。洪瑞祥还算清醒，他对林如玉说："我们的画之所以能保持好的销售势头，不是我们的画比林老师好，我们只是胜在题材，我们的作品全都取材于厦门，这让当地人更为喜欢。"

贾文雄挨打的事不见有下文。洪瑞祥知道这家伙是宁可当王八蛋也不敢去告了，也就不再让刘江窝在家里。刘江又在店里店外、城里乡下跑得不亦乐乎。

巧巧学东西很快。洪瑞祥和林如玉很欣赏她，更疼爱她。她也对他们像亲哥嫂一样，随意得很。而对刘江，开始她有点瞧不起他，觉得他太一般太普通，没高学历又没一技之长，但那天一脚踢断贾文雄两根肋骨之后，对他的态度就有很大变化。

这一天晚上，临关店门之前，林如玉准备了两份钱，分别装在信封里。他先把一个递到刘江手里："给，你的工资！"

刘江接过，掂了掂，说："还给我这么多工资啊？"

洪瑞祥拍拍他的肩膀，说："现在店小利薄，只能给你这么一点，以后，有你数钱数得手软的时候。"

刘江憨憨地："我可没这么想过。不过，真到了那一天，还数钱干什么呀，不数手就不软了嘛！"

众人都笑。

林如玉把另一个信封递给巧巧："给，你的零花钱。"

巧巧接过，说了一声"谢谢嫂子"，便扭头向外走去，走到门外，又回头说了一声"等我啊"，一下子不见人影了。

洪瑞祥："她会去哪里？"

林如玉："花钱去呗！这孩子！"

果然，没多久，巧巧便提了一大袋海鲜烧烤和一箱子青岛啤酒回来："我请哥哥嫂嫂和刘江喝酒吃烧烤！"

众人把店门关了，坐下来吃喝。

林如玉说道："巧巧，就这么点零花钱，一拿到就大花特花，是不是准备过几天就伸手跟哥哥嫂嫂要钱啊？"

巧巧说："我看了，这零花钱不少，应该够我花的。不过，真不够了，我就伸手要，不行啊！"

林如玉说："行！行！我被你打败了！"

给巧巧的钱不叫工资而叫零花钱，这个有出处。当初洪瑞祥和林如玉把巧巧从家里带走，临离开巧巧家时，洪瑞祥放下了两千块钱，说让巧巧爸妈留着应急，这钱以后从巧巧的工资里扣。巧巧的爸爸说："巧巧跟你们是当学徒的，还给什么工资啊！绝对不行！"林如玉便说："那就不给巧巧工资，给零花钱，是当哥嫂的给的，没什么不妥吧。"巧巧当时就拍手叫好，说："叫零花钱好，工资是多是少，够不够，都不好说，但零花钱就不同了，给多给少都行，不够我就伸手要！这多好！"

所以林如玉没话好说。

洪瑞祥却笑着说道："巧巧，哥不想管你零花钱怎么花，也不想知道你什么时候向你嫂子要钱，这些都无所谓。哥想要说的是，你已经不再是爸妈跟前没长大的孩子，不是学校里不经事的学生，你已经走上社会，身上也有了自己可以支配的收入，那你就要看得远点，想得多点。有钱就得考虑积蓄，作为女孩子，自由自在的时间不多，你会成家立业，养孩子，说不定还得帮着老公……"

听到这里，巧巧嘴一撇："还要帮老公？嫁个要女人帮的老公，还不如养只狗！"

洪瑞祥一听这话，登时脸一冷，不再说话。

刘江开口了，一反他平时温和憨厚的脾性，一说话就很冲："巧巧！想不到你小小年纪，思想上问题却这么大？女人帮男人怎么啦？天经地义！最好的榜样就在你跟前，如玉姐是怎么帮着阿祥哥的！你瞎了吗？你不觉得像如玉姐这样做女人，才是最幸福的吗？你想做被人养着的金丝雀？你是吗？真是，你又能幸福吗？"

巧巧一惊，想不到自己轻飘飘的一句话会引来刘江这么大的反应，而偷偷看了一眼洪瑞祥，见他一眼冷如冰窖，不由得眼泪就下来了。

刘江还没放过她："你说，如玉姐这么帮阿祥哥，阿祥哥在你眼里是不是就不如……"

巧巧知道刘江想说什么，不等他说完，便急忙分辩："不是的，不是的，我不是这个意思，我只是想说……"

林如玉说："你是想说找老公要找一个有能力的，这本来不错。但你要知道，有能力的男人不会喜欢没有能力的，只想让他养着的女人！"

大家虽然继续吃着喝着，但气氛有点沉闷。于是草草收场，各自回住的地方。

这一夜，是巧巧离家之后第一个难眠之夜。她想了许多，她确实明白自己话里的问题，心里十分惭愧，也吃惊于自己怎么会有这种想法和说法。她不担心洪瑞祥和林如玉会因此而改变对她的态度，倒是更觉得刘江这个比他大不了几岁的年轻人确实比自己强多了，是对人生有了自己坚定信念的人。

第二天，大家对她没有半点异样，包括刘江，依然是那么亲切随和。巧巧只是觉得，自己的心与他们贴得更近了。

日子在忙碌中匆匆而过，林如玉临盆的日子日渐逼近。洪瑞祥又回了一次家乡，把外婆夏淑萍接到了厦门。临上车，两家人对着夏淑萍千叮咛万嘱咐，要她到时候得注意这个注意那个，听得夏淑萍烦了，眼一瞪："都别啰唆了，说别的事我不懂，生孩子的事我还不懂？"众人只好闭嘴。

林如玉顺利诞下一个女婴，粉嘟嘟胖乎乎的人见人爱。母女平安的消息传到家乡，洪、林两家人额手相庆。

农村中，这种喜庆之事传得最快。片刻工夫，全村人都知道了。

王宗伟也听到了消息。他郁闷地找到王庆文，说道："上次洪瑞祥和林如玉回来结婚，确实是'奉子成婚'。现在，孩子生出来了，两家人正凑在一起庆祝呢！"

王庆文问道："他们结婚之后，有没有报生育计划？村里有没有批准？"

王宗伟："没有。"

王庆文淡淡一笑："那就可以看一场好戏了！"

王宗伟马上就明白了："可惜舞台在厦门，有点费事！"

王庆文："这戏可以，也应该两边都搭台，先后开唱，那才过瘾。洪家人骨头太硬，不好啃。林如玉的妈妈就不同了！而且是直系亲属，师出有名！"

王宗伟："我担心……"

王庆文："这次与以往大不相同，铁证如山，一击必中，还没有人敢多嘴！"

王宗伟："铁证？哦！对，孩子！孩子就是铁证！"

王庆文："自从林和平的事情发生之后，洪春山一家就公开与我为敌。一直气焰嚣张，这一回，算是给他们一闷棍，打了还不能吭一声。呵呵！宗伟，要学会等待，寻找，抓住这种机会。抓住了就要下狠手！"

王宗伟兴奋地："我明白！我马上动手！"

很快，一纸盖着大红印章的处罚通知书像一盆冷水浇在还在兴奋得有点发热的洪家人头上。洪春山明白，这回应该是被人家真的抓住把柄了，他让洪瑞麟去找林如玉的父母过来商量对策，但趿拉着人字拖鞋的洪瑞麟还未走出门口，却差一点撞上了一脸恼怒急匆匆而来的林晓翠。

林晓翠没理会洪瑞麟，而是奔进客厅，对正在抽着闷烟的洪春山说道："爷爷，我妈被村干部的人硬拉走了，可我追到村大队室，却找不到人。王宗伟那王八蛋也不在。你说怎么办？"

洪春山猛地站起来，额角上青筋暴突，说了一声："欺人太甚！"便向门外走去。

洪家人都紧紧跟上。

去了村部，除了负责收款的出纳员，其他的人一个都见不到。

洪春山的怒火无处发泄。

他掉头去了派出所，派出所的人说："村里打过招呼了，他们在抓计划生育，对洪、林两家进行催缴罚款处理。这事我们不便干涉。"

洪春山渐渐冷静了下来，带着大家回到家里。他对翠翠说："既然村里是公开拉走了你妈妈，还跟派出所打了招呼，谅他们也不敢真对你妈妈下狠手，无非是想给我们好看，让我们乖乖把钱交出来，煞一煞我们家的发展势头。你别着急，也别慌。"

林晓翠含着泪："可是我妈……"

洪春山："肯定是被他们关在哪一个黑屋里了。我想，只要我们认罚，交了钱，你妈妈马上就会被放回来的。"

林晓翠："这罚款我们交得起吗？"

洪春山："爷爷马上就会想办法凑够，先把人要回来再说。就是这钱有点多，是最高罚款的两倍！心够黑的。"

这时，王宗伟的人也赶到了厦门。

去厦门是王宗伟亲自带的队，他要亲眼看看洪瑞祥被他整得欲哭无泪的狼狈相。要亲眼看着林如玉在月子里生气、害怕、哭，最后能跪下来求他。但不管他们怎么求，他也要大张旗鼓地闹腾，让洪瑞祥在厦门名声扫地。

一见王宗伟一脸不善地带人闯进店里，洪瑞祥就明白了，这王八蛋是找碴来了，而且肯定是有备而来，恐怕是不太容易对付了。

但他心里一点也没有怕，只有恨。

六　怒火

王宗伟带着人进了店堂，扫视了店内一眼，见店内有不少顾客，一个少女正忙着接待他们。而洪瑞祥则坐在靠墙的藤椅上，悠闲地喝着茶。他觉得这正是大闹一场的好时间，便扯开嗓子冲着通向阁楼的狭小的楼梯大叫："林如玉，林如玉，你给我出来！"

顾客们惊愕地看着他和他带来的人，洪瑞祥却只是轻蔑地瞥了他一眼，依然老神在在地喝着茶。

阁楼上一阵脚步声响起，一个人出现在阁楼门口，却不是林如玉，而是刘江。

刘江往下面一望，好家伙，小小的店堂里人头攒动。他喝道："谁在这里大呼小叫的，胆子长毛了！"

王宗伟嚣张地："你是什么人？赶快把林如玉那小娘们叫下来！"

刘江不与他搭话，手一按楼梯把手，飞腿一跃，竟从楼上直接落到楼下，稳稳地站在王宗伟面前。

王宗伟与他带来的人都暗暗一惊。这个身手一定很厉害！都不由自主地后退了一步。

刘江瞪着王宗伟，问道："说，找我们老板娘干什么？"

王宗伟一听，心里一宽，眼前这小子只不过是个打工仔，还在这种小店里打工，能有多少能耐，便傲慢地说道："林如玉这小骚货，浪到厦门偷……"

他的话还没说完，只听"啪"的一声响，脸上就挨了一巴掌，这一巴掌力度太大了，虽然没让他摔倒，却让他就地旋转了一圈，他捂着火辣辣的脸颊，指着刘江："你……"

他的手下人见他被打，却只是张大了嘴，没一个人站出来说一句话。

刘江却恨恨地说："敢骂我如玉姐，不知死活！"

这时，洪瑞祥才放下茶杯慢悠悠地走过来，拍了拍刘江的肩头："跟这种人动手不值得，白白脏了自己的手。"然后讥讽地看着王宗伟说："想不到你这种垃圾还挺固执的！林如玉和我结婚登记你是知道的，我摆喜酒你也看到了，现在我们的孩子都有了，你还追到这里来，有意思吗？"

王宗伟又羞又气，不想再与洪瑞祥磨牙了，他取出一纸处罚通知，"啪"的一声拍在柜台上，说道："我来干什么，你自己看！"

洪瑞祥拿起来看了看，问道："我和我妻子，就生了一个孩子，这还违法了吗？"

王宗伟："这……这不违法。"

洪瑞祥："那你还罚我干吗？"

王宗伟："你要生孩子的时候，向村里报计划了吗？你有准生证吗？"

洪瑞祥："这倒是没有。"

王宗伟："所以要罚，都像你们这样，村里的人口如何控制？不全乱套了吗？"

洪瑞祥："这是你订的土政策？"

王宗伟："土也好洋也罢，政策就是政策。令出必行！你想逃避处罚，是不可能的，别说你跑到厦门，就是跑到天涯海角，该罚的，你一分也别想赖！"

洪瑞祥："耍赖耍横，那是你这种人才干得出来的！行了，你这种人站在我这里时间长了，我都觉得晦气。你走吧，我了解一下，如果你的处罚得当，我认罚交钱，也不追究你事先不将有关政策条文告诉我们的过失。倘若你是借题发挥，徇私报复，你别想再进我这店门。明早，你叫人来听消息吧。"

王宗伟冷笑道："可以，但是你要考虑你的岳母——林如玉的母亲在小黑屋子里待时间长了，会不会发疯，会不会出大事！"

洪瑞祥既惊又怒："你说什么？你们抓了我老婆的妈妈！"

王宗伟："严重了，不是抓，是请！放心，一天两碗稀粥，一小片萝卜干还是会有的！"

刘江大怒："你这王八蛋！我让你连萝卜干也啃不动！"

洪瑞祥想拦，但已迟了，王宗伟另一边脸也肿了起来，口一张，吐出一口血，里面还有一颗染血的牙！

王宗伟被打蒙了。他的手下人见事情闹得有点大，想溜出去报警，但却被顾客们围着，走不动，而他们没想到的是，由一个老人开始，顾客们竟鼓起掌来。

洪瑞祥等众人的掌声落下，对狼狈不堪的王宗伟说道："说吧，怎样才能把我岳母放出来？"

王宗伟含混不清地说："缴清罚款。"

洪瑞祥："我交钱认罚，你发电报放人，如何？"

王宗伟："成……成交！"

洪瑞祥对刘江说："去上面取我的储蓄卡，和他们一起去取钱，打电报。"

刘江上楼去了。

洪瑞祥冷冷地看着王宗伟："对一个老年妇女，你们居然下得了手！这笔账我记着！我想，你虽然够坏，但还没那么毒！这次对我们两家使的这些手段，是王庆文出的主意吧？回去告诉他，就说是我洪瑞祥说的。善恶到头终有报，只争来早与来迟！还有，他把亲生儿子推到台前，自己躲在幕后，他倒下了，你这当儿子的还有好日子过吗？你也不妨问问他。"

王宗伟一怔："亲生父亲？"

洪瑞祥冷笑道："王庆文是你父亲，你是他的私生子，这你不知道吗？装什么傻？充什么愣？"

王宗伟大惊失色："你，你是怎么知道的？"

洪瑞祥："你都能查到我的店开在哪里，我还不能查出你是从哪条缝爬出来的！"

顾客们发出一阵哄笑。

洪瑞祥："我还告诉你，王庆文在你母亲还是个不谙世事的学生时就强奸了她，之后又是威胁又是利诱，控制了她几十年，毁了她一辈子的幸福！"

王宗伟虚弱地说："我……不信！"

洪瑞祥："信不信回去问你母亲吧！问你父亲也行。"

王宗伟迷迷糊糊地说道："可他对我……"

洪瑞祥："他对你很不错是吧？他对你同父异母的哥哥王利群更好！你明白的！"

王宗伟再说不出话了。

洪瑞祥厌恶地："刘江，把这个认贼作父的垃圾给我拎出去！"

已取了储蓄卡下来的刘江闻言一把揪住了王宗伟的前胸，轻轻提起来就向门外走去。

店里很快便恢复了常态，洪瑞祥在藤椅上坐下，默默地想着什么。

没有多久，刘江便回来了。洪瑞祥有点焦急地问道："电报打了？"

刘江点点头。

洪瑞祥呼出一口气。

刘江说："王宗伟收钱时犹豫了一下，说是不是可以再和你谈一谈，商量一下……"

洪瑞祥冷笑道："晚了！"

刘江笑道："我感觉，他怕了。"

洪瑞祥狠狠地："怕了，那就让他们再怕一段时间！人都怕死，但可怕的是等死这段时间。"

刘江说："尤其是这孬种，外强中干的家伙。看得出来，他们父子肯定干了不少见不得人的事，才会怕。"

洪瑞祥不觉赞许地看了看刘江："说对了！"

刘江忽然一脸不悦："祥哥，一下子被他们割走了这么多钱，外出采购有点问题了！"

洪瑞祥无奈地摇摇头："那就先别出去吧。"

在玉王庄，洪春山觍着老脸，找了陈茗乾的父亲陈勤生。一说要借用一些钱，陈勤生二

话没说，便吩咐陈茗乾第二天一早到县城银行去取。然后两个老人便一边喝着工夫茶，一边用老而强健的牙齿"咔咔"地啃着花生糖块。当着儿孙辈的面，有点粗鲁却不失幽默地把王庆文的祖宗十八代都问候了个遍。

第二天上午，陈茗乾很快就把钱从县城里取回来。洪春山凑齐了罚款数额，便急急向村部走去，没想到刚走到半路，便看见林如玉的母亲一边走一边骂骂咧咧地走过来。一问之下，才知道王宗伟已带人到厦门收了罚款。

洪春山把林如玉的母亲接到自己家中。关切地问道："这一天一夜，他们有没有为难你？"

林如玉妈妈说："总共给了两碗稀饭一根咸萝卜，饿了，只能啃剩下来的咸萝卜，要口水都不给，渴死我了。"

林晓翠便赶紧烧水泡茶。王秋琴则马上进厨房做饭。洪瑞麟则是随着林如玉母亲的情绪在一旁骂。

吃饱喝足。林晓翠说："妈，先回去睡一觉。"

她的母亲却说："我睡不着，我想女儿，想小外孙女了，我要去厦门！"

林晓翠见母亲口气如此坚决，便说："那好吧，我也想姐姐和小甥女了，我陪你去。"

洪瑞麟说："你们两个女的都没出过远门，很让人不放心，我和你们一起去吧。"

其实，他更想去看看哥嫂的店，看看小侄女。

洪春山与王秋琴夫妇都没有异议。于是三人便收拾了一下东西，出村上车而去。

这时，在厦门的一处旧民居里，林如玉和夏淑萍对王宗伟到店里闹得天翻地覆，在村里弄得沸沸扬扬的举动一丝儿也不知道。正看着吃完母乳安心地入睡的小女婴，心甜得蜜糖儿似的。

而洪瑞祥却愁眉紧锁，一直坐在藤椅上默默思考着，要让这间店正常运营下去，必须想办法在短时间内筹到一笔资金，以弥补被罚款造成的缺口。

这时，一个西装革履，戴着金丝眼镜，头发花白但步履矫健的老人踱进店里。他不像一般顾客那样停下脚步打量橱柜里的玉器或是墙上的画，而是径直走到洪瑞祥身边，在另一张藤椅上坐下来。

洪瑞祥一眼便认出他就是昨天王宗伟大闹店堂时一直在旁观看，而刘江一巴掌把王宗伟打得狼狈不堪时带头鼓掌的那个人。从他的装扮来看，洪瑞祥判断他不是在国内生活的人，便微笑着问道："老先生来自东南亚？"

老先生笑道："中国人，来自香港，祖籍蓉江！"

洪瑞祥高兴地："真正的老乡啊！"

彼此一笑，洪瑞祥便冲工夫茶款待了老人。然后，便用家乡话沟通。

老人姓宋，擅字画，通玉石，与洪瑞祥是同乡，在香港开着一间画廊，两间玉器店。他是在香港看到朋友从洪瑞祥这里买走的画和玉器，专程到厦门来探店的。

洪瑞祥知道了宋老先生的身份，便诚恳地说："原来是宋老前辈，敝店初开，经验不足，且资本微薄，资源较少，肯定不入老先生法眼，但还是希望先生多加指点。"

宋先生笑道："你不必过多自谦。你说的不足之处应该是确实存在的，但瑕不掩瑜，你有不小的优势，那都是我望尘莫及的。你的事业基础雄厚，前程不可限量啊！"

洪瑞祥一怔，问道："老先生何出此言，我并没有什么过人之处，芸芸众生中的一个罢了。就说这小店的经营，我现在都无法真正把控，正头大呢！"

宋先生又笑笑："你目前的难处，小事一桩，实在不足为虑。我今天可不是第一次到店里来，我告诉你，包括这一次，我来过五趟了，也买过你店里的一些小玩意儿，只是你没注意到罢了。如果我没看错的话，这店里的所有玉石制品，还有多数的画，都出自你的手！"

洪瑞祥又是一惊："老先生慧眼！"

宋先生正色道："你的最大优势就是在这里，从你的作品中，我能深深感觉到你和玉石之间有一种天生的感应，你的每一锯每一刀都不偏不倚，都在给玉石以新的艺术生命！在增添它的灵气和光彩。你对字画的感觉也是如此！"

洪瑞祥笑道："宋先生谬赞了，我哪有那么厉害！"

宋先生也笑道："除非你以后不做这一行了，否则历史会证明我的话。闲话不多说，还是说说我此次来的目的吧。无他，我就是想尽可能多地买你的玉器和画。对了，还包括林清溪的画，有多少我要多少。你也许还不知道，在岭南画派的新秀中，林清溪是名列前茅的。我开画廊，我知道，林清溪现在是墙内开花墙外红，在香港和东南亚已经小有名气了。他的画作很值得经营。而你的画嘛，说实在的，我现在会买，但暂时不舍得卖。至于你店里的玉器呢，只要是你制作的，你留够了店面需要的数量，其他的，我也全要！"

洪瑞祥一时有点发蒙。他拍拍脑袋，想了想，也想不出理由拒绝这笔有史以来对他来说最大的生意。他把宋先生请上了阁楼。

在阁楼上，点齐了宋先生要的货品，也忐忑地开了价。价是实在的，但还是留出了一定的讨价还价的空间。但宋先生没有还价，还说了一句："我没看错，你是个实在人，是个君子！这回让我这小人占便宜了！"

交割完毕，洪瑞祥忽然悟出点什么，便冲口而出问道："宋老先生，你是不是专程来帮我的？"

宋先生说："如果我买下你这批东西，真的能帮到你，那我更高兴。但那不是我帮你，而是天意。我个人倒真的有件事要请你帮我留意，必要时通知我一声。"

洪瑞祥："什么事？你尽管说，只要我能做到的，你都可以放心！"

宋先生脸上忽然冒出一股戾气，恨恨地说："你们那里有只披着羊皮的豺狼！正如你昨天说的，善有善报，恶有恶报，不是不报，时候不到！等时候到了，麻烦你告诉我一声，我死以后也可以瞑目了！"

见宋先生怒气如此之大，不觉又是一惊："宋老先生，能告诉我你说的这个人是谁吗？"

宋老先生说："当然可以，要不然你怎么留意他。他就是王庆文！"

洪瑞祥又是一怔:"你和他有什么过节?"

宋先生:"昨天,我看了你和王庆文私生子王宗伟的一场冲突,才知道我们有共同的仇人。所以,今天我才把这件事告诉你。林和平,这人你不会陌生吧?"

洪瑞祥说:"他是我爱人的爷爷。"

宋先生:"这就对了!那次他蒙冤入狱,就是因为他卖给了我一只翡翠扳指。而交易的中间人,就是王庆文的儿子王利群的人。"

洪瑞祥恍然大悟:"原来是这样!真的是他们设下的圈套。"

宋先生说:"林和平被抓的时候,不知是我跑得快还是抓人的人故意放我离开。而当我离开后逃回酒店,正想拿起行李赶快走的时候,王庆文来了,要我把扳指给他。我当然不肯,王庆文冷笑一声就走了,随后,王利群亲自带着人进来,把我毒打一顿,抢走了扳指。我的左手,就是那次被打断的,至今直不起来,拿不了东西。"

洪瑞祥问道:"当时你没报警?"

宋先生叹了口气:"王利群警告我说,我买那扳指是盗买文物,他是替国家保护文物。言下之意你要明白,权衡再三,我只好忍着这口气,灰溜溜地走了。"

洪瑞祥拳头往小桌子上一砸,骂道:"贼!强盗!蠹虫!一窝豺狼!"

第四章 父老乡亲

一 潮起

窗外,还在淅淅沥沥地下着雨,给这暮春时节的夜晚平添了几分清凉。

洪瑞祥与林如玉头靠头倚在床屏上。洪瑞祥一只手搭在林如玉肩上,林如玉抱着孩子在喂奶。洪瑞祥的眼睛一直看着孩子那粉红的小脸,流露着深深的父爱。

林如玉:"我们的孩子是不是很漂亮?"

洪瑞祥笑道:"我们俩生的孩子,能不漂亮吗?"

林如玉也笑,嘴上却说道:"王婆卖瓜!"

洪瑞祥说:"这瓜确实好嘛!"

林如玉说:"你才是瓜呢!傻瓜,就这么白白地给了王宗伟那王八蛋那么多钱!我也是知道你是担心我妈遭罪。但想到我妈受的委屈,想到我们的第一个孩子居然是个'高价'孩子,我气就不打一处来!"

洪瑞祥拍拍她的肩膀:"这时候你千万别生气!坐月子生气很伤身体的!你要想开点。我们的钱是交给政府的,落不到那王八蛋的腰包里。政府会给我们的孩子创造更好的生活环境的,从大处说,我们并不吃亏!"

林如玉:"你就是心大!我们就那点流动资金,全掏光了,下来的生意怎么做?"

洪瑞祥:"这你就放心好了!我还没来得及跟你说呢!"

洪瑞祥把宋先生买走了店里的几乎所有存货的事说了。又说:"我们现在资金不是问题,要考虑的是如何发展!"又讲起洪潮台商的遭遇,1979年6月,他又回到厦门想回家探亲,后被打成台湾特务和走私文物犯,是王庆文设局并举报。

林如玉听了,也放心了,但又有点疑惑:"这宋先生……"

洪瑞祥:"他应该是有意想帮我们,他对王庆文父子的怨恨也很深。"

他又把宋先生和林如玉爷爷林和平蒙受冤案的关系细说了一遍。

林如玉听罢,银牙差点咬碎,恨恨地说道:"回去!告他们!"

洪瑞祥说:"我也是这么想的。就等你坐完月子……"

林如玉:"不!不要等!我等不及!"

洪瑞祥:"那这样吧,我一个人先回去,和我爷爷、你爷爷以及村里的人商量商量,收集材料，搜集证据。不动则已，一动，则务求一击必中。"

林如玉沉思片刻，才说道："这样也好，你轻装上阵，我等你胜利的捷报！"

洪瑞祥看着林如玉，沉思片刻，才又说道："如玉，我这次回去，揭露王庆文只是一个目的，更重要的事，是事业的发展，不仅仅是我们家的事业，而是整个玉王庄的崛起，玉王庄的父老乡亲，早已蓄势待发，是亮出他们的实力的时候了！这也是我们自己发展的一个契机，所以在我离开后这一段时间，你有精力的话，多关心一下店里的事。我的想法，是让我弟弟和你妹妹尽早熟悉业务，把厦门这一摊子接过来！"

林如玉笑道："原来，你已经想了这么多，这么远了！行！你放心杀回玉王庄去吧！"

王宗伟的厦门之行，虽说收到了一笔罚款，但他觉得这次不是赢了，而是输了，而且是大败亏输，比在赌场输光了被脱光了扔到车水马龙的街道上还要狼狈不堪。回去的路上，仓皇逃窜这个词，是他对自己状态的准确形容。

在县城车站下了车。王宗伟茫然四顾，他才发觉仓皇逃窜这个词并不足以形容他的窘态，他竟有种逃无可逃的悲哀。他摸着自己还肿得像猪头一样的脸，不敢马上就去见王庆文，而他也确实不想在这个时候见到王庆文。而玉王庄他现在更不想在那里出现，他能想象得到，当村里人见到他这副模样时，绝不会有同情，不会有安慰，更不会有疼惜，而只有嘲笑、鄙视和厌恶。除了找个见不到熟人的地方躲起来，他唯一能够去的地方，只有自己母亲家里。

他选择了走向母亲家的路，因为他须要发泄，须要倾吐一下那些在他心里也压抑得快要爆炸的种种情绪。

果然，他母亲彭珊珊一见他的样子，不由得又惊又疼又气，连连发问："怎么被打成这样？痛吗？谁打的？谁敢打你？你父亲知不知道？"

王宗伟原来一声不吭，一听到老妈提到他父亲，立即大吼一声："不要提他！"

彭珊珊一怔："怎么啦？他对我不怎么样，对你不是一直很好的吗？他真的不管你了？"

王宗伟不答，却抱着头，号啕大哭起来。

彭珊珊不明所以，心里又急，便跑出去，找了个公用电话便给王庆文打了过去。

待王庆文匆匆赶来，压抑了一天一夜才得到发泄机会的王宗伟已经哭完了哭累了，趴在沙发上沉沉睡去。彭珊珊从家中的盆栽里扯了一片芦荟叶子，挤出汁液抹在他脸上红肿之处，轻轻涂抹着，他一点也没有感觉。

王庆文见状，深深皱着眉头。他已经从跟着王宗伟去厦门的手下口中知道了王宗伟挨打和被辱骂的经过，既恼怒，又心惊，还在心里暗暗责怪着王宗伟的无能与软弱。

他不能完全相信手下人的说法，也不能与手下人商量对策，他要从王宗伟这里得知整件事情的所有细节，才能对事态的发展有自己的判断和应对，而有些事情还必须要王宗伟来做，于是，他不顾彭珊珊的反对，硬是将王宗伟从熟睡中弄醒了过来。

他没有想到的是，王宗伟醒来后的态度，却使他大吃一惊。

见弄醒他的是王庆文，他眼里满是怒火，盯着王庆文看了看，便劈头盖脸地吼道："王庆文！是你强奸了我妈妈生下的我？"

王庆文竟一时蒙了，不知如何回答。

王宗伟接着又吼道："是你威胁、利诱我妈妈当了你几十年的情妇？是你葬送了她一辈子的幸福？"

王庆文嘴巴动了动，却说不出话来。

王宗伟指着他的鼻子："你给我滚！滚！我不想再看你一眼！滚！"

王庆文没动，说道："我……不管怎么说，我是你父亲！"

王宗伟更加歇斯底里地："我没有！我没有你这样的父亲！我不要你这样的父亲！"

一直在旁边微微发抖的彭珊珊这时低声说道："阿伟！你冷静点。让人听见，你妈的脸没处搁！"

王宗伟更怒了，他声嘶力竭地叫道："妈！你如果再跟他来往，我也没有你这个妈！"又对着王庆文说道："你不滚是吧？好，你不滚，我滚！"

说着大步向门外走去。

彭珊珊急了，大声叫道："阿伟！"

王庆文急忙往外走："好！我滚！我滚！"

见王庆文走出门外，王宗伟才停下脚步。

彭珊珊追上前去，王宗伟以为母亲要去追王庆文回来，不禁悲愤地叫道："妈！"

彭珊珊走到门边，猛地关上大门，上了锁，然后回头看了看王宗伟，无力地瘫坐在地上。

王宗伟上前要扶她起来，她却一把把王宗伟推开，极其凄惨地哭了起来，不是放声大哭，而是哽咽着，抽泣着。

洪瑞祥安排好了店里的事情，便启程回了玉王庄。

对于他的突然归来，最高兴的莫过于他的爷爷洪春山。

爷孙一见面，洪春山便说："我就知道我孙子憋不住了，要回来和某些人算账了！"

洪瑞祥笑道："欠账总是要还的！还得加上利息。不过，我知道爷爷不会像当年那么冲动了！"

洪春山笑道："那当然！我们是讲道理的！"

当天晚上，洪家的客厅里来了许多人。有在村里与家族中德高望重的老一辈，像陈勤生、夏韵娟、林和平等，他们的后辈，中青年人中的佼佼者如陈茗乾、夏小雨、林清溪等人也都来了。

说是聊家常，但却更像一个严肃的会议。

众人坐下，主客寒暄之后，洪瑞祥便开门见山地把这一次王宗伟到厦门对他进行罚款，碰巧碰上港商宋先生。宋先生把当初王庆文向他索要翡翠扳指不遂之后让王利群带人毒打他并抢走扳指的事跟大家说了。也说了王宗伟被刘江打肿脸打落牙齿，自己又揭了他的身世老底的事。最后，明确地说了自己的想法。要把这些事在村里广而告之，并反映给上头，把王庆文搞臭，最好能把他送进监狱。

洪瑞祥说完之后，众人便讨论起来。

陈茗乾第一个旗帜鲜明地表态支持洪瑞祥，说需要他做什么，尽管说。平时跟他走得近的几个小伙伴也纷纷附和，都觉得这一次一定可以把王庆文送进监狱，最少也要在牢里蹲个十年八年的。

陈茗乾的父亲陈勤生却给了年轻人兜头淋了一瓢冷水，他说，"你们还是太天真了。王庆文是只老狐狸，他干过的缺德事，绝不止阿祥说的这几件事，我们知道的都不少。但每一件事情，真要人证物证齐全地整死他，几乎都办不到。这也就是为什么他的坏，他的黑，他的阴险毒辣、残酷无情谁都知道，谁都心里有数，却无人能扳倒他的缘故。就说阿祥说的那些事，向宋先生索要扳指，就算宋先生亲自来指证他，他只要矢口否认，也奈何不了他，至于他儿子王利群带人打他，抢他的东西，他当时报了警没有？有其他证人没有？就算有，他只要往王利群身上一推，谁也没有办法。王利群自从从劳教队逃跑，至今音信全无，死活不知，上哪找他去取证去？再说他王宗伟母亲的事，我想啊，他顶多也只会承认自己年轻时意志不坚定，受了王宗伟母亲的诱惑。如此而已，你能定他什么罪名？"

大多数人都认为陈勤生说得有道理，连洪瑞祥也有点泄气，认为此事并不乐观。这时，一直静静听着的夏小雨开口了，她的一席话，又使洪瑞祥振奋起来。

夏小雨慢条斯理地说道："陈叔的话不是没有道理，但至少忽视了两点：一是但凡发生过的事，肯定会留下痕迹的。狐狸再狡猾，也无法完全藏起自己的尾巴。二是对人的正义感与组织上惩治坏人的力度了解不足。我的看法是，只要引起有关方面足够的重视，要查清一些真相，并取得证词证据是不难的。譬如说王庆文与王宗伟母亲的关系，由强奸而后变成和奸，并有了孩子，这就形成了事实婚姻，也就是说，王庆文至少是犯了重婚罪！这个很难查吗？绝对不是！就算是当事人攻守同盟，矢口否认也没用。事实就是事实！"

大家对夏小雨的话都纷纷表示赞同，连陈勤生也说："你看得比我清楚。"

夏小雨又说："阿祥说对王庆文的事情广而告之，这件工作基本已经完成了，今晚这茶话会一开，会上所说的一切，不会超过明天中午，就会全城皆知了！至于在村民中广泛收集王庆文所干坏事的材料，也大可不必。王庆文干了坏事有一百件一千件，我们只要抓住一件，把证据链条搞清楚，就足以让他万劫不复了！"

众人也都认可她的说话。夏小雨母亲夏韵娟也笑道："我这女儿几年大学没白读！"

夏小雨看着洪瑞祥，说道："阿祥，我还有个建议！"

洪瑞祥赞赏地："肯定是好提议，你说。"

夏小雨说："这次组织材料，到县里去告，最好不要你来，找别人来做。"

洪瑞祥一怔："哦？为什么？"

夏小雨笑道："你那么聪明的人，怎么会不了解人的心理呢？你刚刚和王宗伟发生了那么大的冲突，而且这事人尽皆知。你马上去告，不太了解你的人，都会以为你是泄私愤，图报复，并非真正的疾恶如仇。你的可信度会大打折扣的！"

众人对此也深以为然。洪瑞祥便问道："那你看由谁出面来做这事比较好？"

陈茗乾说："我来！"

夏小雨不屑地："又不是去打架？"

其他人便不好再毛遂自荐了。

夏小雨说："还是我来吧。茗乾给我当保镖！"

陈茗乾嘻嘻笑着："这个安排很合理。"

洪瑞祥看着陈茗乾："与王庆文斗，是要处处小心，要确保安全！"

陈茗乾："这你放心！"

夏小雨说得没错。第二天早上，在村街，在田间，人们一碰面，便交头接耳，说的都是昨天晚上洪瑞祥家聚在一起的人所聊的事。

午前，王庆文便接到了耳报神的汇报，知道了洪瑞祥回家后与村里一些人聚会的情况及会后造成的影响。他知道，玉王庄全村的人都在等着看他的笑话了。

他觉得他以前就已经很重视洪瑞祥了。自从洪瑞祥十五岁那年他们在街上第一次面对面交锋之后，他心里对洪瑞祥便有了警惕，并从此收敛多了。但现在，他觉得他还是小看了洪瑞祥，他后悔自己贸然指使王宗伟去惹洪瑞祥了。

他真的有点怕了，心虚了。他有一种感觉，洪瑞祥此次回玉王庄掀起的潮头，有可能真的会将他击倒了。

一向胃口很好的他吃不甘味了，一向睡眠很好的他也寝不安席了。

他等不及了，他本来打算等王宗伟脸上的伤痛消退，对他的怨恨也减轻些的时候，再去找他好好谈一谈。他坚信，王宗伟身上流淌着的是他的血，他是不会真正无视他这个父亲的。至于彭珊珊，在一起几十年了，他知道如何拿捏她。他左思右想，觉得洪瑞祥和村民们能真正抓住他的要害而一击必中的，应该就是他和彭珊珊的事实婚姻这一点。他至少必须在这一点尽可能地消除对自己的威胁。

他像以往一样，选择了凌晨三点这个鬼都在沉睡的时间，摸上了彭珊珊家的门。

他没有像以往一样，一进门便迫不及待地用钥匙打开大门，而是将耳朵贴在门缝上，静静地听着门里面的动静。他不知道，那天他被王宗伟赶走之后，王宗伟和他的母亲对自己态度有什么发展与变化。

他不知道，那天他从这里走出去之后，彭珊珊就躺倒了，不吃，不喝，不说话，只是哭，只是流泪。

而怨愤至极，几欲撞墙的王宗伟，因为母亲的痛苦，却慢慢地冷静了下来。他可以谁都不爱，谁都不心疼，谁都可以决裂，但他不能不爱他的母亲，不能不心疼他的母亲，不能真的与母亲决裂。

他坐在母亲旁边，求她别再哭，求她喝口水，求她起来吃点东西。

她妈妈没有理他，仿佛他不存在。一直在哭，一直在流着泪，呆呆地注视着天花板。

看着母亲凄凉、无助、瘦削而憔悴不堪的脸，他哭了，哭得比他妈妈还悲切。

他妈妈依然不理他。

他没任何办法劝慰母亲，只能选择在母亲床前长跪不起。

妈妈终于开口了。

她问："你跟他决裂了，他还在现在的位置上，你还能在现在的岗位上待下去吗？"

他答："不能！"

她问："他倒了，你呢？"

他答："也许我还能留在现在的位置上。"

她问："你离开现在的位置，能过得比现在好吗？"

他答："不能，至少好长一段时间不能。"

她说："那就让他倒吧！"

他问："那你呢？"

她答："妈从来就只有你。妈按你的意思办。"

这时，王庆文无脚鬼似的走到他们身边。

二 小雨

夏小雨上了几年大学，回来后村里人发现她变多了，变得成熟、稳重、睿智。但有一点没变，那就是遇事果断，只要是她认准了的，必定是一马当先，雷厉风行。

在洪瑞祥家揽下主办告王庆文的事情后，第二天一早，她就带着陈茗乾和他的两个伙伴进城了。

在路上，夏小雨就对陈茗乾等人说："我们的任务就一个，弄清楚王庆文和王宗伟妈妈现在的关系。只要掌握了王庆文和彭珊珊现在还存在着奸情，或者是说还存在着事实婚姻，那王庆文就没人保得住他了。而他一倒，就会墙倒众人推，他的其他恶行就都会暴露出来。那些就不需要我们去忙了。"

到了城里。夏小雨带他们到了一条窄小而古老的巷里，指着一个改装过的防盗门说道："这就是王宗伟和他母亲住的地方。"然后她看着陈茗乾说："彭珊珊有个堂妹，是我大学时候的师姐，也是我的闺密。我现在去她那里，看能不能从她那里多了解一下彭珊珊的情况。你们先在这附近溜达，看看有什么发现。"说完掉头就要走。

陈茗乾说："我陪你一起去吧。"

夏小雨说："不用。"

说着就走了。

陈茗乾吩咐了两个同伴几句，便远远地跟着夏小雨。

走过了两条街，夏小雨忽然停住了脚步。待陈茗乾走近她身后，她猛地回头，看着他笑："我就知道你会跟上来！"

陈茗乾："为什么？"

夏小雨说："你这人没啥优点，唯一的好处就是忠于职守。你答应当我的保镖，出来你肯定不会叫我落单的。"

陈茗乾说："你到底见过多少男人？看人的眼光这么毒？"

夏小雨："见过你一个就够了！"

陈茗乾："哦？"

夏小雨："因为你就像一盆清水，一眼就能让人看到底。"

夏小雨走进商店，买了一罐奶粉，对陈茗乾说："我师姐刚生了个胖小子。这是送给她的。你拿着！"说着把装着奶粉的袋子塞到陈茗乾手里。

陈茗乾不满地："你送给你师姐礼物，干吗要我提着，我又不是你的随从！"

夏小雨："保镖不就是随从吗？难道被保护的人反而是随从？"

陈茗乾无言以对，只好老老实实地提着奶粉，跟在她后面。

夏小雨的师姐彭丽丽住在一条深巷里的一座小四合院里。他们到的时候，彭丽丽正在天井边的石榴花下奶孩子。一见夏小雨，高兴地哇哇大叫："小雨！你来了，太好了！我正愁这百无聊赖的日子怎么打发呢！"

夏小雨笑道："这么漂亮的石榴花下坐着，浓浓的诗情画意呢！这么可爱的婴儿抱着，深深的母爱子娇呢！何来的百无聊赖？"

彭丽丽说："你知道的，我这个人就喜欢热闹。有人来就好！你还带了这么威势的一个帅哥！我就更高兴了。老实交代，是不是想让我替你把把关？"

陈茗乾有点不好意思，夏小雨却一脸坦然："对，你就替我看看吧，有多少分？"

彭丽丽便认真地打量起陈茗乾来，陈茗乾有点恼，也有点羞，脸慢慢涨红了。彭丽丽便咯咯咯地笑了起来："还会脸红！不错！姐给你高分，八十五分以上九十五分以下。别怪我不给你满分，因为我是语文老师！哈哈！"

夏小雨却道："他有这么好吗？比姐夫还好？记得当初你和姐夫刚刚交往的时候，你才给他八十分！"

彭丽丽："那是刚认识的时候，让他给蒙蔽了，现在啊，给他六十分都是徇私舞弊的！"

夏小雨："啊？不会这么不堪吧？"

彭丽丽拍了拍手中的婴儿："别的就不说了，看看，孩子还这么小，他白天不见人也就算了，晚上不到三两点不回家，说是工作忙，鬼信？"

夏小雨不吭声了，只是看了看陈茗乾。

彭丽丽说："我现在才理解我堂姐，找个正牌老公又怎么样？心不在你身上，什么都是白搭！"

夏小雨抓住话题，像是不经意地问道："你是说，珊珊姐的男人虽然不是正牌老公，但心是真的在珊珊姐身上？"

彭丽丽说："那可不？要不然的话，我堂姐一个弱女子，带着个孩子，怎么撑到今天。"

夏小雨与陈茗乾对视一眼，却没再问下去。

彭丽丽说："小雨，你还没介绍这位帅哥叫什么名字呢？"

陈茗乾自我介绍说："我叫陈茗乾，是小雨的高中同学，也是老邻居。"

彭丽丽："哦！青梅竹马呀！怪不得！"

陈茗乾："怪不得什么？"

彭丽丽笑笑："你就是陈茗乾！你的名字我早就听得耳朵生茧了！"

陈茗乾："丽丽姐逗我的吧，我一个无名小辈，怎么会……"

彭丽丽说："你问问你的老邻居吧！"

陈茗乾看向夏小雨。夏小雨把脸扭向一边。陈茗乾发现，原来夏小雨也会脸红。

夏小雨转移话题："丽丽姐，抱上孩子，我们出去吃饭吧。"

彭丽丽就把孩子给夏小雨抱着，自己进屋换了套外出衣服，还化了淡妆，这才和夏小雨与陈茗乾走出门去。

出了小巷，转过一个街口，见有一家刚开业的上岛咖啡，他们便走了进去，选了个靠窗的卡座坐下。

三人都不约而同地点了黑椒牛排套餐。不一会，菜便上来了，便各自拿起刀叉吃了起来。夏小雨与彭丽丽坐在一起，两人边吃边嘀嘀咕咕地说着悄悄话，不时发出一阵嬉笑。陈茗乾知道她们的话题是自己，也不在意，只顾着对付自己盘中那只有六七成熟的牛肉。但忽然间，他的眼角扫到了窗外行走过去的几个人，其中有一个他觉得眼熟，便认真地追着那熟悉的背影望着，他的眉毛也渐渐皱了起来。

夏小雨感觉到他的异样，问道："看到什么啦？"

陈茗乾笑着摇摇头。

吃完饭，他们便与彭丽丽告别。夏小雨说找上两个同来的人一起回村。陈茗乾说难得来一趟县城，让他们自己溜达着去吧。坚持把夏小雨送到了村里，看着夏小雨进了家门，他却返身又回到了县城。

找到还在王宗伟家附近一个小时多的小桌旁坐着喝啤酒的两个伙伴。陈茗乾对他们说："我和小雨根据从王宗伟妈妈彭珊珊的堂妹彭丽丽那里得到的信息分析，王庆文与王宗伟母亲的关系还保持着，甚至可能还很密切。所以想请两位和我一起辛苦点，蹲守一段时间，看看王庆文与彭珊珊目前关系的真实情况，毕竟要去上级单位告发人家，光靠捕风捉影是不行的。"

俩人都点头答应。

陈茗乾便在附近的小旅馆里开了一间房，三人在小巷口轮流蹲守，也轮流休息。

他们本来还做了持久战的准备，还考虑着每天要有人抽空回一次村里，向家人撒个什么谎，说在外面碰上什么人或事做什么生意。没想到，仅仅在他们蹲守的第一个夜晚，便把王庆文堵在了彭珊珊的屋里。

这天夜里凌晨三点,正在小巷口一棵老榕树下坐着的陈茗乾,发觉王庆文独自出现在不远处的昏暗的路灯下,边走边仓皇四顾,便忙躲到树后,看着王庆文鬼鬼祟祟地接近彭珊珊家,然后掏出钥匙开门进去了。

陈茗乾知道王庆文这一进去不会马上就出来,于是跑回小旅馆,叫醒了熟睡中的两个伙伴,三个人一起进入小巷,堵在彭珊珊家的门口。

这时,在屋里彭珊珊正与儿子王宗伟谈完王庆文倒不倒霉对王宗伟的利弊。而他们母子的对话,也被悄悄进来的王庆文全听到了。他心里十分悲凉,但却更加明白自己眼下的处境,心里便有了决断。

他轻轻咳嗽了一声。

正沉浸在无奈的抉择中的母子登时便被吓出了三魂七窍。彭珊珊甚至一下子从床上坐了起来,待看清来人是王庆文之后,惊恐才渐渐平息,只是瞪着王庆文惨笑着的脸。

王庆文叫道:"珊珊!阿伟!"

俩人都没有应声。

王庆文流下了一串串眼泪,也没有去擦,慢慢说道:"你们刚才的话我听到了。我知道你们的意思,就按你们说的办,我明天就去向组织说明,我做过对不起你们的事!并申请退下来。我只希望你们别承认这些年我和你们保持着关系,让我的政治生命结束得光彩一点,也避免墙倒众人推。"

王宗伟看看母亲,彭珊珊微微颔首。

王庆文拿出一张纸条,放在王宗伟面前,说道:"作为父亲,我以后不能再帮你、不能提携你了,一切要靠你自己了。但这个电话你一定要留着,打通这个电话,有人会帮你。他的支持会比我更有力!你有什么需要都可以跟他说,他不会拒绝你的!"

王宗伟依然没有动,但看他的眼神显然变了,变得柔和多了。

王庆文惨淡地一笑:"我是个混蛋!但我还是相信这么一些话:一日夫妻百日恩,百日之情如海深!父子血脉雷不打,打断骨头连着筋。不管什么时候,我一切都为着你们。"

说着,他转身默默走出房间。

房间里,母子依旧一动不动,只是眼里都含满了泪。

王庆文走到天井里,在天井里的一个石鼓上坐了下来,点上一根烟,默默抽着。

一根烟抽完了,房间里依旧静悄悄,没有人说话,更没有人走出来。

他站起身,轻轻叹了一口气,向大门走去。

他打开门,迟疑了一下,才迈出门去,返手将门关上,然后靠在门上,微闭着眼。他知道这一次离去,以后怕是不会踏足这里了。

这时,他听到有脚步声逼近了他。他第一个反应是要开门返回屋里,但钥匙未插进锁孔,那三个人之中一个人已一个箭步冲上来,一把抓住了他的后领,同时大声喊道:"有贼!抓贼啊!"然后一个巴掌便落在他脸上。

王庆文被打蒙了，他下意识地分辩道："我不是贼！"

给了他一巴掌的人又给了他一拳，大声喝道："不是贼，半夜入屋干什么？"

王庆文道："我真的不是贼，我是国家干部！"

三个人中走在最后的一个人上前问道："你是国家干部？那你说，你是哪个部门的？叫什么？这里是不是你的家？半夜里匆匆进去又鬼鬼祟祟地出来是为什么？"

王庆文觉得这声音有点熟，睁大眼睛想看看是谁，但光线太昏暗了，只知道发问的人有一张年轻的脸。

发问的人是陈茗乾，他更大声地喝道："说呀！"

这时，他们都听见对面有开门声，有人出来了，还有人问道："贼在哪里？"

陈茗乾一指王庆文："在这里！"

王庆文知道无法蒙混过关了，于是说道："我叫王庆文，是副镇长……"

陈茗乾一听便笑了："王庆文？熟人啊！看来真的不是贼，但我就奇怪了，这夜半三更的，你一个当领导的，到这小巷里穿门进屋地干什么？这是你的家吗？"

王庆文："这是，这是……"

陈茗乾："真的是你家？"

一个披着一件衣服，手里拿着电筒的人打开手电筒，往王庆文脸上一照："见鬼！我们在这住了多少年，怎么不知道有你这个邻居？"

陈茗乾嘻嘻一笑："我知道了，王副镇长有两个家，一个是白天和上半夜的家，这里是下半夜的家，怪不得邻居都不认识你！"

拿手电筒的人说："哇！厉害！一人养两个家！"

陈茗乾说："王庆文，有人说王宗伟是你的私生子，他母亲是你的小老婆，过去我还真不信！这入屋盗窃的人我们可以把他扭送到派出所，但是堂而皇之入屋偷人的官员，我们还真不知道该怎么办？等知道该怎么办的人来管这事吧，兄弟，我们走！"

他带着两个伙伴走了。

几个出门看热闹的人也都摇着头回家了。一阵关门声、脚步声响过之后，一切又归于死一般的寂静。就是王庆文身后的屋里，也没有一丁点声响。

他进也不是，退也不是。干脆瘫坐在门前地上。他也不怕天马上就要亮了，不怕天亮才离开这里，反正，他小心翼翼隐蔽了二三十年的秘密，已经再不是秘密了。他现在考虑的是，他如何向组织上交代，交代到什么程度。

陈茗乾回到小旅馆，一想夜好睡。醒来后便匆匆退了房，赶回了村里。

一到村里，他先去了夏小雨家。夏小雨正在跷起二郎腿，优哉游哉地坐着，见他进来，微微一笑："这么快就回来了？"

陈茗乾诧异地："你知道我从哪里回来？"

夏小雨："当然知道！"

陈茗乾："谁告诉你的？"

夏小雨："你去哪里，还用别人告诉我吗？我早就知道你会回县城去干什么。本来我也想去的，但本姑娘怕熬夜，熬夜有害皮肤！"

陈茗乾："怎么我觉得你从大学里回来后，就变成了我肚子里的蛔虫！我想什么，干什么你都知道。"

夏小雨一皱眉头："什么？蛔虫？我有那么恶心吗？好了，看你兴冲冲而来的样子，我还可以肯定，你们已经抓住了王庆文的把柄，还不失时机地闹了一下，对吧？"

陈茗乾无奈地："都被你说中了！"

夏小雨手一拍，哈哈一笑，说道："好！我又高看你一点了！"

陈茗乾笑道："你高看我也好，低看我也好，跟我没什么关系。"

夏小雨："怎么会没有关系，为你在这次行动的尽心尽力，我可以破例请你在我家吃一顿饭，你可是知道，村里人都想吃到我妈做的菜，可到现在，还没有一个……一个男性青年有这种荣幸！"

陈茗乾大喜过望："你说的是真的？"

夏小雨："当然，跟你开这个玩笑有意思吗？"

陈茗乾："什么时候？"

夏小雨："就今晚吧。"

陈茗乾："好！"他想了想，不好意思地问道："那能不能让这一次一起行动的那两个人沾沾光？"

夏小雨说："人尽其才，物尽其用。他们还是趁现在兴奋着的时候，把你们的战绩宣扬出去吧！这对王庆文也是一种打击！你要是觉得就你一个人在我家吃饭不好意思，倒是可以把阿祥也请来，也好跟他商量一下找哪个上级领导告王庆文的事。"

陈茗乾："那我现在就替你去请他。"

夏小雨："好的！然后先回家去洗刷一下，换个衣服，别把小旅馆的酸臭味留在身上，影响大家的食欲！"

陈茗乾笑道："是不是还要穿上西装打上领带？"

夏小雨："你愿意也行啊！我无权反对。"

三　夏母

小雨的母亲夏韵娟正在自家的小菜园里摘菜。小雨走过来，说道："妈，今天晚上我要请人来家里吃饭，你多做点菜。"

夏韵娟一边继续低头摘菜，一边问道："是你的学姐要来家里？"

夏小雨说："不是，是要请陈茗乾。"

夏韵娟不由得一怔，抬起头来看着女儿："哦？请他？"

夏小雨感到了母亲的诧异，笑着解释道："他这次帮我调查王庆文立了功，我要犒赏他。对了，我还请了阿祥。"

夏韵娟说了声："知道了。"又低下头摘菜。

夏小雨又说："妈，你可别老准备几个蔬菜，陈茗乾是个食肉动物。无鸡不成宴，杀个鸡吧。"

说着便走回屋里。

夏韵娟停止了摘菜，直起身来望着女儿的背影，笑了笑，又摇了摇头，走向菜园边上的鸡栏。

在玉王庄，要说一言九鼎、人人敬重的，不是强势的洪春山，也不是善于谋划赚钱的陈勤生，更不是书香门第出身、一向谦恭待人的林和平。而是她，夏韵娟。

夏韵娟的丈夫夏天南虽然也姓夏，却不是土生土长的玉王庄人，他是南下解放大军中一名年轻的小战士，在追击国民党残军的途中，被敌机投下的炸弹炸成重伤，身上嵌进了几块弹片，被留在了蓉江当地的医院住院治疗。出院后被派到土改工作队，来到了玉王庄，在这里，他如痴如醉地爱上了热情如火的农家少女夏韵娟，经过组织批准，他们结了婚。

夏天南与夏韵娟伉俪情深。夏韵娟不想离开生她养她的玉王庄，夏天南不愿离开夏韵娟，于是便留在了玉王庄，当上了村党支部书记。

一个称职的农村基层支部书记的辛苦程度是令人难以想象的。夏天南虽然文化程度不高，但他明白自己的使命，知道自己肩上的担子有多重。他恪尽职守，兢兢业业地为党、为乡亲们劳心劳力，经常处于极度疲惫的状态之中，加上身上的旧伤经常复发，痛起来连水都没法喝，劳多食少，身体便一天不如一天。到了那时段非常时期，党的基层组织基本瘫痪，他更是忧心如焚，食难下咽，在一个寒冷的夜晚，他郁郁而逝。

玉王庄的乡亲们怀念夏天南，一直从心里敬爱着这位为他们鞠躬尽瘁的老书记这种情感，自然而然地转移到了一直默默地支持着自己的丈夫，而又无欲无求，和善可亲的夏韵娟身上。无人会对她有所不敬，无人敢开口命令她做什么，包括专横跋扈、不可一世的王庆文。

只有她的女儿例外。她的小雨，在她面前可以不须要考虑什么，想怎么说就怎么说，想要她做什么从来不必客气。

而夏韵娟对村里的任何人，似乎都很了解，对他们在做什么想什么也都能看得清楚。唯独对自己的宝贝女儿，她常常不知道她在想什么，想做什么。

就像今天，女儿突然要请陈茗乾吃饭，她就想不清女儿的真实意图，女儿虽然对她解释了，说出了堂而皇之的理由，但她觉得没那么简单。

这是女儿第一次请一个男孩子到家里来吃饭，似乎还挺郑重其事！

夏韵娟对自己无欲无求，但对女儿，她的期望很高。

女儿是村里第一个真正受过高等教育的女孩，而且进的是名校。

她原以为女儿毕业后会留在大城市工作，但是没有，她回来了；她原以为女儿会在市里找个合适她发展的位置，但她不找，坚持待在家里；她以为她会在大学里找到心仪的男朋友，结果也没有。

夏韵娟问过她，女儿的回答让她很无奈：我跟妈妈一样，就喜欢待在玉王庄；外面那些男孩子，我看不透他们，没法放心交往。

日子一天天过去，女儿依旧优哉游哉，对工作、对终身大事似乎全无头绪却一点儿也不急。但夏韵娟有点急了。

难道女儿早就喜欢上了陈茗乾？

难道女儿真的像自己一样，不愿离开生她养她的玉王庄？

若说她这一辈子有什么后悔的话，那就是她不应该因为不想离开玉王庄而把自己心爱的男人拖着也留在玉王庄。如果不是那样的话，夏天南也许不会那么年纪轻轻的就累死、病死在这里。

尽管心里想法很多，夏韵娟还是很认真地做了一桌颇为丰盛的饭菜。临吃饭时，洪瑞祥和陈茗乾一起来了，洪瑞祥还带了两瓶度数不高的白酒九江双蒸。

主客四人，各占小八仙桌的一边，坐下来也不用说什么客气话，便吃喝起来。

夏小雨首先说道："我们准备直接找县委李书记反映王庆文的问题，阿祥你一起去吗？"

洪瑞祥说："去！但什么时候去，最好先和李书记约好了。不然的话，李书记这么个大忙人，不可能随时都在等着我们。"

夏小雨说："你有办法联系上李书记？"

洪瑞祥说："有，我一直和李书记的儿子李红军有联系，这几天他正好带着新婚的妻子回蓉城探亲，已经约我明天见面。"

夏小雨高兴地："那太好了！要不，我和茗乾明天和你一起去见他。李红军我们都认识，只是不熟悉罢了。"

洪瑞祥说："好！就这么定了，说不定见了李红军，马上就能见到李书记。"

夏小雨："那你说我们要不要准备材料？"

洪瑞祥："先口头跟李书记汇报吧，如果他认为需要我们提供书面材料，再准备不迟。"

众人都点点头。

接下来，洪瑞祥便向小雨和茗乾了解了高中同学目前的去向和现状，又和夏韵娟聊了一会儿村里各家各户的情况。一顿饭就在平平常常的聊天中吃完了。夏韵娟努力地想从三个年轻人的言谈举止中看出小雨和茗乾的关系有没有超过一般同学和朋友关系，但结果是一无所获。小雨好像对洪瑞祥的关切更胜于对茗乾。陈茗乾则很少插话，更多时间是在默默地吃喝。吃完饭，洪瑞祥和陈茗乾便向夏韵娟道了谢，然后双双告辞离开。

他们走后，夏韵娟也不忙着收拾碗筷，只是默默地看着女儿。

夏小雨笑道："妈，不认识你女儿啦，这么看我干什么？"

夏韵娟说："我在想，你究竟想干什么？"

夏小雨说:"妈,你怎么会这么问?"

夏韵娟:"你对揭露王庆文真面目的事情如此热心,而对自己的工作,自己的人生大事却漠然得很,妈真看不透你。"

夏小雨说道:"妈,你不必为我担心!你只要记住,我是我爸爸的女儿,我什么时候都不会给爸爸、给你丢脸就是了!"

夏韵娟一下子愣了:"你?你要像你爸爸那样?这……"

话未说完,泪已洗面。

夏小雨上前搂住母亲:"妈妈!爸爸没完成的事业我会去完成!但我绝不会像爸爸那样累死、病死、郁闷而死!时代不同了!所有人的日子都会越过越好的,包括我们!"

夏韵娟说:"可你爸爸,我想着就难受啊!"

夏小雨说:"没有爸爸那一代人的付出,就没有我们,还有我们后代的好日子过。爸爸的心血和汗水没有白流!爸爸永远是我们的骄傲!也是我们的榜样!"

夏韵娟说:"这就是你不想在外面工作的原因?"

夏小雨:"我就是想在爸爸奋斗了半辈子的地方好好做,好好生活。玉王庄建设好了,我哪里都可以去。但建设不好玉王庄,我真的哪都不去!"

夏韵娟不知说什么了。

夏小雨搂紧了妈妈的肩膀:"妈,我知道你会像支持爸爸那样支持我的,是吗?"

夏韵娟说:"你爸爸大小是个书记,可你?你能怎么做?"

夏小雨笑道:"不就是个职务吗?会有的!"想了想,又说,"没有职位就干没有职位的事!有了职位就干有职位的事!世界又不是光靠着有职位的人发展起来的!"

夏韵娟问:"那你现在干什么?"

夏小雨:"有的正干着,有的准备干,你都能看到的。"

这一夜,夏韵娟翻来覆去睡不着,直到天蒙蒙亮,她才睡着了。但当陈茗乾的大嗓门在屋外叫着小雨的时候,夏韵娟马上就翻身起床,匆匆梳洗了一下,对着要出门的小雨说:"妈跟你们去,妈好久没去县城了。"

小雨以为她想上城逛逛,买点东西,便高兴地一挽她的胳膊:"好啊!走吧。"

到了县城,夏韵娟却一点也没有单独去逛街的意思,只是跟着洪瑞祥他们一起走。

还是上岛咖啡厅,他们几人在这里见到了李红军。李红军已是边防大队的大队长,正营级干部,言谈举止中,多了些许军人的精干与果断。听洪瑞祥讲述了王庆文的斑斑劣迹,李红军极为气愤,他说:"早就知道这个人不是什么好东西,没想到他真的是头上生疮、脚下流脓,坏透了。我们军人在边疆流汗流血,可不是为了保护这种腐败分子在安逸的条件下欺压良善的。"知道洪瑞祥他们要向自己的父亲反映王庆文的情况,便说:"今晚我爸会回家吃晚饭,我请你们和他一起共进晚餐吧。吃完晚饭后,我让我爸派车送你们回去。"

晚上下班后,李书记回家,见家里来了几位儿子插队当知青时的乡亲朋友,不由得格外地开心,笑着说道:"你们好!我儿子有今天的一点进步,和你们当初他插队时对他的照顾和帮助是分不开的。我儿子也不错，知道请大家来家里做客，可见他不忘本！"又指着洪瑞祥说："你我有缘啊小洪同志，如果我没记错的话，我们这是第三回握手了！"

洪瑞祥也笑道："这是我的幸运，每次和李书记握手，都给我和我们村里人带来好运。我希望以后还有这样的幸运！"

李书记笑道："那这次握手，能给你和村里人带来好运吗？"

洪瑞祥正色道："当然，我们是来向李书记反映一些情况的。我们知道李书记能秉公办事，铲除祸害，就是百姓的福祉！"

李书记也严肃起来："来，坐下，边吃边谈，干革命不忘填饱肚子，这是我党的优良传统！"

李红军说："更是我军的优良传统！"说着，便拿起酒瓶，给大家倒酒。

洪瑞祥见李红军家只有他和他父亲，便问道："嫂夫人，还有阿姨呢？"

李红军笑着说："我妈呢去亲戚家了，我老婆你就别提她了，山寨里的丑女，上不了席面。"

李书记瞪了儿子一眼说道："阿军，开玩笑也不带这么损人的！我老婆爱显摆，带着漂亮儿媳妇到处串亲戚去了。我儿媳妇是少数民族姑娘这不假，可人家是国家民族学院毕业的高才生！自己不愿去串亲戚，把气撒在老婆身上干吗？"

李红军嘟囔了一句："那些番薯藤都拉不上的所谓亲戚，哪有我这些朋友重要！"

李书记说："这才是实话！来，大家先一起走一杯！"

喝了第一杯酒，李书记一边帮夏韵娟夹菜，一边说："小洪，想说什么就说吧。"

洪瑞祥看了一眼夏小雨："这事是小雨主导的，还是她说吧。"

夏小雨先概括讲了一下王庆文的一向为人和大多数群众对他的看法。然后，才像讲故事一样把他从彭丽丽那里听到的关于彭珊珊的生活状况，讲到王庆文凌晨三点进了彭珊珊家的门，出来后被陈茗乾他们堵住吵闹，惊动了街坊邻里的事，绘声绘色地讲了一遍。

李书记一直静静地听着。听完了，才说道："这王庆文确实是共产党干部队伍里的败类！听你这么一说，我就明白了！"

李红军说："老爸明白什么？明白王庆文是个败类？"

李书记说："这一点今天我上班后就已经明白，我现在明白的是为什么今天一上班，王庆文就跑到县委组织部干部科，主动交代了他与彭珊珊的事实婚姻，也就是他重婚的行为。组织部的人向我汇报，我问了，几十年的事，怎么突然想起来向组织交代了。组织部的人说这话也问了王庆文了，他的回答是通过学习党性提高了，良心发现了！对他的这个回答，我和组织部的人都报之一笑。没想到，谜底在你们闹的这一出。"

洪瑞祥问："李书记，像他这样的问题会怎么处理？"

李书记笑了笑："你们呐，一直都在做好人。这一次，你们又像当初救他儿子王利群一命一样，又救了他。本来嘛，重婚罪，尤其是领导干部知法犯法，是要坐牢的。可你们这么一闹，好了，他知道瞒不过去了，赶紧主动交代。我们党的政策历来是坦白从宽，抗拒从

严，自首比坦白，处理起来要更宽松一些。但不管怎么宽松，是不能留在共产党内和干部队伍里了，双开是必然的。"

夏小雨又问："他这个人可不仅是犯了重婚罪，这人坏事干的多了，要是数罪并罚呢？"

李书记："那要看证据了，这个人还真是个老奸巨猾的人，能留下多少把柄被人抓到？我想如果不是你们主动出击，还是出其不意，我估计要确认他的重婚罪都不容易。据他的同案人彭珊珊交代，王庆文和她的最后一次见面，就是去和她订立攻守同盟的。"

夏小雨："那彭珊珊这一次会受到处理吗？"

李书记摇摇头："她就是个受害者！"

众人一时都不再说话，默默地吃着喝着。

一直默不作声的夏韵娟突然开口了："李书记，我也想向你反映一点情况。"

李书记笑道："好啊！您说！"

夏韵娟慢慢说道："我爱人在玉王庄当了十几年的支部书记……"

李书记一怔，马上就问道："玉王庄的支部书记，一当十几年，是……你是夏天南同志的爱人！"

夏韵娟的眼圈马上就红了："李书记也知道我爱人？"

李书记说："我知道他！虽然不认识，但我知道他曾经和我是一个部队的！我到蓉城后，多次听到他的大名，知道他是我党基层干部的楷模！是个好同志，可惜英年早逝了！嫂子，这些年您辛苦了，有什么话，有什么要求，您尽管说！"

夏韵娟却激动得说不出话了："我……我没有……没要求，只是……"

夏小雨这时也红着眼睛说话了："李书记，我替我妈妈把话说了吧！"

李书记又是一阵惊喜："你？你是天南同志的女儿？！"

夏小雨含泪笑着："是，我一直为我有一个深受乡亲们敬爱的支部书记的父亲而骄傲。我妈妈也好，我也好，个人对组织没有任何要求。刚才我妈妈想反映的情况，是我们玉王庄现在的情况。我们玉王庄，绝大多数家庭都懂玉雕工艺，很多人都在艰难地从事这一行业。随着国家工作重心向经济发展转移，这一行业肯定会焕发出青春。玉石文化在我国存在至今有八千年，是国家和民族的瑰宝。所以，我妈妈是希望领导上能够给予足够的重视、支持，扶助这一行业的起步和发展。是吧妈妈，我有没有说错？"

夏韵娟已经平静了一些，她说道："没错，我想反映的就是这些。我和我女儿一样，就一个想法，让玉王庄发展起来，让玉王庄人富强起来，因为这也是我爱人一生为之奋斗的目标。玉王庄的人心是齐的！像小洪和小陈他们，早就憋不住动起来了，也已经初见成效！他们可以说是玉王庄年青一代的领头羊。"

李书记感动而欣慰地点着头："好！你的意见，你反映的情况很重要，我会用心的，会的！"他看着洪瑞祥和陈茗乾："你们干得好！要继续努力，不要怕人家说什么，有困难随时来找我！"

他们异口同声："谢谢李书记！"

李书记又看向夏小雨："你叫小雨吧。你现在做什么呢？"

夏小雨说："我大学毕业回乡不久，现在跟着我妈种田。"

李书记："哦！到县里来吧，我来安排。"

夏小雨笑道："不用了，李书记，我现在挺好！"

夏韵娟说："我女儿跟她爸爸一样，一根筋，看不到玉王庄兴旺发达，她是不会离开的。"

李书记眼睛马上亮了起来："入党了吗？"

夏小雨："入了，大三的时候。"

李书记点点头："好！我知道了！我太高兴了！今晚这两瓶酒是我珍藏了好久的。今晚拿出来喝，太值了！我从你们几位身上，看到玉王庄的希望，看到了玉石文化复兴的希望！我们一起努力吧！"

说着，他举起了杯子。

众人纷纷响应。

四　茗乾

回到村里，夏小雨一看手上的电子手表，说："时间还早得很，到我家坐坐吧。"

陈茗乾却说："你家没有啤酒。李书记家的酒是好酒，可惜没喝过瘾。"

夏小雨："想不到你还是个酒鬼！"

洪瑞祥说："到我家吧，昨天我才往家里扛了两箱啤酒，够你喝的了。"

陈茗乾还没开口，夏小雨先说："那行！"

夏韵娟便说道："你们年轻人疯去吧，我回家洗洗睡了。"

于是三人便到了洪瑞祥家。

王秋琴来开的大门。洪瑞祥说："妈，我们三个要喝酒，你看有什么下酒菜随便弄点。"

王秋琴与夏小雨、茗乾打过招呼，便忙去了。

洪春山独自一人坐在厅里悠闲地抽着烟。洪海涛专用的小书房里亮着灯，洪瑞祥知道爸爸在备课，也就不打扰他，只对爷爷说："爷爷，我们几个要喝啤酒，你也参加吧。"

洪春山笑着说："白酒我还可以喝点，啤酒那玩意我享受不了。你们喝吧，我看你们喝。"

夏小雨却像变戏法般，从口袋里掏出两盒硬中华，双手捧给洪春山："爷爷，给！"

洪春山一见，眼睛不由得一亮："中华，好啊！是给爷爷的？"

夏小雨："是！不过不是我给的，是县委李书记给的。"

洪春山："哦？"他赶紧接过，问道："怎么回事？我跟当官的，尤其是李书记这种太爷级的官没什么交往啊！"

洪瑞祥和陈茗乾也怔怔地望着夏小雨，他们没见李书记给烟啊！

夏小雨说："晚上在李书记家吃过午饭后，李书记示意我跟他到书房去一下。李书记拿出二千元，说让我买点东西给妈妈补充营养，还叫我有空去给爸爸上坟，帮他和他的战友们表达一点心意。我说这事是我应该做的，但钱不能收。李书记也不能硬塞给我。我怕李书记难堪，见他桌面上有几包烟，我就挑了这两盒中华，说'把这两盒烟让我带回去吧，洪瑞祥的爷爷洪春山是村里的正直力量的代表，也是坚持玉石文化传承最坚定的代表人物。他老人家就爱抽一口，我拿去代表李书记鼓励鼓励他'。"

众人一听，这才明白就里，都笑了。

夏小雨又说："李书记说，那怎么能拿两盒？老人家该说我小气了，他翻遍了书柜，也找不到整条的烟，中华也就这两包了。我说，物轻情意重！真的不在乎多少，绝对不会有人说你李书记小气的。李书记说：也只好这样了。替我向老人家问好，说我有时间会去看望他和乡亲们，到时候我一定记得给他带两条烟去。"

洪春山嘿嘿一笑："怎么好意思。"

洪瑞祥却说："有李书记的支持，茗乾，告诉你老爸，玉石生意，可以大张旗鼓地干了！不必瞻前顾后了！"

夏小雨也说："对，该吹冲锋号了！"

陈茗乾与洪瑞祥碰了一下杯子，仰脖子将一大杯啤酒灌了下去，才一抹嘴说道："别的先不说，我只问你祥哥一句话，我是不是你兄弟？"

洪瑞祥一愣："这个还用问？当然是！你又是什么意思？"

陈茗乾说："离开李书记家的时候，你跟送我们出来的李红军说了什么？"

洪瑞祥想了想："我说什么了？哦，我跟他说，我准备和几个兄弟到腾冲瑞丽走一走，看一看翡翠玉石的行情，为下来的发展做点准备。怎么啦？这话得罪你了？"

陈茗乾说："当然了！你准备和哪几个兄弟去？这么大的事情，我可没听你对我透露过一个字！是不是我不在你兄弟之列？"

洪瑞祥听罢扑哧一笑："原来是这事啊？这就值得你生气了？你也不问问，这事我跟谁说过了，要说也会第一个跟你说。原来今晚你想喝酒是假，来兴师问罪是真。行了，酒也不用喝了。"他见妈妈正切好一大盘子猪头肉端过来，又说："妈，猪头肉也别端上来了，花生米也不用炒了。"

陈茗乾却嘻嘻笑着上前接过王秋琴手里的盘子："谢谢阿姨！这猪头肉可是我的最爱！"

众人都笑了。

陈茗乾便只顾喝酒吃猪头肉，不再吭声了。

洪瑞祥、夏小雨和洪春山三个人凑在一起，很认真地谈论如何把李书记的殷切期望传达到一些做玉器的乡亲们那里，让他们大胆地亮出功夫，开店办厂，争取形成一股风气。

从洪瑞祥家里出来，风一吹，陈茗乾觉得头有点重，走路都打晃。夏小雨说："你喝多了，我送你回去吧。"说着，就很自然地挽起陈茗乾的胳膊。

陈茗乾说："阿祥那家伙让我喝这么多酒，想看我出洋相！"

夏小雨："是你自己觉得误会了阿祥，不好意思了，自己灌自己的好不好啊！阿祥什么时候劝过你一杯酒啦？"

陈茗乾嘿嘿一笑："那倒是！"

夏小雨说："陈茗乾，回去告诉你爸，说我夏小雨想学点手艺，学点玉器经营，想拜你们父子为师！"

陈茗乾："这个？你找错人了吧？放着阿祥他们爷孙俩你不拜师，反而来找我和我爸，相比之下，我们父子对洪爷爷爷孙俩都是甘拜下风的，你蠢了吧？"

夏小雨说："你才蠢呢！阿祥是好，肯定也愿意教，可人家是有妇之夫，我和他走得太近了，村里那些长舌妇还不得嚼烂舌根子！那些抓不住打不着的风言风语一出，我以后还怎么找老公呀？"

陈茗乾说："那你找我学东西，就不怕有人说闲话了？"

夏小雨说："君未娶，妾未嫁！人家能说什么？我们走得再近，真能好上那就别说了，好不了拉倒。你说呢？"

陈茗乾说："我爸呢，有点功夫，但不知他愿不愿意收徒，我呢，自己还在学呢，没出师，如何当得师傅！"

夏小雨："你别跟我啰唆，你就把我说的话告诉你老爸就是了！你的家到了，滚进去吧！"

说着，把他往前一推，陈茗乾站不稳差点跌倒，站直了才说："有你这么心狠手辣的吗？简直是……"

夏小雨："简直是什么？"

陈茗乾："谋杀亲夫！"说着，掉头就跑。

他听见夏小雨在后面气得跺脚。

他一头撞进家门，他爸爸陈勤生正在教小儿子陈茗坤怎么识别新旧玉器。见陈茗乾喝得满脸通红地跑进来，便开口说他："又在哪里喝的酒？有时间不会多学点多做点！以前我担心你弟弟不求上进，我现在担心的是你！"

陈茗乾在父亲对面坐下，认真地说："爸，你的担心是多余的！我一点也不糟蹋时间！就说今天下午到现在，我可是干了三件大事，都是有关我家长远发展的！"

陈勤生说："哦？那你说说看，你干了哪三件大事？"

陈茗乾把今天见到李书记的情景描述了一遍，特别强调了李书记对玉王庄的期望。

陈勤生听罢频频点头。

陈茗乾又把洪瑞祥想组队去腾冲的事说了，并说他邀请的第一个便是自己。

陈勤生听罢，沉吟片刻，也点了点头。

陈茗乾见父亲对他说的这两件事反应并不强烈，便不想再说了，只是说："第三件事吧，也不是什么事，我暂时先不说了，困了，我去洗洗睡了。"

陈勤生却不让："你说的那两件事不是大事，都是好事，你出息了！行吧，说说你的第三件事！"

陈茗乾这才慢吞吞地说了夏小雨想跟他们学习的事，还强调了她不跟洪瑞祥爷俩学而选择了他家的原因。

陈勤生听后不禁一拍大腿，喜笑颜开地说："你是没开窍啊，我的儿子！这才是实实在在的大好事！她这是醉翁之意不在酒啊！你想想，她那么聪明的一个女孩子，不知道到了她这个年纪学玉雕已经没什么大前途了吗？学经营倒是可以，但经营就不一定是我们父子俩的长处了，她是在大城市待过的人，见识多了，这经营不用学，也不一定干得比我们差！"

陈茗乾还傻乎乎地问："那她还拜什么师嘛！"

陈勤生叹了口气："不能否认她想介入玉雕生产和经营这一行，但从你和她之间那些对话来看，我认为，她是看上你了！看上我们家了！这可是你和我们家的福气啊！在爸眼里，她就是个女中豪杰，将来有大出息的！"

陈茗乾还是把头摇得像拨浪鼓似的："不可能，她那么优秀，她是大学毕业的，她还是名牌大学的高才生，我就是高中毕业的半吊子！她看上我什么？我想都不敢想！"

陈勤生笑道："你够实在，但太自卑！她是大学毕业的没错，但术业有专攻，你从小学的玉器设计、雕刻到现在的水平，不容易啊！如果哪家大学有玉雕专业的话，你不够教授级，当个讲师那是没有问题的！"

陈茗乾说："但我没有文凭，我不能瞎吹啊！"

陈勤生："不用你吹，小雨这姑娘是什么人？看人看事都是入木三分，这一点她心里比谁都清楚！你看不起你自己，但她不会看不起你。你身上其他的优点，爸都看得很清楚，她是一个对你有想法的人，必定看得更清楚！还有，女人看男人的角度不同，你这傻乎乎的除了打架啥都没有自信的样子，在她眼里，是最可爱之处。"

陈茗乾默然半响，才说道："好像，爸你说的还真是那么回事！"

陈勤生说："爸是很看好夏小雨的！现在，关键的问题是你喜不喜欢她。"

陈茗乾嘿嘿一笑："爸！你这么一说，我还觉得真有希望，也觉得她真的……不错！"

陈勤生满意地点点头："既然如此，那就好办了！《冰山上的来客》这部电影在村里放映过两次了，你看过吧？"

陈茗乾："看过，两次都看了！"

他真不知道老爸这时候提这部电影干什么。

陈勤生说："这部电影后面，当古兰丹姆出现的时候，阿米尔的杨排长是怎么对他说的？"

陈茗乾想起来了，应道："阿米尔，冲！"

陈勤生哈哈大笑："儿子！冲！"

这一夜，陈茗乾躺在床上，烙饼似的翻来覆去，就是睡不着，满脑子都是夏小雨的一颦一笑，从小时穿开裆裤在瓦砾中一起玩闹到上高中时的点点滴滴，也都一一浮现在他的眼前，越想就越感到夏小雨的好，感到夏小雨的亲切，感到夏小雨对他的情意。想到最后，他忽然有点生气："你夏小雨与我彼此知根知底，想跟我好，直说便是，还怕我会拒绝吗？搞那么多弯弯绕干什么？"

虽然一夜无眠，但天一亮他就精神抖擞地去找夏小雨了。

夏小雨家的大门还关着，时间太早了，他不好意思大声叫门，便踱到屋后，却见只穿着睡衣的夏小雨正一边用一把粉红色的牙刷在刷着自己那整齐而洁白的小银牙，一边走进小菜园边上的鸡笼，伸手把关了一夜的小母鸡们放出来。

他站在小菜园的外面，看着夏小雨的一举一动，看着看着，竟不由得呆了。他今天才发现，原来夏小雨长得如此好看，宽松的睡衣掩盖不了她那窈窕的身材，长长的秀发掩盖不住她那秀美的容颜，他不由自主地出声："好美！"

夏小雨闻声转过身来，看到了呆呆看着自己的陈茗乾，不觉脸颊一红："干什么你？想吓死人啊！离这么近了，也不出声！"

陈茗乾："我……我出声了。"

夏小雨这才想起他确实说过两个字："好美。"不由得打量了一下自己，见自己还穿着睡衣，便有点不好意思。说了句："找我的话，到大门那边等着。"便从后面的小门回到屋里。

陈茗乾便拐回大门口，等了片刻，听得大门"吱"的一声响。门开处，见夏小雨已是一身正装，亭亭玉立。他迈腿想进门，却被夏小雨伸手一拦："这么早找我有什么事？"

陈茗乾说："当然有事！"

夏小雨便跨出门来，随手把大门掩上，说道："我妈还没起来呢，有话外面说，小声点。"

见夏小雨不冷不热的样子，陈茗乾心里有点打鼓，有点怀疑昨晚老爸与他说的还有自己认定的夏小雨对他有情有义的判断是否正确，便收起嬉皮笑脸，正色说道："我来告诉你，我爸答应收你为徒了！"

夏小雨淡淡地说："我知道他会同意。"便不再说话。

陈茗乾心里有点不高兴了，求着要当人家徒弟，人家答应了，总该有热烈点的反应吧？怎么还像人家求她似的！

想了想，真的有点不甘心了，便说道："不过，我爸要和你约法三章！"

夏小雨一怔："约法三章？哪三章？说来听听！"

陈茗乾便说道："第一，以后叫我爸老师傅，叫我小师傅！"

夏小雨想都没想："这条准了！"

陈茗乾有点气笑了："准了？你以为你是西太后啊！应该说同意。"

夏小雨："准了！"

陈茗乾无奈:"第二条,师傅教你的东西,第一遍学不会,罚站;第二遍学不会,罚打;第三遍学不会……"

夏小雨:"慢!罚打?怎么打?打哪里?"

陈茗乾:"打手心,用戒尺!"

夏小雨:"谁执罚?"

陈茗乾:"当然是小师傅我了。"

夏小雨:"准了!"

陈茗乾:"第三条……"

夏小雨:"慢,你还没说完第二条呢,第三遍学不会,怎么办?"

陈茗乾:"直接辞退!"

夏小雨点点头:"准!"

陈茗乾说:"第三条,要维护师门利益,不得吃里爬外。否则,逐出师门。"

夏小雨想了想:"照准!什么时候开课,再通知我。"

说着,便回身准备推门进去。

陈茗乾急了,哪有这么对待你的"准老公"的,于是上前一把抓住夏小雨的手:"你……"

夏小雨转过脸来看着他,笑道:"你干什么?"

陈茗乾:"我没干什么,就是……"

夏小雨妩媚地一笑:"放开你的手,手掌伸开!"

陈茗乾照做了。

夏小雨举起一只手,手里原来还拿着一把小狼牙棒似的梳子。只见这把满是塑料小"狼牙"的梳子一挥,狠狠地砸在陈茗乾的手心上。

陈茗乾顿时疼得直龇牙。

夏小雨:"有话就说,拉拉扯扯干什么?师傅调戏女徒弟!知罪吗?该不该打?"

说着朝陈茗乾嫣然一笑,推门进去了。

门没关,但陈茗乾进也不是,退也不是。待在门口半天,越来越感觉心里没底,便脚下抹油,溜了。

从这一刻起,沮丧便伴随着他。

五 陈父

女孩的心思很难猜。何况是对女孩一无所知,恋爱上还是一张白纸的陈茗乾。

以前,陈茗乾对恋爱有着许多美好的想象,但今天,他觉得恋爱并不是很好玩,而是揪心揪肺的烦。

晚上,陈勤生回家吃饭,见陈茗乾眉头不展、心事重重的样子。估计儿子在夏小雨跟前碰钉子了，自己不由得有点自责。儿子又没打过这方面的"仗"，自己就叫他"冲"，如果对面真的是"枪林弹雨"，岂不被打成个筛子！

他对夏小雨对儿子有意这一点深信无疑，但现在夏小雨是如何考虑这个问题的，想把握一个什么样的节奏，还真的要琢磨一下。

饭后一支烟。抽完这支烟，陈勤生已想清楚了许多问题，他决定暂时不去干预陈茗乾与小雨的事。让儿子去领略一下谈恋爱的苦涩不是什么坏事。没有苦哪来的甜。这孩子太急躁了，这也是他一直以来改不了的毛病。但愿他在跟着小雨的节奏"跳舞"之中，能感悟点什么。陈勤生有他自己要紧的事要谋划、要做。

他摁灭烟头，便出门而去，借着皎洁的月色，他在村外的公路边上一遍遍地徜徉。

他在一棵路树旁边停了下来，又点燃了一根烟，深深地吸了一口，便认真地打量着路树后面的一块地。

这时，从村里又走出来两个人，俩人一边走一边聊着，不一会儿就来到陈勤生身边。陈勤生回头一看，来人竟是村里两位备受敬重的老人，洪春山和林和平这一对亲家爷爷。忙恭敬地说："两位老人家也来公路上散步呐？"

洪春山笑道："人老了，哪来那么多闲情逸致啊！不过是吃了上顿想下顿，为儿孙们操点心罢了。你不也是吗？"

陈勤生笑着说："两位老人家真的是厉害！"

林和平也笑笑："我们毕竟老了，你才是村里第一位聪明人！"

他们都没有明说到公路这边来溜达的目的是什么，但都心照不宣。

闲话了一阵，各自抽完一支烟，便一起回村里了。

村里的形势，完全按他们心里的预测发展着，而且发展的脚步比他们预想得还快。

这一天，县委李书记带着组织部部长等人先来到原来的公社所在的镇政府，召开了全镇村主任以上的干部大会。会上宣布了县委对王庆文"撤销职务，留党察看"的处分决定。然后，李书记与组织部长一行人乘着一辆吉普车来到玉王庄，径直到夏韵娟的家门口下车。随从人员从车里搬下了不少慰问品。在夏韵娟家里，李书记与组织部长先在夏天南的遗像前上了香，鞠了躬。才坐下来与夏韵娟母女表达了对夏天南的怀念与敬意，送上了慰问品。但组织部长还双手递上了一个红包，说是代表全县干部群众对夏韵娟的亲切慰问，夏韵娟没法推辞，便含泪接受。

喝了几杯工夫茶，聊了一会儿，李书记说要到洪春山家坐坐，请夏韵娟母女一同前往。

到了洪春山家里，李书记真的给洪春山带来了两条软中华。洪春山受宠若惊，一个劲地说"当不起"。李书记却笑着说："老人家，这烟可不是那么好抽的！抽了这两条烟，你可要把你家的玉石文化、玉雕艺术好好地传承和发展起来，这担子不轻呵！"

洪春山说："李书记！这担子确实不轻！李书记说得很对，玉雕文化，包含着我们对文化的理解，也就是对玉石本质的看法，玉有玉德，传承先要传这玉德，由玉到人，由人到玉，人玉一体，这是根本，然后才是精湛的玉雕手艺。这是玉文化的两个方面，两个层次。

所以说,这个传承和发扬,不是一朝一夕的事,不是我一个老头的事,我,当然会尽力,但更重要的是看玉王庄全体村民,看下一代,再下一代!"

李书记频频点头:"说得好!先做人,再做玉!老人家,不愧是玉石文化真正的传人!"

洪瑞祥说:"书记,我理解我爷爷的话,玉王庄的玉石文化传承,不是我洪家一家的传承,而是全村人的传承,必须大家都动起来,各自拿出绝活,各显神通,而又互学互帮,大家共同发展。通过实践,才会出来玉王庄玉石文化的代表人物,玉石文化也才能真正传承和发展起来。"

李书记:"说得好!真的很好!这也是我来看你爷爷的目的。我来就是学习!我现在有点明白玉王庄的发展该走什么路了。我不开大会,不做动员报告,但我希望村里人能动的都动起来,不是一窝蜂一拥而上,而是谁有条件谁先上,按市场经济的规律办事!政府就是服务大家,帮助大家,需要工商登记的,开绿灯!需要土地的,给优惠!其他的,就看大家的能耐了!我相信群众的力量和智慧!"

在场所有人都热烈地鼓掌。

不用开大会,不用呼口号,村民们之间的交头接耳或是奔走相告,比起开大会呼口号的效果强多了。不管是李书记在镇上对王庆文的处理,还是在夏、洪两家的谈话,很快地,在玉王庄就家喻户晓了!

李书记走后的第二天,好多天都没到村部上班的王宗伟在村部出现了,身边还跟着两个人。

他们刚在他的办公室坐下,陈勤生就微笑着走进来了。

王宗伟脸上的伤早就好了,缺牙也镶上了,似乎王庆文的倒台也没给他带来一丁半点的沮丧和不安,他反而显得更精神、更自信了。

见陈勤生进来,王宗伟只用眼角瞟了他一下,也不让坐,只顾继续整理着桌上成堆的文件和书籍。

陈勤生也不看他的眼色,自己在木沙发上坐下,掏出一支烟,点上了,又跷起二郎腿,这才慢慢地抽起烟来。

王宗伟身后的两个人,不禁有点侧目,都看着王宗伟,王宗伟指着旁边的椅子:"你们也坐下吧。"

俩人便在他一侧的两张椅子上坐下。

整理完桌面,王宗伟在办公桌后坐下来,也掏出一包烟,递给了那两个人各一根,自己点一根,吸了两口,这才看向陈勤生:"有事?"

陈勤生:"我想要块地,搞几间铺面,外带工作间、小仓库、停车位。"

王宗伟点点头:"想要哪里的地?"

陈勤生:"公路边。"

王宗伟:"可以,不过,买了地,或是租了地,你还有钱盖房子吗?有钱盖房子,你还有钱买玉石，买设备吗？"

陈勤生："这是我的事，你就不必操心了。"

王宗伟笑笑："我怎么能不操心，地又不是我的，是村集体的，给了你，你干不起来，荒废了，你不心疼我还心疼呢！"

陈勤生："那你说怎么办？要我出示资金证明？"

王宗伟："出示那些东西有什么用？谁知道你那证明是怎么弄来的？地给了你，你把借来的钱一还，还是没钱盖房子，我找谁去？"

陈勤生依旧不恼："那你在一定时间里见不到房子，可以把地收回呀？"

王宗伟："那时候我敢收你的地？你儿子陈什么乾的？可是凶悍得很，我又不是没领教过他的不讲理！"

陈勤生："你的意思是没得好谈了？"

王宗伟："有，我可以给你地，但你要和这位朋友合作，由他提供资金。他是我拉来的投资商，财力雄厚，你想做多大都可以。"

陈勤生把眼光投向王宗伟指的那个人，看上去西装革履，一副人模狗样的样子，便问道："投资商，你是？"

王宗伟说："他叫刘教伟，刘董你们这就算认识了，怎么合作，你们到隔壁去谈吧，谈好了出个可行性报告再到我这里报用地计划。"

陈勤生站起来，刘教伟也站起来，并向陈勤生伸出了手。但陈勤生看都不再看他一眼，迈开大步走出了王宗伟办公室。

刘教伟的脸一下子涨得通红，看了看王宗伟，王宗伟示意他忍一忍，跟出去看看。他走出王宗伟的办公室，却见陈勤生已下了楼扬长而去。

刘教伟一跺脚回到王宗伟办公室，气呼呼地说："走了！都是这样的刁民的话，你和我们的计划恐怕要泡汤了。"

王宗伟："不急！农民嘛，刁民是有的，但有资格当刁民的不多，这陈勤生算一个吧。大多数人还是老实的，特别是在经济利益面前。"

陈勤生窝着一肚火，直接到了洪瑞祥家，一进门就大骂："王宗伟这混蛋，比他那个王八蛋的爸更王八！"

洪春山问道："怎么回事？王宗伟没了他老爸当靠山，还敢对你龇牙。"

陈勤生便把他去王宗伟办公室要地的经过说了一遍。

洪春山听了，半晌不说话。

洪瑞祥说："能不能查一查这刘教伟是个什么人？他的资金是从哪里来的？"

洪春山说："我们又不是政府有关部门，怎么查？不管他是什么人，他的资金是从哪里来的，只要知道他想怎么做，目的在哪里就可以了。如果他真的是正经的生意人，自己发财，也能帮到乡亲们，也不是不可以考虑，毕竟大多数乡亲手里除了手艺，别的都缺，就像一个没脚的人，怎么走下去？"

陈勤生："那我刚才没探他的底，还是错了。"

洪春山笑着说："你没错，先给他个下马威，让他知道玉王庄的农民也不是那么好说话的。"

洪瑞祥说："爷爷，要不我去！"

洪春山想了想，说："你跟王宗伟有积怨，人也精明了些，不一定能探到他们的真底，还是我找个人去吧，知道了他们想怎么搞，才好做出相应的对策。"

陈勤生点点头："这样好。"

他回到家里，有点沮丧地想，自己以为李书记已经把方针大计定下来，王宗伟只有积极执行的份，没想到他还会出什么猫腻。所以才贸然地去找王宗伟，以为自己要的地一定手到擒来，没想到却碰了个不硬不软的钉子，自己还是莽撞了。他想到儿子兴冲冲去找夏小雨碰了钉子回来的事，不禁苦笑。看来儿子的毛病，是自己遗传的，是基因使然。

但他并不气馁，他觉得王宗伟只是个小丑，改变不了发展的大局的，他相信洪春山一定有办法把王宗伟设的局打破。他还是应该一步步朝着自己定下来的方向去努力。

晚上，他让陈茗乾去把夏小雨叫来，说要正式开始传授夏小雨玉雕技艺。

夏小雨高兴地来了，进门便甜甜叫道："陈叔老师傅！"

陈勤生笑道："什么老师傅？我很老吗？又是叔又是师傅的，头衔也太复杂了，显得见外了，还是像原来那样，叫叔最好！"

夏小雨看了一眼陈茗乾，不说话。

陈勤生："你别看他，他就是个傻小子，莽莽撞撞的，做事不牢，学艺不精，你也别想从他那里学到什么，听他说想让你叫他小师傅，太自大了，千万别叫，别让人笑话。"

夏小雨便嘻嘻地笑："我听阿叔的！"

陈勤生又说："小雨，你是个大学生，是个人才，你过世的父亲在乡亲们的心目中很高大，乡亲们对你和你妈妈都有一种既信任又亲近的感觉。你在村里想施展你的抱负，有得天独厚的优势，我们都会全力支持你。"

夏小雨有点不好意思，明明是想拜师学艺的，怎么感觉不像了？她说："听陈叔的意思，是不想收我这个徒弟？"

陈勤生说："不是！你想学什么，我会尽其所能教你！你是个聪明的孩子，学东西一定会举一反三，比别人快多了，所以学习的事你不必担心，你只要有空，随到我随教。但我知道你学习的目的，是想尽快地，尽量深入地接触和融入玉器行业，所以，我也有个想法，我们不必师傅相称，我们应该以合作者相处。"

夏小雨："合作者？我现在？"

陈勤生："对，现在。你看到的是你在玉器生产和经营这方面的不足，想弥补。我看到的是你在其他各方面比我强得多的优势。所以，我想请你和我们家一起，发起成立一个实体，叫公司也好，叫营销机构也好。你占一定的干股，当副董事长兼经理。你看如何？"

夏小雨愕然："这？"他又看看陈茗乾："那茗乾呢？"

陈勤生："他就是你手下跑腿的。我想不久以后，你会有更大的舞台，到时候，阿乾也被你带出来了，他再接替你的位置。"

夏小雨诚恳地说道："阿叔，我对你这提议感到太突然了，我怕我没那能力，会辜负了你的期望。"

陈勤生："你不要忙着推掉我的提议，我相信我的眼光，也请你们相信自己。退一万步说，做得不尽人意也没什么，谁也不能保证做什么都一下子能获得成功。但是总是要做，行不行，不试一下怎么知道？"

夏小雨笑着说："阿叔，你让我考虑一下再答复你，可以吗？"

陈勤生说："当然！这事先说到这里，接下来是你学习的时间。走，跟我上工作间去。"

夏小雨马上起身，跟着陈勤生向他家的后院走去。陈勤生打开后院的一间房间，开了灯，才让夏小雨走了进去。一进入房间，夏小雨不禁"啊"的一声惊叫，眼前出现的场景太让她意外了，只见宽约四米、长约十米的大房子里，摆满了高高低低的玻璃橱柜，柜子里也装了灯，这时全部灯都亮着，照着柜里无数的闪着白光、绿光的白玉制品与翡翠制品，而在一个角落，有几台小型设备，陈茗乾的弟弟陈茗坤此时正聚精会神地在一张工作台前工作着，知道有人进来，居然连头也不抬。

夏小雨惊讶的是，她和她妈妈都知道陈勤生是村里最善于经营、家底最厚的一个人。但她没有想到，他竟然拥有这么多的玉器，这得值多少钱啊，真是真人不露相。

她不由自主地发问："陈叔，这么多玉器，这原材料怎么来的？这些成品，又是怎么卖出去的？"

陈勤生笑道："我和我父亲，从来就没停止过对玉器的经营，几十年了，积累了不少的人际关系，收货和销售渠道一直都很通畅，具体做购销的，现在都是茗乾。"

夏小雨想，自己又小看茗乾了。

陈勤生与夏小雨一边谈着，一边带着她浏览柜里的成品。待都看完了，他问道："你觉得这些东西怎么样？"

夏小雨说："我的初步印象，可以归纳为两个字：传统。传统的设计，传统的工艺，传统的产品，销售对象，当然也是传统的，都应该是四十岁以上的人。如果说有什么缺陷的话，就是像我这样的女孩子，想挑几件心里喜欢的，还真不容易！"

陈勤生一拊掌，笑道："一言中的！我就说你有你的长处、你的优势，这句话不就显示出来了！"

房间里，陈勤生与夏小雨谈得很开心。客厅里，陈茗乾却很郁闷，他不知道老爸打的是什么主意，老爸的举动，老爸对小雨的态度，哪里像是在为他找老婆，而像是在为他找一个顶头上司，能管住他的顶头上司。他不知以后和夏小雨如何相处下去。

他找洪瑞祥喝酒去了。

六　清溪

　　这个时候，农村里的双夏大忙时间还没有开始，但玉王庄里的人却没有以往这个时候的悠闲与懒散，几乎所有的人都怀着对未来美好生活的憧憬，有的人已在刻苦地拼搏，而更多的人正在谋划、在准备。同样都是玉王庄人，谁也不愿输给别人。

　　只有林清溪，这个一向与世无争、淡然处事的小老夫子，这时却被深深的失望、沮丧、愤懑，甚至是颓废的情绪折磨着。

　　画桌上放着一大沓大十六开的打印稿，彩色的、鲜亮的发散着油墨香味的铜版纸，每一张都美得让他心跳。这是他与出版社一位负责任的编辑近一年来的心血。一年前，这位编辑找到他，说是鉴于他近年来在书画创作上的成绩显著，声名远播，社领导决定给他出版一部书画集，希望他大力支持，把最好的佳作选出来编印成册。他当然支持，他再怎么与世无争，但作为一个画家，出版高质量的画集，把自己的代表作都呈现在世人面前，是他一直以来的梦想。于是他放下其他事情，全力配合这位编辑的工作。现在，前期的工作都完成了，就差签印出书了。那位责任编辑却捧着这一堆清样，对他说："鉴于出版社运营体制与市场销售预测等原因，希望他为这本画册的出版拉八到十万元的赞助，否则画册无法付印。"

　　要他去拉赞助？他对那位编辑冷笑一声："如果我想拉赞助出版画册，还用等到今天吗？告诉你们领导，这事免谈，画册不印也罢。"

　　他卖画也得到了一些钱，但这些钱除了自己的日常用度，已所剩无几。离十万八万差得太多，想自己出这笔钱都没办法。

　　他知道国内的经济状况才刚刚有点起色，但不管是企业也好，个人也好，那账上的兜里的钱都不是风刮来的，他怎么好意思向人家化缘，而且一开口就是十万八万。

　　他最难受的是，突然间发现自己是那么没用。他辛辛苦苦，自己以为很有才华，很努力，很有成就，但到头来一本画册都出不了，作为一个人，这价值在哪里？自己对社会、对家庭、对亲朋好友还有什么意义？

　　精神的委顿造成整个人的无力与憔悴。当洪瑞祥奉爷爷之命来请他去家里谈点事的时候，一见到他，不由得大吃一惊，对软瘫在躺椅上一脸呆滞的林清溪痛苦地喊道："老师，你怎么啦？"

　　洪瑞祥的惊诧使他稍微清醒了些，脸上恢复了些许的神采："没，没什么，就是有点累，昨晚睡不着，画又画不成，心里难受。"

　　他搪塞着，起身把洪瑞祥引到客厅。一边自个儿坐下，一边准备升起煤油炉子泡茶。洪瑞祥这才说道："老师你不要忙，你身体不舒服，还是好好休息吧。"

　　林清溪说："我没事，你那么忙，还抽时间来看我，我这一高兴，那点不舒服就没了。"

　　见林清溪真的不像生了病的样子，洪瑞祥这才说道："其实，我来，是我爷爷让我来请你，你不方便的话，我叫我爷爷到你家来谈吧，他说有要事和你聊聊。"

林清溪便站起来:"那还等什么,走!"

还没走到洪瑞祥家,林清溪已经逐渐把自己的心结解开了。没有出成画册又如何?我还是我,我还是那样生活,我还是玉王庄的人,在这里,有知心知肺的乡亲和亲人,他们会因为我没出过画册而轻视我,认为我没用吗?绝对不会!这么想着,他的精气神又逐渐归位了。

患得患失,这是知识分子的通病。这话好像是哪个大人物说的,说的是蛮有道理的,但自己是知识分子吗?至少不是纯粹的知识分子,那些大学教授才是。林清溪在大学里授过课,接触过不少大学老师,他真的不喜欢那些大学老师的做派和活法。相比之下,他更喜欢农民的生活态度,哪年年景好了,分红高了,就会呼唤朋友,有大鱼大肉的撮一顿,可什么时候见大学老师这么潇洒过。是哪本书上说过,农民没有酸奶喝,有的喝也不会去舔奶瓶盖,而大学老师有酸奶喝,会舔瓶盖。

林清溪一直很自得,那就是他生活在农民中间,与农民心气相通。所以他不该为出不得一本书而自暴自弃,更不会舔奶瓶盖。

踏进洪瑞祥家门槛的时候,他已经在想,洪叔找我啥事?是我能帮上忙的吗?

洪春山没有发现林清溪有什么不适之处,见了他,拿了一个小茶杯,放在他跟前,说了一句喝茶,便开门见山地把村里不少人都想在公路边要地建玉器店,包括林清溪的父亲林和平。陈勤生打了头炮,首先找到了王宗伟。王宗伟如何对付陈勤生等说了一遍,然后告诉了他和陈勤生等人商量的结果,想摸清王宗伟的底牌,然后再想对策的想法告诉了林清溪,并明确地说他希望林清溪出面去跟王宗伟周旋一下。

林清溪一边喝着滚烫的浓茶,一边默默听着,洪春山说的这些,他有的知道,有的不知道,但他赞成洪春山等人的想法。

林清溪想了想,说道:"我叫上我爸一起去吧。只是我去,他知道我是搞画的,他会说,这字画不是村里发展的重点,不能批地,我还真不好说什么,但我爸去就不同了。"

洪春山说:"也行,看和平兄的意思吧,他愿意去也好。"

林清溪便告辞回家,找到了父亲林和平,把准备去见王宗伟提出要地的想法与他说了。林和平说:"我去也好,我还真想见见王宗伟,看看这小子见了我是什么态度,他应该是知道当初他父亲陷害我的事情的!"

父子俩便朝村部走去。

村部里,王宗伟正和刘教伟及他的副手,一个叫阿扁的年轻人在一起商量着。他们想出的办法是分组召开村民会议,在会上把刘教伟推介给大家,然后由刘教伟和阿扁上门与村民商谈投资合作,搞个中外合资玉器厂。谈到正兴奋的时候,门外响起了敲门声。

王宗伟大声问道:"谁呀?"

门外传来一声温和的应答:"是我,林清溪,我有要紧事找你谈。"

王宗伟眉头一皱:"是个画家,他找我干什么?"

刘教伟说:"你现在是关键时候,要搞好与村民的关系,轻易不要树敌,这会减少我们工作的阻力。"

王宗伟点点头，上前打开门。

刘教伟和阿扁也向门外看去，一眼便看到跟在林清溪后面的林和平，神情顿时都有点僵硬，不约而同地把手伸向裤兜，掏出了一个大号墨镜带上，然后背向门口，各自拿起一份他们草拟的合同条款看了起来。

王宗伟把林清溪和林和平让到沙发上坐下，还客气地给他们递了烟，然后坐在他们的对面，笑着问道："两位找我有什么事？"

林清溪说："我们家想要一块公路边的地，盖个铺面。"

王宗伟果然轻飘飘就否定了："你想开画廊？办画店，这不符合玉王庄的发展规划，恕我无法批准。"

林清溪笑着说："我说过我要开画店吗？我说是我要用地吗？我说的是我家！家的概念你懂吧？家的主人是我老爸！他要开的是玉器店！这不符合村里的发展规划吗？"

对于文质彬彬的林清溪说话如此咄咄逼人，王宗伟有点吃惊，联想到上次陈勤生来找自己批地时的态度，他的心里有点担忧，自己在村里的群众基础太差了！而自己父亲倒台了，都已经明白他们关系的村民，都因为对王庆文的憎厌，加深了对自己的不屑甚至是敌意，长此下去，自己的日子真的不好过。

他深深吸了一口烟，强忍下对林清溪的怒气，对林和平勉强笑道："是你老人家要开店。"

林和平语气平静，但说出来的话更刺耳："我儿子说的就是我的意思。我之所以让我儿子出面，是因为不到万不得已，我不想见到你们父子的嘴脸！你那个强奸犯父亲曾经怎么陷害我，你不会不清楚！我今天来，也就是想看看他的儿子又会怎么对付我！"

王宗伟越听越不是味道，越听火气越大，但又不知如何发泄这股邪火，又猛地抽几口烟，才尽量心平气和地说道："老人家厉害，一开口专挑我的痛处，你有没有想过，不管以前发生过什么，今天你们是来求人的！"

林和平怒了："求人？是我们求你吗？你是什么东西？地是你的，还是政策是你定的？告诉你，地是国家的！也是我们农民的！给农民地块发展经济，是党和国家的政策，具体定下来的是县委！是李书记！你只有老实办事的权利！没人要求你！你不办，等着和你老爸一样的下场吧！你以为你是什么好东西啊！清溪，我们走！我看到底是谁求谁！"

说着，老人家就站了起来。

见局面变成如此，王宗伟有点坐不住了，他慌不择言地说："谁说不给你办了？但是……"

林和平："但是什么，要我们向你进贡？求你？舔你屁股？"

王宗伟："我有说过，或是暗示过这些吗？没有！我的意思是地可以给你，但是，批了的地要充分发挥作用。但你们的资金肯定不足，所以必须和投资商合作！只要资金谈妥了，我马上批地！"

林清溪朝刘教伟和阿扁努努嘴："他们就是你说的投资商？行啊！谈吧！"

王宗伟便喊道："教伟！阿扁！跟他们去隔壁谈，谈妥了再来我这里谈地的问题！"

林和平的眼睛这时已锁定了刘教伟和阿扁，仿佛想起什么，喃喃地说道："阿扁！"

刘教伟和阿扁再也不能装模作样地看文件了，他们站了起来，却迟迟疑疑地没有转过身来。

他们站着不动，林和平却大步动了，他走到他们俩跟前，看了看，吼道："把墨镜给我摘下来！"

俩人依然不动。

林清溪和王宗伟都觉得奇怪。王宗伟问道："怎么回事？"

林清溪刚叫了一声："爸！"便听林和平说道："清溪，快叫乡亲们来，这两个人是当初参加陷害我的人！不能让他们跑了！"

林清溪一听，立即感到不妙！父亲太冲动了！他有危险！他不向门外跑出去叫人，而是一个箭步跑到父亲身边，挡在了父亲面前，然后用身体推着父亲往后退，他希望在那两个人发飙之前与父亲一起安全退出这个房间。

但已经迟了，阿扁从腰间摸出了一把小刀，手一伸插进了林清溪的腹部，鲜血一下子便染红了他的白衬衣。

刘教伟和阿扁发了一声喊："走！"立刻跑得无影无踪。

林和平扶着受伤的林清溪，朝傻呆着的王宗伟吼道："还不叫人，叫救护车！"

王宗伟这才慌忙抓起桌上电话的听筒……

很快，村部的人都拥过来了，大家一见林清溪受了伤，便分头忙了起来。有的帮着搀扶林清溪，让他躺在沙发上，这时，村里的老赤脚医生背着药箱也跑来了，不顾满头大汗，俯身就给林清溪止血。紧接着，村里大多数人都来了，镇卫生院的人也来了，县医院的救护车也到了，警察也到了……

洪瑞祥跟着救护车送林清溪到了县医院。还好，刀子小，伤口浅，流血也不算太多。手术进行得很顺利，林清溪没有生命危险，洪瑞祥这才松了一口气。消息传到村里，全村人才把心放下，各家各户才开始升起炊烟。

凶手没抓到，派出所的警察把刘教伟和阿扁留在王宗伟办公室里的东西和临时住处里留下的东西全部收走，同时也把王宗伟带走。案子报到县公安局，县公安局觉得案情重大，马上接管了这个案子。在县公安局，王宗伟供出刘教伟和阿扁是王庆文倒台之前向他推荐的，说他们俩有雄厚的经济实力，可以帮王宗伟把玉王庄的经济搞上去。他也看过他们两人提供的资金证明，觉得有他们帮忙，玉王庄的工作可以好做很多，便接受了，其他的，他一概不知。公安局便传讯了王庆文，王庆文承认刘教伟和阿扁曾经和他有不错的关系，也帮他办过一些事，他知道他们有钱，便把他们介绍给王宗伟。没想到好心办了坏事，他愿意接受任何惩罚。从刘教伟和阿扁留下的资料特别是他们草拟的准备与玉王庄合作的条款中，可以确定刘教伟和阿扁是准备以资金投入为诱饵，通过合作的名义，迫使玉王庄的工匠们高价买下他们的玉石、低价卖出玉器给他们，由他们操控购销价格，从中盘剥玉王庄的玉雕艺人，获取暴利。但看不出王庆文和王宗伟在这个商业阴谋里有直接参与和利益交换的证据。最后，只好一边对刘教伟和阿扁发出通缉令，一边把王庆文和王宗伟给放了。

林清溪受的伤虽然不重，但医生坚持要他伤口拆了线才能出院。洪瑞祥和陈茗乾就一直在医院里陪着他。

这一天，三个人一起吃完了医院提供的简单的饭菜，林清溪突然问道："阿祥，你说我这一刀挨得值不值？"

洪瑞祥说："值！肯定值！这一刀揭开了刘教伟和阿扁的真面目，让乡亲们感受到商场的险恶。本来村里不少缺少资金的人家还想主动去找他们，差点就等于飞蛾扑火了。"

林清溪便开心地笑着："有价值就好！以后啊，不管做什么我都要想想这一点，人的生命是有限的，精力不能白花，血汗不能白流。"

洪瑞祥："这个观点我赞成！"

陈茗乾说："这一次总体来说，是歪打正着，让林爷爷提前揭露了刘教伟和阿扁的真实身份，使村里人免遭这两个人的祸害。但遗憾的是，没抓住这两个人，他们和王宗伟是不是真的没有利益捆绑查不清楚，又让王宗伟活过来了！"

林清溪说："他们肯定是穿一条裤子的，说不定这个商业阴谋的主谋就是王宗伟！那天我和他们交一下手，我的感觉，这人笃坏，骨子里的坏水不比他的父亲少。以后啊，我们就得盯死他，一定会抓住他的狐狸尾巴的！"

洪瑞祥："老师，我发现你变了！"

林清溪："变了？是变好了还是变坏了？变得更有价值了还是更没价值？"

洪瑞祥："有一句话，叫'风声雨声读书声，声声入耳，家事国事天下事，事事关心'。我是赞成做这样的人的！只有大家都做这样的人，我们的国家才有希望，我们的事业才能成功，我们的日子才会好过！"

林清溪苦笑道："你是说我以前不是这样的人，是事不关己、高高挂起那种人？你既然以前就知道，怎么不说我呢？"

洪瑞祥："学生怎么好批评老师，再说，老师也不完全是麻木不仁的人，只是感觉有心无力罢了，不是吗？"

林清溪默然半响，点点头，说："你说的也对也不对！有心就能有力，只是力大力小而已。往后，哪怕自己的力量再微薄，我也不会袖起手来了！"

洪瑞祥说："老师从无虚言，我信！"

林清溪说："你们两个人，做的都是正事，以后别把我搁在一边，行吗？"

洪瑞祥和陈茗乾都说："行！"

夏小雨正好提着保温瓶来给林清溪送鸡汤，也不管他们前面说的是什么，接口就说："还有我呢！行！"

三个男人都笑起来。

七　结伴

　　林清溪伤愈出院这天，玉王庄可热闹了。

　　从村口到林清溪的家门口，一路上站满了热情的乡亲们，男女老少都争着上前向林清溪问好。林清溪知道，绝没有人组织大家来欢迎自己，全出自乡亲们的真情实意，他心里着实感动，忙不迭地向大家致谢。

　　站在他一侧的夏小雨笑道："老师，是不是有一种英雄凯旋的感觉？"

　　林清溪："没有！英雄归来时自豪，我归来是惭愧，我并没有做什么。"

　　夏小雨说："怎么没有？你挺身而出，为老父亲挡刀，这是孝；你的行为使坏人暴露，这是忠；你使乡亲们不受坏人盘剥，这是仁，也是义！忠孝仁义齐矣，谁能不敬！乡亲们心里都有一杆秤呢！"

　　林清溪说："让你这么一说，我还真有点惭愧变自豪呢！"

　　一边的洪瑞祥也说道："这一刀挨得值吧？"

　　林清溪："值！死了都值！"

　　乡亲们簇拥着林清溪等人走近林家门口的晒谷场。这时，一群人挤开众人，向他们迎了上来。林清溪一见这些人，脸马上阴沉了下来。

　　来人正是王宗伟和村里一些原来亲近王庆文、后来又亲近王宗伟的人。

　　王宗伟笑容可掬地向林清溪伸出手，林清溪冷哼一声，看也不看这一拨人，兀自转身向自家门口走去。

　　这一拨人脸都黑了。

　　王宗伟笑容不减，对身后的人说道："林家人的脾气真是大呀！这不正常，我看可能是他们家里祖坟的风水不好，或是家里有什么脏东西，要么，怎么短短几年里连连出事，先是爷爷，紧跟着是孙女，现在又出来个挨刀的！"

　　他身后的人便点着头嘻嘻地笑。

　　他的话一字不落地砸在林清溪的耳朵里，他那个怒呀！猛地一转身，指着王宗伟骂道："放你妈的臭屁！你懂什么风水？风水无非德行。我家老爷子，还有如玉，我，哪个不是因为你们父子害的？我们个个逢凶化吉！可你家呢？你那老混账父亲，你同父异母的哥哥，还有你妈，哪个现在有好日子过？能翻过身来吗？做梦吧，我看你那德行，比他们下场可能更糟，你多当心一点自己吧。"

　　乡亲们敬重的林老师竟然爆了粗口，可知他愤怒到什么程度！乡亲们都把不善的眼光投向王宗伟。

　　王宗伟又一次感到心惊了。他悔得肠子都绿了，本来是想故作姿态，也跟着来迎接林清溪，给乡亲们留下一个好印象，不想又适得其反！还有自己这张破嘴，怎么就不能少说几句呢？他不去撩人，林清溪也不会犀利地反击。

洪瑞祥回到家里，意外地见到一个人。

来者竟是洪瑞祥外出闯荡时收了他一对玉握的钟老爷子的小孙子钟小九！

小九有点腼腆地站起来："想不到吧祥哥。"

洪瑞祥高兴地紧握着他的手："真的想不到，你是怎么找到这里的？钟爷爷好吧？"

钟小九说："我爷爷很好。他现在书画不搞了，连玉器也不搞了。现在每天就是养鸟，养鱼，品茶品酒，真的是颐养天年了。"

洪瑞祥："好啊！老人家终于想开了。"

钟小九："可我也失业了，没事可干了。我爷爷知道我喜欢玉石，在把他手里的玉器捐出去时，给我留了几件，不过也只是对我一个安慰。他说我不可能像他那样去玩玉石。不会玩，也玩不起。他说我只能把经营玉石当成是职业，既是爱好也是谋生手段。他说我想这么做的话，要从零开始，建议我来投奔你。他说他信得过你。"

洪瑞祥笑道："想不到钟爷爷对我如此看重。"

钟小九："你还记得我跟着你查过你住店的证明信吗？我就是按这个线索找来的。"

洪瑞祥说："你真的打算跟着我干？"

钟小九说："对！只要你肯收我，我就拜你为师，跟在你身边好好学。"

洪瑞祥有点为难地："你这样的徒弟我怎么好意思收，我收不起啊！"

钟小九说："我现在就是一个一文不名的穷小子。我爷爷给了我一个'三不准'：不准带钱离家，不准摆少爷的谱，不准不听你的话。"

洪瑞祥无奈地说："看来，我不收你这个徒弟都不行了。"

钟小九马上朝洪瑞祥鞠了个躬："谢谢师傅。"

洪瑞祥把小九介绍给家里人，让小九先跟着爷爷学玉雕的基本功夫。

他自己可是有事要忙了。

晚上，洪瑞祥又去了林清溪家里，林清溪正在画室里安静地看书。

洪瑞祥说："老师看书呢！"

林清溪叹了口气："唉！这一两年，我读书少了，脑袋也锈住了！我也要提醒你，别只忙着做事，要给自己一点时间读书，才不会落伍，不会随波逐流，不会变成一个忙得四脚朝天却是个碌碌无为的人。"

洪瑞祥不由得一愣。是啊！老师言传身教，这提醒太及时了，自己都不知有多长时间没好好读一些好书了！

想到自己，他也想到如玉，想到跟着自己的几个人。他真的不能只让他们跟着自己学点手艺、学经营了，他要建一支真正高素质的团队，离不开读书！

他想了想，坐到林清溪身边，说道："老师，我想跟你商量个事。"

林清溪这才合上书，看着他："什么事？"

洪瑞祥说："我有个一揽子计划，想征求你的意见。"

林清溪："征求我的意见？我对你的生意是个门外汉，怎么给你意见？"

洪瑞祥说："生意是人做的！人的素质决定生意能做多大，能走多远！我想建一个核心团队，这叫什么？叫真正的生意在生意之外！这道理老师你比我懂，从你刚才提醒我要多读书，这一点，在培育团队这方面，老师就肯定比我强！"

林清溪笑了，笑得很开心，起身烧水泡茶。这一晚上师生俩聊了很久，洪瑞祥把自己的发展思路坦诚地说了出来，林清溪提了不少好的建议。俩人从喝茶改成喝酒，直到凌晨两三点，才尽兴而散。

隔天中午，按照计划，洪瑞祥把陈茗乾和夏小雨找到家里来，没多久，林清溪也提着一只剥光洗净的大肥鸭来了。王秋琴说："怕我家没东西给你吃还是怎么的，还拎着这么大一只鸭子。"林清溪说："乡亲们送了好多鸡鸭到我家里，说是给我补身子，却不知道哪只是哪家送的，想退都没法退。"

喝着鸭子冬瓜汤，吃着子姜焖鸭肉，洪瑞祥慢条斯理地把自己的想法说出来。一是联络一部分年轻的乡亲，大家结伴去腾冲考察、学习，接触原石的市场；二是乘胜追击，把乡亲们准备在公路两侧建店的事情，主要也就是要地块的事落实下来。

夏小雨马上表示赞同，说她会去鼓励一些人去腾冲，自己也会去。

林清溪也表态，他已经说动老爷子，同意他参与并逐渐主导家中的玉石生意，他也会去腾冲，而在去腾冲之前，他首先会联系一些人向王宗伟施加压力，让他尽快把乡亲们需要的地块批下来。

陈茗乾说他支持洪瑞祥的计划，但他自己能不能去腾冲，他做不了主，要看他父亲的意思，甚至还要看另一个人的意思，说着还看了看夏小雨。

洪瑞祥看出了端倪，笑道："恭喜啊！除了你父亲，还有人能管住你，好事啊！"

夏小雨有点急了，但越急话说得越让人误解："我还没答应呢！再说，你这个人是别人家管得住的吗？"

洪瑞祥便开玩笑道："管得住管得住，茗乾的个性我最了解了，只要他喜欢、认可了的人的话，他是百分之百听的！"

陈茗乾打蛇随棍上，笑着说："就是，还是阿祥了解我。"

夏小雨不由得又气又好笑，说道："阿祥，你有点会错意了。茗乾之所以说除了他爸爸还有人管着他，是因为他爸爸请我加盟他准备成立的公司，到时候在公司里的位置，我会在茗乾之上，是他的顶头上司！"

洪瑞祥一听，不由得高兴得连声叫好："好！好！原来是这样，陈叔有眼光。茗乾，你要懂得一点，我们想发展起来，哪一家人都不能只靠父子兵或者自家的一两个胞兄弟！都必须有一个强有力的核心团队，这个团队有力量，有分量，才能在错综复杂、纷繁沉重的商务工作中站住脚跟。你爸爸下手真快，一下子就把我们玉王庄最杰出的人才抓住了！"

陈茗乾是个聪明人，一点就通，便说："我也是很赞成我爸的做法的，公司成立后，我会自觉接受小雨的领导。"

洪瑞祥："这就对了，我也正在组建自己的核心队伍，我在厦门有两个人，今天又来了一个。我准备这一次去腾冲，都带着他们。我们几家相知相帮着的公司，各有一支过硬的核心团队。大家平时独立经营，必要时抱成一团，这力量就大了！"

众人都点着头。

饭后，大家便分头去联系自己信得过的人了，而洪瑞祥则准备启程去厦门，他要把已坐完月子的妻子林如玉和小女儿接回来，也准备把刘江和巧巧带回玉王庄来。

陈茗乾等人打着洪瑞祥和林清溪的旗号在村里鼓动一些年轻人结伴去腾冲的消息，很快便传到王宗伟那里，王宗伟不禁心头一动，他也觉得这是个笼络人的好办法，他也通过与他走得近的人开始拉人组团，并放出信息，他在腾冲有过硬的朋友，必要时可以为大家提供资金支持和安全保障。一时间，村里便出现了两个圈子，一个是以洪瑞祥林清溪马首是瞻的圈子，另一个则是寄希望于王宗伟的圈子，两个圈子的人都在积极地准备启程去腾冲。

而不在这两个圈子中的人心里也不淡定了，他们现在都知道腾冲是国内翡翠玉石的集散地，也是玉器交易最大的市场。在玉器制作设备、制作工艺上也因为这里成了玉石生产基地而迅猛发展。去腾冲，无疑是必走之路。于是，又一个由夏小雨出了五服的亲戚叫夏相洲的牵头，也形成了一个圈子，也在紧锣密鼓地准备着。最主要的准备不是别的，而是钱。于是纷纷寻亲告友，筹措资金。

洪瑞祥乘车到了厦门，便迫不及待地往林如玉母女居住的旧民居赶去。和林如玉一见面，夫妻俩相拥着喜极而泣。又逗弄了一下襁褓中的小女儿，这才问道："店里的情况怎么样？还好吧？"

林如玉嗔道："你这个甩手掌柜，现在才知道问店里的情况。情况倒是不错，你走后，大家都很努力，生意没受什么影响，就是……热闹了点！"

洪瑞祥问道："什么热闹了点？"

林如玉："还能有什么热闹？人呗，你弟弟和我妹妹，这两个小不要脸的，不知从什么时候开始，就已经如胶似漆了。当着我和外婆的面，都是相拥相亲、打情骂俏的！"

洪瑞祥笑道："这点我早就看出来了，我是支持的，亲上加亲，肥水不流别人田！好啊！"

林如玉也笑："他们俩是我的亲弟弟亲妹妹，公然放肆点也就算了，而那个巧巧和刘江，两个人之间的戏就更好看了。巧巧敢爱敢恨，什么情绪都是赤裸裸的，一门心思地想跟刘江好。刘江这小子特可恶，一点正形都没有，也不明白他对巧巧是个什么态度，总是若即若离。一会唱红脸，一会唱白脸，一会又唱花脸，总是搞得巧巧哭哭啼啼闹闹。我也拿他们没办法。一个是我妹妹，一个是你的救命恩人，我谁都不好说，只好等你来看怎么办了。"

洪瑞祥便骂道："刘江这小子，怎么是这个德行！"

正说着，出门买菜的外婆夏淑萍提着菜篮子回来了，菜篮子沉甸甸的，显然采购了不少东西。洪瑞祥忙上前接过篮子，夏淑萍一见这个自己最喜爱的外孙，笑得眼睛眯成一条缝："知道你今天到，多跑了一个海鲜市场，买了许多你爱吃的。"

洪瑞祥跟外婆用不着客气，反而怪她不爱惜自己，提的东西太重了。夏淑萍不恼，却说道："在你眼里，外婆是不是真的老到连一点东西都提不动了？告诉你，外婆还准备着伺候如玉坐十次八次月子呢！"

听得林如玉在屋里笑问道："臭外婆，你以为我是大母猪呀？"

洪瑞祥对外婆说了一声"晚上店里的人都回来吃饭"，便出门奔店里去了。

快到店里，远远望去，见只有巧巧一个人在接待顾客。巧巧脸上虽然始终保持着如花的笑容，但毕竟顾客太多，有点手忙脚乱。

走近点，却见刘江正坐在自己原来经常坐的位藤上，老神在在地跷着二郎腿喝茶。

走进店门，洪瑞祥没有吭声，只是静静地站在门边看着。巧巧先看见了他，高兴地大叫道："哥！你来啦！"

刘江这才抬起头来，看到洪瑞祥，也咧开嘴高兴地叫着，叫了声"祥哥"，便站了起来。

洪瑞祥说道："阿江，你心够狠的！"

刘江说："怎么啦？我的心狠，那是对坏人的，对好人我可是从来都狠不起来的！"

洪瑞祥："我是说你也太不懂怜香惜玉了，巧巧忙成这样，你也不知道帮帮忙！"

刘江还没辩解，巧巧却急忙说道："哥！你别冤枉阿江了！他刚办完业务回来，累出了一身汗，一口茶还没喝完呢，你就来了！"

洪瑞祥看了看刘江，果然的确良上衣都汗湿了，心里也怪自己先入为主，嘴上却说："男人就该时时处处护着女人，为女人着想！累不是理由！"

刘江只好苦笑着点头："祥哥说的是。"

巧巧便有点得意地看向刘江，刘江瞪了她一眼，随即换上一张笑脸上前帮着接待顾客。

洪瑞祥便向阁楼上走去，他有意放轻了脚步。到了阁楼门口，探头望去，见自己的弟弟洪瑞麟正在强光灯下全神贯注地雕刻着一件玉器，而林晓翠则全身靠在他的背上，一手揽着他的肩头，一手拿着一条粉红色的汗巾在为他抹去额角上的汗水。

洪瑞祥轻轻咳嗽了一声。

林晓翠吓得一下子从洪瑞麟的肩上把手抽回来，后退了一步，一边捂着胸口一边回头看，一见是洪瑞祥，马上嗔道："臭姐夫！怎么无脚鬼似的！想吓死我呀！"

洪瑞祥却故意绷着脸："谁批准你们这么亲近的？啊？"

洪瑞麟放下手中活，回头憨憨地叫了声"哥"，便不出声了。

林晓翠却反问道："当初你和我姐亲近，又是谁批准的？"然后一笑，自问自答地说道："对了，是我，我批准的！"

洪瑞祥憋不住了，也笑着道："你什么时候批准的？"

林晓翠歪着好看的脑袋想了想，说道："是了，就是你从水利渠里抓小虾剥给我吃的时候，那时候我就批准了！"

洪瑞祥叹道："你们给我出难题了！"

林晓翠说："我们给你出啥难题了？"

洪瑞祥说："我本想这次把你和巧巧留下看店，其他人我都带回老家，看来……"

林晓翠不等他说完，就说："不行！阿麟走我也走！姐夫，你把巧巧和刘江留下，把我也带走吧！"

洪瑞祥说："他们是会玉雕，还是会画出好字画来？靠他们，这店能维持下去吗？"

林晓翠："那……那怎么办啊！"

洪瑞祥说："看来，只好把你们俩留下了。"

林晓翠高兴地一下子跳起来，冲洪瑞麟一伸中指和食指，大叫一声："嘢！"

洪瑞麟说道："哥，你放心，我们一定把店看好！"

晚上回家一说，众人倒是没什么异议，只有夏淑萍皱起眉头："如玉你带回去，我倒是放心了，家里有人照顾。"她看了一脸开心的洪瑞麟和林晓翠："我现在不放心这两个小的！他们可是连厨房都没怎么进过。"

林晓翠说："我们可以天天吃盒饭呀！"

夏淑萍的眉头皱得更紧了："有你这样过日子的吗？你不心疼自己，我还心疼我小外孙呢！"

林晓翠说："那我好好学吧，不就是做饭做菜吗？这难不倒我！我学什么学不会！"

夏淑萍叹了口气："想学是好的，但也得有人教啊！这样吧，我来照看这两个小傻瓜！"

林晓翠马上开心地笑起来，上前搂住夏淑萍："你真是我们的好外婆，你早这么说不就行了，故意让我出丑！"

夏淑萍笑道："臭妹仔！外婆听人说过一句话，要想抓住男人的心，要先抓住男人的胃！外婆不仅会教你做菜，还会教你怎么做一个幸福的妻子！好好学吧。"

八 潮平

洪瑞祥给李红军去了一封信，说了自己准备和一帮乡亲结伴去腾冲考察玉石市场的事。李红军回信说到时候一定要与乡亲们见个面吃顿饭，有什么困难他也会尽量帮忙解决。但他在信中说的一件事，却让洪瑞祥的心提了起来，觉得在公路边要地建房的事不能再拖着了。

李红军在信中说，他爸爸已经接到调令，要到省里一个厅里去当常务副厅长。如果县委的领导不是李书记，那乡亲们想在公路两旁形成玉石集市的想法还能实现吗？

洪瑞祥心里不淡定了。

他叫上陈茗乾与夏小雨，一起到了村部找王宗伟。

王宗伟知道他们的来意，很干脆地说："你们的申请我都看了，有合理的地方。但这个事政策性很强，我做不了主，谁也做不了主，我至今没有接到过有关这方面的红头文件，所以，请你们少安毋躁。回去该干什么干什么，别老折腾些异想天开的事。"

洪瑞祥马上意识到，李书记要调走的事王宗伟已经得到消息了，他知道与王宗伟再说无益，便离开了村部。

陈茗乾有点灰心，说道："没有门面，我家照样做生意，算了。"

洪瑞祥说："我们为的不是自己家的生意，为的是整个玉王庄，为的是整个玉石文化的传承和发扬。你想想，如果不在玉王庄搞很多临着马路、还不断向纵深发展的铺面，如何造成影响？一定要成行成市，才能吸引远近的客商和消费者到来，这样玉王庄的玉石产业才能真正发展起来。"

夏小雨也说："是的，不能就这么算了！"

洪瑞祥想了想："我们找李书记去！"

他们马上就赶往县城。傍晚时分，他们在李书记家附近等到了回家的李书记。李书记见到他们很高兴，热情地邀请他们到家里去坐坐。

李书记听他们反映了王宗伟对他们申请一点公路边的闲置土地建店的态度，气极反笑，说道："我还真的是孤陋寡闻，当了这么多年的地方领导，没听说过哪个村子的村民在路边搞个小店、做点买卖什么的，还要有红头文件，不都是村里同意就行了吗？听说前段时间他还很积极地拉来投资商，要帮乡亲们在公路边建店，怎么一下子态度就来个一百八十度大转弯呢？"

洪瑞祥看了看李书记屋里有些东西已规整在一起，旁边还放着纸箱子和包装袋什么的，无可奈何地笑笑。

李书记也苦笑着拿起电话，拨了号："张镇长吗？有句话叫人走茶凉，我可还没走，怎么这茶就凉得让人寒心呢？前段时间我说了，让玉王庄的乡亲们在公路边集中建店，玉王庄的乡亲们很踊跃。听说王宗伟也很积极了一阵，现在突然说这事谁说了也不算，要红头文件，你听说过为农民在路边建个小店下过红头文件的事吗？听说王宗伟还是镇党委委员，也算个干部了。县里畜牧局下面有一家集体所有制的养猪场需要个人，这我倒可以马上下个调令调他去，就专门给他打个红头文件。"

说着，李书记也不听电话对方张镇长究竟会说什么，直接就把电话挂了。马上就有电话打回来，李书记拿起话筒又压下，又提起话筒放在一边。

李书记说："我们不再谈这件事了。你们都知道了，我要调走了，我们一起出去吃个饭吧，我想听听年轻人的雄心壮志和未来玉王庄的蓝图。以后，恐怕这种机会不多了。"

洪瑞祥笑道："好啊！今天我请客，就当是给李书记饯行了！"

李书记说："行！旁边就有一家小餐馆，专营各种潮汕小吃，走。"

他们都知道李书记打给他们镇上张镇长的电话会有什么连锁反应，知道事情应该是基本解决了，心里都十分轻松愉快，也十分感激李书记。

他们不知道的是，这张镇长一直以来跟王庆文的关系还不错。王庆文因为与彭珊珊母子的关系问题导致丢官，原配妻子也一怒之下与他离了婚。张镇长有点可怜他走了霉运，也没怎么对他落井下石，王庆文离婚时基本上是净身出户，连住的地方都没有，张镇长还在镇里的干部宿舍为他安排了一套房子。王庆文知道张镇长为人念旧，也就找了个机会，流着眼泪

149

恳请张镇长帮着照顾王宗伟。所以平日里张镇长对王宗伟还是不错的。这时接了李书记的电话，也知道李书记很恼火，他很快就弄清楚了事情的来龙去脉，不由得生起王宗伟的气来。心想这小子也太不知道轻重，太会惹事了，以后还是离他远点好，别受了他的连累。但这事还得处理，他又不想见王宗伟，便叫人把王庆文叫来。

他有一段时间没见过王庆文了，乍见之下不由得一惊，失去权势的王庆文仿佛被抽去了脊梁骨，在他面前弯腰屈膝，一脸的谄媚，让他既不忍又厌恶。他将李书记在电话里的原话和他了解到的事情始末原原本本地告诉了王庆文，直截了当地说道："王宗伟这事不及时做出补救，就只能去喂猪了！"

王庆文暗暗心惊，知道王宗伟这次又惹了不能惹的人了。对王庆文来说，王宗伟是他的希望所在。这个私生子虽然没有他的正牌儿子王利群对他贴心，但据他所知，王利群逃离劳教队之后，便逃出国境，走上了一条不归路，这辈子恐怕连见面的可能都没有。王宗伟虽然现在不待见他，但他相信血缘关系对人心理的作用。父子就是父子，王宗伟心里是不可能没有他这个人的。他给了王宗伟刘教伟与阿扁的联系方式，王宗伟迫不及待与他们联系并绑在了一起，就是明证。

一个知名度很高的大村子的一把手，又是镇党委委员，且还是那么年轻，上升的空间还是有的，但如果去养猪场，哪怕不用他去喂猪，去打扫猪圈，这辈子也别想有出人头地的日子了，他可不想王宗伟落到这个地步。

他没有选择的余地，只能信誓旦旦地向张镇长保证，他会让王宗伟及时处理好这件事。

这天晚上半夜时分，王宗伟正做完春梦，醒来后想着自己还是早一点找个老婆为好，当脑子里一个个地过着他认识的女孩子的倩影时，却发现一个黑影来到他的床前，一时丢了三魂走了七魄，不由自主地惊叫了一声。

这一声惊醒了一向睡眠都不好的彭珊珊，她慌忙起床，只穿着睡袍便蹿进王宗伟的房间，只听"啪"的一声响，房间里已亮了灯，王庆文正怒视着惊慌失措的王宗伟。

彭珊珊顿时气不打一处来，颤声吼道："你是人是鬼！半夜里这么悄悄地进来，想吓死人是不是？"

王庆文冷冷地说道："我再不来，你儿子就死定了！"

王宗伟的魂儿回到身上，生气地说："你！胡……胡说八道，我……我怎么就死定了！"

王庆文在床边坐下，把今天张镇长将他找去对他说的话说了一遍。又说，要不是张镇长看在他的分上，把事情通报给他，让他赶快帮王宗伟出主意，及时做出补救措施，说不定李书记明天就会杀到玉王庄，那时候什么都晚了。

王宗伟头脑还算清晰清醒，说："今天洪瑞祥那小王八蛋才来催办这个事，怎么一下子李书记就知道了。"

王庆文说："你还不明白啊？当初李书记是在哪里说的可以让农民向村里申请批地建商店和工厂？"

王宗伟说:"就是在洪瑞祥家里说的。"

王庆文:"那你还不明白洪瑞祥和李书记的关系!你当着洪瑞祥的面否了李书记定下来的事,李书记可能不知道?"

王宗伟:"你是说洪瑞祥向李书记告了我的刁状,洪瑞祥算什么东西!他想见李书记就能见到?是不是这中间还有什么人在起作用?"

王庆文说:"李书记向来亲民,老百姓想见他还是很容易的。"

彭珊珊说:"别纠结这些了,说说伟儿该怎么办吧?"

王庆文说:"那还用说,明摆着的事!明天天一亮,伟儿就要赶回村里,马上召集申请办店的村民,大张旗鼓地到公路边看地划地,然后再回村部办手续。先办洪瑞祥的,办的时候还要真心实意地向他道歉,要检讨自己,坦白说出对洪瑞祥怨恨的原因,把我扯进去痛骂一顿也没关系。要取得他的谅解,最好能和他真的讲和。"

王宗伟说:"那我不是很没面子!"

王庆文说:"你是面子重要还是前程重要?都是不读书的过,忍辱负重、卧薪尝胆懂不懂?以后很长一段时间,你还得有真诚悔过的表现,实实在在给村民办点好事!站稳脚跟,才能图发展,等你拥有真正的权威时,那时候要什么面子没有,收拾那些小老百姓更是易如反掌,不懂这些,你还是尽早离开村里,去养猪好了。"

王宗伟无言以对。

王庆文拍拍他的肩膀:"这事并不复杂,好处理得很。只要让那些臭农民得到好处,他们就不会再说你的坏话。你的危机也就过去了,你还是你,没什么好担忧的。"

王宗伟这回点了点头。

王庆文满意地说:"赶快躺下睡一觉,天一亮就起床,别误了正事。"然后又对彭珊珊说:"我们走,让伟儿休息,我有几句话对你说。"

彭珊珊顺从地走出房去。

这天夜里,一直到第二天整整一个白天,王庆文都没有离开彭珊珊的卧室。

王宗伟躺下来闭上眼睛。睡着之前,他想的是,亲生父亲就是亲生父亲!从这一刻起,他对王庆文没有了怨恨,而且比以前更加言听计从。

不知不觉中,他正循着他的同父异母的哥哥王利群的路走去……

第二天,当申请用地建店的乡亲们突然接到通知,直接到地头上看地划地时,大多数人都喜出望外,见到王宗伟,都是一片奉承与赞扬,只有洪瑞祥几个人明白是怎么回事,但都不多话,只要达到目的,玉王庄能迈出腾飞的第一步,他们就高兴,没有必要去破坏这难得一见的融洽和谐的场面。

当洪瑞祥第一个被请进王宗伟的办公室办理相关用地手续时,他就明白王宗伟会有一番表演。果然,进入办公室时,王宗伟便把办事人员支了出去,说是有些话要单独和洪瑞祥谈。于是洪瑞祥就在木沙发上坐下,面无表情地听着王宗伟一人滔滔不绝。

洪瑞祥知道外面有不少人都在焦急地等待办手续,所以便没有让王宗伟说得太久。他在认为比较适当的时候打断了王宗伟的话，说道："你不用多说了，说得再多，也不过就是一个意思，就是想与我在以后和平相处。这我没什么异议。但国家与国家和平相处有五项原则，我与人和平相处，只有一条原则，那就是人不犯我、不犯我乡民利益、不犯我国家利益，我不犯人，否则，我必犯人。"

办完了手续，他一个人走到了已经在他名下的那一小块土地上，选了一个角落蹲了下来，这一蹲就是好几个小时。这是属于他自己的地，这是他一个新的起点，这里将是他发展的基地。他必须像熟悉自己的一切一样熟悉这片地，合理地，最大限度地使用好这片地。他要认真地考虑建一座什么样的楼，楼高有几层，每一层的功能是什么，什么样的开间，什么样的装修，才能使各自的功能得到最大的发挥。这些心里没数，他就没法见设计师。

回到家里，见到刘江、巧巧、钟小九都各自捧着书本在认真看着，不由得高兴地问道："都在读什么书呢？"

三个人都把书的封面拿给他看，他看了点点头，说："都是好书！"见钟小九看的是国际著名建筑设计大师贝聿铭的书，便问道："小九对建筑有兴趣？"

钟小九说："建筑是一门科学，也是一门艺术，玉雕文化同样也是科学与艺术的结合。它们是两个不同的门类，但有着太多的相通之处。我从小就喜欢建筑艺术，看过不少这方面的书，学玉雕之后，我总觉得这方面的知识好像对理解玉雕的造型，处理好玉雕的宏观和微观有帮助，所以又开始看起这方面的书了。"

洪瑞祥赞许地点点头，说："好！不过，你这方面的知识恐怕要先用到建筑上面了！我们要盖楼，我正愁没人可以帮我从设计到施工层层把关呢！"

钟小九说："不是要去腾冲吗？那我……"

洪瑞祥："去腾冲的机会多着呢，估计以后每年都要去几次，可盖楼，却只有一次到几次。先把你的精力放在盖楼上吧。"

钟小九说："我听你的，但我也只是学习……"

洪瑞祥说："边学边用，学以致用。在战争中学习战争！成功的人都是这样子的。"

看着眼前这几个年轻人，洪瑞祥不由想起自己从厦门回家乡的目的，原只想与家乡父老乡亲一起掀起一股浪潮，压一压王庆文父子的嚣张气焰，没想到却拓展出目前这种局面。

潮平两岸阔，风正一帆悬。形势发展很快，那就乘风破浪、一往无前吧。他想。

第五章 根深叶茂

一 腾冲

腾冲，祖国西南边陲一座英雄的历史文化名城。这里聚居着二十六个民族，他们和睦相处，共同谱写着这里几千年的文明史，共同捍卫着中华民族的尊严。是他们在这里打响了云南辛亥革命的第一枪，是他们组织抗日人民军，与中国远征军一起，与日本鬼子的飞机、大炮、坦克和武装到牙齿的士兵血战一百二十七天，有近万名中华民族的优秀儿女为国捐躯，直到把六千余名日本侵略军全部击毙在这里。在中国的战场上，首次光复了一座城市。

洪瑞祥和他的乡亲们是怀着近乎朝圣的心情进入这座城市的，不仅因为腾冲是一座英雄的城市，还因为腾冲人和他们的祖辈一样，数百年来，一直坚持不懈地传承和发展着中国的玉石文化。这里，现在已是全国翡翠玉石的集散地，玉器的生产基地，当之无愧的翡翠城。

这时的腾冲驼峰机场还连建设构想都没有，他们是乘车抵达的。李红军驾军用大卡车从车站接到了他们，把他们安排在军营的招待所住下，并设宴为他们接风。

席间，李红军比较系统地给大家介绍了腾冲市的基本情况，着重介绍了与腾冲接壤的缅北地区的玉石矿场与玉石运销，腾冲境内什么地方有玉石店、什么地方有翡翠一条街、什么地方家庭玉石作坊比较集中等情况。大家听后，心里便都有了自己的打算。

李红军知道玉王庄的乡亲们都不是家境殷实的人，便对坐在身旁的洪瑞祥低声说道："有个地方叫瑞丽，离腾冲不远，也与缅甸接壤，那里的玉石生意很旺，但交易较小，玉石价格相对便宜，有时一两千元就可以拍到成色不错的小块玉石。"

洪瑞祥马上应道："我一定去看看。"

李红军又说："那里的边境管控的力度较小，境外有些犯罪分子经常入境作案，治安状况稍差，一定要注意安全，去的时候要告诉我，我让几个得力手下暗中保护你们。"

洪瑞祥："这，太麻烦了吧？会不会让你违犯纪律？"

李红军笑道："我的职责，就是保护人民生命财产安全，保护边境安定。没人会从这上面挑我毛病的，放心好了。"

洪瑞祥感激地点着头。

李红军又说："记住，我的人是半便衣，上衣是随意的便装，而裤子和鞋，是正式的军裤、军鞋！见到这样穿着的，就是我的人！"

洪瑞祥感慨地说:"真是老天眷顾!有你在这里,腾冲更是我玉王庄人的福地!"

李红军赞道:"你不是连厦门都建店了吗?干脆把腾冲当成你的发展基地好了。"

洪瑞祥却正式说:"我的根在玉王庄!玉王庄的玉文化底蕴深厚。我们缺的只是原材料,只要有了原材料,玉王庄就会一飞冲天!所以,我的基地已经开始建设了,就在玉王庄,腾冲的玉石,是我们的绿叶,根深才能叶茂,叶茂根必然就深!腾冲腾冲,我的玉王庄人要靠着它腾飞,飞起来之后一往无前地往前冲!腾冲这名字,对我们来说,真是太好了,太吉祥如意了!"

众人都笑。

大家便各自行动。他们只是结伴而来,彼此之间没有上下级关系,也不存在互相约束,自己对自己的行为负责。

洪瑞祥与林清溪、陈茗乾、夏小雨和刘江、巧巧都是集体行动。出门之前,他们几个便约定,到腾冲之后,大家共同进退,遇事商量,互帮互助,互通有无。

但集体行动中也各有偏重。巧巧寸步不离地傍着刘江,而夏小雨和陈茗乾,却总是伴随在林清溪身边,林清溪眼睛高度近视,加上天气又热,不时要停下来,摘下眼镜,掏出手绢擦擦。每当这个时候,夏小雨和陈茗乾便会停下来等着他,走到路面高低不平的地方,他们便会一左一右地挽着他走。林清溪对玉石翡翠并不十分内行,每当走进一间玉石店,看到有特点的玉石翡翠,他们,尤其是陈茗乾,便会不厌其烦地给他指点着。

走过了几条街。夏小雨眼尖,一眼便看见一家旅馆前走来了背着行李的夏相洲一行人。便急急地追上去,亲热地与众人打招呼。洪瑞祥也与大家亲热地聊了聊,告诉他们他住的地方,说有什么事大家通个气。

把夏相洲一行人送入旅店住下,他们才告辞出来,又开始了他们的考察活动。

又走到一家士多店门口,夏小雨进去买了几瓶汽水,先递给已是一身汗湿的林清溪。林清溪说了一声"谢谢",便急忙拧开瓶盖痛饮起来。

洪瑞祥接过夏小雨递过来的汽水,看了看他和陈茗乾,笑道:"你和陈茗乾,以后必定是金玉满堂,子孙绕膝,福禄绵长。"

夏小雨问道:"为什么这么说?"

洪瑞祥说:"我们中国的古训:薄族者,没有好儿孙,薄师者,没有好子弟!你和茗乾,对家族乡党,关爱有加,对家族事业的执着,对乡里发展的尽心;还有你们对老师的敬爱尊重,悉心照料,全都出自真情实意。人的命运,是人的德行决定的。所以,我可以预料,你们的未来,一定会很好!"

林清溪也说:"重亲情,尊师道,不是每个人都能做到的,能做到的人,都有仁爱之心。老师也看好你们。"

夏小雨和陈茗乾都被夸得有点不好意思。

林清溪又说:"阿祥我更看好!能从一些细节看到人的本质,这是统帅之才!"

众人说说笑笑,转眼间走过了几个街区,来到李红军所说的家庭作坊相对集中的地方。

走在小街小巷之中，往一座座老式的门内望去，他们都感到一阵阵的震撼。

青砖土瓦，而且大多有些残破的屋里，有着他们没有见过的小型设备，比他们在老家用的土设备先进多了。在这些设备旁边工作的人，男女老少，各个年龄段的都有。而他们正在加工制作的工件，就更让他们两眼放光，看着眼馋，这里有尚未切开的原石，也有各种形状、大小不同的闪烁着各种光泽的玉石。这些原料的价值，绝非他们辛辛苦苦收回来的那些旧玉器可比。

他们的第一感觉是，这次来腾冲，真是来对了！

洪瑞祥观察更为细致，他更多的是关注这些作坊的设计与工艺。他在心里说："这里的今天，就是玉王庄的明天。而越往后，玉王庄会比这里更让人振奋，会更兴旺，更有成就。"

家族传承的深厚内涵，在此刻使他感到骄傲，感到滚滚涌动着的底气。

这就是文化积淀的力量。

在一家大四合院的宽大门楼前，他们听到里面传出锯石的声响，洪瑞祥说道："进去看看！"

这是一座潮汕人称之为"驷马拖车"的大宅院。前后有四进厅房，左右有两条长长的花巷，盖着两排主宅稍矮的平房。而阔大的后包，有着假山池塘，花圃亭台，实际上是这个大户人家的私家花园。

而这座古老的大宅院，现在却是一个大工场。

不管是厢房，还是花巷里的小平房里，都有人在忙着。而锯石的设备，则安放在第二进厅前的天井里。

一块水桶粗细的原石躺在切割台上。切石师傅已按下制动，原石的一侧在锯下冒起了一阵粉尘。旁边有几个小伙子正紧张地盯着原石上的切割线。洪瑞祥等人也围上去观看。

切割师傅叫道："浇水！"

一个小伙子便往原石切口处淋水。

忽然间，切割口冒出来的粉尘颜色变了，由粉白色变成了绿雾，切割师傅便果断地关了切割机。

原石的切口处一片石屑落下，一片绿色便出现在众人面前！

一个小伙子兴奋地大叫："快！去请爷爷出来！"

一个年纪更小的小伙子便向后跑去。

刚刚大叫的小伙子说道："我都怀疑爷爷是不是有透视眼，他老人家看中的石头，基本上都是一刀切涨！"

一个小伙子说："对呀，连着三天，切了三块石头，都是如此。"

洪瑞祥不禁对他们口中的爷爷有点心仪了。

一会儿，跑进去的小伙子先走了出来，然后才见一个须发眉毛皆白，但脸色红润，印堂发亮的老人慢条斯理地从里面走出来。

几个小伙子连同切割师傅都恭敬地站直身子，有的叫着爷爷，有的叫着张爷爷。老人一言不发，径直走到切割机前，看了看，露出一丝微笑，伸出手从切割机上的原石上比画了一下："这边擦一擦。"

切割师傅又启动机器，在原石的一边慢慢地擦着，一时间，粉尘飞溅，碎石迸裂。擦去了约一寸厚的石皮后，老人示意机器停下。

一个小伙子便向刚刚擦过的地方喷水。

水过处，隐隐可见一片深浅不一的绿色。

老人细看之后，这才发出一声欣喜的大笑："哈哈！种色俱佳，这回真的发财了！"

小辈们全都一脸的惊喜。

洪瑞祥走上前，谦恭地说道："张爷爷，恭喜！"

张爷爷看了看他，又看了看他旁边的几个人，微笑着问道："你们是……"

洪瑞祥说："我们是蓉江过来学习玉石鉴别和玉器雕刻的。"

张爷爷："哦！是远方来客！既然到了寒舍，就请进去喝杯茶。"

说着，老人就往里面走去。

洪瑞祥等人急忙紧随其后。

老人带着他们来到第三进的正厅。厅里的摆设陈旧而厚重。老人介绍道："我的家庭人口众多，这旧宅装不下，在外面盖了洋楼了。我不习惯住洋房，带着一个小孙子，还有几个知根知底的工匠住在这里。"老人说着就要泡茶，夏小雨忙说："爷爷你坐，我来泡茶。"

宾主坐下，洪瑞祥向老人通报了自己和夏小雨、陈茗乾等人的姓名。老人微微一笑："来自蓉江，姓洪，姓夏，姓陈，还有姓林！是玉王庄的吧？"

洪瑞祥不由一怔："张爷爷，你知道玉王庄？"

老人说："知道。中国虽大，但鼓捣玉石的百年世家没几个。玉王庄算是最负盛名的了。可惜啊！这些年见不到你们的人，也见不到你们的东西了！可我一直相信，你们会来！你们会鼓捣出比我们腾冲人更好的东西来！今天终于见到你们了，大喜事啊！今天，又恰逢我家开石三连涨，今晚我要在迎宾楼设宴，好好庆贺一番，我也好把你们介绍给大家。今晚你们都要来，都要一醉方休！"

洪瑞祥心里说不出的感动，说道："谢谢张爷爷，今晚我们一定来，一定好好向腾冲，向张爷爷家的前辈们学习。"

张爷爷连连摆手："互相学习互相学习，在玉雕技艺方面，腾冲人可不敢在玉王庄人面前摆什么谱，更不敢自认前辈！"

洪瑞祥等人心里却在想，祖辈们以前究竟有多风光啊！在潮汕寂寂无闻的玉王庄，在外面居然有这样的名气！

人逢喜事精神爽，张爷爷本就是一个健谈之人，兴之所至，更是一开口便滔滔不绝。他从腾冲的地理位置谈到他们在玉石生意经营上的得天独厚，谈到腾冲人至今仍以玉石的买进卖出为主要经营手段，而在玉器的整体设计及工艺技术上还有待提高……半个时辰过去，几

156

乎没有洪瑞祥他们说话的机会。

张爷爷正说得兴浓,一个年轻人来到他跟前,在他耳边说了几句悄悄话。只见张爷爷脸色骤然一变,猛地从太师椅上站起,似乎是感到自己失态了,又坐下来,声音有点颤抖地说:"各位小友,真对不起,家里出了点事,我们的聊天只能暂时停止,今晚的邀请也只能改期。"

洪瑞祥也是一惊,深知老人家里出的事一定非同小可,便起身恭敬地说:"老人家,不知我们能不能帮帮你,需要的话,尽管开口。"

老人苦笑道:"谢谢了,你们人生地不熟,帮不上我的忙的。"话说到最后,竟显得有点苍老,有点嘶哑了。

洪瑞祥等人只好马上告辞。

走出张家老宅,几个人心中有点郁闷,不知道张家究竟出了什么事,又无从问起。但又深感张爷爷的为人豪爽、大气,这样的老人有事却又帮不上忙,都像是欠了人家什么似的。

他们默默地逛着街,进出各种玉石店。玉石虽多,但在他们看来,价格昂贵,不是他们能承受得起的。直逛得大家腰酸腿软,还都是两手空空,一小片玉石也没有买下。

收获颇多,失望也多。

夏小雨便提议找个地方歇歇脚,填饱肚子再说,众人便进了一家中等规模、标榜着腾冲山珍与海鲜的酒楼。

他们在大厅一张餐桌旁坐下,点了菜。菜很快就上齐了,做得很精美也颇有地方特色,很对众人胃口,便都狼吞虎咽地吃喝起来。风卷残云般,一桌子菜很快被众人一扫而光。

刚放下筷子,便见从楼梯上下来一班人,走在前头的赫然是有点醉意的王宗伟。

所谓饿时晕,饱时疲,这时虽然在异乡见到了自己村里人,洪瑞祥他们却没有一个人想起身的意思。

王宗伟也看见了他们,便热情地走过来,说道:"真巧,都在这里吃饭!"

洪瑞祥便朝他身后的乡亲们点点头:"都吃过了!"

乡亲们有的笑笑,有的点头说吃过了。

王宗伟说:"难得到腾冲一趟,都逛累了吧,我们也累得够呛。我们准备去一个地方放松一下,一起走吧。阿嵌,你说我们要去的地方叫什么?"

叫阿嵌的人显然对本地很熟悉,他说:"叫腾冲热海,那地方遍地温泉,光开放的地方就有好几十处,走累了,泡一下温泉,什么疲劳都没有了,都去吧,我请客。"

王宗伟说:"阿嵌是我的朋友,在这里做生意的,有钱,又热心好客,都不必和他客气,一起走吧,他有车接送我们。"

洪瑞祥回头看了和自己行动的一帮人,全都懒洋洋的一点动的意思都没有。便说道:"我们这几个人确实走得太累了,都不想动,在这里坐一会儿,就回住的地方休息了,你们去吧。"

王宗伟便说道:"那好,我们就住在这酒店楼上,有事多联系。"说着便带着人走了。

见王宗伟等人走远了,夏小雨才开口说道:"这王宗伟有本事啊!这腾冲居然也有做生意的朋友?阿嵌?是名还是姓?应该不是汉族人!"

陈茗乾说:"少数民族的人对人更热情,更好客。"

刘江笑笑,说:"再热情,再好客,也不会一见人就请吃饭请泡温泉的,何况还是一帮帮地请!"

林清溪说:"也许这个地方的人都特别豪爽,就像张家大爷,他不就是想今晚请我们一帮人吃饭喝酒吗?"

洪瑞祥说道:"别议论一个陌生人吧。想想我们自己的事,我想我们明天去瑞丽看看。"

大家都没有异议。

晚上,洪瑞祥便将明天的行程告知李红军。

二　断指

到达瑞丽,已近中午。洪瑞祥与林清溪、陈茗乾先去探一探玉石的交易场所,让刘江带着夏小雨、巧巧去找旅社安顿下来。

洪瑞祥他们很快便找到几家玉石商店和几处玉石拍卖地点。所谓拍卖,也就是赌石,拍卖者并不保证原石里是否有玉,更不能确定原石里玉石的种色,全凭买者的眼光和运气。他们看了三几次拍卖及买者赌石的结果。每个买者把原石拍下来后都当场解石,有赌垮的,也有赌涨的,有一个中年人用三千元买了一小块原石,切出来一块拇指大小的玻璃种翡翠,当即被人用十万元买走。

从拍卖场出来,他们准备去与刘江约定的餐馆一起吃午饭。洪瑞祥见路边有两个穿着的确良短上衣,半新的军裤和解放鞋的年轻人正吸着烟闲聊。见洪瑞祥他们走了,也远远地跟上前。洪瑞祥回头看向他们,发出会心的微笑。

边吃着简单的饭菜,洪瑞祥边谈着自己的想法。他说:"这里确如李红军所说,每笔玉石交易的金额都比较少,对于翡翠原石采买方面缺乏经验,而又资金短缺的我们,是个尝试的机会。我们不熟悉原石,但我们都懂得翡翠。懂得什么样的翡翠价值最高。所以我说:山不在高,有仙则名,水不在深,有龙则灵,玉不在大,有种就行。"

陈茗乾说:"祥哥说得好!可以出手了!"

林清溪也说:"应该出手,不然我们来干什么?只是要谨慎再谨慎,没有把握,又较贵的石头,我们就不要碰它了。"

洪瑞祥说:"对,我们专挑价格低,稍有把握的买,就算切垮了,损失也不大。不至于伤筋动骨。"

这个下午,他们就都在一种高度兴奋的赌石中度过。他们真的是在赌,因为在喊出价格,在切开买下来的石头之前,他们基本上没一点把握,他们只是把握了一个原则,高于三千元价格的，就坚决不出手。结果下来，成绩还差强人意，洪瑞祥出手四次，买下四块小石头，切涨三次，垮了一次。林清溪出手两次，一涨一垮，陈茗乾出手五次，三涨两垮。而那两次切垮的，都是夏小雨坚持要出手的结果，夏小雨因此十分郁闷。刘江倒是看好一块石头，拼命鼓动洪瑞祥出手，洪瑞祥也喊价了，但喊出三千元之后便不再加价，结果石头被一个中年人以五千元的价格买下，切出来却是大涨，这让众人扼腕。

别人买涨了之后，切出来的翡翠都被人当场买走了，当然也是拍卖，价高者得。但洪瑞祥几人切出来的翡翠却是一块也不卖，全都自己带走。当场卖掉所得的利润，绝对没有他们加工制作之后再卖出去的高。

看看已近掌灯时分，他们决定再走一处拍卖场，就回旅店去吃饭休息。

走进一家规模很小的拍卖场，便见到一场拍卖正在进行。一块胎盘大小的石头放在拍卖台上，台下人头攒动，但还在喊价的只有两个人。一个一脸憔悴的中年人正喊出三万，而另一个年轻人马上接着就喊出三万二。俩人相继加价，当中年人喊出三万八的时候，年轻人叹息一声，放弃了。

中年人以三万八千元的价格得到了这块石头，但在他脸上看不到一丝喜悦。他捧着这块对他来说十分沉重的石头，步履蹒跚地走近切割机，微微颤抖着将它放在切割台上，用大家都听不到的低微声调，对切石师傅说道："切！"

这时大家才注意到，他的右手掌缠着纱布，而露在纱布外面的手指只有四个，不见了食指。

一声轰鸣，切割开始了。随着石头冒出的轻微白雾，中年人的脸上开始冒出豆大的汗珠。洪瑞祥还注意到，伴着切割机的节奏，中年人的身体也在有规律地颤动。

全神贯注地期待的时间很长，也很短。

切割机抖了抖，停下了，现场顿时一片静寂。静得连呼吸声都听得到。

但很快，便有人一声低叹："垮了！"

不用他出声，所有的人其实都已看到了。石头被一分为二，静静地躺在切割台上。切面一片惨白，石头依旧是石头，依旧是那种毫无光泽的死白色，没有人希望看到的或绿、或紫、或……

没有人注意到，这时在场的所有人中，只有一个人脸上有笑容，那就是刚才在拍卖这块石头时落败的那个年轻人。

人们的眼光全落在那个满头大汗的石头主人身上，充满了深深的同情，谁都看出，这中年人对这块石头抱有多大的期望。这块石头，也许是他全部身家的孤注一掷！不然，他何以如此紧张！

中年人对众人的眼神毫无感觉，他只关注他的石头。他看到了切割的结果，但他不信，他抬起左手擦了擦眼睛，这时，他才对结果深信不疑。

他晃了晃，突然发出一声凄厉但让人更不明所以的惨叫："我……我的儿子啊！"

众人一阵惊悚，但来不及稳定心神，便见那中年人晃了几晃，仰面倒下了。

洪瑞祥猛地分开众人，蹲在中年人身边，手放在他的鼻腔处试了试，见其呼吸虽较为急促，却还正常，便说道："他晕过去了。"说着猛掐他的人中，但没有用处。他只得对也已到了跟前的刘江说道："来！搭把手，送他去医院！"

刘江上前一把托起中年人，只觉得一阵热得烫人的感觉传来，说了声："他发高烧了。"便横抱着他向门口跑去……

到了医院，好一番折腾，中年人终于醒了过来，但高烧还没退。一位护士一边往支架上挂着药液瓶子，一边问道："你们是家属吧？"

洪瑞祥不知怎么回答，刘江却已说了："不是！"

护士说道："是不是病人都是你们送来的，还不赶快去交住院押金，愣在这里干什么！"

洪瑞祥便拿起床头柜上医生开出的一张条子，出门向缴费处走去。刘江也要跟着出去，却被护士叫了回来："你别走，他高烧没退之前，得有人看着。"

刘江只好留下来。

中年人微微睁开眼睛，看着刘江，说道："对不起。"

刘江说："好好休息，别担心！"

中年人的眼泪顿时滚落在枕头上："我怎么能……能不担心？"

刘江也听到过中年人昏倒前那句话，便问道："担心什么？你的儿子？"

中年人嗫嚅着："我的儿子！儿子！"

这时，洪瑞祥交费回来，手里拿着收据。听到中年人在说话，便急切地问道："你的儿子怎么啦？"

中年人却问："我……我晕过去多长时间？"

洪瑞祥："时间不长。"

中年人便挣扎着要起身："我不能……不能躺在这里，请帮我……我要起来……"

洪瑞祥："你现在不能起来。"

中年人："不……你们……"

这时医生进来了，一进门便问："住院押金交了？"

洪瑞祥也不答话，只是把收据给医生看了。

医生只扫了一眼，便厉声说道："你们这些当儿子的怎么回事？"他指着床上的中年人："他的手指怎么切掉的？断指在哪里？为什么不第一时间到医院来，说不定还能植活呢！不但不马上到医院来，连正经的消毒措施也没有，成了严重感染！你们叫什么名字？如此不孝顺的人，我要让天下人都知道！"

洪瑞祥也不分辩，只是把疑问的目光投向病床上的中年人。

刘江知道洪瑞祥在想什么，说道："他刚才又说到他儿子，他在担心他儿子。"

洪瑞祥便问道："你儿子出什么事了？能不能告诉我们，也许我们能帮上你一点忙。"

中年人摇着头："你们……不行……"

医生丈二和尚摸不着头脑了："你们不是他儿子，连家属也不是？"

中年人说道："医生，他们是救我的人，我和他们不认识。"

医生尴尬地："是这样，对不起。"

洪瑞祥笑笑："没什么。"

中年人说道："医生，我要马上出院，我不能待在这里！"

医生怒道："你现在还高烧着呢，发什么神经！好好躺着！"说着便走了出去。

中年人看看窗外，又是一声惊叫："啊！天都黑了！"

洪瑞祥："天早黑了！"

中年人："那……那现在是几点钟？"

洪瑞祥："晚上八点多了。"

中年人突然号啕大哭起来："完了！我儿子……"

洪瑞祥又急又气："你号什么？你儿子怎么了？光号有用吗？"

被洪瑞祥这样一吼，中年人倒是不号啕哭叫了，只是默默流泪。

这时巧巧端着餐盒急急闯了进来，夏小雨等人也跟着来了。

巧巧说道："哥，刘江，快吃饭！"

刘江接过饭盒："你们吃过了？"

巧巧点点头："你快吃，别凉了！"

洪瑞祥对中年人说："别哭了，你也吃一点吧！"

中年人冷冷地说："我不吃！我儿子没了，我活着有什么意义？再过半个小时，我就再也没有机会见到我儿子了，他会像我这只断指，不，更像那块石头，被……被一刀两断，然后，然后，他的器官，会被卖到仰光，被卖到曼德勒，或是……更远的地方……我……我找也找不到了……"

众人大惊。

刘江手里的饭盒掉到地上，塞进口里的饭菜也忘记往下吞，只是呆望着中年人。

洪瑞祥比较冷静，他说："你说再过半个小时？那么我们还有时间，说不定我们能把你儿子救出来，他是不是被人绑架了？快告诉我，绑在哪里，你儿子在哪里，二分钟内我能让部队的人出动救人，快说！"

中年人一怔："你……你说的是真的？部队？人民解放军？"

洪瑞祥："当然！"

中年人说："事到如今，我也只好一搏了，绑匪就在今天我晕倒的那个拍卖场楼上，三个人，有刀，好像还有枪……"

洪瑞祥二话不说，掉头就出了门。

刘江追了上去："祥哥，带上我！"

洪瑞祥："你和茗乾保护好大家，也看好那个中年人，哪都别去！"

刘江便退回房里，关上了房门。

洪瑞祥走到楼梯口，果然看见楼梯转角处站着中午见过的那两个军人，便走上前去，说道："我们从拍卖场救的那个中年人的儿子被绑架，绑匪马上要撕票，能不能现在就去救人？"

一位军人问道："你知道绑匪在什么地方？"

洪瑞祥："就在我们救人那地方的楼上。"

军人："多少人？"

洪瑞祥："三个，有枪！"

军人："走！"

到了楼下，又见到另外的两组四个军人，合兵一处，上了一辆挂着军牌的小面包车，便疾驰而去。

奔袭异常成功。在门口望风的一个绑匪发觉情况不妙，拔枪准备反抗，被一枪击毙。房间里的两名歹徒正准备给绑在床上的中年人的儿子注射安眠药剂，被打了个措手不及，双双被反剪着手绑了起来。一搜查，证实这三名绑匪是来自缅北的武装流窜人员，在垃圾桶里，还发现了中年人被切下的那个食指。而更意外的是，在缴获的绑匪停在楼下的汽车尾厢里，还发现了一名十六七岁的被打了麻醉针还没有醒过来的被捆成一团的少年。

六名军人，留下两名继续保护着洪瑞祥一行人，四名军人押着两名抓获的歹徒，带上两名被歹徒绑架的少年，连夜驰回腾冲边防大队，向李红军汇报案情去了。

洪瑞祥带着从垃圾桶里拣出来的中年人的已经干枯了的食指，和两名军人一同回到了医院。中年人一见到两名军人和自己的那根食指，相信了自己的儿子被安全救出，马上拔掉身上的输液管，滚下床来，扑通一声跪在洪瑞祥和两名军人面前，咚咚咚地磕了几个响头。起来后，才哭着笑着把事情的始末说了出来。

原来这中年人姓李名一通，但人一点都不通，不会做生意，却总是自以为是，把出身富商人家的老婆的陪嫁都输光了。老婆生儿子难产，好不容易才抢救过来，捡回一条命，但他却善待儿子不善待老婆。老婆见前景无望，又没脸回娘家，便一走了之，至今不知所踪。他虽然没什么钱，但给儿子的零花钱却从不吝啬，儿子小小年纪便迷上赌石，总想发笔横财在老爸面前露一露脸。一个少年在赌石场上的豪气，让不了解内情的绑匪误以为他的家里肯定是钱多得花不完，便出手绑了他。绑了之后，才发现这家人油水不大，但苍蝇虽小也是肉，拿不出三五百万，拿个三五十万也好，便通知李一通交钱赎人。并威胁他，如果报警，马上撕票。李一通急疯了，拼凑了二十万交给了绑匪，绑匪非要他再交三十万。李一通一怒之下，指着绑匪叫骂，绑匪并不生气，只是问了他的一个同伙，他用哪根手指指着我，他的同伙说："右手食指。"绑匪说："他这根食指很好看啊，剁下来看看。"于是，一通的食指便被剁下来扔进了垃圾桶。

痛过之后，李一通才明白绑匪的惨无人道，不敢再拿自己的其他指头去赌了，只好答应马上再拿三十万赎人。但筹了一日一夜，才筹到四万多，再也没有办法了，便想通过赌石赌一赌运气。

了解了事情的来龙去脉，众人也不知该说什么。洪瑞祥问道："这事过后，你打算怎么办？还像以前那样生活？"

李一通说："我突然想明白了，我不是一个好父亲，不是一个好丈夫，也不是一个能干的商人，什么事在我这里全是一塌糊涂。这事过后，我要登报寻人，同时在报上向我妻子忏悔，求她回家，让她来当这个家。"

洪瑞祥笑道："看来你是真想明白了，但愿你能心想事成，一通百通。"

回到旅馆，众人虽感觉挺累的，但都不困，都说现在躺下也睡不着，便都坐在洪瑞祥房间里聊天。

巧巧靠着刘江，问道："阿江哥，那个李一通不轻吧？你抱着他一路狂奔到医院，那一路是不是累极了，有没有想把李一通扔进垃圾桶里的冲动？"

刘江老老实实地回答："当时啊？真没想到累，就是进医院大门的时候，觉得腿有点酸软，差点连李一通一起摔在地上，好在担架车马上就到了我跟前，想轻轻把他放到担架车上，但力气不够了，只好这么一甩……过后我还想，这么把他甩到担架车上，不知甩痛他了没有，好在就是甩痛了他也不知道。"

夏小雨听了，看着巧巧说："巧妹，阿江有颗金子般的心，你捡到宝了！"

巧巧便骄傲地笑笑，在刘江的脸上轻轻一吻。

刘江擦了擦被吻的地方："真是的，你好意思，我还不好意思呢！"

洪瑞祥笑道："刘江，这话就有点虚伪了吧？"

巧巧说："就是，心里不知有多乐呢！"

三 运气

这一天大家都起得比较晚，临近中午，才在洪瑞祥房间里凑齐。洪瑞祥便提议，早饭和午饭一起吃，吃完了还逛玉石拍卖场去。

众人都赞同。吃饭时，洪瑞祥说："我决定提高资本上限，从昨天的拍一块石头最高出三千块提到五千块。茗乾，还有林老师，你们还按三千块的上限来，不要学我。"

刘江马上说："我赞成！"

陈茗乾："别以为昨天你看好的那块石头被人出五千块钱买涨了，你就瞎赞成一番。你要明白，那是偶然的！上限提高两千看来没什么，可十个两千就是两万，要都买垮了，这损失真不小！"

夏小雨也说："想着昨天我怂恿茗乾买的那两块石头，我就后怕！"

刘江说："你缺少大企业家应有的心理素质。"

陈茗乾："大企业家的心理素质？刘江，你以为你有啊？你不过是站着说话不腰疼，你不是老板，输钱了不关你事，可要阿祥赌涨了，大河有水小河满，你就好处大大的！这是什么心理素质？"

巧巧不干了："茗乾哥！你怎么这样说刘江啊？他可是真心为我哥着想的！"

刘江却很无所谓地说："没关系，我什么样的心理素质等我当了大企业家的时候你就知道了。"

众人都笑。

洪瑞祥笑道："我之所以这样决定，是我自我感觉良好，我觉得啊，我这个人不管到什么地方，赚不赚钱是一回事，我总是能折腾点好事出来，这些好事啊，我不找它，它还老是找我，这不是运气是什么？"

夏小雨说："那倒是，做了好事，积了德，想运气不好都难！"

洪瑞祥口里说着，心里却在想着，自己认为做了好事，必有好运气，有好报应，这是不是施恩图报的心理呢？看了看坐在自己对面的刘江，便有些许自愧自惭的感觉。当初自己若不是遇上刘江父子这种施恩不图报的好人，自己还敢说有好运气吗？他又想到，自己想要传承和发扬光大玉石文化，就得有雄厚的财力，而雄厚的财力来自哪里？当然是要把企业做好做大做强。而一个大企业，靠自己一个人，靠自己的好运气显然是不行的。所谓独木不成林，自己就是浑身是铁，能打几颗钉！所以，团队不是为建立而建立的，必须最大限度地发掘每一个人的能量，用好每个人的"好运气"。

想到这里，他对刘江说道："阿江，我觉得呢，你的运气不会比我差，所以今天在赌石之前，我先在你身上赌一把。我给你两万块钱，你靠你自己拿主意赌石，输了算我的，赢了算你的！"

刘江笑笑，说："我自己拿主意去赌可以，但输了算我的，赢了算你的。"

洪瑞祥："怎么？还没赚到钱就想跟我对着干了？我说什么你就反着来呀？别老想着自我清高！你现在也是有女朋友的人了！而且你的女朋友还是我的妹妹！你总得让她过好一点，让她要钱的时候找你而不找我吧？"

众人都笑了起来，刘江也笑。

洪瑞祥又说："到了赌石场，见到你认为合适的就出手，别人不准给你出主意，只有巧巧可以。"

巧巧说："我懂什么呀？能出什么馊主意？"

洪瑞祥说："我相信一个纯真的女孩的直觉。刘江，你说呢？"

刘江说："我在你这里受过教育，男人不能让女人难受，我会尊重她的意见的。"

刘江说得诚恳，众人想笑，却都没有笑。

进了原石拍卖场，虽说各赌各的，但他们都走在一起，为的是互相有个照应。洪瑞祥一反昨天的谨慎做法，一口气拍下来五六块石头，价值都在三千到五千之间，开出来全涨，且有一块种色俱佳的翡翠，涨幅几近二十倍，让场内的人惊叹。而陈茗乾和林清溪也各拍下两块石头，开出来也全涨。而刘江也看中两块石头，但叫到四千五百的价码时，胳膊都被巧巧狠狠地掐了几下，便不再往上叫价了，而这两块石头都被别人用接近五千元的价格买走。开出来全垮，这结果让刘江咋舌。众人见到刘江虽一无所获，却在无形中规避了两个风险，也算是幸运，大家便都把注意力集中在刘江身上，想看看他随后的表现，自己倒反不再积极叫价了。而刘江接下来的战果都让人炫目，他连着拍下了四块石头，都在四千元上下，开出来全涨。更让众人对刘江刮目相看的是，在四次获得满堂彩之后，刘江并没有志得意满，而是问巧巧："你哥给我两万元，还剩多少？"

巧巧算了一下，说："还有五千。"

刘江便说："再玩一次！"

这一次，对着一块别人已喊出三千元的价格的时候，刘江直接喊出："五千。"就再也没人与他争抢，于是交了钱，石头被他放在了切玉机上，一刀下去，一片惊呼之后，有人一出价就是十五万。

刘江对着洪瑞祥开心地说："祥哥，这里的翡翠我谁也不卖，都给你！"

洪瑞祥开心地说："行，一起算三十万！"

刘江说："就按最后这块算，十五万？"

洪瑞祥："二十五万。"

刘江："那就算二十万吧。除了本钱二万，还有十八万，都记账上吧。"又转头对巧巧说："巧巧，我在你哥账上有十八万，这钱我用不着，你想用，就去支，都是给你准备嫁妆用的！"

巧巧笑道："去你的。我办嫁妆还用你的钱，到时候我哥自然会帮我办的，是不是，哥！"

洪瑞祥也笑道："我还以为这几块翡翠我占便宜了，结果还是买贵了！"

众人哈哈大笑。

随后，陈茗乾和林清溪又随意买了几块石头，结果都不错，切垮的只有一块。大家满载而归。场主见他们是大主顾，很热情地送他们出来，殷切地邀请他们常来。还不忘告诉他们，今天拍出的石头全部来自缅北著名的玉石老坑，这也是他们的运气。

众人带来的钱都用得差不多了。洪瑞祥也觉得这次来腾冲的运气太好了，这好运气可不是没完没了的。于是决定回腾冲和李红军和张老爷子道个别，便打道回府。

可他万万没有想到的是，他们此行的好运气，才刚刚开始。一条宽广的大运道正敞开迎接他们。

收拾了行李，洪瑞祥觉得还是应该去看一看还在医院里躺着的李一通。大家都赞成，夏小雨说："我们在这里遇到一个叫一通的人，也许是天意吧，一通这名字，就是好意头。"

他们一行人刚进入李一通的病房，见李一通正与被军方送回来的儿子在一起，父子俩眼睛都是红肿的，看来都刚刚幸福地哭过。洪瑞祥便上前打招呼，刚叫了一声"李先生"，便听到身后有一帮人蜂拥而入，回头一看，不由乐了，来人中打头的就是他回腾冲要去辞别的李红军和张爷爷。而他们身后跟着的，都是他见过的李红军的手下和张爷爷的家人，而在张爷爷身边的是一个十六七岁的少年，乍看之下，洪瑞祥也觉得眼熟，稍一思索，便知那少年是那天晚上从绑匪车上后备厢解救出来的那个当时还昏睡着的人！他马上便明白了这少年人与张爷爷的关系以及那天为何有人在张爷爷耳边说了几句话而张爷爷立时失态的原因。

果然，见到洪瑞祥，张爷爷一个超乎他这年龄的迅猛动作差点吓了洪瑞祥一跳，他几乎扑着上前一把抱住了洪瑞祥的肩头，热泪盈眶地说："小洪！小洪！你真的是我老头子的贵人呐！没想到刚见面，你就给了这天大的恩惠！"

洪瑞祥扶住老人："我就一个毛头小伙子，哪是什么贵人，张爷爷，你坐下，我们慢慢说。"

他把张爷爷扶到一张椅子上坐下。

张爷爷坐下了，却拉着洪瑞祥的手不放。对跟在自己身边的少年说道："少龄，快来给你的救命恩人磕头！"

那少年人极其敏捷，一转身就要对着洪瑞祥跪下，洪瑞祥忙挣开张爷爷的手，一把抱住了那少年人："别！别！少龄是吧，我可当不起你这大礼！看年纪你就是我的小弟弟，就算凑巧帮了你，那也是你运气好！不该对我下跪的。"

张少龄被洪瑞祥有力的双手拉着，跪不下去，对洪瑞祥感激地笑笑，又看向爷爷。

张爷爷说："既然你小洪哥哥不让你跪，那就不跪了。但你要记住，你的命是小洪哥哥给的，要不然的话，你现在已经没命了，你的五脏六腑也不知道分别卖到哪儿去了！所以，你要把小洪哥哥当亲哥哥一样，以后，要听他的话，像他一样，做个有志气、有担当的人！"

张少龄："爷爷，我知道了，我会永远记住小洪哥哥，记住我再出生的这一天的！"又向洪瑞祥说道："小洪哥，我叫张少龄，你不嫌弃，我从今以后就是你的亲弟弟！你叫往东，我绝不往西！"

洪瑞祥说道："少龄，我们做兄弟做朋友都可以，但是……"

张爷爷打断了他的话："没什么但是！小洪啊！当李大队长把少龄送到我那里的时候，我还以为是部队救了他，但李大队长说，真正使少龄及时脱险的人是你，是你带着部队的兄弟们及时把绑匪给灭了！部队的兄弟们我要感谢，但你是真正起了关键作用的人！虽然你不是军人，但你和军人一样，有一颗为国为民之心，你并不知道你去了会救出我的孙子，你只知道有人的生命危在旦夕，你就毫不犹豫地去了，这是我们最敬佩，最欣赏你的地方！"

洪瑞祥被说得脸通红，便急忙止住张爷爷的话，他知道张爷爷的话匣子有多厉害："张爷爷！这里是病房，我们就不在这里多说了！"他又对着李红军身边的军人说："各位兄弟，我知道冒着生命危险，对着歹徒的枪口冲上去的是你们，我可不敢贪天功为己有！红军，你不能因为张爷爷的话而不给兄弟们记大功！"

李红军笑道："兄弟你多虑了，我这人向来赏罚分明，该重赏必重赏，该重罚也必罚！"

洪瑞祥说出了他这两天藏在心里的担忧："罚？罚什么？你不会因为他们行动前没请示你，你就要罚他们吧？我告诉你，这有过错的话，也是我的错，跟他们没关系！要关要罚，你对我来吧！"

李红军哈哈一笑："你又想多了不是。没错，我军是令行禁止，没有命令，不准擅自行动。但讲规矩也要讲形势，当时如果他们先请示报告。那黄花菜都凉了！人民生命安全，对军人来说，是最高的命令！更何况，将在外，君命有所不受，这也是我们中华民族军事文化里的亮点。我这些小兄弟，当时的处置完全正确，堪称典范！"

洪瑞祥与众军人弟兄相视一笑，说："你这么说，我就放心了！"

李红军说："你说得对，这是病房，不是高谈阔论的地方，也不是论功行赏之处。我和张老爷此来，是想接你们回腾冲喝酒的！没事的话，就走吧，其他的话，我们酒席上说！"

在张老爷子挂着缅方车牌的旅行卧车上，看着斜靠在卧铺上的张老爷子和毕恭毕敬坐在自己身边的张少龄，洪瑞祥思绪万千。平淡自如的表面，掩盖着他那波涛般汹涌的狂喜。他知道他在自己极其看重、极具重要意义的腾冲地面站稳了，有了立足之处了。他不知道自己是如张老爷子所说，有些为国为民，有着与铁血军人一样无私无畏的胆气和胸襟而使自己得了别人的认可，还是老天有意眷顾，为自己特别安排了这一次偶然！

但是，不管如何，他不会忘却自己的使命，不会忘记自己当初放弃上名牌大学而毅然决然离家外出闯荡的初衷。不管运气多好，都不应忘记自己的本分，守住自己做人做事的底线。

车到腾冲，见已错过了晚饭时间，而众人特别是张老爷爷都有点累了。洪瑞祥便坚持不喝酒，随便用点夜宵就休息，到明天怎么尽兴都可以。于是众人在一间小餐馆里随便填了一下肚子，张老爷子将他们送到市里最好的一家宾馆住下，便告辞而去。张少龄说要陪小洪哥哥在宾馆休息，张老爷子自然答应。李红军也和张老爷子与洪瑞祥约定了明天喝酒的地方，就带着手下人离去。

洪瑞祥和张少龄住在一个套间里。各自洗完了澡，便坐在客厅里聊天。陈茗乾等人也陆续走了进来，都说虽然有点累，但都不困。张少龄便叫人送来了二箱啤酒和一些香辣的地方小吃。巧巧和夏小雨喝得津津有味，其他人都把焦点聚集在张少龄身上，听他讲自己家族和他自己的故事。

原来，张家是一个玉石经营世家，自他爷爷祖上几辈，就开始旅居缅甸做玉石生意，他爷爷的爷爷还做过英殖民者在缅甸的海关官员，专门监管玉石关税，并因此获得英女王颁发的二等嘉禾勋章。日军进入缅北前夕，张家人举家迁回腾冲，并积极支持抗日人民军的抗战。

张少龄的父亲中学毕业后便入伍当兵，很快便当上了边防部队的连长，当时的边防部队，主要的任务便是缉毒。

缅北有两个针锋相对的毒王，一个是当时蜚声世界的大毒枭坤沙，一个是势力上曾压倒坤沙，而后被坤沙和他的伙伴、坤沙集团的二号人物张苏泉设计伏击，从此屈居第二毒王地位的罗兴汉。

作为世界第一毒王，首创海洛因并把它推向全世界的坤沙，当然知道毒品的危害。他有百分之七十五的华夏血统，所以他除了严禁自己手下任何人吸毒之外，还严禁向中国大陆和台湾地区销售毒品。但他的死对头罗兴汉，一来没有坤沙强大的海外销售网络，二来也已完全良心丧尽，他把中国大陆和台湾地区，东南亚作为他的毒品主要市场。滇缅边境的武装毒品走私和反毒武装斗争就十分激烈严峻。

张少龄的父亲就是牺牲在一场他指挥的与毒品走私团伙的激烈枪战之中，是滇缅反毒前线一位出名的烈士。

张老爷子虽然儿女众多，但最疼爱最欣赏的就是张少龄父亲这位当兵的儿子，老爷子认为在众多儿女中他是最有头脑、最有担当、最为出色的一个。这个儿子死在战场上，为国捐躯，为民献身，他也骄傲，但更多的是痛惜。他把当时还在上幼儿园的张少龄带在了身边，自己抚养，自己管教。张少龄的母亲虽然时有微言，但却不敢对老爷子假以辞色。

张老爷子对张少龄虽极其疼爱，但管教也极严，少龄说错了做错了，或是学习锻炼不够勤勉，他轻则责骂，重则暴打。这次张少龄被解救，见到老爷子第一面，老爷子第一句话就说："知道你凶多吉少的时候，我想到的就是后悔以前老是打你骂你。"

老爷子轻易不让张少龄离开自己身边但却不反对张少龄出去见世面，出去历练。所以张少龄也常到各个玉石拍卖场去，这次偶然去瑞丽看看，不想便被绑匪瞄上了，轻而易举地绑了他。

他一被绑匪绑票，他就知道不妙。因为绑匪一开始便说出了他的身份。他知道绑匪会向他爷爷勒索一大笔钱，而这一大笔钱到手之后，绑匪决然还是不会放过他，因为案子太大了，留下他这个活口，始终是个祸害。

所以，张少龄年纪虽小，见识却不少，他已做好了告别这个世界的准备。果然，从绑匪落网后的供述中，他们确切承认，收到张老爷子的赎金后，他们马上就会通过内线关系出境，然后杀了张少龄，取器官卖与一些医院再赚一笔钱，而张少龄这种少年人的器官是最受欢迎、最值钱的。

巧巧听得眼泪都涌出来了，夏小雨却是咬牙切齿："这些歹徒，真是丧尽天良！真该千刀万剐！"

洪瑞祥心里却是十分的欣慰，想不到自己无意中救下的竟是自己敬仰的烈士的独生子！烈士在天之灵，也该欢笑了！

运气啊！运气！

他看着还是一脸稚气的张少龄，心中笑道："是我的运气！也是你的运气啊！"

林清溪、陈茗乾与刘江也都发着感慨，安慰着张少龄，什么"大难不死，必有后福"啊，什么"小小的年纪，有这样的经历，还有这样的身世背景，前程不可限量"啊，但心里真正在想的是，洪瑞祥真是妖孽，这种好事也让他碰上了，而且处理得不显山不露水而又天衣无缝。这李红军在村里当过知青，没见过谁与他特别亲近，想不到洪瑞祥竟然与他关系如此深厚，竟能够调动他的兵员，还打了个漂亮仗！

人比人，气死人！

我没有看错人！有这样的弟子，唯有自豪！林清溪如此想。

他是老天送给我的靠山，我的依仗，我的明主！刘江如此想。

张少龄并不是自我之人。他说完了自己的事，更关心他的小洪哥哥的事。他看似有一搭没一搭地问了一些问题，但玉王庄的现状，洪瑞祥等人的现状和想法，都已了然于胸。他没再说什么，心里却已有了计较。

凌晨三点，见巧巧已靠在夏小雨肩头睡去，众人才起身回房。

四　论玉

走进张老爷子预定的厅室，放眼一看，洪瑞祥就知道，这肯定是这家国际大酒店里最豪华的贵宾厅。装潢与家具都是时下最时尚的。软包墙，厚地毯，大吊灯，大圆桌，大转盘。大圆桌边上是二十张宽大的圈椅。不管是靠墙的餐具柜，还是大沙发，大茶几，大圆桌，大圈椅，清一色都是黄花梨。而墙上挂着的大幅国画，竟然是范曾的一窝虎，画的不是虎的张牙舞爪，八面威风，而是虎的天伦之乐，虎母对围在它身边的一群虎崽的柔情爱意。

张少龄提早便在贵宾厅里准备好茶具迎客。但主客都比较准时，几乎是前后脚到达。于是便在大圆桌旁坐下。李红军带来了在瑞丽执行任务的六名军人，洪瑞祥一行还是那六个人。而张老爷子带来了他的大儿子，也就是张少龄的大伯，还有张少龄的母亲及张少龄之外的三个孙子。刚好把大圆桌旁的二十张圈椅坐满。

相互介绍完毕，酒菜便上来了。张老爷子先致了简单的欢迎词，大家喝了一杯酒。然后是张少龄的大伯和母亲相继对大家表达了谢意，敬了酒。少龄的母亲说不尽的感激之言，说着说着眼泪就下来了。张老爷子一句"今天大家高兴，不准流泪"，少龄的母亲便马上擦干眼泪，露出真诚的笑意，与大家频频干杯。

菜品极尽丰盛精美，好在在座的多是青年人，胃口极佳，也没造成什么浪费。眼看大家酒足饭饱，张少龄的大伯拿出来十三个红包，分别放在李红军和洪瑞祥等十三个客人面前。李红军首先表示不接受，说张老爷子这么做他在领导面前不好说话。张老爷子说："在哪个领导面前不好说话？你不好说，我去说，老头子我在军区，在省、市领导面前还是说得上话的。"李红军甚是无奈，说道："少龄也是我们部队的子弟，我们做点分内事，不好收礼！"老爷子不高兴了，说："那我给自己的子弟兵们一个红包，算什么礼！你能知道绑匪要我多少钱？一千万啊！你们可是用生命去挽回我孙子的命和这么大笔钱啊！"又说："明天我还会亲自带两部卡车的猪和羊，还有鸡、鸭、鱼、水果，还有酒到军营去拥军，谁不接受，我老头子跟谁急！"

李红军没办法，只好点点头："老爷子您太客气了！"

他的话音刚落，六个战士全都起立，说了声："谢谢张爷爷！"然后都拿起自己跟前的红包，放在李红军跟前。

李红军一怔："这？干吗？"

一个战士响亮地说："一切缴获要归公！"

话音未落，张老爷子笑道："你这小兔崽子，把你张爷爷当什么了？当敌人？当俘虏？这是缴获的吗？"

众人都笑。

又一个战士说道："对不起张爷爷，但我们有纪律，不能拿群众一针一线！"

张老爷子又骂道："群众？我是群众？我是你爷爷，我死了的儿子是你的老连长，我是你的爷爷！爷爷给乖孙子红包，关什么纪律？"

战士无言以对。

李红军："行了，都听着，张爷爷给的红包，你们都交给我了，我以大队长的名义，奖励给你们，都拿着！"

众人便把红包收起。

李红军又说："我再宣布一条纪律，这笔奖励和你们此次去瑞丽的军事行动，属于军事秘密，谁也不准泄露。谁泄露出去了，上级要是想处分我，我就先处分谁！听清楚了吗？"

战士们齐齐吼道："清楚了！"

李红军："再次谢过张爷爷！"

众战士道："谢张爷爷！"

李红军这才喊道："坐下！"

战士们齐刷刷地坐下。

张老爷子眉开眼笑。

林清溪等众人看着洪瑞祥。

洪瑞祥知道推不掉了。有李红军他们的例子在先，他知道自己找什么理由都奈何不了老爷子，便说："都先收下吧！"

众人便说道："谢谢张爷爷。"

吃完饭，李红军便带着人告辞而去。张老爷子兴头正高，便吩咐车子把洪瑞祥等人拉到腾冲热海，他要陪这群小友泡温泉。

泡完温泉，拖着软沓沓的身子又吃了晚饭。洪瑞祥本以为可以回旅馆睡个好觉了，没想到张老爷子说："时间还早，到我那里喝点茶吧，真正上等的滇红！喝了保证你们这些喝惯了工夫茶的潮汕人忘不了。"

洪瑞祥苦笑着道："张爷爷你的精力真是够充沛的！"

张爷爷笑着说："哈哈，比你们这些小伙子不差吧？"

洪瑞祥无奈何地说："那是，那是！"

张爷爷便说："走吧！喝了茶，我还怕你们晚上睡不着，精力没处发泄呢！"想想这话有点含混不清，又说道："活了这么久，活成老妖精了。但我活明白了一个道理，人不管到什么时候，不管是心理上的，身体上的，想健康，只有忙！不忙，也要找事忙！"

洪瑞祥等人只好上张爷爷那里去找事忙了。

张少龄泡茶的功夫显然是老爷子严格训练出来的。香、醇、烫、润，潮汕人都明白，茶要好，泡茶的功夫少不了。

茶过三巡，对茶的赞扬说完了。洪瑞祥正想乘此机会向老爷子提出要在这里学习，请他指点的话，特别是怎么看原石，这学问可大了，他想要老爷子亲自给他指点，不想老爷子却先向他提出了问题。

老爷子说："我搞了一辈子玉石，但至今，我也弄不清楚这玉石是什么东西，他的真正价值是哪里？是人都喜欢它，可为什么喜欢？喜欢它的漂亮？漂亮的东西多了，喜欢它名贵，名贵的东西也不少。对于这个问题，我自己给过自己很多答案，但总不能让自己满意。你比我有文化，应该能给我解答吧？"

洪瑞祥不由一怔，这个问题他也想过，也得不到自己满意的答案。他想了想，觉得可以和老爷子讨论一下。便说道："张爷爷，我也想过这个问题，但也没有完整的准确的答案。我觉得，一件东西，一种事物，如果能够简单地给它下定义，这种东西，这种事物，一定不会是特别吸引人的东西。对于玉石这东西，我想的结果也一样，它是什么东西，它的分子结构，物理变化等，是科学家们的事，我只是个民间艺人，我只要把玉石做好，做得有内涵有意义有更多的人喜欢、有更高的价值就是了。"

张老爷子点点头，说："你是个实在人，有什么说什么。我就是还是想不明白，玉是什么这个问题显然还困扰着一些人，但玉这东西，又有了这么大的影响，为那么多的人所追捧，甚至影响着很多人的生活，这就是所谓的玉石文化吗？"

洪瑞祥笑着说："你这说的是又一个概念，前面说的是玉本身，后面说的都是玉石文化，由玉石而产生的一种文化，这一点倒是容易弄明白。玉是什么，玉的价值是高是低，都不妨碍人们确认玉是一种美好的东西。没有人否认这一点，是吧？对于一种美好的东西，人们在喜爱和追求中，就会产生很多的想象，想着它多好多好，多美多美，而且都希望它更好更美，这就是由玉而衍生出一种精神文化的产物。在这种文化领域里，人们会不断地挖掘，甚至用全部精神去重新打造玉的形态，这就是玉雕，人们还会将玉和用玉制成的东西加以神化。像曹雪芹在《红楼梦》里，就把玉想象成是女娲为补天而炼出来的石头，贾宝玉含的'通灵宝玉'，就是因为无才可去补苍天而遗憾万年。玉确有一种滋润人体让人舒适的作用，这有玉本身的作用，也有玉所滋生出来的精神作用。所以，又认为玉能通灵，并由此幻化出无数的民间故事。这都是玉石文化的内容。"

张老爷子插话说："你说的这些都是玉文化的内容，我怎么觉得里面有正有邪，有真有假，该怎么去看呢？"

洪瑞祥说："所以，我们华夏的玉文化有八千年的历史了，正的邪的早就都存在了。所以有见地的人，就以朴素的唯物辩证法，由玉本身的特质，去定正邪，以求拨乱反正。孔圣人就说玉有十一德，后来的贤人们觉得十一德之说不够简练，又归纳为五德。所以，玉有五德之说，是传统玉文化中的正论。又由玉而人，玉有五德，好人如玉。把玉的美好与人的完美人格联系在一起，用于诲人律己，先贤们也可谓用心良苦，但确有道理，绝非虚言。"

张老爷子频频点头，说："我也听过玉有五德之说，但我读书少，查过些资料，还是没搞清楚。"

　　洪瑞祥说："玉温润光泽，是为仁义；玉质透明，是为忠诚；玉声悠扬，是为智慧；玉质坚硬，是为刚勇；玉宁折不弯，是为高洁。卞和献宝琢成和氏璧，完璧归赵的故事为世间佳话，就是玉德与人格完美结合的经典故事。"

　　张老爷子高兴地说："没错！"

　　洪瑞祥见老人一副开心的样子，情不自禁又冒出了他这一两天游离在脑子里的一个念头："张爷爷，你和玉石处了一辈子，有没有觉得，好人与好玉之间似乎有一种亲和力，好人找好玉不难，好玉也容易就到了好人手里。所以，玉有灵气一说，跟人有灵性之说，我都是相信的！"

　　老爷子一怔，想了想，说："你别说，你这么一提，我还真感觉是这么回事！你说，这种感觉，是唯物还是唯心？"

　　洪瑞祥笑笑："玉和人，都是物质的，当然是唯物论了。"

　　张老爷子说："唯物也好，唯心也好，为人最重要！你刚才的话让我想起不少人和事，我认识很多玩玉的人，但无德之辈，怎么玩也玩不出好结果，你说这事？以前我还觉得挺怪异的，现在我觉得我明白了。"

　　洪瑞祥趁机提出："张爷爷，你老阅人多，赏玉更多，能不能收下我这个徒弟，让我更快领略玉德的真谛！"

　　张爷爷说："今天我们把酒言欢，又坐而论道，已是忘年之交，岂可以师徒相称相处？我与你相见恨晚，想留你在腾冲多住几天，相互间继续切磋一些理论上的和实操上的问题，可不可以？"

　　洪瑞祥："能有更多时间向爷爷您请教，我们求之不得！"

　　张爷爷呵呵大笑："那好，一言为定，我允许你们离开腾冲，你才能走！"

　　洪瑞祥说："张爷爷真把我当成孙子了，这么专横霸道！"

　　张爷爷说："开个玩笑，不过，希望你和你的朋友们把腾冲当成你们的发展基地，常来常往，把我这里当成自己的家，来了一定要来看我老头子。"

　　众人都笑着点头。

　　洪瑞祥说："张爷爷，那我明天就来跟你学东西了，他们跟着我，或是到你的大工场自己找师傅学去，可以吗？"

　　张爷爷："你安排！"

　　洪瑞祥又问众人，众人都高兴地说好。

　　这时，有人招手让张少龄出去，张少龄出去没喝一杯茶的工夫就回来了，也没有避开大家，直接就说："爷爷，那一枚我们让专家鉴定过的乾隆爷佩章，持有人递话过来了，让我们在价格上加五成，否则他就把那枚玉章卖给英国人了！我们买不买？"

　　老爷子一听，把茶几一拍："啥？他想卖给外国人，让他卖！老子还真就不买了！还加五成，降五成我也不买，通知缉私处，严加监控，抓个现行！什么玩意！一个做玉的人，不知道这是欺师灭祖的行为，是汉奸行为吗？看我整不死他！"

张少龄说："好！我这就去回了他！"

洪瑞祥说："张爷爷！你做得对，高风亮节！后辈佩服！"

林清溪说："这种玉章不是一般的玉器！"

洪瑞祥说："对，它承载着历史，有文物价值，这种玉器是玉文化的一个重要组成部分，真的是价值连城，非同小可！流出境外，是国家和民族的损失也是耻辱！说什么也得把它留住！"

张老爷子说："放心吧，除非我不知道，知道了我就会一管到底！"说罢笑笑："妈的，当我老头子好欺负！居然敢在我面前出卖国家利益谋取私利！我儿子是守边境的，我老头子也是！"

众人都笑。

巧巧突然插嘴："是文物，是国家的宝贝，都不准给外国人！包括哥哥和爷爷你们做出来的好东西，也都是宝贝，百年后也是文物，都不准卖给外国人！"

众人又笑。

洪瑞祥却没有笑，说道："对！这像我徒弟说的话！你师傅哥哥和师傅嫂嫂都有这个做人的底线，不能要钱不要脸！这也是我们做玉的人所要遵守的玉德的基本要求！"

张老爷子欣慰地看着眼前这群年轻人，突然冒了一句："小洪，我想让少龄跟着你混！"

洪瑞祥一愣："混？"

张爷爷笑笑："对！混！汪洋大海之边，光天化日之下，有两把匕首！这就是'混'，想混好有那么简单吗？我能让我的乖孙子随便跟人'混'吗？"

五　废料

有件事洪瑞祥心里有些不安，就是和他们这几个人一起来腾冲，现在还住在边防大队招待所的那些乡亲，不知他们这两天在腾冲怎么活动，有没有收获。他想去看看他们。

他正想让少龄帮忙弄个车，和大家一起回一趟军营招待所，见了乡亲们，问问情况，然后征求他们的意见，要不要一起去到张爷爷的工厂里去学习。少龄却告诉他，车马上就来，爷爷请他们今天一起去参加拥军活动。

车子先到了张家老宅门外，见到另外两辆小车和三辆大卡车已排成一行，少龄的大伯和母亲正指挥着手下往大卡车两侧上悬挂大红标语。贴的是"军爱民，民拥军，军民团结一家亲""解放军是我们的钢铁长城"等。在阳光下，分外醒目。第一辆敞篷大卡车上，是锣鼓队，第二辆第三辆车上则是满满的拥军物资。

一切准备就绪，少龄的大伯一声令下，顿时锣鼓喧天，车队启动，向军营慢慢驶去。一路上吸引了不少路人的目光，他们都向车队投来亲切赞许的微笑。

李红军早已得到拥军车队接近军营的消息，带着教导员和几个中队长等在军营门口，而大队的全体官兵则已在操场上集队。

　　车队到了军营前，小车里的人全都下了车，与李红军等军官一番握手交流，便跟着李红军众人走向操场，而大卡车则继续响着锣鼓，驶入了军营。

　　在热烈的掌声和口号声中，李红军和教导员引着张爷爷、张少龄、洪瑞祥和少龄的母亲与大伯登上了主席台，而其他人则留在了台下。

　　没有洪瑞祥想象中的有序的客套和一板一眼的轮流发言。只见李红军一走到台上，便大喊一声："立正！"

　　掌声和口号声立时静止，只听见一阵整齐的唰唰声，全体官兵便挺直身子立正，眼睛全向着李红军这个焦点。

　　李红军回身挽着张爷爷的胳膊，和他一起面向全体官兵，说道："这位老人家，是我们边防部队的英雄老连长张先勇烈士的父亲！全体都有，敬礼！"

　　在场的人全都向着张爷爷敬礼。

　　张爷爷一时热泪盈眶。

　　李红军说："请老人家给大家讲几句。"

　　张爷爷是见过世面的，一点儿也不怯场，他扯开嗓门说道："边防大队全体指战员，你们好！我代表我们张家，感谢你们流血流汗保卫着国家的边疆，保卫着腾冲百姓生命财产安全！更感谢你们救了我的小孙子，让老头子我能心情愉快地安度晚年，能在百年之后见到我的儿子张先勇，能问心无愧！但重要的是，是使我那苦命的、贤惠的好儿媳妇、我的小孙子的母亲，也是烈士的遗孀不会痛失爱子，后半辈子不会凄惨孤独！你们边防大队，对我张家恩重如山，你们每个人都功德无量！我希望你们能吃好、睡好、锻炼好，使我们的军队永远坚强！"

　　说完，他向官兵们鞠了个躬。

　　官兵们含着热泪拼命鼓掌。

　　教导员走上前来，扶着张老爷子走向座位，李红军对着官兵们准备开始演讲，不想张少龄却走上前来，说道："李叔叔，我也想说几句，可以吗？"

　　李红军笑道："当然可以！"然后便对官兵们介绍道："同志们，这位英俊少年，就是我们英雄的儿子，张少龄，大家欢迎！"

　　雷鸣般的掌声响了起来。

　　张少龄像模像样地抬手压手，止住了掌声，这才朗声说道："各位叔叔、姐姐、哥哥们，你们好！爸爸曾经是这里的一员，所以我这么叫你们，你们没意见吧？"

　　官兵们又笑又嚷："没意见！"

　　张少龄话题一转，严肃地说："这次我被歹徒绑架，当时面对的只有一个绑匪，但我毫无反抗之力。这是我的耻辱！是我们张家的耻辱！是作为烈士的爸爸不愿意看到的！而我最痛苦的事，作为一个男人，自保尚且不能，何以保护家人，保护他人，保卫国家？所以我首先必须要有一个强健的身体，要有一身战斗的本领，要做到这一点，必须当兵！我要当兵！我要成为你们中间的一员！你们同意吗？你们接受我吗？"

官兵们一片"同意！接受"之声。

张老爷子愣住了，少龄的妈妈也愣住了，他的大伯也愣住了，连洪瑞祥也愣住了。

李红军走向张老爷子："老人家，孩子有这想法，作为烈士的儿子，入伍是有特例的，我就能答应！关键是家属的意见！"

张少龄在台前还在说："当然，我进了边防大队之后，我就不会再喊大家叔叔，姐姐，哥哥了，该喊什么喊什么，你们只当我是一个小新兵，一个小屁孩就好了，该骂就骂，该打就打！让我先提醒你们，打骂要有分寸，要有道理，不然的话，等我当上大队长，有你们好受的。"

下面是哄堂大笑和一连串的掌声："这小屁孩！""挺好玩的一个家伙！"

教导员正想说什么，李红军对他说："主要议程都有了，这会就到这里吧，让大家帮着卸东西，还要多几个人去帮厨。"

教导员便喊了声："立正！稍息！解散！"

队伍轰的一散，有几个女兵却走向台前，勾手叫张少龄，张少龄便高兴地走到她们身边，谁知一近，一位女兵便一把拧着他的耳朵："我现在便先欺负你一下，看你能怎么样！等你当上大队长的时候，我都不知道上哪去了，看你怎么给我好看。"一个女兵便笑着："对，到时候她已是司令员太太，看你如何收拾她！"

一群男兵见状，便围上前，手疾眼快地把张少龄给抢走了，一个士兵还朝女兵们吼道："敢欺负我们小弟弟，看等会儿怎么收拾你！"

果然，中午军民大联欢。拧少龄耳朵的女兵还没吃上两块自己最喜欢的炖羊肉，就被一群男兵灌醉了，半醉未醉之时，不由流着泪笑骂："欺负我，看姑奶奶以后还帮不帮你们洗被子？"一个女兵便说："对，再也不帮他们洗被子了，那被单上的地图，一见就恶心。"一群男兵马上落荒而逃。

酒席上，张少龄举杯与洪瑞祥碰了一下，说道："哥！爷爷说我跟你混，我也很想，但我真的想先当几年兵。我的堂兄弟中，我大伯的儿子张少辉和我最铁，人也比我好，比我能干，又特仗义，这次我被绑架，他二话不说就带了两个兄弟上瑞丽去了，一点也不顾自己的安危。我建议爷爷让他跟你混，行吧？"

坐在少龄大伯旁边的张少辉，一脸热切地看着洪瑞祥。

洪瑞祥笑着朝张少辉点点头，说道："你当兵的事定下来再说吧！"

李红军又看向对此事一直没表态的张老爷子。

张老爷子却看着少龄的妈妈，长长叹了口气，说道："先勇媳妇，这事该你拿主意。"

少龄母亲眼睛一红："少龄心意已决，我不知该说什么，还是爸你来拿主意吧。"

张老爷子说："我和你一样，当然不想少龄这么小就长期离开身边，更不希望他有个三长两短，但人各有命数，坐在家里灾祸也会从天而降，这次少龄不就是有了小洪和边防部队的官兵，才逃过一劫。我是看好少龄的，他机智勇敢，又福大命大！我相信苍天有眼，不会让世代行善的张家出两代烈士的！"

老爷子的意思已经很明白了。李红军就说："我会立即呈报上级，相信很快会批复下来。我们军队，培养自己英雄的后代是理所当然的。"

少龄母亲的眼泪马上就掉了下来。

少龄给母亲擦去泪水，深情地说："妈！你放心，我会好好的！"

少龄母亲点点头："妈知道！"

少龄又双手捧杯，对着张老爷子说："爷爷，孙子敬你！"

张老爷子仰脖子干了一杯。

少龄也喝干杯中酒，笑着说道："爷爷，孙子这次没经过你同意，就在军营里放炮了。放出去的炮也炸响了，收不回来了。你要是不高兴，回去你就好好打我一顿吧！要不，以后你想打就够不着了！"

张老爷子笑骂道："臭小子，揭我疤疮不是？"

众人都笑。

联欢宴会尽欢而散。离开军营前，李红军才告诉洪瑞祥，他留在招待所里的乡亲们今天全去了瑞丽，也有大队里的人照看着，让他放心。他这才把心放回肚子里。

这一天剩下的时间，洪瑞祥知道应该留给张爷爷与他儿媳妇和孙子去叙天伦之乐，便带人回旅馆休息，晚上，又到街上走了走。

第二天开始，洪瑞祥等人便在张爷爷家的工场学习。每天早上，由张爷爷带他们到他的原石仓库里，对着一块块大大小小的原石，讲述观察原石的知识和经验，对比较有特色的原石，讲述之后，便当即搬到切割机上切开。让他们看看原来的判断是否正确。下午，则到各个工作间里看师傅们的操作，学习新型设备的有关知识，师傅们都很尽心地教他们，还经常让他们实践操作。

几天下来，他们都觉得自己在翡翠玉石面前没有那么胆怯了，对采买原石与运用新设备，都有了几分自信。

这一天，洪瑞祥一早见到张爷爷，见张爷爷的眼眶有点红，不禁吓了一跳，张爷爷却笑道："少龄的入伍申请批准了，入伍通知书已送到家里，过两天，李红军便会带人上门接新兵。"

少龄也含泪说道："哥，以后要多到腾冲来，来了一定要到军营看我！"

洪瑞祥心里也有点发酸，说道："一定！记住，什么时候都要保护好自己，安全第一！"

张少龄点点头："我记住了！"又回头对身后的张少辉说道："辉哥，爷爷说了，从今天起，你就跟着洪哥了。"

张少辉笑笑，走上前对洪瑞祥说道："洪哥，以后我就跟着你混了。"

洪瑞祥握着他的手："行！我们一起混，希望都能混出个样子来。"

洪瑞祥与众人商定，再在腾冲待上几天，等少龄入伍后，就准备打道回府了。

"是啊！这次收获真够多的了！"

"真是不虚此行！"

几个人都很满足地说。

但洪瑞祥又一次没想到，他在腾冲前面这些天于翡翠玉石采买这方面的收获，比起他即将得到的，无异于沧海一粟。

他后面的收获，落在字面上只有两个字，就是：废料！

废料，就是边角料，是腾冲的玉石作坊的工匠们在开切原石、制作玉器中必然产生的。这些边角料多数被扔掉，被废弃。而对于翡翠玉石的特点和工艺有着特别的敏感与创造力的洪瑞祥来说，这些边角料，比起他原来孜孜以求的小件的旧玉器，无非要有价值得多！这些边角料里，哪怕只遗留下指甲大的翡翠，那都可能是他的宝贝，或者说在他手里会成为宝贝。

这天下午，他和少辉及几个人一起在切割着一块原石，当一刀切开一边一块石皮的时候，众人一声欢叫："见绿了！"便都围着看那块原石上绿油油的切口，一个个喜不自胜。少辉也把切下来的石皮一丢，只顾着原石的种色去了。洪瑞祥一眼瞥见被扔在一旁的石皮切口处泛着的一小片绿光，便捡起来，端详了片刻，便问道："这些切下来的石皮，怎么处理？"

一个师傅便说道："都扔到后面垃圾场去了，堆多了，就让人来拉到山里边倒了。"

洪瑞祥默默无言，拿起那块石片便回到了张爷爷的客厅，将它放在茶几下。

然后，他便朝师傅所指的后面走去，一直走到后包的一角，这后包是一座不大不小的花园，在一个小角落里堆上一堆废料，一点也不起眼。但实际上，这堆废料走近一看，在洪瑞祥眼里，却是一座小山，而当他再细看，这堆废料除了大半是从原石上切出来的大大小小的石皮外，还有许多翡翠的边角料，有的大如瓜果，有的小如纽扣。而"瓜果"也好，"纽扣"也好，都是不折不扣的翡翠，只是种色不同而已。

这座小山对于洪瑞祥来说，无疑是一座宝库，不，是宝山，宝藏！

他感叹，在腾冲，不说别的地方，就张家老宅的这堆废料，不，不是这一堆，以前肯定已经运去抛弃的不知有多少堆。如果变废为宝，不知能给人们带来多少喜悦，多少财富！

人世间究竟还有多少遗憾！一边是贫穷，是拮据，而一边是弃宝，是浪费。

他默默地往回走，心里却在暗暗地思量，这些废料，对于张老爷子来说，真的是废物，他完全不屑一顾，可能还觉得它们太麻烦了，占地方，占人力，占运费！而自己想要，但又不好就这么占便宜，虽然这便宜，在人家眼里不算便宜，但自己也不能厚着脸皮去要。传出去，还怕被人说玉王庄人没志气，开口向人家讨要垃圾呢！

回到切割机旁，见那块石头又被切下几块石皮，但都不见绿，于是少辉大手一挥："从中间切下去！"于是很快地，石头被一分为二，切面中间出现了些许的绿。少辉得意地说：

"我让切这一刀神了吧，正好！这一头就是一块蠢石，而这半边，才是好东西。"

众人便把那半边蠢石头扔掉。

洪瑞祥走过去，细细看了那半边被扔掉的石头，根据他从张老爷子那里学来的东西，他觉得这半边石头应该不是"蠢"透的，应该还有一点灵气。便对少辉说："阿辉，让人把这半边蠢石头再从中间来一刀。"

张少辉说："这石头没用，扔了的，还费那劲干吗？"

洪瑞祥笑道："我不就是来学习的嘛，这石头蠢不蠢，为什么蠢，我想弄个明白。"

张少辉说："好！来！抬上！"

谁知切到一半，石头冒出来的粉末光泽竟变了，有了点紫红色，就像血雾。张少辉一看，忙大叫："停！"

机器停下来了，张少辉冲洪瑞祥笑笑："洪哥！真有你的，要不是你，就可惜了这块石头了。"他盼咐切割师傅从这块石头的边上慢慢切下去，一片片地切下一块块真的没用处的小石片，最后，终于切出来一块拳头大的紫红色玉石，通明透亮，光泽诱人，绝非俗品。

张少辉捧着这块紫玉，拉上洪瑞祥就去了张老爷子书房。张老爷子正在翻阅着一本线装书，见他们进来，便笑着让座。俩人都没有坐，张少辉把那块紫玉递给张老爷爷："爷爷！您看！"

张爷爷接过，在灯下端详了片刻，说道："好玉啊！虽说不是价值连城那种，但这在我们玉石库里是比较少有的，收起来，不卖，也不动。"

张少辉却说："爷爷，这块玉，我觉得是应该属于洪哥的。"然后就把刚才他已扔弃的那半块石头，是洪瑞祥让捡回来再切的事告诉了张老爷子。

张爷爷看了看手上的紫玉，有点爱不释手，但还是说道："这么说来，是洪小友独具慧眼，捡回来的这块宝玉，那是应该归洪小友所有！"

说着，就把紫玉送到洪瑞祥手中。

洪瑞祥把紫玉接在手中，有点自嘲地说："我真的走了狗屎运了，本想探究一下，明明是外表看起来不错的原石怎么会一点东西没有，没想到就捡回这个东西了。但是那原石是张爷爷你的，你也没卖给我送给我，产权归属当然是你张爷爷的。就算我有点运气，但这也是张爷爷你的运气，是老天想对你无私地指点我们的一点报酬吧。"

说着，将紫玉郑重地放在书桌上。

张老爷子："你真的不要？这么好的紫玉！"

洪瑞祥："真的不能要，无功不受禄！"

张爷爷："你救了我孙子……"

洪瑞祥说："那点小功你已经谈过了，饭吃了，温泉泡了，红包也收了。"

张爷爷："那些怎么能报你大功之万一！"

洪瑞祥笑道："那谁让你先用那些东西搪塞我呀，受过那些真的不能再受别的了。"

张爷爷无奈地："这么说，都是我的不是！"

洪瑞祥又是一笑："张爷爷，你别急，我让你去看一件东西！"

张爷爷："什么东西？"

洪瑞祥说："一块废料！"

六　笑佛

在客厅里坐下，洪瑞祥从茶几下面取出了一块石皮，递到老张老爷子跟前，指着切面上的一点绿色，说："这也是今天从那块原石上切下来的石皮，也是要被扔掉的，但我捡回来了，我觉得它还有点价值。这块石皮，比我在瑞丽花三千块钱拍下来的一些石料还要好。不信，我可以把它做成一件像样的工艺品，做出来的市面价值不会低于一万元。"

张老爷子接过石皮，左看右看，摇摇头说："不可能，这最多也就能裁一块杂色玉牌，薄薄的，小小的，几百块钱都到不了，花的工夫却不会少。"

洪瑞祥："张爷爷，我们经历不同，起点更是不同。你善于看大石头，我就会看小玉皮，不信，你让我试试！"

张老爷子笑着说："试试当然可以，你想怎么试？"

洪瑞祥："借我一个小工作室，包括里面的设备。如果白天用的话影响你的工作，我用晚上的时间也可以。"

张老爷子说："你什么时候想用就用，跟我客气什么，阿辉，你带你小洪哥去挑一个工作间，从现在起就交给他用。"

张少辉应了一声，起身就走。洪瑞祥便坐了下来，先去除了这块石头的石皮，很快，他手里便出现了一块比巴掌还大，与巴掌厚薄差不多的玉片，玉片一面是较好的绿色翡翠，一面是粉青色的低等玉石。

对着这块玉石，洪瑞祥便开始了思索。

因玉石而异进行创作构思，这是他的拿手好戏。但他悲哀地发现，自己从事旧玉器改造这么久以来，还没有面对这么大的一块玉石进行创作，这种悲哀并没有让他自叹自怜，或是自卑自弃，而是使他有了一种用心一搏的冲动，有一种开天辟地第一回的兴奋。

对着玉石，他脑子里来来回回地比对。这么样的一块玉石，做成什么好呢？最好还是比较熟悉的题材，印象中有可以借鉴的。

这一想，脑子里便出现了见过的大大小小的佛像影像，眼睛即一直盯着眼前那块绿白相间的玉石，慢慢地，他觉得玉石上出现了一个逐渐清晰的形象。他一凛，闭上了眼睛，而眼前出现的，是隐隐约约的一座笑佛，或即或离，或远或近，但始终朝着他咧开嘴笑着。

他取出纸笔，开始在纸上勾勒着，对着玉石，又一点点地修改着细节……

林清溪与陈茗乾等人，知道了他在工作间创作，便相约而来，五个人浩浩荡荡地拥入来，但一见洪瑞祥正对着玉石凝神沉思，便都静静地立在他的身后，连呼吸都尽量细声。

一笔一画，擦去，又一笔一画，如此翻来覆去，站在他后面的人惊讶地发现，画面上出现了一尊笑佛的素描，竟已栩栩如生了。

洪瑞祥拿起肖像画，看了又看，满意地笑出声来，放下画像，他便启动了设备，在玉石上雕刻起来。

洪瑞祥下手一开始就果断刚猛，只见玉屑纷飞，不一会，大模样便出来了，众人都看了出来，洪瑞祥要制作的是一尊坐在玉石台上的大肚笑佛。这时，洪瑞祥换了一台设备，这回他每一次把刀锋对着玉石，都极其小心翼翼，一点点轻捻慢擦，那极端的专注，那几乎感觉不到却分明存在的轻重，让看着的人都不禁屏住了呼吸。

耳鼻眉眼，笑靥唇线，脖子上的皱纹，脖子上挂着的佛珠，袈裟的褶皱……

最后是玉石座上的两行凸现的正楷：开口便笑，笑地上玉石为人间添彩，大腹能容，容天下匠师以刀法求福。

洪瑞祥捧起这尊笑佛，笑了！笑得好开心。

后面的人一起鼓起了掌。这时，他们才感觉到腰酸脚痛，他们已整整站了近三个时辰。

洪瑞祥居然问道："你们什么时候来的？"

众人一阵苦笑。

巧巧说："现在恐怕连夜宵店都关门了！我们都快饿死了！"

洪瑞祥歉疚地一笑："那你们赶快去我们老是去的那家夜宵店点好吃的，我还差最后一道工序。"但没有人听他的，都站着不动。

夏小雨说："是打磨抛光吧，这我已经学会了，我来吧！"

洪瑞祥还想推辞，但却发现自己的手一停下来，竟有点拿不起来了。

走出工作室的时候，虽然已经午夜，但远远地，却见张爷爷的客厅还亮着灯，知道张爷爷是个夜猫子，便走了过去，果然，少龄、少辉兄弟还在陪着老爷子烹茶聊天。

洪瑞祥笑问道："张爷爷还没休息呀？"

张爷爷说："客人还在劳作，我这当主人的怎么好意思去睡呢？"

洪瑞祥："我真的没想到会影响老人家休息，罪过！罪过呀！"

张爷爷说："快坐下来喝茶，你尽管做你的，不必考虑我，老头子我睡得晚，没事的话，明早我可以在床上赖到中午才起来。"

洪瑞祥："老人家还是要早点睡好，偶尔晚睡可以，长此以往就影响身体健康了！"

张爷爷："我知道，我知道，不是因为今天你搞出来的那块紫玉，让我兴奋得睡不着嘛！"

洪瑞祥："那块紫玉有那么好吗！张爷爷，你可是见惯好东西的！"

张爷爷说："我请专家看过了，说虽不是最名贵的翡翠，但却是最罕见的，历史上同样的这种紫玉只出现过两块，还都没这块大、纯，初步估价二千万，如果拍卖的话，可能会更高。我想，这玉我是不会出手的了，但钱至少也得给你一半吧。"

众人哗然："哇！那不是一千万！"

洪瑞祥说："张爷爷，你还有完没完，我都说这玉不是我的了！是你的就是你的，老往我身上推干吗！"

张爷爷有点生气了："你的意思是让我欠你大人情？让我以后天天吃不下饭、睡不好觉？"

洪瑞祥说："张爷爷，这事你真的想多了。先别说了吧，我这还有一件小礼品想送给你！不，也不是我送给你，是你的石头，我花了点工夫，只能算完璧归赵！这点工夫，就算是我们在你这里学习交的试卷吧！"

说着，他双手捧上笑佛。

张爷爷接过一笑，捧在手里又端详了片刻，才问道："这就是那块石头做出来的？"

洪瑞祥笑道："正是！就是不知道这种制品在市面上值不值一万块！"

张爷爷："何止呀！十万都值！还有这两句，太妙了。有了这两句话，这尊佛像也不能让出去，必须供在我们玉石人家家里！"

洪瑞祥："那就请张爷爷把它放在你的书房里吧，也是对我们结成的忘年之交的一个纪念。"

张爷爷注意力还在笑佛上："老天！这设计，这刀工！这……这怎么这么完美？！这应该是大师的手笔啊！"

感叹了一番，张爷爷才小心翼翼地把佛像搁在茶几上，问道："你们都饿了吧？现在出去找不到吃的了，阿辉，把许老头叫起来，做一桌菜，第一个菜出来，就叫我们，我要陪这帮小友闹个通宵！"

张少辉应声而去。

洪瑞祥搂着少龄的肩膀："什么时候穿上军装？"

张少龄答道："后天，李叔叔说后天早上来接我。李叔叔让我在他身边当通讯员，我不干，我说要到战斗班去，他说那就带班长来接我，说这个班长很厉害，军区比武第一名。"

洪瑞祥担心地："到这样的班长手下，你吃得消吗？"

张少龄说："吃不消也要吃！掉几层皮我也咬着牙干下去！你会支持我的，是吧？"

洪瑞祥不再说什么了，只是拍拍他的肩头。对张爷爷说："张爷爷，送少龄去当兵之后，我们就准备回去了！"

张爷爷："这么快！不行不行！没我……"

洪瑞祥："你不会想留我们每个人都给你做一件纪念品吧？"

张爷爷哈哈大笑："那当然好，你们不是都在我这里学习吗？你们交出好成绩，那我这个翡翠黄埔学校的校长不更有面子吗？"

洪瑞祥却突然说："翡翠学校？！这倒是挺新鲜的！"

这天晚上众人并没如张老爷子之意闹个通宵，都太累了，随便填了肚子，喝了几杯酒，便告退了。

回去的路上，洪瑞祥与林清溪，陈茗乾等人商量了一下，还是决定把张爷爷的玩笑话当真话来听，每人给张爷爷留下一件作品。

　　张爷爷的工场做的玉器全是批量产品，只做玉牌、手镯、吊坠、耳饰，不做摆件，更没有过单件定制，所以，设计是薄弱环节，工艺更是单调，设备的功能也没有全部开发出来。所以他们觉得以自己玉王庄的传承，扬己之长，做出让张爷爷满意的工艺雕件并不是难事。

　　各人在第二天都提出了自己的创作倾向，洪瑞祥便把他们的想法落实在图纸上，并负责具体制作的技术指导。

　　这次洪瑞祥并没有让众人去捡"垃圾"，而是跟少辉打了声招呼，就用各个工作室里现成的翡翠玉石。

　　到了晚饭时分，五件小巧精致的翡翠摆件便耀眼地出现在张爷爷面前。张老爷子一惊一笑，却又突然面色一凛，看着眼前的六个青年人，说道："后生可畏呀！玉王庄的底气足呀！真的是名不虚传呀！我真的感到威胁了！你们不会成为我未来最可怕的对手吧？"

　　洪瑞祥笑道："张爷爷真是快人快语，我也不会说好听的，你的担心不是没道理的。我们玉王庄必将在玉石界崛起，而且将是横空出世，睥睨天下！成为所有玉石商人的劲敌！张爷爷，你怕了吗？"

　　张爷爷哈哈大笑："好！有志气！有胆魄！我欣赏！我开心！我怕了吗？我张某人怕过谁呀？你知道我现在就有多少劲敌了吗？又怎么在乎你一个？何况商界本来就是亦敌亦友，难道你我之间的情谊，还不如商场利益吗？还不能化敌为友、共同发展吗？玉石世界，是一个艺术世界，这个世界，想一枝独秀不可能，有也是暂时的，百花齐放才是常态！"

　　洪瑞祥带头鼓起掌来："透彻！张爷爷这番话我会永远记住的！你是翡翠黄埔学校的校长！学生们的考卷答出来了，你还是点评一下吧！"

　　张老爷子把昨天洪瑞祥做的笑佛也请上来，与这五件作品摆在一起，先是赞赏了一番，也点出了一些不足。然后则转为哀叹，自认在美术设计与创作工艺上既没有发掘传统，又没有与时俱进。然后是请求。他说："从现在起，我罢免我自封的翡翠校长的头衔，请小洪你们帮我培养出一流的设计和工艺人才。这次你们回去，除了少辉，还请再带上我的一两个人，专门学设计与工艺，你们是否同意？"

　　洪瑞祥忙说："互相取长补短，是好事，张爷爷你让去的人，我们一定尽其所能，悉心指导！"

　　张爷爷眉开眼笑："那就好，那就好！今晚在大酒店，设宴欢送少龄，虽为家宴，不请外人，但少龄，他妈妈和大伯，以及其他家人，说你们几位是非请不可。时间差不多了，我们先喝酒去吧！"

　　第二天送张少龄参军，他大伯要请锣鼓队送到军营，少龄坚决反对，他对大伯说："大伯，这时候我希望低调些。"他大伯只好作罢，张少龄只让家人和洪瑞祥等人送到家门口，便上车而去。

　　回到张爷爷客厅，喝了几杯茶，说了几句安慰的话，见爷爷面有疲色，知道他昨夜肯定又是没休息好。洪瑞祥便说要到街上走走，今天便不打扰张爷爷了。然后，洪瑞祥与众人便上街闲逛，买些土特产，做打道回府的准备。

在街上，他们遇到了也在闲逛着的同车到腾冲的乡亲，他们告诉洪瑞祥，在李红军的帮助下，他们在瑞丽待了几天，少有收获，都准备回乡了。他们还告诉洪瑞祥，夏相洲一行人已在今天启程回去，他们似乎收获不大，而从夏相洲等人口中，知道王宗伟一行人也已走了，听说是大有收获。洪瑞祥便与乡亲们约好了两天后一起回乡。

第二天早上，洪瑞祥等人又到了张家老宅，准备在这里再待一天，顺便向张老爷子和张家人辞行。见到张老爷子，他把洪瑞祥单独请到书房里，开门见山地说："小洪，我知道你们已经归心似箭，我也不好再留你们了。自从出了少龄被绑被救之事，我就把你视为我最大的恩人，本想在你走的时候再准备一份厚礼答谢于你。但这些天交往下来，对你的了解，让我打消了这个想法。因为我知道你是一个具备了玉德品格的人，给了你也不会接受，你施恩不图报，我是报恩无门呀！不过好在我们实际上已经成为事业上的盟友，所以，现在和往后，我都会在如何共同发展上动点心思。我发现了你对玉石的爱惜，对丢弃的边角料如此重视，又知道你的长处和目前的状况，我寻思，我可以在一件对我最微不足道的事情上助你一把，就是你说的废料。我可以把我这边所有的边角料都给你送到家乡去。我的不够，我让我同业的朋友都把边角料送来。这是一，以后你必定会常来，每次来，我陪你去见一见原石场的老板，协助你拍下一些把握性大一点的原石。而你目前对我这个盟友的帮助，就是你答应了的，帮助我培养人才，培养阿辉。你应该明白，阿辉是最可能成为我的继承人了。你帮我带好他，也等于帮我带好了一个家族，一个企业。这对于我来说，也是最重要的事了！"

洪瑞祥沉默片刻，说道："谢谢张爷爷为我想得这么周到，我也不瞒你，你所能帮我的，也正是我目前最需要的！但有一点，边角料和运费，我要付钱，我不能白要！"

张爷爷知道他的禀性，也不矫情，说："行，该付多少你付多少吧。我会给你一个边角料的收购价，一公斤是一毛还是二毛，我会如实和你结账的！"

"一毛二毛？"洪瑞祥半天不知说什么好。

第六章 商人之义

一 警惕

坐在返程的长途车上，洪瑞祥思绪纷纭，他细细地检视着自己的第一次腾冲之行，心里十二分的满意。

这一次的收获，身边满满的一旅行箱的翡翠玉石几乎可以忽略不计。真正的收获在于未来，就目前来说，是看不到的，是无形的。

返程的车子是张老爷子为他们包下的。车子一直开到宾馆门前接上他们。当他们走出宾馆大门的时候，便见到张老爷子带着一家老小，李红军带着洪瑞祥已十分熟悉的那几名战士等在车旁为他们送行。洪瑞祥原以为张少龄不会来，但他还是来了。为他们提着行李送到车上的小服务员们，见到这个穿着稍显宽大的新军装的还显得十分稚嫩的英俊少年，眼里都不觉冒出小星星。

送别的话语不多，全在那诚挚的眼神里。那是相见恨晚，又乍别离的遗憾，那是惺惺相惜恨不能早晚把酒言欢的希冀。

这是商人之间的送别吗？是，又远远不是；是朋友，又远胜一般朋友；不是亲人，又远胜亲人！不是身在其中，真的很难理解这种情愫。

为什么会这样，陈茗乾等人有些不解，但洪瑞祥心里明镜似的。

他们是来做生意的，他们是商人，是为利而来的。但他懂得，他知道张老爷子也懂得，而不是商人的李红军和他手下应该也懂得，或许他们不懂得其中的道理，让他们懂得洪瑞祥这个人，这就够了。

其中的道理就是：利者，义之和也。一个国家如此，一个家族如此，一个公司如此，一个人也如此。合义之利，则利重利长，不义之利，则凶！人与人之间的利益交往，自然也如是。一个能处处义字当先的人，没有人会只把他当一个商人看待、对待。

洪瑞祥抹去眼角的泪水，把眼光投向窗外。天地如此宽广，世界如此博大。他与张老爷子也好，与众多同行也好，是同盟，是对手，都不妨碍他们携手向前，共创辉煌。

这一次，张少辉和张老爷子选择的另外两个人，都没有跟着洪瑞祥返程的车走。他们相约，洪瑞祥的新楼和仓库落成，张少辉才带着他的人，押送满载玉石边角料的车过来。

到那时候，洪瑞祥便可大展身手了。好在这个时间不长。车子即将进入村子的时候，洪瑞祥见公路边上自家的新楼已拔地而起，只是还没到封顶时候。

洪瑞祥便想，腾冲那边是没有问题了，现在关键是在自身，他必须把心用在村子里，把根基扎扎实实地打好。

到了家门前，洪瑞祥让刘江安排长途车司机的食宿，巧巧也跟着去了。他一个人走进家门，见家中只有母亲和林如玉，婆媳俩正逗着怀抱中的小女孩玩呢。他先给母亲一个熊抱。然后才把林如玉和女儿一起抱在怀中，都狠狠地亲了一下，把小女儿弄得咯咯直笑。他便接过小女儿，让林如玉和母亲去准备饭菜。他知道今晚上一家子连同刘江、巧巧，还有钟小九的欢聚，离不开一桌好酒好菜。

晚上，当刘江把一箱子翡翠玉石一件件取出来摆放在刚从工地上回来的洪春山和钟小九面前的时候，他们脸上的疲惫之色一扫而光，只是两眼放光，兴奋之极。

洪瑞祥却笑道："这一些，仅仅是水渠里的一瓢水，以后，会源源不断地，一卡车一卡车地运进我们仓库！"

在众人疑惑的眼光中，洪瑞祥把他和张老爷关于收集边角料的口头协议说了一下，家里人都不由瞠目结舌，连刘江也张大了嘴巴。巧巧则高兴得有点失态，挥手拍打着洪瑞祥："臭哥哥！坏哥哥！这样的好事怎么不告诉我！"

洪瑞祥说："现在告诉你也不晚呀！我还要提醒一下，这事暂时要保密，否则，我们会引来很多人的询问和纠缠，招架不住的。"

洪春山也说："你说得对，不患贫而患不均，我们家一下子有这么多翡翠，虽然只是边角料，那也够叫人眼红的！是要想想怎么办才好。"

洪瑞祥说："爷爷！一枝独秀不是春，一家独富更不是我想看到的！薄族者，没有好儿孙！我们要为亲友、乡党多想一些。在我们迅速发展起来的时候，必须要和大家共进退！"

洪春山点点头："这也是我想的！究竟怎么办，等后面的东西到了再说吧。现在，首先要考虑的是自己如何充分利用资源，不能辜负了张老爷子的一番美意。"

洪瑞祥说："是的，我们在房子建好启用之前，要先做两件事，一是招工并马上进入培训，二是把我们祖宗的老字号，'老祥记'亮出来，要做商标注册，做牌匾。"

洪春山说："对，不仅要招玉雕工人，还要招经销和经营人员，这事要专人来做。"

林如玉说："孩子有妈妈帮着带，这事我来吧，巧巧帮我。"

洪瑞祥点点头："可以！"

巧巧说："最好再招几个保安人员，让阿江教他们武功，还有，能不能买两条狼狗，买不到的话，我让我爸从村里挑两条送过来！"

林如玉笑笑："这事要得！"

众人开心地笑着。

钟小九说："你们都有事干，这房子建好之后，我干什么呢？"

洪瑞祥："玉雕技艺你学进去了没有？"

洪春山说："小九挺聪慧的，白天忙工地的事，晚上都跟我学雕刻，上手很快。"

洪瑞祥说："这就好，技艺要掌握住要领，这是我们这一行立身之本。除了这个，你要发挥你另外的一个优势，就是跑市场，管营销。"

钟小九笑了："保证做好！"

洪瑞祥又说："第一批边角料到的时候，会随车到一批新设备，阿江负责和到时候也过来的阿辉一起管好这批设备，教给大家使用的技术。"

刘江点点头。

王秋琴开始上菜，大家这才觉得饿极了。纷纷坐下，拿起筷子，端起杯子……

晚饭后，大家兴犹未尽，围坐在客厅里喝茶聊天，都在憧憬着未来。林如玉的爸爸妈妈也过来了。从他们口里，洪瑞祥知道了，王宗伟和夏相洲两拨人回村里后的一些情况。

王宗伟带出去的那拨人回来后，一个个兴高采烈，甚至可以说有点趾高气扬。他们对村里人说，他们托了王宗伟的福，都低价买到了好石头。王宗伟还从腾冲带回来了一个朋友，这个人带了一批包括切割机在内的设备和一批原石，准备在玉王庄开玉石商行。还放出话来，他的玉石商行可以向他买玉石的人提供低息贷款，也允许购买他的玉石的人分期付款。

洪瑞祥说："哦？这是好事呀！"

洪春山却说："我也听说了，但压根就不相信有这等好事！"

洪瑞祥："为什么呢？"

洪春山："不为什么，就因为这人，是王宗伟带来的！这个人什么时候都放不出好屁，拉不出金黄色的屎！"

洪瑞祥："要是这事对他有好处，帮他在村里带来好名声，让他有拿得出手的政绩呢？"

洪春山："就算他真干出点正事来，他也找不到正人君子来帮他！不信你等着瞧！"

林如玉父亲说："这人还让手下的人在村街上派发他的名片，见人就说：'这是我们坎爷的名片。'"

洪瑞祥："坎爷？哪个坎？门坎的坎？"

林如玉的爸爸掏出一张名片："呦！我也给派了一张。"

洪瑞祥接过一看，见名片上的头衔是：腾冲市缅玉连锁商行总经理坎丁。

洪瑞祥："想了解这个人应该不难。"

洪寿山又说："我见过回来后的夏相洲，他们情绪不高。"

林如玉的母亲说："是的，听他老婆说，他们这一趟算是白跑了，是买了一些玉石，但价格太高，刨去旅差费，估计没什么利润了。"

洪瑞祥皱起了眉头："这也有点怪我，我在腾冲没照顾好他们。"

王秋琴笑着说："你以为你是谁呀？听你一说，你在腾冲能照顾好自己带去的那些人已经不错了，还能管那么多！"

过了几天，坎丁临时搭起的切割工棚落成开业了。洪瑞祥也跑去看看，见工棚周围的地已经在动土开工了，一问知道是坎丁买下的地。再见到坎丁本人，不由一怔，这人他见过，正是在腾冲陪着王宗伟，想邀请洪瑞祥去泡温泉的"嵌先生"。不知王宗伟是故意的还是没弄清楚这"嵌"字的读音，就"嵌先生嵌先生"地叫着。这让洪瑞祥有点纳闷，既然是朋友，还把他带到玉王庄来，为什么"坎先生"会弄成"嵌先生"呢？

开门红鞭炮响过，机器便欢叫起来，在棚里棚外里三层外三层人的围观下，先切割的是跟王宗伟那拨人买回来的原石。但切了四块，只有一块微涨，其他三块都垮了。石头的主人顿时脸色苍白地挤出了人群。

洪瑞祥不由哀叹，看来跟王宗伟出去的这批人，运气也不见得有多好！

他不想再看下去，默默离开了。

又过了几天，洪瑞祥的楼房封顶了。又开始了紧张的装修。没等装修完工，这天晚上，一轻载重五吨的军车悄悄地开进了还在焊着货架的仓库。从车上卸下来几十麻袋的"废料"。

驾驶员是洪瑞祥熟悉的人，相见甚欢。驾驶员给洪瑞祥带来了李红军的一封亲笔信，告诉洪瑞祥："大队长说信里有重要机密，要你回去一个人慢慢看。"洪瑞祥便不急着拆看信的内容，要请驾驶员去县城里吃饭休息。驾驶员说时间耽误不起，必须马上返程复命。洪瑞祥理解这种军人作风，又见驾驶员有两人，可以轮着开车和休息，也不勉强，只是给了两人一人一个红包，驾驶员也不客气，接过行了个军礼，便开车走了。

望着远去的军车，洪瑞祥想起与张老爷子讨论用不用军车运"废料"时的情景。

洪瑞祥说："用军车？不行？"

张老爷子说："为什么不行？军民一家亲，互通有无，历来如此！"

洪瑞祥说："这样会影响李红军的！"

张老爷子说："影响什么？法不责众！你没看满街跑的挂着军牌的车？里面坐着的有几个是军人？有几个真是在执行军事任务的？"

看着张老爷子银白头发下面那张酷似愤青的脸，洪瑞祥竟一时无语。

张少辉和他带来的一男一女两个年轻人没有坐着军车来，而是自己开着一部中吉普。比军车足足晚了三个小时才到。寒暄过后，张少辉指着开来的那辆中吉普，对洪瑞祥说："这车是爷爷让我开过来借给你用的。他相信你很快就会有自己的车队，到时候我再把它开回去。"

洪瑞祥又是一阵无语。

安顿好张少辉与他带来的人，洪瑞祥才回到家里，如玉和女儿早已睡着。他在灯下展开李红军的信看了起来，一看之下，不禁暗自心惊，原来浓浓的睡意一下子扔到爪哇国去了。

李红军在信中说，洪瑞祥和他手下一起抓捕的那两名绑匪被交给公安机关之后，经过大量的侦查与复审，绑匪终于交代出了自己的真实身份和多次作案的事实。他们隶属于缅北一支反政府武装，专门负责绑票、勒索、杀人、放火和贩毒，是无恶不作的歹徒。他们的直接指挥者是一个叫王利群的上校团长，是蓉江人，他的手下有十支派出的小分队，干的全是被抓捕那两个歹徒一样的活。李红军基本确认他们所说的上校团长王利群，就是洪瑞祥打过交道的王庆文那个从劳教队逃走的儿子。而根据李红军手里的情报网络，发现王宗伟到腾冲之后，与缅北方面的人来往频繁，接触密切。因此，他觉得有必要向蓉江方面通报有关情况，并提醒洪瑞祥注意，要洪瑞祥务必提高警惕，防备王利群的手下或是王宗伟对他和他的家人下手，有必要时要申请有关方面给予保护。

洪瑞祥陷入了沉思。

他没有感到多少的害怕与担忧，更多的是愤怒。他曾经听人说过，王庆文曾吹嘘，他的儿子王利群不是没有出息，而是在国内英雄无用武之地，不能施展自己的抱负，所以他去了国外，参加世界革命去了，帮助那些没获得解放的人民去了。事实上却是参加贩毒，参与杀人越货去了。

他想到了王宗伟。想到王宗伟与王庆文、王利群的关系，想到王宗伟从腾冲带来的那个名与实都应是缅北人的"坎爷"。他们之间现在处于一种什么关系状态？他们在干什么？还想干什么？他们的目标是不是他洪瑞祥？应该是，但绝对不仅仅是他一个人。

该如何应对呢？一时之间，他还真的想不出万全之策。

他还是由衷地感激李红军能把这些绝密的消息告诉他，这是信任，也是对他和家人安危的真正担忧，是真正的交心。

第二天，他反复思虑之后，还是把刘江和陈茗乾找来，把李红军的信给他们看了。彼此交流了看法，共同发誓要背靠背一起战斗，要提高警惕，随时注视着王宗伟，还有坎爷的一举一动，确保各自家人和村民的平安。

接下来的一段时间，他们虽然打起了十二分的精神，却没有发现什么特别的反常情况。坎爷住在县城，每天开着车来去，他在切割工棚旁边的玉石商行也很快搭建起来，切割机不时在响。而王宗伟却是向人吹嘘，他买的两块原石，在坎爷那里全切涨了，又转手给坎爷，狠狠赚了一笔，随后他也开起了大众轿车，俨然成了首先富起来的人。他自己资本雄厚了，便托人四处向村里有漂亮姑娘的人家提亲，但奇怪的是竟没有一家人对他感兴趣。

洪瑞祥家的祥和楼竣工了，过两天就是揭幕开业的吉日。这一天，洪瑞祥在楼里忙了一整天，指点、布置、检查着各楼层的功能使用情况。直到下班的时候，才向家里走去。

路过坎爷的切割工棚，他见里面的机器还在工作着，而围着机台工作的人中，有那三个曾经买了原石在这里切垮了的乡亲。他不禁有点疑惑，这三人在村中属于中上人家的主人，手艺也不错，怎么就成了坎爷工棚里的工人呢？或者是，他们又一齐买了原石在这里切割？

他想看看，问问，但他确实太累了，也太饿了，犹豫了一下，还是没有走过去，匆匆回到家里，吃喝之后洗个澡，便倒头睡去，此事也就放下了。

开业前一天的夜里，第二车"废料"又到了，仍然是五吨卡车，仍然是李红军派来的军车和驾驶员。张少龄的大伯挤在驾驶室里一起来了，他是专程来祝贺洪家"老祥记"开业的。这一次军车没有连夜返回，两位驾驶员中有一位是上尉中队长，他代表边防大队的领导，前来祝贺"老祥记"的开业，他同时也带来了李红军的一封信。

洪瑞祥还是在临睡前才拆开信看，一看之下，不由出了一身冷汗。李红军在信中告诉他，边防大队在当地公安人员的配合下，又擒获了王利群手下两支行动小队的全体成员。在俘虏讲述的情况中，已知道王利群查出了那绑架张少龄的小队是毁在洪瑞祥手里的，据说当王利群听到洪瑞祥的名字的时候，气得当场摔掉了一个翡翠烟缸，发誓要让洪瑞祥死无葬身之地。要洪瑞祥一定要格外小心，尤其是防备王宗伟和从缅甸方面来的人。

洪瑞祥这一次没有那么淡定了。

二　空地

洪瑞祥一夜辗转反侧。第二天一早，他就跑到派出所，找到所长，说："我的祥和楼今天启用，'老祥记'也在今天揭幕营业，特来邀请所长前去参加揭幕庆典。还请所长多带几名警员一起去，最好能带枪，我接到报告，有人要来捣乱，恐怕还会乘乱抢劫。"

所长一听不敢大意，便带了几名警员，跟着到了祥和楼，洪瑞祥吩咐巧巧好生接待。

开业典礼如期顺利进行，热闹而平安。整个过程没出现什么意外。乡亲们来了许多。王宗伟也来了，还带着坎爷，一副真诚祝贺的样子。洪瑞祥心稍安。

庆典结束之后，洪瑞祥送所长他们离去。所长对他说，上面已有明确指示，玉王庄最近来了大量翡翠玉石，很招人注目，要派出所务必保证村民的生命财产安全，派出所已加强了对玉王庄的防卫力度，也通知了村子民兵营，让他们做好应急准备，随时可以拉出来投入战斗。他让洪瑞祥多与村民沟通，请大家加强警惕性，说他知道现在在玉王村，洪瑞祥最有身家，也最有威望。

洪瑞祥不知道对王利群的事情知不知道，知道多少，但从所长口里，已经知道上级治安部门对玉王庄的安全是非常重视的。

开业之后，生意出奇得好，不少珠宝玉器店、金银饰品店都跑来看样下单。洪家至洪春山以下，直至新招入的学徒工，全都忙得不亦乐乎。

随后，陈勤生家的，林和平家的，夏相洲家的及村里拿了地建店的人家，场店合一的商业楼宇纷纷落成开业，玉王村边的这一长段公路，变成了翡翠玉石一条街，不仅引起了镇里、县里的注意，连省里也知道了。县里派年轻的方副书记带着镇里的张镇长等人，到玉王庄来视察，并蹲点搞起了经验总结。

王宗伟露脸了。整天油光满面，陪着方副书记和张镇长在各家场店进进出出，指指点点，一副乡村改革带头人的样子。

洪瑞祥、陈茗乾、夏小雨等人，对这些视而不见，只是埋头忙自己的。

方副书记与张镇长走后不久，一纸通知下来，要王宗伟选取两家先进农村商户，然后带着他们上省里参加专业村镇工作研讨会，准备在会上介绍他们的先进经验，尤其是村里抓专业村建设的经验。县里还派了秀才来帮着整理发言稿。

王宗伟觍着脸来找洪瑞祥，请洪瑞祥和他一起去省里开会，洪瑞祥以走不开为由婉拒了。王宗伟又去找陈勤生，陈勤生一句"没兴趣"，直接将他拒之门外。他去找夏相洲，夏相洲指着店里橱柜里零零落落的几件小玉石，苦笑道："我现在是惨淡经营，撑不撑得下去还很难说，哪有脸皮去吹呀！"

最后，王宗伟勉强说服了一位姓陈的乡民，加上外来户坎爷，组织好了材料，经县里批准，如期到省里赴会去了。

这天晚饭后，洪瑞祥正与家中诸人围坐聊天，夏韵娟走了进来，说是有个事想请洪老爷子和阿祥帮着参谋参谋。洪瑞祥笑着说："夏阿姨有什么事尽管说，哪用那么客气！"

夏韵娟便说道："我看村里人把公路边那一段搞得挺红火的，来往的客商日益增多，高兴之余，总觉得缺了点什么。"

洪瑞祥马上笑着说："饭店！"

夏韵娟手往大腿上一拍："对呀！你们想想，那些来往客商，自己吃个中午饭也好，店家请他们吃也好，都要找车跑到县城去，多麻烦呐。还有，这公路四通八达的，来往的车辆人流也不少，总有人到这里要歇脚吃点东西的吧？所以，我想在路边开一家小饭店，卖个汤面、粿条饺子什么的，也可以搞一些家常饭菜。你们看可行吗？"

洪瑞祥说道："当然行！村里人都知道夏阿姨做得一手好菜！"

洪春山问道："你打算把饭店开在哪个位置？"

夏韵娟说："我在公路上来来回回走过好几次，有个地方正合适。就是现在公路左边中间有块空地，两边的房子都盖起来了，也都开张了，就那块地还闲着，我想等王宗伟从省里回来，就去跟他要那块地。"

洪春山却说："那块地我知道，你怕要不成了，那块地已经有主了。"

夏韵娟一惊："哦？那是谁的？"

洪春山叹了口气，说道："那两块也是准备盖店面的地，一块是林清溪的远房叔叔的，一块是茗乾的堂叔家的，这两个人当初不该跟着王宗伟去腾冲，听说两个都输得差点连底裤都赔上了。一个输在边境上的一个地下赌场里，一个输在买了坎爷的石头。还哪有钱盖店面，盖起来也没法经营。"

洪瑞祥吃了一惊，这情况他并不知道，他想起那天在为坎爷打工的三个乡亲，便问道："爷爷，他们现在是不是在为那个坎丁打工？"

洪春山点点头，说："是的，听说这坎丁给的工资还挺高，所以他们就去了，也算是一条生路吧。"

洪瑞祥心里却打了个问号，去腾冲，是自己先发起的，虽然爷爷说的那两位乡亲并不是跟着自己去的，但他们去了，却落了个倾家荡产，说不定给坎丁打工还是为了还债呢？

夏韵娟说："这样的话，我去跟他们说一说，多给他们一些钱，把地转给我，他们应该会答应的。"

洪春山点点头："可以吧。"

洪瑞祥却说："不行的，当初跟村里签的土地使用权转让合同都是一个文本的，上面有不许私下转让的条款，要转让的话必须先交回村里，再由村里办理新户的合同。"

夏韵娟说："那还是绕不开王宗伟那个讨厌的家伙。"

洪瑞祥说："夏阿姨轻易不会讨厌谁，怎么讨厌起王宗伟了？"

夏韵娟说："你不知道，前些日子他让媒婆三番五次跟我提亲，要娶小雨，那媒婆差点吃了茗乾的砖头。"

洪瑞祥哧哧一笑。

夏韵娟离开后，洪瑞祥便去找了陈茗乾，见夏小雨也在，便约了他们俩一起去林清溪家，林清溪正对着一块玉石在画设计图，见他们来了，便请到客厅去喝茶。

洪瑞祥把夏韵娟到家里说要办饭店的事说了一遍，大家都觉得是好主意，都笑着对夏小雨说，以后店里来客人都往她妈妈的店里请去，要夏小雨给他们打折。夏小雨笑着："还给你们打什么折啊，村里就算你们几个有钱，宰你们都下不去手，还赚什么钱啊！"大家都笑。

洪瑞祥又把夏韵娟看中的那块地的情况说了说，并说明找他的原因，就是这块地现在的主人是陈、林俩人的亲戚，他想让他们去和他们沟通一下，看看他们的现状，有必要的时候，要出手帮扶。

听罢他的话，林清溪和陈茗乾都没有马上接话，而且脸有难色。

夏小雨便说："阿祥，你想做好事又不想露痕迹，这点我很佩服，但你想让他们两位出面，是有点难为他们了。他们和这两位长辈虽有亲戚关系，但历来几乎不怎么来往，他们父辈之间有过龃龉。"

洪瑞祥一听便连声道歉："对不起，对不起，我还真不知道有这么一些不愉快的事！"

林清溪说："要不然的话，这一次他们也不会不跟我们走，而是和王宗伟他们搞在一起了。"

夏小雨说："这样吧，你们不想出面，我来做好人。我正想在我脸上画点花呢！要不然，我以后怎么去接替王宗伟的位置，我可是有野心的！"

大家便笑。陈茗乾说："就这么办，出钱出力只要是在能力之内，都没问题。对吧，阿祥哥，还有林老师？"

洪瑞祥和林清溪都不住点头。

过了几天，夏小雨觉得情况都摸清楚了，便约洪瑞祥与陈茗乾一起来到林清溪的画室。一见林清溪，她便嚷道："林老师，你那远房叔叔危险了！"

林清溪一惊，忙问道："他怎么啦？"

夏小雨这才咬牙切齿地说道："那个叫坎爷的，是条狼，是个畜生，在腾冲，他带着王宗伟那帮人去边境的一个地下赌场。那一次好像他还没设什么局，他们去的人玩了一晚上，都有输有赢，出入不大，没有伤筋动骨。只有茗乾的那个堂叔，一开始输了些，便失去了理智，越赌越大，输光了，说借了坎爷的钱，坎爷当时让他看了借款协议，他也无暇细看，按了手指头，就拿了钱继续赌，借的钱也输得一分不剩，出来时一看借款协议，才知道是利滚利的高利贷，就这么栽进去了。而其他人，则是后来在坎爷的鼓动下，向他借了钱，买了石头。回来后，那石头切涨了的，还好，切垮的，也全栽了，因为借的都是高利贷！没办法，现在但凡是借了坎爷高利贷还不了的，都替他打工了。明着说是工资不低，但工资的百分之八十，都被扣走还高利贷的利息了，而什么时候能还到本金，可以说，谁都不敢想了！"

洪瑞祥怒不可遏，一拳头砸在画桌上，一整块玻璃板碎了，洪瑞祥的拳头也淌着血。但他却不知道疼，只是吼道："欺负到玉王庄的人头上来，他有几条命！"

夏小雨一边找来棉签给他擦着拳头上的血，一边说："这些情况，当事的人没一个肯说实话，是我做通了他们儿女的工作，他们才哭着告诉我的！"

如果不是坎爷现在还在省城，他肯定立马就去找他算账。

他们又谈了一会儿如何帮助这些受害人，结论是只能等情况全都弄明白了，让有关方面将坎爷放高利贷的事先处理结案，才能够再去帮这些人了。

洪瑞祥虽然心里着急，但他只能如此。

回到家里，把此事与爷爷和父亲一说，他们都认为，洪瑞祥也好，夏小雨也好，其他人也好，都不宜直接去管这件事了，只能把这件事报告派出所，让他们出面调查落实，然后由官方出面处理，才能圆满解决。

洪春山说："这件事能把坎爷的真面目揭开了，是件好事，一来可免其他人继续受他的骗，二来，不管到头来如何处理坎爷这个人，对王宗伟都是一个打击，他不得不又一次稍稍缩起尾巴做人，这样对夏韵娟要那块地也有利。"

他们不知道，这时候在省城，王宗伟不得不又夹起尾巴做人了。

他这次参加的会议是省农业厅举办的。而原来他们县委的李书记就是调到这个厅当常务副厅长的，会议并不是他在主持，他只是在会议日程表上看到，这天上午介绍经验的是玉王庄的代表，便抽空过来看看，来时王宗伟正在台上发言，他便悄悄走到主席台的一侧坐下，还摆手示意会议的主持人不要惊动大家。

王宗伟并不知道差点在调离前要他去养猪的县委书记，现在的副厅长就坐在他后面，还在十分自得地读着他和方副书记带来的秀才一起编造的假话，说他是如何感受到党的方针路线的重大转变，如何把心思用在乡村的经济发展上，如何在村子里耐心细致地做乡亲们的思想工作，特别是如何消除重点专业户洪瑞祥、陈茗乾等人的思想顾虑，动员他们申请用地建工场建商店，又如何了解世界玉石生产动向，带队到腾冲去取经，去采买玉石，去说动当地的商家落户玉王庄……

殊不知坐在他后面的李书记越听心里越恶心，如同吃了只苍蝇一样不吐不快，竟站起来，对主持人说道："请发言人暂停发言，我有几句话想要问一问他。"

主持人一怔，但常务副厅长的话他不敢不听，况且这时候的李副厅长一改平常温煦柔和的脸色，神色冷峻得让人胆寒。

主持人便走向王宗伟，对他说："先暂停，李副厅长有话问你！"

王宗伟一怔，一回头，便看到了他原来熟悉的李书记，叫了一声："李书记！"便想向台下走去。

李副厅长却冷笑着说:"别忙着下去,我问你一个问题,请你当着全体参会人的面回答。"

王宗伟知道不妙,脸色一下子白了,汗水开始冒出来了。

李副厅长问道:"你的发言里面,有几句是真话?"

王宗伟蒙了,他嗫嚅着:"这……这……"

李副厅长又是一声冷笑:"这都答不出来?那好,我来替你说说吧。"

他走向台前,对着麦克风,朗声说道:"同志们,玉王庄的事情我比大家了解多一点,真实的情况是,党的改革开放的春风,早已吹到了农村,农民群众自发行动起来了,玉王庄是个百分之九十的人都懂玉雕工艺的村子,他们自己站出来要求开工场,办商店,办专业村。但我们这位王宗伟村主任,差一点让县委调去养猪!"

底下的人一阵哄笑。

李副厅长接着说:"他怕去养猪,才急忙转变立场,办了些早就该办的事。今天,看在他还是办了点事的分上,我决定还是暂时不让他去养猪!"

台下的人喊着:"让他去养猪!让他去养猪!"

李副厅长看着满头大汗、狼狈不堪的王宗伟说:"回去吧!回去好好为专业户们服务,好好为乡亲们做事!替我告诉洪瑞祥、夏小雨他们,我看好他们,半年之后,我会带今天参会的人去玉王庄看看。到时候再检查一下你的表现,让群众来投票!洪瑞祥他们给过你机会,我也给你一次机会。"

王宗伟松了口气:"谢谢李书记,不,李副厅长!"说着,仓皇走下台去,在人们鄙夷的目光中,直接离开了会场。

这时候,带队来参会的方副书记并没有在会场,所以他看不到这场好戏。他正坐在李副厅长的办公室外面,喝着李副厅长秘书给他泡的茶水,静静地等着李副厅长。

李副厅长从会场回到办公室,一眼便见到慌忙站起迎向他的方副书记,问道:"你来干什么?"

方副书记与李副厅长曾是同事,他认为有这一层关系,彼此之间很好说话,并嘻嘻笑道:"还有什么事,要点钱呗!"

李副厅长问道:"要钱干什么?"

方副书记说:"想从你这里弄点专业户的扶持资金,这名正言顺的!不会让你为难吧。"

李副厅长冷笑一声:"你还好意思说扶持专业户?你都扶持了什么?哪个专业户是你扶持的?"

方副书记一时语塞:"这……玉王庄……"

李副厅长怒道:"你还好意思提玉王庄!告诉你,王宗伟让我赶回去了。你也早点回去吧。想要钱,把工作做好再来!"说着,径直走进里面的办公室,顺手把门关上了,让方副书记站在门外一阵难堪。

回到会议指定的宾馆，找人了解了一下，才明白了李副厅长给他脸色看的原因，气便不打一处来，他叫人喊来了王宗伟，一见面便破口大骂："你这个王八蛋！欺骗了县委，又欺骗到省里来了！这一下子，我们的脸全都给让你丢光了。李副厅长大人有大量，就这样还不让你去养猪！好，他不让你去养猪，我让你去养鸡！去当鸡司令，大鸡小鸡随你骗！只要不丢别人的脸就行！滚！"

王宗伟没有滚，而是从口袋摸出一张存折来："方副书记，我知道你去李副厅长那里申请专款碰了壁，这都是因为我。我这有五十万，是私人的钱，但可以给公家用，以表示我的一点歉意。"

说着，把存折放在方副书记面前。

方副书记怒火更旺："想干什么？"他吼了一声，拿起存折砸在王宗伟脸上，更大声地嚷着："快滚！"

王宗伟这回就真转身"滚"了，但却没有把掉在地上的存折捡起来。

回到县里，王宗伟直接回了玉王庄，坎丁似乎听到了什么风声，留在县里住的地方，然后就找人来商量事情。

知道王宗伟回来了，夏韵娟就登门找他。王宗伟的态度特别好。听了夏韵娟的要求，只是问道："你想开多大的饭店啊？那可是两个工场加商店的用地，大了点吧？"

夏韵娟想想，也确实是，自己还办不了那么大的饭店，便说："也是，那就给我一半吧。"

王宗伟说："我找个人来和你一起商量，他也想在那里办一个饭店，你们合作一起办，把地全要了也行，分开办，一人一半地，或一个人的地大点，一个人小点，你们商量着办，好不好？"

夏韵娟当然说好。她没想到事情会这么顺利，更没想到的是来和她商量的人是彭珊珊，王宗伟的母亲。彭珊珊性子柔和，和夏韵娟很谈得来，她们各要了一半地办了一个特色迥异的饭店。两家饭店相得益彰，生意都好。俩人也成了姐妹般的好朋友，在彭珊珊最困难的时候，夏韵娟还特别地关照她。这是后话。

三 坎爷

洪瑞祥这几天很是郁闷。

他和林如玉都有早起的习惯。清早醒来，林如玉见洪瑞祥依旧愁眉不展，又见女儿敏敏正把肉乎乎的小拳头指向窗外。便说道："敏敏一早就想到外面去了，你抱着她出去走走吧。"

洪瑞祥便抱起女儿走出门去。

夏日的晨光亲切和煦，微风从田野上拂过，禾苗和竹林轻轻起舞。小敏敏兴奋得手舞足蹈，洪瑞祥也觉得神清气爽。

刚走近竹林边，林如玉便赶了上来，说道："我想进厨房帮妈做早餐，被妈赶出来了。妈说，厨房里烟熏火燎的，再出点汗，小敏敏又不让你抱了。"

洪瑞祥便看着小敏敏默默地笑，说道："我们小敏敏最聪明了，妈妈身上臭，就不让她抱。"

林如玉打了洪瑞祥一下："谁臭了！"

洪瑞祥说："这就要问敏儿了！"

不用问。每一次林如玉进厨房忙完出来，要抱女儿，小敏敏总是又是耸鼻子又是皱眉头的，就是不让她抱。

林如玉拍着手，对女儿说："妈妈没进厨房，让妈妈抱！"

敏儿却一个劲地往洪瑞祥怀里钻，就不伸手让妈妈抱。

林如玉："嗯？这又是怎么啦？"

洪瑞祥笑道："这是另一个问题了。女儿就是跟爸爸亲，这是天性，你赶快生个儿子吧，儿子跟妈妈亲。"

林如玉笑道："还生啊？还没被罚够？"

洪瑞祥笑道："只要你生，怎么罚我都认！"

林如玉："有钱了！腰杆硬了！"

洪瑞祥却是脸上一冷："别说钱，一说就烦。"

林如玉："怎么啦？看你这些天一直心事重重的，不会是钱上有困难吧？"

洪瑞祥说："不是我们，是村里大多数人！你去大多数人的店里看看，翡翠玉石买不起，大多数人弄不到原材料，又走旧玉器回收的路，那是极其薄利还不好销售的活。靠这个，能维持店面的经营吗？如果这样子下去，不用多久，玉王庄的玉器店大多数要关门了！"

林如玉："这几天你就烦这个？"

洪瑞祥："还有，坎丁放高利贷坑害村民的事，我去派出所报案了，但派出所找当事人调查了几天，没一个当事人承认有这事。我真的想不明白了，这究竟是为什么？他们就甘愿受坎丁这种伤天害理的盘剥？"

林如玉："就这两件事？"

洪瑞祥："这两件事还不够呀？"

林如玉默然。

在竹林里走了一个来回，两个人都在思索着，没有说话。

出了竹林，眼看就要到家了。林如玉才说："第一个问题，我看可以这样，把我们的边角料拿出来分给大家吧。"

洪瑞祥摇摇头："这个做法我想过，但解决不了根本问题，那两车边角料，对我们一家来说，是够多的，但分给全村，每家能有多少？没几天又照样没原料了！"

林如玉叹了口气："顶得一时算一时吧。"

洪瑞祥又说:"还有个深层的问题,玉王庄的人你我都是了解的,谁也不想得到别人的好处,我们呢,也不想让全村的人都觉得欠我们的情!这才是最难的!"

林如玉想想也确实如此:"说的也是。"

洪瑞祥:"再想想吧。"

小敏敏突然"哇"的一声哭起来了。

洪瑞祥:"她饿了?"

林如玉:"不,忘了给她换尿片了!"

吃罢早饭,洪瑞祥向祥和楼走去,见原来夏韵娟想要的那块空地上已有人在放线准备挖地基。而路边上,有人在用小推车将一车车砖头、新瓦送来,卸下。而夏韵娟则拿着一个本子,在记着数。

洪瑞祥走过去,笑着说:"夏阿姨!恭喜啊!开工了?"

夏韵娟:"谢谢了!你上班啊!"

洪瑞祥点点头,有点疑惑地:"阿姨,你买砖和瓦,该用大车一次……"

夏韵娟:"砖瓦我还没买呢!这些砖瓦是乡亲们建场店没用完的,都说放着也碍地方,都给我送来了。我怎么能白要乡亲们的东西。我就把数记下来了,等饭店开张了,他们的这些砖瓦我就给他们折算成饭钱。"

洪瑞祥恍然:"哦!原来是这样!你就当是先借了用!借砖瓦,还饭菜!好主意!"

他忽然觉得脑袋里灵光一闪,有计较了。

回到公司,他便把刘江找来,要他带几个保安,把张老爷子送来的第二车"废料"分门别类地归整一下。

张老爷子送来的第二车边角料,更杂更乱,更参差不齐。

刘江刚答应着出去,派出所所长便来了。他告诉洪瑞祥,他手下的人向他报告,坎丁回到他的商行了,而那几个贷了他高利贷的乡亲也都去他的商行上班了。他想约洪瑞祥一起去会会坎丁和那些乡亲,希望熟悉和了解乡亲们的洪瑞祥能够在接触中帮着察言观色,看能不能看出他们的破绽。

洪瑞祥自然应允。

到了坎丁的缅玉玉王庄商行。坎丁正在和洪瑞祥熟悉的几位乡亲谈话,他的办公室里烟雾弥漫,洪瑞祥一进来便被呛得连连咳嗽,派出所所长却是深深吸了吸烟气,脸上闪过一丝警觉,然后才不动声色地坐下。

坎丁见过派出所所长,在洪瑞祥公司开业那天,洪瑞祥介绍他们认识的。所以坎丁一见他们,忙起身让座,又从抽屉里掏出一包中华,而后给他们两人敬酒。

所长微笑着看向桌上的一包白皮烟,说道:"这中华我抽不惯,还是来一支你们刚刚抽的那种土烟吧!"

坎丁依旧执着地向所长递着中华烟:"那烟怎么能敬贵客,那是我们家乡出产的土烟,太浓,太呛,一般人接受不了。"

所长却站了起来,一伸手就把桌上的小半包烟拿在手里,往口袋里一塞:"好不好是一回事,没抽过那才是最吸引我的,这几根烟就归我了,坎总不会舍不得吧。"

坎丁有点愤怒:"你这像……"

所长笑道:"像土匪是吧?要是土匪只抢这么几根烟,还是抢我们坎爷的,那这土匪简直太好了。"说着,神色一变:"坎丁!我今天来是想请你和他们这几位玉王庄的老乡对质一下的,有人反映你向他们放了高利贷!利滚利的高利贷,可有此事!"

坎丁镇定自若:"是谁在胡说八道的?是你吗?洪瑞祥!"

洪瑞祥冷笑道:"是我又怎样?人在做,天在看!别以为你控制了几个人就天衣无缝了!告诉你,你控制了当事人,不一定能控制得了他们的家人,控制得了他们的家人,不一定能控制得了所有人!你能掩盖一时,但你掩盖不了你所有违法犯罪的痕迹!你还是主动向有关方面自首认罪吧,那样也许下场还好点!"

坎丁怒道:"好啊!都说中国的农民心胸狭窄,我原来还不信呢!这回我真真切切地看到了,就因为我是外来投资者,就因为我的生意好,就因为我抢了你的风头,你就非把我赶走不可!告诉你,我不会走的,我要去上面告你,告你诬陷罪!"

说着就向外走去。

所长却久久地瞪视着那几位乡亲,对于坎丁的离去,似乎毫无感觉。

洪瑞祥提醒道:"所长,坎丁走了,他会不会跑掉?"

所长看着那几位乡亲说道:"他跑了好啊!跑了最好就不要再回来,那我们这几位乡亲不就解放了!"

几位乡亲不知为什么都不约而同地低下头,脸有惧色。

所长又说:"你们几位我也不想问你们什么了,你们可以回去了,等你们难受的时候再来找我!"他转身对洪瑞祥说:"我们走!"

走出商行大门,洪瑞祥又问道:"所长,你说坎丁会不会真的到镇上或是县里说我们坏话?"

所长说:"如果他敢去的话,我还真佩服他了!他离死不远了!"

洪瑞祥一惊:"他?如果他不是去告我们,那肯定是脚底抹油,溜了,还……"

所长一脸正色:"你以为我们国家的专政机器是纸糊的!"

洪瑞祥:"我怎么越听越不明白?"

所长:"你很快就会明白的!"

洪瑞祥:"你就不能多告诉我一点吗?"

所长:"不能!"

洪瑞祥:"你们这种人,是不是轻易不相信朋友?"

所长:"我们是朋友吗?"

洪瑞祥:"以前不是,以后会是的,我觉得我们是一路人!"

所长:"那就等以后再说吧!"

洪瑞祥："我还不知道你贵姓？"

所长："免贵姓李，单名严。"

洪瑞祥："怪不得这么严肃！"

李所长扑哧一笑："我不仅严肃，还活泼呢，找个时间我请你去吃竹笋野菌炖山鸡！那是我的最爱，到时候你看我还严肃不严肃，活泼不活泼！不过，你要是没一斤泸州老窖的量，你就别来！"

坎丁一去不复返，而紧跟着坎丁的那几位乡亲，在两日内却一个个发病，被一直监看他们的警察及时送进了医院。

村里一片惊慌，人心惶惶，而那几位得病的家人更是坐立不安，不知如何是好。李所长只好在村里召开群众大会。他当众宣布：坎丁是缅北一个武装贩毒集团的人，在境内作恶多端，已被抓获。几个生病的乡亲，实际上是吸了坎丁送的掺入了海洛因的香烟而染上了毒瘾，幸亏中毒未深，戒毒一段时间，便可平安归来，请乡亲们放心。

村里这才人心大定，而对于引狼入室的王宗伟，村民则要求有关部门对其严加审查。

村民大会之后，洪瑞祥问李所长，坎丁放高利贷的事交代了没有？

李所长笑道："交不交代无所谓了，光贩毒之罪就够枪毙了他好几十次了。关于村民们欠他的高利贷，只好等他百年之后到阎王那里去讨回公道了。现在，高不高利贷已经和他们没有什么关系了。因为坎丁不可能退赔，也不可能再收钱了。"

事情这样了结，也算是不幸中的万幸了。

李所长又笑着道："这次破了坎丁的贩毒案，纯属偶然，不是你洪瑞祥反映他放高利贷的问题，我就不会约上你去找他对质，但一入他的办公室，我便闻到了海洛因的味道，而凑巧'缴获'了那几支土烟，坎丁一案便已铁证如山了！当时我就知道坎丁完了！高利贷一案追不追究都没太大意义了。因为近日在县里发现了有人吸食海洛因，据说在玉王庄还有毒品暗中买卖。正在寻找源头，不想老天对我不错，这事赶到我头上。我立大功是板上钉钉的事了，只可惜本来也有你一份功劳，却不知如何表彰才好。"

洪瑞祥开怀一笑："抓了坎丁，救了乡亲，就是对我最大的奖励！"他想了想又说："虽然你认为高利贷是案中案，破不破无所谓。但我还是真心庆幸，你不知道这高利贷对乡亲们的危害有多大！想起来我心里还有些后怕。"

李所长听了洪瑞祥这一席话，久久地看着他。

洪瑞祥被看得不好意思，说道："怎么啦？我说错什么了吗？"

李所长笑着说："你没有说错，而且，你的话是真诚的，是心里边冒出来的！所以，我才感动。你对村里那些本来与你可以说毫不相干的人的关切，让我看明白了你。没说的，你这个朋友我交定了！走，正好今天没其他事，我请你喝酒去。"

李所长自己开车，把洪瑞祥带到离玉王庄挺远的一个开在一条小山沟里的乡野小饭店。

车停在小饭店门口，李所长从车的后备厢里拎出两瓶泸州老窖，他显然跟饭店的老板挺熟的，见面只说了一句："老三样。"便找了个能看到山间飞瀑的位置坐了下来。

洪瑞祥喝彩道："哇！这环境真不错！"

李所长说："你知道我跟谁来这里最多？"

洪瑞祥笑道："那肯定是老情人了！"

李所长哈哈一笑："你这么个少年老成的人，也会开这种玩笑！"

洪瑞祥却认真地说："不是老情人，那我就猜不出来了。"

李所长："是我们原来县委的李书记，现在的省农业厅副厅长！他比我更喜欢这里！"

洪瑞祥一怔："李书记？嗯，我信！他应该是个很懂生活情趣的人！"

李所长："他是我堂哥！"

洪瑞祥又是一惊："哦！那……他调走了，你还留在这里？"

李所长说："我不是小孩了，难道他走到哪我跟到哪。不过，我确实跟他的时间很多。小时候，我总黏着他，原来，他在部队当了官，又把我弄进去当了他的兵。他转业到地方，我也跟着退伍当了警察。但不管在哪，他身边的人都不知道我跟他的关系，在工作和职位级别上，他从来没有给我说过一句话。"

洪瑞祥点点头："李书记是好官！"

李所长感慨地："我知道，比你更知道。他待我很亲，比同胞兄弟还亲。他有空，就会约我到这里喝酒。除了我堂嫂，还有我堂侄儿红军，他没带过别人来。"

菜还没上，李所长就已三杯下肚，脸有点红，说话更直率："我这个堂哥很少夸过谁，却在我跟前说过你好几次，说你各方面都够优秀，可惜你不从政，说你干什么都能干得好。说实在的，我以前对他的这些话很不以为然。他走后，我才调到你们这块来，一来，就听到不少你的好话，所以，就注意上你了！"

洪瑞祥："糟糕，让警察注意上肯定没好事！"

菜上来了，"老三样"还真不错，一锅鲜笋、鲜菌炖土鸡，一条清蒸山坑鱼，一碟山里的野菜。两个人几乎同时停止了说话，呼哧呼哧地先喝了两碗鸡汤，啃了半只鲜嫩的鸡，这才又有了说话的兴致。

李所长说："你刚才说了什么？让警察盯上不好？别人也许是，你就不是了！对玉王庄，我虽然知道的事情不多，但从你十几岁起，不知为啥惹上了王庆文，这十来年，从王庆文到王利群到王宗伟，哪个不是明枪暗箭地对你？那天你的祥和楼和公司揭幕，你找我，又要我带人带枪的，你以为你是谁呀？你一个平民百姓一句话能调到警察？"

洪瑞祥一想，当时自己真的是有点乱了方寸了，如果当时境外的王利群真的派人乘他公司开业庆典时搞一次恐怖袭击，那后果不堪设想。他那时候找李所长，还不敢把话说得太明白，怕反而吓到这些小警察，没想到李所长二话没说就带人带枪来了。

李所长举杯和他碰了一下，一口喝干，又说："红军把你的情况和处境都告诉我了！以后呀！有什么事不要再瞒我！"

洪瑞祥歉疚地笑笑说："你放心，不会了。"

这顿饭吃得十分舒坦。洪瑞祥更是高兴，他觉得在玉王庄有这么一个当派出所所长的好朋友，心里踏实多了。

但没过几天，李所长带着一个人到村里来，告诉洪瑞祥，因为这次破了贩毒大案，他不仅立了功，还升级升了职，肩上多了一颗星，调到局里当副局长了。接替他的就是他带来的人，原来所里的副所长。洪瑞祥这才注意到他带来的人，竟是一名警花！年纪比他还小两岁！

见洪瑞祥一脸惊讶，原来的李所长，现在的李副局长说道："别看她年纪小，可是公安大学的高才生，全国女警擒拿格斗进了前十。公安报上有她的专门介绍，她叫林广场，不信你可以查查。"

四　赌场

洪瑞祥的"老祥记"主营玉器，但字画他也不放弃，在祥和楼里他搞了一间大画室。他和林如玉、巧巧一有空便在这里写字作画。

洪瑞祥有意让新上任的派出所所长林广场和林如玉认识，便说要送一副字作为李所长升职的贺礼，把他们俩请进了画室。

林广场一见林如玉和巧巧以及她们作的画，便都喜欢得不行，坐下来就不想走了。还美其名曰今天是她的联系群众日，她就在这联系如玉姐姐和巧巧妹妹了。

李副局长也乐见其与洪瑞祥家人打成一片，便由着她，自己拿了洪瑞祥送给他的字画，告辞走了。

送别李副局长，洪瑞祥便按他原来计划好的，让刘江把一堆堆分门别类整理好的翡翠边角料摆放在大会议室里，又让人分头去几个主要的场店里把主事人请来。

他要"借"给这些苦于原料不足的场店一批边角料。这个做法，是他从夏韵娟"借"砖瓦的事情中受到了启发，演变成自己的一整套想法的。他希望他的这一套想法的实施能使玉王庄的乡亲们突破目前这一缺乏原料的发展瓶颈。

众乡亲一踏入会议室，看到那一堆堆的边角料，都不明所以，有的以为这些边角料都是洪瑞祥公司制作玉器中产生的，不由暗暗惊叹洪瑞祥生意发展得够快，这该是多大的生产规模呀？有细心的便发现这些边角料有的是弃置已久的，断口处已不新鲜，有些还染上了灰尘泥土，心里便打上了问号，"老祥记"的这些边角料是从哪里淘来的，放在这里干什么？找他们来参观？

洪瑞祥请大家坐下，让员工给大家端上热茶，这才说道："今天请大家来，是想和大家商量点事情。在这之前，大家可能有点疑惑，村里人摆开阵势做生意，起步都不久，为什么大家很快就缺少原料，生意一下子清淡了，而我的祥和楼，一直货源充足，货如轮转，有些人可能以为我家底丰富，财雄力大。其实不然，我家的店之所以能较好地维持，全靠你们现在看到的这些玉石的边角料！这些边角料虽做不出大件玉器，但做一些常见的、畅销的、价位不高的饰品却绰绰有余。这些，大家都懂的，我啰唆了！"

众人顿时议论纷纷，有人直接提出："阿祥，能告诉我们这些边角料你是怎么弄到的吗？"

洪瑞祥说："今天我要说的就是这一点。这些边角料，是我一个在腾冲认识的朋友，他们在挖基建地挖出一坑翡翠料，据说已几百年了。在我离开腾冲后帮我收集的，然后用车给我运了过来。"

众人眼睛一亮："腾冲！"

洪瑞祥说："对！腾冲！大家都知道，腾冲有几家几百年前就从缅甸进口石头的玉石作坊，不仅是腾冲，腾冲边上沿着滇缅边界的瑞丽等地方，都有玉石产销，都有边角料。大家可以去收购。对于当地人来说，这些原来他们都是当垃圾扔掉的！"

大家又是议论纷纷，都面露喜色。

洪瑞祥诚恳地说："公开去求人家把边角料卖给你，可能有点没面子。但我们要知道，我们现在除了手上的手艺，其实是一穷二白，要从无到有，就不怕人家一开始小看我们，我们用我们精湛的手艺，让边角料成为主料，变废为宝，这其实是更露脸的事！等我们积累够了，我们也可以大批购进原石！说不定有一天，我们玉王庄的人会成为缅北翡翠玉石的最主要最重要最受欢迎的大客商团队。"

众人纷纷鼓掌，为他的话喝彩。

洪瑞祥又笑着说道："只要用心，这些边角料绝对可以成为宝贝！我打算每家店场都'借'三公斤的边角料给你们试试！觉得我的话对了，就启程去腾冲，去买边角料，不过，为了大家的利益，别把边角料的收购价抬得太高了！"

众人又是一阵欢呼，一阵掌声。

众人提着边角料走了，没来听洪瑞祥动员的人也来了，都拿到了边角料。

洪瑞祥的心又落到了实处。他知道，边角料这一条路子，比给玉王庄这些刚起步的商家注入多少资金都有用。

他还有一点小算盘，借此炒热腾冲玉石边角料的价格，然后按炒起来的价格与张老爷子结算，可不能真的一公斤一毛二毛的，张老爷子帮的忙够大，他不想亏欠人家。

虽然，这样做吃亏的是自己，以后，自己也许就没有占有大量边角料这一优势了。但他知道，他不可能靠边角料做一辈子，他要创新，他要创造，他要把玉石的最灿烂、最美丽、最有价值的一面呈献给世人，把中国的玉石文化的传承与发展推向一个新的高峰。他也要去买大块的玉石，也要去赌石场上搏杀！他将是如此，玉王庄的乡亲们也将如此！

两车边角料，借出去了一车。忙到下午，大家都累了，但心里十分轻松愉快。洪瑞祥便叫上刘江、张少辉，还有在画室里的巧巧和林广场、林如玉，挤在一辆车里，到李副局长最钟情的山间饭店吃饭。众人一下子都喜欢上这里和这里的饭菜，便相约过两天在这里设宴庆贺李副局长的荣升并送他上任，嘱咐饭店主人到时多做些好菜。

接下来的一段日子里，可谓是好事连连。村里有人迫不及待地去了腾冲，很快便大包小包地运了回来。便有更多的人跟着去了。但这些人在腾冲掀起的边角料收购浪潮，似乎并没有影响张老爷子的"废料"收集工作,第三车边角料到了,依然还是军车送来的。同时也带来了李红军的信,看完信之后,洪瑞祥心中大定。信中说边防部队对边境加强了管控力度,王利群及其他境外黑恶势力不敢再轻易越境,在境内的也被消灭殆尽。玉王庄的人可以放心大胆地到腾冲去。

而有一天,村部前面的宣传栏里,原来长期没有变换过的计划生育宣传画被覆盖了,新贴上了三份醒目的通告。一是市法院关于坎丁被判以玉石生意为掩护,在原石中挖洞藏毒,大量贩毒的罪行处死刑,经最高人民法院核准,已在蓉城执行枪决的公告;二是镇党委关于王宗伟被记大过的决定;三是王宗伟关于自己失察而引进坎丁这个非法投资商,差点坑害了乡亲们的沉痛教训,向全体村民公开检讨的公开信。见到这些通告,村里不少人放起了鞭炮。

而在鞭炮声中,洪瑞祥一家子却又是欢笑,又是叹息。原来他们刚接到洪瑞麟的来信。信中他告诉家人,她与林晓翠已在外婆夏淑萍的主持下,闪电结婚,原因是林晓翠已珠胎暗结。洪瑞麟还大言不惭地宣称,他一直在向家中的骄傲、自己的哥哥洪瑞祥学习。哥哥怎么做,弟弟就怎么做,自信当弟弟的不会比哥哥差。

洪瑞祥笑道:"这小子,胡说八道,回来我非收拾他不可!"

王秋琴笑骂道:"收拾他干吗?要收拾也先收拾你!"

洪海涛也说:"还是让他们回来补一下手续吧。摆酒的事就阿祥你来张罗了。"

洪瑞祥与林如玉只有相视一笑。

夏韵娟的饭店已经开业了,生意挺好的。洪瑞祥与林如玉一商量,决定把洪瑞麟与林晓翠的婚宴交给夏韵娟来办,大家落得清闲。

风平浪静,有钱落袋,其乐融融的日子易过。一晃几年过去。小敏敏已上幼儿园,她的祖爷爷也已显出老态,腿脚不太灵便了。这天在饭桌上,林如玉把碗里的瘦肉吃了,把肥肉给了洪瑞祥。小敏敏便说:"小敏敏是老爷爷的腿,爸爸是妈妈的嘴!"众人一怔,但马上就笑了起来。小敏敏一嘟嘴:"有什么好笑的?老爷爷走路不方便,我给他当拐杖,让他扶着我的肩膀走,这是对的!但妈妈自己不吃肥肉,却偏偏让爸爸吃,就不怕把爸爸喂成大胖子啊!"

众人一听有道理,都夸小敏敏说得对。林如玉马上检讨:"对对对,以后我不把肥肉给你爸吃了!"

洪瑞祥却说:"日子过得有些太安逸了,就算如玉不给我肥肉吃,长此下去,我也肯定会吃成个大胖子的!青春易逝,再不好好拼搏一下,以后就该后悔了!"

洪春山的声音苍老而嘶哑:"你想怎么拼搏?"

洪瑞祥说:"缅北有了定期的公盘,平常日子里玉石交易也越来越兴旺,我想去看看,有合适的,多弄一些体重大的玉石回来,创作一些有社会意义的,有更高历史和现实价值的作品。"

洪春山点点头:"是时候了。"

但大家心里又都十分担心。

他们知道，所谓的公盘，就是合法的，受有关方面保护的大型或是稍大的赌石盛会。

赌石，毫不夸张地说，就是一场场从头到尾都充满未知数的、惊心动魄的、让人灵魂出窍的赌博！是关乎赌石人命运的生死搏杀。所谓一刀穷，一刀富，一刀穿麻布！就是赌石的真实写照。

为什么会出现"赌石"这种近乎残酷而又可能是奇迹丛生的交易方式？根本原因在于玉的贵重，而其贵重程度，又远非金银可比，金银可以以克论价，金矿银矿，可以以其含量论价，但玉不能，因为美玉无价！价可连城！而同样一块玉，同样是种色相近的玉，其价位也因人因时因地而异。它与人的运气更是密不可分。尤其是未知因素更多的原石，既然无法定价，那就赌吧，让人把运气和身家一起押上，谁的运气好，够眼光，够胆色，谁出的价最高，那石头就是谁的。

约定俗成，谁要想得到原石，都只能走这华山一条道。

风险和机遇共存，谁也不能给谁打保票。

洪瑞祥和他的挚友们，相约义无反顾地走向这大赌场。

张老爷子已垂垂老矣，走路都是挂着拐杖一步三颠，仍自告奋勇为他们压阵。

数度往返，倏忽间一年过去。这一年里，洪瑞祥、林清溪、陈茗乾三人始终结伴而行。他们胆大而谨慎，敢冒险又不冒大险，赢了，哈哈大笑，合影一张；输了，淡淡一笑，还是合影一张。只是赢了的合影里有张老爷子，输了的都没有他。他们希望张老爷子只留下快乐，不留下难过。

这天晚上，长途车在玉王庄的公路旁停下，洪瑞祥等人从车上卸下几块有点分量的玉石，见夏韵娟的饭店还未打烊，便提着东西走了进去。

夏韵娟见到他们，十分高兴，忙招呼他们坐下，说道："饿得前胸贴后背了吧，先喝点水，菜马上就上！"说着就往厨房里忙去了。

几个人虽饿，但却神采飞扬。顾盼之间，得意扬扬，一位刚吃完饭的乡邻便走过来笑问道："看样子这一趟腾冲之行大有收获？"

陈茗乾便说道："大有收获不敢说，小有成绩吧，嘿嘿！"

乡邻便说："弄到什么种色的？能不能让我饱一饱眼福啊？"

陈茗乾便说："乡里乡亲的，有什么不能啊？你还能抢了我的？"

说着便掏出一块饭碗大的翡翠："看！可以吧？"

乡邻眼一亮："可以！太可以了！你发了！"

陈茗乾说："见识少了吧，我这个是小意思，阿祥弄到的一块，你要是看了……啧啧！保准你大流口水！"

乡邻便说："阿祥，给看看！看看！"

这时候王宗伟正在帮母亲打扫着店堂，这几年来，他老实多了，认认真真地做事，从不对乡亲们摆谱。下班便来帮母亲打理店务，倒是让老实巴交的乡亲们稍稍改变了对他的态度，没有人再与他为难。

他听到隔壁乡邻的大呼小叫，便忍不住走出店门，在夏韵娟的店门外往里看去，一眼便看到洪瑞祥喜滋滋地从旅行箱里取出一块绿得养眼的翡翠，虽然只有拳头大小，但对翡翠多少有了研究的他也忍不住张大了嘴巴。这块翡翠，绝对是纯正的玻璃种，在灯光下，光亮通透，泛着温润柔和的绿光，绝对是玉石中宝中之宝！

他忽然觉得自己的心被火烧起来了，痛得难受。蛰伏了几年的仇恨复活了！好小子，你过得比玉还滋润，我呢？委曲求全几时休！不与你为敌，我就能过好日子吗？不能！你不完蛋，我不安宁！

这天晚上，他一夜难寐。第二天，他向镇里请了假，便踏上了去滇缅边界的路。

他怒冲冲地想马上见到他的同父异母兄弟，他知道只有王利群才有本事对付洪瑞祥。他要当面责问，老父因为洪瑞祥而倒了大霉，他的部下因为洪瑞祥而折戟沉沙，还有坎丁，也因为洪瑞祥引来李所长而瞬间覆灭！这些，你王利群难道都忘了吗？

他没有办法直接找到王利群，但王利群知道自己怎么做能见到他。

王宗伟到了腾冲，在酒店住了一晚。第二天，便混在过境做小生意的人中到了缅北的地界。在当地找到了一家规模最大的赌场，一进去便狂赌起来。他根本不在乎输赢，输了，他会借赌场的高利贷继续赌，直到赌场不再借给他钱，便会大闹，让赌场把他扣起来；赢了，他便会选择天黑之后离开赌场，他相信他走不出三五百米，就会被绑架，被抢光身上的钱，然后把他送到一个地方。而不管哪种结果，他都能因此而见到这里几乎所有赌场的大老板，他的哥哥王利群。

但他预想的两种结局都没有发生。

他运气的确很好，从一坐下便开始赢，几乎是押什么开什么。他都不想赢了，把筹码都压在一个最不可能赢的点上：豹子！居然开出了三个六，大豹子！他跟前的筹码堆成了山。

他想走，但天还没黑。他有点不知该怎么办的时候，有人叫他，叫的还是他的名字！

五　设局

王宗伟一惊，回头一看，却不由喜出望外，喊他的人不是他哥哥王利群还能是谁？虽然他们已近二十年没见过面，而且王利群离开家乡的时候王宗伟还小，但王利群那酷有王庆文的短而宽的鼻梁，厚嘴唇，还有那鹰隼一样精光四射的一对贼眼，还有那脸形，完全是和王庆文一个模子刻出来的。所以，王宗伟脱口便叫道："哥！"

王利群身着短衣短裤的军装，腰间拴着武装带，武装带上挂着枪套，枪套上露出了枪把。他身后站着四个彪形大汉，装束与王利群一模一样，只是看向王宗伟的眼光有点阴冷，王宗伟有点害怕。所以虽然叫了王利群一声哥，却不敢走上前。倒是王利群向他走了过来，亲切地拍着他的肩膀："兄弟！我等了你好多年了，你终于来了！走，我们上去边喝边聊！"他又对一个眉里眼里全是媚态的漂亮服务员说："把我兄弟赢的这些筹码换成人民币，送上来。"

王利群揽着王宗伟的肩膀一直走上赌场的三楼，这里是赌场的顶层。靠楼梯这一边是个宽阔的大厅，厅后面是两排房间。虽不是十分豪华，却是十分舒适。

王利群把王宗伟带进一间小房间，里面是餐室的布置。王利群和王宗伟在餐桌旁坐下，刚抽了一支烟，女服务员便提着一个箱子进来。对王利群说道："团长，钱拿来了。"

王利群说："这是我兄弟赢的钱，当然给我兄弟了。"

女服务员便把箱子放在王宗伟旁边的椅子上，还不忘对王宗伟抛一个媚眼。

王利群笑道："小伟，这女孩叫小霞，你在这里的时间，由她全程伺候你。"又对小霞说道："开酒。"

小霞便去酒柜里选酒。

这时，原来站在王利群身后的那四个人中有一人端着一个红托盘进来，托盘上放着四碟凉菜，那人将凉菜一一端到餐桌上，然后从碗柜里取出一副碗筷，从每个碟子里夹起一点凉菜，站着吃完了，把用过的碗筷放到一边，才退了出去。

小霞从酒柜里拿出来一白一红两瓶酒，都打开了瓶盖，放在餐桌上。先给王利群斟上了一杯白酒，才问王宗伟："小伟哥，你喜欢红的还是白的？"

王宗伟说："我也来白的吧。"

小霞便给他斟上了白酒，然后自己倒了一点红酒。

王利群举起酒杯："来，小伟！"

兄弟俩碰了一下杯，各自干了。

小霞忙着又给他们满上。

王利群举起筷子："吃菜！"

王利群另外的三个保镖鱼贯地端着托盘进来，都是热菜热汤。他们都和第一个送凉菜的保镖一样，每样菜都拿了一点吃下去，才退了出去。

三杯酒下肚，王宗伟自觉胆气壮了，也感到王利群真的把他当胞兄弟，便开始无所顾忌地诉说起来："哥！你不知道我和老爸现在的日子过得多憋气！这些都拜那个洪瑞祥所赐！他和乡里几个人结成一伙，专与我和爸作对，我们父子给他们压得死死的，都快喘不过气了，而那帮小子，现在真的赚钱赚得像猪笼入水，哗哗的！简直气死人了！我就是气不过才来找你的。只有你能给我们家出这口气！你直接找人把他们给做了吧，不行的话，打他们个半死，弄残了让他们不能再那么趾高气扬、再那么蹦跶就行了！"

王利群默默地听着王宗伟的诉说，一副无动于衷的样子。王宗伟急了："哥！洪瑞祥坏你的事，就我知道的，都比他坏我和老爸的事多多了，你真的就不恨他！"

王利群笑笑："恨！当然恨！恨他恨了多少年了，都恨得有点麻木了！不仅我恨他，我手下的人也恨他，他断送我不少兄弟呢！他第一次到腾冲来的时候，我就想做了他！那是最好的机会，当时因为发现他受边防军的保护，所以才取消了行动。错失了那次良机，后面就越来越不好动手了。"

王宗伟说:"那就拿他没办法了?"

王利群说:"不是拿他没办法,而是用极端的手段,现在暂时不行!"

王宗伟:"为什么?"

王利群:"还是边防军和他的关系问题。哥能在这边这么多年不倒,就是哥明白一个道理,有些方面是不能把他们惹急的。哥告诉你吧,现在缅北这边的形势并不太好,缅甸政府正准备大规模向这边进军,而国际上也在筹划着组建联合军队到金三角消灭制毒贩毒的武装集团,对我们现在的安全威胁很大。但老实说,不管是缅甸的政府军,还是什么国际联队,我们还是不太在乎他们。打丛林战,我们真的不怵他们。你知道我们最怕什么吗?"

王宗伟:"那你们害怕什么?"

王利群:"让我们真怕的,就是中共的军队!一旦惹翻了他们,他们一出兵,哪怕只过来一个大队,都会引起极大的震动和恐慌。如果中共军队进入缅北是由于我的行动引起的,不等中共军队消灭我,我的上司第一时间就会把我毙了!"

王宗伟:"这……那你可真的要小心!"

王利群:"所以,不能因小失大。我原来手下有些人过境办了一些事,被中共军队给灭了。我曾经还幻想上头会支持我报复,没想到我跟上面一说,还挨了一顿臭骂,差点把我的团长给撤了。我是出了大血才保住了这个位置,但被告诫以后不管任何情况下,都不准我的人带一枪一弹进腾冲,也不准在对面杀人伤人,搞绑架。"

王宗伟沮丧地:"那……那完了!"

王利群:"那也不见得,我上头的人说了,有什么非要斗的,只准文斗,不准武斗。"

王宗伟:"文斗?和洪瑞祥讲道理?我们本来就是理亏的一方,如何斗得过?"

王利群哈哈大笑:"你也知道你是理亏的?那就不讲理,讲阴谋诡计,阴谋诡计你懂吗?那是高智商的文斗!"

王宗伟说:"我当然懂!可是……不知哥你……计将安出?"

王利群点了根烟,吐出了几个烟圈,才说道:"这些,你就不必操心了!说实在的,我打心眼里瞧不起老爸和你!想当初,还有人说爸是只老狐狸呢!什么老狐狸,我看是只兔子差不多!你呢?连个兔子也不是!真想干成一件事,真的是离你们越远越好!"

王宗伟羞愧地低下头:"我!确实没用!连个乡巴佬都斗不过。"

王利群摁灭烟头,对小霞说:"去厨房弄个清淡一点的好汤过来!"

小霞赶紧应声出去。

王利群说:"小伟呀!有个事我只能对你一个人说,你当然也可以跟老爸说。这些年,我过的是刀口舔血的日子,钱是赚够了,罪也是受够了。这里不是我待一辈子的地方。我现在就一件事,替我,也是替你和老爸了结一个心魔,把洪瑞祥那帮小子整垮,整趴下,整他个生不如死!当然死了最好。这事完了之后,我会远走高飞,到一个谁也不认识我的地方过我的富家翁的日子。到时候,我会尽量把老爸弄出来,和我一起享几年福!"

王宗伟一听倒也高兴:"那我呢!我也要跟着你!"

王利群："想跟着我当然可以，但你得帮我一件事，要帮我照顾好我老妈！我得到消息，她已经得了不治之症！你替我为她送终！就这个事，你办好了，什么都好说！"

　　说着，他流下了眼泪。

　　王宗伟："可她老人家怕是不待见我，你写几个字给我吧。我会把这事办好的！别的事我不行！这事绝对没问题！"

　　王利群："那哥先谢谢你了！你也够可怜的，活这么大岁数了，还不知道人该怎么过日子。就在这里住几天吧，也没什么好消遣的，山珍海味，美酒美女，你随便折腾吧，玩累了吃腻了再回去。"

　　这天晚上，王宗伟便在这层楼上一间带卫生间的大床房住了下来。小霞自然陪着他。知弟莫若兄，王宗伟在人生的一些方面，还真是一无所知。别看他平时眼睛和嘴巴挺缺德，总让女人不尊重，尤其是让女孩生厌。但对于真正的男欢女爱，却只停留在想象中。只见猪跑，却没尝过肉味。好在小霞是此中老手，从鸳鸯浴到床上诸多姿势，都手把手地调教，终使他得其门而入，尝到了甜头。一时间，他竟视小霞为至宝，连白天也不让她下床。

　　他在楼上寻欢作乐，他哥哥却是在楼下忙了个不亦乐乎。他频繁地接见着从腾冲过来的人。他和这些人分别在一间密室里一谈就是大半天。这些人回腾冲的时候，手里都多了一个小箱子，小箱子里除了钱，别无其他。

　　见完了他想见的人，他又集合其他手下最骁勇善战的铁脚营，命令他们奔袭一处地方武装，挑起了战火，于是，爆豆般的枪声便不时响起，时远时近，让人心生畏惧。一时间，原本生意红火的赌场，顿时门可罗雀。王利群便干脆下令让赌场关门停业。

　　一个原定在近期要举办的玉石公盘，也宣布延期举行。

　　足不出户的王宗伟与小霞便不知外面发生了什么，只是醉生梦死地享受着。这样过了几天，王宗伟已不像刚住下时那么兴奋了。这天晚上，一心取悦王宗伟的小霞见他神情有点怏怏，便笑问道："怎么？不高兴了？"

　　王宗伟摇摇头说："没有，就是有点提不起神了。"

　　小霞问道："是不是只有我陪着你觉得有点单调，不够刺激？"

　　王宗伟："不是，是不是好东西吃多了，有点想换口味，让厨房做些清淡的饭菜吧，总是山珍野味的，肠胃有点吃不消。"

　　小霞点点头："明白了，我会告诉厨房的。饭菜要换口味，人呢？"

　　王宗伟不解地："人？"

　　小霞说："对！你等等！"

　　她出去不久，便回来了，还带了两个十六七岁的少女。见王宗伟一脸的惊讶，她得意地说："这两个女孩怎么样？少数民族的，绝对是山中最美的鲜花，正含苞待放呢！"

　　王宗伟明知故问："你找她们来干什么？"

　　小霞笑道："干什么？当然是干你喜欢干的事！"她对两个少女说："先去洗个澡吧！"

两个女孩便顺从地走进卫生间。

小霞拉起王宗伟："一起进去吧，天气太热，走这么几步路就一身汗了！"

这一天，王宗伟折腾得差点虚脱，他不知自己什么时候沉沉睡去。

醒来时，眼一睁，看到满大床上雪白的胳膊腿。他一边欣赏，一边想道："这才是我应该过的日子！"

他不知道，这个念头一起，便在心里根深蒂固了，不知不觉间，由它主宰了。

他已经忘记了他到缅北来是为了什么，他只想就这么待下去，待到王利群厌烦了他，赶他走。但王利群似乎很纵容他，舍不得对他说一句他不爱听的话。但是有一天夜里，当他正在女人身上纵情驰骋的时候，楼下一阵激烈的枪声，吓得他一下滚下了大床。后来才知道，他哥哥的宿敌，一支比较弱小的地方武装在夜里突袭了这里，幸亏王利群有所防备，才被击退了，但王利群这一方损失也不小，他们四个铁杆保镖，有一个在这场枪战中丧了命。

王宗伟怕了，他想起了家乡那优哉游哉，没有危险的生活。他自己向王利群提出了要离开。

王利群没有挽留他，对他说："我们兄弟有这一次相聚，以后就算发生什么，再难见面，也没有遗憾了。"他又对他说："本想让你多带些钱走，但你一个人，随身带那么多钱不安全，就把在赌场拿到的那些钱先带走吧，以后，我会让人再给你送去。有哥在，钱你尽管花。"

回到腾冲，王宗伟不想再逗留，便直接赶往车站，在路上，他见到了一场突发的车祸。一辆大卡车撞在一辆旅行车上，双方车上的人都受了伤，但听前来救援的警察和医生说，都死不了。他不知道，这场车祸也是他哥哥王利群对洪瑞祥和玉王庄人设局中的一环，被撞的旅行车上坐的是刚从家里出来赶往军营看望孙子张少龄和他的战友们的张老爷子。

王宗伟上了长途车，小心翼翼地将随身行李箱放在自己脚下。车开了，他的情绪也安定了。他觉得此行真是值得。他想整死洪瑞祥那帮人的事哥哥应承了；他过了好几天帝王般的生活，明白人该追求什么了；他还带回了不少钱，以后的日子阔绰了，足以让那些村野妹子眼热了……想到得意之处，竟旁若无人地哼起了潮剧《沙家浜》中胡传魁的唱段：想当初，老子的队伍才开张，拢共才有十几个人，七八条枪，遇皇军追得我晕头转向……

他要是知道他早已进入了国家安全人员的视线，这时候他座位后面，就有一个国安局的刑侦人员和一名边防部队的军官正盯着他看时，他可就不只是晕头转向了。

回到家中，王宗伟把钱藏好，并拿着王利群写给病危母亲的信，往县医院住院部赶去。王利群已告诉他，直接去县医院找哪个医生，便能见到病人。

但他没有走出自家门前的那条胡同，便被两个人拦住了去路，其中一个人给他看的是国安局的工作证，对他说："王宗伟，我们知道你去了缅北，见了什么人，有些情况与国家安全有关，请你跟我们一起去局里回答一些问题。"

王宗伟顿时浑身发软，双脚哆嗦着，不知怎么地就上了一辆面包车。车子一直驶向了市安全局，他被带到了一间办公室。

问话的人严肃但并不严厉。一人问话，一人记录。王宗伟自我感觉就像个犯人。

问："你去缅北干什么？"

答："去找我同父异母的哥哥王利群。"

问："找他干什么？"

答："她生母病重，我得告诉他。"

问："知道王利群是什么人吗？"

答："知道，掸邦军缅北守备部队团长。"

问："他是个杀人放火、制毒贩毒的歹徒，是卖身投靠、常犯我边疆、伤我边民的卖国贼，你知道吗？"

答："知道一点。"

问："你身为党员，还去见这么个人，如此冒天下之大不韪，目的何在？是不是也想叛逃？有没有出卖国家机密，密谋在我国内作案？"

答："我知错了，我确实不该去。我真的没干什么对不起党和人民的事！我也不知道多少国家机密，我只是可怜他的生母，我父亲和她离了婚，也不管她了，我再不管，显得我们太没人情味了。但因为特殊原因，王利群的生母不待见我，我想照顾她也近不了她身边。没办法，我只好去求王利群给我写个亲笔信，以此让他母亲可以接受我的照顾。我去缅北，故意在王利群的赌场里引起他的注意，这才见到王利群，要不，我还见不到他呢！我以前从来没和他有联系。以后，也不会再有了。"

说着，便掏出王利群写给母亲的信，双手递给问话的人。

问话的人看了看，说道："我们之所以找你，是想让你知道，要想人不知除非己莫为！什么能做，什么不能做，你自己明白。别等做错了，才知道后悔，那就晚了！你可以回去了。"

王宗伟表面上强装着镇定，心里却在发抖，他明白国安局的人对他的警告意味着什么，他想做人，必须把尾巴夹得更紧了。

他不敢再去找王利群的母亲，直接回了家，便想把刚经历的一切告诉他父亲王庆文，但王庆文不知跑哪里去了，家中空无一人。一种无依无靠、孤立无援的感觉笼罩着他，他觉得浑身发冷，大热天里却出了一身冷汗。

他忽然想到，王利群不知在设什么样的局，这个局打击洪瑞祥等人，会不会波及自己呢？他去缅北，去得不是时候呀！

他忽然又自怨自悲起来，自己怎么就生在这样一个家庭里？自己怎么做什么似乎都是错的，既然如此，还不如除了自己的母亲，这个家庭谁也不要去管，自己也什么都不要去做了，是不是运气就会好一点呢？是不是反而会让人不那么轻视自己讨厌自己呢？

他觉得自己似乎有点想明白了，但脑子里却又马上浮现出这几天在缅北赌场那个房间里恣意放纵的场面，浮现了王利群对自己宠溺而亲切的笑脸，他的心又乱了。

六　迷宫

　　王宗伟趴在床上迷迷糊糊睡去。在梦中，他在风景如画的异域他乡，过着纸醉金迷的生活，身边是走马灯似的美女，有金发雪脯的大洋马，也有温柔可人的日本俏娇娃，还有皮肤黑缎子般光泽的非洲女郎。而小霞正在训练她们如何伺候他这个主人。

　　他开怀大笑，竟笑醒过来。

　　一个苍老而刻薄的声音在他耳边响起："一回来就做白日梦呐！"

　　他马上意识到了现实与梦境的差别。他还在老旧的民居里，身边只有一个他生厌但又不能不与之委蛇的糟老头子，他的父亲王庆文。

　　他爬了起来，揉揉眼睛："坐长途车太累了！"

　　王庆文问道："天黑了，你还没吃饭吧，我带了点熟肉回来，一起喝一杯吧。"

　　喝着酒，嚼着猪耳朵。一问一答间，王庆文弄清楚了王宗伟缅北之行的全部细节，连国安局与他谈话的每一字，每一个面部表情都为王庆文所掌握。

　　王庆文手里捏着酒杯，陷入了沉思。

　　半晌，王庆文才问道："你打算怎么办？"

　　王宗伟说："我也不知道。"

　　王庆文说："看样子你哥是准备有所行动了。这段时间，你对那帮乡下人要热情些，亲切一些，别让他们着了你哥的道以后怀疑你。"

　　王宗伟点点头："这我知道。"

　　王庆文又说："你哥交代你去关照他妈妈，你还是要去。你哥经营这么多年，在国内肯定是有不少耳目，别让他对你有不好的看法。"

　　王宗伟想想也是："我今晚就去。"

　　王庆文嘿嘿冷笑："很快就有好戏看了。你呢，你哥做什么和你没关系，不做亏心事，不怕鬼敲门。你坦然地，用不着心虚。谁也没想找你麻烦。"

　　王宗伟的心便真的坦然了。

　　这几天，洪瑞祥一家是又喜又忧。林如玉在八九个月前又怀孕了，偷偷找人在B超前看了看，知道怀的是个男孩，一家人便决意要保住这个孩子。怕横生枝节，便一直秘而不宣，在快要让人看出端倪的时候，便借口厦门那里需要人手，让林如玉去厦门在夏淑萍的照顾下躲起来待产。昨天夜里家中接到电报，说因为到了临产期，林如玉心里有点紧张，在家中听到有人敲门，慌忙想要进房躲避，不慎跌了一跤，导致早产，幸而母子平安，要家中不必挂念。一见电报，洪瑞祥便急了，一颗心已飞到了妻儿身边。但想到至今仍未报生育计划，村里这一关恐怕难过，并想在去厦门之前把这件事妥善处理一下，该罚多少都认了，免得又像生小敏敏一样，让王宗伟带人到厦门去兴师问罪。

　　于是，一早洪瑞祥便来到村部，等着王宗伟来上班。王宗伟一到，见办公室门口竟站着洪瑞祥，马上一脸客气地微笑："稀客！稀客！大老板登门，有何指教？"

洪瑞祥也笑道:"我是来负荆请罪的!"

王宗伟故作惊讶:"你祥哥一向光明磊落、刚正不阿,历来只做好事善事不做坏事错事,你何罪之有?"

洪瑞祥说道:"我妻子林如玉,好几个月前去了厦门,没想到她去之前已怀了身孕。"

王宗伟说:"那好办啊,打掉就是了。"

洪瑞祥:"怀一个孩子不容易,思来想去,我还是认罚吧!罚多少,你说个数,我好交钱去。"

王宗伟沉吟片刻,叹了口气,说道:"阿祥,我不得不承认,你真厉害,竟把厦门当成你们家超生游击队的根据地了!"

洪瑞祥看着他:"你不会又想带人去'围剿'吧?"

王宗伟笑道:"你说呢?"

洪瑞祥:"除非你像上次一样,把我家的长辈都抓起来当人质,否则,你的'围剿'将会无功而返。最好的选择,还是在这里把问题解决了。"

王宗伟说:"你是说我这次抓不到你的长辈?"

洪瑞祥:"你可以试试,能抓到人我算你有本事!"

王宗伟点点头道:"这种事我不想再试了。乡里乡亲的,没必要搞得这么过分。"

说着,他找出了一张表格,在上面龙飞凤舞地写了几个字,又签上名,说道:"去交钱吧,按最低一档罚款。"

洪瑞祥接过单子看了看,有点愕然,上面钩定的罚款数,还不到上次生小敏敏时的五分之一。

他说了声"谢谢了",拿着单子就走。

望着洪瑞祥的背影,王宗伟心里却是一阵冷笑:生吧,生吧,让你生一大窝,看到时候你拿什么养活他们。

他相信他哥哥不出手则已,一出手,洪瑞祥这帮人将会被算计得片瓦不留!

交了款,回到公司,他本想交代一下工作马上就走,没想到刘江和陈茗乾、林清溪正在他的办公室里等着他。见那架势,显然有大事要商量。

果然,一开口,便说出了两件大事,一是三家公司,陈茗乾的,林清溪的,还有洪瑞祥的"老祥记",都收到大笔超大件的翡翠摆件订单,对摆件的玉石要求很高,但价格给的也是天价。而且,下订单时,大额度的定金也同时打了过来。这是一件大事,因此也就引出了第二件大事,必须尽快采购比较大体重的翡翠玉石。他们并不知道近期在缅北准备召开的公盘已经推迟,都想着尽快赶去参加。

洪瑞祥很开心,认为这是机遇,是一展玉王庄玉石雕刻创造力的机会。但他很遗憾地告诉他们,这次去缅北,他去不了,要去伴林如玉坐月子,只好让刘江替他和大家一起去。

众人也很高兴,并不认为刘江顶替他去缅北有多大问题,恭贺了他"喜得贵子",说孩子的满月酒他们是一定要喝的,这才告辞离去。洪瑞祥交代了刘江要注意的问题,便踏上了去厦门的长途车。

洪瑞祥到了厦门，对着众多亲人，怀抱着健康而可爱的小儿子，心里美到了极点。原来，林如玉的母亲，洪瑞祥的父母已先一步到了厦门。一家人其乐融融，欢声笑语不断。

而到了腾冲的陈茗乾等人，心情就没有那么好了。

他们先到了张家老宅。一进门便知道来得真不是时候。张家老宅里不见了往常那种生气勃勃的氛围，代之是一种压抑沉闷的气息。一问之下，才知道张老爷子在两天之前出了一场车祸，虽然生命无虞，但右腿骨折，还有中度脑震荡，对于一个年近八旬的老人来说，这无疑是一场大灾难。

他们急忙赶到医院，老人虽然已经清醒，但虚弱得很，说话都不连贯。众人向老人致了问候，老人表示了感谢，便指着陪在他身边的一位年近花甲的人，介绍说："这位是腾冲玉石界的名人，叫李得义，你们叫他李叔叔吧。他不做玉石，却是慧眼识玉，尤其是对原石的判断，总是八九不离十，是很多玉石界大佬的座上宾。有什么需要他帮忙的，尽管找他。"

他们便都恭敬地对李得义做了自我介绍，说此来目的是要采买大块玉石，请李叔叔多加指教。

李得义很热情，也很豪爽，一口便答应帮忙，说张老爷子的朋友就是他的朋友。

他们从李得义这里听到此次缅北公盘推退的消息，便有点沮丧。李得义忙说，去不了缅北也好，那边目前太乱，枪战不断。要买大块玉石，腾冲这里也不乏经营缅北老坑的一些店场，他可以带他们去。

他们这才稍感踏实。

第二天，他们和李得义会合之后，便由李得义带他们去逛玉石场。

出人意外的是，不少玉石场都关门歇业，说是缅北那边战乱，玉石运不过来，好玉石都卖光了，不得不暂时关门。一些没关门的，摆卖的都多是小件玉石，达不到他们的要求。

逛了一天，只有接近边境的两家玉石店，一切看来还算正常，但人头涌动，来看玉石，争买以至于互相叫价的场面时有发生。

李得义对他们说："你们这时候来采买玉石真的不是时候。能不能再等一段时间，待对面境外的骚乱停息，玉石供销正常，再来采买，那时买到价廉物美的玉石的概率较高。"

他们心里着急，便实话实说："我们接了订单了，正等米下锅呢！买不到合适的玉石，到时不能按时按质交货，不但定金要退回，还要承担巨额罚款。"

李得义无奈地说："那就只好硬着头皮准备挨宰了！好的玉石不会没有，但目前是奇货可居，卖主也不会错过这个机会的！"

李得义便去与店老板交涉，店老板这才把他们带进一间摆着不少原石的保税仓库。他们沉下心来挨块细看，也没看到特别有形、有几分把握的原石，在不停地请教了李得义之后，勉强买下了两个原石，但一切开，基本垮了，虽然开出来也得到了翡翠，但种色俱差，三人心里都凉了半截。

隔天，李得义又领着他们进了另一家玉石场的保税仓库，结果与前一天的大同小异。

两天里扔出去了近千万，却一块也没得到他们所需要的翡翠玉块，他们的心情坏到了极点。在回宾馆的路上，没一个人开口说一句话。

李得义很识趣，不待他们请他吃饭，便告辞走了。说是如果还需要他帮忙，再联系他，没接到他们的电话，明天他就不来了。

李得义走后，虽又饿又乏，但他们顾不上吃饭休息，便匆匆赶去见了张老爷子。

张老爷子听他们说了这两天的情况，大为诧异，脱口说道："怎么会这样，李得义从来不会这么没水准！明知不尽如人意的石头，干吗还不阻止你们买进？"

林清溪苦笑道："是我们运气不好吧，李先生再有本事，情急之下，也难免失手。人有失足、马有失蹄吧。"

张老爷子摇摇头，说："你们不要再找他了。我明天就要求出院，在家治疗。到时候我们再好好商量看怎么办。你们也累了，好好休息一下，这事急不来。"

走出了医院，陈茗乾显得更加心焦："张老爷子能有啥办法，我看，我们这一次恐怕大劫难逃了。"

刘江提议："把事情告诉阿祥吧，听听他的意见。"

林清溪说："这时候不好打扰他吧。我们商量一下，看能不能尽早把接到的订单退回去，争取少赔一点。"

陈茗乾坚持说："要这么做，也得阿祥同意，他才是我们的主心骨。"

刘江便说："我去给他打个电报吧，给他通个长途电话。"

晚上十点，他们在宾馆等到了洪瑞祥从厦门打来的长途电话。他们三人都分别与洪瑞祥作了一番交谈。最后，洪瑞祥说："我怎么觉得我们是被人引入了一座迷宫，根本看不到出路，但没有出路，我们也得推出一条出路来。你们别太焦躁，好好休息，等我过去和你们会合。"

第二天的半夜，洪瑞祥便赶到了腾冲。一见面，陈茗乾便打趣道："嫂子舍得放你走？"

洪瑞祥笑道："你明知故问，你嫂子也好，我家里哪一个都好，有哪一个是不通情达理的？"

大家便都笑笑，气氛一下子轻松了下来。大家坐下，陈茗乾等人又认认真真、仔仔细细地向洪瑞祥把这两天的事情说了一遍，也说了张老爷得知情况之后的反应。

洪瑞祥又一次将他们说的情景在脑子里过了一遍，然后便问起了李得义的情况。

林清溪说："这个李得义的身份，类似以前在大家族之中行走的清客相公。这些人多半出身于没落的家庭，知书识礼，有人脉，有人缘，腿脚勤，能办事，得一些人喜欢。这些人不混官场，不做生意，以清高自许。他们的日子其实都不太好过，家底很薄，平时靠一些有钱人的馈赠，或厚着脸皮打打秋风。所以，这些人其实也很容易被有心人收买，他们坏起人家的事，比那些吃里爬外的自家人危害还大。"

洪瑞祥点点头："我没见过这样的人，但也听说过。你们回忆一下，以前我们在张家老宅待的时间不算短，你们有人见过这位李老夫子吗？他是什么时候出现在张老爷子身边的？"

陈茗乾说："你怀疑李得义？"

洪瑞祥说："我只是觉得有点诧异。缅北发出战乱这不奇怪，发生战乱公盘不能按时开了，也不奇怪，奇怪的是在这种时候，对外面形势一点都不知道的我们突然接到那么吸引人，让人非接不可的优质订单！迫使我们在当前这种极其不利的情况之下采买大块玉石，而值得推敲的是这时候发生了张老爷子被撞住院，李得义出现在张老爷子身边，还热情地充当我们的玉石导购。"

众人都沉思起来。

洪瑞祥又说："我在长途车上一直想着这些问题，我忽然有一种感觉，不管缅北出现的战乱是真是假，不管腾冲市的玉石商店是不是真的突然都因断货而关门，总之，我刚才提出的那几件事，似乎都是冲着我们来的！想让我们落进一个泥坑里不能自拔，让我们在一个似乎充满诱惑的迷宫里碰得头破血流、倾家荡产。"

林清溪："如果真如你想的那样，那就太可怕了！有谁能这么设局？为什么要设这个局？"

刘江说："我觉得这里面的一些环节，是不是祥哥太善于联想了？还有，我觉得对李得义的怀疑，还要慎重，他毕竟是张老爷子推荐的人。"

洪瑞祥说："张老爷子我一点也不怀疑他的善意，但别人就难说了。我倒是觉得，如果刚才我猜测的这个局是真的的话，那可以肯定，李得义绝不是设局的人，他只是设局的人手中的一枚棋子。我们要破局，恐怕还得从李得义这枚棋子着手。"

陈茗乾说："你是说，弄清他的真面目？"

洪瑞祥点点头。

林清溪说："这就难了，何况我们在这里人生地不熟的，怎么去弄？"

洪瑞祥笑着说："白居易有一首诗：'赠君一法决狐疑，不用钻龟与祝蓍。试玉要烧三日满，辨材须待七年期。周公恐惧流言日，王莽谦恭未篡时。向使当初身便死，一生真伪复谁知？'以后的李得义我们不知，看不到了。但以前的，我们可以想办法了解。一旦真的了解了，他的真面目就清楚了。他这种人，不是周公王莽那种大政治家大阴谋家。以前他是不需要刻意给人假象的。"

众人都点头。

洪瑞祥又对林清溪说："老师，其实在腾冲，我们还是有不少坚强有力的依仗的！不算是人生地不熟。"

天一亮，洪瑞祥便让大家退了房，提上行李奔医院。医院的人告诉他们，张老爷子昨天就出院回家了，现在在家设了家庭病床，每天医院的医生上门给他疗伤。洪瑞祥不满地说："老人家受那么重的伤，你们怎么这么儿戏？就这么让他出院？"医生苦笑地说："老爷子什么人啊，他坚持要出院，谁能拦得住他？"

一见到张老爷子,张老爷子身边只有已经当了边防军中队长的张少龄。他笑着说:"好!连行李都带来了!我宣布,从现在起,我要将你们软禁在我这里!"

林清溪等人不由一惊,洪瑞祥却哈哈一笑:"正合我意!"

那心里不无得意地想:好你个王利群,你给我布置了一个迷宫,我也给你一个迷宫,看谁的更厉害!

七　胸怀

张老爷子回到家里,虽然也只能躺在床上,但精神却明显好多了,脸上又恢复了以往的奕奕神采。他一边有一口没一口地喝着张少龄给他喂着的热气腾腾的鸡汤,一边神色自若地说道:"你们的情况我都知道了!你们处境之危殆,我感同身受。我张家和你们玉王庄,是华夏玉石战线上两支最有潜力、最有战斗力的军队,眼看着你们要全军覆没,我岂能不施以援手!境外那个坏家伙的图谋,虽然我也许是只知其一,不知其二,但不管有多少,都必须彻底粉碎!是不是,我的乖孙子!"

张少龄冲洪瑞祥笑笑:"是的,洪哥!这是我们李支队长的指示!就是李叔李红军,他原来升任副支队长你是知道的,刚刚命令下来了,他升支队长了。"

洪瑞祥高兴地笑着:"哦!又有酒喝了!"

张少龄说:"境外这片地方发生的所谓枪战,引起了上头的重视,经过几番侦察和情报综合分析,发现这些枪战只是人为制造的假象,始作俑者就是当地的土霸王王利群。玉石停运,也是他控制的。一开始不知道他为什么要这么做,因为这么做直接也损害到他的经济利益,所以我们密切地关注着事态的发展,到这两天,才看出来一点眉目,似乎就是冲着你洪哥来的,李支队长判断,这是王利群有计划、有步骤、要实施到底的一种针对你和玉王庄乡亲的报复行动。"

张老爷子说:"昨天我从医院回家后,李红军到家里来看我,跟我谈了很久,说经过突审,撞我车的那个肇事司机也已承认,他是有人出大钱雇他来撞我的,说不必撞出人命,致我重伤就行。所以车撞上以后才没有轧过来,而是自己刹住了车,否则,我难逃一死!"

洪瑞祥马上就明白了:"那是为了让你不能再帮我们去看石头,给他安排的人腾出位置,让我被坑得更彻底!"

张老爷子说:"应该是这样,李得义现在已经在有关方面的监控之中,他以前的行踪,也正在调查之中。"

众人无不心惊,也都佩服洪瑞祥的判断,都看向洪瑞祥。

张老爷子说:"我和李红军有了一些想法,想和阿祥小友你探讨一下,其他几位,就先住下休整吧,记住,先不要私自外出。"

众人谢了老爷子,由老爷子的另一个孙子带去安排住下。

洪瑞祥便坐到张老爷床边,与张少龄三人一起商量起来。

说是商量，实际上只是张少龄一人在说。或者说，是张少龄在代张老爷子说。

等他说完了，张老爷子只说了一句话："少龄说的就是我的意思，是我和李红军密商之后形成的方案。"

张少龄说完之后，递给了洪瑞祥一张表格："洪哥，这个你看看。"

听了张老爷所说的方案，洪瑞祥心中已是大为震撼，而当看到那张表格，看到张老爷子爷孙俩真诚的笑容，洪瑞祥的眼睛不由湿了。

他真的被深深感动了，感动得一句话也说不出。

见洪瑞祥一直没有说话，张老爷问道："我的这个方案可行吧？"

洪瑞祥脱口而出："太可行了，只是……"

他有很多话要说，有如汹涌澎湃同大海波涛一般的感激之情要表达，但他知道对张家爷孙来说，这些话说了等于没说。所以他收住了自己的话头。

张老爷子笑道："那就行了，抓紧实施吧。"

洪瑞祥却说："我要和我的伙伴们商量一下。"

张老爷子说："那就赶快去吧。"

洪瑞祥拿起那张表格，默默离开张老爷子的房间。

他并没有马上去找陈茗乾与林清溪。走出厅门，他绕了个圈，来到了后花园，在一座假山下面的一块平滑的石头上坐下。

仰望天空，骄阳似火，但他心里却像春夜一般清凉，他的心像明月般透亮。越是透亮，便越是抑制不住眼里的两股清流，泪水断线般地滚落下来，但他无暇去擦。他在脑子里反复回映着刚才在张老爷子屋里，张老爷子和他的宝贝孙子张少龄的一语一颦，他要把这一切深深地刻在自己心上。

张少龄说："我爷爷和李支队长商定的方法其实很简单，分两步走。第一步，洪哥你们表面上还在为大体量玉石而苦苦奔走，实际上，你们几位玉雕大师和我家的主力匠师却暗中集结起来，全封闭进行突击生产，把你们接到的订单上所有玉器按时按质按量生产出来，所需玉石由我家提供。我家仓库里的玉石，应该是够应付你们这些生意的。这些玉石，大多数是十几年来我们低价购买的，并已全部切割出来。每一块玉石都有原始存档。生意做完之后，你们收到全款，再按我们当时的进货价和我家结算就可以了。我们不亏。有可能那些订货商从一开始就料定你们无法兑现合同，并没有足够的资金等着交割付款，那你们就吃掉定金，而做出来的产品，就当是为我家加工的就是了，我家付加工费。而你们要向订货商起诉，索取更高赔偿。第二步，就是在整个过程中，由李支队长对此次涉案的所有人进行监控和调查，时机一到，给他们以致命打击。"

张少龄话说得分外平静，就像在说着到市场买三斤白菜两斤猪肉的家常小事一般。但在洪瑞祥心里却掀起了滔天的感情巨浪。

张少龄说，方法其实很"简单"！这真的简单吗？尤其是当看到那张表格时，更是无法表达自己的感想。看表格上列出来的玉石的大小、种色，从目前的市价测算，过十亿是肯定的，但从表格上列出当时的进货价总价值，却不到三千万！没错，这十几年来玉石的涨价是惊人的，尤其是切割好了的整块翡翠，涨了几十倍不止。

十几年来的积聚，张老爷子和他的家人，不知道花了多少心血，不知道切垮了多少亏了多少，才有这一批存货！他们的实际付出应当如何算，仅仅是算这一块块玉石的进货价，这合适吗？

但张家爷孙就是要这样和他们结算！

这是什么样的胸怀？在他们玉王庄的这些领军人物面临重大危机，弄不好将全军覆没，坠入深渊而难以复起之际，该有多少人在等着看笑话？该有多少奸商想趁机敲他们一笔？而张家老爷子，却伸出如此无私的援手！为的是什么？答案只有一个，为了中国的玉石事业，为了中国八千年玉石文化的传承。当然，也是为了张老爷子和他洪瑞祥的惺惺相惜，为了他们之间那种超乎商人利益相争的情义。而这情义，实际上，更多的也是来源于彼此对中国玉石文化的认同。

这就是中国商人，这就是中国的玉石商人，这就是中国的玉石文化滋养出来的人！

洪瑞祥清晰地感觉到，张老爷子是在用他的每一个决定，无言地引导着他自己的儿孙，还有他认为的玉石领域中的后起之秀、玉王庄的年轻人，如何践行自己的玉德人生。

他由感动，转为自豪。为自己是有着玉德传承的人，为自己有张老爷子和他的家人这样的朋友、战友、同盟军。

他迈着轻快的步伐，走进林清溪的房间，陈茗乾与他住着相对的厢房，他喊了一声，陈茗乾也急忙来到了林清溪的房间。

陈茗乾是个急性子，一见洪瑞祥便问："商量出什么好办法没有？"

洪瑞祥只是默默地把张少龄给他的那张表格递给了他。

陈茗乾看了看，不解地："这是……"

洪瑞祥平静地说："这是张爷爷提供给我们的玉石和价格表。"

陈茗乾就马上看了起来，一看之下，不淡定了："这？这怎么可能！张老爷子是不是脑袋进水了！"

洪瑞祥："你才脑袋进水呢！"

林清溪也赶紧拿了表格看，看着看着，有点傻了："我……我是不是脑袋和眼睛都有问题，怎么看不懂这表格？"

洪瑞祥："这是张老爷子十几年收藏起来的上等翡翠，都是他相中了的原石，买回来自己切割出来的。他给我们的就是每块原石的进货价，不加一分，到时候就按这个结算。"

林清溪："天下真有这样的事？"

洪瑞祥："有这样的人，就有这样的事！"

林清溪："救我们于危难之中，这恩已重如泰山，又用这种价格，我们能接受吗？"

陈茗乾激动地："不能！受之有愧！"

洪瑞祥说："那你们说怎么办？"

陈茗乾："当然是讨价还价了！这批玉石我们肯定要，但价格要上去，上十倍，不，二十倍！这个价结算，这笔生意我们还能赚不少。他的救苦救难之恩，以后再报！"

林清溪说："干脆，把整笔生意转给张老爷子，我们收点设计费、加工费就行了！这财该他发，我不眼红！"

洪瑞祥笑着说："你们的提议我都赞成，但我和张老爷子没法说，你们去说吧。"

陈茗乾一拉林清溪："老师！走！"

洪瑞祥就让他们去，自己躺下来，开始思索如何按张老爷子和李红军商定的计划走。这里面，有太多的细节问题要考虑，要由他来实施。

不出他之所料，陈茗乾和林清溪在张老爷子那里碰了个不软不硬的钉子。不管他们如何努力地表明自己的立场，不管他们说了多少好话，张老爷子就一句："不想要我那些玉石是吧？我不勉强。"

他们感慨万千地回到住处，什么话也不说出来，洪瑞祥也不问。只对他们说："明天轻装上阵，去瑞丽走一趟，逛一逛那里的玉石商场。"

陈茗乾不解地："还去那里干什么？"

林清溪一想就明白："你是说去虚晃一枪，表明我们还处于无计可施之中。"

洪瑞祥点点头："老师就是老师！"

正说着，张少龄拎着一串钥匙过来："祥哥，我带你们去仓库看看玉石。"

洪瑞祥便从床上一跃而起。

当仓库大门推开的一刹那，洪瑞祥三人都不约而同地"哇"的一声惊叹。毫不夸张地说，这里是他们从没见过的一座翡翠宝库。各种种色齐全，大的有二三尺方圆，小的也有拳头大小的，但绝对没有不上档次的一般玉石。它们安静地坐卧在红木制成的货架上，静如处子，美若天仙，让人不禁心旌摇动、目不暇接、爱不释手。

张少龄笑着说："洪哥，放心了吧！爷爷知道你明天必有安排，让我准备一辆军用吉普到时和你一起行动。又让我大伯挑选最好的二十名技术过硬人品靠得住的匠师，明天集合到第四进房子里供你调遣。"

洪瑞祥点点头，用手揽住了张少龄的肩膀，没有说什么。

第二天一早，张少龄军装笔挺，腰挂枪套，铮亮的枪把露在外面，亲自驾着一辆军用中吉普，带上洪瑞祥等人，向着瑞丽奔驰而去。

正如张老爷子预料的那样，洪瑞祥他们刚离开张家老宅，李得义便走了进来。虽然没有人热情地迎上前接待他，也没有人拦着他，由他自己走进了张老爷子的临时病房。

医院来的医生和护士正在给他检查治疗。老爷子让他进来，示意他在一旁坐下。

待医生和护士走后，李得义问道："感觉怎么样？"

张老爷子笑道："到家里舒畅多了，医院的环境太憋气。"

李得义便说道："那就好。你那些广东来的朋友呢？"

张老爷子说："他们有点着急了，说今天到瑞丽那边看看，看能不能弄到一点大的石头。"

李得义笑道："瑞丽那边，找边角料还差不多，怎么可能找到大的玉石。"

张老爷子说："这叫作病急乱投医啊，他们说了，在瑞丽还没收获的话，就要冒险过缅北去走走。唉！人为财死，鸟为食亡！他们也是被逼得没办法！"

李得义着急地说："他们这也太莽撞了吧？他们不知道现在对面乱糟糟的，碰上那些杀红了眼的地方匪帮，可不是闹着玩的！其实，在腾冲这边还是有机会的！"

张老爷子："他们大概是觉得劳烦了你两天，不好意思了。如果他们回来，还需要的话，我会让他们再麻烦你的。"

李得义见张老爷子家中一切如常，觉得洪瑞祥等人与张老爷子的关系也不过如此，便没有真的为洪瑞祥他们着急，甚至连派些人出去帮着找玉石的事也没做。便觉得自己不宜表现得太积极，坐了一会儿，茶都没喝，便告辞了。

李得义离开张家老宅，到一家小食店里喝了一碗鱼片粥，交钱时与店老板耳语了几句，便去了另外一家玉石世家，与这家人的老爷子喝茶聊天去了。

洪瑞祥等人到了瑞丽，张少龄带着他们很张扬地四处寻找大块的优质原石。当然是一无所获。

在各个玉石场晃到傍晚，几个人便进了一家大酒店，叫了一桌子酒菜，一边长呼短叹，一边吃喝。慢慢地，一个个似乎是去洗手间了，但去了就没有回来，只剩下张少龄一个人自斟自饮。直到酒店打烊了，他才结了账，出门开着军用吉普疾驰而去。

张少龄回到家中，见洪瑞祥几个正围着张老爷子的病床谈笑着，只是相视一笑。

第二天一早，李得义又来到张老爷子床前，张少龄正在喂爷爷喝粥。李得义坐下便问道："你那些玉王庄的小友们还需要我领着去找玉石吗？昨天在瑞丽，应该是空手而归吧？"

张老爷子神情不善地："你看见他们回来了？"

李得义："那倒没有，他们难道没回来？"

张老爷子："昨天是我孙子陪他们去的，可他们放了我孙子鸽子了！一个个不声不响就溜了，也不知上哪去了。"

张少龄："还能上哪去，他们也不是故意放我鸽子，肯定是怕我知道了会拦着他们！"

李得义："少龄，你是说他们……"

张少龄："我什么也没说！"

李得义离开张家老宅不久，边境外王宗伟待过的那间大赌场里，王利群向下属发出了设卡盘查洪瑞祥三人的命令。他阴冷地说道："发现了全抓起来，敢拒捕格杀勿论！"

而这时候，洪瑞祥等人已在张家老宅，向张家的二十名匠师讲解着设计图纸，分配着各人的岗位和任务。

他们的工作场所暂时禁止其他人出入。门口把守的人，是张少龄手下的两名便衣。

八　军威

　　洪瑞祥坐在工作台前，对着眼前的翡翠玉石发呆，久久没有动手。他要完成的是这批订单中设计、工艺要求最高最精细的一件作品，是座假山盆景。要求以小见大，山要高峻，山顶要有青松翠柏，曲径通幽；山间有亭台楼阁，亭中有人对弈，亭下有童子煮茶；山下有小桥流水，少年遛狗，少女扑蝶，鸟语花香，一片春色。

　　他深谙中国画的精髓，也自信有将每个局部做得极其精巧的技艺。但做这么大的一件作品，还是第一次，而且他明白，订货者分明是故意给他出难题。

　　但刘江既然已把这订单接下，他没有理由去反对，他必须迎难而上。

　　关键在于构图，在于远近景之间如何符合视觉的要求。

　　考验他的绝不仅仅是刀工，不仅仅是玉雕的技艺。

　　突然间，他惊觉起来，他遇到了难点，其他人呢？能不能正确处理面临的问题？

　　他一跃而起，走向其他工作室，走向每一个工作台。

　　不出他之所料，许多人都在对着雕件冥思苦想。

　　不仅张老爷子家的匠师们如此，林清溪、陈茗乾、刘江也如此。

　　他有点头大了。

　　他开始一个个地询问遇到的难点，一个个地帮着解决，而一个上午过去了，进展不大。

　　他感到对玉雕技术有全面造诣的人手不足了。与林清溪、陈茗乾商量之后，他决定紧急召洪瑞麟、夏小雨和巧巧过来。洪瑞麟在雕工上深得爷爷洪春山的真传，巧巧在绘画上已逼近林如玉的水平，而已为人妻、为人母的夏小雨，在陈勤生的指导下，对工匠的管理、督导方面很有一套，善于发现问题和处理问题。

　　在他们没有到达之前，洪瑞祥决定先放下手上的雕件，先履行好艺术总监的职责。

　　有了他的指点，不少人开始小心翼翼地动手进行艺术创作了。

　　两天后，洪瑞祥紧急电召的几个人都如期到达腾冲，住进了张老爷子的旧宅。同时，整个旧宅由张少龄的人全面接管，实行戒严。

　　有了洪瑞麟等人尤其是夏小雨的加入，整个制作工程有条不紊地展开了。洪瑞祥也在深思熟虑之后拿起了刻刀。

　　眼见按时按质按量完成全部订单的工作不会有什么问题了。张少龄便按照李红军的部署，展开了一系列的行动。

　　这一天，根据张少龄的安排，陈茗乾故意带着刘江到外面晃了晃，逛了超市，又进了水果店，买了一些饮料、水果，才回到张家老宅。

　　他们回来不久，李得义便登门了。

　　他走进门楼间，经过天井，穿过第一进厅堂，见宅内一切如常，便继续向里走去，但刚走到第二进厅堂，就觉得不对了。只见厅堂两侧的太师椅上坐着四名全副武装的边防军战士，见了他，便都站起来对着他冷笑。他不由一惊，腿脚一软，差点跌倒在地。两名战士上前，一人一边挟住他，便向后面走去。

到了张老爷子住的房间，见张老爷子斜靠在床屏上，面无表情地看着他，而同样全副武装的张少龄，一见他进来，就怒喝一声："跪下！"

李得义一边哆嗦着，一边还心存侥幸："跪？我……为什么？……"

挟着他的两名战士放开了他，其中一位一抬腿，踢在他的腿弯处。他噗的一声便跪下了。

张少龄冷冰冰地问道："王利群又让你来骗洪瑞祥他们去他的利君玉石场买料是吧？"

李得义蒙了："王……王利群？我……我不认识，他是……是谁呀？……"

张少龄一声冷笑："不认识？九天前的一个下午，你在他的赌场里面又是跟谁密谋了一个多小时呢？走的时候还提回来一个小箱子，那箱子里都是钞票吧？那一次的收获，比你在有钱人家里摇尾乞怜、打秋风几年都大吧？"

李得义汗流满面，不再说话了。

张少龄从枪套里取出手枪，轻轻一抚，打开了保险，冷笑着说："对于你这种里通外贼、坑害同胞、损害国家利益的狗东西，我现在就可以毙了你！"

李得义一下子瘫倒在地："我……我坦白，我可以戴罪立功……你……看在我和你爷爷的交情上，饶了我吧？"

张老爷子发话了："交情？我和你有什么交情？说来听听！说不出来，我让我孙子马上毙了你！"

李得义说："我现在可以帮你孙子立功，这算不算交情？"

张老爷子笑道："我孙子立功还要你帮？你也太高看自己了吧？"

李得义急急地说："真的！你们不知道，王利群今天让我来，不仅仅想骗洪瑞祥他们去买那些没用的石头那么简单！"

张老爷子："哦？还有更复杂的？我倒是想听听。"

李得义说出实话以后，张老爷子和张少龄都吃了一惊。爷孙俩对视一下，张少龄便命令将李得义押到一间屋子里看管起来，然后亲自去工场请了洪瑞祥过来。

张少龄带着歉意对洪瑞祥说："本来不想打扰你的艺术创作，但事出突然，只好麻烦你再演一出戏。"

和张老爷子、张少龄商量了一番。洪瑞祥便叫上了刘江，和两个换上了便衣的年轻战士，带着李得义一起去了利君玉石场。

正如李得义所供述的，在利君玉石场的仓库里，洪瑞祥他们见到了一块已经开了一个大窗口，可见到种色俱佳的大石块。洪瑞祥和刘江喜出望外，连价钱都不多讲，就交款分割。

但出乎店主意外的是，就他们所知，洪瑞祥这几个人每次买了原石，都不愿意当场切割，全都搬回张家老宅处理。这样一来，可以省一笔切割费用，也不用让人知道他们是买涨还是买垮了。但这一次交完原石货款后，洪瑞祥却要求当场切割。一听说要切割大块原石，前来逛玉石场的客商们便全都围了上来。

店主故作镇定地说:"洪先生每次买了石头,不都是不切割就运走吗?这次要当场切割,是为什么?"

洪瑞祥一声冷笑:"你这不是明知故问吗?"

店主看向李得义,李得义不敢回应他的目光,只是出了一身冷汗。

石头已摆上切割台,机器启动了……

店主拔腿就往外跑。

但已经迟了,一队荷枪实弹的边防军战士已冲进来了,领头的一位小队长用手枪指着他:"别急着走,看完切割再走也不迟。"

他只好退回到切割机旁。

店里的其他人都被驱赶到切割机旁,大多数人不解而又惶恐地看着这一幕。

焦点在切割台上。

石头拦腰斩断了,眼前的场景让在场的人,全都惊得合不上嘴。当然,除了店主之外,他闭上了眼睛,瘫坐在了地上。

切开的石头中间,出现了一大包也被切开了的白粉。

边防军的小队长上前捏了一点白粉,放在嘴里舔了舔,"呸"的一声吐出一口唾液:"真舍得啊!这么大一包海洛因随石头送出!这玩的是哪一出啊?"

冷冷的手铐铐在了店主手上。

原来,王利群见在缅北境内搜捕不到洪瑞祥一行,估计他们已回腾冲,便让李得义实施第二步计划,让他带着洪瑞祥他们买下这块他钻空后藏着海洛因的石头,只要石头一进张家旧宅,便报警让警察上门"缉毒",彻底把洪瑞祥一行打垮。虽说贩毒的帽子不一定会拍在洪瑞祥的头上,但被"请"进局里审查是绝不可少的。这样,洪瑞祥再有天大的神通,也没有办法去兑现这一批订货合同了。那时候,洪瑞祥就是黄鳝过沙滩,不死也脱一层皮。

但王利群低估了边防军部队的能量,他不知道他在境内几乎所有的联系人与联络点全都在边防军的监控之中。

李得义落网了,利君的店主落网了,他在境内的所有眼线和窝点都难逃一劫。

王利群遭到了有史以来最大的打击。当他知道自己伸向境内的手脚都被砍断,他的布局已完全暴露在光天化日之下时,已经是第二天的中午了。

他不再管向洪瑞祥等人下订单的那些人了。这些人并不是他的人,他只是鼓动他们去洪瑞祥那里捞一把,同时,他也会给他们许多好处,包括下订单所需的定金,都是他王利群付出的。这可是好几千万的现金付出,他知道这笔钱全都打水漂了。但他不敢去疼惜,他现在怕的是边防军这边一怒之下,让人要了他的命,他唯一的选择是躲到一个除了他的几个亲信之外谁都不知道的地方。

对于订货商的情况,边防部队也了解得一清二楚,暂时并没有为难他们,只是稍加监控。不想等洪瑞祥他们交货时,这些订货商跑得无影无踪。而这些订货商为了吸引洪瑞祥等人接单,给出的订货价是明显偏高的。他们买下这批货,心中不一定舒服,也会给王利群施加压力，让王利群再承担部分损失。这些人都是有钱人，在缅北玉石界很有人脉，也不乏与王利群上司交好的人，他们是有办法对付王利群的。

果然，一个月之后，洪瑞祥带着他的制作班子，高质量完成了订单上的所有玉雕作品，准时交货。所有的订货商都知道洪瑞祥他们不好惹，都带全款提走了货。而后纷纷通过自己的人脉向王利群索赔。王利群无奈，只好再次出血。为此，他气得吐了血，倒在床上半个月起不了身。

边防部队并没放过王利群。将王利群的所有罪行、劣迹证据确凿地公之于世，并陈兵边境，一边以叛国罪、贩毒罪、故意杀人罪等对王利群发出通缉，并声明，有关方面若再纵容王利群，中国军方将择机出击，将王利群抓捕归案，为国为民除害。

此事惊动了掸邦军队高层，掸邦革命军总司令坤沙亲自下令，让缅北支队的支队长将王利群拘押，王利群被投入地下尖牢。所谓的地下尖牢，是在牢房中挖一个圆锥形的洞穴，上宽下细，底下只容一个人站立和放一个便桶。坐不得睡不得，最多只能坐在便桶上打个盹。一日两次有人朝下面扔几个地瓜木薯，或生或熟，其他食物用品一概没有。王利群生不如死，但他在坤沙部队中经营多年，平时很善于笼络人心，这些人也怕王利群的案子连累到自己，便串通看守，让王利群逃了出来。王立群逃出牢房之后，马上联络自己的一帮死党，携械逃离部队，随他进了深山，成了一股更加无恶不作的流窜武装。坤沙接到下属汇报后大为恼怒。他深知此事后患无穷。王利群之所以惹恼了中国的边防军，就是因为他念念不忘整垮洪瑞祥等人，而今彻底脱离部队的控制，可能会侵入中国境内做出更大的报复行为。到时中国方面把这笔账算在他坤沙集团头上，可就麻烦了。他派他的铁杆盟友，总参谋长张苏泉亲自赴缅北处理此事。张苏泉到了缅北，不问青红皂白，把缅北支队支队长抓起来，以纵容部下向中国贩卖海洛因，并私自放跑要犯的罪名公开枪毙，然后广贴告示，但凡军民人等，抓获或击毙王利群者，可直接向总部领赏，赏金为十万美元，是官兵的再晋升三级。

李红军与张老爷子、洪瑞祥和张少龄一起交流了有关王利群的情报，都认为短时间内王利群应该不可能进入国内施暴。除了继续提高警惕，密切注意王利群的有关动向，可以放心大胆地做生意了。

洪瑞祥等人终于松了一口气。洪瑞祥征得张老爷子同意，让陈茗乾与林清溪等人带着这次一起工作了一个月的张家手下的匠师们在腾冲热海住上两天，泡泡温泉，放松一下。自己则以陪张老爷子，同时探讨一下问题为名，留在张家老宅。

张老爷子已经能够下床走动了。这天早上，洪瑞祥陪同他吃完简单的早餐，便与他一起喝茶聊天。

洪瑞祥对张老爷子说："张爷爷，这次完成这批订单，我们赢利三个亿。钱现在都躺在我的账上，你看怎么处理？"

张老爷子笑道："什么我们你们的？赚的钱都是你们的，如果你一时用不了那么多钱，把我当初买原石的那一两千万打还给我，就可以了，别再翻来覆去地说那些没用的。"

洪瑞祥便做出一副耍赖的样子："那行！你坚持你的说法，我也不敢用这些钱，那就让这些钱一直放在银行里，让国家去周转，也算是我们为国家做的一点贡献吧。"

张老爷子知道洪瑞祥的禀性，无奈地问道："你到底想怎么样？"

洪瑞祥说："利润三七开，我们三，你七。这我已经不好意思了。"

张老爷子叹了口气："二八开，我拿二成，这总可以了吧！我也赚不少了。"

洪瑞祥也叹了口气："四六开，我们四，你六！"

张老爷子诚恳地说："小洪啊！说实在的，我经商一辈子，能不知道钱的好处吗？但钱这东西，有个作用大小的问题，放在会用钱、会让钱生钱的人手里，它的价值就越高。我也老了，就算我有心帮你，也帮不了几回了。我不想你这个有志向做大事的人手头上拮据，做起事来顾得了头顾不了腚，更不想你再用那些边角料做那些小东西了！你是有本事做出千古绝唱的作品的！所以听我一句话，别老把钱往我兜里塞，一来，我的钱够用了，二来，我这辈子也用不了多少钱了。儿孙自有儿孙福，给他们留多留少，其实有好也有坏，不必太在意的。如果我这么交心的话说出来，你还不想听，听不进去，那就没意思了。"

洪瑞祥一阵无语。半响，他才说："张爷爷，我想和你探讨另一个问题。"

张老爷子笑笑："你是不是看上原石生意了？好啊！有眼光，这我倒是可以再帮帮你，帮你介绍几个老坑的老板。"

洪瑞祥不由一怔："张爷爷，怎么我的心事你总是一猜就着！"

张老爷子："因为我看出来，这次在原石的问题上，你差点被人掐了脖子了！这已经成了你的一块心病了，这心病不除，你睡不安稳的！"

洪瑞祥又说："张爷爷，我看好瑞丽这地方，以后，那里的原石生意会发展得比腾冲这边好。不知道我这个判断对不对？"

张老爷子点点头："没错！有发展眼光！"

洪瑞祥："那我们把这一次的利润，放到瑞丽去开一家玉石场，长期合作！如何？"

张老爷子："嗯，这提议有吸引力。我想想再说好不好？我今天的主要工作，是考虑拥军细节，边防部队要开一次庆功会，表彰一批缉毒有功人员。你也要参加，军民携手无敌手！"

洪瑞祥："好！这是真正的军威所在！"

第七章　心有灵犀

一　人饵

这一次的拥军活动还是张老爷子发起的，但具体的操办人却是洪瑞祥与夏小雨。

一切准备就绪，明天就是部队举行庆功会的日子。晚上，洪瑞祥等人在张老爷子的客厅与张老爷子和张少龄的大伯在聊天，李红军与张少龄急匆匆进来。

洪瑞祥一看李红军的神色，便站起来问道："军哥，有事？"

李红军点点头，说道："百足之虫，死而不僵！何况王利群还没死！我们低估了他的狠毒和疯狂了！"

众人不由一惊。张老爷子问道："他又窜进来作案了？"

李红军说："不能确定，但不能不防。据可靠情报，两天前，粤东地区一个投资者在缅北买的一座金矿遭到洗劫，矿山的武装护矿队死伤二十多人，仓库被攻占，库存金块被抢劫一空。作案者就是王利群带领的武装悍匪。而在同一时间，玉王庄有几个人到瑞丽采购玉石，也遭到蒙面歹徒抢劫！这个案子还没破，估计作案的也是王利群的人。"

洪瑞祥着急了："那我那些老乡？"

李红军说："只有两个人受了轻伤，没什么大碍，都由警方护送回乡了。"

洪瑞祥松了口气，却又眉头紧皱："军哥！这王利群不杀不行！"

李红军："会有机会的！他现在矛头不只指向你们玉王庄，还直指边防部队。被袭击的金矿矿主，是我们边防部队一位首长的远房亲戚。虽是远房亲戚，但来往挺勤。王利群拿边防部队没办法，就冲我们首长的亲戚下手了！可见他的报复心理有多疯狂。只要有机会，他就会不断出手的。只要他出现在我们的视线里，是逃不掉的。"

洪瑞祥："你是说……"

李红军："我说他逃不掉人民的惩罚！逃不脱人民军队的铁拳。但现在当务之急，还是严防他的破坏活动。我怀疑明天的庆功会和拥军活动他不会放过。"

众人又不由一阵紧张，都看着李红军。

李红军："拥军的物资都准备好了吧？"

洪瑞祥："都准备好了，就在这大宅里。车辆也都检修好了，也停在后院里。"

李红军："我让少龄带了人过来，对所有物资和车辆作一次安全检查，然后由部队派人看守，直到安全进入军营！"

洪瑞祥："好！少龄，我们这就去。"

陈茗乾说："阿祥，你陪军哥在这里商量明天拥军活动的一些细节问题，我和小雨带少龄他们去吧。"

洪瑞祥点点头："也好！"

陈茗乾和夏小雨就同张少龄一起出去了。

李红军这才坐下，张少龄的大伯给他端上一杯热茶，他说了声"谢谢"！端起来喝了一口，对洪瑞祥说道："瑞祥！我们还真是有缘！还得并肩作战啊！"

洪瑞祥笑道："我现在是真真切切地体会到，没有一个人民的军队，就没有人民的一切！没有边防军，玉石市场就不可能风平浪静，中国的玉石文化就无法传承和发展！"

李红军笑道："从宏观上来说，国家一切事业的发展，都离不开强大的国防力量。但强大的国防力量来源于人民，来源于人民的支持，来源于人民创造的强大的经济实力！这些道理先不说了，我们现在坐在这里的军人也好，民众也好，要考虑的是如何把叛国贼、越境悍匪王利群抓捕归案，绳之以法。"

洪瑞祥："军哥！你已经胸有成竹了吧？"

李红军摇摇头："没有。我只是把问题提出来，大家都开动脑筋想想办法。等明天的活动过了之后，我们再坐下来，好好筹划一下。"

洪瑞祥点点头："好的。"

又聊了一些明天往军营拥军的一些细节。张少龄进来，"啪"的一声立正："报告支队长，在明天准备送物资进军营的大卡车底盘上，发现遥控炸弹！"

众人惊得说不出话来。

李红军冷笑一声："果然不出所料，通知地方有关部门，马上组织破案。"

张少龄："是！"

他一转身，又匆匆而去。

李红军的脸阴沉得可怕。

洪瑞祥心里也十分震惊，他想，如果李红军和张少龄不带人来检查的话，明天这个炸弹如果在军营里炸响，那后果真的不堪设想。

他心有余悸地问道："军哥，除了这枚炸弹，其他地方……"

李红军淡淡一笑："只要我的人出动，你就放心好了！"

第二天的庆功会和拥军活动一切顺利。在庆功宴上，好消息传来，在拥军大卡车上安放炸弹的人在逃往境外的路上被截获，供出其是王利群的人，行动是王利群安排的。王利群伸向境内的这一只黑手被斩掉了。

洪瑞祥当即让人做了一面大锦旗，第二天一早，便敲锣打鼓地将锦旗送到破案的公安部门。对该部门的负责人说："你们也会成为王利群的一个报复目标，请多加防备！"

公安部门的领导笑着说："他敢！来一个我抓一个，来两个我杀一双！最好王利群自己来！"

洪瑞祥和张少龄的大伯一起，把李红军和破案的公安部门的领导请在一起，吃了一顿饭。军、警、民三方达成了联合打击王利群的默契。

张少龄在庆功会上被宣布记个人二等功，并在李红军授意下，以疲劳过度需要休养为名请假一周，目的是乘洪瑞祥还在腾冲逗留的这一段时间，秘密探讨诱捕王利群的方案。

洪瑞祥并不明白张少龄休假的真正目的，只以为他是有心陪伴自己，也真心把他当成亲兄弟，俩人每天同进同出，无话不谈。

洪瑞祥对张少龄提起与张家合作在瑞丽开办玉石商行的事，张少龄一听就来了兴趣，第一回应就是："这事要和李支队长谈！"

洪瑞祥说："我又不与部队合作做生意，干吗找军哥？要找也得找你爷爷，和你爷爷谈妥了，这事也就妥了。"

张少龄笑着说："这事非得跟李支队长谈不可，跟我爷爷怎么都谈不妥的！"

洪瑞祥："啊？怎么可能，我已经跟他老人家提过了，他说是个好建议，会好好考虑的！"

张少龄："我爷爷不是会好好考虑的问题，而是他会无条件地支持你的想法。但他知道自己的短板，他没办法保障合作和合作者的安全，尤其是你，当然，也不仅仅是你，因为我家的人早已成了王利群的眼中钉了。"

洪瑞祥一听就明白了："你说的是这个，那真的是要找军哥了！"

张少龄说："找军哥之前你必须考虑好一个问题，如果到时候李支队长提出问题时，你犹豫了，或干脆答不上，那他根本就不会表态是支持还是反对！"

洪瑞祥："什么问题？"

张少龄："你明白的，只要你和我家合作店一开张，王利群必然就知道，也就成了他打击的目标。危险系数很大，尤其是你。你总要在店里出现吧？到那时候，王利群的人一定会盯着你，伺机下手，你防不胜防！"

洪瑞祥的脸色一下子凝重起来，他冷静地说："那这个店我还真得必须开，开定了！"

张少龄："明知山有虎，偏向虎山行？"

洪瑞祥："如果我能以身为饵，引王利群过来，我相信军哥和你，一定能及时收网！"

张少龄："怕就怕万一出点疏漏，你有个三长两短，我和李支队长这辈子都不会原谅自己。"

洪瑞祥："我相信你，也相信军哥。当然也相信自己，相信我身边的人！"

张少龄想了想，说："先找李支队长说说吧。"

当夜，他们便去了李红军家里。

开门的是李红军的儿子李青水。一见张少龄，高兴地说："少龄大哥哥！你是来教我军体拳的吗？我爸爸说，你的拳打得最棒了，要我跟你学！"

张少龄笑着说："好啊！那可是要端茶拜师的啊！"

李青水晃着大脑袋："就现在吗？"

张少龄说："现在不行，行拜师礼要选黄道吉日。今天，我们找你爸爸有事。"

李青水说："什么是黄道吉日？还有要端什么茶，我爸喝的滇红行吗？还是要潮汕工夫茶？你要告诉我，我就去给你找我爸爸！"

张少龄笑了笑："这黄道吉日嘛，就星期天吧，我放假那天，都是黄道吉日，茶嘛……"

洪瑞祥不禁笑道："茶嘛，那肯定是潮汕工夫茶啰，你会冲工夫茶吗？那可是有功夫的！"

李青水说："那小洪大哥哥你先教我冲工夫茶吧，我学会了，再给我少龄大哥哥大师傅端茶！我爸爸书房里有工夫茶具，我现在就去端出来。"

说着，噔噔噔就往楼上跑。

洪瑞祥笑道："这小子，好玩！"

张少龄："他可聪明了，你糊弄不了他。"

洪瑞祥说："那你还糊弄他，什么时候黄道吉日成了星期天了？"

张少龄："在我眼里就是！"

洪瑞祥："怎么？在军营里待不住了？总盼着休假？"

张少龄："有张有弛，才是生活嘛！"

洪瑞祥："你不会谈恋爱了吧？"

张少龄："真不愧是我哥！认识了一个女孩子，还在军校读书，每个星期只能在星期天中午一起吃个饭。"

洪瑞祥："那这个星期天中午我请客！"

张少龄："好啊！她也想见见你。"

正说着，李青水捧着工夫茶具走在前面，李红军跟在后面走下楼来。

宾主没有寒暄，只是相视笑笑，便分别坐下，李青水老练地接水烧水，然后看着洪瑞祥："大哥哥，工夫茶的第一个功夫是什么？"

洪瑞祥笑笑："等水开了，我示范一次，你肯定就会了，你这么聪明！"

李青水看了看李红军："爸爸，谁都说我聪明，只有你老说我蠢，我究竟是聪明呢，还是蠢？我是应该自卑呢，还是应该自信？"

李红军竟眨了眨眼，答不上来。

洪瑞祥说："你很聪明，你应该很有自信。我和你少龄哥哥，都知道你是个好学上进的孩子，正在学习和成长当中，有不少是你要通过学习和实践才会掌握的，你爸爸是望子成龙，巴不得你马上什么都会，就像你学军体拳和工夫茶道一样。你爸爸希望你一下子就能赢了你少龄哥哥和我，可这不现实，你得学。你没学会的时候，你爸会骂你蠢，但是我们不会。"

李青水点着头："你这么说我就明白了，我再也不怕我爸打击我了！"

大家都笑了。

洪瑞祥认真地示范了一遍工夫茶道，把有关的口诀和窍门说了说，李青水也很严肃地学了一遍。大家喝了两杯茶，觉得李青水冲的那一杯挺好，李青水就炫耀地看了老爸一眼。

李红军把眼一瞪："行了，我们有大人的事要谈，你给你妈妈端一杯热茶去。"

李青水问："我妈妈还要吃药吗？"

李红军说："不用了，让她多喝点水。"

李青水便端了一大杯热茶，跟洪瑞祥和张少龄说了声："两位大哥哥请坐，我陪妈妈去了。"

说着便上楼去了。

洪瑞祥问道："嫂子生病了？"

李红军："重感冒，知道你们来了，挣扎着要下来，我劝住了。"

洪瑞祥："不要紧吧？"

李红军："不要紧，已经退烧了。"

张少龄便将来意和与洪瑞祥谈过的想法向李红军做了汇报。李红军一边认真听着，一边久久地看着洪瑞祥。张少龄说完之后，他沉吟半响，才说道："这个人饵计划，针对性很强，成功率也很大，但危险性很大，我很担心！"

洪瑞祥："把计划做得细一点，把可能性多想一点，把对策想多一点，应该没问题。"

李红军："我认为最重要的问题是事件突发之时短时间内你的防范能力和自保能力！只要第一时间没有大的危险，就可以大胆实施这个计划。"

洪瑞祥说："我也想过这个问题，好像没什么万全之策！"

李红军："万全之策，是想不出来的。只能充分考虑对方的作案手段和把握的时机，做好相应的安排。"

张少龄说："我有个想法，不知可不可行？"

李红军："只要是不违法的好办法，都行！"

张少龄说："能不能从预备役军人里抽选几名退役军人，到我们边防大队回炉训练一番，配以枪支，到洪哥开的玉石厂里去当工人，这事，当然是暗地里进行。"

洪瑞祥："这也可以吗？"

李红军："由我们边防部队提出，是行得通的。关键要选拔出来的人的素质。这不是开玩笑的！"

洪瑞祥想了想，就说："这当然最好，但如果可以，能否让我手下的刘江也到部队里训练一下，他有武术功底，人也忠诚。"

李红军说："只要审查过关，可以考虑。"

离开李红军家，张少龄说："如果刚才跟李支队长商定的计划能落实，到时候我再想办法从边防部队里挑选一两个有作战经验的干部，以出任务为由，派到你店里指挥安保工作，当然是穿便衣去的。"

洪瑞祥："这就是双保险了！"

张少龄正色说："就算是这样，你也一定要小心，不怕一万，只怕万一。"

洪瑞祥笑笑："小心是必须的，但怕是怕不来的，王利群对我和玉王庄的乡亲已经抱着不死不休的仇恨，我不豁出去，行吗？"

把方案和张老爷子通了气，老爷子也反复强调了一下安全问题，别的就没什么意见了。

于是，张少龄就利用休假时间陪着洪瑞祥到瑞丽去选店址。

陈茗乾和林清溪听到洪瑞祥的计划，也要求合股。洪瑞祥当然欢迎，问了张老爷子，张老爷子也没意见。于是大家坐下来商量合作方案，并以此形成新公司的章程。根据大家商定的，决定聘请刘江任总经理，并给予百分之五的干股。刘江高兴地接受了聘请，马上就意气风发地投入了工作。洪瑞祥出资最多，责无旁贷地出任了董事长。

李红军办事的效率很高，挑选退役军人的事很快落实，选出来的四名青年男子全是出自于特种部队，他们很乐意参加玉石厂的工作，他们和刘江签署了特别聘用合同，便进入部队开展训练，刘江也抽时间，尽可能参加训练。

张少龄也帮着洪瑞祥挑选了一块接近边境的空地，这块地原来属于军用土地。通过多方协商，以较低价格签下了五十年用地合同。签署合同的当天，推土机便开了进来，基建工作就开始了。而当地有关媒体也大张旗鼓地宣传粤东玉雕大师洪瑞祥等人联合腾冲玉石世家斥资数亿成立玉石经营公司的事情，使其家喻户晓。这也在李红军的整个计划之中。

张少龄和洪瑞祥等人都知道，从这一天起，洪瑞祥便凸现在腾冲与瑞丽及两市接壤的境外人们眼前。

人饵抛出来了！

许多人时刻关注着他的行动，确保他不被突袭。

而玉石厂的各项筹备工作也全面展开了。

二　松懈

玉石商行的建设日夜赶工。刘江一直在现场守着，确实困了，找个地方眯一会儿，一个多月他就掉了十几斤的肉。

这个玉石商行的设计和施工是由李红军联系的工程兵部队。设计上，要求十分严格，按军事据点的要点，攻守兼备。办公楼与仓库下面有地下密室，密室连通地道，在玉石厂后面有两个秘密出口。施工上，白天干地面活，夜晚干地下通道。工程一完，工程兵撤走，玉石商行里的地下出入口就只有洪瑞祥与刘江知道了。这个工程的设计，是李红军根据玉石商行的人在危急时能够自保的要求向设计人员提出的。

玉石厂基建期间，张老爷子却是约了一拨一拨的人来跟洪瑞祥见面。这些人，不是缅北玉石矿的矿主，就是一些玉石大卖场的当家人，不是张老爷子家的世交，就是常年合作的伙伴。从他们对张老爷子的态度来看，都是真心尊重张老爷子的。张老爷子把这些人介绍过来给洪瑞祥，将张家与洪瑞祥合作开办的玉石大卖场即将开张的事告诉了他们。他们全部表示了祝贺与支持。祝贺只是一句话，支持就是实实在在的了。几个矿主与洪瑞祥当场签署了委托销售合同，也就是把矿上挖出来的玉石往洪瑞祥他们的卖场一送，按实际卖出的价格结账。矿山得七成，玉石场得三成。这对于洪瑞祥来说，几乎是无本生意，或者可以说是一本万利。而更多的人则承诺以后在生意上，无论是资金，还是石料，都可以互通有无。

洪瑞祥又一次体验到张老爷子的为人和他对自己的无私支持。

夏小雨在张少龄大伯的配合下，也顺利地办妥了营业执照与银行账户。

一切都是那么顺风顺水，如有神助。玉石商场如期开业了。开业当天，热闹非凡，客人来了很多。各个媒体单位也派人来了。一时间，洪瑞祥成了瑞丽外来的投资者、大老板，无人不知，无人不晓。

实际操作是最锻炼人的。刘江这个总经理，随着开业后一段时间的磨炼，也成熟起来，生意日趋正常稳定，但他时刻不忘这个玉石场的另一个目的，就是要引王利群出手。而王利群什么时候出手，谁也不知道，只有时刻保持着高度的警惕，他一直对内部实行军事化管理。

这天晚上，张老爷子、李红军、张少龄和洪瑞祥一起坐着聊天。

洪瑞祥说："玉石场轰轰烈烈地开起来了，我也几乎天天都在店里晃着，那王利群怎么还不来呀？"

李红军笑道："现在他不会来的。"

洪瑞祥："为什么？"

李红军："他也不是傻瓜，一般人可能看不出来，但稍有军事素养的人只要往玉石场的建筑和人员看上几眼，就会明白我们是有防范的。就算是偷袭，也不见得会成功。所以，我们在等，他也在等。"

洪瑞祥有点明白了："我们在等他出手，他在等一个机会或者我们自己松懈了的时候。"

李红军点点头。

洪瑞祥："看来还是一场持久战。"

张老爷子说："心急吃不了热豆腐，这种事尤其要沉得住气。"

众人都点头。

张老爷子说："少辉打电话给我，想在你们那里开一家翡翠制作工厂和商店，我答应他了，但要他和你合作，你意向如何？"

洪瑞祥说："好啊！"

张老爷子："就按瑞丽玉石场的办法办吧。"

洪瑞祥："这是少辉兄弟要办的，当然以他为主，我全力配合，股份他要多占。"

张老爷子："你们自己商量着办吧。"

洪瑞祥便说："军哥，少龄，看来这段时间我怎么在瑞丽的玉石场露面，王利群也不敢贸然动手了。我这次过来时间够长了，得回家去看一看。"

张少龄："对，毕竟那里才是你的大本营！"

李红军说："记住一点，不管人在哪，都不能放松警惕！"

洪瑞祥说："这个我知道。"

于是，洪瑞祥便决定带着陈茗乾、林清溪、夏小雨和自己的弟弟洪瑞麟打道回府，留下刘江经营玉石场。

走之前，洪瑞祥找刘江深谈了一次，对许多要注意的事项一一探讨交代清楚。最后问刘江："要不要把巧巧调过来和你做伴？"

刘江很认真地想了想，才说道："目前调她来，我觉得弊大于利，反而会分散了我的注意力，对工作没好处，还是等等再说吧。"

洪瑞祥等人回到玉王庄，林如玉等人也在两天前回到玉王庄，一家人相见，高兴异常。说起这一次洪瑞祥在腾冲所遭遇的一切，一家人更是感慨万分。只有洪春山老爷子感叹自己老了，腿脚不方便了，要不，一定要去腾冲与张老爷子会一会。他又反复叮嘱洪瑞祥，少辉要在玉王庄开店，一定要全力支持他。老人家心里十分清楚，没有张家的仗义出手，这一次他洪家不可能登上一个大台阶，还有可能被打入十八层地狱。

在家里歇了一夜。第二天，洪瑞祥回到祥和楼，处理了一下公司在他离开后积压的一些问题，便找来张少辉，与他商量商量一起创办一个新商行的事。俩人的意思很容易统一，于是筹备工作便紧锣密鼓地开展起来。洪瑞祥深感现在办起事来方便多了，效率也高多了。手中有钱，有玉石，在村中有人缘，尤其是王宗伟对他要办的事，也是一路绿灯。所以，仅一个多月，以张少辉为董事长兼总经理的一个外来投资商与本地玉石大师合作的大型制作工场及商场，就开业了。

而在瑞丽，刘江在玉石场开业后一直顺风顺水，之后却遇到了一个几乎是不可避免的大旋涡。

这一天，刘江眼见仓库里的原石存货不多了，便考虑着再进一批原石。他知道自己在这方面没什么经验，便赶到腾冲张家老宅中，找张老爷子商量此事。

张老爷子一听说仓库里的原石即将告罄，不由又惊又喜："生意这么好？"

刘江实话实说："是相当的好，这跟我们玉石商场的原石价廉物美有很大关系，开业时那大批玉石都是来自老坑，而我们定的底价又低，所以很吸引各地客商。加上当场开石，切涨的达八成之上。所以，现在玉市场的声望已经起来了，每天来看玉石的都不少。"

张老爷子说："怪不得有人想送货上门了，看来，那些矿主，还有玉石供应商对我们的玉石商场很关注啊！原石快卖完的情况他们比我们还先知道。"

刘江问道："是什么人来提出给我们供货呢？货量有多大？"

张老爷子："这个人我认识，但以前打交道不多。是个老坑的主人。他说他的矿坑开采了几十年了，基本上矿石都采光了，他准备将这个矿废了。关门之前，想把所有库存玉石全数卖掉，要求是一次性付款，一次性把货清出。"

刘江问道:"价格呢?"

张老爷子:"这就要看他这批存货的质量了,如果是好东西居多,那他开出的是白菜价,如果废石居多,那他开出的就是天价!"

刘江:"那是不是可以先派人去考察一下那批石头的情况?"

张老爷子:"当然,你要是对这笔生意有兴趣的话,我可以请一些看玉石的行家帮你去看看。"

刘江:"我自己很想跟着去看看!"

张老爷子说:"别的人都可以去,但你去不去,还是听听李红军他们的意见吧。"

刘江便把事情跟李红军说了,李红军很慎重,他让刘江回去等消息。然后李红军就向手下详细了解了一下当前缅北的整体治安状况和所要去的矿上的情况,便同意刘江带上两名受过训练的手下,和张老爷子请的行家一起去。

张老爷子找来的两个行家,一个姓寸,是位中年人,带着一副金丝眼镜,文质彬彬,礼貌周到;一位姓狄,是位老者,脸膛黑红,很是健壮。

一行五人,乘坐着一辆越野车出了边境,直奔张老爷子所说的矿山而去。到了矿山一看,除了矿主和个别文员,几个持枪的护矿队员之后,没见到什么人,矿山确实已停产了。矿主领着他们进了一个大仓库,仓库一角,堆满了原石,有的看不出什么,但有的从切口处可见一片绿,但上面全撒满了灰尘。

在仓库的另一个角落里,堆着不少采矿设备,其中也有切割机。

两个行家围着那座小石山认真看了起来。

矿主说:"石头都在这里,你们可以慢慢看。时间差不多了,先吃饱肚子再来吧。"

于是一行人便跟他来到一间餐厅。

酒菜很单一,一大锅的野味,一大筐洗净的野菜,几瓶白酒。

矿主笑着说:"知道你们今天要来,昨天就在外面酒楼订了酒席。谁知昨夜一头黄猄掉进了矿洞里,所以,我想大家就着黄猄肉喝点酒更有意思。"

众人便边喝酒边吃肉,边谈着玉石生产,境内外民生情况。刘江很少说话,只是默默地喝着,听着看看。

矿主说:"他从事翡翠玉石开发几十年,矿山老了,他也老了,老伴先他故去,儿女都在国外。这个矿山废了之后,他也准备去国外与儿女团聚,不在山沟里讨生活了。"

刘江对矿主的身世不感兴趣,就把他的话打断了:"那仓库里的切割机还能用吗?"

矿主说:"可以,当然可以!"

刘江说:"可以开几块石头看看吗?"

矿主说:"可以,当然可以。"

刘江便不再说话。

矿主便一个劲地为大家劝酒夹肉,很快,几个人便有点微醉的感觉。

吃罢饭,矿主说:"你们跑了那么长的山路,挺累的,先躺一下。我去安排一下,几位休息后，我们去开几块石头看看。"

几个人在矿山原来作为招待所的房间里睡了一觉，醒来后，矿主已等在门外，说工人已将切割机准备好，可以去切石头了。于是大家又赶到仓库里去。

到了小石山跟前，矿主说："你们自己看，切哪一块石头。"

刘江一行五人，每人从石头堆里指定了一块，矿主便吩咐那些护矿队员把他们指定的石头抬到了切割机旁。

五块石头，有三块切出了翡翠，其中有一块种色较好，个头也较大。有两块石头，就完全是废石一块。

切完石头，天已黑了。矿主便把他们带到附近镇上的一个酒店安顿了下来，大家洗了个澡，便到餐厅去吃晚饭。

吃饭前，刘江单独和两名行家交换了意见。寸先生说，这批石头，成色一般，我打40分。狄老先生说："我看还可以，我给50分。"

吃饭时，乘着酒酣耳热，矿主便提出来："给个价吧，就在饭桌上把事情敲定好了。不怕你们笑话，我真的一天都不想在这山里待了。"

刘江说："你不是跟张老先生开过价了吗？你说的那个价我们无法接受。"

矿主笑着说："这么一大堆玉石，要装三几卡车吧，成色你们也有所了解了，光是今天开出来那块好的，就值几百万吧，我开出两个亿的总价，你还嫌高啊？如果我不是急着出手，慢慢卖，得到的，恐怕翻一番不止。"

刘江就笑笑："那你留着慢慢卖吧。"

矿主无奈地："你是明知我的想法，故意将我军的！你说吧，多少钱你觉得合适？"

刘江说："也就七八千万吧。"

矿主一下子脸涨得通红："你这有点欺人太甚了，你以为我就缺这点钱啊！"

刘江说："你经营了一辈子玉石矿山，怎么会缺这点钱。这单子买卖，不是你缺不缺这点钱的问题，而是这批石头真的值多少，买了我们有没有利可图的问题。"

矿主咬咬牙说："一亿五千万，不能再少了！"

刘江："给你个整数吧，一个亿！不能再多！"

矿主生气地："那就没得谈了。"

刘江依然笑着，举手招来服务员："小妹，结账！"然后对矿主说："买卖不成仁义在，这顿饭我请了。"

矿主似乎很无奈："服了你了！"

说着，他从随身包里掏出合同文稿。

石头运回来了，占了半个仓库。

刘江认为捡了便宜，两位行家也是这样认为，三个人喜滋滋地请张老爷子喝酒。还争着买单，因为两位专家拿到了一个不薄的大红包。

他们压根就没想到，刘江更没想到，他们此次缅北矿山之行，就像那个矿主请他们吃的那只掉进矿坑的黄猄,被宰了!

这批石头到达瑞丽玉石厂的第二天,玉石场的盈利与声誉便急剧下降。

先是玉石场出现自开业以来未有的惨况,几批外地闻名前来采购玉石的客商连着切了十几块石头,都无一例外地全切垮了。切割机前哀叹声、哭叫声连连响起,让人心寒。

然后便有言之凿凿的消息传来,说这个玉石场的老总中了宿仇王利群的圈套,买下的石头出自一家关闭的老坑没错,但那都是开矿时表面的皮石,是出大工钱雇人去搬都没人肯要的垃圾,只有刘江这种玉石场的生瓜蛋子才会把它们当宝贝。

随后,玉石场便门可罗雀。

刘江坐在张老爷子面前,欲哭无泪。

张老爷子面色铁青,一言不发。

李红军和张少龄走了进来,坐下之后,见气氛不对,便笑着说:"胜败乃兵家常事。上一次战役,你们能赢人家几个亿,如今输一个亿就受不了了?"

刘江说:"这钱输得起,可名声输不起!"

张老爷子开口问道:"那些买了你这批石头切垮的客商,有留下记录吗?"

刘江摇摇头:"没有!"

张老爷子叹了口气,不吭声了。

李红军:"斗争是残酷的!敌人的狡猾是让我们防不胜防的。这事,我也有责任。原来只是从政治上、军事上考虑斗争双方可能采取的策略,并且还认为我们的力量足够强大,把事情想简单了。敌人一段时间不动,我们就有点松懈,以为敌人顾虑到我们有所防备,不敢来犯了。斗争的弦有点松懈了,没有去好好想想,敌人就是敌人,只要他还能睁着眼睛动着脑筋,就会盯着我们的软肋下手。"

张少龄说:"我也是斗争经验不足,没想到那王八蛋会从这方面下手!"

李红军说:"吃一堑长一智吧。现在要考虑的,就是敌人出手了,还打痛我们了,我们不能白白挨打!他出手了就会有痕迹,找到这些痕迹就可以找到他的弱点甚至是找到他的要害。现在,不是生气、恼火、难受的时候。"

张老爷子和刘江的面色稍微好看了些。

李红军:"这段时间有没有和洪瑞祥联系?"

刘江摇了摇头:"前些天通过电话,他很忙。"

李红军:"我看他也松懈了,忘了战斗的前线是在哪里了!"

张少龄担心地:"王利群会不会派人到玉王庄去找他的麻烦?"

李红军:"如果这样子的话,那就更危险了。刘江,马上通知他回来!"

刘江应声而去。

三　反击

玉王庄外，水利沟边。

洪瑞祥抱着小儿子，林如玉拉着女儿的小手，时走时停。

放眼望去，田野里一片翠绿，村边的竹林一片深绿。村子还是原来的样子，安静而祥和。但往公路边那一带看去，情况就不同了。公路两侧的店场已成规模，而且还在不停地延伸。而店场后面，村里为各家各户划分了宅基地，宅基地上一片繁忙景象，家家户户正在大兴土木建小洋楼。一个新社区正在生成。

洪瑞祥心里十分欣慰。这几年，玉王庄人的努力没有白费。玉王庄人的玉雕手艺充分挖掘出来了，正在变成财富的源泉。许多外乡人在这里看到了商机，也加进了玉器产销的行列，无形中壮大和发展了玉王庄玉石的产销吞吐能力，玉王庄经济腾飞的态势已经形成。

这时，女儿敏敏甩脱妈妈的手，跑到洪瑞祥身边，扯着他的衣襟："爸爸！妈妈说以前你经常在这水利沟给她和小姨抓小虾剥着生吃，是吗？"

洪瑞祥不由想起少年时的情景，开心地笑道："是啊！小敏敏为什么问这个？"

敏敏："我也要你下水沟里给我抓虾吃！"

洪瑞祥："那时候你妈妈和小姨没什么零食吃，所以才来吃这小溪里的小虾，你现在还缺零食吗？"

小敏敏撒娇了："不嘛，我就要吃小虾！"

洪瑞祥对女儿向来是有求必应，从不拂女儿的意，见敏敏如此坚持，便把小儿子往林如玉怀里一塞，就要脱掉鞋袜下水，但当他把目光看向水面的时候，却不由一怔。刚脱下的一只鞋被他狠狠地套了回去。

敏敏发现爸爸的神情不对，忙问道："爸爸，怎么啦？"

洪瑞祥叹道："哎！这水沟里的虾，不能吃了！"

敏敏急了："为什么呀？"

洪瑞祥："你见过妈妈洗碗吗？"

敏敏："当然见过了！"

洪瑞祥："爸爸告诉你，以前爸爸在这里给你妈妈和小姨抓小虾的时候，这里的水就像你妈妈洗碗时刚接下来的水，干净、清澈见底，可你看现在这水，像不像你妈妈洗过第一遍碗后的水，脏了，浑浊了！你想，这里面虽然还有鱼虾，但这些鱼虾还能吃吗？"

敏敏生气地说："是谁把这里的水弄脏了？讨厌！"

林如玉也是看着沟水摇头："这事啊，大家都有责任！"

敏敏说："我可没有，我连在沟里洗个手都没有过，我有什么责任？"

洪瑞祥和林如玉都笑了。

但大家心里都闷闷的，没有心情再散步了，便向家里走去。

刚走到门口，便听见屋里刚装不久的电话响了。洪瑞祥忙三步并作两步走进客厅，接起电话来。电话里传来刘江焦急的声音："祥哥！你赶紧过来吧！"

洪瑞祥一惊，忙问道："出什么事了？"

待刘江把情况说完，洪瑞祥不由十分恼火："这事真的是王利群搞出来的？"

刘江说："从社会上的传言，到李支队长他们分析的结论，都可以肯定是。"

洪瑞祥便说："你不要着急，我马上过去。"

他打电话时一直倚在他身边的小敏敏不高兴了，对走进来的林如玉哽咽地说："妈妈，爸爸又要走了！"

林如玉一听，脸色也不好看："要去哪里？"

洪瑞祥疼爱地摸摸敏敏的头，给她揩了揩泪珠："还是腾冲，玉石场出大问题了，李红军让我去看看。"

林如玉无奈地："哦！"

洪瑞祥把老婆和孩子全搂在怀里，逐个亲了亲，便走了。家里和公司的事，有林如玉在，他很放心。

到了腾冲，洪瑞祥直接到了张老爷子家里，张老爷子正独自在品茶，见洪瑞祥进来，聊了几句，便叫人去打电话通知张少龄和刘江。

但一直到晚饭后，刘江才赶到，随后李红军和张少龄也走了进来。几个人便围坐在茶几旁，一边品茶一边交流情况，商讨对策。

洪瑞祥说："一路上我都在想，不彻底打垮王利群这个混蛋，我们的日子真不好过。他立志报仇，无孔不入，真的防不胜防。所以我想，是不是这次我干脆就住在玉石场，然后装出一副受了他的打击，大伤元气，生意滑坡，士气低落的样子，让他觉得是一举消灭我的有生力量的时候，到时，他来了，我们就收网。这样行不行？"

张老爷子摇摇头说："不行！这骗不过他，就算这次买的这批石头我们真的把一个亿全亏了，他也知道我们还不到元气大伤的时候。光上一次他设的圈套，让我们反败为胜，赚了多少钱，他心里有数。"

李红军点点头："张老先生的话有道理，这时候就示弱不是好办法。不但不能示弱，而且要狠狠地给予反击！要继续刺激他，要让他疯狂，让他失去理智，这样他才能乖乖走进我们的埋伏圈。"

洪瑞祥："问题是他在缅北的深山老林里，我们的军队鞭长莫及，打不到他。我们还有什么办法能对他进行反击？"

李红军说："困难是有的，但也不是没办法可想。我们的想法是分两步走：第一步是尽可能打击王利群的武装力量，最好让他在缅北没有立足之地；第二步是你的玉石场不仅不能一蹶不振，而是要尽快扭转目前的被动局面，把生意搞得比刚开始的时候还红火！让王利群觉得你是打不垮的，让他下决心对你痛下杀手！最好，是两步棋一起走！"

张老爷子说："这两步棋都不好走啊！"

洪瑞祥说："是啊！要打击王利群的武装力量，必须等他潜进我们的地盘，否则，怎么打击，难道要直接出兵缅北？"

李红军说："为了一个王利群我们就出兵，那不可能。他不过是只小臭虫，因为他而出兵，那太抬举他了。我们的部队越境进入缅甸围剿国民党残军、围剿贩毒武装的事不是没有。一九六一年前后，国民党残军主力撤离缅北去台湾之后，留下了以柳元麟等人为首的贩毒武装，依然十分强悍，缅甸政府请求我们出兵帮助他们，我们的军队越过可以称为人间地狱的野人山，突然出现在柳元麟的主力部队面前，一举把他们打了个落花流水。所以，现在缅北的所有反政府武装，谁围剿他们，他们都不在乎，最怕的就是我们的人民解放军。"

洪瑞祥："说了半天，我还是听不出来军哥你有什么锦囊妙计。"

张老爷子淡淡一笑："我倒是听出一点意思来了。"

李红军笑道："张老先生不妨说说看。"

张老先生："前些天，你反复跟我打听那个把那些废石头卖给刘江的那个矿主。你的计策，是不是跟他有关？"

李红军看看洪瑞祥："阿祥，对张老先生我们这些晚辈不佩服还真不行。姜真的是老的辣呀！老先生你说得没错。有句话说：'知己知彼，百战百胜。'刘江中了那个矿主的圈套后，大家分析，光是那个矿主，他没必要也不敢这么坑我们，后面肯定有人，而这人只能是王利群。王利群这武装力量究竟有多大？他的据点在哪里？他是怎么维持下来的？他对那个矿主做了什么工作？这些情报对我们都很重要，而这个矿主有可能掌握一些情况。我们也知道这个矿主收到钱后就会离开缅甸去和他的儿女一起生活。经过国安部门的调查，知道这个矿主的儿子和我们国内一些企业有生意关系，是个对中国很友好的外商，于是就找到了他，把他父亲受胁迫坑害华商的事跟他说了，托他向父亲了解有关情况。"

洪瑞祥没想到李红军已经做了这么多工作，就开心地问："肯定很有收获！"

李红军说："是的，可以说，经过他儿子的劝说，那位矿主先生是把自己知道的情况都提供了出来。你们可以看看，材料就在少龄的文件包里。"

洪瑞祥接过张少龄递过来的一沓A4纸，马上一目十行地看下去。乖乖！这份资料里，把王利群一伙有多少人，多少武器，据点有几处，平时如何抢鸦片、抢骡马、抢女人，如何绑架、勒索，以及明里暗里控制了多少个村寨，多少个土司，多少座玉石矿、金矿，都了解清楚了。而他对与刘江交易的那个矿主，并没给他什么好处，只是威胁他，如不能与刘江达成这笔"买卖"，他就得葬身矿山，别再做与儿女见面的梦了。

张少龄说，这份材料经过初步核实，没什么水分。

张老爷子也戴着老花镜认真看了看材料，笑得很开心。他把材料往茶几上一按："敢坑我和小洪！嘿嘿！"

洪瑞祥还是有点不明白："王利群坏，这我们早就知道，现在不过知道得详尽点，这有什么值得这么开心的？我们的炮弹还是打不到他头上。"

李红军："这就是打到王利群头上的炮弹！明天，我们的反击战就打响了！首先，明天一早，这份材料的主要内容就会出现在泰国曼谷和清迈两地的主要媒体上。正在通缉王利群的掸邦革命军总部见了这些消息，会如获至宝，第一时间，就会有不少炮弹在王利群的据点上炸响，紧跟着围剿部队就会一拥而上……"

张少龄："这是借刀杀人之计！"

洪瑞祥："但愿这一次王利群跑不掉！"

李红军："至于你们的玉石店如何摆脱困境，重显生机，只有你们自己想办法了。我是无计可施，外行指导不了内行！"

李红军和张少龄走了以后，洪瑞祥和刘江留下来与张老爷子谈玉石场解困之事。

洪瑞祥提出了处理玉石场问题的原则：一是从哪跌倒就从哪爬起来，还是从如何处理这批石头入手；二是实事求是，诚信为本；三是放眼未来，生意可以亏，名声不能损！同时说出了自己的处理意见。张老爷子等他说完，就拍手叫好，刘江当然也无异议。便请了张少龄的大伯来，请他帮着在腾冲办点事。然后洪瑞祥就和刘江连夜赶回了瑞丽。

从第二天开始，腾冲和瑞丽两地的报纸都连着三天用半版的篇幅刊登了洪瑞祥他们在瑞丽的玉石场的启事。启事上坦率地承认玉石场中了境外奸人圈套，进了一批质量低劣之原石。事后经有关方面查证，确认受骗无疑。故特向来捧场买了这一批玉石买"垮"了的顾客表示歉意，并请这些客户持本场开出的发票前来领回购石全款。

启事一见报，滇缅边境玉石市场便沸沸扬扬，都在议论这件事，有人在猜测这境外奸人是谁，有人根据传言认定就是王利群，但更多的人认为洪瑞祥这种做法实在是匪夷所思，玉石销出，概不退换是公认的规矩，他们坏了这个规矩，但坏得好，是商界中诚信之典范。但也有人笑洪瑞祥是傻瓜，更有人不相信洪瑞祥真的会退款，且是全款，一些玉石商人便纷纷走来看个究竟。

第一日，退还了客户几百万。

第二日，退还了客户一千多万。

第三日，来领退款的人已寥寥无几。

洪瑞祥和店内的工作人员对来领退款的人热情、诚恳，没有发生过一次口角。

而在为买了废石的人退款的同时，洪瑞祥将这批原石全部切割，不再卖原石。从刘江等人买时的情况看，这批石头也不完全是废石，所以，他将每块石头都过了刀，切出来的翡翠，按种色定价出售，倒也捡回了几千万的成本。

这两件事做完之后，洪瑞祥便向外界宣布，这批原石已全部处理完毕，店中没有留下一块。

这件事之后，洪瑞祥这家玉石场的名声真的是遐迩远播了。每日上门的客商络绎不绝。洪瑞祥和张老爷子便向一些同行求助，调过来一小批一小批原石，维持店面正常经营。

玉石场的生意又兴旺起来，很快便填上了刘江采买的那批货的亏空。

到这个时候，刘江回顾去缅北矿山购石的过程，才感到了后怕。他对洪瑞祥说："以后我不再去采购原石了，我不是那块料，我真怕把你的家当全输光了。"

洪瑞祥一听这话，便感到心里有点沉重，他对刘江寄予了很大的希望。他不想看到他的心理承受能力太弱。于是，他郑重其事地办了一场庆功宴。在宴会上，他充分肯定了从刘江以下所有员工在这次玉石场危机事件中的上佳表现，每人都发了可观的奖金。他指出，这次之所以出现这场危机，大家都没有责任，没有错，包括刘江等人去买石的全过程。不是我们大家无能，是敌人太狡猾了。如果说有一点问题的话，那是他和张老爷子这个决策层面对对手的无孔不入还不够了解，也没有全面去了解，是决策层轻敌松懈的表现，与刘江无关。他说，总体来看，这一次危机是好事，不是坏事。不必因为出了这次事情而导致以后缩手缩脚，敢输敢赢，先输后赢，这是最棒的，因为笑到最后的是我们，不是敌人，不是对手！

他见到刘江略带羞愧地低着头，便不再说了，他知道响鼓不用重锤的道理。

他们一起兴高采烈地举杯痛饮。

而此时，王利群和他那十几个大难中侥幸不死的残兵败将，正躲在一个废弃的矿井里忍着伤痛，忍着饥饿。尤其是王利群，刚刚还吐了几口血，苍白的脸因痛苦、恼怒、愤恨、失落而不断扭曲着。

昨天夜里，他在一个土司府里搂着土司的女儿彻夜折腾，天快亮时方才沉沉睡去，在睡梦中，他还在为整得洪瑞祥等玉王庄的几个头面人物大伤元气而得意忘形。突然间便被猛烈的爆炸声惊醒，他卧房的墙竟已被火箭弹轰出了一个大洞。他从床上仓皇爬起，开始还想组织抵抗，但仔细一听，土司府四面的枪声已响成一片，前院已被攻破，一片"活捉王利群"的喊声清晰可闻。知道大势已去，便把自己的贴身卫队召集起来，从地道逃出了土司府。出了地道之后，还被紧紧地追杀，他和随从人员大多受了枪伤，好在他们熟悉附近地形，才摆脱了追兵，藏了起来。

他们藏身之处是一座废弃多年的矿山，矿洞中巷道纵横，宽阔处有篮球场大小，窄小处仅容两人对过。且高高低低，高处需登几十个石阶，低处有的地方深不可测。地形地势极有利于他们隐藏，这里易守难攻，且有明暗多处出口，便于逃匿。王利群便决定暂时在此栖身。

他们带的食物不多，幸得洞中有两三处小泉眼。从那些较为隐蔽的出口附近，很容易找到枯枝残叶。他们便烧了些水，兑上盐，洗干净伤口，吃点东西，便靠着石壁坐下休息。虽多少都带点伤，所幸都是轻伤，重伤者是来不到这里的。

中午时分，隐蔽在一处洞口的哨兵报告王利群，说不远处他们的据点之一的土司府，燃起了熊熊大火。

王利群便判断，攻击他们的队伍应该撤走了。于是命令几个人赶去还在燃烧着的土司府，看看能不能从里面抢出一些还没被烧毁的食物和用具。

不久，他们回来了，还真带回来不少东西。

王利群的心情稍微好了一些，他开始思索起来。他知道自己在缅北已经寸步难行了，他必须走了。幸得早有准备，在香港等地有资产。

但走之前，他饶不了洪瑞祥。

四　天珠

随着太阳的升起，晨雾迅速地消散了，远处连绵不绝的山峦呈现出雄浑的深绿，近处田地里绚丽多彩的罂粟花也在阳光下争奇斗艳。

洪瑞祥站在一片宽大的平坝上，他的身后是一座古老的大宅院，这座大宅院原来属于当地佤佤人大头人波蒙。波蒙曾是缅东北地区的霸主、掸邦革命军总司令坤沙的世仇。曾率部将坤沙家的莱莫山寨焚为灰烬，坤沙家也几近灭族。坤沙得势后，命他手下的悍将孟糢带一个支队攻打这座大宅院，在夜战中孟糢被流弹伤了一条腿，不宜在部队中任要职了。坤沙便把这座大宅院给了他，让他在当地发展。

这孟糢的叔叔孟翔是坤沙小时候的贴身保镖，在护送小坤沙逃亡的路上死得十分惨烈。所以坤沙对孟糢十分照顾，除了给他这座大宅院，还给他一笔巨额资金，一支卫队。孟糢在当地很快发展起来，拥有了几座玉石矿和十余座金矿，他有钱又有势，没人敢捋他"虎须"，日子过得十分安逸滋润。但王利群逃窜到这一片后，形势便不同了。王利群多次对他的矿山发动突击，使他损失严重。有一次他到一座玉石矿视察，刚好碰上王利群武装团伙的袭击，还差点要了他的老命。他对王利群恨得咬牙切齿，却又拿他没有办法。幸得此次缅北军区对王利群发动重点围剿，基本上消灭了王利群的有生力量，这才使他松了一口气，又过起优哉游哉的日子。

孟糢为人并不张狂，且喜读书，好交游。多年前便与腾冲的张老爷子交好，他也是张老爷子邀请到腾冲自己的老宅中，将他介绍给洪瑞祥，为洪瑞祥的玉石场提供资源的一个重要人物。

这次，王利群的主力被击灭，王利群成了丧家之犬，隐匿起来的消息传到腾冲之后，洪瑞祥便有了算计，他决定摆出一副无视王利群的存在、已对他疏以防范的姿态。又根据玉石场业务上的需要，提出了深入缅北，与各玉石矿主建立深度联系的计划。李红军对他的这一计划不置可否，张老爷子阻止无效。洪瑞祥便带着刘江与两位特种兵出身的员工，开着一部越野车，开始了缅北之行。

他第一个拜访的对象，便是路程最远，而身家最重，影响最大的孟糢。

一路上倒也顺利。洪瑞祥一行于昨天午后便到了孟糢家。孟糢见到洪瑞祥不惜涉险而来，异常高兴。陪着洪瑞祥他们喝了一会茶，聊了一下双方目前的情况、便拄着拐棍，亲自领洪瑞祥参加了这座当年大头人的宅院。晚上的欢迎宴会上，还有歌舞侑酒。酒足饭饱之后，老孟糢还要唱歌跳舞的女孩为洪瑞祥等人侍寝，洪瑞祥等人慌不择言地辞谢。老孟糢只好哈哈一笑，挥手让众女孩退去。

一早醒来，洪瑞祥便踱出大宅院，来到这片平坝上。据老孟糢介绍，掸族人有在节假日和喜庆日子里聚会斗歌、斗酒、斗牛的习俗。这片平坝，就是这些聚会的场所。洪瑞祥望着这片平坝，可以想见聚会时的热闹情景。

他走下平坝，想到不远处的罂粟地里看看，不料听得"嗖"的一声轻响，一支响箭已插在他脚下的土路上。他吓了一跳，回头一看，见一个持枪的护院正匆忙向他跑来，一边跑一边喊道："尊贵的客人，请不要往外走了，出了危险我们担当不起。"

说着，护院已到了他跟前，拔起地上的箭，对他笑着伸出手来，做了一个请回的手势。

洪瑞祥只得回到坝上。

这时，一个侍女走到他跟前，对他鞠了一躬："先生，老爷请您共进早餐。"

吃完早餐，按原来商定的行程，今天是由孟老爷子亲自带他们去参观他的玉石矿。

走出大宅院，见门前已停了三辆汽车，孟老爷子指着其中的一辆防弹车说："我和你坐这车。"又对几个持枪的护卫说道："一定要保护好尊贵的客人，如果客人遭到伤害，你们以后就在地牢里度过吧。"

洪瑞祥不好意思地说："孟老先生，你对我太好了！我无以回报啊！"

孟燸爽朗地一笑："你是老张最看重的人，他的眼光毒得很！你以后的前程不可限量，还怕报答不了我！"

说着，便率先钻进了车子。

一路上，车道两旁基本都是罂粟园，有一些妇女在罂粟地里劳作。洪瑞祥忍不住问道："怎么这里的人都种鸦片啊？"

老孟燸叹了口气："虽然种鸦片的人在整个鸦片产业链中是最基本、最必须的一环，但也是最辛苦，而又所得最少的人。但相对而言，比种别的农作物还是好多了。不种，这些穷苦人就没有别的出路了。"

洪瑞祥又问道："怎么在田里忙的都是妇女和小孩？"

孟燸说："这里连年战乱，男人少。即使有，也被拉入伍，或是去矿山这些收入高一点的地方。"

洪瑞祥不忍地说："你们这个地方，资源丰富，可以说是物华天宝，百姓为什么还这么苦？"

孟燸说："都是英国人造的孽，要不，我们总司令为什么要把鸦片都卖到英国去，卖到西方去，就是为了报复！"

对于这个说辞，洪瑞祥无法置评，只有苦笑道："人类呀！为什么总是这么搞来搞去。"

孟燸却说了一句很有意思的话："人类就是在这么搞来搞去中发展起来的！不是吗？"

能说不是吗？洪瑞祥只有苦笑。

到了孟燸最大的一家矿山。孟燸不辞辛苦，亲自带着洪瑞祥等人进矿坑走了走。矿坑里热火朝天，工人们工作十分拼命，但由于机器的轰鸣声震耳欲聋，在矿坑里宾主无法交谈，孟燸便把他们带到了办公楼里。

办公室里的布置与矿山的形象是一致的，简单而粗犷，沙发都是大块的硬木拼装而成的，只有孟燸的办公桌还算雅致，是柚木做的。

见孟燸带着客人进来，便有女文员主动煮起了咖啡，一时办公室里香味四溢。洪瑞祥不

第七章　心有灵犀

由赞道："这咖啡闻起来都让人舒服。"

孟煤便笑道："喝起来更舒服！我这个人什么都不讲究，就是嘴巴和肠胃讲究点。"

洪瑞祥的目光却落在办公桌一侧一个大红木架子上搁着的一块大石头上。这块石头像一个大地球仪，表面十分光滑，但却没有切割和打磨的痕迹。更怪异的，是这块原石的一角，有一片暗红色，看起来像是干透了的血渍。

接触玉石原石后，曾被人称为石痴的洪瑞祥，不由自主地走近这块原石，细细打量起来。

孟煤见洪瑞祥关注这块石头，也走了过来，指着石头说道："我把这么一块石头放在——不，是供在办公室里，你很奇怪吧？"

洪瑞祥问道："这石头还有故事？"

孟煤说："当然有故事。不是这块石头，我现在能不能站在这里和你说话还难说呢！"

洪瑞祥说："哦，那我还真想听听这石头的故事。"

孟煤说："刚才我们去矿坑，走过一段只能容一个人进出的斜坡，你还有印象吧？"

洪瑞祥点点头。

孟煤说："这石头的故事就发生在那里。那天，我正好也到了这间办公室里，突然，外面大门口那里响起了激烈的枪声。我知道，肯定又是王利群那帮混蛋偷袭我的矿山来了。我的护矿队都是老兵出身，见有敌人来袭，自然就迎上去开打了。我这个人从十几岁就开始打仗，每一次我都会出现在最前线。一听见枪响得十分热闹，就忍不住冲到大门口那边，可到了一看，我的人已经死的死，伤的伤，大门守不住了，敌人已经快攻进来了，我便扭头往回跑，但潜意识里知道办公楼是藏不住的，所以我就又转身往矿坑里跑，但这时敌人已追上来。我跑到刚才说的那条只能容一个人走动的小斜坡，就听后面的人喊道：ّ站住！'我一回头，见敌人已追到拐角处，一把枪已经对准了我。我正好出了那条斜道，赶紧一个俯卧，趴到地上，然后往旁边一滚，是暂时逃离了枪口，子弹从我刚才倒下的地方飞过去了。但知道那匪徒马上就会追上来，我已经逃无可逃。就在我哀叹命休矣的时候，突然看见一个圆滚滚的东西从我跟前经过，直奔小斜坡而去。你知道吧，我看见的就是这块石头。"

洪瑞祥问道："是你的人把这块石头推下去的？"

孟煤说："这事，到现在还是个谜。当然，我还没从地上爬起来，就听到斜坡上传来两声惨叫，显然是这块石头把追我的两个匪徒砸到了。我伸头一看，真的是有两个匪徒被砸得跌倒在地，前面那个小腿被砸伤，后面那个为什么也倒下，我没看清楚，这时有两个比我先躲进矿坑的护卫赶过来了，一枪把前面那个匪徒击毙了，但他也挨了后面那个匪徒一枪，正中眉心，当时就死了。还有一个护卫正想朝下开枪，却见那个还活着的匪徒跑了。"

洪瑞祥："真是侥幸！王利群那帮匪徒最后有没有冲上来？"

孟煤说："没有，你知道，那斜坡真的是一夫当关，万夫莫开。就我那个护卫，一人一枪守在斜坡上面，见有人露头就打。坚持了一会儿，附近部队听到枪声赶来了，王利群那帮人也就跑了。后来我问那个活着的护卫，那石头是不是他推下去的？他说他当时离斜坡口还远，跑路过来救我都怕来不及，哪有时间去推石头。我又问是不是那个牺牲了的护卫推的石头，他也摇摇头，说不清楚，应该不是！"

洪瑞祥一脸的惊奇，他说道："难道玉能护主？"说着，便轻轻地抚摸着那块石头，只觉得一阵沁心的清爽，不由一怔："这难道是一块特有灵气的好玉？"

他指着石头上的那片血渍，说道："这石头是值得你供放在办公室里。但是，这应该是血迹吧？为什么不洗干净呢？"

孟燡说："没错，那是血迹，这块石头把匪徒的小腿砸了个血流不止，这血迹就是那匪徒的，我是个战士，看到敌人的血就开心，就舒爽，洗它干什么呢？"

对孟燡的这种嗜好，洪瑞祥也是无语。洪瑞祥又问道："这石头是你的吉祥之物，应当摆在你家里，放在这里，是不是有点怠慢它了？"

孟燡说道："我也想，但我老婆不让。"

洪瑞祥不解地："为什么？有什么说法吗？"

孟燡说："有。她也喜欢、感激这块石头，她给这块石头取名天诛，诛杀的诛。说它是个凶器，上面还沾着鲜血，背负着人命，不宜放在家里。"

洪瑞祥："这说法也对也不对，有点片面。它对敌人是凶器，但对你却是护主之宝。"

孟燡："是啊！所以我也给它取了个名字，也叫天珠，但这个珠是珠宝的珠，不是诛杀的诛！"

洪瑞祥："这名字好！"又带点开玩笑的口气说："孟先生是行伍出身，但特文明。你这么尊重夫人，也是让人敬佩！"

孟燡说："你是说我怕老婆？"

洪瑞祥嘿嘿笑着："我可没这么说，是你自己说的。"

孟燡却很坦率："我就是怕老婆。当然，我说的是我的大老婆，那些小老婆，谁也不敢在我和我大老婆跟前说三道四。"

洪瑞祥问道："想必尊夫人年轻时是个才貌双全、名动一方的美媛！"

孟燡笑道："名动一方我不敢说，名动全军那是绝对的！绝对的军中一枝花，我娶了她，连总司令都眼红！"

洪瑞祥回到座位上坐下，说："你是怎么把她骗到手的？"

孟燡大言不惭地说："没有骗，是实打实的霸王硬上弓！"

洪瑞祥惊讶他的直白："啊？"

孟燡说到兴奋处，也不坐下，就拄着拐杖手舞足蹈，样子有点滑稽："你知道吗？我大老婆是个中国人，是到瑞丽插队落户的知青。当时，他和几个热血青年，说是要投身世界革命，就跑缅北来了，正逢我们总司令从仰光政府的监狱里逃出来，组织了掸邦革命军，她们便视我们总司令为缅甸的革命领袖，直接就找到部队要求参军。当时我刚组建一个支队，任支队长，一见她就喜欢上了，把她安排在支队司令部里当文书。她能干，又泼辣，加上长得沉鱼落雁，一下子就出了名。我们总司令就下令调她到总部，我一看调令就急了，当天晚上就把她绑了，关在洞房里，然后全支队大摆喜宴，彻夜狂欢。总司令听说了，第二天赶到我们支队，我就跟他说：'她是我老婆，婚结了，床上了，你还调她干吗？不是看我笑话吗？'总司令当时气得要拔枪，最后还是忍住了，骂了几句就走了。但回去之后，却派人送了一份贺礼过来。"

洪瑞祥听得一愣一愣的，不由问道："那尊夫人就这么服服帖帖地跟着你了？"

孟燡嘿嘿笑着："哪有那么容易。她把自己关在洞房里三天，我让全支队的人列队在洞房前高喊："请夫人接受总司令贺礼！请夫人派喜糖！给夫人请安！"就是这三句话，让大家喊了三天。她才开门出来了。她软下来，我就硬了，以后，就不由她了。"

洪瑞祥笑骂道："强盗！流氓！"

孟燡并不恼："我也觉得我是！"

洪瑞祥忽然话题一转："天珠放你这里，着实委屈了，还是转让给我吧？"

孟燡眼睛一瞪："你这是？强盗！流氓！"

洪瑞祥笑道："我才不是呢！天珠又不是女人，只是一件商品，这件商品虽对你有恩，但你又不能善待它！干吗不转给我，在我手里，它更能体现它的价值。再说，我也不是白要，我可以出高价！"

孟燡坐了下来，一边喝着热咖啡，一边久久地看着那块石头。半晌才问："你真的想要这块石头？"

洪瑞祥："真想！"

孟燡："你要是出了高价，开出来是一堆废石片呢？"

洪瑞祥："赌石嘛，不就是一个赌字！怎么样，我都认了！"

话是这么说，但洪瑞祥心里却是认定，这是一块不可多得的好玉。他觉得自己和好玉心灵相通。刚才他抚摸这块石头时，他就觉得有一股清新纯净的灵气进入了他的体内，使他感到无比的舒服。他想不赌一把，都说服不了自己了！哪怕是夺人所爱！他真的自信，好玉到了他手里，比在孟燡手里价值高多了！

孟燡看着他的神色，感觉到他对那块石头深情的眼光，不由叹了口气，说道："你这个人啊！真的是会给我出难题！老张对我说过，要我尽可能支持你，我也答应过他，只要你有需要，你开口我就会尽量满足你！我连一块石头都舍不得给你，老张会认为我说话不算数了！"

洪瑞祥这个时候已是开弓没有回头箭，也不想矫情地说些违心的话，便说道："你答应转让了，我出五千万，可以吗？"

孟燡说："这石头在我心里，确实值这个价，但在你那里，就不好说了，你不必冒这么大的风险。"

洪瑞祥说："那你说多少？"

孟燡说："就意思意思，一千万吧！"

洪瑞祥说："不行，太少了，你会心里不平衡的！"

孟熯说:"这石头不能供在我家里,我什么时候都不平衡!我缺的不是钱!"

洪瑞祥一怔,心里涌起深深的愧疚,他看着石头,忽然脑子里灵光一闪:"这样吧,我给你三千万。另外,我不管这块石头开出来什么样子,我都用里头的一块给你精心做一件纪念品,可以摆在你家里的!"

孟熯一听,心动了:"那就给我刻一尊观音,好!这样好!"

洪瑞祥大舒一口气:"那就成交了!"

孟熯:"成交,但我不要你三千万,你给我一千八百万吧!"

天珠上了洪瑞祥的越野车。洪瑞祥觉得此行太值得了!

告别了孟熯,洪瑞祥一行又拜访了几家玉石矿的主人,签了一些供货合同,便满载而归。

五　醉酒

进入境内,洪瑞祥先把天珠送到玉石场,然后便驱车直奔腾冲张家老宅。

到了门口,便见一辆沾满灰尘和泥浆的越野车停在一侧,车边站着几个略显疲惫的青年男子。从他们的神色与站立的姿势,能看出他们是训练有素的军人。

他刚想下车,便见张少龄和一位青年男子从里面走了出来,这青年人洪瑞祥熟悉,是张少龄手下的一名少尉。

张少龄和那名少尉走到那辆脏兮兮的越野车前,对几位站着的年轻人说道:"大家辛苦了,任务完成很好,回去好好休息。休息好了,我再请大家喝酒!"

几个年轻人虽着便衣,但回答却是军人的气势:"是!谢谢副大队长!"

然后,便上车离去。

洪瑞祥下车走向张少龄:"这几位兄弟,是你派他们一直跟着暗中保护我的吧?"

张少龄笑笑:"知道就好!我答应请他们喝酒了,到时候你必须来,还必须买单!"

洪瑞祥也学着军人们的口吻:"是!副大队长同志!"

两人相视一笑,便向屋里走去。

客厅里,张老爷子正与李红军谈笑风生。见洪瑞祥进来,李红军便笑道:"我们的勇士凯旋了!"

洪瑞祥:"什么勇士?这次缅北之行,见不到一点刀光剑影,也听不到一声枪响。倒是处处受到热情款待,我就充当了一个酒囊饭袋而已!"

张老爷子说:"话不能这么说。这些天,我和红军他们,可是担心得很!"

洪瑞祥不好意思地:"这我知道,军哥还派人在暗中保护我!真的让你们费心了!"

李红军:"这回收获大吧?"

洪瑞祥:"生意上的事有收获,就是见不到王利群的影子,也听不到他的消息,有点失望。"

第七章　心有灵犀

李红军说："这就是我之所以同意你去缅北的原因，据情报分析，王利群团伙经过这次打击，所剩的人寥寥无几，而且普遍伤得不轻，他现在正躲起来舔伤口呢，哪有力气去找你麻烦，但你在缅北的活动，他肯定是会知道的，这对我们计划进展是有利的，一是你的足迹踏遍他原来的势力范围而毫发无损，轻松愉快，这是对他的一大刺激，他必然是怒火攻心。二是你在缅北出现，这本身就说明你对他的存在不屑一顾，认为他不能奈你何了！你的防范意识已经开始松动了。在这几方面因素的影响下，他会不可抑制地谋划着如何对你和你的乡亲们的突袭，以息其怒，以消其恨！"

洪瑞祥："那我现在就要把他心里的火烧得更旺，把对他的无视表现得更淋漓尽致，让他以为我完全不须要防范他了！"

李红军说："对！你一是要把玉石场的生意做得更大更加红火，让他心里更不平衡，更想灭了你而后快，二是你要表现出你的张狂和对他的蔑视。"

洪瑞祥："我做出这些，王利群会知道吗？"

李红军："会的。我可以告诉你一点绝密的情报，根据我们掌握的确凿证据，瑞丽国际大酒店的一个厅面经理，就是他安在境内的一个眼线。这人很活跃，但却因此而隐蔽得更深。我们没动他，就是留下来给你用的！"

洪瑞祥手一拍："太好了！"

他又把从孟燨手里得到天珠的事和张老爷子说了。告诉李红军："这块石头的故事，我会利用它大做文章，狠狠地刺激一下王利群。"

李红军点头表示赞许。

张少龄这才告诉洪瑞祥，王利群不是不想在缅北动他，他派出了两名枪手。一直在偷偷跟踪洪瑞祥几个人，一次中途用餐，这俩枪手也在大厅里装着吃饭，正瞅准时机，准备拔枪杀人的时候，少龄的几个手下当即围了过去，盯视着他们，把他们吓出一身冷汗，灰溜溜地走了。

洪瑞祥一听这话，当场也吓出一身冷汗。

李红军笑笑说："如何表现张狂，显示蔑视都可以，警惕性千万不能放松。内紧外松是原则！"

洪瑞祥深以为然。说："我记住了！"

话说到这里，张爷子就提醒他了，他说："小洪，孟燨这人和你一样，对玉石有一种天生的感应，他看好的石头，多半都不错，天珠之所以在他那里还没挨刀，还是一块原石的样子，就是因为天珠有了那段故事。他舍不得动。现在到了你手里，你可以看看是一块什么样的玉石，我感觉你的一千八百万应该不是一般的值。"

洪瑞祥深感张老爷子的话有理，便兴冲冲地赶回瑞丽，一到玉石场，便叫来刘江，一起让切石师傅将天珠从边上慢慢地磨起来，刚磨去一厘米多的外皮，便见到了令人兴奋得跳起来的翠绿。于是师傅便更加小心地磨出了整块天珠的外皮，最后，显现在众人面前的依然是一个橄榄球珠，这个大球珠真不愧它的名字，通体绿带环绕，温润通透，纯净得没有一点瑕疵。而洪瑞祥一眼便看出，这是一块上等的玻璃种翡翠，且水色极佳，是他接触翡翠玉石以来见到的最令他心醉意迷的一件极品。

他兴奋得彻夜难眠。第二天，他专门请了张老爷子和业界的一些行家对天珠进行鉴赏，大家都真诚地祝贺洪瑞祥捡到了宝，他们对天珠的估价在两个亿以上。马上便有人提出要买下天珠，然后便有几个人起哄叫价。

洪瑞祥却笑道："这块翡翠极其高贵，是玉中至宝，而且是极有灵气，有故事。我不会卖的，从今天开始，它就是我们的镇场之宝！"

众人见高价难动洪瑞祥的心，只好作罢，便要求洪瑞祥讲讲这天珠的故事。众人听了，都深感惊异。

众人走后，洪瑞祥想起对孟燧的承诺，便端详了天珠好半天，在一侧画出了一条线，让切割师傅按他画的线切下一片来。准备动手为孟燧制作观音玉像。然后，他又设计了一个水晶罩，一个展台，将天珠摆放在玉石场接待大厅中央。顿时，满室生辉，进大厅的人都感到一身舒爽。

第二天，便有省市各地的大小报刊的记者蜂拥而至，而后《灵玉救主》《玉有灵气吗？》《宁可食无肉，不可身无玉》《瑞丽惊现护主灵玉》等各种标题不同但内容却大同小异的文章便见诸各类报刊。天珠的名气使洪瑞祥玉石市场的名气更大了起来，各路客户纷至沓来。而在天珠的故事中，王利群则成了神憎鬼厌的杀人魔王、刽子手、小丑。他的名字也成了遭天谴的恶人的代名词。

王利群依然躲在矿洞中，但通过他在内地的眼线，有些文章他还是看到了，他不仅恼怒，而且又惊又怕，更多的当然是恨。

洪瑞祥则在真心的欢喜之余，故意整出一副志得意满、轻狂傲慢的样子。对店员颐指气使，态度与往昔迥异，对客商，更是因人而异，会拍马屁的，他随意给予打折优惠，还请到大酒店，兴之所至，路易十三、三十年茅台，像不要钱一样随意喝，客人醉与不醉，他倒不大在意，而自己必然是醉倒才罢。

没有人认为他是假醉。只有他自己了解自己，每次喝好了，喝舒服了，他就想睡，他的眼皮就睁不开。既然这样，他就干脆趴桌子上睡着了，睡得还很沉、很香。手下人就只好把他弄回玉石场。到了玉石场，他会接着睡上一两个时辰，然后就醒来，洗把脸，喝了几杯工夫茶，便走进专设的工作室，这里设备一应齐全，他坐下来，全神贯注地为孟燧制造观音菩萨像。

他每天夜里就这么工作几个小时。半个月之后，一尊高三十多厘米，宽十几厘米的精美玉雕菩萨诞生了。从天珠上切下来的那片翡翠，做完观音像，还有一些边角料，他也用心地把它们做成了几件吊坠、护身符。同样，也是价值不菲。他告诉了张老爷子，让张老爷子出面邀请孟燧到瑞丽来，聚一聚，再把观音菩萨的宝像请走。

孟燧高兴地答应了，约定三天后在瑞丽欢聚，他还让张老爷子告诉洪瑞祥，不要给他安排酒店的房间，他要和洪瑞祥住在他的工场里，看看洪瑞祥是如何经营的，又是如何制作的，洪瑞祥上次去见他，送给了他一件玉雕礼品，不值什么大钱，但那工艺让人惊叹，当知道那是洪瑞祥亲手制作的，更为叹服。他真心想结交这位年轻的玉雕大师。

知道孟熯要来，洪瑞祥十分高兴，同时他心中一动，感觉是时候了，他的"人饵"计划到了一个关键节点。他换位思考，自己心心念念要将王利群送上西天，王利群又何尝不想尽快了结与自己的仇怨。而今，自己的狂傲与轻敌姿态已做绝，王利群一伙的伤势也应基本恢复了，可以行动了。他应该急不可耐了，现在又加上一个孟熯，孟熯已是王利群死敌之一，这是肯定的，但孟熯在缅北根深蒂固，身边有跟他多年的悍不畏死的卫队，就王利群现在这点人枪，他还真拿孟熯没有办法。但现在孟熯要到瑞丽来做客，进入中国境内，人是可以带几个的，但绝不可以带枪。这样，孟熯也就成了软脚蟹一只，不足畏，不足惧了，杀了洪瑞祥，还顺手牵羊解决掉孟熯，这一箭双雕，太划算了。何况如果真的干掉孟熯，孟熯在缅北的偌大家产还不是予取予夺，完全可以弄上一大笔，到时再走不迟。

情人之间、兄弟姐妹之间、知心好友之间常常会心有灵犀一点通，而知己知彼的敌人之间，多年都在死缠烂打的对手之间，又何尝不是如此。现实就是这么奇怪，洪瑞祥躺在自己床上展开的对王利群心态的想象，居然一点都没有偏差。

洪瑞祥决定在孟熯要到瑞丽这件事上再做一点文章，虽然，他觉得这么做是有点对不起孟熯这个老人，有点也把他作为"人饵"的嫌疑，但他胸有成竹，他知道自己能确保孟老爷子的安全，同时也能让孟老爷子看一出好戏，心里便坦然了。

演戏必须要演全套。洪瑞祥给张少龄打了个电话，向他借两名女兵。当天下午，两名打扮得花枝招展的"女大学生"便到洪瑞祥在瑞丽的这家已改名为天珠玉石的大商行。到了晚饭时分，洪瑞祥便带着这两名女兵假扮的大学生和刘江以及两名员工，到了国际大酒店，开了一间豪华包房，叫上饭菜，吃喝起来。

酒过三巡，洪瑞祥便开口说道："今天我没请外人，都是店里的人，大家知道为什么吗？"

众人都放下酒杯，摇摇头。

洪瑞祥说："第一，是为两位大学生接风。你们虽然是来我店里实习的，但你们到了店里短短几个小时，我就看出了你们是当玉石销售的人才。我希望你们实习之后，还能留在我店里工作。可以吗？"

一个女兵马上应道："在哪干不是干，没什么不可以的，关键是待遇！"

洪瑞祥便朝一个员工指了指："待遇嘛，你来说。"

员工说："我到店里三个多月了，这三个月里工资带提成，总共拿了五万多吧。"

女兵马上兴奋地叫起来："啊？哇！三个月五万多，那一年就是二十万了！我干！"

刘江说："这位小兄弟，三个月收入五万，在店里还是最少的，因为他是最不会讨客户欢心的。人特实诚，嘴却特笨。如果我没记错的话，店里的员工，就他一个没拿过客户给的小费。"

女兵马上又问："客户给的小费多吗？"

刘江说:"多少我不好说,我也不过问。客户给小费,有时候并不是给现钱,是开支票,你说能少吗?"

另一个女兵也说:"今天我就看见了,一个客户花二百万买下了一块石头,切开是一块好翡翠,当场就被人一千万买走。他给帮他抬石头的,还有切割师傅都开了一张支票,我看了一下,反正上面好几个零!"先开口说话的女兵又叫起来:"哇!太刺激了!你们说,这些大老板要是也能给我开支票,我朝他这么一笑,他会不会手一抖,不知不觉就多写几个零呢?"说着,做出了一个极具妩媚的笑容。

众人大笑。

洪瑞祥也笑道:"真是个狐狸精!"

女兵问道:"那老板你怕吗?"

洪瑞祥:"我不怕,我看过聊斋,狐狸精多半是好的!我怕琵琶精!"

女兵却笑道:"琵琶精怎么会到你这里来,你还没到纣王那个份!"

众人又笑。

刘江饶有兴趣地:"看来,你们是有可能成为我们商行的员工了。我今天有事外出,到现在还不知道两位狐狸精贵姓呢?"

一位女兵说:"免贵姓崔。"

一位女兵说:"免贵姓史。"

刘江一怔:"这姓不好,两个在一起更不好!"

女兵一起问:"为什么?"

刘江一副苦相:"催屎?催死?是催人去卫生间呢?还是赶人去太平间啊!"

众人又是大笑。

洪瑞祥说:"想不到一向正经八本的刘总也会幽默。不管姓什么,反正在座的男人注意了,狐狸精虽说心地善良,但迷死人不偿命!"

一个女兵便对另一个女兵说:"我们先迷死刘总吧,来,一起敬刘总一杯!至少先把他赶去卫生间!然后我们再迷老板!"

两个女兵开怀一笑,举起酒杯,但发现杯里空空,没酒了。

原来在一旁负责倒酒的女服务员听他们说话听愣了,竟呆在那里一动不动。一个女兵不高兴了:"咦?你发什么呆呀?还不倒酒!"

女服务员一惊,手有点抖,倒酒时酒洒到女兵的白裙上,白裙子贴在大腿上,挺不舒服,便怒道:"你怎么啦?"

刘江得到洪瑞祥的暗示,这时便借题发挥:"去叫你经理来!"

女服务员急了,连连说:"对不起!对不起!请原谅!"

刘江却不依不饶,更大声地说:"叫经理来!"

话声刚落,一个三十多岁的青年男子便走了进来,正是这个厅面的经理。

他似乎已明白刚才发生了什么。也是在借题发挥,佯怒地对服务员说:"你出去,我亲

第七章 心有灵犀

自为尊贵的客人服务！"

他殷勤地为众人斟酒。

洪瑞祥举起杯子，说道："来，喝了这一杯，我说第二件事，互相敬酒的事，等说完正事再来。反正，今晚都不醉不归！"

众人便喝下了这杯酒。

洪瑞祥："今天叫的都是自己人，就是要布置一个接待任务。三天后，缅北一个大矿主要来我们玉石场做客。这个矿主叫孟燠，就是把那块砸死了王利群手下的天珠送给我的那个人，我用天珠上的一片翡翠，花了十几二十天的工夫，给他塑了一个极其精美的观音玉像。我敢说，这是有史以来最好的观音玉像，是用最贵重的玻璃种翡翠，材质最好，雕工也最好！又是用天珠这块灵石做材料！可谓价值连城！我要把这尊菩萨像送给他。他也要准备一个最隆重的仪式把观音玉像请回家去。"

刘江插话说："那是不是要在这里给他预定一个总统套房？"

洪瑞祥说："老头子说了，不肯住酒店，到这里的时间，都要和我在一起，看我白天如何经营，晚上如何雕玉。所以，他和他的随从人员，都会住在我们玉石场里。吃的喝的，都不需要费什么心思，到时候往各个名食店带就是了，关键是住的、玩的。明天，由你刘总亲自督促，腾出几间房来，打扫，布置，也不必太奢华，干净舒适就行。另外他可能会带他的大老婆来。"

刘江又插嘴："大老婆，他还有小老婆？"

洪瑞祥说："你不是去过他家吗？连这个都不知道，他的小老婆也半个班呢！"

众人不禁"哇"的一声。

刘江笑道："我就在他那住了一晚，开车都累了，谁管他家那些破事！"

洪瑞祥说："因为客人带了家眷，所以，你们两位大学生就一定要参加接待工作了。"

一个女兵说："接待他老婆没问题，但那老头子那么花，一下子离开他那些小老婆，一旦起了坏心怎么办？"

一个女兵说："必要时，唱唱歌跳跳舞的还可以，别的我们可不干！"

洪瑞祥一笑："你还想干什么？他一个七老八十的老头子了，要是敢对你们动手动脚，你们可以揍他，我特批的，他敢不仁，你们可以不义！"

一个女兵说："要是打不过呢？"

一个一直没有开口的特种兵出身的员工说："那就喊！我们都在呢！"

洪瑞祥："话是这么说，但据我了解，老孟头还是个有分寸的人，我们还是尽可能与他建立良好关系。王利群虽然现在成了过街老鼠，但他一天不死，我就一天不舒服！我还希望老孟燠的人，把王利群这王八蛋从老鼠洞里挖出来呢！王利群也是他的死对头！"

众人都频频点头。

洪瑞祥最后又郑重地提醒大家："接待老孟头的基本原则，大家都明白吧？有不明白的，都提出来。"

没人再有什么问题。

洪瑞祥便举杯："来，喝酒！"

众人便开始推杯换盏，尽情吃饭嬉闹，直到都醉了。餐厅经理只好叫来一帮保安，把他们扶上车，并亲自开车把他们送到玉石场里。到了场里的办公楼前，他下车一边扶着洪瑞祥进屋，一边不住地四处张望。

洪瑞祥斜靠在沙发上，醉眼蒙眬，但突然指着就要离开的餐厅经理说道："我……大意了，不该让外人知道老孟……你去告诉那个餐厅经理，让他闭嘴，他要是敢……我让他死得比王利群还惨！"

说着，倒头便睡，还打起了鼾。

餐厅经理惊出一身冷汗，仓皇离去了。

六 收钓

夜色深沉，玉石场里一片静谧。

刚下过一场小雨。透过玉石场高大的铁栅门，可以看到外面街道上一片湿漉漉，空气十分清爽，城市白日里的喧嚣与浮躁已消失殆尽。

劳碌了一天的人们，大多已歇息了。不少人也许正做着绮梦呢！

这样的夜是那么美好！

但洪瑞祥却深深叹了口气。因为他知道，半个小时之后，这里将发出一声巨响，然后会有一场激烈的枪战。静夜将不静，这座城市的人们要受到惊扰了。

他看了看表，时间正好是凌晨一点半。他默默地走向仓库，走向地下室的入口。

根据行动总指挥李红军的指令，在玉石场里的所有人，要在凌晨一点半之前，先后熄灭宿舍楼的灯光，然后有序地进入地下室。

洪瑞祥是最后一个进入地下室的。

地下室里，灯火通明。所有进入地下室的人，都聚在玉石场后面的那一个出口处。因为李红军有令，待那一声巨响之后，他们便从这个出口撤离地下室，李红军的人会在这里等待并保护大家。

李红军确实是一个成熟的，足智多谋的指挥员。原先，他还只能判断王利群一伙不可能在凌晨之前对玉石场发动攻击，他让洪瑞祥在十二点前熄灯进入地下室，但由于他的细心安排，让王利群暴露攻击玉石场的预定时间。

孟燧一行按时抵达瑞丽。洪瑞祥也按原计划在大酒店设宴为他接风。这一次，餐厅经理似乎是吸取了教训，一开始便由自己亲自为他们提供服务。洪瑞祥和孟燧都尽情痛饮。最后都醉了，其他人也都喝了不少。于是被张少龄派在玉石场负责安保的一位少尉，便让餐厅经理扶着洪瑞祥上车，并开车送大家回去。车到玉石场宿舍楼下，餐厅经理又殷勤地扶洪瑞祥上楼，洪瑞祥一时忍不住，猛吐起来，呕吐物溅湿了餐厅经理的裤脚和鞋子。上尉忙连声道歉，自己上前替餐厅经理扶起洪瑞祥，让餐厅经理回去换衣服。上尉穿着便衣，一副既热情又随便的样子，餐厅经理也没对他有所防范，便一边笑着说"好的好的！不必客气"，一边掏出手绢来擦着裤管。待少尉扶着洪瑞祥走过楼梯拐角，餐厅经理便从裤袋里掏出一个东西，包在脏了的手绢里，一起扔在楼梯下的垃圾桶里，然后扬长而去。

少尉见餐厅经理离去，便警惕地走到楼下，在刚才餐厅经理开过的车里反复检视，没有发现什么，便回到楼下，四处查看了一下，便从垃圾桶里，看到了刚才餐厅经理用过的那条白手绢，开始还觉得没什么可疑之处，正想走开，忽然想到，现在还有哪个男人裤袋里揣着白手绢啊？便回身拿起手绢，这一拿不要紧，触手的是一个硬邦邦的物件，一细看不由大惊，手绢覆盖着的，显然是一枚高效定时炸弹，而定时炸弹上设定的起爆时间是半夜两点。

看看时间，离炸弹起爆的时间还有一个来小时，他也不动那炸弹，马上悄无声息地离开，到了洪瑞祥房间，洪瑞祥已洗了一把脸。本身他就有意控制自己的醉意，再一吐，醉意已去了七分。听少尉说了餐厅经理安放炸弹这事，不由出了一身汗，酒全醒了。当即便与到瑞丽坐镇指挥的李红军通了电话。李红军一听，反而高兴地笑笑："我还在琢磨那王八蛋什么时候现身呢，他倒急着告诉我了。这个起爆时间，便是他向玉石场发动攻击的时间。"

洪瑞祥问道："炸弹怎么处理？拆掉吗？"

李红军说："拆弹容易，发现炸弹的邓少尉就是专家。但这炸弹不响，敌人会不会就改变计划了呢？"

洪瑞祥："那就让它响吧。"

李红军："让邓少尉把它挪到空旷地方，随它去响吧。"

洪瑞祥说："那万一王利群发现炸弹不是在原来安放的地方炸响，会不会有所怀疑，马上就遁逃了呢？"

李红军沉吟片刻，说："你的顾虑有道理，但这炸弹的威力我知道，只要一响，你那幢宿舍楼顷刻之间就会变成一片废墟！"

洪瑞祥笑道："没关系，炸掉了再盖个好的，而且，这钱王利群必须出，他也出得起。"

李红军哈哈一笑："那倒是。就这样吧，你们推迟到一点半熄灯撤进地下室。其他计划不变！"

现在就等着炸弹的轰隆一响。

洪瑞祥靠墙站着，看着眼前的众人。大家脸上都显得凝重，有的有些紧张。只有孟老爷子和他的几个手下还是一脸笑容，谈笑风生。不愧是在枪林弹雨中走过来的人。

洪瑞祥忽然想起一个问题，问身边的邓少尉道："王利群会不会就想用一个炸弹把我和孟老爷子炸死，他自己根本不露面呢？"

邓少尉说："不会，他们的目的不仅是杀人，还想抢你一把！据边防情报透露，有十几个不明身份的人已潜入境内，估计就是王利群和他的人。"

孟嫫把拐杖放在一边，坐在一张椅子上，两手一直紧紧地抱着装着观音菩萨玉像的檀香木盒子听他们的话，也说："这位后生说得没错，我的人也发现了他们，知道他们进来了。"

洪瑞祥笑道："看来我们家的篱笆没扎牢！"

邓少尉笑道："篱笆是牢靠的。只是有些狗洞，有些不知死活的狗想爬进来，就让他进来吧。进来后再关门打狗，这不好吗？"

洪瑞祥笑笑："也是！"

邓少尉抬腕一看表，说道："时间到！"

他的话音未落，便听见外面传来轰的一声巨响，地下室一阵震颤。洪瑞祥手一挥，激动地喊道："走！"

地下室出口打开了。一名边防军的战士率先跑了出去，大家紧跟着也走了出去。

出口处，几名战士正警惕地四顾，一见人出来，便低声说道："跟我们走！"

大家迅速来到离玉石场不远处一片地势略高的小树林里，见李红军等军人已在这里。来不及多说话，李红军只是把手往玉石场大门方向一指："看！真的来了！"

只见远处夜幕下的街道上，亮起来车灯的光柱，前后三辆重卡呼啸而来。第一辆重卡到了玉石场的大门前，不但不停下，反而加快了速度，一阵轰鸣，朝大门猛地撞去，大门哗啦一声倒下了，重卡直接开进玉石场，一辆接着一辆，停在了已成为废墟的宿舍楼前的空地上。

车一停，车上马上就跳下来十几个人，有的持手枪，有的居然挎着冲锋枪。为首的人正是王利群，他挥舞着一把小小的勃朗宁，叫嚷道："看！都去看看，死光了没有？"

他旁边的一个人不由笑道："团长，这钢筋水泥都成灰了，人不更成渣了！还用看吗？"

王利群得意地尖叫："是谁出的这个主意？回去重赏！真省下不少事了！现在听我命令，一营，目标仓库！二营目标办公楼。记住，一定要拿到天珠！还有，保险柜里的所有东西。拿到东西后，放火烧了这地方！"

李红军一声冷笑："就这点垃圾，还一营二营的，我可是只带来一个中队！"他喊道："张少龄！"

张少龄一步跨到他跟前："到！"

李红军："开始！"

张少龄："是！"

他手一挥，树林中一辆民用车上的喇叭响了起来，一个温柔的女声说道："王利群！你的表演可以结束了！现在我代表中国人民解放军驻腾冲边防支队命令你放下武器，所有跟着你的人，双手抱头，就地蹲下！否则，杀无赦！"

王利群一帮人顿时毛骨悚然，全都呆愣在原地，以为在梦中。

那声音十分清丽动人，温柔而甜美，但在王利群一帮人听来，却如同晴天霹雳，如同审判台上无情的宣判，如同刀子在切割他们的心脏！

有人已经抓不住枪了，手枪掉在地上的响声在静夜里分外清晰。

王利群想骂，想喊，但却张不开嘴。

小树林里，张少龄笑着对洪瑞祥道："让大家再欣赏一会儿这些亡命徒的丑态吧。你也来说两句。"

洪瑞祥一听便来了兴趣："好啊！"

他上了车，女播音员让开了一点位置，洪瑞祥便对着扩音器说了起来："王利群，你是来找我的吗？嘿嘿！我洪瑞祥现在和你只有咫尺之遥，但你见不到我了，我还是站在这里看你是怎么走完你的末路吧！我还要让你死得明白，还想抢我的天珠，你太不信邪了，这天珠，对于你这种坏人来说，这个珠字，就变成了诛杀的诛，你找它，那是自寻死路！你作恶多端，天都要杀你，你老实点走吧！念在你我同乡一场，我会把你的死相告诉你父亲，是他带你走上这条不归路，你的结局，我想他会满意的！"

王利群悲哀恼怒到了极点，他大吼一声："洪瑞祥！我做鬼也不会放过你！"

洪瑞祥冷笑道："你做人都无奈我何！做鬼你只有被打进十八层地狱，还能怎么样，你省省吧。"

说着，他离开了播音车。

刚下了车，便见到王利群疯了一样挥舞着手中的枪，喊道："弟兄们，和他们拼了！"

没有人响应他，他毫无知觉，独自向声音的来处小树林的方向冲去。

但他刚一迈步，便听"噗"的一声轻响，王利群一手捂住胸口，晃了几晃，便倒了下去。

洪瑞祥知道这一枪是狙击手开的，而且狙击枪上加了消音器，为的是怕惊吓到附近的居民。

见王利群倒下，他带来的十几个人，无一例外地放下枪，双手抱头，蹲在空地上。

这一夜，大家都没有合眼，胜利的喜悦激动着每一个人的心。

张少龄对俘虏进行了突审。审讯进行得十分顺利，俘虏们事无巨细，全都交代了出来，而从俘虏口里每挖出一个潜藏在国内的内奸，每说出一处藏匿在境内的据点，李红军便立即下达出击命令，战果迅速地扩大。

中午时分，还是在大酒店，洪瑞祥设宴招待全体参战人员。宴会结束后，李红军和张少龄便要带着部队，带着缴获的战利品和俘虏回腾冲。

上车前，李红军把洪瑞祥叫到一边，对他说："我想破了脑袋，也不知从哪个渠道来补偿你对这次行动做出的奉献和你被炸掉的楼。现在，有一批本该属于我们边防部队的战利品，我们无法得到，这批战利品包括王利群本人掠夺的黄金珠宝和各种钞票，就在王利群一伙窝藏的缅北那个废弃的矿洞里。这个地点俘虏们一致供出来了。我把这个地点告诉你，你可以告诉孟老夫子，让他派手下的武装力量去取。取到了，让他赔偿你的损失。这个生意，他应该是乐意做的。"

洪瑞祥："这样也可以吗？"

李红军无奈地说:"可以也可以,不可以也得可以!我是没别的办法了。"

送走了李红军他们。洪瑞祥便把李红军的话告诉了老孟熼,老孟熼一听,便抱着他的观音像上车走了。

见孟熼的车绝尘而去。洪瑞祥只觉得一阵虚脱,一屁股便坐在地上。

这一天一夜,他的心力体力透支太多了。

刘江等人把他送到大酒店,开了一间房让他住下来,他倒下便睡,一觉睡到晚上八点多才睁开眼睛。一直守在他旁边的刘江知道他肯定饿了,便打电话叫餐厅送一锅鱼皮粥过来。送来的人却是原来在包厢里被刘江赶出去的那个女服务员,见到刘江,神情还是怯怯的。

洪瑞祥便笑着问她:"你们那个餐厅经理呢?"

女服务员说:"听说昨天晚上被部队的人抓走了,犯的罪好像还不轻。"

洪瑞祥与刘江对视一笑,不再问了。

七　情结

第二天早上,洪瑞祥觉得还有点慵懒,刘江便又让餐厅把早点送到房间来。

送早点的还是昨天晚上送鱼片粥的那个女孩。刘江有点奇怪,问道:"昨晚你不是上夜班吗?怎么这么早又上班了?"

女孩说:"我自己要求调班的!"

刘江问:"为啥要调班?"

女孩说:"因为你们在这里。"

刘江不解地:"哦?"

女孩说:"我想跟你们要求,让我去你们那里工作。前天晚上,我为什么会忘了给你们倒酒,后来倒酒时又洒了那女的一身,就是我被你们说的话深深吸引了。"

洪瑞祥插话了:"就因为到我们那里工作收入多?"

女孩反问:"这有什么不对吗?"

洪瑞祥想不到这女孩这么直率:"对!对!"

女孩:"就是嘛!"

刘江问:"你叫什么名字呢?"

女孩笑道:"你这当老总的,是不是都以姓名取人?幸亏我不姓崔,也不姓史。我姓陈!这个姓,你挑不出什么毛病吧?优点却可以说出来不少,我是干酒店的,我知道,这酒就是越陈越好!我的名字你就更挑不出毛病了,我叫陈就,就是的就,成就的就!"

刘江说:"陈酒?不行不行!"

女孩:"为什么呀?"

刘江笑道:"我和我们董事长喜欢好酒,这你是知道的,一见你这陈年好酒,还不抢着喝!"

洪瑞祥笑着附和："就是就是！"

女孩却冷笑道："想喝我？那也得看你们有没有这个资格！不是每个老板都可以随便就拿下一个员工的！"

洪瑞祥来了点兴趣："哦？那你说拿下你要有什么资格？"

女孩说："别告诉我，你们都老大不小了还没有老婆，没有意中人，别看你们是老板，是男人，我告诉你们，不管是谁，不管是男人还是女人，真心喜欢一个人、爱上一个人的资格都只有一次。你们用掉了，就没有了！"

洪瑞祥开怀一笑："有道理，有道理！"说着看看刘江："又是一个小狐狸精，你看着办吧。"

刘江说："行吧。我们董事长已经给了你很高的分数，我必须录用你了。你到我们那里当一个前台经理助理吧。"

女孩说："董事长给我打了什么分数？我怎么不知道？"

刘江："你没听他说，又是一个小狐狸精吗？那可是很高的评价！"

女孩脸一红，瞪了洪瑞祥一眼，又看向刘江："那，刘总，我什么时候可以去上班？"

刘江："什么时候都可以。"

女孩："谢谢你们！我辞职去了。"

说着便奔出门去。

洪瑞祥说："这女孩不错，长得好，人又聪明直爽，可惜少龄已经有对象了！"

刘江："这……他哥哥不是还没有吗？"

洪瑞祥一拍大腿："对呀！少辉走运了！"

刘江叹道："谁有了你这朋友，都走运！"

洪瑞祥："咦？我突然发现我还有一种潜质，当媒婆的潜质！"

刘江说："你这个长处我早就发现了。你别说我和巧巧不是你当的媒婆。我俩办喜事的时候，少不了你一个大红包。"

洪瑞祥："好啊！这种钱不赚白不赚！"

老孟燠走得快，回得也快。第三天晚上，他便出现在腾冲的张家老宅，并催着洪瑞祥去和他见面。

孟燠之所以不直接找洪瑞祥，而是先找张老爷子，是因为他这次从洪瑞祥这里得到了原来王利群匪帮的藏身之所，立即回去组织了自己的护卫队对该矿洞发动了突击，可怜洞里只有几个伤兵在把守，完全不堪一击。细细在洞里搜检了一番，所获颇丰。他记得洪瑞祥对他说，所有缴获，只需拿一小部分帮着重建被炸毁的玉石场宿舍楼，其他的都归他。他觉得这样似乎不妥，对边防军部队，对洪瑞祥和他的玉石场，都不够公平。而他也知道玉石场有张老爷子很大的股份，也怕对玉石场不公，引起张老爷子的不满，便先来向张老爷子讨主意。

殊不知张老爷子对此事甚是淡漠，只是说，这不关我的事，你找小洪商量就是。

洪瑞祥到了张家老宅，张老爷子就说："这孟老东西跑到我这里喋喋不休地说要给我钱，烦死了，你把他带走吧！"

洪瑞祥便看着孟老爷子开心地笑着。

孟煐苦笑道："我辛辛苦苦钻了一回矿洞，又屁颠屁颠地跑来给你这老东西送好处，他还嫌我话多，嫌我一身臭汗！走吧，我们爷俩泡温泉去。"

俩人便去了热海。

到了温泉，孟煐把手下人都赶了出去，与洪瑞祥两个人一起泡在一个大池子里。

洪瑞祥先开了口："怪不得张老爷子烦你，这次的大原则军方已经定下了，除了帮我宿舍楼重新建起来，其他的不管了，你还啰唆什么？"

孟煐说："你那楼重建花得了几个钱？"

洪瑞祥说："老实告诉你，从玉石场发展的需要，我早就想把原来的那个宿舍楼炸掉重建了，想不到王利群还真帮了我这个忙！"

孟煐便笑道："原来你是这么打算的？我还以为你是真的为了迷惑王利群才忍痛把楼炸平掉的！"

洪瑞祥说："所以，我早就做了预算了，要建一幢集员工住宅、接待贵宾、餐厅、娱乐、体育健身等为一体的工字楼。花费可不少。"

孟煐说："就是建一栋五星级宾馆，我也给你包了，王利群炸了你的楼，怎么赔也不为过，对吧。"

洪瑞祥禁不住问道："你这次缴获多少？"

听了孟煐的回答，洪瑞祥大吃一惊，也不知怎么说了。这么一大笔横财，谁吞下去都不见得是好事。

孟煐说："我知道你更不敢要，我要了也于心不安，所以，我提个方案，你看行不行？"

他的方案，更让洪瑞祥吃了一惊，他定定地看着孟煐，像是第一次认识他。

孟煐催他表态，他说了声："我想想吧。"就不吭声了。

泡罢温泉，躺在舒适的大沙发上，叫来扬州的修脚师傅给他修脚。扬州师傅捏脚的功夫是一绝，没捏几下，洪瑞祥便睡着了。

他做了个梦，梦醒后，他觉得浑身清爽，几天来的疲劳一扫而空，整个人精神抖擞。

他想起了睡前孟煐对他说的关于王利群的财物的处理方案。孟煐的意思是让军方把这一次让他去收缴王利群这些钱财的行动，当作中国安全部门对他的一次雇用行为，是花钱让他去帮着清算清缴国家通缉犯。这样，就可以把这笔钱的大头交给国家，同时，谁也无法处置的王利群在香港、曼谷的不动产，国家也就可以名正言顺地去查封、拍卖，或是直接接管。

洪瑞祥便问孟煐："你为什么会提出这个处置方案？你真让我又高看你了！"

孟煐说："这个方案是我大老婆提出的！"

洪瑞祥："哦！她是中国人！"

孟煐说："所以我支持她，理解她！这就是国家情怀，家乡情结吧！"

洪瑞祥点点头："我忘记问你了，关于天珠到我手里，还发现真的是个宝物！你夫人有什么说的没有？"

孟燡："她很高兴，回去设了一个观音堂，天天对那尊你雕刻的菩萨顶礼膜拜！"

洪瑞祥一听更为开心："太好了！"

他对站在不远处的一位侍者说："有没有文房四宝？有的话给我拿来！"

侍者应声而去。

孟燡很有兴趣地问道："怎么？诗兴大发？"

洪瑞祥凝重地说："我刚刚做了个梦，有个女孩，那声音像是几天前战场上那个播音员，又有点像我老婆，又……有点像……总之，那甜美的声音告诉了我一个美好的故事，我要把它记下来。"

侍者很快就拿来了宣纸、毛笔、墨汁和墨盘。

洪瑞祥起身走到铺着宣纸的案前，提笔蘸墨，龙飞凤舞，顷刻间，一幅行草便出现在眼前。

孟燡念道：

记梦

女娲炼玉镶天边，

遗落天珠在人间。

但愿一朝焕异彩，

光辉华夏万千年。

念罢，孟燡啧啧称赞："诗好，字好，梦更好！这诗中最后一句的'辉'字，是形容词，也是动词，对吧？"

洪瑞祥又一次认真看着孟燡："你的中文素养不错呀？"

孟燡又开始臭屁了："谁叫我年轻时候就抢了个漂亮的中国女才子做老婆呢！详细点给我说说你的美梦吧。"

洪瑞祥便说："我在梦里，感觉我到了一个四处都飘着祥云的山头，旁边有个女孩对我说：'当年我们的老祖宗女娲炼石补天，为了让天更好看，又炼玉镶嵌天边。她老人家的举动感天动地，一时间参与炼玉的人有好多好多，炼出来的玉根本用不完，只好留在人间，装点我们人类的生活了。但这些玉深藏在地下，要人们自己去挖掘，去发现，去雕琢，天珠就是这些玉石里的佼佼者……'"

听罢，孟燡哧哧大笑："好！真好！你把天珠挖掘出来了，没辜负老祖宗的期望！"

洪瑞祥："这功劳可不能全归我，还有你呢，你也是人类的一员嘛！"

孟燡说："我姓孟，我是中国人！听说过杨家将的故事吗？听说过焦不离孟、孟不离焦的故事吗？我的祖上就是孟良焦赞这两位名将中的孟良！"

洪瑞祥不由大笑："你也太能扯了吧？这孟良是你祖上呢！那不过是传说中的人物，你还当真了？"

孟燡也笑："我家的老人真是这么说的。我也不知真假，可我认孟良为祖上，比你认女娲为老祖宗，那可是小巫见大巫呀，女娲娘娘就不是传说中的人物了吗？"

俩人都开心地笑着。

回到腾冲，洪瑞祥与李红军联系了一下，便带着孟嫫去了李红军的办公室。李红军同时还请来了部队的政委和上级的一位主要领导。一起听了孟嫫的汇报，最后一起拍板同意了孟嫫的建议，又商定派工程设计人员和工程兵部队按洪瑞祥的要求重建市场的综合大楼。

一时间，皆大欢喜，李红军让小灶搞了一桌菜，招待了孟嫫，孟嫫倍感有面子。

李红军与洪瑞祥握手道别的时候，李红军告诉他："由于王利群已伏法，对王庆文的监控也撤销了。这老家伙还会不会使坏，你自己要多注意了。"

洪瑞祥当时便想到，该回家了，该考虑家乡自己那家公司的发展了。

和张老爷子一起送别了孟嫫，又把刘江叫来一起长谈了一次。洪瑞祥便启程回家乡。

走的时候，张老爷子坚持让他把天珠带回家乡。他的理由有三：一是他知道这块宝石对于以后洪瑞祥在创作重大作品上的重要性；二是这块宝玉就是洪瑞祥自己掏钱买下来的，而这块宝玉带给玉石场的好处够多了，作为合作者，他已经沾了太多的光了；第三，这块宝石放在玉石场，太招人注意，怕一旦失窃，谁也负不起责任。洪瑞祥着实舍不得这块宝玉，便专门用了一个箱子装了起来，不动声色地带离了玉石场。所有的人，都以为这玉藏在了玉石场的哪个保险柜里，也没有人去探究。

一进家门，小敏敏便大叫一声，扑到他的怀里。然后眼泪便一串串地掉落在他的胸前。洪瑞祥不由一惊，问道："宝贝，你怎么啦？"

敏敏看着坐在沙发上奶孩子的林如玉说道："妈妈有了小弟弟，就不要敏敏了，爸爸不在家，我一个人孤苦伶仃。"

王秋琴正好从厨房出来，听见了不由一惊："敏敏！谁教你这么说的？"

敏敏老实地说："没人教我，我在书上看的！"

洪瑞祥一怔："你？看书看的？你会看书了？"

敏敏说："那要看什么书，好多书我还是看不懂。"

林如玉笑着说："吓一跳了吧，敏敏已经认识两三千字了。"

洪瑞祥："你不是还在上幼儿园的吗？"说着在敏敏脸上亲了一下，"你学了东西，也不能乱用啊！乱告状可不行！"

敏敏笑道："那你说怎么办吧？"

洪瑞祥被逗笑了，轻轻在她的屁股上打了一下："是想让爸爸同情，多疼你一点是吧？"

敏敏说："还是爸爸聪明，一下就猜到了，但我这次猜错了。"

洪瑞祥不解地问道："你猜什么了？"

敏敏说："我猜你一定会说：'弟弟小，妈妈多照顾他一点是应该的。'可是你没这样说。"

众人都笑了。

洪瑞祥在敏敏耳朵边说:"快去请老爷爷出来,爸爸有个宝贝要给他看。"

敏敏便高兴地朝洪春山的卧室跑去。

洪瑞祥回身关上大门,然后打开一个旅行箱,小心翼翼地从里面抱出用一大块蓝色天鹅绒包裹着的天珠。当天鹅绒完全揭开的时候,林如玉和王秋琴都不由大声地尖叫起来:"哇!"

洪春山颤巍巍地从卧室里出来,腰微微弯着,腿也伸不直,但当他一眼看见茶几上那泛着柔和的绿色光艳的天珠时,先是无神的眼亮了,随即腰也挺了起来,腿也直了,他几步便迈到茶几前,伸出双手去抚摸天珠。突然,他一字一句地问道:"祥儿!这宝贝是我们的?"

洪瑞祥点点头:"爷爷!是的!是我们的,是我们洪家的!"

老人定定地看着天珠,双手开始颤抖起来:"祥儿!这是奇宝啊!这得值多少钱啊?是赌来的?"

洪瑞祥:"这……也算是吧。"

他扶爷爷在沙发上坐下。然后把这块玉的故事说了出来。听着听着,除了还有点懵懂的小敏敏之外,其他人都不淡定了。王秋琴率先流下眼泪,林如玉则红了眼眶,听完了,也不说话,抱着小儿子回房去了。

洪春山老人的脸涨得通红,慢慢说道:"这么说,得到这块宝玉纯属偶然,但整个过程却潜藏极大的危险。这与其说是赌石赌来的,不如说是赌命赌来的!孩子,值!爷爷没看错你!你不仅一举把仇人的命给赌掉了,把无穷的后患给赌没了,还得了这个天珠!孩子,老天对你不薄啊!"

洪瑞祥却是歉疚地说:"我让爷爷和家人担心了!"

洪春山却哈哈一笑:"干事业,做大事的人能顾得了那么多吗?一个让家里亲人一点儿也不担心的人,那只是在屋檐底下躲着不敢闯风雨的燕雀,不成器的!"

洪瑞祥感动地:"爷爷,我知道,所以我才这么不管不顾,为了灭掉王利群,去缅北山区。我还想要一个没有太多后顾之忧的环境,可以完成我们的目标,实现老祖宗的梦想。"

洪春山欣慰地点着头:"祥儿,看到你抱回来的天珠,爷爷我纠结了一辈子的心结终于解开了!我从这天珠上,看到了你的未来,看到了我们洪家玉石文化,玉雕技艺传承和发展的巅峰时刻的到来不再是遥远的了!祥儿,爷爷谢谢你!"

说着,老人老泪纵横。

八 吞珠

晚上,巧巧、林清溪都到了洪瑞祥家里,都不是外人,便一起围坐着欣赏天珠。

洪春山老人自从见了天珠,眼睛就一直没离开过它。见他不停地用手抚摸着天珠,小敏敏说:"老爷爷,你好像喜欢这石头还甚于喜欢我!"

众人都哈哈大笑。洪春山说:"乖孙女,这不一样的。"他看着洪瑞祥:"祥儿,爷爷见了这个宝贝,感觉像回到了年轻时候,手也痒痒的了!"

洪瑞祥一下子就明白老人的意思,说:"爷爷是想在天珠的身上试刀!爷爷想做什么呢?"

洪春山说:"爷爷老了,还能做出什么花样,做个坠子,护身符什么的,就行了!"

洪春山便打开自己的旅行箱,从箱子里拿出一个小布包,打开放在茶几上,只见布包里全是晶莹剔透的碎玉,大的如棋子,小的比绿豆大不了多少。洪瑞祥说:"这包碎玉,是我从天珠上切下来一块给孟老爷子做观音像时剩下来的边角料。爷爷刚才说想做坠子,用这些碎玉本来就可以了,但我想,爷爷要做的这件玉饰,对爷爷是有重大意义的。所以我想,干脆就做一条贵重的项链,再从天珠上切一些下来。"

众人都点头说好,洪春山也点头:"做一串珠项链好,可做多大,用多少颗珠子好呢?"

洪瑞祥说:"有一首歌,叫五十六个民族五十六朵花。我们就做五十六朵花!"

众人又都叫好。洪春山笑道:"做五十六颗花形珠子,我……这可是一个大工程啊!"

巧巧便叫:"大家一起来!"

说干就干。除了已经睡着了的襁褓中的小男孩和眼皮已经拼命打架的小敏敏,还有留在家里看着孩子的王秋琴,所有人都去了公司的工场里,连夜开工。

第二天员工们来上班的时候,他们发现老板和几个一样红着眼睛,黑着眼圈,显然是一夜没睡的人正兴高采烈地试戴着一条光彩夺目的翡翠项链,一个个单独带着项链留了影,连洪春山老人和林清溪也不例外。最后,项链戴在林如玉脖子上,让林如玉显得更加高贵典雅,众人又拥簇在洪瑞祥、洪春山与林如玉身旁,一起合了影,这才兴犹未尽地离去。

洪瑞祥把翡翠项链锁在公司的大保险柜里,然后,开始处理桌上一大堆积压的文件。

他看到市里刚下发的一份红头文件。文件里号召,为了配合市首届大型招商引资大会,所有商场都要把自己经营的最有特色、最有前景、最值得客商投资发展的产品展示出来。

他想了想,便把巧巧叫来,吩咐她把刚刚制作出来的翡翠项链摆放到下面商场中间柜台的显眼位置上。

处理完所有的文件,洪瑞祥揉揉眼睛,伸伸懒腰,一阵困意袭了上来。他很想回家去好好睡上一觉,但想到公司还有不少事情要处理,便在办公室里的长沙发上躺了下来,想着假寐一阵,就起来继续工作,没想到一闭上眼睛,就坠入了梦乡。

梦里,他游游荡荡地来到了他熟悉的灵山寺,在老住持的禅房里,他看到了佛龛里一尊极其精致的释迦牟尼座像,是纯白玉材质的镇寺之宝,他正用虔诚而礼敬的目光认真端详着佛像,旁边又来了两个人,一个老者背有点驼,一个中年人摇着纸扇,微笑着看着他。他觉得这两个人有点面熟,便问道:"两位是……"

驼背老人笑道:"老夫姓刘名墉,民间叫我刘罗锅。"

洪瑞祥一怔,随口说道:"哦!原来是宰相大人啊!"说着便看向了中年人:"那你就是爱新觉罗弘历了，是乾隆……"

不待他说完，刘罗锅便喝道："大胆！"

洪瑞祥却不惧，笑道："你早就不是宰相了，你也不是皇上了，你转什么呀！"也不看刘罗锅，却盯着中年人："当年你不就游荡到江南吗？怎么会出现在这里？"

刘罗锅又生气了："什么叫游荡？你大不敬！"

乾隆却是不恼，用扇子敲了敲刘罗锅："他没得说错，民间对我当年的行为早有定论，都说乾隆游江南，好听的说是游龙戏凤，不好听的说，皇帝也拈花惹草，这小友坦诚，有什么说什么，好！"

刘罗锅便马上换了一副脸孔，欣赏地看着洪瑞祥。

洪瑞祥说："皇上这话我爱听。其实皇帝也是人，都是被你们这些所谓的忠臣把他和大多数人隔离起来，才变得人不人鬼不鬼的！"

乾隆哈哈大笑："说得好说得好，朕生前就是不知道这些。那时候朕走到赣州，他们就不让我再往南走了，朕深以为憾，所以……"

洪瑞祥："所以现在就来了？"

乾隆："对，朕记得当年宫廷里朕最喜欢的玉石大师就是来自这里。到了以后，听说他们的后人都很有出息，还得到了宫廷里都没有过的极品玉石天珠，这个人就是你吧，我们可是清楚地知道你的一切的！"

洪瑞祥吃了一惊："你们竟然……"

乾隆笑笑，说："我们没有恶意，你也说了，我早就不是皇上了，现在连皇上也没有了，没人能再把天下的好东西都据为己有了。但有一点，我们都希望，我们华夏民族兴旺发达，华夏文化光耀千秋。希望你用你的本事，用你手中的宝贝，做出与和氏璧可以媲美的传世之宝，为国家、为民族争光。"

洪瑞祥："这还真是我想的。"

乾隆开心地："好！这就好，你知道，我不是皇上，说什么也没用了，只有你自己的想法才是最重要的！"

洪瑞祥也笑道："皇上就是皇上！"

乾隆问道："你这话什么意思？"

洪瑞祥说："你的话，很符合时代的要求，与时俱进，草民我受教了。"

乾隆从袖袋里掏出一个东西，递给了洪瑞祥："初次见面，赐你，不，送你一件小纪念品。"

洪瑞祥接过一看，是一块似曾相识的翡翠龙璧，想了想，说道："这东西？我家也有一块，我见过我爷爷拿在手里把玩的，不会是……"

乾隆眉头一皱："哦！对了，这东西只有一块，是你的先人制作的，后来，我把他赐给你的先人了……"

这时，洪瑞祥耳边忽然传来一阵"抓贼啊！抓贼"的呼喊声。他一惊，也叫道：

"有贼！"

刘罗锅一听，忙大叫："侍卫！侍卫！"

洪瑞祥已醒了过来，睁开眼，眼前只有空荡荡的办公室。而耳边还依稀响着"抓贼啊"的呼喊声。仔细一听，便发觉呼喊声来自楼下商场，他立即一跃而起，向楼下跑去。

到了商场，洪瑞祥便见到商场的保安正看住一个中年妇女和一个青年女子，青年女子脸色煞白，而中年妇女则是怒容满面，还在厉声责问："人家偷你们东西，凭什么把我留在这里？我要告你们！"

洪瑞祥正想上前问个究竟，商场女经理已匆匆走到他跟前向他汇报："洪总，有人偷走，不，抢走了我们那串最贵重的翡翠项链！"

洪瑞祥不由一惊："就是刚刚放在柜橱里的那串？"

女经理说："是的！"

洪瑞祥问道："怎么回事？别急，慢慢说，我们这里到处有监控，这贼跑不掉的！"

女经理指着被保安控制着的那个中年妇女，说道："先是这个女的说要看项链，我就从柜橱里拿出来给她看，她看了，问多少钱，我说还没定价，要问过领导，恰好巧总过来了，我就问她，她说这得问洪总，但价格不会低，至少也是二千万。那女的一听就火了，大声骂了起来，说我们是强盗，就算是在大上海，在上海滩上的珠宝店里，也没这么贵的翡翠项链，我们一个小小的乡村小店，敢叫这个价，简直是明火执仗！"

洪瑞祥看了那中年妇女一眼，冷笑一声，说道："说重点，是什么人抢了我们项链？"

女经理说："这女人正发着火，那个年轻女人就和一个男的走了过来，拿起项链左看右看，然后那男的说到自然光下面看看，也不等我同意，拿着就走到靠门口的地方，对着自然光线看了起来，我就让一个保安跟过去，谁知一见保安走近，他马上撒腿就跑，往店外跑出了好几米，那保安才醒悟过来，赶紧追了过去。我也马上报了警。我怀疑这两个女人跟那个盗窃犯是一伙的，就让保安把他们先看着。"

中年妇女一下子跳了起来，指着女经理说："你胡说八道！我跟他们两个根本不认识，我怎么会和他们是一伙？你们知道我是什么人吗？你们这个店是不想开下去了，竟敢诬陷我！"

洪瑞祥冷冷地说："你少安毋躁，事情很快会弄清楚的，你是什么人就是什么人，你是什么人跟我的店开不开下去没一毛钱关系！"

这时，派出所所长林广场带着两个民警走了进来，问道："丢了的翡翠项链，价值多少？"

洪瑞祥说："五十六颗极品翡翠，还没让专家鉴定，所以还没定价，少说也是一两千万吧！"

林广场一下子张大了嘴巴："天哪……一两千万，这可是我碰到的最大盗窃案了！走，赶紧抓盗窃犯去！"

洪瑞祥问道："你知道他跑到哪里了？"

林广场正要回答，一个女警跑过来向林广场汇报："报告所长，街道监控显示，嫌疑人跑进了学校。学校已被警员和联防队包围，正在搜索当中。"

　　林广场对洪瑞祥说："走！"

　　到了学校，见警员们还在教学楼、图书馆、体育馆等处查看，显然还未发现嫌疑人。路过学生洗手间门前，洪瑞祥问一个站在不远处的联防队员："洗手间查看过没有？"

　　联防队员说："还没有。"

　　洪瑞祥便走了过去，见一个格子的门紧闭着，他推了推，推不开，知道里面有人，便说道："出来吧，你藏不住了。"

　　里面的人没吭声。

　　跟在洪瑞祥后面走进来的林广场喊道："开门！再不开门我就破门了！"

　　里面的人出声了："干什么呀！管天管地，管人家拉屎放屁！"

　　一个五大三粗的男警员不由分说，上前一脚踹出，格子间的门应声而开。

　　格子间里，靠墙站着一个穿着还算整齐的青年男子，正一手擦着满头的汗，一手拿着一个快喝完了的矿泉水瓶，手分明在微微颤抖，但却还故作恼怒地："你们干什么！"洪瑞祥笑道："我们干什么？你真不明白吗？倒是你刚才在干什么？上个洗手间上得满头大汗？还边上洗手间边喝矿泉水？"他对林广场说："就是他了！"

　　林广场头一摆，两个男警员便上前，一把把那男青年扭出了格子间，然后在他身上搜了个遍，却什么也搜不到，除了一张身份证，几张纸币，没发现赃物。

　　两个警员抬头看向林广场。

　　林广场喝问："翡翠项链呢？"

　　男青年嘴一咧，冷笑道："抓贼抓赃，抓奸抓双！你们再胡闹，我要告你们。"

　　林广场一时语塞，看看洪瑞祥。洪瑞祥平静地说道："还想倒打一耙呢！赃物就在他身上，但不在衣袋里，在他肚子里！"

　　男青年一怔一抖："你！你胡说！"

　　洪瑞祥说："我是不是胡说，到医院里彩B一照，就清楚了！"

　　林广场马上下令："押县医院去，检查之后，开膛破肚，把赃物取出来！"

　　男青年一下子瘫倒在地上："别！别，别开刀，我坦白，我坦白还不行吗？"

　　嫌疑犯被押走了，警员和联防队也收了队。洪瑞祥与林广场并肩走出学校。

　　林广场问道："你怎么断定他是把项链扯散了把翡翠珠子吞进肚子里了。"

　　洪瑞祥叹了口气："这事说起来，一勺子眼泪。我祖上好几代人，包括我爷爷，为了生计，也为了玉雕工艺的传承，都曾经满世界走玉，寻玉，难免碰上盗贼，还有兵匪，情急之下，都是把一些小的玉料，一些贵重的东西，往肚子里吞。从而逃过一劫。回到安全的地方之后，再拼命地往肚子里灌水，尽快把吞下去的东西拉出来。想不到那小子，也来这一手。"

　　案情一清二楚，事实证明那个中年妇女与那个青年女子都与案子无关。那个中年妇女是个官太太，听人说玉王庄有好东西，便跑来淘宝，不想碰上了这一档子事，受了一场闲气。而那女青年确实是与那盗窃犯一起来的，但她对那男青年一点都不了解，她是个发廊女，被男青年带出来作为一种掩护。

五十六颗翡翠珠子一颗不少地送回来了。为了案子档案的完整，也为了给盗窃犯量刑的需要，法院组织玉石专家对这五十六颗翡翠珠子的材质进行认真的鉴定并做出了估价。鉴定结果显示，这五十六颗珠子全是世上罕见的极品翡翠，而评估出来的价值，竟达到近亿的天价。这一评估结果不胫而走，震惊了所有懂玉的和不懂玉的人们。一时间街头巷尾纷纷扬扬，都在议论着这个案子和这一串项链。

这一来，洪瑞祥和他的"老祥记"商行想不出名都难。每日里，希望目睹这串翡翠项链，或是想在洪瑞祥的商场里买一两件玉器的人摩肩接踵，使店里的工作人员应接不暇。

而正在市里参加招商引资大会的那些有钱人，更是打起了这一串项链的主意，一个个胸前挂着大会贵宾牌子的人都跑到玉王庄来找洪瑞祥。

洪瑞祥无意出让这一串项链，又不胜其烦，干脆躲在家里，闭门谢客。

大多数人都懂道理，亦知进退。见洪瑞祥不愿出面，心里虽然有气，也无可奈何，只得作罢。但有的人却是死活不识趣，自认为是一方霸主，别的人你洪瑞祥可以不见，外来人你洪瑞祥可以不当一回事，但你敢不见我吗？敢不把我当回事吗？于是一个电话直接打到洪瑞祥家里，说是领导有重要事情要与他谈，让他赶到他的办公室来。

这个人便是方副书记。在他心里，他认为，自己治下出了这么值钱的宝贝，别人不能染指，我怎么样也要试试。

洪瑞祥见方副书记郑重其事地找他，不知道有什么要紧事，只好让张少辉开车送他到县委。

秘书把他带进方副书记的办公室，方副书记正在看文件，知道他来了，头也不抬，只说了声"坐吧"，便又继续把头埋在文件里。让洪瑞祥干坐了二十几分钟，他才又抬起头，说道："小洪啊！恭喜了！宝物失而复得，开心吧！"

洪瑞祥说："是很开心！"

方副书记忽然拉长了脸："你开心，也不能让别人难受是不是？那么多大老板，一腔热情到我们这里来投资，听到你的事，都主动上门道喜，无非就想一睹宝物，开个眼界，你居然一个不见，你知不知道你凉了多少人的心？"

洪瑞祥不以为然："我见一个，就得见十个，一百个，甚至一千个。他们是来投资的大老板，我见了，其他人呢？我见不见？我能厚此薄彼吗？能凉了本地乡亲们的心吗？我还要不要干活？还用不用养家糊口？"

方副书记一声冷笑："你都是亿万富豪了！还想着养家糊口？你要知道我党的方针政策，我们是允许一些人先富起来，但先富起来的人要想着别人。想着地方，要为地方发展做贡献！"

洪瑞祥笑着说："这一点我完全赞成！"

方副书记打蛇随棍上："我就知道你小洪是懂道理的！今天，有好些与会的大客商，直接找我或是给我打电话，让我出面帮他们，希望你出让那串项链，哪怕不是整串项链出让，只出让这串项链上的部分珠子，让他们拿回去收藏。为了保护这些人的投资热情，我答应了。"

洪瑞祥正色道："大老板们的愿望我能理解，但你的说法我不能苟同。爱国的商人我见过不少，唯利是图的商人我也见过一些。但不管是什么商人，绝不会因为得不到我的一两颗珠子而使投资热情受影响。那串项链是我的镇店之宝，不卖。请你替我向他们致歉。没别的事，我就告辞了。"

说着，大步走出方副书记的办公室。

方副书记气得发抖，却不知说什么是好。

第八章 东进序曲

一 赠璧

腾冲的天珠玉石场虽然热火朝天地搞着基建,却一点也不影响它的正常营运,且生意越来越旺。刘江每天泡在场内,场内每切一块原石,他都认真看着。不知不觉中,他鉴定原石的水平飞速提高。这一次,他又跑了一次缅北,由孟熯带着在一个老坑买了一大批原石回来。这批原石投入卖场,百分之九十切涨。刘江兴奋之余,便挑了几块他认为特别好的石头,分别以洪瑞祥、陈茗乾、林清溪和张少辉的名义买了下来,然后让人搬上一辆货车,直接就开回了玉王庄。石头一切开,果然全都大涨,众人大喜,几个人都是玉石场的股东,便都纷纷说要给刘江这个总经理涨工资。刘江说:"涨工资就免了,请我喝杯酒就行。"于是大家就到了夏韵娟的饭店里喝了一通。喝完酒,刘江说要去看洪春山爷爷,便和巧巧一同与洪瑞祥回到家里。

洪春山正在逗小曾孙玩。见他们来了,就让王秋琴把小孩抱走,坐下来与众人喝茶闲聊。对刘江负责经营的玉石场,老人特别看好,尤其是对它的作用充分肯定,认为有自己的玉石场,是传承和发扬玉文化的保障,是源头,一定要守住,办好。

洪瑞祥见茶几下放着一个大红烫金信封,便问道:"那是什么?"

洪春山说:"今天,灵山护国禅寺专门派来使者,代表寺里住持和市宗教局,邀请我、你爸爸,还有你去参加灵山寺建寺一千二百年特大庆典活动。"

刘江感叹:"一千二百年呐!厉害!"

洪春山:"这灵山寺,是我们家祖宗洪大丁老太爷捐地捐资兴建的,寺里但凡有重大活动,都会专门派人来请我们。"

洪瑞祥有点担忧地看着爷爷:"你老,还去吗?"

洪春山:"去!怎么不去!只要还走得动,我就得去!一千二百年大庆呐!中国文化源远流长,也没有几个一千二百年!"

刘江马上说道:"我也去,我负责照顾好你老人家!"

洪春山开心地笑道:"好!有你在身边,我就不怕到时候走不动了!"

洪瑞祥拿起大红请柬看了看,说道:"原来,是灵山寺的人在想着我们,怪不得前些天我做了个梦,梦见自己去了灵山寺。"

洪春山一听就乐了："是吗？梦见什么了，说来听听。"

洪瑞祥就把那天在办公室里困极而卧，在梦中去了灵山寺，还见了刘罗锅和乾隆皇帝的情境说了说，又问道："爷爷，我记得你有一件龙璧，跟我在梦中见到的一模一样。"

洪春山说："是有这么一块龙璧，那才是我们家的传世之宝，一来，是我们祖上新手所制，二来又经皇上之手所赐。我正想着什么时候把它给你呢！"

说着返身进了卧室，拿了龙璧出来，递给了洪瑞祥。

洪瑞祥双手接过，仔细欣赏着，刘江和巧巧也凑过来看着。洪瑞祥说："是件宝贝，做工精细，这上面的龙头，真的活灵活现，拿在手里，还真担心这龙一下子飞起来了，这，也可以算是文物了。"他把龙璧递到刘江手里，说："不过，你看看，论材质，还真比不上我们的天珠！"

刘江接过，又看了看，点点头说："没错！"

洪春山说："这件龙璧，在宫廷的档案里可是有记载的，连图样都有，是货真价实的文物，你可别小看它。"又说："你觉得它的材质不行，那你就用天珠的料子仿做一个。"

洪瑞祥说："爷爷这个主意不错。"

正说着，听见门口有人在问："请问这里是洪瑞祥先生的府上吗？"

洪瑞祥便起身迎了出去，对来人说道："是的，我就是洪瑞祥，请问您是……"

来人递上一张名片："我来自台湾，也是做玉石的，想向您讨教讨教。"

洪瑞祥看了看名片："客气了，请，刘先生。"

来人便随洪瑞祥走进客厅。

洪瑞祥："请坐！"

来人客气地说道："谢谢！"又朝洪春山微微弯了弯腰："老人家好！"

洪春山："好！好！请坐！"

洪瑞祥正想向来人介绍刘江。自来人进门时就一直久久盯着他的刘江，刘江忽然很没礼貌地问道："你姓刘？"

来人："是啊！"说着也递上一张名片。

刘江接过，认真看了看，又盯着来人："你叫刘火银？你说你从台湾来？你是台湾人吗？"

刘火银有点不悦，但不动声色："我是从台湾来，但不是台湾人。"

刘江又追问道："那你是哪里人？"

刘火银耐着性子答道："江西赣州边上的！"

刘江又问："什么时候去的台湾？"

刘火银又答："胡琏兵团抓壮丁时抓去的！"

刘江又问："那你在大陆还有什么亲人？"

刘火银："没有了。原来有哥哥嫂子，哥哥是红军，后来牺牲在长征路上了，嫂子找不到了，不知道还在不在人世间！"

说着，眼眶湿了。

刘江一脸激动地："你哥哥叫刘火金？！"

刘火银一下蹦了起来："对呀！你怎么知道？"

刘江一把抓住刘火银的手："你，你就是我叔爷呀！"

刘火银一抖："叔爷？你是我哥的孙子？我嫂子，你奶奶呢？"

刘江说："奶奶前几年过世了，去世之前，还在念叨着你，说她对不起我爷爷，没找到你。叔爷，你比我爷爷小十七岁，是吧？"

刘火银擦了擦眼泪："是的。那年我七岁，国民党兵来村里抓红军家属，我正好在村外放羊，一下子慌了，撒腿就跑，不敢再回家了。"

刘江："我奶奶刚生下我爸，在村里人的帮忙下也跑出村子了，先是躲在一个小洞里，后来，跑到甘竹乡落了户。"

刘火银："怪不得当地民政部门找不到她。"

刘江："你找过她了？"

刘火银："找！一允许我们到香港，我就偷偷回来找，但每次都失望。想不到……"

这时，他才看见刘江手里的玉璧，不由一喜，一手拿过来，看了看，情不自禁地说了一句潮汕话："好物件啊！"

洪瑞祥这时才插得上话："刘叔还会说潮汕话？"

刘火银说："会。我从家乡跑出来以后，一路要着饭往南走，一直走到了梅县，才被一个在梅县里做玉石生意的潮汕人收留，在他的店里当小东西，负责烧水、冲工夫茶、扫地，能干什么就干什么。长大了，我就到韩江上的火炉当司炉。有一天，船停在湘子桥附近的岸边，我正清洗完锅炉，在船舷边打水冲洗着一身的煤灰和汗水，抓兵的来了，我逃无可逃……"

刘江皱起了眉头："想不到，红军烈士的弟弟，竟当了国民党兵！"

刘火银尴尬地一笑："是造化弄人，但我可以对天发誓，我从来没有忘记我是什么人！我从来没做过一件对不起我哥哥，对不起共产党的事！"

刘江冷笑一声："就算做了，也是身不由己，我能想象。"

刘火银却正色地说："是身不由己，但事在人为。你们记得'八六'海战吗？那场战斗，你们这里出了个英雄，叫麦贤得！他也是我佩服的人！那场海战中，我正好在国民党参战的炮舰上当少尉炮长。开战前，我就想，我是我哥哥的弟弟，对面是我哥哥的人，我怎么能向他们开炮！我耍了点小花招，让炮打不响。为此，我差点上了国民党的军事法庭！"

刘江脸色稍霁："后来，上了没有？"

刘火银："差一点。"战后，有人向舰长举报了我。舰长把我找去，一见面就说："你申请退役吧。"我当时并不知道有人告发我，我说："舰长，我是个孤儿，被抓来当兵的，一下子……我在台湾，举目无亲。"舰长冷笑了一声："孤儿，是个赤道孤儿吧，不退役，那就等着被枪毙吧。"我吓了一跳，明白了是怎么回事，赶紧说："好，好，我马上打报告。就这样，我离开了部队，没多久，我们舰长也退役了，我跟着他开始做起了生意。这个舰长，孟燨大哥也认识，都是多年的朋友和生意伙伴。不信，你们可以向他打听！我知道，你们都是相信孟燨大哥的！"

见刘火银滔滔不绝地为自己辩白，刘江有点不好意思地说："我信，我怎么不信？"

刘火银笑笑，有意引开话题，他看着刘江手上的龙璧，说道："如果我没看错的话，这龙璧出自清宫，我在沈从文那些大家们整理的清宫服饰、玉器珠宝的书里面看到过这块龙璧的有关记载和图案，这一看还是真的，这可是文物，是国宝啊！"

洪瑞祥："刘叔对玉石还真有研究。看来，不是你向我讨教，而是我要好好向你讨教了。"

刘火银说："我也是机缘凑巧，小时候跟了一个玩玉石的东家，到了台湾后，不知怎么的就混进了特种兵，后来被派去了缅甸，我的顶头上司就是跟大毒王坤沙成了生死兄弟的张苏泉，在那里我又和坤沙的亲信孟燨成了好朋友，而孟燨后来成了几个玉石矿的老板，我回到台湾后，想不做玉石都难了！"

洪瑞祥不由感叹世界太小："刘叔你也认识孟燨孟老爷子？"

刘火银笑嘻嘻地掏出一张信笺："我就是孟大哥介绍来找你的，说你这个人值得深交！"

洪瑞祥接过信笺一看，果然是孟燨写的，信中说刘火银现在是台湾玉石界的佼佼者，人品不错，让洪瑞祥放心与他交往。

洪瑞祥便把信也给刘江看了，俩人相视一笑。刘江这才向刘火银介绍了巧巧。巧巧说："叔爷一进门，我就吓了一跳，我以为我家公找上门来了，你和我家公长得太像了！"

刘火银也笑道："我现在就想见到我那个像弟弟一样的侄儿！"

刘江说："这好办，叔爷有时间的话，我和巧巧随时可以陪你回甘竹乡！"

刘火银说："那我们明天就走！但今天得先庆贺一下。阿祥，我可以这么称呼你吗？"

洪瑞祥笑着："我和刘江比亲兄弟还亲，你当然可以这么叫我。"

刘火银哈哈大笑："刘江有你这样的好兄弟，这又是我最高兴的一件事。走，到你的商场里逛逛，我要买几件千万级的极品，给我的侄儿、侄媳妇、侄孙子当见面礼！"

刘江马上说道："叔爷！这不必了！玉石我不缺，我爸妈也是淡泊一生的人，太贵重的礼物反而会让他们感到不自在。以后，我们亲戚之间，在海峡两岸好好合作，比什么都好！"

刘火银一听，怔了怔，说："这样啊，也行，但意思意思还是必须的，走！"

第二天，把刘江、巧巧和刘火银送走之后，洪春山把洪瑞祥叫到跟前，对他说："刘江不仅是你的救命恩人，到我们这里以后，也是忠心耿耿，为我们家的事业立下不少汗马功劳。他的叔爷也是个不错的人，他们一家失散几十年，又是在我们家相认的，这都是天意，老天让我们洪家和刘家亲如一家，这次重逢，是他们家的大喜事，我们家得给他们助助兴！你看刘火银喜欢什么，你给准备一下，等他回来……"

洪瑞祥笑着说:"爷爷,我也有这个想法,也已经有打算了。刘叔不是很喜欢我们这块龙璧吗?可那又是我们的传家宝,不能送人。我想依样画葫芦,从天珠上切一块翡翠,做一块一模一样的龙璧送给他。"

洪春山大喜:"对!就这么办!"

没想到刘火银和刘江、巧巧从甘竹乡一回来,刚坐下,刘火银就迫不及待地说:"阿祥,其实我这次到大陆,就是受邀来参加你们这里的特大型招商引资会的。一到就听到了你的故事,又见那么多人急哇哇地找你,你又闭门不见,我也就不好贸然登门了。其实我比谁都想看看你那一串项链,想一饱眼福。现在,我这个愿望,你可以成全了吧?"

洪瑞祥忙说:"当然!当然!"当即让巧巧把修复了的翡翠项链从保险柜里取了出来,放在刘火银面前。

刘火银一见便"啧啧"连声,爱不释手。迟疑了片刻,才委婉地说:"这种极品翡翠,花再多的钱也买不到!一个亿的评估价听起来很吓人,那是在你们这里,要是在上海滩,让那些拍卖行的人估价,肯定还要翻番。阿祥,我跑过无数奢侈品消费最大的城市,你的生意,我建议你做到大上海!"

洪瑞祥点点头:"是有这个打算。"

刘火银又沉吟片刻,才觍着脸说道:"阿祥,别人不知道,可我知道,你有天珠。我没看错的话,这串链子,和孟大哥家那尊观音像,都是从天珠上取下来的材料。而这串链子,仅仅是天珠的一点边角料。你,就割爱吧!"

洪瑞祥一时不知说什么好。

刘火银又说:"我给你一个实在价,人民币两个亿!"

洪瑞祥一惊,应道:"这怎么行,拿了你这个钱,我还怎么见孟老夫子,他可是知道天珠是我用什么价格从他那拿来的。再说,你钱很多吗?一出手就两个亿,万一伤了你的资金链,那更是罪过了!"

刘火银笑了:"我的钱现在是挺多的。不瞒你说,都是从老孟大哥给我采买的玉石上赚来的,他也知道,但从不眼红。每个月,我从台北给他发几箱金门高粱酒,他就开心得不得了。他就这么个人,你又不是不知道。"

洪瑞祥:"还是不行,我心里过不去。我们之间,可以说是非亲非故,但其实比亲友更亲,这你明白!这串珠子,就送你了,别的,就别再说了。"

刘火银高兴疯了,放声大笑,他先把珠链收起,又对巧巧说:"给个账号,阿祥公司的个人的都行。我马上转两个亿过来!"

巧巧不动,看着洪瑞祥。

洪瑞祥摇摇头:"都说不说了,还说!"

刘火银又把项链放回茶几上:"那……原璧奉还!"

洪瑞祥反而不好意思了:"那,那就打一千万吧。"

刘火银眼睛一转:"这样,你看好不好,你把项链送给我,我给你两个亿无期无息贷款，这钱，至少可以帮你在上海或是北京，占有一席之地。"

洪瑞祥沉吟片刻："好吧，你非要给钱，就把这钱作为我们玉王庄那些资金短缺的商户的临时周转资金，但是有期无息，就由巧巧来管，用这笔钱帮助玉王庄发展，也算是你的功德。"

刘火银听了，半晌无言，忽然问道："你也是共产党吧？"

洪瑞祥点点头："是，老党员了！"

刘火银也深深点了下头："好吧，就这样。"

洪瑞祥这才拿出精心制作的龙璧，送给了刘火银。刘火银接过，激动万分，说："我知道这是仿制的，但也是无价之宝，我虽然也很喜欢，但我不能独享，我要把它捐给台北博物馆，这才能真正彰显它的价值！"

当天，巧巧就把可以给资金短缺的乡亲发放无息贷款的消息放了出去。乡亲们高兴之余，免不了打听这笔巨款的来历。很快，洪瑞祥用翡翠项链和龙璧为乡亲们获得这笔周转资金的事情就传遍了蓉江两岸。

王宗伟将这个事也当成他这村主任的政绩往上做了汇报。谁听了都高兴，只有方副书记一听，手一扬，就把手里的紫砂茶壶给摔地上了。他疯了似的在办公室里吼叫了一阵，才坐到老板椅上，拨出了一串电话。

于是，刘火银在过海关回台湾时，在海关被"人赃并获"，以走私倒卖文物的罪名遭到拘押。几乎是同时，洪瑞祥也以同样的罪名被逮捕。

当冰凉的手铐突然铐到手上的时候，洪瑞祥有过那么一阵子惊诧。但他很快就镇定了，他检视自己小半生的历程，深知自己是无辜的，他对一下子被吓哭了的巧巧说："别哭，我没事，告诉大家，照常工作，等我回来。"

刚和洪瑞祥与巧巧送走刘火银的刘江，回到家里准备好好睡一觉，却听到了巧巧在电话里断断续续的哭诉。赶紧赶到公司，洪瑞祥已被带走。他知道这时候别人可以慌可以乱，但他不行，他必须镇定。他迅速通过相关渠道了解了情况，明白了事情的关键所在。他把情况向陈茗乾、林清溪等人作了通报，然后自己直奔检察院。

他准备把全部的怒火撒在这里。

门口一个法警拦住他，不让他进去，他一言不发，往前一撞，就把那个法警撞倒在地，然后大步向检察长办公室走去，有两个正在办事的工作人员上前拦他，也被他推倒在地，但在接近检察长办公室的时候，他还是被好几个法警围住了，他大叫："我要见检察长，我要问他，他是共产党还是国民党！光天化日之下，竟敢制造冤案！"

一个法警吼他："你放肆！你是什么人，敢在这里胡闹！是不是精神病！"

刘江大喊："我是什么人？我是烈士后代！我爷爷牺牲在长征路上，我爸爸也差点把命丢在谅山！我以他们的名义起誓，你们在制造冤案，不马上改正错误的话，你们的检察长就不用当了！"

众法警一时不知如何是好，但又不敢放他直闯检察长办公室，就这么围住了他。

这时，从检察长办公室里走出来一个身穿检察官制服的人，对众人说："检察长说了，把他铐上，搜查之后，带他进来！"

刘江又大喊："铐我。凭什么？"

但法警们手疾眼快，趁他注意力放在那传令之人身上时，给他上了手铐，又从他身上掏出了钱包，找出了身份证，才把他推进检察长办公室。

一个坐在办公桌后面老板椅上的中年人看了他一眼，把眼睛又转到刚从他身上搜出的身份证上面，然后把身份证推给了刚才传令的人，那人拿了身份证走了出去。

刘江走到办公桌跟前，用手铐砸着桌面："你就是检察长，你凭什么铐我？啊！"

检察长说道："凭你打人，这个理由充分吧。"

刘江说："我不把推我的人推开，我能见到你吗？"

检察长说："嗯，也有三分道理。现在见到我了，说有人制造冤案，什么冤案，说说吧。"

刘江说："你们刚刚抓了谁？在海关！在玉王庄！为什么抓人，你心里明白！"

检察长眉头一皱："哦！我明白了！"

他站了起来，又看了看刘江一眼，走出门去，叫来了两名法警，有一名还是女警。他指着刘江："看住他，他渴了，给他水，饿了，给他饭！"

女警问："手铐呢？"

检察长："先铐着！"

说着，他独自离开了。

女警就请刘江在沙发上坐下，又给他端来一杯白开水，然后与他攀谈起来。

对着态度十分温婉友好的警花，也不好绷着脸，索性把自己的身世，叔爷的经历，洪瑞祥的为人，一五一十地全讲了出来，把叔爷带走的两件"赃物"的来龙去脉也说了个一清二楚。

女警当即下了结论："如果你说的都是真的，那就是有人在背后搞鬼！"

检察长一去不返，到了午饭时候，女警让男警去打了饭菜回来，三人一起用餐。虽然戴着手铐，却不影响刘江吃饭喝汤，但样子颇为滑稽，女警花忍不住嘻嘻笑着给他拍了两张照片，说："这是个有意思的午餐，总得留点纪念。"

一直到下午下班前，检察长才拖着疲惫的身体回到办公室，一进门先给自己倒了杯水，才转头吩咐："把他的手铐打开。"

女警花马上把刘江的手铐打开取下。刘江揉揉有点红肿的手腕，一脸怒容地看着检察长。

检察长叹了口气，说道："你和刘火银烈属的身份已经查实，我向市委书记做了汇报，正好市委书记也接到了玉王庄全体村民联名为洪瑞祥喊冤求情的信。对案情，书记已有个大致的了解。他亲自看望了刘火银和洪瑞祥，让他们回去好好配合专家对项链尤其是龙璧进行鉴定，你也可以回去了。"

刘江说:"你是说,我叔爷和我阿祥哥已经放出来了?"

检察长说:"对,事出有因,请你们原谅。"

刘江"哼"了一声,起身就走。

走到楼下,她听见女警花在楼上喊道:"刘江,你的身份证!"

检察院的专家组很快就到了玉王庄,洪瑞祥拿出了家传的龙璧,于是,所谓鉴定就只是几句话的事了。

洪瑞祥、刘江和巧巧又一次将刘火银送到机场。临别时,刘火银取出那串翡翠项链,慈爱地看了刘江一眼,把项链放到他手上,说:"你保管吧,我不带它去台湾了。"然后,他又把脸转向洪瑞祥,恳切地说:"我刘火银这一辈子寻寻觅觅,就三件事:一是寻亲;二是寻玉,寻找最好的玉;三是寻找一个有安全感的地方生活。没想到白忙了半辈子,却在数日之间所有愿望都完成了。我这次去台湾,把必要的事情处理一下,我会携妻儿离开台湾,到玉王庄定居!这里的乡邻太可爱了!住在这里,才踏实,才真正有安全感。麻烦你帮我留意一下房子问题。"

洪瑞祥一听也很高兴:"好!刘叔你放心,你什么时候回来,都会有好房子住!"

二 邪火

就在洪春山老人因为他寄予重望的孙子得到天珠宝玉,为以后能够创作出重量级玉雕艺术品有了原材料保障而流下喜悦欣慰之泪的时候,在城里那条小巷深处的彭珊珊家里,一个人也在流泪。

这个人是王庆文。

今天,公安局的李副局长让人把他带到了局里。去的路上,他还在想,这段时间自己也没做什么违法乱纪的事,公安局长找他干吗?是不是以前的一些事情又翻出来了?究竟是什么事呢?

他忐忑不安地走进李副局长的办公室,却见李副局长一脸的和气,摆手示意他坐下,还叫人给他泡了一杯茶。他喝了一口茶,茶很清香。他的心这下才放回到肚子里去。

但李副局长一开始说事,他就如遭雷击,整个人顿时都傻了。

李副局长说:"请你来,是关于你儿子王利群的事。"

王庆文登时就一惊:"他?他怎么啦?"

李副局长说:"他带着一帮匪徒,窜入瑞丽境内,施放炸弹,蓄意杀人,还准备武装抢劫,被边防部队当场击毙。"

下面李副局长的话,他听不清楚了。他能看到李副局长的嘴巴在动,但耳朵一时失聪了,他什么也听不到。

他记不起自己是怎么离开李副局长那间简朴的办公室的。

等他能感知到身边的事物时,他发现自己坐的是家中的沙发,而家里,除了他一个人,就没别的活物了。

他开始流泪。他流的是痛失爱子之泪，流的是绝望的泪，流的是仇恨和哀怨的泪。

晚上十点多，王宗伟陪着在乡里开饭店的母亲回到家。一进门就吓了一跳，地上一片狼藉，全是摔碎的锅盖碗碟、花瓶茶具的残片。而平常从不见他哼一声曲调的王庆文，正声嘶力竭地唱着《白毛女》的唱段：霎时间呐天昏地又暗，爹爹爹爹你死得惨！乡亲们呀乡亲们，黄家逼债打死我爹爹……

他为什么唱这一段，没人知道。也许，潜意识里，王利群不是他儿子，而是他爹。他的后半生的日子过得潇洒惬意，离不开王利群给他安排，给他大笔钱花。可现在，王利群死了，而他自己，自我感觉，他成了受压迫受迫害的小喜儿了。

彭珊珊早已习惯了王庆文的恶、横、假、怪，他做出什么事来她都淡然处之。见家中不是来贼入寇，便不吭声，默默地打扫起来。

王宗伟却没有彭珊珊的好脸色，上前不高兴地问道："爸！你干什么？"

王庆文指着他的鼻子骂道："滚！窝囊废！你给我滚一边去！"

王宗伟便识趣地退到一边。

王庆文也不再号了，只是默默流泪，缩在沙发里，脸朝下，谁也不理。大概是神经受不了太久的沉重，麻木了，他竟睡着了。

母子便各自洗漱了归房，但一夜都没睡好。第二天早上，彭珊珊出去买了些油条包子豆浆回来，见王庆文已坐在餐桌边。

彭珊珊知道他喜欢啃油条，便拿起一根油条给他："吃吧。"

王庆文不接，却看着王宗伟，低沉地说道："你哥被边防军杀了！"

王宗伟一惊，手中的筷子跌落地上："啊！"

王庆文说："按政策，作为家属，可以处理他的骨灰。你去一趟腾冲，把你哥的骨灰要回来！"

王宗伟内心很不愿意出这个头，但他马上想到他上次去缅北时王利群对他的好，心里不免戚戚的，便点头答应下来。

王庆文又说："公安局说他入境杀人抢劫，他想杀的人是谁？想抢的又是什么？你也了解一下。"

王宗伟说："我尽量吧。"

彭珊珊却说："人都死了，了解这些又有什么用。我看还是多一事不如少一事。大的走了，别再给小的添麻烦了！"

王庆文把桌子一拍："这里有你说话的份吗？就因为王利群不是你生的！告诉你，父仇子报，子仇父报，我不会善罢甘休的！"

王宗伟见王庆文拍自己母亲的桌子，有点恼火，便顶嘴了："你说得轻巧！报仇？拿啥报？我们要钱没钱，要势没势。"

王庆文冷笑一声："没钱没势，但只要人还有一口气，就有办法！我怀疑你哥这是跟村里那帮人有关，你们不是跟他们都打成一片了吗？给我好好看看，有机会就打听打听！我的儿子为什么死，我总要明白吧。"

母子俩不再说话，知道这时候说什么都是白搭。谁都没有胃口，便都起身离开餐桌。王宗伟回村里开了证明，便启程去了腾冲。

听到王利群的死讯，说实在的，彭珊珊心里也无风雨也无晴。她在这个家里，只担心王宗伟一人。至于王庆文，她现在的感觉就是趴在自己内脏里的一只跳蚤，既恶心，又无法驱除，只能听之任之。所以，王宗伟走后，她该去饭店照样去，该回家就回，就像家里什么事都没有发生一样，只是尽量不去招惹王庆文。

王庆文也知道在王利群的问题上，他与彭珊珊无话可说。也只能独自沉浸在悲痛与仇恨之中，郁闷而焦灼地过着日子。他觉得自己看不到未来，看不到属于自己的太阳。他甚至想到，等王宗伟回来，知道了王利群要杀的人是谁，就找包炸药去与他同归于尽，不再过这种形同行尸走肉的日子了。

他也猜想到王利群要杀的人是洪瑞祥，但他还是想等王宗伟调查之后的确凿消息。

王宗伟还没有回来，洪瑞祥却找上门了。

洪瑞祥与王利群之间的生死博弈，林如玉听得毛骨悚然。洪瑞祥回来的那天夜晚，虽然一家人都喜气洋洋。后来回家的洪瑞麟和洪海涛见到了天珠，也高兴得合不拢嘴。但林如玉却一直心事重重。待大家都歇息了，他们夫妻也躺到床上的时候，林如玉便开始啜泣了。他想到这一段时间在刀刃上行走的丈夫，她的心便揪紧，便疼，便忍不住落泪。

好不容易才让林如玉平静下来。林如玉却说："以后不管你到哪里，我都要跟在你身边，活，我们一起活；伤，我们一起伤；死，我们一起死！"

洪瑞祥连连答应："好！好！"

妻子真切的担忧，使他默默检讨起自己一些近乎莽撞与任性的决定。他想起王利群临死前那绝望的叫喊。想起自己最后和他说的话。他告诉王利群，他会将他的惨状告诉王庆文，这话就有点任性了，这不是故意去点燃仇恨的火种吗？图一时之快有什么意义？

但他话说出去了，说出去就得算数，不管这话是对人说的还是对鬼说的。他苦笑了。

这下午，忙完了公司里的一些事情，他便去了村部找王宗伟，想让王宗伟带他去见王庆文。但是王宗伟不在，他便去了彭珊珊的饭店。彭珊珊见到他很高兴，也很热情。洪瑞祥跟她说要她和他一起去见王庆文。彭珊珊便有点为难，说饭店太忙，她一时走不开。洪瑞祥便与她约了饭店打烊之后，他开车来接她一起去她家里见王庆文。

彭珊珊早就打定主意不参与王庆文与村里人斗来斗去的破事。所以车开了二十分钟，她坐在副驾驶上，却闭口不问洪瑞祥找王庆文有什么事。

见到王庆文一副萎靡不振的样子，洪瑞祥便知道他已经听到王利群的死讯了。不管他这对父子如何憎恶，这时候，他也不想再强烈地刺激他了。于是，他平静地说："王利群死之前，我对他说过，我会把他的情况告诉你，所以，恕我冒昧登门。"

王庆文一听，登时就红了眼，神态也从一只病猫子变成了一只狂犬："你说什么？你说王利群死的时候你就在他旁边?"

洪瑞祥淡淡地说:"相距有几十米吧。当时他炸了我在瑞丽的宿舍楼,正想对我的玉石场进行洗劫,却被边防部队包围了。我就在边防军的队伍里,他的一举一动我看得很清楚。"

王庆文牙一咬:"我明白了,他炸你宿舍楼,就是去杀你!"

洪瑞祥:"你这当父亲的,他为什么走到这一步,你心知肚明!没错,他就是来杀我的,不仅要杀我,还要杀光我身边的所有人,还要抢走我的东西,还要烧光我的办公楼、仓库!他就是鬼子进村呐!可他忘记了,现在不是二十世纪三四十年代,在中国的大地上已经容不得他这种人的存在了!"

王庆文只觉得浑身冰凉,洪瑞祥把王利群比作当年的日本鬼子。这一定不是他一个人的说法,而应是边防军的说法。中国人对当年日本鬼子的恶行,是记忆犹新,是要多恨有多恨的。他的儿子成了这样的人,是他这个父亲教养出来的,他以后还有面目见人吗?

他已经没有力气说话。而一直在旁静听的彭珊珊却不甘寂寞,问道:"王利群要杀你?你事先知道吗?你是怎么知道的?是你告诉边防军设下埋伏等他来的吗?"

洪瑞祥笑道:"恰恰相反,王利群的一举一动都在边防军的监控之下,是他们让我们撤离宿舍楼,然后,故意让王利群的人安放在宿舍楼的炸弹按时炸响,王利群以为我们全被炸死了,可以趁乱来抢东西,来放一把火了。然后,结果你应该知道了。王利群被狙击枪一枪击中心脏,其他的匪徒全部投降,把王利群的一切都供出来了,包括王利群抢来的所有财产,包括他准备给王庆文养老的钱。"

王庆文"哇"的一声,吐了一大口血,昏过去了。

王宗伟从腾冲带着王利群的骨灰盒回来的时候,王庆文住在医院。

王庆文似乎已经非常平静,不太愿意再谈王利群的事。

王宗伟告诉他:"爸,哥的骨灰盒我带回来了,你看怎么安葬?"

王庆文说:"随便把它埋在一个偏僻点的地方吧,以后,就把他忘了吧。"

王宗伟愕然,他没有想到王庆文会这样处理这件事。但既然父亲已经这么说,他也懒得说什么。只是说:"我知道了。"

王庆文就说:"那你去办吧。"

王宗伟说:"哥的事在腾冲,瑞丽两地很多人都知道,事情是这样的……"

不等王宗伟说下去,王庆文便打断了他的话:"我知道了,不用再说了!"

王宗伟也就什么都不再说了。

他在一个专门作为坟山的山林里买了一小块角落里的地,筑了一个简单的墓,找人竖了一块石碑,上面刻着王利群之墓。然后便把王利群的骨灰埋在了这里。整个过程,只有村部的一个小青年帮着他,他没有找人帮手,也没有告诉谁。而王庆文对王利群究竟埋在什么地方,连问都不问。

王庆文出院后,每天交朋结友,谈笑风生,似乎他的生活中从来没有过王利群这个人。

王宗伟就没有那么超脱了。开始那段时间，他十分不安，唯恐王利群的事情影响到他目前的位置，一直在想着如果被撤职，被清除出干部队伍，他该怎么办？他何以谋生？但过了一段时间，他见一切如常，没有人对他的态度与过去不同，更没有人和他提起王利群的事，他的心慢慢放下了。

没有了担心，他心里的想法却更多了。他也想按照王庆文的话去做，把王利群给忘了。但越是想忘，越是忘不了。用钱的时候，他就想起了王利群曾经通过赌场给了他的那二三百万。没有这钱，他现在就是一个穷光蛋！吃饭的时候，他就想起在王利群赌场里的那吃腻了但现在想吃却吃不到的野味。见到漂亮妹子，他就想起在王利群赌场里贴身侍候了他几天的小霞以及后来小霞招来的那两个少女，一股邪火便蹿进脑里。这时候，哪怕正在上班，他也会离开办公室，一溜烟跑到县城，找一家半掩门的发廊，在肮脏的角落里发泄一通。

邪火退去之后，他剩下的只有恨。他忽然明白了，自己的后半生还长，比王庆文要长得多，倘若王利群不死，凭着王利群只有他这个骨肉兄弟，还能不处处关照着他，他还愁没钱花，没酒喝，没女人玩！他的好日子都随着王利群之死而一去不复返了。

他知道置王利群于死地的人，首指洪瑞祥，没有洪瑞祥，王利群如今还独霸着缅北那片天高皇帝远的地方的一角。说是土皇帝也不过分。

所以，他恨洪瑞祥！虽然现在每次见到洪瑞祥，他都是笑容满面，极尽讨好之能事，但心里的感受，他自己明白。

他也曾试探地问王庆文："爸，哥的仇不报了？我看你是真的把他给忘了。"

王庆文冷冷地看着他："问这个干什么？想给你哥报仇？好啊！去啊！你能给你哥报得了仇，我高兴！"

他听得出父亲对他的轻蔑，他想起父亲知道王利群的死讯之后几近疯癫之时，一见他骂的就是窝囊废。他是窝囊废吗？也许是，至少现在是，他不再吭声了。

但心中又有一股无名火升起，便掉头向街上走去。

见一个街边小食摊有冰镇啤酒，他便在一张小桌旁坐下，要了几瓶啤酒，两碟下酒小菜便喝起来。啤酒一落肚，感觉好点了，他便注意起街边的行人。不一会，见一个身材姣好的女孩走进一间他熟悉的发廊，他不由心痒痒起来，便结了账向那间发廊走去。

一进门，便见刚才进来的那个女孩坐在几个浓妆艳抹的按摩女中间，正一边吃着零食一边谈笑。他便朝那个女孩一指："就你！"

女孩顺从地跟他进了按摩房。他熟练地在按摩床上躺了下来，女孩便走到床边问道："先按头还是先按脚？"

他不怀好意地说："先按中间。"说着，便像以往一样，伸手就向女孩的要害处伸去。

女孩猛地一下跳开："对不起，我只做正规按摩。你想别的，可以换人。"

对着已迅速逃到门口的女孩，他想发火，但知道在这里发火没有什么好处，听说这种地方都是养着打手的，弄不好挨一顿打就不划算了。于是强抑火气，起身默默走了。

女孩有点奇怪地目送着他。

他是堕落了。但他还是知道自己是个有身份的人，看不上眼的女孩他是不会碰的。

郁闷地回到家中。洗澡前准备换洗衣服的时候，才发现自己裤袋里似乎少了什么，一摸，发现钱包不见了。他想了想，清楚地记得自己离开小食摊时结完账后便把胀鼓鼓的钱包塞在裤袋里的，是什么时候丢了呢？他忽然想到那个自己一眼就喜欢的女孩，心中不由愤愤，这么漂亮的一个女孩，怎么就是个贼呢？这时再上门去找她，肯定是不会有结果的。

他是个睚眦必报的人，怎甘吃这个哑巴亏。躺在床上辗转反侧了半夜，终于想妥了办法。

他于是在接下来的夜晚，都到那小食摊前去喝酒，见那女孩每夜都到这间发廊来，但都来得比较晚，也不像别的按摩女一样换上店里统一的按摩服，只是穿着自己的衣服为客人按摩。她总是来得晚去得早，有时一个客人没接，便离开发廊走了。

这天晚上，这女孩来得特别晚，小食店都准备打烊了，王宗伟觉得自己有点喝多了，正想结账走人，却见那女孩从街角处娉娉婷婷地走向发廊。便马上结了账跟了进去。

一进发廊，他就朝那个女孩笑笑："我喝得有点多了，想在这睡一下，你帮我捏捏脚吧。"

女孩便温顺地扶了他的一条胳膊，走进了按摩房。就是一瞬间的工夫，半醉半醒的王宗伟已经知道自己的钱包到了女孩身上的什么地方。到了按摩床边，女孩笑着对他说道："我去一下洗手间就来，你躺下等我一会。"

王宗伟笑着点着头，却突然间右手一伸，便插在女孩两腿之间。女孩大惊："你干什么？"

王宗伟右手一紧："你说，这是什么？"

女孩的大腿根部，硬邦邦鼓囊囊的，不是王宗伟的大钱包是什么？

女孩顿时哑了。

王宗伟将女孩按在按摩床上："惯偷是吧，上次偷了我一次，今天还敢再偷？当我傻瓜是不是？"

女孩的身体很羸弱，她想挣扎，但王宗伟一只脚压在她大腿上，一只手扯着她的头发，死死地按在床上，使她动弹不得。她的眼泪下来了，颤声说道："大哥，放过我吧！求你了！"

王宗伟看着女孩苍白但俊美的脸，身上的邪火不知不觉地蹿上来："放过你？你干了坏事还让我放过你，我没干坏事，想求人放过我，却不知求谁去！"

说着，手便伸向那女孩的前胸，开始解她的纽扣。

女孩低泣着说道："大哥，我还是个女孩子，只要你放过我，我什么都听你的，只是不要在这里。"

一听这话，王宗伟不觉一怔："骗我的吧？"

女孩说："骗你，我不得好死。"

王宗伟也猛醒过来，在这里用强的话，万一闹起来，他有理也变成无理的了。便把邪火压了下来，说道："那好，你跟我走，你把双手放在胸前，不准乱动，我的钱包，我现在也拿不出来，还在你那个地方，你要敢跟我要心眼，我马上把你扭送到公安局。"

女孩擦干了眼泪，把手交叉放在胸前，王宗伟让她站起来。两人一前一后走出了按摩房。到了外面，女孩对其他按摩女还说了声："我和这位大哥去吃点东西，钟费回来按时间算。"

他们便这样走出了发廊。姑娘走在前面，王宗伟在后面跟着，看着女孩不太自然的步伐，王宗伟的邪火又噌噌地冒起来。

这里离他的家不远。王宗伟想了想，还是把女孩带回了家里。

三 失窃

王宗伟把女孩带到自己家里，彭珊珊和王庆文的房间已熄了灯。家里一片昏暗，只有在通往卫生间的过道上一颗昏黄的小灯泡还亮着。

王宗伟也不开灯，摸黑把女孩推进自己的房间，把她按在了床上，便骑了上去。女孩惶急之间失声叫道："不要啊！求求你……"

王宗伟此时已是精虫上脑，哪管得那么多，只顾伸手去扯女孩的衣服，女孩突然爆发出一声凄厉的惨叫："救命啊！救命！"

王宗伟急忙腾出一只手去捂她的嘴巴，却不料女孩口一张，便咬住了他的一根手指。王宗伟疼得"哎呀"一声大叫，手挣脱了女孩的牙齿，便左右开弓地捆着女孩的脸颊，女孩"哇"的一声大哭起来。

王宗伟一边打，一边骂道："还哭？你个臭婊子，我要你是你的造化！"

女孩哭得更大声了。

突然，灯"啪"的一声亮了。

王宗伟一惊，停下来回头一看，愤怒的彭珊珊出现在门口。她的后面，还跟着披了一件外衣的王庆文。

王宗伟还骑在女孩身上，嘴里说道："妈，吵……吵到你了！"

彭珊珊上前扬起手臂，狠狠地在他脸上甩了一巴掌，王宗伟被打得捂着脸颊滚落在一边。

王庆文也走了进来："宗伟！怎么回事？"

彭珊珊怒道："还问怎么回事？真是龙生龙，凤生凤，老鼠生儿会打洞！有什么样的父亲，就有什么样的儿子！"

王庆文悻悻地走了出去。

彭珊珊弯下腰为女孩整理了一下被扯乱的衣服，把她扶了起来，歉疚地说道："姑娘，我的不肖子冒犯了你，我替他给你赔罪了。走，到我房间去。"

女孩只想尽快逃离这个令她胆寒的场所，便一边哭着，一边跟着彭珊珊去了她的房间。

王庆文也想跟进去，被彭珊珊拦在门外："你别进来！"

说着关上了房门。

王庆文只好回到厅里，想了想，又走到王宗伟房门口，见王宗伟呆呆地站在床边，便说道："你也太糊涂了，在哪里不好，偏要带回家来，这回，真把你妈惹毛了！"

王宗伟"嘭"的一声便关上了房门。刚要跨进门的王庆文一只脚被门撞了个正着，疼得他龇牙咧嘴，单脚跳到沙发上跌坐下来，心里窝火得不行："这算怎么回事啊！小杂种！"想想觉得这句骂人话太不合适，不由"呸呸呸"地喷出几口痰来，又打了自己一个嘴巴。

女孩坐在彭珊珊的房里，只是哭。彭珊珊扯了几张面巾纸替她擦泪："姑娘，别哭了，看你这么瘦弱，哭坏了身体，吃亏的是自己。"

女孩便慢慢止住了啜泣。

彭珊珊便问道："能告诉我你的名字吗？"

女孩说："我叫周雪莹。"

彭珊珊："是个好名字！你是怎么跟我儿子认识的？我就奇怪了，我儿子就我所知，长这么大还没正式交过女朋友，更别说跟女孩子上床这事了，怎么就突然发起疯来了呢？"

周雪莹冷笑一声："他没近过女色？你真是小看你儿子了！就我所知，他不知道在发廊里玩过多少按摩女，早就是玩女人的老手了！"

彭珊珊大吃一惊："你说的是真的？"

周雪莹："当然是真的。男人都是这德行，本来也跟我没关系，但他不该这么对我，我还是个女孩子呢！"

彭珊珊有点蒙了："那……这事……"

周雪莹叹道："阿姨，这事你放心，我也不追究他了，说到底，是我先不好。"

彭珊珊悬着的心放下了。虽然王宗伟做了使人不齿的坏事，但作为母亲，彭珊珊还是希望此事大事化小，小事化了。她坐到周雪莹身边："你能把事情的来龙去脉告诉阿姨吗？"

周雪莹便说："我是个小偷，我偷了你儿子的钱包，让他人赃并获。我怕被他扭送到派出所。那样，我就会被关起来。我被关起来，我那瞎眼的老妈就没人照顾了，所以我怕，就被他胁迫到家里来了。"

彭珊珊点点头："阿姨明白了，你还是个孝女！你妈妈瞎了，她就你一个女儿吗？"

周雪莹摇摇头："我还有一个哥哥，他也是个小偷，被抓起来了，判了五年，我没办法，就走上了我哥的路。我不能让我妈妈饿死，不能让她上街去当乞丐。"

彭珊珊目瞪口呆，这是一个什么样的家庭啊！本来，她以为只有自己的家庭是社会上一个怪胎，想不到还有周雪莹这样的。她又问周雪莹："那你爸爸呢？"

一提起她爸爸，周雪莹的眼睛又湿了："我爸爸，好冤啊！他是个很出名的锁匠。有一次，有人说忘了带钥匙，让他帮着去开一个门。我爸当时喝了点酒，醉眼昏花，也没看清那人证明书上的地址，就跟着去了。谁知那人是个大偷，几乎搬空了这家人的好东西。这家人知道是我爸爸开的锁以后，不问三七二十一就把我爸毒打了一顿，伤到了内脏，勉强拖了几年，就去世了。那时候，我还小，我哥是跟我爸学过开锁的家传手艺的，就开始……有时，也带上我，也教了我一些技巧，我哥进去后，我饿了好几天肚子，没办法，就……"

彭珊珊哭了，她搂住周雪莹的肩膀："真是个苦孩子！我们认识也是缘分，你跟阿姨到饭店里去吧，以后，有阿姨一口吃的，就有你和你妈吃的！"

第二天早上，彭珊珊就带着周雪莹上饭店去了。王宗伟也回到村里上班了，王庆文依然过着他的逍遥日子。昨晚的事情，仿佛没发生过。

转眼间，瑞丽玉石场的综合楼已全面竣工，可以交付使用了。洪瑞祥准备过去主持大楼启用典礼。走之前，洪瑞祥与爸爸和爷爷作了一次深入的交谈。他又想起公安局的李副局长，知道他很久没见过叔叔李红军了，便给他打了个电话，问他要不要一起去腾冲。李副局长哈哈一笑："怎么那么巧，我正想去呢！"于是约好同行。

在车上，洪瑞祥笑着问道："你这一直都不去腾冲，怎么我一打电话，你就说要去了。"

李副局长说："于公于私，我都早该去走一趟了，可就是太忙了！"

洪瑞祥说："是假公济私吧？于私你去腾冲，不用说我很明白，但于公，腾冲、蓉江相距几千里，有何公事要办？"

李副局长说："明知故问！全都跟你有关系！王利群的案子这么大，他是我们那地方的人是吧，他的团伙里也有蓉江人。你说，作为蓉江公安局，是不是有事要办？"

洪瑞祥便点点头："我怎么就忘了这事了！"

李副局长说："你可以忘，但我不能忘！谁知道王利群和他手下还有没有留下什么钉子，这钉子要扎的人，你首当其冲！你可是我们蓉江重点保护的精英人物！"

洪瑞祥心里便有些感动。

到了腾冲，李副局长自去公干与畅述亲情。洪瑞祥便直接找张老爷子，开门见山地说："目前玉器市场发展很快，小件玉器需求量很大，我在家乡的公司忙不过来，没有太多精力兼顾瑞丽的玉市场。所以，我打算请少龄的大伯出任董事长，他原来的副董事长的位置让刘江兼着。从我的股份里拿出十个点，分别给少龄大伯和刘江各五个点。"

张老爷子先是一怔，但随即说："你现在还是董事长，你自己的股份也是你说了算，我没有权利说长道短。该怎么办，你就怎么办好了，我说过，你决定的事我都支持。"

洪瑞祥便把自己的决定告诉了刘江。刘江很是惊喜，但却推辞道："我出来就是给你打工的，我当这个总经理，拿着百分之五的管理股，已经够多了，我不能再拿你的股份了。"

洪瑞祥说："你是给我打工的没错，但谁说打工的不能多一点企业的股份。就这么定了，没得商量。"

刘江憨笑道："那……我真的不好意思了。"

洪瑞祥又说："我这次来，还有一个重要的事，就是商量怎么办好你和巧巧的婚事！"

刘江就说："这事要办了，但怎么办，我真的不太懂，巧巧也不懂。"

洪瑞祥笑了："所以，才要我操心嘛！如玉问巧巧了。她说她希望你们两个的根扎在玉王庄。她可以每过一段时间就到这里来陪你几天，但工作她要跟在如玉身边。这一点，得征求你的意见。"

刘江说："这样挺好！我尊重她的意见。"

洪瑞祥说："那就这么定了，在玉王庄我给你们准备一套房子，作新房用。在这玉石场的综合楼里，你用一个大套间，方便巧巧过来时你们俩的生活。至于婚礼，主场在你家乡办，副场在玉王庄办。瑞丽这里，就等巧巧过来时，请几个老朋友喝个酒就行了。这样行不行？"

刘江说："一切听祥哥你安排。"

安排好了玉石场的事，洪瑞祥便又赶到腾冲，和李红军叔侄一起喝酒、泡温泉。

李红军还是当面叮嘱李副局长和洪瑞祥，王庆文和王宗伟两父子现在虽然成了没牙的老虎，也是纸老虎，但老虎毕竟是老虎，还是要防着他们一点。

洪瑞祥、李副局长和刘江是一起回到玉王庄的。李副局长受李红军委托，亲自上门看望了洪春山老人，送给了老人几条上等的云烟，老人高兴得合不拢嘴。

洪瑞祥带刘江看了给他准备作新房的房子，是洪家在宅基地上建的房子中的一层。刘江和巧巧提出了装修意见，洪瑞祥便把这事交给了钟小九去操办。刘江便着着巧巧回江西。他先把巧巧送回她在围寨里的家，拜访了未来的岳父岳母，商定了下聘和接亲的日子，才赶回甘竹乡自己家里。

刘湘与乔丽霞夫妇见爱子归来，喜不自胜。知道儿子是回来准备迎亲的，且未来的儿媳妇就是曾经见过的漂亮得令人炫目的巧巧，更是开心得连做饭都忘了，只管不停地问这问那。

当知道儿子虽然还是在为洪瑞祥打工，但却已是亿万公司的副董事长兼总经理，自己也已是千万身家。便觉得有点不可思议，饭也不吃，便带着刘江去乔太爷家里，答谢当初乔太爷知人之明，力主刘江去跟着洪瑞祥的大恩了。

乔太爷一直与洪瑞祥有着联系，不是通信，便是煲电话粥。所以，他对洪瑞祥和刘江这几年来的发展是了如指掌，但他一直不告诉自己孙女和孙女婿，就想着等刘江回来自己与他们说。如今见到刘江一回来，一家人便急忙忙地来见他，自然也十分得意。

临近迎亲的日子，洪瑞祥和林如玉带着洪瑞麟、林晓翠和钟小九、张少辉等人到了甘竹乡。除了带来许多广东的、潮汕海边的土特产之外，还带来了洪瑞祥亲手制作的送给新娘作为贺礼的全套翡翠首饰和给刘湘夫妇、乔太爷、傅医生等人的翡翠玉雕礼品。送给刘湘的是一尊玉观音，送给乔丽霞的是一尊玉佛。而送给乔太爷的，是一个翡翠砚台和一个翡翠笔架。

看着灯光下熠熠闪亮的这批礼品，乔太爷惊叹道："我这真是见到贵重的礼品了！没想到，小洪才这么几年时间，就能拿出这么些大手笔的礼品，我真的被你吓到了。"

婚礼隆重而富有特色，甘竹乡的乡亲们几乎全都参加了。家家户户抬出了自家的桌子，端上了自家做的菜，在江边排成了足有一千米长的喜宴。酒是刘江让人从县城用大卡车运来的，所有人管够。

这场婚礼，江边躺倒了不少醉汉。

巧巧的父亲握着洪瑞祥的手，满眶热泪地说："想不到我家巧巧能嫁得如此风光！这一切都是因为你，我们全家感谢你。"

洪瑞祥笑着说："那是你家巧巧有眼光，找了个谁都喜欢的人，嫁进了一个谁都敬重的家！"他又热情邀请他们夫妇到玉王庄做客，顺便与女儿女婿一起生活一段日子。俩夫妇高兴地答应了。

回到玉王庄，洪瑞祥感觉到了过度兴奋之后的疲惫和无力。正想好好睡一觉。刘江夫妇却找上了门。

刘江说："祥哥，你对我和巧巧，比对自己的弟弟妹妹还亲！我们不说什么恩呀德呀，只论兄弟感情。这次我回家，我爸说家里有一块旧玉佩，本来是要留给我的，但觉得给你更合适，比给我更有用，就让我带给你了。"说着，掏出一块通体洁白的玉佩递到洪瑞祥手里。

洪瑞祥接过一看，不由十分震撼。这块玉佩，虽然年代已久，但仍然透明透亮，洁白如新，上面镶刻的四个字更引起他的思索，这四个字是"龙凤呈祥"。很显然，它曾经是皇家之物。

对这块玉佩，洪瑞祥一眼就喜欢上了，心中的那种感觉，与见到天珠石有着共同之处，就是通体舒爽，心中更是平静安详。他明白这块玉佩真的是无价之宝，应是有故事的，是刘湘家祖上视为传家之宝的。所以，他把玉佩轻轻地放回刘江手中，说道："我很感谢刘叔对我的厚爱。但我真的无福消受！这是你们家的传家之宝，你好好收藏吧。"

刘江知道洪瑞祥是个说一不二的人，他并不在乎什么传家宝物。但既然洪瑞祥决意拒收，他也只好交给巧巧："你先收起来吧。"

谁知后来有一天，已升任市公安局副局长的李副局长带着两个人找到了洪瑞祥，一伸手就从公文包里掏出来这块玉佩，问洪瑞祥："这块玉佩你认识吗？"

洪瑞祥脱口而出："认识，是我身边人的，这人你认识，就是刘江。"

李副局长说："马大哈！这么贵重东西被人偷走了，差点就卖到国外去了。他是没发现已经失窃了，还是发现了又因为什么原因没报案？"

四　渊源

李副局长说："这块玉佩的质地异常高贵，是极品的和田白玉。雕刻工艺更是精湛，兼有京派的大气，海派的洋气和南派的精巧与灵气。从上面的图案与字义来看，应是皇帝大婚时所佩戴之物。"

洪瑞祥便笑："李副局长什么时候成鉴玉专家了！"

李副局长也笑："说我班门弄斧、关公门前舞大刀是吧？这可不是我的话，我是现买现卖，是转述鉴定专家的原话。"

正巧林如玉回来，洪瑞祥便叫她去找刘江和巧巧，让他们先回家看看那玉佩是不是不见了，然后再到这里来。

洪瑞祥这才对李副局长说道："那你这次来，还带着这两位，是来落实案情的呢，还是送宝上门、完璧归赵的呢？"

李副局长也笑了，说道："你看看，说了半天也没说到正题上，怪不得我当不了正局长。"

众人便笑。

李副局长指着同来的两人中的一位，说："这是上海市公安局刑侦处副处长徐家烈，他的任务是来了解情况，落实案情，如果可以，也是来完璧归赵的。"又指着另一位同行者："这位和你是同行，上海玉雕大师申怀璧，他正在筹办海派玉雕博物馆。他此行的目的，自然是这块玉佩，如果能见到玉佩的正主，他希望能在不久的将来，把这块玉佩送到上海参加一个展览会。还有，他私下告诉过我，他还有更大的野心，如果玉佩主人愿意割爱，他愿意倾其所有买下这块玉佩。"

洪瑞祥热情地与两位客人握手。并对徐副处长侦破此案表示衷心感谢；而对申怀璧说道："我能预感到，你的第一个想法实现不难，但你的野心恐怕实现不了。"

申怀璧也很坦诚："这我其实早已预料，要不，怎么叫野心呢？"

徐家烈说道："你一眼就认出这块玉佩，让我们心里踏实很多，虽然你不是玉佩的主人，但你是专家，而且听说你有过目不忘的本事。这玉佩找到失主，应该是没有疑问了。这是值得高兴的事，我也可以把案情的侦破情况告诉你一下。可以让你们更加提高警惕，因为通过这个案件，已经证明一点，社会上一些专事盗窃的惯犯，已经盯上贵重玉石这一块了。"

洪瑞祥频频点头，但心里也真的感谢徐副处长的提醒。俗话说，不怕贼偷，就怕贼惦记。若是有一些惯盗盯上你，还真的防不胜防，他已经在考虑如何加强安保工作了。

这时，刘江和巧巧夫妇俩匆匆进来了。他们听到林如玉的传话，便急忙回家看了看，果然发现那锁在书房书桌抽屉里的玉佩不见了，当时就慌了，赶紧就往洪瑞祥的老屋跑。

洪瑞祥向李副局长等人介绍了他们夫妇。李副局长是见过他们的，也知道他们是特别可靠的人，当时就拿出玉佩给他们认。夫妇俩异口同声地："是我家的玉佩！"

徐副处长便笑着问道："知道什么时候丢的？是怎么丢的吗？"

夫妇俩都摇摇头。

徐副处长又问："没发现家里锁头被撬开，放东西的桌子柜子被破坏？"

夫妇俩也频频摇头。

巧巧说了一句："我们俩都太忙了！几乎连节假日都在忙，所以……"

徐副处长点点头："这就对了。偷窃的人叫周雪海，有祖传的开锁手艺。你们人不在家的时候，回来看不到一点被盗的明显迹象，所以你们只要不去找被盗的东西，就不会发现失窃。"

洪瑞祥："那你们侦查处是怎么破的案？"

徐家烈便指向申怀璧："小偷太聪明，又太傻，他居然跑到上海去找到他这位古玉鉴定大家。还透露出，有洋鬼子想买这块玉，开多少价合适？我们的大师能容忍国家文物流失吗？一条信息当场就把我给叫了过去。"

众人哈哈大笑。

巧巧却问道："你说那个小偷叫周雪海？"

徐家烈点点头："你认识他吗？他可是说不知道这玉佩是什么人的，他进的房间他观察了十几天，都没人进去过。"

洪瑞祥笑道："那房子是我家的，给了一层他们住，他们又经常不在玉王庄。而我家的人也都住在老屋，还没搬过去。"

徐家烈便笑："这样的家，小偷不偷，偷谁的？"

巧巧说："我们这里有家饭馆，里面有个姑娘，叫周雪莹，和周雪海有关系吗？"

徐家烈："是他妹妹，不过，这事还是为这个女孩保密好，罪不及家人，别让她的生活受太大影响。"

众人都点头。

洪瑞祥便请大家去夏韵娟的饭馆里喝酒。申怀璧与洪瑞祥相见恨晚，交谈甚欢。但他的目的只达到一半。正如洪瑞祥预料的那样，刘江一口回绝了他想买下玉佩的请求。但他依然十分高兴，认为不虚此行，反复叮嘱洪瑞祥，有机会到上海，一定要找他。

饭后，刘江便随李副局长一行去了公安局，办理了领回玉佩的手续。刘江干脆在银行开了个保险箱，把玉佩存在了里面。

回到玉王庄，刘江和巧巧又到了洪瑞祥家里，他见洪瑞祥与申怀璧有深交的意思，但刘江不但不同意把玉佩转让给申怀璧，连申怀璧问起玉佩的来历，刘江也不肯细说，只是说这东西是家中旧物，具体来历他也不太清楚。他怕洪瑞祥因此对他有意见，想尽快说清楚。

刘江的述说，让洪瑞祥对玉德又多了几分领悟。

刘家原是满人，刘家祖上曾是乾隆皇帝的贴身侍卫。乾隆皇帝游江南，最后一站到了赣州，就住在当时赣州守备使的家中。这位守备，便是他的贴身侍卫的父亲。当他知道他的贴身侍卫小时候定了一门亲，因为侍卫身在京城之故耽误了婚期，便下旨立即为这位侍卫举办婚礼。婚礼十分庞大热闹，琴瑟歌舞，极尽精彩。新郎新娘，向皇帝跪献香茗。

仓促之间，乾隆摘下腰间的玉佩，作为贺礼赐给侍卫。侍卫接着，看了看，便跪下道："奴才不敢领赐。"

乾隆窥知其意，便哈哈一笑："是这玉上龙凤呈祥几个字吓到你了吧。自古以来，都说天子是龙，朕不这样看。若天下只有朕一条龙，朕岂不寂寞！若天下只有朕是龙，朕岂不是孤立无助、受人欺凌？朕以为，是男人都应该是龙，是女子都应该是凤！若说朕是龙，那天下之人，朕之子民，也皆是龙子龙孙！"

侍卫似懂非懂，仍长跪不起。

乾隆叹了口气："你别管这块玉佩上有什么图案字样。你只知道朕赐你的是一块美玉就是了。玉是什么，王字多一点，而这一点，不是放在头上，放在头上是主。玉不想当主人，所以这一点放在肚子里，是有心之王。什么是有心之王，不是真的当王，是有修为的佼佼者。玉有什么修为？你看看你手中的玉佩，剔透温润，有坦荡爱人之诚，宁直不弯，含刚强忠勇之义。你为人如玉，这是朕最欣赏的。在你成婚之日，朕赐你以玉，希望你的子孙后代，也像你一样，仁义忠廉。明白了吗？谢恩吧！"

侍卫这才三叩首："奴才领旨谢恩，吾皇万岁万岁万万岁！"

后来，这位侍卫遇险致残，便隐退到赣州乡下，为避仇家追杀，便改姓刘，混居汉族乡民之间，成了刘家的创祖之人。在乡间，他不问世事，只知课子读书习武，躬耕陇亩。

后来家道中落。刘家能变卖的都卖了，只有玉佩从来不示于人。刘家祖上将乾隆赐玉时的旨意，奉为家训。所以刘家世代，皆为忠义廉洁又淡泊宁静之人。

到了刘江爷爷一辈，家中已是一贫如洗。在红军准备攻取赣州路经刘家村时，刘江的爷爷便参加了红军。后来，在闽西开辟根据地时，认识了刘江的奶奶，成亲后没多久，红军便被迫踏上了长征之路。刘江的爷爷在离开根据地之时，奶奶已怀上了刘江的父亲。刘江的爷爷把玉佩交给了妻子，说："若再无相见之日，你把玉佩留给我们的孩子，让他记住家训，做个好人。"

刘江的父亲呱呱坠地之日，消息传来，刘江的爷爷所在的红军部队，在湘江战役中全部壮烈牺牲。而此时，国民党兵及还乡团正疯狂地清查红军家属，刘江的奶奶便带着刘江那还在襁褓中的父亲和这块玉佩，逃进了深山老林，栖身于一个石洞之中。这一躲，便是几年，有一次，刘江的父亲突发高烧，连续三天不退。刘江的奶奶无奈，便背着刘江的父亲下山求医。下山之后，刚把刘江父亲的病治好，又碰上国民党部队清乡，惶急之中，不择去路，便辗转来到了甘竹乡，在这里碰到了好心的农家，便长住了下来，成了甘竹乡人。

解放之后，刘江的奶奶也没有把丈夫是红军烈士的事说出来，一来是空口无凭，二来是觉得人死万事休，不说也罢。

到了三年经济困难时期，许多人家都想尽办法填饱肚子，将家中有点价值的物件，去换三斤番薯二斤大米。刘江奶奶家徒四壁，奶奶这时才想起当年背刘江父亲下山求医时，把祖传玉佩遗留在那不知名的山洞之中。便只身回去寻找。历尽千辛万苦，居然真的让她找到了那个山洞，那山洞除了来过野猪，留下一堆干透的粪便之后，显然无人来过，那玉佩依然莹光闪闪的，在她睡过的地方。

家中哪怕断炊，她一家只靠白开水煮芭蕉树根度日，她也没动过这块玉佩的心思。

当日子稍微好过一些，四清运动开始了。耿直的刘江奶奶这时是村中的财粮委员，因为得罪了驻村的工作组，被内定为四不清分子，被押上村民大会批斗。悲愤至极的刘江奶奶急了，指着工作组的组长破口大骂："你这个混账东西，你知道我是什么人？怎么可能做出盗卖公粮、贪污钱财之事！"

那工作组长冷笑一声："你是什么人？这谁不知道？也就是一个贫农出身的人，谁说贫农就不会当贪污分子？"

刘江的奶奶冷笑一声："麻烦你上报组织，花点时间调查一下。我丈夫是响当当的红军烈士！对红军烈士家属，政府有多少优待政策你知道，我们家一直都没想着享受，一直都不提这事。百姓多穷，我们家也可以多穷，老百姓饿肚子，我们家人也可以饿肚子。你欺人太甚，居然无中生有，就因为我不给你们大鱼大肉，就这么陷害我！还有没有王法？"

奶奶的这番话一时间震惊了在场的所有人，也惊动了上级有关部门。经调查核实，奶奶所言属实。政府给刘家补发了抚恤金和该得的所有烈士家属该得的东西。但奶奶一概不要，连烈士家属的铁牌子都不让挂，只要求一点，严肃处理那个挟私报复的工作组组长。

刘江自他的奶奶以下，自始至终，不接受任何特殊待遇。

奶奶有一句话："做人要以玉为鉴。为国为民，做任何事，付出任何努力，都是本分。都不应该要求任何回报。"

洪瑞祥被一种崇高的人生境界感染之余，不禁追问："这玉佩历经风波，是你们刘家的传家之宝，你爸爸为什么会想到把它送给我？"

刘江说："我爸爸认为，玉的灵气，玉的美德，已融入我家的血脉，只要时刻牢记和践行祖训，有没有这块玉佩实在无所谓。而这块玉佩，对于你研究玉文化，对于融合各派玉雕技艺却有帮助，所以才生出将玉佩赠予你的想法。但你决意拒绝，我爸和我当然也不会勉强。"

宝物失而复得，且又从中明白许多事理，大家心中都十分畅快，于是洪瑞祥吩咐弟弟宰鸡杀鸭，大家欢饮。

而此时的王庆文，却在煎熬之中。

他知道周雪海盗得一块好玉，他看过之后，觉得这玉佩大有来头，价值不菲，便出主意让他去寻找专家鉴定，并根据鉴定结果待价而沽。但周雪海一去经月，杳无音信，他便慌了。

自从王宗伟对周雪莹强暴未遂。为拢住周雪莹之心，彭珊珊便给王庆文下了通牒："你不是广有人脉吗？动用你的关系，让周雪莹的哥哥周雪海减刑出狱。做得到，以前我们如何过日子，还怎么过，做不到，以后便不许再踏进我的家门。"

王庆文今时不如往日，若被彭珊珊扫地出门，他这个半老头子将成为丧家之犬，将如何度日。无奈之下，他只好四处奔波，倾囊救人。周雪海也非罪不可恕之人，于是周雪海提前出狱了。

对此，周雪莹的感激之情可谓如滔滔江水，自然也就把当初王宗伟要强暴她的事只字不提，只是口口声声说彭阿姨的好处。周雪海也觉得彭珊珊一家是他的命中贵人，甚是感恩，但他与每天都有繁忙的工作要做的彭珊珊和王宗伟无法多加接近，只有王庆文，经常与他喝茶聊天。周雪海本质是个愤青，而王庆文也似乎愤世嫉俗，老小之间，颇有共同语言。

王庆文说:"窃国者侯,窃钩者盗。你也不必为过去的所作所为自责,偷有钱人的东西,说实质是废物利用,说道理是劫富济贫,没什么罪与非罪的!"

这话周雪海特别爱听。

王庆文又有意"因势利导":"你过去偷的都是些鸡毛蒜皮之物,为此而坐牢,实在是得不偿失。而因所盗之物价值菲薄,使得你不得不经常出手。言多必失,事繁必错。肯定会被人盯上的。若是出手之前准备工作做细,瞅准时间弄出点值钱的货,一次就能够半辈子过好日子了,出事的概率也几乎等于零。"

周雪海深以为然,只是摇头说:"有道理,但我怎么知道哪里有值钱的东西。"

王庆文便笑:"远在天边,近在眼前!"

周雪海:"眼前?眼前有什么东西?"

王庆文说:"但凡有价之物,像黄金白银,你能偷得多少,能得多少钱。只有无价之物,才是宝,才有可能一次而成为千万亿万富翁。"

周雪海便有点明白:"你是说玉?翡翠?"

王庆文:"眼前不是有个玉王庄吗?每家每户里,可都有上等的宝贝。"

周雪海便打定主意,干他几票,然后再金盆洗手,与母亲和妹妹过好日子去。

他感念王庆文,便说:"谢王叔指点,若真能盗到无价之宝,我和王叔二一添作五。"

王庆文高兴地笑道:"我有没有好处没关系,最主要是你的安全,要以不出事为出手与否的依据。"

经过多日的准备,周雪海出手了,而且是格外的顺利。王庆文见他盗来的玉佩,也知其不是凡品,便怂恿他高价出手。

在这个环节上,周雪海又一次锒铛入狱了。

但他认为王庆文一家是他的恩人,就是死,也不可能说出王庆文的教唆之言。

王庆文白担忧了。

只有周雪莹又一次偷偷垂泪。

只有彭珊珊又一次后悔:他让王庆文捞出周雪海,是好心干坏事了。周雪海这次面临的刑期,应该不少于五年。

五 退思

徐家烈和申怀璧走后不久,洪瑞祥便带上钟小九去了一趟上海。

对此,林如玉颇有微词。见洪瑞祥在收拾行李,她这次不但不上前帮忙,反而冷冷地说:"真的是商人重利轻别离啊!在家才待了几天,又要跑那么远了!真有那个必要吗?"

洪瑞祥不觉一怔。细想也是,自结婚以来,他和林如玉确实是离多聚少。林如玉一人在家,服侍老的,照顾小的,还要打理公司的事务,现在几乎连画画的时间都没有了。这样忙着累着,晚上还常常没个人可以倾诉,真是委屈她了。

他把已装进旅行箱的衣服又拿出来，放回衣柜，说："看来你意见不小，那我就不去了。"

林如玉却走过来："别！你还是去吧。你想办的事没办，心里肯定不舒服。我看着也难受。"说着，就帮着把他出门的衣服都收拾好了。

洪瑞祥还是踏上了去上海的路程。一路上，他心里很是不安，不知该如何是好？以后不出门或少出门？那是不可能的。但长此以往，夫妻间必然会有隔阂，这可不是他愿意看到的，怎么办呢？

他忽然发现，飞机上的旅客，许多都是成双成对的。灵光一闪，便笑了。对了，孩子逐渐长大了，离开母亲几天也没什么。以后出门，便与林如玉一起走。出门在外，他也是需要帮手的！这么一想，心便宽松了许多。

到了上海，自然先去找到了申怀璧。申怀璧十分高兴，先带了他去看自己的作品，然后才去看他的收藏。不论是他创作的作品，还是他的收藏，无一件不是精品。当然，后者的价值更高些。洪瑞祥是善于偷师的人，看了这些雕件，觉得收获颇多。

都参观完了，才坐下来品茶。

申怀璧说："我原来的名字不叫申怀璧，之所以给自己改这个名字，是因为中国有一句话，叫匹夫无罪，怀璧其罪。意思你明白的。我打小就喜欢玉石，喜欢制作和收藏玉器，是怀璧之人。许多人都盯着我，盯着我手中的宝贝。但我无罪，因为我的所有玉石玉器来路都正，我绝不作奸犯科。所以我这老匹夫很坦然，公然声称怀璧，而且，只要是我喜欢的人，不管是行内人还是行外人，只要来我这里，我都向他们展示我的所有宝贝。我想让一切接近我的人都知道我怀了什么样的璧，这些璧也都是我的，谁也夺不走。谁敢给我胡乱扣上罪名，我会理直气壮地揭露他的贪婪之心，不惜把他的祖宗三代都刨出来晒太阳。"

洪瑞祥赞许地点点头："这话，你也是对谁都说？"

申怀璧说："当然，不会只对你一个人说，你别以为我是在威胁你。你也不怕我威胁，因为我知道，你对我这些东西不会有贪婪之心，你的一件宝贝，就可以顶我这全部了。我没说错吧？"

洪瑞祥只是笑笑，转变了话题："怀璧兄认识不少做玉器贸易的商家吧？尤其是上海滩上那些做这行出了名的？"

申怀璧笑笑："想认识他们？"

洪瑞祥便说："想请怀璧兄介绍认识，以后能多几个同行中的朋友。"

申怀璧说："你是想打进上海市场？"

洪瑞祥笑笑，予以默认。

申怀璧说："地方壁垒这词你不陌生吧？一般来说，这壁垒的壁，是墙壁的壁。但对你来说，该用我怀璧这个璧！这壁垒可比一般的壁垒难以打破。你要有思想准备。"

果然，申怀璧出面为洪瑞祥请人，洪瑞祥反客为主在上海大酒店摆下丰盛的酒席，宴请了上海玉石界几位头面人物。宾主之间，客客气气，中规中矩。但有营养的对话很少。

宴会之后，在洪瑞祥的要求之下，申怀璧还是不厌其烦地带着洪瑞祥登门拜访了一些玉石生意方面的富商巨贾，但也只是混了个面熟。情况与宴请时无大区别，连上海玉石市场的真实情况，洪瑞祥都感觉摸不着边。

碰了些不软不硬的钉子，洪瑞祥倒还沉得住气，跟着他鞍前马后地跑的钟小九有点心灰意冷了。

"热脸都贴到冷屁股上了！"他说。

"正好，降降温。"洪瑞祥淡淡一笑。

"怪不得有句话说，同行如敌手！"

洪瑞祥却想都没想，便吟出一首短诗来：

商人彼此友非敌，

让利三分结善缘。

人有人缘人喜爱，

何愁博弈在人前。

钟小九听了，还是摇摇头："好像你已经胸有成竹了，我却还是觉得，想打开局面太难了，别说在人前，跟在人后面，人家还不愿意呢！要是我们蒙蒙撞撞地进来了，他们联起手来排挤我们，那风险就大了！"

洪瑞祥看着一脸忧烦的钟小九，笑了笑，又吟道：

玉人自有玉德护，

何惧艰难无坦途？

都道长征处处险，

有谁未战先言输！

钟小九听罢，眨眨眼睛："还有心思作诗，看来你心情不错。"

洪瑞祥说："我心情当然很好。看到了一座国际大都市，看到了海水般涌动的时尚新潮的人群，看到了处处涌动的商机，看到了我们事业迅猛发展的未来，又认识了这么多业内前辈，能不高兴吗？"

钟小九说："你的眼界和心态的确让人佩服，怪不得你能当老板。"

洪瑞祥："只要你还在努力，你就会提高的，你也能当老板的。"

这天晚上休息前，洪瑞祥对钟小九说："明天我先回去，你留下。"

钟小九不禁"啊"的一声："我留下干什么？"

洪瑞祥笑着说："你要干的事多了去了。我现在可以把我的决定告诉你，我们公司进入大上海，继而拓展江南市场，是既定方针，是不会改变的！本来我这次带你来，就是想将你作为先遣队，马上筹建商行的，但通过这些天简单的考察，感觉这有点冒进了。所以，我临时修改了计划，推迟了进度。但你还是要留下来，留下来的任务，就是摸清整个上海及周边玉石市场的总体情况，越翔实越好。怎么做，你明白的！"

钟小九点点头。

洪瑞祥又说："要做长期打算，明天先去租个房子住下。"

钟小九说："上海租房很贵的！"

洪瑞祥："总比住宾馆便宜吧，生活也更方便些，需要时，还可以找一两个帮手。"

第二天，洪瑞祥便去与申怀璧告别。申怀璧说："你来上海都没去玩过，连外滩都没去过吧？为什么这么快就走？"

洪瑞祥笑着说："想老婆了，玩的机会以后有的是。"

洪瑞祥急着回家，是因为两天后便是林如玉的生日，他想回去好好为她过个生日。

不料到了机场，天突然黑了下来，一时间雷鸣电闪，暴雨如注，飞机停飞。这一停就停了两天，待他赶到家里，只见林如玉对着他们那简洁素净的结婚照流着泪，只有巧巧在旁边陪着她，一见他，巧巧便向他发出了连珠炮般的质问。他不辩解，只是默默承受着。

第二天，林如玉却一点也不生气，与他坐下来，谈的都是公司的问题。

女人的心思总是比男人更细腻，女人的直觉总是比男人更准确。加上林如玉一直都待在公司，对公司的每一个人，每一件事，每一步的发展，都了如指掌。由此而产生的一些想法，一些担忧，一些处理的办法，都是实实在在的。

林如玉对洪瑞祥说了许多，洪瑞祥都听进去了。洪瑞祥也从林如玉的长篇大论中抓住了三个要点：一是洪瑞祥对公司盲目自信，发展的脚步迈大了；二是公司最适应不了洪瑞祥发展脚步的最大问题在于人才不足，从设计、雕刻技师到营销人员，都不足承担高速发展的压力；三是为解决这一发展中的根本矛盾，必须马上开办培训班，最好能办个学校，用最扎实的办法，建设自己最坚强的团队。

抓住了这几个要点，洪瑞祥真的感觉到存在的问题的真实和重大。

确实，这一时期翡翠玉雕的市场需求量急剧上升，订单雪片般飞来，生意红火极了。成功的喜悦掩盖了不少存在的问题：工艺质量下降了，售后服务差了，按时按质交货没有百分百做到。这些问题若不解决，形成大的影响，后果是不可想象的。

想起来让他出了一身冷汗。

和林如玉深谈之后，他清晰地将两个字印在自己的脑海里，这两个字，一是"退"，二是"思"。退是把原计划要进的事先退一退，稳一稳；思是一个系统一个系统地把公司的各方面该如何整顿完善想清楚，定下来。

先把根据地巩固起来，把团队的战斗力提升起来，再出击吧。

看到洪瑞祥冷静了下来，认真地做着最基础的一些事情。林如玉感动了，开心了。她当然明白丈夫在短短的几年中做出的成就，但当她提出问题之时，他能听得进，没有一丝一毫的自满情绪与对反对意见的逆反心理，这对一个正呈迅猛发展趋势的青年人来说，太难得了。她一反以前在母亲面前与妹妹面前不好意思赞美自己丈夫的习惯，常常一开口就情不自禁地夸奖洪瑞祥。她母亲倒是没说什么，林晓翠却每每取笑她："姐！你是不是返老还童了，又重新和姐夫进入热恋期了。"

更让林如玉高兴的是洪瑞祥很快就认真地筹办起培训班。洪瑞祥对她说："能在培训班

授课的老师我们有不少。但我想来想去，既当授课老师，又当班主任的，非你莫属！"

林如玉马上就应承了："好啊！我最高兴的事就是上台讲课，就是带学生。我现在还特留恋以前当老师时的日子。"

洪瑞祥其实自己也挺怀恋当教师那段日子，让林如玉这么一说，他对办学校的想法就更强烈了。他知道这不是一件说办就办的事，中间的环节太多了，但他决定先投石问路。

这天晚上，他和刘江、巧巧从彭珊珊的饭店里出来，便碰见来找母亲的王宗伟，就站在饭店门前和他聊了几句，最后似有意似无意地说道："我打算投资办一个职业技术学院，专门培养玉雕人才。不知行不行？麻烦你一级一级汇报上去，包括办学许可证，在村里拿地建校的事，麻烦一起跟上面先说说。"

王宗伟挺热情，说："你的想法太好了，我个人无条件支持，但我做不了主，这事太大了。你知道，到时候你要的地也不是一亩两亩。不过，我会专门去跑这事的。如果真的有可能办成的话，恐怕还要准备不少文字材料。材料我可以写，但具体想法和有关数据，要你提供，到时候我会找你。"

洪瑞祥道了谢，就走开了。他心里明白，向王宗伟问问路可以，真要办事，还得自己出马或找有大面子的人帮忙。

王宗伟和彭珊珊回到家中，看到好久都不怎么吸烟的王庆文正坐在客厅里，手里夹着点燃了的烟卷，一副魂不守舍的样子，屋子里烟雾腾腾，烟蒂遍地，一副世界末日的样子。

彭珊珊见状眉头紧皱，也不说什么，只是打开窗，让厅外的清风进来驱走那浓重的烟雾。

王庆文却突然问了一句："周雪莹跟你说了什么没有？她有什么反常的表现？"

彭珊珊有点怪异地看着王庆文："没见过你这么关心人的？雪莹哥哥的事你知道了？你是怎么知道的？他的事跟你有没有关系？"

王庆文被这一连串的反问吓了一跳，他说："是不是有关方面找了周雪莹了？周雪莹都说了些什么？"

彭珊珊叹了口气："她哥哥又被抓了，也已经判了，还被押回蓉江监狱服刑。雪莹去探过监了，说是法院认为他认罪态度好，但由于是屡教不改的惯犯，影响恶劣，还是判了六年。他对雪莹说：'他记住我们家对他一家人的好，出来后会报答的，让雪莹好好跟着我。'"

王庆文听了，眨眨眼睛，长长地吁了一口气，才说道："这么说，他的事已经尘埃落定了，他……独自承担了后果！"

原来，自从周雪海"失踪"之后，王庆文就通过各种关系四处打听，刚刚才得到他事发被捕的消息，他担心周雪海会为了减轻罪责，把他扯了出来。现在看来，周雪海的良心是大大的好。顿时，他的焦躁不安消失了，代之是深深的思索。

晚上，王庆文走进王宗伟的房间，对正准备睡觉的王宗伟说："爸有些想法想跟你说说，不说，睡不着。"

王宗伟便说:"你说吧。"

王庆文说:"我发现,玉王庄以洪瑞祥为首的那帮小子,目前真的是红运当头。连神不知鬼不觉被盗走的稀世之宝,都能够在上海那么遥远的地方毫不费力地被截了回来。所以啊,我想提醒你,在以后的一段时间里,先把仇恨放下,不要有对付他们的念头,而是要顺着他们,一是避其锋芒,二是可以借机顺势而为,为自己谋取利益。"

这话,其实正中王宗伟下怀,他早就这么思谋过了,只不过他现在也不想与王庆文这倒霉父亲有太多交流,才没对父亲说过这方面的想法。现在听父亲这么说,便随口应道:"我们从中能谋取什么利益,我们又不懂玉石,不做玉石贸易。"

王庆文笑笑:"这要从发展的眼光来看,一是玉王庄本身就是近郊,正是新成立的蓉江市发展规划里的重点区域,前景远大;二是各地房地产业已成燎原之势,这把火在蓉江很快就会烧起来。所以,玉王庄现在除了玉石,最值钱的便是土地了。这土地可不是掌握在洪瑞祥那帮人手里,而是在某种意义上,可以说是掌握在你手里的!这可是千载难逢的良机,只要把握好了,洪瑞祥那帮人也好,外来客商也好,想在玉王庄发展,都免不了土地这一关。到时候,抓住机会,神不知鬼不觉地狠狠砍上一刀,吞下一大块肥肉,然后我们父子便远走高飞,到外面找一个地方过逍遥的日子去。到了国外,有钱便是大爷,再想报你哥和我们父子之仇,只要请一个专业杀手,一把刀,甚至是一个拳头,什么都搞定了。"

王庆文说到得意处,面露喜色,态度张狂,以前的嚣张面目又展现出来了。

王宗伟却在想,真的父子就是父子,怎么都想到一起去了。这些念头,也是王利群折戟沉沙之后所想到的。他也不说什么,只是把洪瑞祥准备办学校向他申请划地的事告诉了王庆文。

王庆文一听更是来神了,说:"是不是?这也许就是好机会!你先尽量配合他,在这个过程中,多看看,多想想,机遇总是给有准备的人的。"

六 挑战

时光荏苒,转眼间便是几度春秋。

这段时间,洪瑞祥与他的几个关系密切的亲友们的公司,似乎全都按兵不动。但实际上是在厉兵秣马,锤炼内功。

公司日益壮大,团队兵精将勇。生意在不知不觉中日益红火,财源广进。

洪瑞祥一直把钟小九留在上海,洪瑞祥最先交给他的任务早已完成,对上海玉石界的组成与现状,事无巨细,人无大小,均已了如指掌。洪瑞祥又让他以公司市场经理的名义,四处活动,广结人脉,并更多地关注上海经济发展的主要动向,及时地提供给洪瑞祥。

这天,洪瑞祥正拿着大哥大在与钟小九通话,王宗伟气喘吁吁地跑来找他,一见面便说:"你可真会煲电话粥!大哥大通话不用钱啊?"

洪瑞祥:"谁说不要钱呐?贵得很的,但比打电报省钱,比来回飞机票更省钱。"

王宗伟说:"我跟你打电话,你这边老占线,只好跑来找你了。市里方副市长来了电话,他要过来视察你的公司,还有一些事情要直接和你交谈,了解情况。"

洪瑞祥一怔:"他想了解什么情况?"

王宗伟:"我也不太清楚,但其中有一件事是肯定会谈到的,就是你要地办学之事,他是管土地开发使用这一块的,他托我了解这事,还记得吧?我把你的要求直接向方副市长汇报了,他很重视。"

洪瑞祥心中一喜:"哦,那太谢谢你了。"

原来,自从王庆文与他推心置腹地谈话之后,王宗伟对洪瑞祥等青年企业家的事就更上心了。他知道自己人微言轻,官太小,无大权,于是便把目光盯在上面那些领导人身上,但苦于自己条件所限,进展并不如意。不久前的一天,他经人介绍,到一家大酒楼去相亲,偶然中,发现原来的县委副书记,如今的副市长也带着人进了一个大包厢,便忽然想起他与这位目前市里的政要之间有过的瓜葛。记得当年为了保住自己目前这个位置,曾给了他一张高达五十万元的存折。虽然当时的方副书记把存折当面甩到了他脸上,但他离去时便没有捡回,而后,他一查询,这五十万元已被转走了。虽然他没有证据,但他还是可以确定,转走这笔钱的人应该就是表面上看起来很是正气凛然的方副市长。

他敏感地觉得,这方副市长可能是他的一个难得的靠山。他必须去挑战这个机会,不然真对不住他送出去的那五十万。几年前,五十万可不是小数目。就是今天,万元户还挺稀罕呢!多少人在奔着成为万元户的目标呢!

于是他等在了方副市长饭后必经的通道上。当方副市长打头退出大包厢的时候,王宗伟便斗胆迎了上去,恭敬地叫道:"方副市长!您好!"

方副市长一时间没认出是他,不由一怔:"你是?"

王宗伟:"我是玉王村的村主任,和方市长曾经一起去省里开过专业镇发展研讨会。现在玉王庄有一件比较重大的事,正好是方市长分管的范围,所以,我想直接向您汇报一下。"

方副市长想起他来了,当然,也想起了他当官以来的第一笔最大的灰色收入,便问道:"什么事?"

王宗伟知道他记起自己了,便说:"村里的洪瑞祥,就是我们村里搞玉雕专业的领头人,他想要地办职业学校,并作为非遗传承基地,这事牵涉面很广……"

方副市长:"洪瑞祥?哦,我知道他,行,你另外找个时间到市政府来谈吧,我现在还有急事去处理。"

王宗伟急忙一边退开让路,一边说:"好的,我这两天就去市政府,等市长您安排召见。"

这一下,关系算是搭上了。

第二天,王宗伟一早便上市政府去。等了一会儿,方副市长的秘书便把他叫进了方副市长的办公室里。

这回方副市长很有分寸地放低了一点架子，很认真地听了王宗伟的汇报，然后对王宗伟说："你很负责任，很好，这事我会慎重考虑后再给你答复，你先回去等着吧。"

　　王宗伟便告辞出来。

　　今天，他便接到方副市长秘书的电话，方副市长要到玉王庄来，要到洪瑞祥的公司看看，与洪瑞祥谈谈。

　　洪瑞祥便叫人把接待室清理一下，其他没再准备什么。王宗伟说："至少也要挂个横幅，写几个大字，表示欢迎领导视察的意思。"

　　洪瑞祥便叫人找了张大红纸，亲笔写下"热烈欢迎市政府领导视察我公司"的字样，叫人贴在大楼入口处。

　　方副市长很快便带着秘书到了。

　　他走马观花地看了看洪瑞祥的公司，才坐下来听洪瑞祥的汇报，洪瑞祥着重谈了要发展需要专业人才，专业人才需要在特定的专业气氛中培养的道理。方副市长表示赞同并欣赏、支持他的想法，让他按规定的程序办理相关办学手续，土地的问题他会关注，有什么问题可直接与他联系，然后便告辞走了。

　　方副市长走后，洪瑞祥有点高兴，也有点说不清道不明的隐忧。不知为什么，他总觉得方副市长貌似热情的目光里还有其他的东西在闪烁，他高调的话语里似乎还有话。

　　洪瑞祥只是把办学有望的兴奋带给了家里人。已上小学的敏敏第一个高兴地叫起来："爸爸要办学校？太好了！我长大以后就在爸爸的学校里当老师！"

　　洪瑞祥笑着问道："为什么要当老师，长大后帮爸爸妈妈管理公司，当个女强人不好吗？"

　　敏敏说："不好！"

　　洪瑞祥："是妈妈影响了你，是吧？"

　　敏敏说："不是，是我自己想到的！"

　　洪瑞祥："你是怎么想的？"

　　敏敏说："我想明白一个道理。"

　　洪瑞祥："什么道理？"

　　敏敏说："一个很简单的道理。就是这世界上什么人都可以坏，就是老师不能坏，老师必须是最好的人。因为什么人都是老师教出来的，我要做一个最好的人，要教出好多好多的好人。"

　　林如玉点点头："有道理，妈妈支持你。"

　　敏敏朝爸爸做了一个胜利的手势："耶！"

　　林如玉说："学校办起来，我就到学校当老师去。"

　　洪瑞祥："你要去当校长！"

　　林如玉："不行，校长还是要你来当！道理你明白。"

　　洪瑞祥不吭声了。

他又多了一桩心事。他知道学校要办成、要办好，要面临将来各方面的挑战，一点都不比办公司、搞玉雕简单。

而且，他没有退缩的余地。

洪瑞祥正在考虑如何报批建校的事情，一直保持着热线联系的申怀璧给他来了个电话。在电话里，申怀璧告诉洪瑞祥，上海在筹办一届全国性的大型玉雕展会，要不要给他争取一个摊位？

洪瑞祥一听便高兴地说："要，当然要，而且最好不是一个，而是很多个。"有兴趣参展的玉王庄乡亲，绝不止他一个。

申怀璧笑着说："你以为是在自由市场上争抢摆卖白菜萝卜的位置哪！不过，我会尽力的。"

他还是为玉王庄争取到了三个摊位。洪瑞祥当然约上陈茗乾、夏小雨，还有林清溪。三家人三个公司便紧锣密鼓地准备起来。

洪瑞祥明白，这次展会事关重大，这是玉王庄的玉石界向上海玉石界发起的一次挑战。

是显示玉王庄实力的时候了。

三家公司为慎重起见，都先派人去上海考察了展会所在地方的环境及分配给他们的摊位的位置，核对了宽度深度的确切尺寸。还拜访了展会的主办者，了解了各方面的情况和要求，才将这些相关信息发回村里，让公司的人开始投入设计，做好各种准备工作。

展会开幕了。玉王庄的三个展位挤在一起，在展会里一个比较偏僻的角落。但真的是好酒不怕巷子深，展会开始不久，这三个摊位前便成了整个展会里人群最拥挤的地方，尤其是洪瑞祥的老祥记前面。

上海滩就是上海滩！这里识货的人太多了。

人们用一个"最"字来把洪瑞祥的展品与其他家的展品区分出来：最极品的玉质，最精巧的设计，最精妙的雕工。一句话，是最好的展品。

媒体很忠实于观众的观感，也连篇累牍地宣传洪瑞祥和他的展品。老祥记还未在上海落户，已几近家喻户晓。

对不起，我得趁热打铁了。

洪瑞祥想，他通知钟小九，立即就原先看好的几个店址开始谈判。

展会期间，洪瑞祥住的大套间里，每晚都是高朋满座，且大都是洪瑞祥第一次到上海拜见过的人。

来的人目光都很复杂，来意很简单，就是要预订几个洪瑞祥的展品。

根据展会规定，展会的最后一天，可以既展且销，如有的玉器有人争相竞买，可借用当场拍卖的形式，拍卖行及公证员到时会进驻展场。

洪瑞祥与林如玉热情地接待这一拨拨的客人。对预订展品之说，洪瑞祥都是笑着应答："一回生，二回熟。上次见过，此次又再相见的，都是老朋友了。你们又都是玉石行里的前辈，能看上我的东西，是我的荣幸。说什么预订，说什么买，我真的承受不起。我也要考虑到众多玉石爱好者的感受。所以，我只能每位前辈恭送一件展品，真的不能接受你们的预订。"

只有一位洪瑞祥最想见的人没来，但却派人给洪瑞祥送来了请柬。

此人才是上海玉石界的泰斗，是一家有着百多年历史的金玉珠宝行的大股东。这家珠宝行叫"老上海"。总店在南京路上，分店遍布上海以及整个江南地区。他叫李福祥，虽然明面上，他不是老上海的董事长和总裁，但却是真正的掌舵人。其原因就在于他在这个家族企业中所占的股份以及他在上海等地的经济实力与影响力。

洪瑞祥对李福祥的情况了如指掌，这要归功于钟小九这三年来的情报收集工作。所以，对于上门拜访李福祥，早已做好了准备。

按照李福祥请柬上约定的时间，第二天临近中午，洪瑞祥便提了两件小礼物，坐上钟小九在上海买的凯迪拉克，应约去了。

李福祥的家在一条大弄堂里一座老式的大洋房里。这里与其说是他的家，不如说是他的办公室，他只在"上班"的时候待在这里，而真正居家休息的，是近郊的一座庄园式的大别墅。

李福祥请柬上约的地方，是他上班的地方。

到了门口，有一个西装领带、皮鞋锃亮，浑身上下收拾得甚为齐整的中年人把他接了进去。中年人一直把他带到了二楼的书房。

李福祥居然正在凝神挥毫。见中年人带客人进来，既不抬头，也不停笔。洪瑞祥微微一笑，也不开口，更不待请，便自己在软皮沙发上坐了下来。

瞬间，李福祥已将字写完，很自得地看看自己写的字，这才把笔搁起，看向洪瑞祥，露出一脸灿烂的笑，大步走向沙发，边向洪瑞祥伸出手来边说："小洪，你来了，不好意思，怠慢了！"

洪瑞祥便起身，与他握了握手："打扰了李先生的雅兴，该我告罪才是！"

李福祥哈哈一笑："什么雅兴？突然有点感触，便随意写来。平日里，我就是这么过日子的，没有别的爱好，就是喜欢写写画画。听说小洪虽然年少，但于书画一道，已颇有造诣，能否指点一二？"

说着，一边叫着"上菜！"一边向书桌旁让着洪瑞祥。

洪瑞祥无奈只得一边谦让："我知道李先生是书画琴棋样样了得，晚辈岂敢班门弄斧。"一边向桌子上墨迹未干的字幅望去。

李福祥写的是李白的《蜀道难》！

蜀道难，难于上青天……

李福祥不会无端端地想起《蜀道难》来，说什么偶有所感，分明是想劝阻，甚至是威胁、示威！心里有点恼火，但洪瑞祥面上却是真诚的微笑，因为李福祥的字写得确实不错。他说道："李先生的行草深得王羲之的真髓，在下望尘莫及，今天，我是见到老师了。李先生不介意的话，我也想献献丑，让李先生指教指教。"

李福祥便笑道:"如你所说,指教不敢,但以字会友,吾之所爱也!请!"说着,将自己所书的《蜀道难》放在一边。

洪瑞祥铺纸挥毫,也以行草,淋漓酣畅地书写了毛主席的七律《长征》。

看着这幅功底深厚,其实更胜自己几分的字,李福祥略一发怔,便笑道:"好!好!红军不怕远征难!好!"

心里却有点不是滋味。

洪瑞祥以《长征》应对他的《蜀道难》,其用意再明白不过了。

宾主这才坐下品茗。茶还是好茶,清香盈室,但洪瑞祥喝着有点苦涩。

洪瑞祥把自己带来的礼品放在茶几上:"知道李先生好茶,特请潮州的手拉壶大师做了一把小壶,也知道李先生常常弄墨,故请人从香港捎过来一盒徽墨,小小礼品,不成敬意。"

李福祥又有点愕然:"小洪你有心了,我还以为……"

洪瑞祥:"你以为我会将拙作呈上?我那些东西,哪敢在大师跟前献丑,登不了大雅之堂的,所以不敢带来。"

李福祥摇了摇头:"你是在笑我不识宝吧?还是怪我脸皮没那么厚,没亲自上门向你讨要?"

洪瑞祥:"李先生这么说,我真的不好意思了!我的东西,本来就难入李先生法眼嘛!"

李福祥便哈哈一笑:"你既然这么说,那我可就要开口了。展会上你的展品,在开卖之前,让我先挑三五件,价格上,我不会让你吃亏的!如何?"

洪瑞祥答应得很爽快:"晚辈遵命就是。"

这时,中年人推门进来,说道:"李董,午宴已准备好了。"

李福祥便起身:"请移步,我们边吃边聊。"

酒过三巡,李福祥忍不住发问了:"这次你的老祥记在上海滩上可是出尽了风头,不知下来有什么打算?"

洪瑞祥说:"在前辈面前,我也不怕说实话,我是想把生意做进上海,但我知道难度很大,有异地贸易本身的难度,也有人为的阻力。所以我想,上海一时间进不了,没什么大不了的,只是时间的问题。我已经安排了,在上海周围各个大小城市先扎下根来。杭州不行,就到金华,苏州不行,就到扬州,南京不行,就到安庆!先从中小城市做起,慢慢再发展。"

李福祥不禁一愣。他浸淫金玉珠宝界几十年,哪里不知道上海商行里的买家并不仅是上海阿拉,更多的是来自周边的城市以及农村。若洪瑞祥真的把上海周边的生意拿到手里了,他可是白白树了一个劲敌,且自己毫无办法。

半响,他才笑道:"农村包围城市!高明,现在的年轻人能活学活用毛主席的战略思想的,不多呀!佩服!"

洪瑞祥笑道："李先生谬赞，我也是不得已而为之。"

李福祥说："有什么不得已？大家都是同行，能帮就得帮！从现在开始，你有什么我能帮上的，尽管开口。怎么说，我也是老上海人了！"

对李福祥这么快就有此态度，洪瑞祥反而有点吃不准。他只是说："那我先谢谢李先生了，以后，我肯定会常来请教您的。"

李福祥却忽然像是想起了什么，说道："彼此彼此，说不定小洪你以后对我的帮助更大呢！"

到此时，洪瑞祥才有点知味，感到桌上几个精美的淮扬菜确实可口。

七　应战

这一夜，一向很讲究睡眠质量的李福祥睡不安稳了。

就像洪瑞祥十分了解他的底细一样，他也十分了解洪瑞祥。上海与江南很多大中小城市的珠宝玉器商人，早就注意到了迅速崛起的玉王庄，不少商家与玉王庄的人有生意来往。玉王庄的玉器产品早就在上海等地的商行里出现，而且销量不少。而玉王庄中老祥记的产品，也就是洪瑞祥家的产品，是江浙一带商人最追捧的，无论是质地，还是工艺、价格上，都让这些商人无话可说。且据说老祥记的产量十分惊人，无论你要多少货，老祥记都能按时按质按量地提供。

这样一个对手，如今挥刀跃马，兵临城下，要来上海切一片蛋糕，要来分一杯羹，是拒、是迎、还是战？着实让人颇费思量。

李福祥出身于海派玉石世家，但家族玉雕技艺的发展与资产的积聚，却是在香港。李福祥在改革开放之前就以继承遗产之名到香港接管了家族大权，而改革开放之初，他立即率领家族回上海发展，抢占国内玉石市场的制高点。十年时间，说长也长，说短也短，但对于他的家族来说，却是辉煌的十年。而且越向前看，发展的前景越好。这时候来了一个洪瑞祥，是福？是祸？

如果是一场战争，敌人来抢地盘，那必然要打个你死我活。但这是商场，虽说有商场如战场一说，但当真要斗个头破血流吗？

不斗，岂非是不战而降，那更让人小看。战，结果会如何？战的目的何在？真的将其拒于上海滩之外，如其所说，将在上海周边发展，那样的话，对自己家族的损失，可能更大。

李家是玉石世家，自然也有玉文化的传承。李福祥在冥思苦想不得要领之时，总会想想上辈人与自己几十年与人较量的一些成功做法。根据和为贵的基本准则，与人撕破脸皮是下下策。自己的家族历来财雄势厚，仗势欺人之事不是没有做过，但一般都做得比较隐晦。只要你安分守己，不会让你没一碗饭吃，但要是敢挑战我的权威，威胁到我家的利益，我也不必对你大打出手，压着你，困着你，让你伸展不开手脚，看你还能干什么？软刀子也能杀人！

应战！你洪瑞祥，敢到上海来挑战我，自然要应战，但我有自己的战法，或者说，我有自己的玩法。

回到宾馆，洪瑞祥也睡不着。他一点点地回味与李福祥见面的情景，每一句话，每一个神情，他都在脑海里反复过了一遍又一遍。

正如他原来所了解的那样，李福祥是儒雅的人，不到万不得已，撕破脸皮的事，别人可以做，他的手下人可以做，但他李福祥不会做。这对洪瑞祥来说，是有利的。至少，他还可以心平气和地与他交流，说出自己想说的话。

洪瑞祥从钟小九那里得知，他想租下来做铺面的几个地方，谈判都不顺利，有的已基本无法谈下去，这事情的后面就有李福祥的影子。

所以洪瑞祥才对李福祥说，在上海开店难度太大的话，他会在周边城市先发展起来。他只是虚晃一枪，但这一枪似乎有效。也许他心里也有了一点底子。你李福祥如果真的不让我在上海插足，没关系，我懒得这个时候与你斗气，我就把虚的变成实的，真的就在周边城市布局，再慢慢发展，也无不可。反正，谁也不能把我玉王庄的玉器店困在玉王庄内，玉王庄的玉器店一定会在大河上下，大江南北，还有珠江两岸，遍地开花，就看谁的后劲足了。

但只要有一点空间，他就要在上海立足！

展销会结束前的一天，洪瑞祥给李福祥打了电话，邀请他来挑选展品，并回请他一餐便饭。用餐的地点就定在大酒店的潮江春。

李福祥接到电话很高兴，哈哈一笑："请我吃潮州菜啊！好，我喜欢！"

李福祥从展品中挑选了五件，有摆件，也有饰品，他一一拿在手上把玩，看出是真心喜欢。将玉器收起来后，他签了一张支票递给洪瑞祥："别嫌我给少了。"

洪瑞祥看也不看，就把支票收起，说道："我的作品，除了材料成本，无所谓价格高低。给多了，说明是对我的欣赏、肯定，是识货知宝，给少了，要不是因为囊中羞涩，就是不懂什么是珍贵，我知道李先生不是我后面说的那种人。"

李福祥忍不住大笑："看过不要脸的，还真没见过脸皮这么厚的！"

品尝着高级厨师精制的燕翅鲍，啃着美味的卤鹅头冻红蟹，喝着三十年的茅台，李福祥一直很少说话。当美艳的潮籍女服务员小心翼翼地把工夫茶送到他跟前的时候，已是微醺的李福祥突然像是爆出什么机密一样，压低声音对洪瑞祥说道："小洪，其实啊，我也是个潮汕人！只是我祖上很早就到上海罢了。"

洪瑞祥微微一笑，略带恭敬地说道："我知道，你们李家有一位先辈，还是潮州帮里斧头帮的创始人之一，你的那位先辈，当年可是上海码头的风云人物，连洋鬼子听到他的名字都发抖。你的祖辈，有的人参加过'五卅'大罢工，有的参加过三次上海工人武装起义，牺牲在敌人枪口下的不是一个两个！而你们李家更多的人，包括你，也是始终保持着潮汕人不畏艰险，不怕风浪，敢拼敢搏又踏实苦干的传统精神，为中国的玉文化做出了巨大贡献。我对你，对你们李家，一直怀有崇敬之心。"

李福祥越听，心里越是震撼，连酒都醒了，他颤声问道："你怎么对我李家这么了解？"

洪瑞祥说："不瞒你说，我的人在上海已经工作几年了，我想知道的事，基本都能知道。"

李福祥说："是我小看你了！你小小年纪，居然懂得把军事艺术用在商业活动中！了不得！了不得！"

洪瑞祥："你是说我采用了商业间谍的手段？没那么玄乎。你的家世，又不是国家绝密，查查资料，问问人就都清楚了。我知道，我想染指上海玉石界，避不开你这座大山，当然要了解一下。尤其是，一经初步了解，我就很想和你成为忘年之交，成为无所不言的朋友。"

李福祥："有……有你这样对朋友的吗？"

洪瑞祥："有！就是我，我是真诚地想和你交朋友，所以才要对你，对你的家世多了解一点。这有什么不对吗？违纪违法吗？好像不会。"

李福祥愤愤然："但现在我和你不是朋友！是劲敌！老天爷，我碰上一个不好对付的人了！"

洪瑞祥依然一脸浅笑："时间长了，你会知道我是个什么人的，你就会知道，我根本就不会对付人，也不必对付你。商业上的劲敌？这一个'劲'字我喜欢。劲敌若能合作，那就是强强联手！那可是商界的人做梦都想做的好事！"

李福祥一点脾气都没有了。

他觉得，自己"应战"的第一个回合，一向自己最为自傲的气势，一点都没有了，反而让眼前这个年轻人压了一头，李福祥嘴上不说，心里却道："你一个农村来的小伙子，有多少身家？有多少能耐？也配说强强联合？你何强之有嘛！不就是手艺不错而已！"

想了想，忽然有了主意。

上车离去之时，他对洪瑞祥说："听说你对鉴石很有一手？好几次都捡了大漏！"

洪瑞祥心里好笑，说我有一手，而这一手就是专门捡漏的吗？想说我没本事，运气好直说罢了，拐那么个弯干什么。于是回道："有一手谈不上，老天爷见我是穷小子出身，又想干点事，就给我补贴而已，当不得真的。"

李福祥说："你就别谦虚了。前几年我买了几块石头，一直放着。有人见了想要，但出价不够理想，我想请你帮我看一下，看一下该不该出手。"

洪瑞祥可不愿干这种吃力不讨好的事，看不准，肯定落下话柄，看准了，买家出钱买不到好东西，肯定不高兴，买不到，也会不高兴。而李福祥这边，如果该卖的东西因为自己而卖不出去，或把好东西贱卖了，也都会因此对自己有想法。所以他不想去看李福祥这几块石头。"我的时间太紧，恐怕帮不了你了。"

李福祥却不依不饶："时间紧？你不会忙得连晚上都没时间吧？明天晚上，我派车来接你。"

说着便上车去了。

不想去看，是怕得罪人；这下不去吧，还是得罪人。

心里骂道："这家伙真是霸道。"却没有什么办法能够推掉这一差事。

原来，洪瑞祥以为这几块石头应该是放在李福祥的仓库里，待一下车，却发现到的是李福祥的庄园别墅。那几块石头被垒成一座假山，就在庄园一个花圃的角落里。

洪瑞祥问道："当时这几块石头买进来花了多少钱？"

李福祥说："也就是一千多万吧。"

几年前的一千多万，在谁眼里都不会是小钱，而李福祥却用这一千多万买来的石头垒在这露天的花圃里，真是不可思议。这也许就是有钱人的做派吧。虽说洪瑞祥现在也算有钱人，但这种做派，在他看来，简直是作孽！

月色很好，庄园里也有路灯，但这样的光线看石头显然不够。李福祥叫人取来强光手电。

洪瑞祥心中虽然别扭，但受人之托，忠人之事，还是拿着电筒，很认真地观察着这几块石头，又看又摸，静心地观察、感应着。好半天，他才默默离开这几块石头。

李福祥问道："怎样？"

洪瑞祥摇摇头："只有一块石头里面可能有点货，其他几块都是废料！"

李福祥不由一惊："啊？这么糟糕。"

洪瑞祥："我还是相信我的观察的。"

李福祥："你说哪一块石头有料？"

洪瑞祥便回身指了指其中一块较小的石头："就这块。"

说小，也有水桶粗细，李福祥当场让人把这块石头卸下来去解开。

工人费了很大劲，才从假山上把这块石头搬下。拿出去约半个时辰。洪瑞祥与李福祥在别墅底层的客厅里坐着喝茶聊天。一位中年人手里拿着一块拳头大的玉石走了进来，说："这是那块石头解出来的玉石。"

李福祥接过，看了看，是一块一般的翡翠，最多也就值个一百几十万。

他转手递给洪瑞祥："一千多万，就解出来这么点东西！"

洪瑞祥掂了掂手中的玉石："这块玉石，在我们那里，顶多值几十万，在上海，可能会值多一点。"

李福祥心里不甘，手一挥："把其他那几块石头，全拿去解了。"

洪瑞祥与李福祥又继续喝着茶聊着天。忽然，洪瑞祥突然冒出一种模糊的意象，似乎刚才的那几块石头有似曾相识的感觉，不由一惊，想了想，便问道："李先生，这几块石头是在哪里买的？"

李福祥说："瑞丽，云南瑞丽。"

洪瑞祥不由苦笑，便又问道："当时的发票，或是出货证书是否还在？"

李福祥："应该还在，但有什么用？"

洪瑞祥说："你让人找出来吧，也许有用。"

李福祥的手下人记得，他们在瑞丽买原石仅此一次，于是很容易就把当时的单据找了出来。

单据送到洪瑞祥手里之时，去解石的人也回来报告，剩下的四块石头，完全是废石，里面连一星半点的翡翠都没有。

李福祥不由一拍桌子："骗子！云南人都是骗子！还说块块好料，包涨。"

洪瑞祥不好意思地说："李先生，云南人总体来说，比很多地方的人要诚实。骗你的人，不是云南人，是我们自己的老乡，或者说，就是我，我是你受害的直接的当事人。"

李福祥不由一怔："有人把花往自己头上戴，没人把屎盆子往自己头上扣的。你这人，也真是少见了。以前，我跟你八竿子打不着，你怎么骗的我？难不成几年前你就想算计我？"

洪瑞祥："几年前你不知道我是谁，我更不知道世界上还有你李大先生！事情是这样的，我们那里，有个人，叫王利群……"

李福祥听得张大了嘴巴，等洪瑞祥把事情的来龙去脉都说完了，李福祥依然怔怔的，还没从故事中走出来。

洪瑞祥说："你买的石头，就是我的玉石店里的，这些凭证，我熟悉得很，就是我的玉石场开出的。我原来以为该处理的事都处理完了，没想到在你这里，还有漏网之鱼！真是对不起，我向你郑重道歉！我虽上别人的当，但你却因我而受骗。"

他从自己的皮包里翻出支票本，签了一张支票，放在李福祥跟前："请收下，这是你买石头的本金和这几年的正常利息。"

李福祥呆坐着，久久没有吭声。

洪瑞祥亲口讲出的亲身经历的往事，洪瑞祥眼前处理几年前遗留的事情的做法，提供给李福祥的信息量太大。一时间，他感觉到眼前的洪瑞祥他看得更清楚了，但又似乎更模糊了。

半响，他才把支票一推："你上了谁的当，又是怎么处理的，这是你的事。我买石头，就是赌，愿赌服输，无所谓受不受骗的，买垮了就是买垮了，这不丢人，但硬是要说我受骗，还要人家赔偿，那我还算什么人，我不是太没面子了。支票你收回去，我不接受，我也不差这点钱。"

洪瑞祥说："你说的也不无道理。你就是买石头，付钱拿走自己认为不错的石头，这本身是没什么可说的，但我这卖石头的，分明是被故意坑害了，对这种故意害人，要置人于死地，让人倾家荡产的恶人，我是不能放过的，而我也是就事论事，你买的石头，是人家用来坑我的废料。你说我能当不知道？不认账？又心安理得地把人坑了。那我跟害我的那个畜牲有什么区别？"

李福祥不得不承认洪瑞祥说得对，做得正。但他还有个疑问，你洪瑞祥真的这么光明磊落，有理也不坑人吗？是不是故意做给我看的？

送走了洪瑞祥，他马上也展开调查，洪瑞祥的事情并非军事机密，王利群的死也公之于

世。弄明白真相并不难。李福祥这才深深震动了。洪瑞祥虽非十分强大,但绝对不弱。人,却是绝对可交、绝对可信的。

很难想象,这样的人会去损害别人,会去算计别人,尤其是合作伙伴、朋友。与这样的人交往,甚至是交易,是不会吃亏的!只有好处,不会有坏处。

他心定了。

第二天,他打了两个电话,一是不给洪瑞祥落户上海设置任何障碍。老祥记在上海揭幕之日,他要送上一幅大匾,一对花篮,并且是自己登门道贺。二是告诉洪瑞祥,他希望到玉王庄去学习,希望洪瑞祥能欢迎。而他去玉王庄的路线,打算乘自家的游艇溯江而上,一路上观察旗下沿江企业,到武汉再弃船上岸,改乘机飞往潮汕。他请洪瑞祥夫妇与他同乘游艇,一路同行,既可游江,又能畅谈合作联手。

洪瑞祥欣然应允。

八　江游

对于李福祥宴请洪瑞祥夫妇乘游艇游江兼游沿岸城市,陪同视察他在沿江城市的旗下企业,林如玉甚是雀跃,洪瑞祥却是窥知其意,有借此行向自己炫富之意,所以反应平淡。他对林如玉说:"我再有钱,我也不买游艇,暴殄天物之事我不干。"林如玉想了想,也说:"我也不干。"

游艇说大不大,说小不小,上下二层,各有一间舒适的卧室兼书房。李福祥也带上了妻子。他的妻子叫文纹,出身于书香人家,虽已是徐娘半老,但风韵犹存,娴静优雅,与林如玉一见如故。洪瑞祥叫她嫂子,她与林如玉姐妹相称。

游艇在午后启航。正值秋高气爽之际。李福祥带着众人走向顶棚。顶棚中间,放着一套花梨桌椅。艇长奉上香茗,大家围桌而坐,一边品茶,一边欣赏江景。

天高高,云淡淡,江水滔滔,远无际涯。虽是逆水而行,但航速极快。船头破浪前进,船尾拖着长长的航迹,几只江鸥追逐着浪花,不时发出欢快的叫声。

李福祥说:"沿江城市,不论大小,都有我的点。此次有小洪伉俪同行,不敢耗费太多时间,所以我只安排在南京、安庆、武汉三个点的活动。"

洪瑞祥说:"客随主便,一切听李先生安排。"

李福祥又说:"上海周边,从杭州到宁波,从苏州到扬州、无锡,都有我的点,这些地方都是人文胜地、旅游休闲的好去处。下次两位再到上海,我与你们嫂子再陪你们走走。这些地方都通水路,坐着游艇走,十分方便。"

洪瑞祥这才觉得有这么一只小艇,对于李福祥来说,并非只是玩物。

林如玉却问道:"李先生旗下这么多商行,肯定需要不少人手?"

李福祥笑道:"员工是挺多的。"

洪瑞祥:"你商行里的商品都是自家生产的吗?"

李福祥："基本是。"

　　洪瑞祥："那得多少技工，这些人才从哪里来？"

　　李福祥："这是我颇为头疼的问题。技工的来源，主要是靠师带徒。所以，高素质的技工始终有缺口。你去看看我的店就知道了，不得已，卖的都是大路货。现在市面上需要的比较高档、精细的摆件，总是供不应求。这也是你这次在上海的展会上能火起来的原因之一。"

　　洪瑞祥点点头，看了看林如玉，心想，我老婆还真的眼光独到，早就想到了要办学校。

　　船到南京，上了岸。游艇自去加油，然后找泊位停靠。李福祥的手下开着商务车来接。先把他们送到预订的宾馆住下。当天夜里，吃罢晚饭，李福祥夫妇陪着洪瑞祥与林如玉游了秦淮河。第二天早上出门，李福祥的公司来了两部车。李福祥对洪瑞祥夫妇说："今天我要到南京公司里去处理一些事，我太太陪你们去看看南京。"说着便上了一部车走了。文纹便带着他们上了另一部车，先向中山陵驶去。瞻仰完中山陵，洪瑞祥想着孙中山一生的艰难困顿，积劳积愤，为中华民族立下了丰功伟绩，但却在国家最需要他的时候撒手人寰。留下一个杂乱无章的大舞台，也留下了一个影响深远的黄埔军校。中山先生生前可能想不到，在他走后，黄埔军校自校长以下的每一个学生，是如何在中国大地上唱出了多少有声有色的戏。

　　由此，他想到自己要办的学校。学校，是出人才的地方，人才，是撬动历史的杠杆，不管是哪一个方面，哪一个领域的历史。

　　正想着，他接到了一个电话。王宗伟在电话里对他说："在方副市长的多方努力和协调下，他申请用地建校的批文已经下来了。方副市长要和他好好谈谈，有不少要注意的事项，必须引起重视，有不少事情要洪瑞祥赶紧着手去办。"

　　一听这个情况，洪瑞祥有点兴奋，有点紧张，他不知方副市长要和他谈什么，办学的实施过程中有多少道坎。

　　文纹又带着他们去了中华门，去了雨花台，去了总统府，又逛了夫子庙……

　　但洪瑞祥有点心不在焉了。

　　晚饭李福祥特意安排在秦淮河边一家古色古香、环境极佳的百年老店里。李福祥提出喝点酒，洪瑞祥以走得太累为由推辞。李福祥说累了才要喝点酒解乏，不由分说要了一罐女儿红。酒是好酒，菜是好菜。但洪瑞祥心里有事，喝得不多，而李福祥似乎也有心事，却拼命灌自己，竟喝醉了。不管文纹如何瞪眼使眼色，李福祥只管"祥哥祥弟，我们生不逢时，若在三几百年前，身处秦淮河畔，不知能有多少香艳故事"的胡扯一通。文纹只好对洪瑞祥连声道歉，和洪瑞祥一起把还抓着杯子喊"倒酒"的李福祥架到了车里，回宾馆休息了。

　　躺在床上，洪瑞祥翻来覆去睡不着。林如玉问他想什么。洪瑞祥就把王宗伟打电话的内容与她说了。林如玉同样又喜又忧，俩人干脆起床泡了杯清茶，聊了个通宵。末了，林如玉说道："李先生今天有点失态，不会是有什么事情吧？"

　　洪瑞祥说："我也看出来了。但他不说，我们也不好问。家家都有本难念的经。他这么多商行，哪天不出几件烦心事？以后，我们的麻烦也会很多，你要有思想准备了。"

再次登上了游艇，船未离岸，李福祥便说："昨晚没睡好，我得去补一觉。"便进舱房去了。

洪瑞祥与林如玉也进舱房倒头便睡。

到了安庆，天正下着雨。上得岸来，接待的人说，安庆的晚上比较冷清，没什么好玩的，更何况下着雨，不如去看一场黄梅戏。林如玉首先叫好，大家也很赞成。

戏是《红楼梦》，大家都看得津津有味。散场后去吃夜宵。不知怎么就聊到戏中贾宝玉含在口中，与生俱来的那块通灵宝玉。李福祥很生气地说："舞台上出现的那哪里是什么宝玉！分明是一块玻璃，说不定就是啤酒瓶碎片打磨出来的，那么漂亮可人的一个演员，我真怕她拿着那块东西把手割破了。剧团缺钱，找我嘛！真是的，糟蹋艺术！"

洪瑞祥也笑道："我看着那演员郑重其事地拿着那块破东西唱啊演啊，真的有点掉价了！当时我就想，怪不得'无才可去补苍天'，女娲老祖宗要是拿这样的残次伪劣产品去补天，这天还不一下子又塌了。"

林如玉："不塌也漏，没看见这雨下个不停吗？"

众人便笑。

笑着笑着，李福祥忽然脸色一暗，叹道："说到残次伪劣商品，还真是个不得不小心的问题，这次，我就被自己公司出品的残次商品害惨了！"

洪瑞祥便关切地问道："是不是在南京出了什么问题，我看你昨天心情似乎不太好！"

李福祥："你们也看出来了。看来我的道行太浅，想掩盖自己的情绪都办不到。不过，我昨天确实不是一般的心情不好，是很不好！前两天，我的南京公司有好几件作品被客户质疑，甚至是退货。其中有一件，还是政府准备作为礼物送给国外友好城市的。玉的质量有点瑕疵，但主要问题出在工艺上。作为一个玉石世家的掌门人，我的脸丢尽了。"

众人一时都沉默了。

洪瑞祥想了想，才说道："李先生，感谢你对我说这些！如果我能帮忙的话，我可以马上掉头回南京。"

李福祥笑道："谢谢了。我知道你小洪技艺超群，玉王庄的传统工艺也的确精细传神。但应付这个事，我公司的老师傅还行。这一次就是因为老师傅们都太忙、太累了，让一个学艺还不精的徒弟插手。这不，好几十万的摆件就这么砸了，钱是小事，名声才是大事，耽误政府的工作，那更是大事！你知道吗？政府秘书长点着我的鼻子骂我不懂政治！我什么时候受过这种气！"

洪瑞祥说："归根结底，还是个人才问题。我们需要的人才，现在的大专院校都不会给我们培养。你们必须靠自己。我们玉文化传承、传统工艺是重中之重。而传授这种技艺，靠家里人带，靠师带徒，远远不够！所以，我想办专门的玉文化传承学校。我在玉王庄已经申请征地办学，也已经得到初步批复了，有可能办起来。"

李福祥高兴地说："好啊！你和我想到一起去了。你的学校开办之后，我一定要去看看，学习学习。"

一夜无话,第二天一上游艇,李福祥便拉着洪瑞祥上了顶棚。

两人在桌前坐下。李福祥:"老弟,老哥我有事跟你商量。"

称呼改了,听起来有点怪怪的,但洪瑞祥还是客气地说:"李先生你有话直说。"

李福祥说:"昨晚你说办学校的事,我想了,是大好事,是百年之计的大事。你说,这办一所学校是办,办两所学校也是办,对不?"

洪瑞祥猜测他的话意,应道:"李先生,你财雄势大,当然办几所都没问题,我可不行,在家乡办一所,我都觉得挺吃力的。"

李福祥说:"那就合作!你在家乡准备筹办的学校,需要的话,我可以参与投资。我昨晚想了很久,也跟文纹商量了,想在上海也办一所学校,跟你所说的性质一样。你也参与,你当大股东,当董事长,都行,只要办起来,以后培养出来的学生,能有一部分分到我的企业就行。"

洪瑞祥沉吟片刻,他知道这是李福祥向他伸出了橄榄枝,是有心与他交好了。此事不可轻视。办学校,不管是在玉王庄,还是在上海,都是好事,他都愿意做,但与李大老板合作,事情可就不简单了。不做则已,做了就必须真的做好,否则别说对不起人家,就是自己也会损失惨重,而与李大老板的关系也就会有变化,到时会十分麻烦。

洪瑞祥真的感到为难,他说:"上海这地方,寸土寸金,找块可以办私营学校的,不容易!"

李福祥:"这是第一个要解决的问题。在市区内,尤其是在市中心,想都不用想。但在郊县,在偏远一点的地区,甚至在离岸不远的那些小岛上,找块合适的地,还是可以办到的!"

洪瑞祥知道李福祥是个上海通,他说出来的话是可信的,尤其是李福祥后面提到的海岛,更觉得挺有吸引力,便说道:"上海近海,除了崇明岛,还有其他有地可用的岛屿吗?"

李福祥说:"当然有!有些岛屿可能在地图上都看不到,但其实面积不小。我们办学,也用不了很多地方吧。"

洪瑞祥点点头:"这倒是。"

李福祥说:"我也知道,这办学校不同办企业,手续烦琐,人才要求很高。但天下无难事,只怕有心人!怎么样?我们携手干吧!"

洪瑞祥笑笑:"我对一些职业技术学院做过调查,学校办起并不是就万事大吉了。如何把学生教好,既要让他们真心爱玉,了解玉的本格,懂得好人如玉,也就是要他们真正拥有玉德,真正愿意一辈子从事玉文化事业,让玉石这一美好的物品在他们手里变得更加美好,更有意义。所以,教学生不仅仅是教工艺,只有具有玉德之人,玉雕工艺才会真正发挥巧夺天工的魄力。而学生从学校毕业之后,我们的企业如何使他们安居乐业,不会离开公司,不会白白培养了这些人才,这可不是商品的售后服务那么简单。"

李福祥频频点头:"还真是任重道远啊!听你这么一说,我明白多了。怪不得文纹让我别自己瞎想,就直接跟你谈。说实话,我李家世代什么人都出过,就是没出过当老师的!"

洪瑞祥正色问道:"蜀道难!难于上青天!还有决心办学校吗?"

李福祥一笑,指了指洪瑞祥:"你呀!红军不怕远征难!干!"

俩人四只手紧紧握在一起。看着对方,哈哈大笑。

李福祥举目四顾。洪瑞祥问道:"李先生在找什么?"

李福祥放开洪瑞祥的手,走到舷梯边,向下面喊道:"文纹,文房四宝伺候!"

洪瑞祥笑道:"看来,李先生是诗兴大发了!"

李福祥说:"不必有诗,但这个时刻,必须留点什么!"

洪瑞祥点头赞同:"对!留几个字也好!"

很快,文纹拿了纸笔墨盒上来,林如玉也煮了一壶咖啡端了上来。

李福祥一边铺开宣纸,一边说道:"小洪啊,我们都这么熟了,也都有相见恨晚的感觉,所以啊,以后不准叫我李先生了!这称呼太客气、太疏远了!"

洪瑞祥有点为难:"那我该怎么称呼你呢?"

李福祥笑着说:"我们俩的名字,不是巧合,便是天意!天意不可违。以后你叫我祥哥,我叫你祥弟,我们俩强强联手,祥祥和和,兴兴旺旺。"

洪瑞祥点头:"好吧,祥哥!"

李福祥大笑:"祥弟!"

文纹和林如玉也很开心,也"嫂子""弟妹"地叫起来。

李福祥提笔略一沉吟,就对洪瑞祥说:"就写下我们刚才说的那句话!"

说着,既沉稳又潇洒地在纸上写下了"祥和兴旺"四个字,但每个字之间,却空出了一个字的位置。写罢,把笔递给洪瑞祥,洪瑞祥便提笔在四个字中间,也各写了一个与前面相同的字,一幅大气而又和谐、端庄而又不失灵气的书法墨宝便出现在众人面前。

林如玉高声念道:"祥祥和和,兴兴旺旺!好!"

文纹也拍手:"太好了!这幅字我要好好装裱起来,挂在家中大厅里!"

林如玉:"我也要一幅!"

于是李福祥和洪瑞祥又合作了同样的一幅字,然后,洪瑞祥举起林如玉斟好了的咖啡:"来,我们咖啡当酒,祝贺我们合作愉快,祝我们友谊长存!"

咖啡杯相互碰了一下,大家都喝了。李福祥把杯子放下,说道:"咖啡好喝,但不足以助兴,我和文纹下厨,做几个小菜,我们喝酒!"

林如玉也要去帮厨,文纹说:"小艇上的厨房窄小,你还是陪祥弟在这里观赏两岸风光吧。前面江边有不少赏心悦目之处,我不当这个导游了,你们自己看!"

洪瑞祥便与林如玉一边观赏江景,一边把李福祥与他探讨办校的事说了。林如玉听了,半响不说话。

洪瑞祥问道:"怎么啦?"

林如玉揽住洪瑞祥的胳膊,把头靠在他的肩上,喃喃自语:"我知道那是好事,可我心疼我老公。我们原先的工作压力就大,再加上这事,我怕把我老公压垮了。"

洪瑞祥笑道:"我压不垮的,不是还有你吗?还有弟弟、巧巧,还有刘江、小九、少辉他们,我们的团队还要不断扩大。当然,我刚才也在想,往后可能没办法事事亲力亲为了。要把这些精力用在谋篇布局,用在选贤任能,用在企业文化与企业制度的完善上。"

林如玉:"反正我要在你身边,我要监督你,不准你太劳累!你要记住,你是我和孩子们的!"

菜端上来了,哪里是什么小菜,而是大盘的姜葱炒老鼠斑,大碟的二十几厘米长一个的蒜蓉蒸海虾,大盆的鲜鲍片酸辣汤,还有从上海名店里买来的卤水牛腱、酱鸭,还有青菜,加上一瓶二斤的轩尼诗XO,不醉行吗?

第九章 挥师北上

一 纠缠

游艇到了江汉关前面，洪瑞祥又接到王宗伟的电话。王宗伟在电话里说，方副市长的秘书催问洪瑞祥什么时候才来见方副市长，还说洪瑞祥的架子是不是太大了，通知过了几十个小时，还不见人影。

洪瑞祥问道："你没告诉他我在外地吗？"

王宗伟说："说了，方副市长秘书说，哪怕远在美国，也该到了吧。"

洪瑞祥有点恼火，但还是平静地说："你跟他解释一下吧，我现在还在长江上漂着呢，明后天尽量赶回去。"

第二天午后，洪瑞祥等人刚登上飞往汕头的飞机，王宗伟的电话又来了，问洪瑞祥什么时候可以到市政府。洪瑞祥告诉王宗伟，飞机就要起飞了，到汕头后尽快赶过去。

下了飞机，巧巧开车来接。洪瑞祥将李福祥夫妇安排到预订的酒店，让他们先休息一下，便直奔市政府。

方副市长的秘书很热情，也很客气，并没有像王宗伟所说的那样很生气。但他告诉洪瑞祥："方副市长从下午开始，有很重要的接待任务，这两天应该没什么时间见你了。他什么时候有空见你，我会和你联系。"他让洪瑞祥留下电话号码，便将他恭送出门了。

洪瑞祥很是无语，他不知道方副市长是不是故意晾他。但他不知为什么，反而觉得轻松了，至少这两天他可以好好地接待李福祥夫妇。

他陪李福祥参观了自己的公司，也参观了陈茗乾、林清溪等十几家比较上规模的公司。李福祥惊叹一个村子竟然能出这么多玉雕人才，还都能经营得不错。他说："早就知道我们潮汕人厉害，也很以自己是潮籍之人而骄傲，但没想到厉害到这种程度。"

洪瑞祥和林如玉又陪着李福祥夫妇在粤东各地走了走，一路上，又一起商讨了不少办学的事。临回上海之前，李福祥嘱洪瑞祥抽空把联合办学的事形成一个书面协议。又说要洪瑞祥安排一下，看什么时候陪他飞一次云南，他要买几块石头。洪瑞祥自然应允。

送走李福祥夫妇，洪瑞祥便接到方副市长秘书的电话，让他马上去见方副市长。

方副市长很和蔼，很亲切，他并没有对洪瑞祥提什么要求，只是很认真地表扬了洪瑞祥一番，肯定他所做的一切和未来的努力方向。末了才说了一些有实际内容的事，说洪瑞祥申请征地办学的事市里十分重视，原则上也已同意，他也作了批示。让他去找村里，具体商量征地事宜，还给了洪瑞祥一张他的名片，说有什么需要他帮忙的，可以随时找他。

洪瑞祥从方副市长的办公室出来，方副市长的秘书也十分客气地把他送到楼梯口。从方副市长到他秘书的态度看，一点也感觉不到前些天因不能及时赶回来见方副市长而使他生气的迹象。难道是王宗伟借题发挥，让他心里不痛快？这种可能性不是没有。但王宗伟如果这样做，是要担点风险的，一旦洪瑞祥把王宗伟在电话里的原话告诉方副市长的秘书，方副市长的秘书否认了。那他在方副市长秘书和自己这里都讨不到好。算了，这件事情没有必要太较真，过去就过去了。洪瑞祥这么想着，对方副市长和他的秘书便只剩下了好感。

但接下来的事情，又让洪瑞祥颇费思量了。

他去找王宗伟，直截了当地说："我见过方副市长了，他让我来找你商量征地办校的事。"

王宗伟说："好啊！方副市长也对我交代了，一定要尽量满足你的要求。但你这事要和另外一个事一起办。我带你去见一个人，一起谈。"

说着，王宗伟便打了一个电话，约定了在市里一家新建的四星级酒店的一个包厢见面，便和洪瑞祥一起赶了过去。

推开包厢的门，包厢里已坐着一男一女两个年轻人。女的漂亮，男的英俊，俩人长得有点像。女的似乎年纪比男的稍大。见到他们进来，女的先起身迎了上来，她似乎无视王宗伟，也不用王宗伟介绍，便把手伸向洪瑞祥："你就是洪瑞祥洪总吧？你好，我叫舒小小，叫我小小就行了。"又指着那男青年："他是我弟弟，叫舒多多。"

洪瑞祥便忍住笑，握着舒小小的手说道："那你们姐弟俩可别去拉斯维加斯、澳门、孟嘎那些地方。"

舒小小便笑："这些地方，我还真都去了。"

舒多多问道："孟嘎？孟嘎是什么地方？"

舒小小便替洪瑞祥回答："是缅北一个地方，跟拉斯维加斯没法比，但有一点是一样的，到处都是赌场，只是又脏又乱。洪总的话你可要记住了。在麻将台上玩玩可以，什么时候都别去洪总说的这些地方。"

王宗伟不大会看眼色，便插话说："多多兄弟看来比较喜欢赌博，什么时候，我们一起切磋切磋麻技。"

一直都没看过王宗伟一眼的舒小小这时却狠狠瞪了王宗伟一眼，一点都不客气地训道："做好你该做的事，别的就别瞎操心了。"

王宗伟便噤若寒蝉，低头不再说话了。

好强势！好厉害的女人，不知道有什么来头。洪瑞祥想着，也不再多嘴了。

舒小小却是滔滔不绝："洪总真是年轻有为，见识又多。方副市长真是慧眼识人，他说跟你合作一定会很顺利、很愉快的。"

洪瑞祥心想，原来方副市长是你的靠山啊，怪不得对王宗伟摆出一副主人对奴才的姿态。便说道:"方副市长我也就见过他三两面,他对我可能还不是十分了解,我不过是一个手艺人,靠祖传一点手艺吃饭。能和你合作什么?舒大小姐不是想买几件玉器吧?这倒是没有问题。看方副市长的面子,我也得给你打打折。"

舒小小妩媚一笑:"洪总仅仅是个手艺人吗?一个手艺人能自己办学校?"

洪瑞祥说:"哦?你是说这事啊。我办学校,也就是办一个小小的手艺人学校,把手里的功夫教给喜欢手艺的人罢了。说来说去,也只是我们手艺人的事,好像跟你也没什么好合作的。"

舒小小笑道:"错!你错了!我们不但可以合作,还可以长期的、大规模的合作!有市领导的支持,有你这块牌子,可以做的事情多着呢!你要抓住机遇啊!"

洪瑞祥眉头一皱:"我的牌子?我有什么牌子?"

这时,几个服务员端着托盘鱼贯而入。托盘上,是热气腾腾、香味四溢的菜肴。

舒小小便说:"来,先吃饭,边吃边聊!"

洪瑞祥正好也饿了,不吃白不吃,吃饱了再说,便放开肚皮吃喝起来。

舒小小一直用一双媚眼看着他,见他吃得尽兴,便笑道:"洪总是性情中人,我喜欢。"

洪瑞祥对这种貌似自然放松、口无遮拦而实际上目的明确、暗藏心机的女人历来就不待见,嘴上不说,心里却骂道:"这种骚狐狸放的屁都是臭的!你喜欢不喜欢关我什么事!"

他淡淡一笑,看也不看舒小小,照吃不误。

舒小小这时却自我感觉良好,娓娓动听地作起自我介绍来:"洪总啊!我们普宁舒家,你听说过吧?"

洪瑞祥装模作样地想了想,说:"输家?普宁很多人做生意都很成功,赢家我听过不少,输家吗?真的没听说过,恕我孤陋寡闻!"

舒多多不高兴了:"洪瑞祥!你说什么呢!"

舒小小用眼色制止了弟弟,很有涵养地说:"也难怪,隔行如隔山嘛,我们舒家和洪总做的业务风马牛不相及,没听说过也是自然。我们舒家,原来是做药材的,在大南山有一个很大的中药材种植基地,在国内的药材贸易中也占有小小的一点份额。这几年,家里的老人觉得钱躺在账上只有不断贬值,便开始涉及其他行业,尤其是建筑业,房地产方面,一直在不断地加大投入。这次方副市长去普宁视察,知道我们有投资意向,便向我们介绍了你洪总,建议我们和你好好合作一把。先从项目合作开始,争取形成长期合作关系。"

洪瑞祥打了个饱嗝,抬起头来问道:"说了半天,你是想入股我的学校,还是想拿我学校的建筑工程?"

舒小小说:"这些都是小意思,你想让我做,我就做,但我意不在此。直接告诉你吧,在方副市长的启发下,我们公司拓展部做了一个计划,并经公司上层一致通过,报方副市长认可。这个计划的内容,就是以你的学校为起点,以玉王庄的玉石文化为核心,建立一个庞大的文化产业园,集玉石文化、医药文化、建筑文化、饮食文化、科技文化、民俗文化以及各种有文化特色的传统行业于一体。进而发展以玉王庄为中心的高智能新城区，和原来的市区连成一片。你想想，这远景，吸不吸引人，这计划的含金量有多大！"

洪瑞祥越听越想笑，待舒小小手舞足蹈地说完，才想想说道："哇！你们公司厉害呀，一个公司的拓展部，干的都是省发改委的工作呀！"

舒小小一怔，说道："什么发改委，这仅仅是我们公司的商业计划，不过是经方副市长认可的，他会提交给有关部门审批的。"

洪瑞祥笑笑："那就等批下来再说吧。"

舒小小说："整个计划，批下来要花不少时间，但方副市长说了，我们可以先动起来，可以借你建校的东风，拿下一大块地，边建设边经营，更实际一些。因为你建校的批文已经下来了。"

洪瑞祥明白了，绕了一大圈，是有人想借他建校的批文多批一些地。以文化用地为名，以后建什么，怎么改变用途，有方副市长在，难度不会太大。

想明白了这一点，洪瑞祥心里就有数了。他说："这事风险太大，我必须好好想想。"

舒多多冷冷说道："有什么好想的，你连方副市长的面子都不给？"

洪瑞祥的口气更冷："不考虑方副市长的面子，我不会和你们坐到现在！"

说着起身就走。

舒小小急急追了上来："洪总！洪总！我弟弟不会说话，你别跟他计较！要不，我们另外找个地方，好好聊聊。"说着，拉着洪瑞祥的胳膊，连向洪瑞祥抛媚眼。

洪瑞祥哼了一声，说道："你那个弟弟呀！成事不足，败事有余！"

说着推开舒小小的手，向电梯走去。

舒小小又追上来："你说得对！不是我爸妈要我带着他，让他历练历练，我是不会带他出现在这种场合的。你别生气了，我们单独聊聊好吗？"

洪瑞祥说："我确实须要想想，再说吧。"

舒小小无奈地说："那好吧。"

还没回到玉王庄，王宗伟的电话就追过来了："洪瑞祥，你这样走掉，不太礼貌吧。"

洪瑞祥说："是！我不讲礼貌，你讲礼貌，你就在那里陪着他们吧。"

王宗伟说："他们走了，肯定到方副市长那里告状去了。"

洪瑞祥冷笑着："告状？告谁的状？告你还是告我？我好怕怕呀！"

说着便挂了手机。

回到家里，他把和舒小小见面的情况告诉了林如玉。对林如玉说："我们学校只需要五十亩地。就按这个要，让巧巧去办。舒小小必然还会来纠缠，你来应付她，我不见她了。"

林如玉笑道："怎么？你怕她了？"

洪瑞祥："我怕她什么？"

林如玉："怕她要求跟你单独谈啊！我知道你从来不拈花惹草，就不想试试！"

洪瑞祥笑道："还记得我十五岁出花园的时候，你给我采了好多野花吗？从那以后，我对路边的野花已经免疫了！"

林如玉开心地笑道："真的？那可是无意中的重大发明，要推广给天下的少男少女！"

洪瑞祥说："其实我谁都不怕，我只是有事情要做。上次在艇上，听李福祥说，中国非遗文化传承方面上头有大动作，轻工业部和文化部有一个工作组要下来，让我要有所准备。所以，我得做些案头工作，还有，和他合作在上海办学的方案也得抓紧写出来。我实在不想在其他事情上耗费时间和精力。"

林如玉说："行！女人对付女人，可以随意些，看我的！"

巧巧把征地计划报上去的第二天，舒小小就到村里来了。直接就到公司，指名道姓要见洪瑞祥。

林如玉便接见了她："你找我老公啊？你没跟他打电话吗？"

舒小小说："哦！你就是洪夫人！闻名不如一见！你真的很漂亮，很有气质！"

林如玉："谢谢！你找我老公有什么事？可以告诉我吗？"

舒小小："他为什么关机？他去哪里了？"

林如玉："大概是有什么事忙吧。我也不知道。"

舒小小："那你见到他的时候告诉他，说舒小小找他，请他给打个电话。"

林如玉："好！"

舒小小："拜托了，我先走了。记得告诉他，我随时等他电话！"

说着就向楼外走去。

林如玉却叫住她："喂！你是叫舒小小吧？"

舒小小回头："是啊！"

林如玉："你和我老公是不是有不能让我知道的事？是不是他怎么你了？他有没有什么对不起你的事？"

舒小小笑道："没有没有！怎么会有那样的事！你多心了。"

林如玉："那就好！那我问你找我老公什么事，你怎么不回答呢？"

舒小小："哦，看来你是误会了！我不说还真不行了。"

于是她坐下来，把她和洪瑞祥谈的事和盘端了出来。在叙述中，她声声句句不忘提到方副市长，也不忘强调，她的计划实施之后，彼此之间会有多大的好处。她从林如玉对洪瑞祥的紧张程度，觉得林如玉也不过是一个把丈夫看得很紧的没有见过什么大世面的小女人。这种小女人会自觉地把方副市长这种能主宰不少人命运的官看作天，面对金钱又会特别敏感。她希望林如玉也会忌惮她和方副市长的关系，会因为利益去影响洪瑞祥乖乖与她合作。

林如玉似乎听得很入神，听她说完之后，是一脸的惊喜之色："哇！你的计划好伟大耶！怪不得方副市长和你走得这么近！我知道，男人最喜欢有本事的女人了！所以我能理解！"

舒小小："你理解什么？"

林如玉："理解你和方副市长的关系呀！对你这么又漂亮又有才又有魄力的女人，方副市长一定常常情不自禁的吧？咦！我们都是女人，你别嫌我八卦，你告诉我，我不会告诉别人的，连我老公我也不说，我就是好奇，好奇一个当官的，在女人面前究竟怎么样！"

舒小小一下子怒了，但又心虚，顿时脸一阵红一阵白："你，你说什么呀！你怎么能问人家这些事！敢这么说方市长，你不要命了！"

林如玉已心知肚明，马上做了个停的手势："你不说，我也不问了，我明白了，这种事可做不可说，可说不可做！我是好奇害死猫！你和方副市长高兴的时候，千万别提起我，对，还有我老公。我多嘴了，我怕你了，你走吧。"

舒小小落荒而逃。

林如玉放肆的笑声追着她走出公司大门。

二　进京

晚上，躺在洪瑞祥怀里，林如玉把今天和舒小小接触的情形告诉了洪瑞祥，洪瑞祥笑得差点岔了气。她问洪瑞祥："舒小小会不会把我这些八卦的话告诉方副市长？"

洪瑞祥说："最好是她敢说。那样，可能还会让方副市长在她的问题上收敛一点。"

舒小小见了方副市长，没有把林如玉问她的话说出来，连见了林如玉的事都不提，只说洪瑞祥如何不上道，如何不给他方副市长面子。

方副市长怒了，当场摔了一个谢华大师特别的手拉茶泥壶。

见方副市长气得一脸紫胀，舒小小上前又是抚胸又是贴背，在他耳边说道："值得生这么大气吗？你是不是真把他当回事了！"

方副市长想想也是，在舒小小又喂了他几口茶后，他拿起了电话，用十分平静的口气对国土局的领导说了一句话："玉王庄洪瑞祥征地办校的具体方案先放一放。"

舒小小笑道："这就对了嘛！我们对他，不就像猫玩老鼠！"

方副市长说："老是玩老鼠太费神，我这只猫现在想吃鱼！"

舒小小便刮了一下他的鼻子："老地方，我先去洗个澡等你。"

说着走了出去。

方副市长便收拾起桌上的文件，把秘书叫进来交代："我出去办事，有急事打我电话。"

见领导和舒小小前后出门，秘书心知肚明，便谄媚地说："明白，要是上头找，就说你去见外商了。"

巧巧送上去的征地具体方案就如泥牛入海，再无消息，巧巧催了几次，上面的回答就是一句："还排不上会上讨论。"

巧巧有点急了，找洪瑞祥问该怎么办。洪瑞祥说："不急，也不要再去催。"

巧巧问："我们学校不办了？"

洪瑞祥说："办！怎么不办，此地不让办，到别的地方办，此时不办，以后再办！"

方副市长以为洪瑞祥等急了会来找他，但一直没见他来，自己心里反而有点不淡定了。而舒小小却一日三番五次地问他怎么办，弄得他心烦意乱。

这天，轻工部和文化部的非遗文化项目调研组来了，指定要去玉王庄。方副市长灵机一动，便亲自陪同前往。

调研组五个人，三男二女。本来住在市政府招待所，但他们提出，到达玉王庄后，必须吃住在玉王庄。方副市长便让秘书先给王宗伟打电话。王宗伟觉得三个男的在村委腾出一两间房布置一下可以将就住着，但两个女的他就拿不定主意。这时夏小雨已是村妇女主任，王宗伟便和她商量，她一听就说："这好办，到我家里和我妈一起住就行，家里房子正好空着二间呢。"王宗伟觉得这样安排不错，就定了下来。至于吃饭，就安排在自己母亲彭姗姗的饭店里了。

调研组的人对这样的安排很是满意。到了玉王庄之后，把行李放到了住的地方，便开始了工作。他们在市里的时候对玉王庄的大体情况有所了解，还在税务局里调看了村里各家公司的税收情况。

走马观花转了一遍之后，他们确定了重点调研对象，是洪瑞祥、陈茗乾、夏相洲和林清溪，因为从各方面看，这四家人无疑是玉王庄里在玉石文化传承、经营发展方面都是最出色的，的确是众望所归、有口皆碑的。时间上的安排是这四家公司一家调研一天，然后用半天时间在村里召开一个较大型的群众座谈会。全部调研过程均录音录像。而调研的目的，连方副市长都不甚了解。

调研组的人里面，一个年轻的女处长最为活跃，也最引人注目。她三十左右年纪，高挑身材，白皙的瓜子脸透着粉红，一看就是北方姑娘。她在五个人中年纪最小，但行政职务最高，是调研组的组长。在调研过程中，她发问最多，赞美的话也说得最多，但挑毛病，毫不客气的指点也最多。而且她每个晚上的晚饭后，都挽着与她同来的女伴，在村里各家各户拜访串门。洪瑞祥的家她就来过两次。

调研进行得很顺利，方副市长一路陪同，在洪瑞祥公司里，调研组待了一天，他也一样寸步不离地跟了一天，但始终没有与洪瑞祥提起征地办校的事，洪瑞祥也不问。方副市长晚上没有住在玉王庄，只是早上来，晚上走。在整个调研过程中以及最后群众座谈会的发言中，他对玉王庄和玉王庄的乡民，只说好话，只有肯定没有批评。给人很亲民，很勤勉的感觉。

调研组走后，玉王庄便没有人再去议论此事。大家一如既往地忙碌着。

这天早上，洪瑞祥一如既往地迈着快而沉稳的脚步向自己的公司走去。临近楼前，见路旁停着一辆奥迪，便朝车上望了望，只见奥迪车的车窗被慢慢放下，一张极尽妩媚的笑脸出现在窗口，正是被林如玉唐突之后销声匿迹了好些天的舒小小。

洪瑞祥一怔，客气地朝她点了点头。

舒小小把染着红指甲的手伸出车外，向洪瑞祥摆了摆："洪总！到车里坐一下吧，有几句话我想跟你说。"

洪瑞祥："都到公司门口了，上去说吧。"

舒小小笑道："怎么？怕我了？我就几句话，没时间上去和你客套了！"

光天化日之下，又在自己公司门口，有什么可怕的！洪瑞祥便上前，拉开了车门，坐在副驾驶的位子上。

舒小小直截了当地问道："上次我们谈的事，你考虑得怎么样？"

洪瑞祥说："还没考虑清楚，这里面涉及太多的利益和法律问题，我智商不足，一时弄不太明白。"

舒小小："这些问题你弄懂也没用。因为主导权不在你手里，是在领导手里。要那么做，实际上不是我的意思，我还没有那么大的魄力和能量，主要是领导的意思。这你不明白吗？"

洪瑞祥的脸就板起来了："越是关系到领导，越是要想明白，这是一个公民所应该考虑的角度。"

舒小小叹了口气："好吧，你一时转不过弯来，就慢慢转吧。总是有人有办法让你转过弯来的。我跟你说另外一件事，前些天北京不是来人了吗？"

洪瑞祥："是的，说是来搞调研的。"

舒小小："那是有目的的，通知来了，国家要举办首届非物质文化遗产传承与发展成果展，这事情的重大意义你不会不明白。北京指定市里从玉王庄从事玉雕行业的佼佼者中推荐一人，到时携主要作品赴京参展。市里现在初步意见是从你和陈茗乾两人中选一个。有人托我告诉你这个事，希望你重视起来，到市里去做做工作，把这个名额争取下来。这你不会不愿意吧？"

洪瑞祥心中百感交集。国家重视非遗文化的传承，这当然是大好事，他也当然明白能够参加这个成果展的意义。但他心里又升腾起了一阵阵怒火，为什么好事都有人要从中上下其手，且还打着为别人着想的幌子，来谋取自己的利益，真是卑鄙无耻。

他好半天才压下自己的火气，问道："做工作，找谁做？怎么做？"

舒小小冷笑道："这还用问？你是不是搞玉雕把脑袋搞笨了！现在上面有人都在议论你，说你会做生意，但不会做人，说你是铁公鸡，不通情达'礼'。"

洪瑞祥不耐烦了，他硬邦邦地说："不会做人的人却能把生意做好？这不自相矛盾吗？好了！谢谢你专门来给我传话。你告诉让你传话的人，就说我们玉王庄的人，谁去参展，那都是玉王庄全体乡民的自豪。我去的话，陈茗乾会很高兴，陈茗乾去的话，我也会很高兴。"

说着，便推开车门，走进公司去了。

舒小小呆了半响，才一踩油门，把车开得发疯般走了。

回到公司坐定，洪瑞祥思忖良久，便打电话把陈茗乾找来，把刚才从舒小小那里听到的全国展会的事告诉他，还告诉他，市里准备从他们两个人中选一个，让陈茗乾到市里找找熟人，就说洪瑞祥不想去，争取把名额落到陈茗乾头上。毕竟，除了洪瑞祥自己，他觉得陈茗乾还是能够代表玉王庄玉雕的整体水准的。

但陈茗乾说，只有洪瑞祥才有资格代表玉王庄，他不够格，洪瑞祥不去，他决不去。

洪瑞祥也不再劝他。他知道，他是把方副市长给得罪狠了，方副市长是绝对不会让他去的。但这事又是使市里大露其脸的事，市里肯定要派人去的，所以，就算陈茗乾不去争取，估计这名额也跑不掉。

果然，市里一边通知陈茗乾做赴京参展的准备，一边把内定的名单，也就是陈茗乾的材料报送北京。

村里知道这个消息的人都吃了一惊，不知洪瑞祥到底是出了什么问题，还是得罪了什么要人，都在议论纷纷。陈茗乾态度却很坚决，村里如果有几个名额，我会去，但只有一个名额，还是全国性的展会，我不够格，所以也不做什么准备。方副市长是准备自己带队赴京参展的，他亲自到陈茗乾公司检查参展的准备工作，发现陈茗乾既不向他做汇报，也不见有什么准备工作开展，就是一句话："我去不了。"

方副市长不由大发雷霆，但没有用。陈茗乾干脆把他撂在公司里，自己跑到洪瑞祥那里喝茶聊天去了。

方副市长在陈茗乾公司留下了一句："烂泥糊不上墙。"就走了。

他把王宗伟召到办公室，问村里还有哪一家够格去参展。王宗伟说："按说除了洪、陈两家，就是林清溪，但林家是洪家亲戚、死党，估计也不会领这个事，再下来就还有个夏相洲，也是调研组重点考察过的。"

方副市长当场拍板："你去找这个夏相洲！让他赶紧准备，北京那边的工作市里来做。"

王宗伟马上就去找了夏相洲，这老夏没有明抗，也不知是有点动心了还是觉得这事做了，会得罪几家在村里呼风唤雨的人家，不先捞点对不起自己，便提出诸多困难，要市里帮忙解决。王宗伟便把夏相洲的态度向方副市长做了汇报，方副市长一听就骂开了："这老王八，竟敢向政府要价！"但骂归骂，他短时间里还真没其他好办法，他告诉王宗伟："答应他的要求，让他马上开始准备。"

就在这时候，他桌上的电话响了，他拿起电话，里面传出来一个威严的女声："是方副市长吧！我是带队去你们玉王庄调研的白玉冰。我现在代表中国非遗文化项目成果展组委会通知你，经组委会全体领导对调研材料审核之后决定，由洪瑞祥携本人代表作品参展。这个决定我已告知贵市的吴书记。但因为具体工作都是你在做，所以我特意通知一下你。"话到此为止，电话也挂了。

方副市长不由出了一阵冷汗，心里懊丧至极！怎么会这样？这种事，历来不是地方政府说了算的吗？怎么这一次会是个例外，还如此离谱，把政府推荐的人否了，却连个说法都没有。这是硬打地方政府的脸，打他方副市长的脸！

难道洪瑞祥有不为人知的背景？

一时间，担忧、疑惧、恼怒，还有羞惭，种种情绪交替着袭向他的内心。

还未待厘清思绪，又一个电话打进来，这次是市里的一把手，严肃地责问他究竟是怎么办事的，要他尽快采取补救措施，待处理好事情之后，再向市委做出检查。

这个电话给他的压力，比白玉冰的电话还大，他不得不考虑马上"改正错误"了。

还是洪瑞祥这个小冤家，该如何与他了结此事呢？

他不禁回想起洪瑞祥进入他的视野之后的一桩桩一件件，他忽然清晰地明白了一件事，那就是真的是自己的错，他与洪瑞祥其实无任何积怨，就是因为王宗伟那家伙，拿五十万贿赂自己不算，还借此亲近自己，引诱、怂恿自己去敲打洪瑞祥这个有钱人，而洪瑞祥也确实不懂事，求自己办事，自己处处示好，他却是无动于衷，不是假装不懂，就是铁公鸡一毛不拔，惹得他火起，还有那个舒小小，引诱自己上床，然后又设了个局，让自己，不，以自己的名义想利用洪瑞祥为他们骗取巨大利益。

说到底，自己与洪瑞祥闹成现在这个样子，还真的是自己失去了清醒，真不怪洪瑞祥。

想到这里，他反而觉得应该还洪瑞祥一点公道，也许这样，以后对自己更有利。

而王宗伟也好，舒小小也好，对他们得有点警惕才行。

想清楚了，他便叫上秘书，乘车直奔玉王庄，他要找洪瑞祥，亲自向他解释一下事情的"来龙去脉"。一句话，要求得到他的谅解，好好投入赴京参展的准备工作。

见到方副市长突然亲临，洪瑞祥有点惊讶，反应似乎有点迟钝。虽然方副市长满脸微笑，但洪瑞祥却笑不出来，他不冷不热、有点敷衍性地握了握方副市长向他伸出来的手，便直接问道："方副市长大驾光临，不知有何指示？"

方副市长坐下来，点上一根烟吸了几口，才笑着对洪瑞祥说道："小洪，我这是奉市委书记之命，专程来纠正我们市领导的错误的！"

洪瑞祥一边猜测着方副市长的来意，一边应付道："方副市长真会开玩笑，市领导能有什么错误，还要到我这里来纠正？是不是我犯了什么大错，惊动了市领导了？"

方副市长连连摆手："不是的不是的，是你做得太好了！实际上，你才是玉王庄最顶尖的人才，无论从玉雕技艺上，作品创意上，还有经营上，对乡亲的扶持、对家乡的贡献上，你都是当之无愧的第一人。但这次作为市领导，有点存私了。为什么这么说呢？打个比方吧，就像踢足球、打篮球。教练或是领队，都会把自己手中的王牌队员隐蔽起来，等到关键时刻才上场，以保证整场球的胜利。这次全国非遗成果展，就好比一场球赛，这次是首届，那么肯定会有第二届，第三届，如果我们第一次把最顶尖的人才派出去，以后呢，无后续之力，无法后发制人，那么，除了第一届，以后每一届恐怕我们就拿不到金牌了。所以，市领导就想第一届派出相对比别省稍强一点的选手就可以了，留下你作为手里的奇兵。我这样说，你明白我的意思吗？"

洪瑞祥摇摇头："不明白！"

方副市长说："好吧，我也不绕弯子了，市领导刚刚统一认识，重新做出决定，由你代表玉王庄，当然也代表你本人，代表你的家族，代表全市，去参加全国非遗文化成果展。并参评中国玉雕艺术大师。这回，我说得明白了吧？"

洪瑞祥："明白了！"

方副市长："明白就好，希望你不要辜负市领导和全市人民，尤其是玉王庄乡亲们的嘱托，为大家争光，为自己争气！说说你的决心吧！"

洪瑞祥摇摇头，不吭声。

方副市长："怎么啦？高兴得话都说不出来了？"

洪瑞祥："玉文化要传承、要发展，必须培养人才！光我一家，光我一个人，有啥用？不去也罢！"

方副市长也不是傻瓜，一下子听出洪瑞祥的话中之意，马上说："你是指办学育才的事吧，放心，你进京之前，用地方案一定会批下来。"

洪瑞祥这才有了点笑意："那就谢谢领导了。"

洪瑞祥带着林如玉、刘江等人进京时，全村的人都来给他送行，不少人高兴得落泪。

三　踢馆

玉王庄艺术馆。

这是组委会核定的馆名。

由中宣部、文化部、中国轻工联会联合主办的首届非遗文化成果展共有一百八十个馆。每个馆的面积都不大，但里面的展品，都足以吸引所有人的眼球。而每个馆的主人，都非等闲之辈。

李福祥也来参展了。他给洪瑞祥介绍了一位新朋友，北京皇城玉栈的掌门人，一个风姿绰约而又冰清玉洁的女人。

李福祥指着洪瑞祥对女人说："他，就是你一直想认识的洪瑞祥。"

女人便伸出玉笋般洁白而嫩滑的手："你好！甄月瑶。"

洪瑞祥与她握了握手："好名字！"

甄月瑶笑道："何以见得？"

洪瑞祥："明亮而不耀眼的月儿，像一块美玉一样挂在天边，象征着圣洁与高贵，而又淡泊宁静，何况名如其人。"

甄月瑶嫣然一笑："福祥大哥把你夸得天上才有地上没有。果然如是，连拍马屁都是出类拔萃！"

三人便进馆喝茶。甄月瑶却坐不住，对着馆里的展品目不暇接，边看边频频点头。

这时，开馆的铃声响了，在外面排着长龙等着看展的人有序地走了进来。李福祥和甄月瑶赶紧告辞走回自己的展馆。

展会的火爆程度出乎洪瑞祥的意料。每天从开馆前的两三个钟头至闭馆，大门外都排着等候进场的观众。而场内，任何时候都是人满为患，经常有人因为拥挤看不到自己想看的东西而引起口角之争。

展品是不卖的，但可以下单定制。于是专门负责签署定制合约、收取定金的林如玉和巧巧便忙得不亦乐乎。

刘江与两名特种兵出身的员工，是洪瑞祥特意从瑞丽调过来负责安保的，更是精神紧绷，唯恐有什么闪失。

作为市里指定的领队方副市长，却一直不见踪影，洪瑞祥也不以为意。他不在更好，免得碍手碍脚。

但这天闭馆之前，清场之后，方副市长来了。先是七八个身材高大、保镖模样的人进了展场，在洪瑞祥的展馆周围站定。然后才见方副市长和几个人慢慢走了进来。为首的人看着眼熟，是在电视里见过几次的。

洪瑞祥知道是重要领导来参观他的展馆了，便带着众人在馆门口迎候。那几个人来到馆前，方副市长便向为首的人介绍道："这就是我们的展馆。"又指着洪瑞祥："他是馆主！"

洪瑞祥便恭敬地说道："首长好！"

那人便朝他点点头，没有与他握手，径直走进馆内，对众多的展品，都只是一眼扫过，只在一尊高近四十厘米的关公玉像前站定了下来，细细看了看，频频点头，便出门而去。场内的其他场馆，他连进都没进。

这一帮人，连同那些保镖，匆匆而来，匆匆而去，话都没说一句，洪瑞祥觉得有点郁闷。领导人他不是没有见过，但此种作派，他还真是见所未见。而他更感奇怪的，是在这帮人走时，他见到一个熟悉的身影，是个女人，但戴着大墨镜，他不敢肯定就是她。

他隐约感到有事情要发生了。

回到下榻的宾馆，他还在默默想着闭馆前出现的那一幕，始终想不透那大领导所来为何。参观不像参观，视察不像视察，慰问更加不是。而那个在那群人后面跟着的女人，如果真是舒小小的话，那就更奇怪了，她来干什么？他来北京陪方副市长？这倒可能！但不该和方副市长一同出现在这位大领导身边呀？她算哪根葱？

想不通，也就不想了。吃了晚饭，洗了个澡，他倒头便睡。几天来，他的精神都很集中，一旦放松，便觉得十分疲惫，脑袋也有点麻木。所以，这时候睡觉是第一需要，也是第一要务，否则，明天如何去工作呢？

但有人不让他安睡。

夜里十点多钟，洪瑞祥正在酣睡，方副市长"嘭嘭嘭"地敲响了他的房门。

林如玉先被惊醒，忙起身梳整了一下，便开了门，一见是方副市长，忙一边让座，一边去推醒洪瑞祥。

洪瑞祥迷迷糊糊地嘟囔着："困死了，你不睡，也不让我睡？"

林如玉忙说道："不是我不让你睡，是方副市长大驾光临，还不起来迎接。"

洪瑞祥不知道方副市长已坐在房间里的沙发上，还在埋怨："他不是忙着陪领导找靠山吗？还找我干什么？"

方副市长听了虽然生气，但知道现在不是跟洪瑞祥置气的时候，便笑着说："这次进京参展说是我带队，但事情要办好，都是全靠你，你才是我的靠山，我不找你找谁？"

洪瑞祥顿时清醒了，他知道有麻烦事来了。

他慢腾腾地起身，又进洗手间去忙活了半天，才走出来坐下，问道："方副市长晚上也不休息，真是辛苦了！"

方副市长自嘲道："为人民服务，不敢偷懒，就是有点不好意思，打扰你的清梦了。"

洪瑞祥说："有什么指示，请说。"

方副市长叹了口气，似有难言之隐，吸了几口烟，才很无奈地说道："小洪啊！我之所以这一次当这个领队，实际上是挂羊头卖狗肉，名义上是带队来参展，实际上是来跑关系，为市里争取大项目大投资的！为了我们家乡的发展，为了全市人民的福祉，我这几天可真是跑断了腿，磨破了嘴皮，为的就是那些有权的人说一句话，签一个名。"

洪瑞祥笑道："方副市长的能力人所皆知，要不，这一次也不会让你带队。这一次你又要立大功了，回去之后，说不定又上一层楼了！"

方副市长说："托你吉言，现在，是胜利在望，就怕功亏一篑、功败垂成啊！"

洪瑞祥说："那你晚上就该好好休息、养精蓄锐，明天再努力一博，才是正道啊！你还跑我这里来闲聊？"

方副市长说："现在离成功真的就差一点点，就是一步之遥！而这一步，得靠你小洪帮忙啊！要不，我怎么会这时候跑来找你。我确实是想了又想算了又算，才下决心的！"

洪瑞祥："我能帮你什么？"

方副市长："你能帮，也就是你能帮，别人还真不行！今天，我带了那位领导人到展馆来了，你也见到了。你注意到了没有？"

洪瑞祥："注意什么？"

方副市长："他喜欢上你的东西了！"

洪瑞祥脑子里马上闪过那位领导人对他的关公玉像频频点头的情景，心里不由一惊。嘴上却说："是吗？你想从我那些展品里要点玉镯子、吊坠什么的，你拿就是了。"

方副市长摇摇头："他喜欢的不是你说的这些小玩意！"

林如玉不高兴了："我老公说的这些还是小玩意啊！你知道我们展出的那些玉镯里，有一只价值几千万的！也不是说拿走就拿走，还得有个说法，更别说别的了！"

方副市长忙说："钱是小事，钱是小事，我们现在谈的事关政治！你们想，那位领导人高兴了，口一张，几十亿上百亿的项目就可以落户我们市，那可是造福几百万人民的大事！算账要算大账，要算政治账。"

道德绑架！突然，这四个字出现在洪瑞祥的脑海里，他愤怒了！嘀！我不把东西给你拿去贿赂高级领导，就是无视几百万百姓的福祉？就是不讲政治？我知道你拿了我的东西，是去染红你头上的顶戴，还是真的去换百姓需要、地方需要的项目？就算真的为了拿项目，这样做好吗？这项目以后会出现什么情况，其中会有多少猫腻，国家和人民的财产又会损失多少？这些只有天知道。

他现在知道方副市长要拿走的是什么，是自己的得意之作关公玉像，也是那块特大翡翠给了他灵感。关公的脸必须是红的，青龙偃月刀必须是白的，战袍必须是绿的。那块翡翠，生来就符合这些要求，再加上他精湛的技艺，那可是世上独一无二，最为贵重、最为典范的关公像，也是玉王庄人义重于利所供奉的神像。

要知道，光那块翡翠，就值一个多亿！

果然，方副市长悠悠地说："现在我想要的项目，只要那位领导一句话，就板上钉钉了！这位领导一生崇拜关爷，很早就开始收藏关公像，但是，青铜的有，金的银的都有，木的瓷的泥的就更不用说了，就差一尊玉的。你那尊关公玉像，正是他梦寐以求的心爱之物。我代表市委，代表市政府，请求你割爱，把它拿出来，作为市里送给他的生日礼物。市里会想办法，从各方面给予你补偿。"

洪瑞祥冷冷一笑，没有吭声。

林如玉："哼！还补偿呢！废话一句。"

方副市长说："不要补偿？那你们要什么？说出来，只要市里能做到的，我能做到的，没二话！"

林如玉冷笑一声："我是不相信你这样的领导！"

方副市长："你连领导都不信，你信谁？"

洪瑞祥说："我老婆的话我明白，她也不是不信领导，只是不信你一个人说的。这样吧，你让市里出一个文件，哪怕是一个盖了公章，有市委书记市长签名的公函，让我拿出这关公玉像，我没二话。"

方副市长愣了："这……要这么麻烦吗？"

洪瑞祥："有什么麻烦的，你刚才不是说了，是市委、市政府的决定，你只是代表他们。口说无凭，你总得证明你代表的不是子虚乌有的单位，或是你个人吧？"

方副市长恼火了："没得商量？"

洪瑞祥："就这条件，其他免谈！"

方副市长："好！看来我领导不了你们，这个领队我也当不了了，你们好自为之吧。告辞！"

洪瑞祥："不送！"

对着方副市长的背影，林如玉忍不住骂："可恶！"

洪瑞祥睡意全消，坐在沙发上，心中一阵阵怒火升腾。

林如玉坐在他身旁，说道："这回，又把他得罪狠了！"

洪瑞祥说："这种狗官，和我们始终是不对路的，摩擦积怨，甚至反目成仇，都是必然的！他用人民的血汗去铺自己的红地毯，去登上一个个的台阶，就算真的为市里去争项目，那也是不择手段地去拿政绩，为自己谋利益。对这些人，党和国家不会忍他们很久的，人民

更不会放过他们。我们不用怕他们，也不须要担忧，该干什么还干什么！没有他，我们在展会的工作会更顺利！"

林如玉："我觉得，这事回去之后，要找市里主要领导反映。"

洪瑞祥点点头。

洪瑞祥他们住在这个宾馆，是组委会安排的。作为领队，方副市长在这里也有他的房间，但他一刻也没住在这里，他住在另一座更高档的酒店里，在那里，舒小小包了一个套间。

方副市长怒气冲冲地走进套间。舒小小一见他的面色，便知事有不谐，便说道："碰壁了？我让你以市委市政府的名义跟他说，你说了没有？"

方副市长说："说了。他要我出示市委市政府的公函，还要市委书记、市长签名盖章！他根本就不把我当市领导！"

舒小小说："我早就说了，这人狂得狠，没吃过亏的人，不知道天有多高，地有多厚！"

方副市长："没辙了，碰上这么个人，油盐不进。首长那里，另想办法吧，只要他能接受我，我给他跪下都行！"

舒小小："你越是想跪倒在人家面前，人家越瞧不起你！人家要的是能人、狠人、能给他办事的人。"

方副市长："那怎么办，送钱吧？尽我所有，你再帮我一下！"

舒小小："我还不够帮你？没我的路子，你能靠近他？做梦吧！送钱？送钱当然也行，但你知道他的门槛吗？一亿以上，现金！你有吗？你办得到吗？"

方副市长目瞪口呆："这么多？"

他现在明白了，他虽然够贪，但在需要用钱的时候，他还是个不折不扣的穷人，他现在顶多也就能够拿出两千来万，真不够人家塞牙缝的！他低头不说话了。

舒小小叹了口气："是我把你高看了，所以我才在他面前夸了海口，关公像这两天内就会送到他府上去，这回做错的不是你，是我！"

方副市长一阵颓丧，他在这女人面前也抬不起头了。

舒小小却还在不断地咒骂着洪瑞祥："这个王八蛋，如果在玉王庄的土地上能遂了我们的愿，这时候怎么会不够钱！现在又不让我们好过！哼！我要让他知道马王爷有几只眼！"

第二天下午，临近闭馆的时候，洪瑞祥的馆前来了六个高大健壮、衣着十分大方得体的青年人，其中四个到了门口便停下了，一个年纪三十上下的人带着一个小伙子走入了馆内，负责接待客人的巧巧便迎上来笑问道："几位来晚了，马上就到闭馆时间，要不，明天再来吧，展会还有三天时间。"

那领头的男子便说，我们已经参观过了，现在就是赶来订货的，只要把定制合同签了，我们马上就走，耽误不了多少时间的。

巧巧便说："那好。请问你们要定制几号展品？"

男子说："别的都不要，我们就要定制像这尊关爷像一模一样的，还要定制两尊！"

巧巧说："真对不起，这关爷像不能定制。尤其是无法做出和这一尊一模一样的，更别说一下子定制两尊了。"

男子说："难度肯定会有，没难度就不用找你们了！钱不是问题，我们不差钱。"

巧巧还是微笑着说："这位先生，这个定制我们接不下来，还请原谅！因为实在没有办法找到两块跟这关爷像的用料一模一样的，不，哪怕是接近的也几乎不可能，抱歉了。"

男子旁边的小伙子顿时不高兴了："这么大的一笔生意你们都不接，你是不是傻逼呀！"

巧巧生气了："生意不成仁义在，你怎么能骂人呢？"

小伙子来狠的了："我就骂你了怎么的，赶快填单收钱，老子没时间跟你啰唆。"

巧巧明白，来者不善，她冷静地说："看来你们是故意来为难我们的？告诉你们，这可是全国的展会，不允许人捣乱的！你们走吧。我们不欢迎你们！"

小伙子马上破口大骂："你个臭娘养的还跟老子嘚瑟了！填不填单？"

巧巧拿起电话准备报警，小伙子一巴掌甩落了巧巧手中的电话，又一巴掌狠狠掴在巧巧脸上。巧巧一下子被打愣了，"哇"的一声便哭了起来。

事情发生得很突然，待不远处的刘江看到巧巧被打，已经迟了一步。他急忙蹿上前，一把抓住小伙子打人的手，一拧，小伙子便疼得失声痛叫："店里的人打人了，快来呀！"

门外四个男子也已冲了进来，刘江的两个手下也迎了上去，因为刘江与原先的小伙子已扭成一团，所以众人也不搭话，便混战起来，一时间，展柜被摔碎了，展品被摔坏了，连展馆的牌子也被这几个来踢馆的人摘下来踩着。

林如玉和洪瑞祥这时正从李福祥的馆子里走过来，远远见自己馆子里乱成一锅粥，便大叫："保安！有人踢馆了！"

四 逆转

洪瑞祥没想到，刘江和他的手下么能打。那六个踢馆的男子，虽然也挺强悍，却都不够他们三个人收拾。待展场的保安与驻场警察赶来之时，那六个男子已横七竖八地躺在地上哼哼着，样子极其狼狈。刘江等人则还不解气，还一脚脚地踹着这几个倒霉蛋。

打是打赢了，也打痛快了，但馆里的展品损失不少，而事情处理起来，则更麻烦了。

警察把伤者都送进了医院看守起来，把没受伤的人也都带走了。刘江、巧巧还有两个特种兵出身的员工也被带走了。馆里只剩下洪瑞祥与林如玉。

警察把现场都拍了照，便允许洪瑞祥与林如玉收拾整理馆里的东西。

林如玉一边收拾着被摔碎的展品，一边流泪，洪瑞祥叫来了装修工，把被损坏的展柜修理好，玻璃换上新的，牌匾重新挂起来。

李福祥与甄月瑶闻讯都赶了过来。询问发生了什么事，洪瑞祥与林如玉也不十分清楚，只知道有人来踢馆，刘江他们便与这些人打起来。李福祥和甄月瑶一边安慰着洪瑞祥夫妇，一边打电话，都在托人到公安局了解情况，尽快让刘江他们出来。

馆里还未恢复原状，有消息传来，甄月瑶托的人给她打电话说，情况对刘江等人很不利，那六个受伤的男子异口同声地指证刘江，说他首先动手打人，并叫手下毒打他们。他们是怀着善意来下单定制玉器的，但想不到他们店大欺客，不但不接受定制，还出言不逊，才引起口角，然后刘江便打人。公安局根据讯问结果，已将刘江等人拘留。

洪瑞祥急了。他知道刘江并非莽撞之人，更不会不讲道理，随便就出手打人。便对一直陪伴在她身边的李福祥和甄月瑶说了声对不起，便要去公安局把事情问清楚，甄月瑶说她陪洪瑞祥去。李福祥也赞同，说洪瑞祥人生地不熟，去了也不一定见得到什么人，有甄月瑶一起去比较好。

俩人正向门外走去，便见到匆匆而来的白玉冰。白玉冰一见他们，先是和甄月瑶亲热地拉着手，问她要去哪里。甄月瑶说了。白玉冰便对洪瑞祥笑道："别急，先跟我到馆里去看看。"

洪瑞祥无奈，只好陪着白玉冰又返回馆里，白玉冰在玉王庄调研时与林如玉已经认识，一见面便拉着林如玉的手问长问短，提也不提刚刚发生的事情。她见馆里的修复工作还要几个小时，并打电话叫来了一个小伙子，对他说："你在这里监工，顺便守着馆里的东西，千万不能丢失，有事就把保安叫过来，知道吗？"

小伙子说："冰姐，你放心，我一定保证馆里没一点问题。"

白玉冰这才对洪瑞祥说："事情的来龙去脉我基本清楚，但更详细的情况有人已经在调查，你不必担心。走，我请你和月瑶姐，还有尊夫人一起去吃个饭，给你和尊夫人压压惊。"

甄月瑶见白玉冰这么说，也放下心来，对洪瑞祥说："那走吧，我这位妹妹说话做事十分靠谱，她不会骗你们的，你们放心好了。"

洪瑞祥虽然心里仍然十分不安，但见作为展会组委会成员的白玉冰这么说，而甄月瑶显然与白玉冰交情不浅，能为白玉冰的话做出肯定的结论，也不好再说什么，便拉上林如玉，和白玉冰、甄月瑶到了展馆附近的一家西餐厅，坐了下来。

白玉冰将菜单推到林如玉面前，笑着说："如玉姐，你先点！"

林如玉这时一点胃口也没有，便推给甄月瑶："月瑶姐，你点吧，我随便吃点就行！"

甄月瑶又把菜单推给洪瑞祥："今天你们夫妇是主客，还是你来点吧。"

洪瑞祥便点了一个牛排，一个牛尾汤，又给林如玉点了一个意粉，一个沙拉，一个清汤。就把菜单推到白玉冰面前。

这时，白玉冰的电话响了，她接听之后，笑着骂道："八字还没一撇，就急着请功了！我告诉你，不把幕后黑手给我挖出来，你今晚别回家！"说着便挂了电话。

甄月瑶便高兴地问道："金水出动了？"

白玉冰说："他不出动，我怎么放心，怎么有心情在这里吃饭！"

甄月瑶对洪瑞祥笑笑："放心好好吃饭吧，玉冰的老公插手这个案子了，真相很快会大白。"又对白玉冰说："要瓶酒吧，我们慢慢喝着，等你老公胜利的捷报！"

白玉冰笑笑，把菜单递给服务员："除了这位先生刚才点的，再来四份烤羊肩排，四份意大利海鲜浓汤，一瓶柏拉图红酒。"又问甄月瑶："姐，你还要点什么？"

甄月瑶说："我饿了。来一份意大利拌饭。"

白玉冰笑道："就你一个饭桶！"

服务员离开后，白玉冰对洪瑞祥说："刚才我去找你们那会儿，金水已经回公安局开了逮捕证，刚才来电话，他自己带人去医院，把那六个闹事的人全铐了带回局里！"

洪瑞祥一阵愕然："金水？他是……"

甄月瑶："刚才我说了，你没听清楚啊！金水是玉冰的老公，公安局刑侦支队副支队长。在公安局有'铁案'之称，他办的案子，从来没有错过。"

洪瑞祥："那他凭什么一下子就把人抓了？"

白玉冰："当然凭证据。你们不知道，外头的人更不知道，为了保证参展人的生命和财产安全，我们在一些重点展馆用上了高科技手段。"

洪瑞祥："监视器？"

白玉冰："对，录音录像功能齐全。事情一发生，我们组委会的人马上调看了有关资料，我就把我老公叫来了。事实会给你手下的人清白的，他们是正当防卫。"

洪瑞祥舒了一口气，举起酒杯，诚恳地说："白处长！谢谢！谢谢！"

白玉冰举杯和洪瑞祥夫妇碰了一下，喝了一口，才说道："我做的，全是分内之事，动用我老公也是不得已，为了保证不让别有用心的人插手，这不算以权谋私，而且，这中间我个人真的没什么好处！"说着又喝了一口酒，似乎觉得自己的话有点毛病，又说道："我这么说只是在陈述一个事实，别以为我是向你们要什么好处，记住了，你们给任何好处我都不会要，不但不会要，连朋友也不跟你们做！"

甄月瑶说："玉冰说的是实话，她就是这么个人，为别人拼死拼活，但从不求报！我对她这点深有体会，她帮过我不少。可是连一件生日礼物都不肯接受我的！"

洪瑞祥便说："白处长高风亮节，令人钦佩。"

白玉冰说："什么高风亮节？我只是不需要罢了。等我哪一天倒霉了，上门向你们要一块面包，可不准把我赶出去！"

林如玉说："真有那么一天，我保证，我有什么，你就有什么！"

白玉冰就笑："你的老公，也有我一份？"

众人都笑，林如玉却一脸正经："你想要的话，我不反对！"

甄月瑶说："想不到如玉妹子这么大方！"

洪瑞祥不好意思了："三个女人拿我一个男人开玩笑，有意思吗？"

甄月瑶说："你放心好了，不会有这一天的，玉冰和她老公，都是标准的红四代。"

白玉冰："有你这样说话的吗？"

甄月瑶："我跟你一样，也就是在陈述一个事实！"

白玉冰："我打你！"

众人都笑，洪瑞祥又举起酒杯："来！喝酒！"

这顿饭竟然吃得十分开心，一瓶酒不够，又开了一瓶。

第二瓶酒喝完的时候，白玉冰的电话又响了，她听了一会儿，就说："那赶快去抓呀！抓到了再打电话也不迟！"

放下电话，她对洪瑞祥说："奇怪，这次踢馆事件的幕后指使人竟然是个女的，还住在凯莱大酒店，应该不是京城人。"

洪瑞祥："一个女的？"

白玉冰说："等把人抓到了，就什么都明白了！"

甄月瑶就说："那我们再来一瓶酒，等一等金水的消息。"

白玉冰摇摇头："到此为止吧。真抓到了人，没审讯清楚，定案之前，金水估计不会再告诉我什么了，他也有他的原则。"

说话之间，林如玉已到前台把账结了。白玉冰也只是说："如玉姐的动作可真快！我办了好事，还欠债了！"

甄月瑶："你欠什么债？"

白玉冰："饭债，我说了请他们，这次没请成，还不是得找机会兑现。"

众人都笑。洪瑞祥说："我现在还真特别想和你们夫妇一起吃一顿饭，看看你们这一对连名字都这么般配的金玉良缘，是何等的幸福。"

白玉冰说："行！我来安排吧。"

回到住处不久，刘江等人便回来了。林如玉忙叫宾馆餐厅送来饭菜。

看着刘江等人狼吞虎咽，洪瑞祥的眼泪都下来了。

通过巧巧等人的述说，洪瑞祥才完全清楚了整个事情的每一个细节。知道踢馆的人是冲着关公玉像来的，心里不由又惊又恨。知道这件事方副市长与舒小小应该脱不了干系，说不定还与那位领导人有关。

他想了想，便给方副市长打电话，但方副市长居然关机了。他是知道方副市长没有住在这个酒店里的，但住在哪里，他不知道。

白玉冰说，那个幕后指使人是个女的，如果这个人是舒小小的话，那方副市长是不是一直跟她住在一起？就在凯莱大酒店？

但这些仅仅是他的猜测。

第二天开馆的时候，馆内一切均已正常，只是展品少了一些。

这天下午，白玉冰来到洪瑞祥的展馆，四处察看了一下，点了点头，便坐下来。林如玉给她端了一杯咖啡，她一边喝一边问道："损失估算出来了没有？"

林如玉："展柜修复那些都是小事。被破坏的展品，估价大约在二千万。"

白玉冰点点头："写个报告，我帮你们转给有关部门。"

林如玉问道："那个女人抓到没有？"

白玉冰说："我真的还不知道，我老公天快亮的时候才回家，一回去倒头便睡，现在起来没有，我还不知道呢。不急，等我消息吧。"

闭馆前，白玉冰又来了，这次带来了几个身穿警服的人，他们详细检查了被损坏的东西，一件件照了相，又造了一份统计表，让洪瑞祥在上面签字。洪瑞祥要请他们喝酒，他们推辞了。白玉冰说："馆主请你们，你们不去，是对的，我代表我老公表扬你们，但嫂子请你们，没问题吧。"众警察一阵欢呼，拥簇着白玉冰出门登车而去。

洪瑞祥和林如玉只有相视一笑。

洪瑞祥一直想找方副市长，但连着两天，他的手机都关机，人也不见，似乎是失踪了。洪瑞祥有点急了，不知道是报案好，还是向市里报告好。

隔天一早，洪瑞祥刚到展馆，便被一个电话叫到了公安局，接待他的人是一个三十来岁的英俊男人。他自我介绍是金水。洪瑞祥一听便笑："久仰久仰，终于见到了，感谢你为我的事废寝忘食！"

金水便说："我也听玉冰几次说起你和你们洪家的事，虽是初次见面，但已神交很久，这就好办了。"然后便说起让洪瑞祥到公安局的原因。

洪瑞祥一听，却是吓了一跳。

原来，到展馆闹事的那几个人，经不起金水的软硬兼施，便供出了雇用他们去展馆踢馆的人是一个姓舒的女人，他们叫她舒总，就住在凯莱大酒店的一个豪华套房里。雇用他们的目的：一是要借机生事打人；二是趁乱砸展品；三是最好能通过制造事端，诬陷展馆的人使用暴力，然后提出巨额索赔，不要钱，只要那尊玉关公。如果全部目的达到，这个姓舒的女人会给他们三千万元。

取得口供和这几个人与这个"舒总"联系的证据之后，金水便带人到凯莱大酒店抓捕这个姓舒的女人，这女人不在，金水一了解，她还没退房，就在房间里蹲守，不想等不到这个女人，却等来了一个男人，讯问之下，才知他是洪瑞祥他们的领队，市里的一个副市长。金水便知道这个副市长和姓舒的女人之间有不可告人的关系，便查看了宾馆的录像，又询问了楼层的服务员，知道这方副市长一直和这姓舒的女人住在一起，便把他带回了公安局。

在确凿的证据面前，方副市长只好承认他和这个姓舒的女人，也就是舒小小有不正当的男女关系，却矢口否认他和踢馆的事有任何牵连，他说也是听公安局的人说了，才知道有人去踢洪瑞祥的展馆。

但姓舒的女人到现在还没露面，公安局向全市发布了通缉令。罪名是雇凶打人，破坏全国非遗成果展，扰乱社会秩序。今天有人打电话给金水，是个对金水有提携之恩的上司，说舒小小很快会投案自首，并让金水尽可能控制这件事的社会影响，别再把案子扩大。

这样子，把这方副市长抓在手里就是个麻烦事，不给他定个罪名，不能正式拘捕他，那么，将他控制在公安局的时间就不能超过四十八小时。金水想了两个办法：一是让洪瑞祥悄悄把他先保出来，二是通知市里来人。他让洪瑞祥来，是征求他的意见，愿不愿意出面保方副市长。

洪瑞祥说："他是副市长，我就一平头百姓，我接他出来，似乎不合规矩，也让他很没面子。"

金水便笑："那让你们的市委书记来接他，他就有面子啦？"

洪瑞祥也笑："当然，这样他的面子很大，市委书记亲自来接他，回去，可就光彩了！"

金水一听便哈哈大笑："不出我之所料，看来，他是和你结下梁子了。这里面的是非，我也不想问，但我相信，凭玉冰对你的了解，错的不会是你。我这就打电话请你们书记来，还非书记亲自来不可！和一个女人一起来对付你，不看看他的洋相，我也不舒服！"

当天傍晚，吴书记便坐飞机到了首都。而舒小小也到了公安局自首。承认叫人踢馆是她一人所为，是出于洪瑞祥在她寻求合作中对她无视的报复。方副市长也就在金水的一阵冷嘲热讽中，满面羞惭地让吴书记给领走了。

离展会闭幕只有一天时间了，来下订单的人特别多，一些有关单位，尤其是媒体采访的也很多，洪瑞祥和林如玉忙得连饭都顾不上吃。吴书记也到馆里看了看，说了不少好话，看样子也是有事要跟洪瑞祥谈。但洪瑞祥根本腾不出时间，只好告辞而去。

方副市长跟在吴书记后面，一脸憔悴，始终一句话没说。馆里的人，包括巧巧和其他员工，也正眼都不瞧他一下。洪瑞祥心里替他感到悲哀，副市长当得这么窝囊，也就只有他了！

五　大局

吴书记是个办事踏实而又细心的人。

在公安局那里，他看了这次踢馆事件的全部有关资料，又专程拜访了金水和白玉冰夫妇。恰逢白玉冰的父亲，文化部非遗司长白司长来看望女儿女婿，大家相谈甚欢。

吴书记又与方副市长长谈了一次。方副市长知道什么都瞒不过吴书记，也就实话实说，只是强调他想要洪瑞祥的关公玉像，并通过舒小小送与某人，确实是为了给市里拉大项目大资金，还真真假假地说出了他所知道的有可能落户到他们那里的大项目的基本情况。

见方副市长还算老实，吴书记也就没有与他撕破脸，只是狠狠地批评了他一顿。方副市长痛哭流涕，表示真心悔改。

确认掌握了真实情况，吴书记心里便有数了，他觉得应该真诚地对金水夫妇表示感谢，便在他住的酒店设宴请他们，还请了白司长，并让洪瑞祥夫妇出席作陪。

席间，金水提到对舒小小一案处理的情况，说上面有人发话了，要公安局慎重处理。而舒小小已答应赔偿洪瑞祥的损失二千万元，赔偿巧巧及被拘留的员工精神赔偿共一百万，并愿意当面向洪瑞祥及众人道歉。

洪瑞祥愤愤地说："赔偿是必须的，但道歉我不接受！该怎么处置就怎么处置吧。"

金水就笑笑，不再吭声。

吴书记忙说："赔偿让她尽快打到小洪账上，至于其他的，我再与小洪他们商量。"

白司长也说："小洪，我们非遗司很了解你的情况，知道你是能做出大成绩的人。你要把精力集中在创作上，让你们家、你们村的玉文化传承焕发出更绚丽的异彩。这是你的大局，与这个无关的事，或关系不大的事，尽量不要耿耿于怀，能放下尽量放下。"

洪瑞祥是第一次见到这位司长的面，见他说得诚恳，又十分在理，便频频点头："司长赐教，我会记住！"

送走了客人，吴书记便邀洪瑞祥夫妇到他房间里坐坐。

坐下之后，吴书记亲自给他们泡了茶，便开门见山地说："你们为家乡争光，为百姓生活添彩，为国家增加财富，也为自己赢得美好的生活。我很欣赏你们，看好你们。但作为一个地方官员，我对你们关心支持太少了。政府里有些人，还给你们增添了不少麻烦。这也是我失察之过，我在这里向你们说声'对不起！'"

洪瑞祥和林如玉便有点热泪盈眶的感觉。

吴书记随着话题一转："这次的事情我都了解了。表面上的事好处理。舒小小认赔，这是好的结果，下来怎么处理她，可轻可重，都不是什么问题。问题出在方副市长身上。他这一次明明白白的，就是私心作祟，想投机取巧，想靠上一棵大树。但没想到反而捅了个马蜂窝！这马蜂窝我不说你们也知道是什么。这事是可大可小。这大人物喜欢的东西，得到了固然高兴，但得不到了，还把名声给搞坏了，这就不是高兴不高兴的问题，大人物无小事，小事也是政治。事关名声那就更是政治。他要是能体谅方副市长的心情呢，那还好，私下骂几声过去，也可能不起风不起浪。但要是他气不过，在某些场合有什么表示，那就会弄得鸡飞狗跳，天下不宁了！"

话说到这里，洪瑞祥和林如玉并不知道吴书记是什么意思。但知道他说的是实话。所以也都不好说什么，只是静静地听。

吴书记又说："舒小小这次明显是触犯了法律，但从她自首的行为来看，至少表面上看是比较诚恳的，她应该也不敢做得太过分。这事目前也只能这样了，我请金水督着她尽快把赔偿金到位。至于方副市长，就事论事，他虽想拿你的东西去贿赂，但你没同意，他贿赂不成，却也无法可施。这事没成为犯罪事实，拿这事处理不了他，最多只能追究他的男女关系问题，但这只是一个思想作风上的错误，顶多给个小处分。"

洪瑞祥听出吴书记的意思了："吴书记，我有点明白了，您是不是要我们对在北京发生的事三缄其口，尽量不让我们村里和市里的人知道？"

吴书记点点头："是的。方副市长已表示悔过，我只能继续观其言察其行了。希望他能吸取教训，真心为百姓做点好事。这次，白司长要求我回去就组织好材料和推荐意见，准备授予你国家级非遗项目玉雕技艺传承人的称号。这事，我准备交给方副市长去办，就想看看他还会不会搞什么名堂！"

洪瑞祥一怔："国家级传承人？我不就是玉王庄……"

吴书记笑道："你当然是玉王庄人，但你的努力，已经使你称为整个玉王庄玉雕技艺传承的代表，而玉王庄的玉雕文化，是国家和民族的瑰宝！你当之无愧！"

洪瑞祥与林如玉深情相望，都在抑制着内心的激动。

这次赴京参展，他们深深感到国家对这一次展会的高度重视与认真，原来真正的目的在此。可笑方副市长原来还想蒙蔽上头，为压制自己，给自己脸色看而千方百计推其他人赴京参展呢！原来上面经过认真的调研，什么情况都摸清了。

怪不得在市里没推荐他洪瑞祥赴京参展情况下，他还是顺利进京参展了。

吴书记又说："小洪啊，白司长说得对，对于你，已经有很多有责任感、有正义感的人在关心着你，在维护着你。国家倡导文化大繁荣希望你成为玉文化标兵，多做出成绩，作为玉王庄的领头羊，你应该全力以赴，不要把太多的恩恩怨怨放在心头，影响你的工作。你有你应该注重的大局，国家和各级政府，也会出台扶持的政策。明白我的话吗？"

洪瑞祥恳切地点着头："我明白！"

吴书记开心地笑道："我准备回去了。我知道你有你的宏图大略。以后有什么需要我帮忙的，可以直接给我打电话，我有空也会到玉王庄去看看你们。"

然后互留了联系方式。

回到住处，刚进宾馆大门，便见大厅一侧的茶座里坐着两个耀眼的美女，正是白玉冰和甄月瑶。

他们两个都是突然想起一个事，都觉得必须赶在洪瑞祥回玉王庄之前跟他商量，便都到宾馆来找洪瑞祥，在大厅里相遇了。

甄月瑶说她想给洪瑞祥的参展团队和李福祥参展团队饯行，已定好了一个宴会厅。

洪瑞祥便表示感谢。

白玉冰却说，和吴书记吃完饭，她送父亲回家，经过故宫，忽然想起一件事，本想跟父亲说，但想想，还是先来征询洪瑞祥的意见。

洪瑞祥不知故宫和自己有什么关系，便问道："你经过故宫想起来的？想起什么事了？"

白玉冰说："故宫里有很多皇家的玉雕藏品，这你知道吧？"

洪瑞祥："这个？我……知道一点。"

白玉冰说："就我知道，全是精品，而且数量很多，想不想认真地赏鉴一下，研究研究？"

洪瑞祥："那还用说，当然想，可人家让我去观赏、去研究吗？能离几米远看上一眼就不错了！"

白玉冰："所以我才要和我爸说，让他们司里出个公函，估计就可以让你随心所欲地观赏、研究了！"

洪瑞祥："那当然是太好了，可这会不会难为白司长，会不会让他违规？"

白玉冰："为了国家玉文化的传承，就算是开点后门，给你开个小灶，违点规，也值！

只要你进去以后不偷不盗，而我爸也没收你一文一毫，那就没事！"

第二天晚上，甄月瑶举办了送别宴会。白玉冰也来了，一到就把非遗司的公函交给了洪瑞祥，叫他直接到故宫找人就行了。而甄月瑶却当着李福祥的面，对洪瑞祥说："你和福祥大哥搞了个'祥祥和和，兴兴旺旺'，怎么不到北京来，和我搞一个'南北合璧，吉祥如意'呢？"

洪瑞祥说："正有此意，只是最近烦心事太多，所以还没有把这事提到日程上。"

甄月瑶说："那我现在提出来了，你就安排日程吧！"

洪瑞祥便点头答应，心想："我早就想挥师北上了！没想到机会这么快就来了。"

故宫的馆藏玉器，真是让玉痴洪瑞祥大开眼界，大为惊叹，对先辈们的巧夺天工，他和林如玉都深为敬服。他们很认真地观赏着，钻研着先辈们的精妙设计与神工鬼斧般的刀法。每天晚上，都把收获与心得认真地整理记录。

几天时间，对于他们来说，不亚于上几年大学。

而在休息吃饭之时，他们也商量着在北京建点的事。

洪瑞祥："原来我的想法还没最后决定，现在我决定了！"

林如玉："什么想法？"

洪瑞祥："以后我们在各地的点逐渐建起来，我们'划江而治'，长江以北的点，就由你来掌控。我真的没那么多时间管那么多事了。白司长，吴书记，包括我爷爷，他们都希望我把更多精力放在创作上，这是对的，这也是我想的。老婆！支持我吧！"

林如玉默然，但她明白，老公这番话是心里话。她笑着说："我什么时候不支持你了？"

洪瑞祥就说："那就定了，从今天起，北方建点的事，从选点、谈判开始，你做主，你大胆拿主意，你说了算！"

林如玉答应得很爽快："好吧。"

她不觉得这事有多难、多具挑战性。她觉得有甄月瑶、白玉冰这些朋友，在北京先建个点，作为以后公司的北方总部不会有太多的麻烦事，何况现在公司兵强马壮，带一支信得过的队伍过来，足以包打天下。

她便满怀信心地与甄月瑶沟通，当她谈到在北京因为人生地不熟可能遇到的难处时，甄月瑶也都一拍胸口，给她打了保票。

但当洪瑞祥带着刘江等人离开北京回玉王庄，留下林如玉与巧巧开始跑筹建公司的有关事宜时，问题出现了。而出现的情况，用甄月瑶的话说，是鬼都想不到。

她们在北京要做的第一件事是找店址。头两天还没什么，她们看中了一些门面，就与房子的主人接洽，房东的反应也很正常。但当她们与甄月瑶商量后确定了要哪个店面，再去找房子的主人谈时，情况就变了，房子主人就一句话，你们来晚了，昨天这店面已经租给人了。没办法，她们又只好在街上四处奔走，联系中介机构，但一个星期过去，但凡她们觉得可以考虑的店面，一个也谈不下来。

而这时候,她们才发现,每天只要她们一出门,总有人远远跟着,走路有人跟,坐车也有人跟。她们进出商场、饭店,也总会被人无意地冲撞一下,或是有人死死瞪着你,然后傻子一样地冲你笑个不停,搞得她们毛骨悚然。但又始终没人对她们做出直接的过分的动作,让她们也无从发作,只有暗自生气和惴惴不安。

她们把情况和甄月瑶说了,甄月瑶眉头一皱:"有人在对付你们!谁呢!"

林如玉也知道有人在针对她,但她想不出有谁要这么对付她。

甄月瑶说:"你们先别到处走了,店面的事我来给你们想办法。"但她自己也没有多余的铺面,亲戚朋友的也没有,她只好通过中介机构帮着找。找到了,她不想让林如玉她们出面,就自己签了租赁合同。然后又和林如玉签了转租合同。以为这样也能让林如玉把店开了。等店开张以后,有什么事再解决。

但这个转租合同在工商局里通不过。理由是甄月瑶与房主签的租赁合同中没有允许转租的条款。再找房东商量,房东一听是转租给林如玉她们,就一句话:"对不起,外地人不行。"

甄月瑶也觉得头疼,就把这个情况告诉了白玉冰,白玉冰告诉了金水。金水让林如玉她们还是自己上街去跑租房子的事。他告诉甄月瑶和林如玉她们,跟踪、骚扰、甚至有可能威胁一些房主不让把房子租给林如玉的这些人,来自不同的讨债公司,都还是有营业执照的。但目前他们没有什么违法行为,抓抓不了,赶赶不走,很烦人。原先去展馆踢馆的人,也是讨债公司的人,但他们出手打人了,砸坏东西了,破坏展馆秩序了,当场可以抓,可以追究责任。但目前跟踪骚扰林如玉的人,他没办法下手。这事肯定也有人花钱委托这些讨债公司这么做,当这个委托人就算是抓到了,也顶多是拘留几天,罚点款,还得放出来,放出来后,他依然可以这么做。

林如玉就想到,这事肯定是舒小小干的!这个女人,为了折腾她们,真是不惜血本。为了一点报复心理,已经付出了二千多万了,刚放了出来,又这么干,她是聪明呢,还是蠢?最多店不开了,可北京的店开不了,就到别的地方去开,你舒小小还能拦得住吗?

她把自己的想法和甄月瑶说了,甄月瑶说:"不行!绝不能让她得逞!你的店要开,她给你的麻烦也要找她讨说法。这样吧,我在我的营业厅给你腾出一个地方,你就先作为我底下的一个营业部开展工作,独立核算。我也要找人,把这个女人给找出来!要不,我怎么向你老公和福祥大哥他们交代?"

营业部设在繁华的老城区,开业之后,生意异常火爆,林如玉和巧巧从玉王庄调了好几个人过来,才把店面的日常工作应付了下来。她对甄月瑶说:"不好意思,抢了你的生意。"

甄月瑶却很开心:"跟姐说客气话就没意思了,你没看到我这边的生意也好得不得了!我营业面积看是小了,但营业额却翻一番了,是你带旺了我的生意!知道吗?这就叫作成行成市,一旺百旺!帮了你,也帮了我!"

林如玉一听,就更开心了。她突然想起来,这些日子进进出出,也没有发现有尾巴跟着了。便说道:"那些人是不是跟我跟累了,不见影了。"

甄月瑶说:"这事你不问,我也不想跟你说。那些人不是不想跟,是没人花钱雇他们跟了!"

林如玉:"哦?怎么回事?"

甄月瑶:"看来你猜得不错,真是舒小小干的!我表弟在保定找到她了,她在那里兜售她家的药材呢!那天,她陪客户吃了饭,又在一个高档的会所唱歌。我表弟带人进去,把客人先请走了,然后把她揍了一通,她的脸也花了,然后又将她捆成一团,对她说:'我虽然钱没你多,不能花钱雇人到处跟踪骚扰人,但我的人找人虐你一遍的钱是足够的。'临走前,往她脸上甩了几张钞票,又留了一张字条,上面写着:这女人喜欢被人虐,谁喜欢虐她,随便虐!"

林如玉听得目瞪口呆,半响才说:"那……你表弟会不会……"

甄月瑶:"不用担心,我表弟从小野惯了,一直是黑白两道通吃,哪里都有好朋友。但他最听我的话,因为从小就我一个人真正疼他。"

甄月瑶又说:"警察到了现场,看了看,就下了结论:这女人卖肉卖到虐待狂手里了,把她解开,让她自己去医院吧。然后就走人了。她也不吭声,直接离开了。我表弟派人跟着她,发现她坐高铁回广东去了。"

于是,第二天,林如玉和巧巧又开始找铺面。这回很顺利,"老祥记"的木匾在北京最繁华的王府井大街挂出来了。

六 关外

北京店开张不久,洪瑞祥刚接待完方副市长带队的玉王庄翡翠玉雕匠人考察组,便接到张少龄的电话,说他爷爷病危,还老是念叨着他。他便和刘江急忙赶到机场,登机飞往云南。飞机起飞前,他又给李福祥打了电话,约他到腾冲见面。

这时,腾冲的驼峰机场还在筹建之中。洪瑞祥和刘江仓促之间,只能先飞到昆明,再转车到腾冲,到腾冲时,已是半夜时分。张少龄接到他们,高兴地说:"我爷爷听说你要来了,高兴得精神了很多。"

张少龄直接将他们带到张老爷子住院的病房。在病床上躺了一个来月奄奄一息的张老爷子居然坐了起来,靠在床屏上等着洪瑞祥的到来。一见洪瑞祥,还想下床来迎,洪瑞祥急忙大步走近他,把他扶到床上坐好。他颤巍巍地用嘶哑的声音说道:"阿祥,又见到你了!我还以为……"

洪瑞祥赶紧接过话来:"张爷爷!你老一定会长命百岁!我们还等着你老人家带着我们这些晚辈走向全国,走向东南亚,把玉文化真正发扬光大呢!"

张老爷子笑道:"我倒是想啊!可惜岁月不饶人,干不动了。我帮不了你们了,现在,倒是要阿祥你来帮帮我了。我知道你交游广,朋友多,脑子更活络,比我那些儿孙强多了。"

洪瑞祥便听出老人话里有话，忙问道："张爷爷，是不是有什么事要我去做？你尽管说。只要我能办到的，绝无二话。"

张老爷子说："你知道的，那么多年，我都守在腾冲，等着别人来和我做生意，不敢到人家地盘上去嘚瑟，总算求得一辈子安宁。不想小辈的心野，不但要跑出去，还一去就去了天寒地冻的东北。花了不少钱，听说也搞出来个大门面，可从开张第一天起，就有人眼红了，到现在，挤对着我那小儿子店门都不敢开。几千万上亿的玉制件就搁在店里，不知哪一天就会被人洗劫一空，我的病，大半就是被这事给气出来的！"说着，老人累得够呛，拼命咳嗽、喘气。洪瑞祥和张少龄忙上前，一个轻抚着老人前胸，一个轻轻拍打着他的后背。好半天，老人总算喘气均匀了一点，也不咳嗽了。

洪瑞祥问张少龄："家里的店开在东北哪个城市？"

张少龄说："沈阳，中兴商贸附近。"

洪瑞祥点点头，对老爷子说："张爷爷，我虽然对东北不熟，但我会尽快赶过去，想尽一切办法摆平这事！"

张老爷子说："我只希望你去看看，能做下去就做，或是你接过手去做，让我那没用的小儿子滚回来就行！"

洪瑞祥："我去了再酌情处理吧！我相信不会没办法可想。老人家就安心养好身体，等我的好消息。"

第二天，李福祥也赶到了腾冲，洪瑞祥先带着他去见了张爷爷，见张爷爷气息比昨天晚上好多了，心里稍安，便带着李福祥去玉石厂挑石头。挑了好半天，洪瑞祥给他挑中的石头都打了八折，他还付了一个多亿。

两个人出了很多汗，洪瑞祥便带着李福祥去了热海泡温泉，又请他尝了腾冲风味的菜。这过程中，他把自己和张老爷子交往的那些历史对李福祥和盘托出。李福祥也赞张老爷子的侠义和善良。听到老爷子的小儿子在沈阳的处境，也骂了起来，当场就表态要和洪瑞祥一起去帮着解决问题。他说，沈阳玉石界不少人和他有生意来往，究竟是谁在挤兑张老爷子的商行，去了就知道了。洪瑞祥很高兴，约好一起在腾冲再待一天，就飞北京，从那里再找些外援，然后从北京去沈阳。

洪瑞祥依然带上刘江和两个最出色的特种兵出身的员工，和李福祥一起飞北京。到了北京，安顿下来以后，就去看了林如玉和巧巧主持的店面，然后便约了甄月瑶和白玉冰一起聚聚。

酒席上，洪瑞祥把要去沈阳的事告诉了大家。林如玉一听就兴奋起来，她说，据她统计，到北京店里来买翡翠饰品的有很大比例是东北人。她觉得应该到沈阳、大连、哈尔滨等地都开一个店。洪瑞祥才把张老爷子的小儿子在沈阳开店被人挤对得无法立足的事说了，说他和福祥大哥就是要去帮忙解决问题的。甄月瑶一听，说你们两个都去，她也去，摆出个大阵仗让那些人看看！不信镇不住他们！

白玉冰听了却什么话都没说，离座出去打了个电话，回来说，他把三位玉雕大师要联袂去沈阳的事告诉了她爸爸。她爸爸特别兴奋，认为是玉文化传承界一件大事，他说，洪瑞祥、李福祥和甄月瑶，被授予国家级玉雕传承人的文已下发。三位传承人一起去东北，是东北的幸运，他愿意为三位鸣锣开道！

　　众人一阵愣怔。

　　白玉冰见大家发呆，便笑道："怎么？听不清楚，这是以文化部非遗司的名义，为你们去东北一路鸣锣开道，这阵势，不就真正起来了吗？"

　　洪瑞祥："这事，怎么好麻烦白司长？"

　　白玉冰不高兴了："什么叫麻烦？他陪你们去你们还不乐意？"

　　洪瑞祥等人赶快说："乐意乐意！"

　　李福祥补充道："不仅是乐意，而是太好、太高兴了！"

　　白玉冰："知道吧？我就是沈阳人！我曾爷爷就在沈阳读书时参加抗联的！我爷爷后来也在沈阳工作。在沈阳，谁欺负我们白家和我们白家的朋友，那是不长眼！"

　　洪瑞祥顿时心情大好！便斟满了一杯酒，与白玉冰一碰："我敬你！"然后一饮而尽。

　　白玉冰笑道："一杯酒就想把我拐到沈阳去？"

　　洪瑞祥也笑道："聪明，但不是拐，而是请，请你陪小弟去你故乡一游！顺便，你可以为你家乡打扫打扫卫生！"

　　白玉冰："算你会说话！"说着，也把酒喝了。

　　私人活动带上了官方色彩，果然就不同了。

　　白司长父女和洪瑞祥一行一下飞机，便有沈阳市政府的车到机场内来接。车子直接把他们拉到市委招待所。

　　安顿下来之后，白司长的秘书通知大家，请大家稍事休息，晚上，市里领导要为大家接风。

　　洪瑞祥一看时间还早，便叫上刘江他们准备出去。白玉冰知道洪瑞祥要去哪里，也马上跑出来跟上他们。

　　洪瑞祥向门卫问了一下路，知道张老爷子小儿子的碧玉轩就在附近，便走路过去。

　　很快，他们就看到了红墙绿瓦、装潢华丽却又古色古香的碧玉轩门面。果然大门紧闭，从窗玻璃上可见里面有身着保安制服的人在走动，便上前敲门。

　　一个保安打开一条门缝，伸出头来问道："你们找谁？"

　　洪瑞祥说："我们是从腾冲张老爷子那里过来的，找你们老板。"

　　保安说："请稍等！"

　　过了一会儿，便见一个身着中山装的中年人过来打开门，一见洪瑞祥便高兴地叫道："是阿祥啊！快请进！"

　　此人洪瑞祥见过，张老爷子的小儿子，人称二少爷的张仲轩。

　　张仲轩把洪瑞祥等人引进到会客室，坐下来，见张仲轩忙着张罗泡茶，洪瑞祥便说：

"情况怎么样？先跟我们介绍介绍吧，今天下午我们时间不多，了解完情况就得走！"

张仲轩还是把几杯茶端到众人面前，才坐下来说："你看见了，我店门都没开。只要我的店门一开，就有好几个流氓地痞进来四处逡巡，有人看货，他们就上去搭讪，不把人吓跑不罢休。门口，也有乞丐和无赖在斗嘴，甚至是真真假假的打上一架。总之，客人不是不敢进门，就是进门了，也没法买我的东西。"

洪瑞祥："没报警？"

张仲轩："报了，报了不止一次，警察也来过，看了看，摇摇头，走了。"

洪瑞祥："怎么会这样？"

张仲轩："听说派出所的头不让碰他们，说他们并没有违法。"

洪瑞祥："明白了，你不用担心，这些情况我会直接向市领导反映，最迟一两天，你就可以正常营业了。"

一直静静听着的白玉冰这时候说："不，今晚，就七点钟吧，你开门营业！"

张仲轩看了看白玉冰，又看看洪瑞祥。

洪瑞祥点点头，对白玉冰说："白处长，你安排！"

白玉冰说："稍等，我打个电话。"说着，她拨了号，还按了免提，电话里传出来一个男子爽朗的笑声："嫂子，怎么有空给我打电话呀！"白玉冰说："嫂子有事要你办，就今天晚上，有时间吧？"对方说："有，只要嫂子一声令下，没时间也得有时间，哪里缺警力也不能缺了嫂子这边的！"白玉冰就说："好！哥嫂没白疼你。这样，你听好了，今晚你派出四十个警察，分两批出动，第一批二十人，在晚上七点钟之前穿便服埋伏在碧玉轩附近。碧玉轩你知道吗？"对方说："知道，卖翡翠的，全沈阳就这一家。"白玉冰说："这二十个便衣只要听到店里打起来了，马上出击，该怎么打怎么打！记住，打架一方只有三个人的，那是我兄弟，别误伤了！"对方说："明白！"白玉冰说："第二批，二十名荷枪实弹的刑警，什么时候你定，掐准时间，看打得差不多了，就冲进来，把人全给我抓了！抓了之后，立即突审，把他们长时间骚扰碧玉轩的主使人，给查出来抓了！敢欺负我的朋友，真吃了豹子胆了！"对方说："明白了，嫂子放心，保证完成任务！"

白玉冰便挂了电话，问道："都明白了吧？"

众人都点点头。

白玉冰对刘江笑笑："刘江，我知道你和你的这两位兄弟很能打！所以你们要挑起事端，要跟他们开打，但要注意别受伤，能做到吧？"

刘江也学着电话里那男人说："嫂子放心！保证完成任务！"

众人都笑了起来。

白玉冰说："好！今晚的接风晚宴，你们三个就别出席。等事情结束之后，我带你们去吃好吃的！"

张仲轩高兴地问道："白处长，刚才通电话的那位警官……"

白玉冰："是我老公的老部下，铁哥们！你不必管他，今晚让他干这事，是让他戴罪立功，这事啊，本来他早就应该干了，还要等我来说。至于其他干警，今晚的行动过后，该立功的立功，该受奖的受奖，自有公安局去犒赏他们。"

当天晚上，在碧玉轩发生的一切，都按照白玉冰安排的进行，二十几名流氓地痞和他们的背后指使者先后被抓。

第二天，按照司长的提议，市政府在大会议室召开了"热烈欢迎洪瑞祥等三位国家级玉雕传承人莅沈指导及投资合作座谈会"会议，会上，市政府秘书长向与会者隆重地介绍了洪瑞祥、李福祥和甄月瑶。与会的宣传部、文化局、招商局、轻工局、工商局的领导和玉石界的代表，都十分兴奋，都以热烈的掌声欢迎他们的到来。接着，秘书长又宣布了一件事，他说，我现在向大家通报，就在昨天晚上，我市公安干警通过周密部署，一举摧毁了一个捣乱市场、欺凌外来投资商的犯罪团伙。这个犯罪团伙及其幕后操纵者共三十多人全部落网，这对我市招商引资、发展经济对维护正常的社会秩序，保护市民，特别是外来投资商的生命和财产安全，是强有力的保证，是一件大快人心的事。希望这件事，能促进我们这一次玉石界招商引资的成功！

大家又是一阵热烈的掌声。

接着，座谈会正式开始，一位分管副市长作了热情洋溢的发言，表示了对洪瑞祥一行来访的高度重视，并希望他们投资成功，也做出了一定做好服务工作、为投资商保驾护航的承诺。

洪瑞祥代表三位传承人，表示了在沈阳投资，与沈阳玉石界共同切磋技艺，共谋发展，为玉文化的传承和宣扬做出更大贡献的决心。

而一位玉石界的代表，在发言中即义愤填膺地控诉了玉石界中的败类，昨晚被公安局抓捕的犯罪团伙的幕后操控者，表示了要与几位大师共谋发展、亲密合作的意向。

座谈会在极其热烈的气氛中进行。会后，与会者共进了午餐。原来相隔千万里，互不认识的人，在良好的氛围中马上成了朋友。

当地的媒体纷纷报道了这次座谈会的盛况，座谈会结束后，又分别对三位传承人作了专访。

借着这股东风，洪瑞祥、李福祥、甄月瑶都顺利地完成了选点、买铺面的工作，又电召各自的手下过来，开始筹备自己店的开张事宜。

至此，洪瑞祥一行的沈阳之行圆满结束。比预想的要顺利，达到的目的比计划得要多，大家都十分高兴。

白玉冰对洪瑞祥说："本来，有市领导出面，张老爷子的碧玉轩也是可以顺利解围的，但我想起你的一句话，所以还是采取了雷霆手段！"

洪瑞祥说："我说的哪句话？让你下了这样的决心？"

白玉冰说："你说让我回家先打扫打扫卫生，这些老鼠和苍蝇不扫掉，行吗？"

洪瑞祥开心地笑道："好！扫得好！下来，是不是要陪我了解了解你的家乡了？"

白玉冰便说："早已计划好了！先去沈阳故宫看看吧！"

他们在沈阳痛痛快快地玩了三天。然后大家又一起飞上海。白司长、白玉冰，还有甄月瑶，都说要到上海去看洪瑞祥的新店，还要坐李福祥的游艇，到长江口去见一见风浪。

第十章　长征圆梦

一　顺景

春去夏至，秋去冬来。转眼间，好几个年头过去。这些年，洪瑞祥的家族事业也好，玉王庄的乡亲们也好，都是一片顺景。生意也好，生活也好，都是日益兴旺祥和，日子越过越有奔头。

当二十一世纪的钟声敲响之时，他便与林如玉商定，今年春节，要让自己的家人，自己的员工，还有在自己事业刚起步时就走到一起，结伴同行的兄弟姐妹们，一起热热闹闹、喜喜庆庆、团团圆圆过个好年。

于是，在节前，林如玉便吩咐巧巧给每个员工发了统一的咨询函。内容是千禧之年，千年只有一次，你想如何度过一个欢乐的春节，请如实回答。

大家觉得很好玩，便都按照自己的想法，一一填写了回函。有的说要和自己最亲爱的人去国外一游，有的说已经选定了国内的旅游路线，有的说要回家探亲，看望父母，全家团圆，有的说一年辛苦，难得放假几天，要宅在家里，与亲朋戚友一起，好酒好烟好茶好菜，懒散而又惬意地休息几天……

让大家想不到的是，工资领了，奖金领了，有分红的也入账了。但在公司年饭之后，放假之前，每个人都收到一个大红包，里面除了一张大家都有的贺卡，上面有洪瑞祥签名的一小段话：感谢你一年来为公司的付出，满足你一点小小的心愿，祝节日快乐，家庭幸福。之外，便是足以满足各人在回函中提出来的过节所需费用。

虽然这笔费用因人而异，有多有少，但都是根据个人所需给的，没有一个人去计较这些，全部对着这个大红包，涌出一股温暖的情愫。

正月初一，陈茗乾与夏小雨带着儿女过来拜年，坐下聊了一会儿，便相约一起去林清溪家，还未出门，王宗伟来了。

王宗伟这些年过得挺滋润，自从得知他同父异母的哥哥王利群死了之后，他听从了父亲王庆文的劝说，下决心坐稳村主任这个位子。他变得勤谨、谦和，很能为村民着想。的确为村里办了不少好事。不少村民也认为他比他父亲好多了，他也很懂人情世故。从不故作清廉，村民请吃、送红包，他基本上来者不拒，但会回二斤水果，一条烟什么的，让巴结他的人也很舒心。他看中周雪莹的美貌，想娶她为妻，但周雪莹怕他如虎，始终躲在彭珊珊身后，不让他得逞，他也不强求，经人介绍，娶了邻村一个石材厂老板的女儿。而他父亲利用自己的人际关系，为一些开发商在镇上、在各村拿了不少地，靠拿"点头"也发了点财，加上原来王利群给他的，在村里建了一座楼开了带餐厅和歌房的宾馆。王庆文自任董事长，让彭珊珊去做了总经理，彭珊珊原来开的小餐厅，就转给了夏韵娟，夏韵娟将两个餐厅合二为一，生意也做大了。因为王庆文与王宗伟在自家宾馆里都留了专用套房，经常吃住都在宾馆。周雪莹便不愿随彭珊珊到宾馆，而是留在餐厅成了夏韵娟的助手。

王宗伟一进门便拱手给众人拜年，洪瑞祥与陈茗乾也向他道了新年好，请他坐下喝茶。

洪瑞祥笑问道："你是个大忙人，难得大年初一就到村民家来走走。"

王宗伟说："有心拜年初一二，无心拜年初三四。怕大家说我怠慢了。第一个到你家来，还有事要告诉你。"

洪瑞祥："什么事？"

王宗伟："出门前我和方市长电话拜年，方市长在葵涌，准备到下边渔村去给渔民拜年。他说今年春节他就是要与民同乐。我们这里，他安排在初六晚上，来参加我们的火把节。他让我来告诉你，到时候他要和你见面，有事要和你谈。"

方市长就是原来的方副市长。他这几年似乎也是顺风顺水，春风得意。那年在北京展会弄得灰溜溜回来后，低调地蛰伏了一段时间，不知道为什么就平调到一个经济规模更大的市里去，在那里他很是活跃，上下串联，促成几个公司上市，捞足了政绩，前一段时间，便听说他调回来任市长了，而且带回来几个大项目。原来能够制约他的吴书记早就上调到省里去了。他一回来，便如日中天，大权独揽。

洪瑞祥便问："市长大人找我什么事，你知道吗？"

王宗伟说："具体什么事我也不知道。但他说了，老朋友了，有机会要好好合作一把。"

洪瑞祥不禁好笑："老朋友？"

王宗伟走后，洪瑞祥和陈茗乾便一起到了林清溪家。说起方市长要来谈什么合作的事，林清溪便说："小心！江山易改，本性难移！我听我一个学生说，姓方的帮他爸的公司上市，只是公关费用就要了他家八千多万！"

陈茗乾也说："狗改不了吃屎！"

洪瑞祥突然有了一丝丝不好预感：怕是这些年的顺景往后要打折扣了。

初六中午，回甘竹乡看望父母的刘江和巧巧带着儿女回到了玉王庄。钟小九娶了个上海姑娘，生了一个宝贝女儿，爷爷奶奶视这个粉雕玉琢的小孙女为掌上明珠，一刻也不让她离开他们的视线。所以钟小九和妻子也来到了玉王庄，他们要和洪瑞祥一家一起欢度火把节。一起祝福新的一年红红火火，兴兴旺旺。

这天下午，洪瑞祥正和弟弟洪瑞麟，还有刘江、钟小九在客厅里喝茶，聊着新一年要关注的问题。方市长居然由王宗伟带着找上门来。

方市长一进门，便爽朗地大笑："这么热闹啊！大家新年好！"

众人都站起来，纷纷说道："市长好！"

方市长热烈地与众人都握了手，才坐下来，说道："洪家公司的'四大天王'都在，今天我真是不虚此行啊！"

所谓"四大天王"，是玉王庄乡亲们对洪瑞祥公司中的洪瑞祥、洪瑞麟、刘江、钟小九四个人的戏称。都说洪瑞祥公司之所以越做越大，除了洪家的传承及洪瑞祥的个人能力与人格魅力之外，得力于其他三个人的忠心扶持，能干肯干，形成了一个强有力的核心班子。

洪瑞祥笑道："想不到乡亲们开玩笑的话，市长也知道了。"

方市长说："你洪瑞祥，还有你的公司，我一直都很关注，我是看着你们一步步走过来的，看着你们一点点成长起来的。你们的事，说实在的，我不知道的很少。"

洪瑞祥不以为然，便笑笑说："那市长知不知道我们下来的主要工作方向呢？"

方市长说："我今天冒昧登门，就是为这个来的！我知道你们这几年发展很快，唯一进展还迟缓的可能就只有在上海的生态产业园了。这一点我可以想办法给你们帮点忙。就我本人，当然跟上海那边对不上话，可我在上边有人，我可以通过上面的人跟上海那边打招呼。"

洪瑞祥淡淡一笑："多谢市长关心，但打招呼就不必了，那边产业园的进度，是我们有意放慢，是出于通盘考虑做出的安排，就不劳市长操心了。"

方市长脸一僵，但马上又是一脸笑容："那看来是我了解情况不够深入细微。那好，这个问题我们就不谈了。现在谈谈市里面对你们的期望。你们作为市里出色的民营企业，在规模和影响上已达到了一定的高度。所以，市里面有意识让你们更上一层楼，具体的措施有两个：一是力推你们上市，作为上市公司，可以发展得更快更好；二是市里筹备中的一些具有重大影响和长远利益的项目，让你们介入进去，使你们公司从单一经营向多元化方面发展。"

洪瑞祥说："关于第一点，上市公司的问题，我们内部曾议论过，还没有形成倾向性意见。但有关的方向我们还是比较清楚的。而第二方面，市里希望我们介入什么项目、什么行业，市长能说具体一点吗？"

方市长说："项目方面，譬如高速公路、机场附属设施等，行业方面，譬如介入市里的医药、服装、科技等，打造一些真正有市场价值的龙头企业，这个，可以和市里现有的一些大公司合作，由市里来牵线和协调。"

洪瑞祥等人听罢都不吭声。

王宗伟说："洪总！这可是千载难逢的机会呀！难得市里这么看重！这么支持！你表个态吧！"

洪瑞祥依然是淡淡一笑："市里对我们这么重视，我一下子有点受宠若惊！这样吧，市长说的这两个方面，都是大事。我一个人只能表示对市里关心的感谢。但具体怎么办，我们得好好商量商量，最主要的，是看我们有多大力量，能做多大的事，这可不敢脑袋一热，就干起来。市长，你说是不是？"

方市长点点头："对，饭再好吃，也得看看自己胃口有多大，撑坏了可不行。这我理解，你们商量好了，是什么意见，我们再谈，好吧。"

众人都说好。

方市长便告辞走了。

众人热情地把方市长送到门口，然后便都默默无言地回到屋内。

半响，刘江才说出一句："黄鼠狼给鸡拜年，我看是没安好心！"

洪瑞麟说："上什么市？我们玉石行业，本身就是个高风险行业，运气不好，进几批石头进坏了，公司就会大伤元气。所以，是好是歹，我们自己承受就好了，别去让股民跟着提心吊胆！"

钟小九说："麟哥这话我特赞成！"

刘江又说："不熟不做，什么钱该我们赚，什么钱不该我们赚，我们心里要有数。什么多元化经营？单一经营能做好就不错了！我们在发展中碰了多少软硬钉子？"

洪瑞祥点点头，说："就一般企业而言，对一点不了解方市长为人的人来说，方市长刚才这通话，会让人热血沸腾，会不管不顾地往方市长身上靠上去。他肯定也对自己这一次以市里名义抛给我们的诱饵充满信心。他没想到我们会保持清醒的头脑，他现在就开始在等我们的好消息了。"

洪瑞麟说："那如果我们还不能给他回音，他会怎么样？"

刘江冷笑："嘿嘿，很难说，防不胜防！"

洪瑞祥想了想，说："作为一个企业，该承担的社会责任还是要承担，真是利国利民的事，吃点亏也不要紧。所以，我的想法是，关于上市的事，我们的回答是内部意见不统一，暂时没法启动，实际上是拒绝了他的提议。为什么拒绝，刚才阿麟说得好，我们不想上市。而如果我们要上市，他肯定要以攻关的名义让我们出一大笔费用。这钱到谁袋里，都是我们不想的，也是国家不允许、百姓痛恨的！对于做项目这事，可以了解透一点，市里有哪些大项目，准备交给谁做，投资方除了国家，还有谁，都调查清楚，确实是必须企业处理而我们又力所能及，参与投入后不会有大风险，可以答应做一点。至于做其他行业，就一句话，我们自己熟悉的行业都还没做好，哪敢介入其他行业啊。"

众人都点头同意他的意见。

刘江说："调查的事我来安排。我还想彻底摸摸市长大人说的这些话，是不是真的是市里领导们的意见，还是他代表了谁的利益？"

洪瑞祥说："注意工作方案。我们做生意的，以和为贵，别一下子就和他翻脸。那样的话，这几年的顺景恐怕就会变成逆境了。权力对企业的制约，你们都是有体会的。"

大家意见一致，彼此的心也就没那么抑郁，又继续聊方市长来之前的话题。直到林如玉和巧巧喊他们进餐厅喝酒。

酒还没喝尽兴，天已黑了下来。突然，外面锣鼓声惊天动地地响了起来，悠扬悦耳的丝竹之声伴随其中。他们相视一笑，都放下酒杯，站起身来，各自带着家人，出门参加火把节去了。出门前，刘江、钟小九和孩子们还戴上了面具，拿着准备好了的火把。

他们一起走到了村中的介公庙前，这里，已是人山人海。介公者，即介子推，据史书记载，历史上确有其人，系春秋时期晋国大臣。晋公子重耳为躲避祸乱流亡他国长达十九年，备受艰辛。介子推始终追随其左右，不离不弃，一次，君臣等人在路上援尽粮绝，数日断炊，饿得走不动了。这时介子推将自己腿上的一块肉割了下来，熬成肉羹给重耳吃，使奄奄一息的重耳活了过来。终于重返晋国，并成了一代霸主晋文公。而这时的介子推却功成身退，不求名利，与母亲归隐绵山。晋文公为了迫介子推出面接受封赏，下令放火烧山。而介子推宁死不下山，与母亲一起被烧死在山中。介子推忠诚、仁爱、刚强、施恩不图报的品质，与玉王庄人崇信的玉德契合。玉王庄人便奉介子公为圣人，奉介子推的母亲为圣母，世代供奉祭祀。

洪瑞祥等人到了庙前之时，众多身着特制袍服的乡亲正在恭请介公与圣母老夫人的神像上轿出庙。于是大锣鼓开道，青狮引路，抬轿人一边颠轿，一边前行，神像后面，是标旗队伍、化装游行队伍，而后，便是长达一里多的手持燃烧着的熊熊火把的乡亲们兴高采烈的长队……

洪瑞祥一行人也点燃了火把，融入了游行队伍，经过村口时，见方市长站在街边，饶有兴趣地观看着，他的旁边，站着王宗伟等村干部，夏小雨也在其中。

千禧年的春节，便在欢乐的氛围中过去了。人们又开始了按部就班地工作。

刘江的工作效率是惊人的，春节后上班才几天，他就把一沓调查资料放在洪瑞祥面前。

洪瑞祥一看，气就不打一处来，不由狠狠地一拍桌子，破口骂道："蠢虫！败类！"

材料分两部分简明扼要地报告了调查结果。经方市长鼓动的争取上市的公司，都给了方市长数目巨大的攻关费。有的是上市了，但却因失了元气，实际前景不看好。有的公司送了钱却上不了市，只能哑巴吃黄连。而市里要上的三个大项目，目前正由方市长半公开的情妇在上下串联，在各大建筑公司中明码标价……

洪瑞祥问刘江："有佐证这些材料的真凭实据吗？"

刘江说："这些事并不是秘密，在一些圈子里已广为人知。而要获取证据，得有权力机构介入，我们不是！"

洪瑞祥便叹气："这事，我们该怎么办？"

刘江说："第一，我不会放过他。我们还要继续做些了解，拿不到证据，确定取得证据的关键人物，取得有用的线索，对将来权力部门的介入有帮助。第二，我们不理睬他！该干什么还干什么。"

洪瑞祥赞许地点点头。

刘江又说："他这个人还有个特点，不达目的绝不罢休。你看吧，他或是他的秘书，还有那个王宗伟，肯定会一天三次五次地来找我们，要我们表态。"

洪瑞祥："那就让他们来吧。他来了，我们走。小九回上海管他那一摊子去，阿麟回厦门管他那一摊子，我呢，敏敏要回北师大上学，我要送她去，顺便看看京九线上和北方各地我们的点,你呢,是回腾冲还是跟我去北方?"

刘江说:"我和你去北方吧。"

洪瑞祥:"那行,我交代一下如玉,你交代一下巧巧,让她们守好大本营。跟她们说,我们的事业,由我们自己把握!就像火把节的游行队伍,红红火火一路向前,谁也拦不住!"

刘江点点头,开心地笑了。

二 突破

敏敏把沉重的行李箱拖到门口,让司机把它放到后备厢里,然后转身到了一间摆放着洪春山遗像的屋子里,烧香磕头,才含着泪走进车里。

洪瑞祥目睹女儿对逝去老人的深深怀念,心里也是一阵难受。那一年,改革开放的总设计师邓大人走了,没过多久,先是自己的爷爷洪春山,然后是林如玉的爷爷林和平,再然后是张老爷子、钟老爷子、乔太爷。这些老人相继都走了,都是无疾而终。洪春山老人在临终前露出开心的微笑,说道:"跟着邓大人走,在哪里都有好日子过。"但愿这些老人在天堂快乐。

这些老人对他都有一个共同的期望,那就是要求他苦心孤诣,创造出划时代的、里程碑式的翡翠玉雕佳作,以彰显他们几代人传承和发扬中华玉文化的成就。

但此事他至今还茫无头绪。以前,愁的是玉石材料。而现在,他想的是题材。题材多如江海之水,但究竟哪一滴?哪一瓢?才能彰显整个江海的风貌,凸显水之精神,实在是颇费思量。他为此,不知多少个夜晚不能成眠。

每当清明踏青扫墓,每当年节设祭拜祖,他心里总有着深深的愧疚。

车到机场,准备登机的时候,洪瑞祥接到方市长秘书的电话,对方大概是从电话里听到了机场广播员催促旅客登机的声音,便问道:"洪总,你在机场?"

洪瑞祥应道:"是的,送我女儿回北京上学。"

对方便说:"市长请你去他办公室聊聊。你送完女儿,就过来吧。"

洪瑞祥说了声:"好的。"便挂了电话。

他也不告诉市长秘书,自己是送女儿到机场呢,还是一直送到北京的学校。

就让市长大人去等吧。

原来洪瑞祥只是让北京公司的人来接机。一出机场,都吓了一跳,除了公司的人,甄月瑶和白玉冰也来了。白玉冰的女儿金雨纤也来了,一见敏敏,俩人便抱在一起,原来她们竟是同班同学,在大学里同行同住,好得像亲姐妹一样。

一行人浩浩荡荡地去了宾馆,安顿下来之后,便是隆重的接风宴。宴会之后,白玉冰母女先告辞走了,敏敏也被金雨纤拉到家里去了。甄月瑶随洪瑞祥和刘江回到下榻的房间。甄月瑶的手下拿出了一大卷图纸,给了甄月瑶,甄月瑶便把图纸推到洪瑞祥跟前,说是一批要求很高的工期很紧的玉雕设计图纸,请洪瑞祥抓紧时间帮忙审阅把关。

这忙当然要帮。洪瑞祥一看工作量挺大,这些图要认真看,必要时还要帮着改动一下,没有一整天的时间完成不了。怕时间拖得太长耽误了甄月瑶公司的工作,便让刘江第二天一早送敏敏和金雨纤去学校,自己就不去了,留在房间里看图纸。

这图纸一看就是一个白天,到晚饭时方才看完,便去电话让甄月瑶派人来取走。这时才想起刘江去送敏敏之后一直没有回来,正想打个电话问问,刘江便回来了。于是俩人一起去餐厅吃饭。

等上菜的时候,刘江对洪瑞祥说:"祥哥,过两天我要去一趟广西全州。"

洪瑞祥一怔:"哦?为什么突然想去那个地方?有什么要紧事吗?"

刘江说:"我还约了我爸爸妈妈,让他们直接飞广西,我们去看我太爷爷牺牲的地方。"

洪瑞祥高兴地说:"你知道你太爷爷牺牲的具体地点了?太好了!是谁告诉你的?"

刘江说:"说来真是太巧了。我今天见到了我太爷爷牺牲时班里唯一的一个幸存者!当年是我爷爷班里的一个红小鬼。今年八十多岁了,是个老将军!"

洪瑞祥来了兴趣:"你是怎么见到他的?又是怎么说起来的?"

刘江笑笑说道:"这还要感谢敏敏,就因为她,我才见到了我太爷爷的这位老战友。"

洪瑞祥奇怪地:"敏敏?她认识这位老将军?"

刘江摇摇头:"她不认识这位老将军,但认识这位老将军的重孙子。"

洪瑞祥:"哦!跟你一样,红四代呀!"

刘江说:"还真不一样,那小子虽然是红四代,但纨绔一个!他比敏敏高一级,算是敏敏的学兄,他从去年敏敏走进大学那天起,就对敏敏一直纠缠不休。"

洪瑞祥一下急了:"敏敏怎么回事?这事一直没听她说呀!"

刘江说:"敏敏是有恃无恐,她一入学就和金雨纤成了好姐妹,什么时候都同进同出,而金雨纤也是个红四代,而且还跟她爸学了点拳脚功夫,那个小子也不敢惹她。所以只能是经常给敏敏发点肉麻的信息,偶尔送点花什么的,最经常的就是像跟屁虫一样跟在她们后面,弄得敏敏很烦。今天去学校,这小子一早就等在校门口,还带着两个小兄弟,见我们到了,就嬉皮笑脸地迎上来,很殷勤地要帮敏敏拿行李。"敏敏就对我说:"刘叔!这小子像苍蝇一样讨厌,你帮我把他赶走!最好是教训教训他!"

洪瑞祥笑道:"这孩子!她是知道你能打,三个小屁孩当然不够你收拾的!"

刘江笑道:"我这人不怕打架,但必须打得有理,那小子不先动手,我就先和他动口。我把他们三个拦下,叫小金和敏敏先把东西送宿舍里去。那小子见我拦着他们,便冲我喊:'你谁呀?滚开!'我也没生气,对他说:'就你这破德行,也想追我侄女!真是癞蛤蟆想吃天鹅肉,赶快死了这条心吧!'那小子便:'你瞎了眼,你也不先打听打听我是谁?告诉你,这大学里,也就我配追敏敏!'我看那小子挺嚣张的,便问他:'你告诉我吧,你是什么人?我也懒得问别人。'他就说:'我老爸是军区司令!我太爷爷是参加过长征的老将军！怎么样？吓着了吧？还不赶紧去把敏敏给我叫回来！'我又问他：'我得弄清楚你是不是真的喜欢敏敏，说吧，你喜欢她什么？'那小子你猜他怎么说？"

洪瑞祥："无非是说敏敏长得好呗！这种衙内，还能说出什么来！"

刘江说："没错。他说：'我喜欢她，当然是因为她那祸国殃民的长相。'我就说：'胡说八道，一个小女孩，怎么就祸国殃民了？'他说：'倾国倾城！懂吧？倾国倾城，不是祸国殃民是什么？现在就祸害得我为她吃不下睡不好，除非她跟我好，不然的话，我那老红军太爷爷可能就要白发人送黑发人了。'"

洪瑞祥摇摇头："这小子，真的是满口歪理。"

刘江说："我想了想，对这个小子，还真的打也不是骂也不是，学校看来也拿他没办法。而他当军区司令的老爸，估计也没时间管他，才使他养成了这种衙内做派。听他的话里，他那老红军太爷爷应该还健在，就不知道他爷爷怎么样，就问他：'你太爷爷那么厉害，你老爸也行，那你爷爷呢？'"

那小子居然眼睛一红，说："我爷爷为国捐躯，已经牺牲二十几年了！"

刘江就问他："二十几年了？那是……"

那小子说："在越南！我爸爸冲在前头没死，我爷爷在后面指挥所里，却被炸弹炸死了！"

刘江登时说不出话来，他想起了自己的父亲刘湘，想起父亲常常提起的那一段血与火的岁月。

那小子却在回忆他的爷爷："我没见过我爷爷，但听我太爷爷和我老爸说，他比我太爷爷和老爸都厉害，更能打，更有谋略！要是他不死的话，现在至少是大军区司令！"

刘江情不自禁地摸了摸那小子的头，不知怎么就说出了这么一句话："我想见你太爷爷！"

那小子一惊，问道："为什么？告状啊！"

刘江说："不！小兄弟！因为我爷爷也是最早的红军战士，不过，他牺牲在湘江战役了。所以，我奶奶给我爸取名刘湘，给我取名刘江，就是要我们记住我的爷爷。而我爸，也和你爸一样，曾经战斗在你爷爷牺牲的那场战役中，他带上去一个连队，只打剩了三个人，我爸爸是其中之一。"

那小子一下子睁大了眼睛："你说的是真的？"

刘江说："这种事能瞎掰吗？"

那小子当即就拉着刘江的手："我带你去！"

刘江就这么见到了那位老红军老将军。更巧的是，当刘江报出他爷爷名字叫刘火金的时候，老将军一下子愣了，顿时老泪纵横。因为，湘江之战时，刘江的爷爷就是这位老将军的班长。当他们的班只打剩下他们两个人，而敌人眼看着就要蜂拥而上夺取他们守了三天两夜的阵地，刘江的爷爷命令当时只有十六岁的小战士，也就是那位老将军马上撤走，而已经负了腿伤的刘火金，即把阵地上还能用的轻机枪、步枪放在最后的一个炸药包上，在敌人冲上来的时候，点燃了导火索，与那些武器，那些嗷嗷狂叫着冲上来的敌人，一起飞上了天……老将军在离阵地不远的一处悬崖边目睹了这一幕。而后敌人搜山，也发现了他，他扔出手中的手榴弹，便向悬崖下跳了下去，被崖边的树挡了几次，跌到悬崖底下时只是摔断了一条腿，没有死，被当地一位壮族老人救了回去……

老将军说，中华人民共和国成立后，他托地方找过刘火金的家人，但杳无音信，他留刘江在家里吃了午饭，问了刘江目前的家庭情况与工作，让刘江有什么要求尽管提，他会要求有关方面落实。但刘江只提出，他想和父亲去爷爷牺牲的地方看看，希望老将军能将具体位置告诉他。老将军当即找到了一个后来跟他一起去过那座激战过的山头的下属，吩咐他安排一下，亲自带刘江父子去那个地方。

在老将军面前，刘江提都没提他的重孙子纠缠敏敏的事。走的时候，老将军对他的重孙子说："送你刘江哥哥回宾馆。"

在车上，刘江对那小子说："你出生在这样的家庭，却只给家里丢脸！你爷爷在地下有知，不跳起来揍你才怪！"

洪瑞祥说："那小子怎么说。"

刘江说："他半天不吭声。我下车的时候，本来还要再警告他几句，想不到这小子却说：'刘江哥哥，我还是很佩服你们一家子的，尤其是你！你也是红军的后代，但能这么踏踏实实地走过来，刚才我太爷爷问你需要什么，你一点要求都不提，这一点令我太爷爷都佩服你。他老人家让我叫你哥，那你就是我亲哥！别人的话我不听，你的话我还是会听的。再说，我叫你哥，敏敏叫你叔，我再跟她有什么，这辈分岂不乱套了。以后我见到她，就让她叫我小叔。别的，我不会再对她说什么了。'"

洪瑞祥一笑："这小子，看来也不是太坏！"

刘江哈哈一笑："你不会真想让这小子给你当女婿吧？你同意，我还不同意呢！敏敏也是我和巧巧抱大的！"

洪瑞祥说："不开玩笑了，你什么时候去湘江？我也去！我也想看看你爷爷战斗过、牺牲了的地方。"

隔了两天，老将军派了一架直升机，直接把洪瑞祥、刘江和陪同他们去的古上校和一位年轻的女中尉送到全州。飞行中，女中尉铺开了一张湘江战役的敌我态势图，古上校是搞军事研究的，说起当年的战况，如数家珍，说到惨烈之处，又如泣如诉，听得那位女中尉眼泪汪汪，洪瑞祥和刘江的眼睛也湿了。

到了全州，有当地军分区有关部门接待。他们在军分区招待所安顿了下来，又等了几个小时，才见到匆匆赶来的刘湘和乔丽霞夫妇，大家见面，都十分高兴。

休息了一晚，第二天早上，他们就在古上校和当地部队的带领下，直奔刘江爷爷牺牲的尖峰岭。

登上尖峰岭，古上校一下子就指出了当年刘火金牺牲的地方和老将军当年跳崖的地方。说是他跟老将军旧地重游时老将军就很详细地跟他说了当年的情况。

刘湘、乔丽霞、刘江便流着眼泪在刘火金当年点燃导火索把自己和敌人一起炸飞的地方摆下了供果香烛，然后跪下来磕头，洪瑞祥也跪在刘湘身边，跟着他们一起诚敬地磕了头。

祭拜之后，古上校便指着东面的黄帝岭，西面的冲天凤凰岭、美女梳妆岭、米花山、怀中抱子山，介绍道："当年，红一军团就在这一片山上，构筑工事狙击国民党的湘军，以掩护军委纵队渡过湘江。阻击战主战场有三处，这里是双方投入兵力最多的一处，因为山下有一个村子叫觉山铺，所以，这一次阻击战也叫觉山之战，另外，还有新圩、界首两个地方，三个地方的阻击战都打得十分惨烈，有三万多名红军指战员牺牲在这几个地方，鲜血染红了湘江上游。"

古上校说："从战役的结果看，红军损失惨重，但从战略意义上看，湘江之战，是红军的胜利！三万多名红军战士用他们的鲜血和生命筑成了钢铁长城，保护了中央军委纵队，使中央红军胜利渡过湘江，突破了敌人的重围。没有这三万多人的牺牲，很难说还有没有遵义会议，很难说红军能否到得了遵义。而湘江之战的惨重损失，也使全体红军指战员看清了王明'左'倾机会路线的危害而在遵义会议上结束了他对红军的领导权，才重新恢复了毛主席对红军的领导权，使红军顺利走到延安，走到西柏坡，走到北京。所以湘江之战烈士们的牺牲的价值，是怎么说都不过分的。作为革命的后人，我为我们有这样的先辈而自豪，而骄傲。"

洪瑞祥深有感悟地说："他们的精神，是中华民族的灵魂！"

说完这句话，洪瑞祥心中忽然一震："我苦苦寻找的题材，我一心希望我的作品体现出来的深刻内涵，不就是这个吗？"

不就是这个吗？他感觉，自己的精神在升华，困扰自己多年的思维迷宫被突破了！

古上校问道："另外两个狙击战的战场，还去看吗？"

洪瑞祥当即应道："去！"

他们又去了新圩，去了界首，去了湘江战役红军烈士纪念馆，瞻仰了纪念碑，更加清晰地体会着当年红军艰苦卓绝浴血苦战的壮烈情景。

古上校的历史知识十分丰富，与博学强记的洪瑞祥十分谈得来。

一路上，他们不断交谈。古上校说："人类就是一个不断奋斗的过程，人类史就是奋斗史，尤其是我们中华民族，我们中华民族是一个永不认输、永远自强不息的民族。中华民族的每一代人，都有着自己的长征，但以红军长征最为壮烈、最为伟大、最为可歌可泣，最为意义深远。"

洪瑞祥说："我们这一代人的长征，就是国家民族富强起来，是创造者的长征。但我们要以红军长征的精神来激励自己！"

古上校说："说得好！"

祭拜了爷爷，看到了爷爷当年壮烈牺牲的地方，刘江心愿了了。晚上，他向洪瑞祥："明天我们是回北京，还是回家？"

洪瑞祥却说："你先回吧，想回哪里回哪里，我还想继续往前走。"

刘江问道:"往前走?往哪走?"

洪瑞祥:"往红军走过的地方走!"

刘江一听,也来了兴趣:"好啊!那我陪你一起往前走!"

洪瑞祥一边随口应道:"好啊!"一边已在按照自己的工作习惯,准备着速写本、素描本,为自己开始进入创作构思做着准备。

三　盗珠

过了几天,还不见洪瑞祥的人影,方市长有点恼火,便让秘书给洪瑞祥打电话。打了几次,都是"你拨打的电话无法接通"。秘书便又打电话到洪瑞祥公司,回答是"洪总还未回来"。

秘书如实向市长做了汇报,方市长无奈,说了声"再等等吧"。又过了几天,方市长在想着洪瑞祥的事,忽然想到,洪瑞祥如今也算是功成名就的人,身家亿万,他会不会认为自己让秘书给他打电话,是对他的不尊重,所以干脆不接。于是,便自己拨打起洪瑞祥的手机。开始几次,也拨不通,只好叹了口气放下电话。忙了一阵子之后,不甘心又开始拨起电话,这回,竟让他拨通了,他有点兴奋地说:"洪瑞祥洪总吗?"

洪瑞祥客气地说:"是啊,市长!"

方市长说:"你现在在哪里啊?"

洪瑞祥说:"我在横断山呢!"

方市长皱了皱眉头:"横断山?横断山脉?你去那里干什么?"

洪瑞祥还没应答,刘江却在旁边引吭高歌:"横断山,路难行,天如火来水似银。天如火来水似银……"

他唱的是长征路上的少共国际师政委,后来的总政治部主任肖华写的《长征组歌》里的歌词。刘江不会唱歌,但这几天却是一路哼着《长征组歌》走过来的,居然也唱得像模像样,连调都不跑。

待刘江抒发完豪情,洪瑞祥才说道:"我们在走红军走过的路呢!"

方市长又是一阵无奈:"我在这里焦急地等你回来共商大事,你却还有闲情逸致去旅游!"

说着,便愤愤然放下电话。

洪瑞祥也收起电话,冷笑道:"大事?哄谁呢?我这才是大事!"

过了几天,洪瑞祥和刘江到了雪山脚下,又接到了市长的电话。

这一次他的口气温和多了,问道:"洪总啊,红军长征可是走了一年,你不会也要走一年吧?现在走到哪里了?"

洪瑞祥笑着说:"不会的,我们已经到了大雪山了!更喜岷山千里雪,三军过后尽开颜。很快,就会到延安了。"

旁边的刘江又唱起了他心爱的《长征组歌》:"雪皑皑,野茫茫,高原寒,炊断粮。红军都是钢铁汉,千锤百炼不怕难。雪山低头迎远客,草毯泥毡扎营盘。风雨侵衣骨更硬,野菜充饥志越坚。官兵一致同甘苦,革命理想高于天……"

洪瑞祥和方市长都耐心地听着刘江唱完。

洪瑞祥才笑道:"对不起,刘江可能不知道我是在和你通话。"

方市长也笑道:"没关系,你们对革命传统的深厚感情让我欣慰。我打电话是想告诉你,市里两会很快要召开了,我已经提议你进入市人大常委会。你尽快回来,在会前好好准备一些有分量的提案。知道吗?"

洪瑞祥只是淡淡地说道:"知道了。"就放下了电话。

见洪瑞祥居然先挂了电话,方市长不由大怒,把听筒狠狠地放下,发狠道:"洪瑞祥!不识抬举的家伙,不给你点颜色看,还真以为我一个堂堂市长怕了你了!"

第二天,各种调查组便出现在玉王庄。过了几天,洪瑞祥已办了几年、越来越红火的高级职校,突然被勒令停课整顿,理由多达十余条,明眼人都看出,全是鸡蛋里挑骨头的欲加之罪。

这时,洪瑞祥与刘江已经从陕西飞到北京。在延安的时候,洪瑞祥与刘江找了一个简陋的窑洞招待所住下,用心地体验当年伟人们的工作和生活情景。洪瑞祥又一次深深地感到震撼。在物质条件如此低下的条件下,中国共产党人居然能打败日本鬼子,还消灭了全副美式装备的几百万国民党军队,解放了全中国,实在是匪夷所思,但他回想着红军长征路上那些惊天地泣鬼神的真实故事,他心里便了然,他明白一个道理,精神力量的强大,在特定的时空里,会让优越的物质条件黯然失色。为了对民族精神有进一步的体验,他们从延安出发,又在黄帝陵住了两个晚上的窑洞。

回到北京,洪瑞祥便和刘江一起登门向老将军致谢。洪瑞祥把自己准备创作一组纪念红军长征胜利七十周年的翡翠玉雕群塑的计划给老将军作了汇报,老将军连连拍手叫好,认为此举十分重大,意义非同凡响。洪瑞祥又把自己在路上勾勒出来的几十幅构思草图给老将军看,老将军谦虚地说:"我不如肖华主任。对艺术创作我是一窍不通,这是你们专家的事,我相信你们会用心做到最好。"

洪瑞祥只好把草图收了起来。老将军又问道:"刚才我略估了一下,你已经有四十几个构思了,我有个建议,你可听不可听。"

洪瑞祥便说:"老将军请指示。"

老将军笑着说:"不是指示,只是有感而发,随便说说。你走了红军走过的路,听过许多的故事,你应该知道,红军不仅仅是我们汉族人的队伍,红军里有很多很多的少数民族同胞兄弟。记得路过云贵川之时,我已经是连长,一天看花名册,竟发现我的连队是由二十几个民族的弟兄组成的!你知道吗?山关战斗的时候,抱着集束手榴弹从山崖上跳到敌人军火库里,引爆敌人的军火库,为夺取娄山关起了关键作用的,就是一个彝族小战士!"

洪瑞祥说:"老将军这个意见很重要!"

老将军说:"所以,如果你原来打算做四十几个雕塑的话,我建议你做到五十六个。我的意思你明白,也含有激励我们中华民族大家庭里五十六个民族共同走建设富强国家的新长征之路的意义。"

洪瑞祥开心地笑道:"老将军,你还说你不懂艺术!你太棒了,简直是一语中的,一字值千金呐!我会遵照老将军的意思去做的!"

老将军也开心地笑着,吩咐家人摆酒。

这时候,林如玉的电话打了进来,说了学校被停课之事。洪瑞祥问为什么,林如玉说,真正的原因还用说吗!文件里罗列的罪名全是屁话!

林如玉如此温文尔雅的一个人,也气得爆粗口了,洪瑞祥更是气得一时忘记了身在何处,竟涨红了脸骂道:"这个混账东西!"

老将军有点震惊他的失态,关切地问道:"碰到什么难事了?"

洪瑞祥正在气头上,便把自己与方市长从开始到现在的恩恩怨怨,把方市长的一些见不得人的事,不管是有证据的还是坊间传言,都一一倒了出来,中间免不了谈到自己创业中的艰难,尤其是办学中碰到的诸多牵制。

老将军听罢,深深叹了一口气,说道:"我们干部中出现了不少腐化堕落分子,这些人早就忘了当初入党时的誓言,只知道为一己私利,胡作非为,什么卑鄙下流的事都干得出来。这些情况,已引起中央的高度重视。你放心吧,回去以后该干什么还干什么,不要让这些人干扰了你的大事。主席不是说过吗,善有善报,恶有恶报,不是不报,是时候未到。你说的情况,我会让人加以关注的。"

回到玉王庄,洪瑞祥只是让律师就学校被叫停的事写了一个申诉函,也不去市里找任何人,这申诉函自然也如泥牛入海。

刘江听洪瑞祥的话,也不发作,只是动身到腾冲去了,那里,毕竟他负着最重要的责任,也不敢长期离开。而洪瑞祥则是将主要精力用于构思和具体设计上。人代会他是参加了,但入常委的事却不见有人提起,他本来对这个就不上心,也无所谓。在会上见到了方市长,方市长故作视而不见,他也懒得与他周旋。

表面上,似乎很是平静。

令洪瑞祥没有想到的是,来自另一宿敌的阴谋,却已经在不露痕迹中得逞了。

且说王庆文自从在玉王庄办了一家稍为上档次的酒店之后,便以此为据点,遍施小恩小惠,广结人缘,广聚人脉,确实收到不错的回报。他利用人缘人脉,广泛收集各种信息,无论是大道还是小道来的消息,他都会认真分析,从中获取有用的线索,然苦心钻研,不管大利小利,只要有利,一概通吃。慢慢地也积聚了不少财富,但他总觉得离他要达到的目标还很远。

接到市里下发到村里的勒令洪瑞祥的学校停课的文件,王宗伟表面表示不理解,心里却着实高兴。下了班,他便到酒店来找父亲一起喝酒。

王庆文一见儿子那一脸掩饰不了的笑意,便说道:"方某人的做法,是司马昭之心,路人皆知，有点疯狂，有点嚣张，有点不择手段。但他不是司马昭，太过不知天高地厚，太过自以为是，也太过愚蠢。他现在虽然身居高位，但根基太浅，基础太不牢靠。在当今这个社会，他得意不了多久，你与他接触，一定要留有余地，不可把自己全卖给他。"

王宗伟说："有你指点，我会保持清醒头脑的。但依我看，洪瑞祥也不是什么聪明人。现在赚了大钱的人，哪个敢说这钱都是自己的，不分薄一些，是要遭来灾难的。方某人在位上时间长也好短也好，现在毕竟是在台上。洪瑞祥不能这么不识抬举。要知道，别人想送钱给方某人，还不得其门而入呢！所以呀，先吃亏的必然是他洪瑞祥，现在就已经有结果了，我想，方某人的后手还会接踵而至，洪瑞祥再有本事，毕竟是平头百姓一个，能抵挡得住？"

王庆文说："你的看法有道理，但也不尽然，洪瑞祥说是平头百姓一个，但论根基，他就比方某人扎实。他对朋友，对合作伙伴，甚至是生意上的对手，从来都是大方的。尤其是对乡亲们。他只有在贪官污吏面前，才把自己练成一只一毛不拔的铁公鸡。我看，始终方某人在他身上也不可能有大作为。要是做得太露骨，引起众怒的话，不好下台的人恐怕是方某人。"

王宗伟端起酒杯一干而尽，才叹了一口气，说道："说心里话，我还真不管他方某人怎么样，就希望他真的能狠狠地宰洪瑞祥一刀。凭什么他洪瑞祥总是赚钱如猪笼入水，哗哗的！还总是名利双收。听说他还得了个什么宝贝，叫什么天珠，最近，还在鼓捣什么大项目。"

王庆文说："我也听到一些小道消息。方某人眼前的这只铁公鸡，说不定什么时候又会一鸣惊人了！那时候，方某人就更难以对他下手了，想起来，老子我也心里不痛快。"

王宗伟又长长地出了一口气，说："连方某人都拿他没办法，我们就不必去白费脑筋了。"

王庆文想了想，却说："方某人凭借权势，敢于明火执仗，这对胆小怕事的人有用，对洪瑞祥却肯定要碰壁。"

王宗伟已经喝得有点迷糊，并没有用心去体察王庆文的话意。

但王庆文的心里却活动开了。妈的！明的不行，可以来暗的啊！不宰这些冤大头，我王庆文何年何月才能去想去的地方逍遥快活。何况，你我还是仇家呢！

也是事有凑巧。王庆文与儿子喝完酒回到自己住的套间，推开门，便见客厅里坐着一个年轻人，那人一见王庆文，便赶紧站了起来，恭敬地叫着："王叔叔。"

王庆文细看之下，不由一阵窃喜，心里马上有了计较。来人不是别人，正是几年前被他诱惑着偷了刘江家的祖传玉佩，被抓去又判了刑的周雪海。前段时间，他又故技重施，花钱托人让周雪海提前出狱。今天见他来到自己面前，便知道他又自由了，是登门来道谢的。

王庆文知道自己在周雪海眼里，是好人，是贵人，是他的恩人，会对自己言听计从。于是他高兴地上前紧紧地握着周雪海的手，说了一大箩安慰的话，直说得周雪海眼泪汪汪。

王庆文便叫厨房送来了好酒好菜，看着周雪海吃完，便对他说道："今天时间有点晚了。你在这里好好休息一晚上，明早我把雪莹叫来，你们兄妹好好聚聚。"

周雪莹虽然还在夏韵娟身边工作，但已通过夏韵娟的介绍，嫁给了村里一个憨厚的，颇有家资的小伙子，现在过得十分幸福。她唯一的牵挂就是哥哥，她的母亲也已在两年前因病去世，丧事由当时还是男朋友的小伙子操办得很是体面。

兄妹见面，自是高兴。妹妹在王庆文的安排下，每月都去探监，所以她的情况已无须再说。两人畅述一番，便由王庆文派车，送俩人一起去拜祭了葬在公墓里的母亲。

兄妹俩回到宾馆，对王庆文千恩万谢。周雪海对王庆文说："从此以后，我就跟着王叔，鞍前马后，万死不辞！"

王庆文有自己的打算，他早就已经把对周雪海的安排想周全了。他拿出厚厚的一沓钱，说："这几年你在狱中受苦了。刚出来，出去走走，放松放松，好好体会一下有钱人的日子。然后再考虑工作，我考虑了一下，觉得你还是不宜留在我身边，也不宜与你妹妹一起生活。因为玉王庄可能有人了解你的情况，那样对你对你妹妹都不利。去外面看看，看哪里合适，叔叔帮你开个店，甚至是办一家公司，那样，你后半辈子才不用看人脸色，可以自由自在地活着。"

周雪海还在犹豫，妹妹却力主哥哥按照王庆文的安排去做。周雪海其实最听的还是妹妹的话，便接了钱，由王庆文的司机把他送到了市里，自己寻快活去了。

疯玩了几天，还在娱乐场所里遇见了一个狱友，那人比周雪海小几岁，也是个惯偷，出来后寻不到生计，又重操旧业，想不到在得手时被周雪海发现了。周雪海认为他这么做太危险，弄不好又要二进宫。那人便说："大哥你如果能让小弟吃饱饭，我就跟着你，再不当三只手。"周雪海也正觉得以后生活无着，无心再玩，便认真找起生计门路来，恰巧见到有一个小旅馆要转包，他便动了心思，打电话给王庆文，征求他的意见。王庆文便过来亲自考察了旅馆的情况。当即便否决了周雪海的想法。理由是这么一个有三二十间简陋房间的小旅馆，办得再好，一天能挣多少钱，什么时候才能出人头地。我可不想你白辛苦，白浪费光阴。

周雪海觉得王庆文确实是为他着想，更加感激，不再坚持自己的想法。

王庆文便带着他去一家大酒楼喝酒，王庆文一直默默地喝着闷酒，一句话也不说。

周雪海憋不住，便问道："王叔，我是不是让你失望了？"

王庆文摇摇头，叹道："在叔叔眼里，你是个有大本事的人，可惜你的本事用得不是地方，不但没有使你获益终身，还让你坐了两次牢！一想起来，你叔叔我心里就不舒服！"

周雪海无奈地叹道："我也想搏一次快活一生，但我一直孤军作战，条件有限，没有机会能毕其功于一役，然后远遁国外，过富家翁的生活。那只是幻想。"

王庆文便笑道："如果真有这样的机会，你还敢下手吗？"

周雪海："敢，怎么不敢，与其这样窝窝囊囊地生活，不如冒死一搏！"

王庆文说："机会我给你找。你先好好休息，养精蓄锐，做好准备，等我通知吧。干完一单，我们爷俩就远走高飞，好吧？"

周雪海点点头："我一切听你安排。"

见周雪海态度明朗，王庆文心中暗自高兴，知道事有可为。他这一次没有再给周雪海钞票，反而叮嘱他从现在起要低调做人，身上有钱也不能大手大脚、随意挥霍，不要引起不必要的麻烦，更不要引起有关方面的注意。

周雪海问道："有关方面，阿叔你是说警察，你说他们还会盯着我？"

王庆文说："不怕一万，只怕万一。如果他们盯着你的话，会怀疑你刚出来，哪来那么多钱花，我也不想让他们联想到我。本来我不想你从你妹妹那里拿钱，现在看来，不管你需不需要，都要从她那里拿一点，有人问起，你有话说。我知道，这些年你妹妹还是有了一点体己钱的。你明白我的意思吗？"

周雪海点点头："明白，我就跟我妹妹说，不想欠你太多人情，不再拿你的钱花了。"

王庆文点点头："这样好。以后不管什么时候，有人问起我们之间的关系，就说因为你妹妹是我老婆的干女儿，所以我帮了你一下，别的，你和我没什么关系。"

周雪海心里虽然有点别扭，但还是觉得王庆文的做法有道理，便答应了下来。

王庆文又说："人不可能一点坏事不干。但干之前一定要想到最坏的结果，要确保退路，这才是聪明人。我们一起干事，就算出事，也只能是你，不能是我，因为只有我安全，你就会有希望，这不是我自私，我也是为你着想。"

周雪海诚挚地说："王叔，这一点你不用担心，我知道怎么做的。"

又过了几天，王庆文确信没什么人盯着周雪海，而自己也把各方面的可能性都想透想好了，便又约周雪海密谈。

王庆文问周雪海："你信不信得过你王叔？"

周雪海："当然信得过！"

王庆文说："我也信得过你，既信得过你的为人，也信得过你的本事。现在有两个机会，干一票就能过好一辈子。但有个问题，东西拿出来之后，不能像你上次那块玉佩那样匆忙出手，还是要先把东西藏好，等待时机。这时间长则三四年，短则一两年，你能等吗？"

周雪海问："是什么东西？"

王庆文："一块价值超过三亿元的极品翡翠！这机会怎么样？干不干？"

周雪海一下子兴奋起来："干！豁出命也干！"

王庆文："是啊，人为财死，鸟为食亡。想想，我们一个人，一下子有个一两亿的，那到哪里没舒服日子过？"

周雪海："这东西会不会太显眼？拿出来以后藏哪里保险呢？"

王庆文："所以我才问你信不信得过我。这事我已经想好了周全的办法。江对面有座山，山腰里有户人家，原来是做豆腐的，之所以做豆腐，就是因为他家里有一口井，那井水特别好，不管是泡茶、做饭、做豆腐，味道都极好。这家人的当家人去年死了，剩下一个老婆子要到省城傍着女儿女婿过日子，想把房子卖掉，我去看过，那井水泡的茶我也尝过，确实是绝！所以我想把这房子买下来，开一个山间小茶楼，既卖茶，也卖饭菜，还可以磨点豆腐，作为特色菜，加上山里的野菜、山坑鱼、山坑螺、竹笋，还有农家的家养土鸡，不愁吸引不了食客。"

周雪海便笑："这想法对我有吸引力。可你说了半天，跟我们刚才谈的有什么关系？"

王庆文嘿嘿一笑："关系大着呢。你想想，你把刚才我说的那宝贝拿来之后，放到一个水桶里，连桶绳一起往深井里一丢，除了你知道我知道，就只有天知地知井水知。然后，以保护水质为名，在井上加上铁盖，配上一把大锁。钥匙就在你手里，你就在这个小茶楼里当经理，我再派两个小伙子去当厨师。在厨房里就能看到水井，我再交代他们，除了做好菜，就是看好这口井。而每天早上，由你打开井盖，和那两个小伙子中随便哪一个，从井里提满一天所需的水，倒在井旁两个大水缸里。这样，不就你放心，我也放心。等到联系好买主，我们一起到井边用铁钩把井里的桶绳一钩，把装着宝贝的水桶提了上来，装上车一溜烟走了，换了钱，我们各奔东西也行，一起远走高飞也可以。你说，我这计划还有漏洞吗？"

周雪海说："太完美了！而且，如果那小茶楼有这口好井，生意应该不差。别说三两年，再长时间，我也等得起。总比在牢里好多了。"

王庆文一听这话直皱眉头，但还是说道："在等待的时间里，关键是要互相信任，不旁生枝节。"

周雪海点点头，问道："那宝贝在哪里？"

王庆文压低嗓门："我调查过，也分析了，只能在两个地方，一是公司，一是家。公司里有保安，去拿难度会大一些，而且，我认为，在家里的可能性更大。在玉王庄里，以前做玉不敢明着做的时候，家家都有地下工场。我想你先进去看看，先易后难。"

周雪海又是踩点，又是多方准备，但他做梦也想不到，这一次如此重大的盗窃，竟如此轻松。

洪瑞祥家的旧屋里，现在只住着洪海涛和王秋琴两位老人。本来洪瑞祥一再劝他们搬去新居，但俩老总觉得旧屋难离，就还一直住在这里，周雪海动手的那天晚上，俩老正好去了洪瑞祥那里。洪瑞祥拦着父亲谈他的设计图纸，这一谈就到了十二点，便在新居住下，没有回来。

房子里空无一人。周雪海从容地用他开锁的特技，神不知鬼不觉地就到了地下室，开了地下室的保险箱。他惊喜地发现，不仅天珠在，还有另外两块也是极品翡翠，估计也是价值不菲。他拿起来，一起放进了自己带来的帆布袋里，然后从容地关上保险柜，走出地下室，关上门，又将原来打开的锁锁上。乍一看，似乎没人来过。

四　忍功

是谁？是谁？是谁？

是谁如此贼胆包天？是谁如此丧尽天良？是谁在他最关键的时候捅他这一刀？

对着空空如也的保险柜，洪瑞祥欲哭无泪，欲喊无声，他把嘴唇咬出了血。

他悔恨,他生气,他深深地自责。

价值几个亿的宝物,自己怎么这么不当回事?就放在这只有两位老人的家里,而老人可能想不到自己是如此大意,竟把宝物这么样毫无守护地搁在这里,虽然有个保险箱,但这种东西,谁都明白,防得了君子,防不了小人的呀!

怎么办?怎么办?

报警?悬赏?有用吗?会不会让贼藏得更深!他一时还真拿不定主意。

钱丢了,可以再赚,宝贝丢了,可就无处去寻了!而最要命的是他凭借着这几块宝贝翡翠所拟定的主体雕塑的设计,得重来了!

他在地下室里痛苦地思索着,谋划着,足足过了两个时辰,他才迈着沉重的脚步走了出去。

他没有把这事告诉父母,告不告诉林如玉,什么时候告诉她,他还没有想好。

他第一个想要告知此事的,是原来的县公安局李副局长,现在的市公安局李政委。

车子到市局门口时,他已平静了许多,从后视镜里他看了看自己的脸色,也没有上车时那么苍白了。

李政委听了他把情况说完,愣怔了半响,才说道:"真是太气人了!是可忍孰不可忍!此案不破,我这身衣服就白穿了!"他和洪瑞祥商量了一下,还是把刑侦支队长找来了。刑侦支队长一听案情,也大吃一惊,问道:"洪总,你这是正式报案吗?"

洪瑞祥便问:"正不正式,有区别吗?"

支队长说:"当然有,你这可是全市十几年来,第一大盗窃案!你正式报案了,势必要全体动员,大张旗鼓地侦查,这样的效果有可能反而打折扣,有可能打草惊蛇,让盗宝者或是外逃或是尽快销赃,也可能盗窃者不是一个人,逼急了会起内讧,再发生杀人灭口的案中案,这案情就更大了,一旦破不了,或是破案时间太长,我们整个支队,甚至整个公安局,大家都别想有奖金发了,我的乌纱帽就算还戴在头上,也没脸见人了。"

洪瑞祥无奈地说:"那你说怎么办才好?"

支队长说:"密报、密查、密控。一句话,知道案情的人不宜多,有用的才让他知道,也不是全知道。譬如边境布控,玉石市场布控,都只让他们知道一点,发现极品大件翡翠马上密报,而且这种做法,必须由你提出来。我知道你的人际关系很广,有些事,还是你出面的好。"

洪瑞祥和李政委都赞同支队长的提议。

当天晚上,李政委和支队长便衣便车,悄悄到了洪瑞祥家里,对现场进行了勘查。

第二天一早,洪瑞祥就赶往腾冲,找到了李红军和张少龄,把情况和他们说了。他们便马上加强对边境的布控和对各地海关发出了协查通告。洪瑞祥又到了瑞丽玉石场,一来他需要马上物色一些极品翡翠,二来他要和刘江就失窃一事做出安排,由刘江知会滇缅边境的所有玉石场和玉石商人,发现极品翡翠马上告知他,同时,又把这要求告诉了李福祥、甄月瑶和沈阳的张二少爷。

都安排好了以后，他才和刘江坐下来，认真分析了案情。

自从得知天珠被盗的情况之后，刘江便有自己的判断。凭直觉，他就认为入屋盗窃者与当年偷他的玉佩是同一个人，从作案手法，开锁如摘茶，消灭行迹等特征来看，这个判断几乎是无懈可击的。另外，他认为有熟知玉王庄人底细的人在为盗窃者提供相当准确的信息。这个人是处心积虑的，除了贪财之外，他的目标很有针对性，不论是贪他的玉佩，还是盗取洪瑞祥的天珠，目标所指，都是洪家的人。这人跟洪家应有宿仇。这一分析，这个人的真实身份，也呼之可出。

他的这两点判断，与李政委和刑侦支队长的分析结论不谋而合。支队长和李政委根据这个分析结果开始了秘密调查。相信相关嫌疑人会很快浮出水面。

刘江则认为，要依靠警察，但自己也要有所行动，有所作为。警察办案，太懂政策，太讲证据，有时候明知罪犯就在眼前，却不能动手。所以他决定帮洪瑞祥搞定长征组雕工程所需玉料之后，便返回玉王庄，开始秘密侦查。

他让洪瑞祥放心去搞创作。俩人约定了对天珠丢失一事对其他人都暂时保密，在一些细节问题上统一了口径，然后洪瑞祥便回到玉王庄闭门画图纸，布置工作室，组织人员开始制作。

看着运往玉王庄的用于群雕主体材料的翡翠玉石，洪瑞祥心里一阵阵火起。虽然这些材料不如天珠高档，但也花了近三千万。而且在他的计划里，长征组雕不是商品，制作完成之后，他一件都不会卖。这一份成本，包括人工费用，都是不可回收的，这对公司的资金运作是一个考验。

但他义无反顾，他只能把火气压下来。他需要平心静气，需要全身心投入创作中，他知道，哪怕是一丝丝的浮情躁气，都会影响到他手中的设计笔，影响到他手中的刻刀。

林如玉见他进了一批材料用于长征组雕，有点不解，便问道："你不是打算用天珠来做主体材料吗？怎么又花这么多钱进这些玉石？"

洪瑞祥一时还真不知如何回答才好，装着在思考问题，半天才说道："你刚才说什么？天珠？天珠要派另外的用途！"

这是他情急之下，用来敷衍林如玉的。但这话他却是说对了，天珠失而复得之后，也派上了大用途，此是后话。但此时，洪瑞祥的心里却更加不是滋味，恨、怨、羞、愧！什么负面情绪全集结在他胸中。他自认从小到大，对林如玉这个心中最爱的人，一丁点的假话都没说过，一丝丝的敷衍情绪也从没有过。但这时他却不得不对她说假话，他怕真相一露，在家中，在公司，在村里，会骤起风浪，这对他目前要做的事大不利。他歉疚地望望林如玉平静如常的笑脸，心中对盗窃者更增添了痛恨，心中的怒火熊熊燃烧，他觉得自己似乎要炸开了。但他忍着，他这次咬破的不是嘴唇，而是舌尖。

这一天，他正在工作室里忙着，李政委着便衣悄悄而来。李政委告诉洪瑞祥，虽然还没有任何证据，但经过周密调查，从出狱时间及一贯的作案手法，嫌疑犯已锁定了周雪海，已对他开展布控。而在对周雪海的调查中，警方发现他两次提前出狱，都有王庆文的影子，但因为没有拿到确凿证据，也不能给他用手段，他还没有完全在警方的视线之内。在村里，可以让信得过的人多注意他，说不定会发现什么线索。

洪瑞祥问道："这周雪海现在在哪里？"

李政委笑道："你想干吗？现在就要去找他？"

洪瑞祥："我恨不得现在就宰了他！"

李政委说："忍忍吧，现在真的没法抓他。他自从案发之前，就一直待在山里头一家茶楼里，连门都没迈出过一步。所以，虽然从作案的手法和动机上可以认定他，但其他的，还只是猜测。你可千万不要乱来，一旦弄错了，吃亏的又是你，那太不值了。"

洪瑞祥又一次把升腾着的怒气压了下来。

一次次内心的煎熬，让他有点怕自己了。他担心又会在受到什么刺激之下，去找王庆文和周雪海拼命。

李政委走后，他下了一道命令，在长征组雕完成之前，他不离开工作室，并拒绝见与工程无关的人。公司一切大小事务，全由林如玉处理。

林如玉理解他，公司的人也理解他，他吃住都在工作室，心里只有红军长征的画面，只有那么一件件精细到毫厘的玉雕作品。他觉得自己冷静了许多，用笔流畅，用刀精准。

他甚至有时还想着，这才是自己要的生活，其他的一切，犹如浮云。

但有一个人来了，这个人让他不得不走出工作室，也不可避免地再一次点燃了他心中的怒火。他又经受了一场难耐的煎熬。

这个人就是以白菜价卖给他天珠的孟㵘，一个似乎越活越年轻的跛脚老人。

他带来了两块玉石，一块是绿得有点发黑的上佳翡翠，一块是白得透亮的极品玉石。他把墨玉推到洪瑞祥跟前，说："这一块，你帮我刻一座钟馗像，要做得威风一点，不，狰狞一点。又指着白玉，这是送给你的，就当你帮我刻钟馗的工钱！"

洪瑞祥笑笑："这工钱也太贵了吧？"

孟㵘连连摆手："不贵不贵，谁不知道你一刀值千金！"

洪瑞祥看看那块白玉，十分喜欢，他一直想在哪一年的结婚纪念日送给林如玉一件拿得出手、又确能表达自己心意的玉雕作品，但对着那么多过手的玉石材料，却都引不起他的创作灵感。看到这块白玉，他马上想到，这块白玉用来做一尊凌波仙子玉雕，再合适不过了，林如玉应该也会喜欢。

他笑道："这么说，我还非笑纳不可。你能不能告诉我，为什么突然要做钟馗像，钟馗是抓鬼的，家里闹鬼了？"

孟㵘说："还真是。你不知道，我已经举家迁到仰光了。前几年，我们掸邦革命军总司令坤沙率部向缅甸政府投降了，当了缅甸民族团结委员会的副主席。但凡他原来比较亲近的人，都纷纷到曼德勒陪他了。我也想去，他却让我住在仰光，说我住在首都可以帮他干点事。我就去了。我住的那幢房子，原来是缅甸政府军一个军官的，在和我们打仗时死翘翘了，房子便空了下来，被我买下来了。住进去以来，我老婆在屋子里搞了个佛堂，每天对着你刻的那尊观音像拜佛打坐，倒也安静。但我那一帮小老婆，没人管束了，便一天到晚咿哇哇鬼吵，还老说房间里闹鬼，经常有人在半夜里从房子里跑出来鬼哭狼嚎的！我也闹不清情况。我老婆就对我说，去找洪瑞祥吧，让他给你做一尊钟馗供在家里，以后谁半夜叫闹鬼，就把谁捆在那钟馗像前跪一晚上，看那些鬼还敢不敢闹！"

洪瑞祥只有苦笑。

孟煤又说："我也想着见你，一年比一年老了，再不来，以后也不知道来不来得了了。"

洪瑞祥便也有点伤感，想到自己曾经视为倚靠的老人们早已一个个离去，便有点黯然。

孟煤忽然眼睛一亮，又说道："还有，我想再瞻仰一下对我有救命之恩的天珠！我知道那是你的宝贝，可你别告诉我连让我瞧一眼都不行！"

烦恼、焦灼又来了。

洪瑞祥还真不该怎么跟他解释，直说宝贝弄丢了，这老孟煤岂能罢休，说不定他根本就不信。

实在无奈，他只好把孟煤带到了公安局，让李政委和支队长来跟他说吧。

两位资深行政人员知道了孟煤与天珠曾有过的纠葛，对孟煤也深表尊重，也知道他是洪瑞祥信得过的人，便把案情侦查到目前所得出来的判断告诉了孟煤，孟煤越听火气越大，竟咆哮起来，说道："你们不能用非常手段，我能！我不怕，把他们捆起来吊打几天几夜，还怕问不出真相！找不到宝贝！"

看看孟煤站在门外那几个彪悍的保镖，众人都知道孟煤不仅仅在发脾气。

劝解的工作还得洪瑞祥来做。他被孟煤挑起的怒火不比孟煤小，但他还得先压下自己的火气，再来压孟煤的火气。

内心的折磨可想而知。

忍吧！忍，心头上一把刀。忍得越久，这把刀越锋利，爆发起来越犀利。贼子们，看到时候我怎么收拾你们吧！

五　巡展

民间有个形容词叫"贼精"，意思是说像贼一样的精明。可见但凡奸贼，都是很精明的。蠢贼，那不是真贼。

对于警方形似隐蔽的监控，小贼周雪海早有察觉，老贼王庆文更是了然于胸。王庆文采取的对策是表面上再不与周雪海有任何接触，暗地里却让周雪莹带了一个农村姑娘李小桃介绍给周雪海，让周雪莹带话给周雪海，茶楼虽小，却足以安身立命，哪里也不用去了，好好谈谈恋爱，轻轻松松生活。周雪海自然心领神会，再不离茶楼半步，小桃来了，他便用心与她周旋，小桃被他的好言好语、好茶好菜迷得神魂颠倒，便隔三岔五地来，来了还留宿在茶楼里。

监视人员久无收获，也有点懈怠，李政委和支队长也很无奈，但又苦无其他线索，只能做持久战的准备，不断地提醒监视人员不可放松监控。

洪瑞祥和刘江对这些情况自然了解，也只能把愤怒压在心里，一心一意地做着"长征"系列作品。

什么叫全身心投入，洪瑞祥这两年来在工作里的表现就是。为了使作品更为"新、奇、特、绝、精"，他真的费尽了心机。为了更好地达到设计目的，他还不断地改造原有设备与研发新的设备，他自制成功的有高速切割机、高速雕刻机，研发了半转玉雕切割机，研发了电脑三维激光雕刻工艺、玉嵌金工艺。

当他做完系列作品中最后一件《过草地》的时候，他的手开始微微颤抖，小小的雕刻刀几乎握不住了。这时，他才感到身心俱疲，但胜利的喜悦，强有力地支撑着他。

当他走出工作室的时候，有些长时间没有见到他们董事长的人一下子呆住了，但当他们看到那略显苍白、略显憔悴的脸上带着难以言说的微笑时，大家都明白了，于是，掌声雷鸣般响起。

他抬抬手，止住了大家的掌声，张嘴想说什么，却突然一个趔趄，差点摔倒，林如玉与员工们赶紧扶住他。他说了句："对不起，我先睡一下。"眼一闭，就不想睁开了。

他这一睡，便睡了两天一夜。

醒来之后，虽觉体力不支，但还是马上让人请来了林清溪、陈茗乾、夏小雨和公司里的匠师们，让他们对自己的作品评头品足，挑毛病，找不足。大家也都严肃认真，没有一个人与他虚与委蛇，都认真地推敲着，诚恳地谈了自己的看法，好的说好，不足的也指出来。大家对着系列作品讨论了一天。

送走众人，他只留下刘江，两人梳理了一下大家的意见，该修改的，便马上动手。

金秋十月，天高气爽，是北京最宜人的季节，洪瑞祥与刘江、林如玉、巧巧一起带着长征系列作品进京了。

他们首先去了老将军的家。老将军须发皆白，但面色红润，精神矍铄。他知道洪瑞祥等人是带着长征系列作品来的，便将还健在的，能走会说的老红军战士约到家里来。这一天，在老将军宽敞而简朴的大客厅里，一共坐着十位将军，其中九位是参加过长征，只有一位是现役的将军，老将军是让他来做接待工作的。

当长征系列共五十六件作品出现在将军们眼前的时候，客厅里顿时静得针落下都能听见，慢慢地，老将军一个个开始流下眼泪了。

只是那位年轻的将军，这位在厅里资历最浅，但却是唯一还扛着将星的中年人，却是啪的一声立正，低垂着首，默默地看着眼前的一座座玉雕，眼里闪着虔诚而执着之光。

半晌，老将军才抬起衣袖，擦了擦眼泪，说道："好了！都从往事里走出来吧。这批玉雕佳作的作者洪瑞祥，是大师，但也是我们的重孙一辈。难为他没有忘记我们这些老人，没有忘记我们这些老人走过的路，做过的事。他有着和我们年轻时候一样的情怀和精神，他为此付出了许多。我们这些老家伙也不能吝啬，我说的不是让你们说什么赞扬的话，这些话对阿祥这样的人没用。我知道你们现在不管写出来的字有章法也好，像狗扒的猫抓的也好，反正只要是你们写的，就都有点价值。所以，我准备了笔墨纸张，你们都留点墨宝给他吧。有什么话，等会儿喝酒时再说。"

众将军便频频点头。

老将军先提笔写道：

看《长征》玉雕佳作有感
十位将军九洒泪，
年轻一位头低垂。
耳边唯有炮声响，
眼里不停弹雨飞。
艰难险阻豺狼叫，
烈血英风龙虎威。
古城遵义旗帜展，
但见镰刀与铁锤。

老将军写罢，将笔一掷，说道："没有长征，没有遵义会议，便没有共产党的今天，没有新中国，没有人民大众的天下！长征不能忘！"

便有一个老将军上前写下了一句话：长征是永远的旗帜！

又有一个老将军接着写道：长征精神民族魂。

又一个字写得很好的老将军写道：

红军长征史无二，
刻玉记之唯阿祥。
先烈闻之皆喜慰，
碧血凝花答谢忙。

写罢，还双手将墨宝递给洪瑞祥。

洪瑞祥连忙一边接过，一边连声说着："不敢当，不敢当！"

将军们全都热情洋溢地留下了墨宝。洪瑞祥一一谢过。

吃饭喝酒的时候，老将军们都吃得很少，但都说了许多，都对长征系列作品充分肯定，也都提议洪瑞祥带作品去部队巡展，尤其是一些红军队伍沿袭下来的老部队。

洪瑞祥很高兴能有这样的巡展，老将军便安排年轻的将军负责安排和联络。洪瑞祥说他希望到一些大城市，还有长征经过的一些地区去巡展，老将军也答应帮忙联络。

在部队，在几个大城市的巡展，都十分火爆。甄月瑶看了展览，十分高兴，对洪瑞祥说："好啊！阿祥你有思想有眼光，一干就是大事。你出名我得意，你这玉石广告以特种形象做得铺天盖地，我们的玉石生意要不火都难！"

在上海，已退在幕后、由儿子执掌公司的李福祥却说："佩服，你这种红色资本家我做不来。搞这么一个项目，财务上亏空不少吧？搞完巡展，还是赶紧好好打理生意。"

洪瑞祥一笑置之。

一直在上海主持工作的钟小九，对巡展十分热心，他向洪瑞祥提出要参加长征路上的巡展，洪瑞祥当然答应。他在洪瑞祥公司中，在经营方面是最有头脑的。他提前印制了大量海报和宣传小册子、单张广告。在熙熙攘攘前来参观的人群中派发。收到很好的效果，订购定制的单接了不少。他便对洪瑞祥说："祥哥，革命老区现在也有有钱人了，他们对美好的东西有更迫切的要求。我想在这些地方设点建店，可以吗？"

洪瑞祥想了想，说："你这个想法很好。不过，不要我们自己来做，让当地的人来做，或是让他们完全独立经营，或是以承包的方式，把利润和税收给当地，我们不赚老区人民的钱。他们建店之后，批发价往下压百分之二十到三十，一句话，这条线上的经营原则，就是让利，就是让老区人民买到物美价廉的货。"

钟小九说："我知道了。"就掉头去办了。

巡展进行了大半年，跑遍了大半个中国，在各地掀起了一股长征热，不少人自发地或是有组织地重走长征路。洪瑞祥的名字也不断在媒体上出现而广为人知。洪瑞祥很累，但累得畅快，钱花了不少，但花得开心。

回到玉王庄，乡亲们像迎接凯旋的勇士一样迎接他和他的巡展队伍、巡展作品。各种荣誉，各种头衔，也接踵而来，方市长想拦想阻，也力有不逮，只能眼睁睁地看着洪瑞祥如一颗灿烂的明星一样在他面前冉冉升起。他也知道洪瑞祥为继承与弘扬革命传统，耗费了不少心血，也耗费了不少资财，他还从一些渠道，对洪瑞祥可能被盗走最有价值的翡翠玉石一事有所耳闻，便也觉得洪瑞祥不是他原先眼中那头肥得流油的肥牛，估计怎么宰也宰不出几斤肥肉了，也就把心事放在别人身上。但对洪瑞祥的恨却没有消除，能打压他还是毫不留情的。

而洪瑞祥这次成功的创作与随后巡展带来的重大影响，对王庆文来说，更是一种无形的压力。他在市里举办的洪瑞祥玉雕艺术作品展上，不仅见到了那些别人无法超越的作品，看到了那一个系列几十件的《长征》玉雕，还见到了许许多多老将军，以及政界、艺术界名人对洪瑞祥的肯定与褒扬的墨宝。他的内心实实在在地发憷了。作为一个在基层政界混了半辈子的人，他深知一些干部的思维定式。倘若洪瑞祥向某个高层领导透露，自己的天价翡翠被盗的事，领导一发怒，指令下面限期破案，那下面的人，可就没时间，也没理由去考虑什么证据与政策限制了，会不管三七二十一，先把嫌疑人弄起来，再弄真相，再起赃物。那一切就不由他了，他的末日也就可能立即到来了。

他原以为可以坐以待机，但现在他觉得自己不能坐以待毙了。在几十个不眠之夜之后，他决定孤注一掷、舍命一搏了。

他叫来了王宗伟，他决定把自己思谋已久、准备已久的一个计划对自己儿子和盘托出，并以他为主开始实施。而在端出这个计划之前，他必须把与周雪海盗取天珠而造成自己现在身处险境的情况告诉他。

他本来是不想把盗取天珠的事让王宗伟知道的，因为他太明白这些事的关键所在，多一个人知道就多一分危险，一旦事情败露，也多了一个垫进去的人，何况这个人是自己的儿子。他还是希望自己的儿子少一些危险的，但现在他顾不得了。

王宗伟听了王庆文说了盗取天珠的事，也吓了一跳，愣怔了半天，才说道："那你还不赶快跑，还坐在这里跟我说什么？赶快跑！赶快！别再犹豫了！"

王庆文一声惨笑："跑？现在跑当然可以，以我以前所做的铺垫，跑是没问题的。但我现在手上的钱，也只够买一条跑的通道了。跑出去之后，靠什么过日子？捡破烂，沿街乞讨，病了，残了，躺在街边等死？这样子的话，我还不如现在就挨枪子呢！"

王宗伟一时无语。

王庆文又说："再说，我在这世界上，就剩下你这点骨肉了，这骨肉之情如何割舍得了？要走，也得我们父子一起走！"

王宗伟便问道："那你想怎么办？把那块翡翠出手？现在出得了手吗？"

王庆文说："危险！不能只把希望放在那一块石头上了。我有个打算……"

父子俩这一谈，就从晚饭谈到了第二天中午，王宗伟离开酒店时，仿佛变了一个人，他两眼通红，脸上有一股杀戮之气。

而这个时候，在洪瑞祥家的小餐厅里，洪瑞祥与刘江俩人正在一边浅斟低酌，一边商谈着下一步的工作计划。

刘江说："我和嫂子商量过，你这两年太累了，光体重就减轻不少吧？所以下来这段时间，嫂子陪你去疗养，把身体养得棒棒的，再回来拼搏吧。我呢，还要关注一下天珠的下落，不找回它，我不安乐，当然，我原来负责的工作我不会放松，而在公司经营上，多让小九承担点工作，瑞麟与他也很合拍，有他们俩管这一摊子够了，公司总部的日常事务，就让巧巧看着。这么安排，你看好不好？"

洪瑞祥听了微微一笑："总的安排思路，我赞成。你先说说，你关注天珠被盗一事，想怎么着手？"

刘江说："我准备以你的名义，从老将军那里求援，一级级往下压，逼李政委和支队长他们发狠动手！我觉得老孟熿的话有道理，把人抓了，一边突审，一边搜查！"

洪瑞祥连连摇着头："不妥，不妥。不能因为我们的利益去让人家犯错误，我还是觉得李政委他们打持久战的做法比较靠谱。贼偷东西不是为了好玩，赃物始终要出手。到今天为止，在任何玉石市场上没发现天珠的踪迹，说明东西还在盗窃者手里，他始终是要动的，他一动，我们就动，他不动，我们先别动。"

刘江便不好再说什么。

洪瑞祥："经营方面很重要，玉石场的利润对公司来说是大头，也是公司其他经营的基础，提供好的玉石是重中之重，你可别把精力太分散了。当然，瑞丽的玉石场有少龄大伯，也有成熟的帮手，问题不大，你是不是考虑把玉石场的原石生意也做到玉王庄？甚至做到上海、北京？"

刘江精神一振："好啊！这思路值钱啊！"

洪瑞祥说："我呢，休息一下也不是不可以，目前还没有非我上阵不可的事。但我可以一边休息，一边做些工作，所以疗养就不必了。就在家里、在公司就行。我对我们的生意有个看法，你不一定要赞同，但可以想想，我们虽说做的是玉石生意，但我们可以做出文化内涵、精神内核都很深很重的产品，这样的产品对社会的思想文化建设有好处，在这方面能取得成功，比赚到大钱更让我高兴。我想我的注意力，应该放到这些方面去。"

刘江笑道："你这想法，我不用去想，就举手赞成。你是不是又有什么创意了？"

洪瑞祥笑笑："方向有了，但谈不上创意。等有了，我会告诉你的！"

刘江不再追问，他的思想，更多还在天珠的问题上打转。来硬的洪瑞祥不同意，那就另找办法吧。他相信办法总比困难多这句话。

六　窃地

谁说村主任不是干部？小小权力，万贯家财啊！现在到了把权力兑现的时候了，也是最后的机会了。村主任手里有什么值钱的资源？那就是土地！土地！就在这上面打主意！

王庆文的话，让王宗伟既兴奋又惶恐。但惶恐终究为兴奋所压倒、所驱散。他脑袋瓜里现在装的全是老爸给他描绘的前景，利用手中的权力，神不知鬼不觉地赌一把，弄他几桶金，然后，他们父子一起，用钱去赚钱，不用太长时间。千车也载不尽，万船也装不完了。到那时候，钱可通神，有钱能使鬼推磨，什么事摆不平？什么坎过不去？什么样的女人没有？什么福享不到？老爸真不愧是老村主任老镇长，什么豪言壮语都能开口就来，人是要有一点精神的，那就是敢拼敢搏！要舍得用命去拼，不成功则成仁，脑袋掉了碗大个疤，十八年后又是一条好汉！

按照王庆文的安排，带着村委的一些人，开车去机场接了一拨来自腾冲的客商。说是一拨，其实就是一个叫储洋的老板和他的老婆，两个随从，还有一个婀娜多姿的少女。

把储洋等人安排在酒店住下，又摆酒为他们接风，然后约好第二天早饭后接他们到村里考察，王宗伟便带着村委会的人回村。

村委会的人一回到村里，村里便传开了，有老板要到玉王庄来搞开发，还要建大酒店、建歌城，已上了市重大项目名单。

洪瑞祥也听到传言，便打电话问夏小雨。夏小雨说有这么回事，但她今天有其他事没有参加接待。

第二天，储洋一行人到村里来了，大张旗鼓地进行考察。想不到村里不少人都认识这个储洋，知道他是腾冲热海一家小有规模、生意红火的温泉酒店老板，也做玉石生意。究竟有多少身家，却是没有人知道，但既然敢来玉王庄搞开发，想必也是发了财的。认识他的人都热情地与他打招呼，邀请他到家里去坐坐。他一概婉辞，说以后常来常往，有的是时间，似乎他在玉王庄投资的事已是板上钉钉的了。

刘江也认识储洋，知道他的一些情况，便对洪瑞祥说了。洪瑞祥说："既是熟人，过门是客，请他们吃顿饭吧。"

刘江说："好几个人请他，他都推了。我们就不必去凑热闹了，看看再说吧。"

洪瑞祥也不再坚持。

刘江根据他以前接触过储洋的印象，总觉得这事没有那么简单，但他觉得没把握的事，不必跟洪瑞祥说，免得使他又费心劳神。

储洋在村里转了两圈之后，考察重点放在了村外竹林边到蓉江边那一大片地上。这片地凹凸不平，小山包居多，只有不多的几小片耕地，其他的都是荒地，且多是沙砾地。但这片地够大，又邻江。现在的玉王庄已成为城中村，在这片地上开发搞房地产，建酒店，还是很有前景的。

储洋边看边与王宗伟和陪同的村委交谈，离开玉王庄回酒店的时候，他已表达了初步的意向。

晚饭后，王宗伟便召开了村民代表大会，王宗伟对大家说："腾冲来的储老板到村里考察，这是大家都知道了，对村里不少经常跑腾冲去买石料的人来说，对储老板也不陌生。他就是冲着大家都是做玉的，想加深合作。他考察后，已经有了初步意向，就是想把属于我们村的从河边到竹林这片地买下来搞一个大酒店，还有就是搞一个生态小区，这片地有四百来亩，因为基本上是沙砾地，又靠江边，洪水来了总要淹上一段日子，地虽不小，对我们村来说，这块地是块鸡肋，村委会的意见是不如就卖给他了，他把这地开发起来，也会带旺我们村，实在是好事。"

这时，便有村民代表发问："他给多少钱一亩地？"

王宗伟说："具体价格还没开始谈，但土地市场上有参考价，我们邻村这两年卖了几块地，地比我们的好，大约是一百万一亩，我们村委的意思是开价一百二十万，大家有什么意见，都提出来，供我们村委会谈判时参考。"

有人又问："这卖地的钱到了怎么处理？"

王宗伟一笑，说："当然是按政策处理，该上缴的上缴，该分的分，该留的留。"

因为事出突然，大家对这种事情都不甚了了，一时也提不出什么来，但对卖出这块地也都没有反对的理由。连洪瑞祥也不知道该说些什么不该说什么。

于是在下面交头接耳，而又没人正式发言的情况下，王宗伟宣布散会。

隔天，村委会全体成员与储洋和他的助手们在土地价格上展开拉锯战，最终以一百零五万一亩的价格，分期付款的形式，签下了土地使用权转让意向书。

签了意向书，王宗伟当着所有人的面，对储洋说道："意向书是签了，但这意向能否形成正式合同，须经市里审核批准。各级审查部门和市里主管领导的工作，必须你们配合来做,我们可以负责引见,但全部费用,我们村委会这种清水衙门是无法承担的。"

储洋很爽快:"这个我明白得很。我希望先做通说话算数的市领导的工作,下面就好办了,帮我约一下方市长吧。"

对于这个意向书,村民和村委会的人都感到满意,尤其是村委会的人,他们觉得王宗伟能把事情都摆在桌面上,并用心为村里争取利益,办事比较靠谱。相比之下,觉得他们这个村主任,比其他一些村的村主任,要好多了。

拿到了意向书,王宗伟便去找了方市长。方市长对王宗伟还是比较信任的,他虽然只是一个小小的村主任,但这个村却是王牌村,名声也大,产出也令人瞩目。他虽想过提拔王宗伟一下,王宗伟问过王庆文,王庆文给否定了,认为王宗伟再往上爬也爬不上几级阶梯,还是待在玉王庄好,至少油水较足。王宗伟当时并不明白父亲的真正打算,还认为父亲有点看不好他,但细想也觉得父亲说的不无道理,就婉辞了去镇里任副镇长的机会,这使方市长又高看了他一眼,觉得他为人踏实,不图职位,又很懂事,他曾收过五十万的贿赂,却从不见他再提起,更没有过任何非分的要求。

看了意向书,方市长更觉得王宗伟这人不错,不声不响就办成了大事。虽然只是村里一个项目,但从投资额度来看,在市里的招商引资中,却是能排上重要位置的,光土地使用权转让就得好几亿,再加上建设投资,总数投入不会少于十亿,这对以后的税利,也是不小的增色。何况,自己说不定还可以从中捞上一把呢。

于是,他毫不吝啬地夸了王宗伟几句,还主动提出:"先见见投资商吧。"

酒宴自然设在最豪华的大酒店里。王宗伟先向方市长介绍了储洋,储洋又向方市长介绍了自己徐娘半老的老婆和随行人员,最后介绍的是那个美少女:"她叫卡娜,是汉族人还是少数民族的,我都弄不清楚,刚从旅游学校毕业,到我公司来工作,未到三天,我老婆就喜欢得不得了,认她做干女儿,到这里来,也把她带上了。"

方市长看了看卡娜,说:"是很可爱。"

酒宴的气氛不热烈也不冷清,实质性的话没说几句,是无话可说,还是都觉得不用说,只是劝酒。方市长嘴上说:"工作太忙,太累,酒不能多喝,很容易醉的。"但对于卡娜给她斟的酒,对她的一颦一笑,却来之不拒。很快,他便醉了。储洋让服务员给开了一间房,让卡娜扶方市长去休息。

方市长与卡娜这一进房,便都久久不见出来。

储洋又一次出现在玉王庄的时候,只带着他的两名随行人员。王宗伟问道:"尊夫人和她的宝贝干女儿呢?"

储洋说道:"老婆生气了,带着卡娜不辞而别了。"

王宗伟便心里暗笑。

王庆文听王宗伟说了这个情况,更是乐不可支,一直哈哈哈地笑个不停。半晌才止住了笑,说道:"怪不得有些女人总说男人都是一个德行。"

王宗伟说:"这只是储洋准备的一枚备用棋子,没想到那么早就用上了。"

王庆文便说:"早用上好,为我们省钱了!"

原来,为了拿下市里对意向合同的尽快批复,他准备了一千万给方市长。但这一千万,看来不必送出去了。

这天晚上,刘江找到洪瑞祥,一见面就说:"发现了一个重要情况!"

洪瑞祥问道:"什么情况?"

刘江说:"今天那个储洋又来了村里。这一次村委会其他人都没在场,只有王宗伟一人陪着他。你猜他们去哪里了?无论如何也猜不到的!"

洪瑞祥:"去见王庆文?"

刘江:"不是!"

洪瑞祥:"又去了江边?那很正常啊!或是去了哪个人家里做客,都不奇怪。"

刘江:"他到村里的西山坟场去了。"

洪瑞祥:"西山坟场?他去干什么?难道,他想在那里找块坟地?"

刘江冷笑一声:"虽然不是,但我看也差不多,他真的是在给自己找葬身之地!他去了王宗伟哥哥王利群的墓地,他们以为那个地方比较偏远,不会有人发现,却让我的人看见了。"

洪瑞祥:"他去王利群墓地?这有点戏了!"

刘江:"他不但去了,还跪下磕了三个头,烧了香,还掏出一瓶好酒,洒了一圈,你说,这个人会是什么人?"

洪瑞祥:"是王利群的人,一条漏网的鱼!"

刘江:"绝对不会错了!"

洪瑞祥:"那他这时候来,还大张旗鼓地征地,目的何在,不得不注意了!"

说着,他果断地掏出手机拨出去:"少龄,有个事跟你说说……"

没过几天,储洋买地的意向书批复了。

按照原来与村委会谈的条件,双方签署了正式的土地使用权转让合同。按照合同,储洋打了五百万定金到村里账上。待红线图出来后,开始正式分期付款。

王宗伟又去见了方市长,对方市长说与储洋的正式合同已经签了,请方市长帮着催促有关部门出红线图。方市长问:"储老板怎么不来?"

王宗伟故作糊涂地说:"也不知道他碰上什么烦心事了,听说上次喝完酒的第二天,他老婆和他打了一架,带上卡娜那小姑娘走了。然后,这储老板整个人就像霜打了似的。"

方市长便不可遏止地想起他对那小姑娘施暴,而小姑娘似懂非懂,欲拒还迎的夜晚。心中便已了然,说道:"那就先不管他吧,这事我会给下面打招呼的。"

很快,有关部门派人到了村里,一阵忙活之后,界桩打下了,回去之后,红线图也出来了。当王庆文看到红线图的时候,高兴地说:"好!决战的时刻到了!"

过了两天,王庆文的酒店里便住进了一个大腹便便的国企老板,随行的人员一一被他打发到附近的城市去旅游。他独自一人留在一个大套间里,与王庆文关起门谈起要紧事了。

这老板姓陈名先林，公司专营房地产开发。他与王庆文有过一面之缘，而后便靠电话联络感情了。他们的一面之缘，是王利群牵的线。那一年他去澳门赌博，恰逢王利群也带着几个得力手下到澳门玩。俩人正好住在酒店的对面房间。先是王利群见这对面门的房客带了一个黑人姑娘进去，不久，这黑人姑娘便满面笑容地开门出来，还对王利群抛了媚眼，做了个淫荡的手势，王利群对黑妹没兴趣，便没有理她，又过了一会儿，见这个陈先林一边用一把骨梳梳着自己不多的几根头发，一边向楼下走去。他知道这个人要上赌场了，便对他笑道："刚摸完黑妹的手，别去摸牌了，你懂的！"

这陈先林却应道："我这个人从来不信邪！"还是昂首阔步地下楼去了。

到了半夜，王利群搂着一个日本女人睡得正熟，被门外过道里粗声大气的吵声惊醒，开门出来一看，原来是陈先林被两个赌场的打仔押着，敲响了陈先林隔壁的一间房子。陈先林指着开门出来的一个睡意惺忪的年轻人，说："就他。"

一个打仔便问那年轻人："这人是你老板？"

年轻人看了看陈先林，说："是啊。"

那打仔便问："怎么证明？"

那年轻人便说："这两间房是以我的名义开的，他有些行李还在我房间里。"

那打仔就说："你老板欠了我们一千万，说把你押在这里，他回去取钱来赎你，你愿意吗？"

年轻人一怔，但马上便说："愿意，我老板最重信誉的，不会赖账，更不会丢下我不管。"

那打仔便说："好吧，那你跟我们走。"

那年轻人便义无反顾地跟着打仔走了。

王利群当时正思谋着通过什么渠道给老爸送一笔钱，见这陈先林似乎还信得过，便对陈先林说："你这一去一回，一千万要变成一千多万了吧，我知道这里的利滚利是很可怕的！"

陈先林说："没办法，认倒霉吧。"

王利群说："看你的手下对你还是挺有信心的，我也对你有信心了。这样吧，你这一千万欠款，我现在就替你还上，你回去后，把这一千万给我父亲送过去就可以了，怎么样？"

就这样，他们认识了。陈先林又在澳门玩了两天才走，这两天竟与王利群成了莫逆之交。王利群把照顾自己父亲的事托付给了陈先林。

陈先林可没有想到，挺讲哥们义气的王利群，却没有一个讲义气的父亲。

王庆文说："陈总，我儿子说，你是个真性情之人，可交。所以现在有个好生意，我就想到你了。"

说着摆开了市区全图，又摆开了玉王庄那四百亩地的红线图。

陈先林看了看："让我来这里搞房地产？不是不可以，关键是利润是否可观，你懂的！"

王庆文笑笑："我当然懂，不懂也不会找你。这块地，原来是我一个朋友拿下的，但他老婆带着干女儿来过一趟以后，说是干女儿被这里的什么人糟蹋了，再也不想来这里，也不让她老公在这里投资，把资金给捂死了。我这朋友没办法，只好托我把地转让出去，还愿意亏点血，等于是亏本转让。原来他买下来是一百零五万一亩，他说转手之后，他每亩退回十万，怎么样？这利润还可以吧？"

陈先林说："那你呢！你这中间人，是不是从每亩十万里分肥，想分多少？"

王庆文知道儿子说得没错，这人够贪，那就好办了。便说："我的另按中介费的规矩拿，他会另外给我的。"

陈先林沉吟半响，说道："王叔！利群是我兄弟！你是他父亲，我信得过，也不想亏了你。这事可以做，但要低调地做，不要引起太多人注意，转让的消息也是越少人知道越好。地转让之后，我会派信得过的团队来开发。明白吗？"

王庆文说："明白，这你放心。我一个老头子，没必要多嘴。"

陈先林又问道："你这朋友可靠吗？"

王庆文便拍了胸口："这你放心。"

陈先林说："既然是你朋友，也不能太亏了他。现在各处地价飙升很快，只要是地点合适，地买贵一点，没人会找毛病。所以我想，你那朋友不但不要让他亏本，还要让他多赚一笔。我这样安排，你看行不？一亩地，让他净收一百一十万，每亩他赚五万。你的中介费由我来给，一亩十万。而我买地出到一百五十万，钱到账后，按每亩四十万打回给我，我再给你。"

王庆文一听，吓了一跳，他没想到这个国企老总，胆子这么大。一亩三十万，那就是一个多亿啊！这么轻飘飘就说出来，可见不是第一回第二回的了！

可你这一次碰上的是我！你这样的人，我坑你没商量！

嘴上，他却装出十分谨慎的样子说道："这会不会太……"

陈先林说："关键是你那个朋友，他不会心里觉得不平衡就行。到时我会和他沟通一下。这事要做成，只能这么做。这每亩三十万，我一个人可吃不下，说不定到头来我得到的比你们还少呢！这你懂的！"

王庆文已然心定，便频频点头："我懂！"

一切，便在王庆文的安排下顺利进行。王庆文带陈先林去看了地，陈先林心里有底了，便与储洋见了面，听到陈先林给出的条件，便是千恩万谢，马上就签署了转让合同。

但合同签完之后，陈先林却迟迟没有打款。他的理由是，一下子打百分之六十的款项，不是小数，再给他点时间。

这天，到了中饭时分，王庆文打电话说等他吃饭。陈先林却说，老在你的宾馆里吃，有点腻了，村里有家餐馆，看着似乎不错，便报了地方，王庆文知道是以前彭珊珊开饭店的地方，现在这饭店是夏韵娟的了，到那里吃一顿也不错，便赶了过去。

与夏韵娟打了个招呼，便在一张餐桌旁坐下。

王庆文问道："见你一早就出去，去哪了？"

陈先林说道："去了市里一些部门，咨询了一下，你提供的项目和图纸，还是实实在在的。"

王庆文说："这回放心了吧？早点打款吧，早一天把钱拿到手里，比什么都好。"

陈先林说："我让你到这里来吃饭，其实就想吃一道菜，只要这道菜我吃到了，就立即叫人打款。"

说着，他色眯眯地看着正在给人点菜的周雪莹。

王庆文顺着他那个不怀好意的眼光望去，心里不由一惊。他马上知道陈先林说的是哪一道菜。这道菜他自己都不敢碰，王宗伟一直想碰，被王庆文骂了个狗血淋头，这才死了心。倒不是他如何尊重周雪莹，而是怕刺激了他的哥哥周雪海，周雪海一旦反水，那大事就不妙了。

陈先林见王庆文不说话，有点不悦地说道："我到你这里来，好几天没吃肉了！"

王庆文心里恼火。天天上等海鲜和山货供着，还说没吃肉！便也有点生气地说："不就是吃肉吗？我让你吃个够！"

陈先林却是一脸惊喜："真的？"

王庆文没好气地说："赶紧吃饭，吃完饭我再跟你说。"

吃完饭，俩人走出小饭店，王庆文说："你看中的那道菜不好吃，我给你一道什么都比它强的，包你满意的。如果你不满意，我们就一拍两散，我也不伺候你了！回你房间等着吧。"

王庆文一个电话，一个半小时后，摇摆着杨柳般柔韧的腰肢的卡娜便到了他面前。原来，储洋的老婆生气离去是假，带着卡娜到附近城市去风流快活是真。

王庆文把事情跟她交代了一下，说道："办好了，王叔我包你一辈子吃喝不愁。"

卡娜说："别一辈子了，你知道我一辈子要花多少钱吗？都是熟人了，不说客气的。像跟那个狗市长的一个数，就三百万。"

说着，就向前面走去。王庆文急忙跟上去。

把卡娜带到了陈先林的房间，陈先林一见卡娜，便软了半边，笑道："快过来，让大哥疼疼！"

卡娜嫌弃地骂道："头都秃了，还大哥哥呢！大肚子差不多，一大肚子坏水！"

陈先林不恼，说道："只要你听话，我装一个像我肚子这么大的红包给你！"

王庆文便说："看来，你对这女孩是满意了？"

陈先林笑道："此女只应天上有，你从哪弄来的，你费心了。"

王庆文说："别废话了，满意了就先办正事，不然，我就带着她走了。"

陈先林忙说："办！办！现在就办！"

七　激战

午前，洪瑞祥把林清溪、陈茗乾请到自己的办公室，对他们说："有一个构思，我们找一个清幽一点的地方，边吃边聊。"

陈茗乾兴奋地说："你又有什么奇思异想，会不会又给我们玉王庄放一颗卫星啊？现在很多顾客，就认我们玉王庄的翡翠，说你们这里的人连长征那样的作品都做得出来，一般的饰品还用说吗！阿祥，你的成就，就是我们的财富啊！"

林清溪也说："走，赶快走，就想早一点听到你的想法。"

洪瑞祥说："还没说去哪里呢？"

刘江说："我知道个地方，地点就在江对面，环境够好，菜也清淡。"

洪瑞祥："那走吧。"

刘江带他们去的，就是周雪海的茶楼。

周雪海热情地把他们安排在一个靠窗的位置坐下，笑着问道："几位用点什么？"

刘江说："先来一个工夫茶，要最好的凤凰单丛，然后挑你店里做得最好的菜来五六个，再来一瓶五粮液。"

周雪海说声："好嘞！"便去准备了。

刘江悄悄对洪瑞祥说："他就是偷我玉佩那个人。"

洪瑞祥："哦？！周雪海！"

刘江点点头："我来过不止一次了。这家伙一直守在这里不离开，我觉得这茶楼有点古怪，弄不好东西就在这茶楼里。"

洪瑞祥："那……真的要盯紧了。"

林清溪："你们俩说什么悄悄话呢？快，把你的构思说说。"

洪瑞祥："大家都知道，我们国家将有一个举世瞩目的盛事！"

陈茗乾和林清溪却异口同声地说："奥运会！"

洪瑞祥："对！"

林清溪兴奋地："你想拿奥运做文章？"

洪瑞祥笑道："我能拿奥运会做什么文章？我是个运动盲。奥运会是全世界的体育盛会。我对那些在各个项目出类拔萃，首屈一指，夺金夺银的运动员虽有景仰之情，但让我做出他们的形象来，我还是真怕做不好。"

陈茗乾："那你想做什么？"

洪瑞祥深沉地说："我们中国，自晚清以来，闭关锁国多少年，以致积贫积弱，为世界各国所轻视，所不了解。改革开放才多少年，我们国家就日新月异，逐渐富强起来了，让人不敢再轻视了。奥运会的每一届举办国，都是经过激烈竞争之后才取得的。奥运会的举办国，必须是经济发达，平安祥和，为世界人民所喜爱的地方。北京成了二零零八年北京奥运会举办地，这说明什么？大家心里的感受自己清楚，就不用我多说了。我就想做一件献礼作品，表达我，我们，我们全国各族人民每一个人对奥运会的欢迎和祝福，表现中国人对实现强国梦的奋斗精神和自豪感，表达所有人对世界和平，对人类都能过上好日子的追求，祝愿这个梦想的圆满实现。"

众人听罢，都鼓起掌来。

这时，他们才发觉，周雪海已经把酒开了，斟好了端上来，菜也已经上了几道。

洪瑞祥举起酒杯："来！为圆梦干杯！"

林清溪喝了酒，说："圆梦！好！这就是你新作品的名字吧？"

洪瑞祥点点头："是！怎么样？"

大家便都说好。

这时，刘江忽然笑着对周雪海说："老板，我来过你这里几次了，你的茶好，豆腐更好，应该是你这里有好水吧？"

周雪海说："对！你说得对，店里用的水，的确与众不同。"

刘江说："这水取自哪里，能把这秘密告诉我吗？"

周雪海说："告诉你无所谓，这是我店水井里的水，你拿不到，我也不卖。"

刘江说："哦！原来是这样，那就真的没办法了？老板，你这茶楼一天能挣多少钱啊！"

周雪海说："小本生意，一天也就几百块钱吧。"

刘江："这么少啊？真委屈了你店里那口水井里的好水了。这样吧，我出高价，把你这店盘下来，我有办法把它做好做大，怎么样？开个价吧，行的话，我现在就跟你交款。"

周雪海一怔，但马上说："不，虽然挣得不多，但安逸。这辈子也不想离开这里了。所以，就算你给座金山，我也不卖。"

刘江话锋一转，冷冷地："金山不卖，玉山呢？给你一座玉山，你还卖不卖？"

周雪海有点蒙："玉？什么玉？"

刘江说："天珠！天珠那样的玉！"

周雪海的脸霎时变色："什么？什么？天珠？天珠是什么？"

刘江说："我知道你小子不懂玉，但是见过玉，至少见过两次，还都是人家的传家宝！"

说着，他从袋里取出那件家传古玉佩，在周雪海面前一晃："认识这个东西吧？"

周雪海顿时哑了。

刘江："我还没跟你算账呢！"

周雪海委屈地："为这个，我已经……"

刘江："已经蹲了几年牢是吧？那是政府对你的惩罚，可我受的伤害，我的精神损失，这账你还没还吧？你小子能啊！专偷人家的传家宝！偷人家的传家宝，等于挖人祖坟，活着的人可能一时拿你没办法，你就等着那些已经在阴间的老人来拉你去算账吧。"

周雪海挺不住了，仓皇而逃。

陈茗乾看着这一幕，有点不明所以，问道："这是……"

林清溪却似有所觉，低声问洪瑞祥："是不是天珠丢了？"

洪瑞祥点点头。

林清溪恼恨地一拍大腿："都是这女人的嘴啊！"

洪瑞祥问道："怎么回事？"

林清溪说："我知道天珠的秘密了解的人不多，而且知道的人嘴巴都靠得住，就是我老婆！你还记得吗，那一次我打她，一辈子唯一一次打她，就因为发现她在跟人说这事！"

洪瑞祥说："林老师，事情已经过去了，你也不必太在意，婶婶也不是有意的。"

几个人又聊了一下，吃完了饭，刘江压了几百块钱在酒瓶底下，大家就离开了茶楼。

看着远去的这几个人，周雪海心里阵阵发慌。他明白自己不仅让警方盯上了，也被刘江他们盯上了。比起警察，他内心感到刘江这群人更可怕。

他不得不主动联系王庆文了。他躲到一个角落里，掏出王庆文给他的应急电话，电话立即接通了。他把刘江等人来的情况跟王庆文说了。王庆文当即便说："两天内撤离，我什么时候让我的那两个人离开，你就什么时候开始行动，马上把东西提出来，你是知道警察蹲守的位置的，避开他们，从后山走，到江边我那个专为酒店买菜运菜的小艇停靠的地方会合，我们用汽艇先离开。"

周雪海霎时心定了许多。

刘江在对周雪海敲山震虎的时候，储洋也正在市里与银行的一位支行行长喝酒。他对行长出示了转卖土地的合同，又推过去了一张银行卡……

而陈先林，却是精疲力竭之后沉沉睡去，而光着身子躺在床上的卡娜，不停地抚摩着自己白皙的身体上那一处处青紫，回想着身边这个大腹便便的男人的变态举止，心里一阵阵的恼恨，她很想起身套上衣服就走，但王庆文给她的指令是要在床上拖住陈先林三天。三餐加上夜餐，水酒，都有指定的服务员送进来摆在厅里的茶几上。

洪瑞祥回到公司，就开始琢磨自己的"圆梦"草图。在桌旁，一坐就是几个小时。晚饭，是从弟弟办的会所里的小灶上送来的。晚饭后，他正想坐下来冲几杯工夫茶喝，刘江来了，告诉他：王庆文的酒店里这几天住进来一个大开发公司的老板，与王庆文交往甚密，与储洋也有来往。而储洋带来的那个美少女，住到这个大老板的房间里去了。

洪瑞祥说道："王庆文？开发公司大老板？储洋？几个人究竟是什么关系？"

刘江："肯定跟江边那块地有关！"

洪瑞祥点点头："这事还真是要认真关注！"

刘江："我从腾冲调来了几个人，我把他们安排在王庆文的酒店里了。"

洪瑞祥笑道："好！"

刘江说："祥哥，虽然你一直没明说，但我知道你是把公司的安保交给我的。天珠丢失，我心里一直觉得对不起你！不把它找回来，我死不瞑目。"

洪瑞祥说："你也别压力太大，这样不好！"

刘江说："我的直觉,天珠的丢失和周雪海、王庆文脱不了干系!"

这时,洪瑞祥的电话响了。洪瑞祥一看,是少龄的,马上拿起来接通:"少龄!有事?"

张少龄说:"你说的那个储洋,有点意思了!"

洪瑞祥问道:"发现什么了?"

张少龄说:"今天下班前,他公司的账号和个人账号里都出现了一笔巨款,巨款来源都是你们那里的!两笔款合起来共三个多亿!你们那里,钱真多呀!"

洪瑞祥不禁一怔:"我们这里?开什么玩笑?恐怕市财政账上也没那么多钱吧?"

张少龄说:"所以这才有意思。"

洪瑞祥:"这钱,在你们的监控中了?"

张少龄:"这还用说,有可能的话,帮我摸摸这笔钱的来路吧。"

洪瑞祥便把最近一个大开发公司老板和储洋接触过的事说了,又提出自己的疑问:"如果储洋和这个大老板联合开发我们村里的地,这倒也不是不可以,但如果这样,那钱也不该倒流到腾冲啊!"

张少龄说:"疑点很多,慢慢搞清楚吧,反正这钱跑不了,除非真的是挣到的钱。"

第二天,刘江又告诉洪瑞祥一个情况,储洋带着妻子和两个随从回腾冲了,但卡娜没有走,仍留在那个大老板房里。

洪瑞祥又把这个情况告诉了张少龄。

张少龄笑道:"他回来恐怕是要动那两笔钱了,只要他一动,我就把他请来喝茶。"

洪瑞祥见刘江眼睛里布满红丝,又显得疲倦,便问道:"昨晚你自己去山里蹲着了?"

刘江点点头:"没关系,我现在就去睡会儿。"

这天夜里,下起了暴雨。蹲守的四名便衣警察,有三个撤回了在村里租住的房子里。只有一个在值班。这个情况,在稍高一处蹲守的刘江发现了,但他没有吭声。这也难怪,近三年了,日夜劳累,紧张,却一无所获。如果不是李政委坚持,这任务早撤销了。

刘江只好悄声与自己的两个弟兄通了电话,让他们更加警惕。

凌晨时分,王庆文派在茶楼的两个伙计接到王庆文的电话,让他们马上离开茶楼,但不要顺原路回家,要绕道后山,然后看着周雪海顺利走了,他们才可回家,如果有人拦阻周雪海,让他们一定要帮助周雪海。

俩人便"叫醒"了实际上睡不着,只是在假寐的周雪海,告诉他说王总有急事让他们回去一下,便从后门走了。

周雪海等他们一走,马上一跃而起,掏出钥匙,到厨房后面开了水井盖,然后手忙脚乱地从井里提出了天珠,用一块窗帘布包着,就从后门窜了出去。

他猫着腰走了三四十米,觉得应该躲过了监控人的视线,便直起腰来。这时,一道强光手电照在他脸上,一个让他深深感到恐惧的声音响起:"周雪海,这种天气,你还出来夜游啊?"

周雪海又惊又恨，咬着牙说道："是你！"

话音未落，他已一跃而起，手中的天珠先抛向了对方，然后从腰上拔出一把菜刀，紧跟着向对方砍去。

对方就是把他逮了个正着的刘江，对周雪海垂死挣扎的举动早有防备，只见他往旁边一个急闪，避开了天珠的袭击，随即右腿飞起，一脚踢在周雪海持刀的手肘上，周雪海感到手要断了，一声惨号，刀掉在了地上。刘江正准备冲上前将周雪海击倒，这时，不远处突然窜出来那两个茶楼的小伙计，这两个人看来也练过手脚，人未到，拳脚已到刘江眼前，刘江急忙伸手挡开，然后一个连环腿，踢向那两个人，那两个人尚未收招，被踢了个正着，都四仰八叉地躺在地上。而趁这机会，周雪海已提起地上的天珠，向前狂奔而去。

原来在茶楼左右两侧负责监视的两个兄弟也冲了过来，后面还跟着一个人，显然正是那值班的便衣。刘江对他们喊道："抓住这两个！"然后便向周雪海追去。

周雪海知道刘江追来，也不回头，只顾一个劲地往前跑。刘江虽有功夫，毕竟多了几岁，直追了几百米，都快到山脚下了，才刚刚追近，刘江一个虎扑，把周雪海扑倒在地，他压在周雪海背上，挥拳就打，不料周雪海拼尽力气一个上顶，竟把刘江掀翻在地，待刘江爬起，周雪海已抱起天珠，又窜出了好几米。

刘江喘着气，刚想爬起再追，见脚边有块碗口粗的石头，便伸手拾起，起身顺势一抛，石头竟砸中周雪海后脑勺，竟把他砸昏了……

刘江一下坐在地上，连骂声都显得轻微乏力："小子！他妈的有本事你再跑！"

八　圆梦

周雪海供认自己从洪瑞祥家中的地下室盗走了天珠和另外两块翡翠。这不由他不承认，因为他从茶楼里带出来的东西摆在桌子上。

但他拒不供出指使人。问他开茶楼的钱是从哪里来的，他说是妹妹周雪莹给的。周雪莹也予以确认。

所幸的是天珠可以完璧归赵了。李政委和刑侦支队长亲自将天珠送回玉王庄，受到洪瑞祥一家和全体村民敲锣打鼓的热烈欢迎。

对着在阳光下灿烂夺目的天珠，全村人看呆了，洪瑞祥则留下了喜悦的泪水。

刘江也挺起胸膛，理所当然地接受了破案功臣的绶带和大红花。

听到这个消息，最郁闷的莫过于方市长和王宗伟大村主任。方市长打电话给王宗伟："宗伟啊！你这次对外转让土地是立了大功。但发展和整顿要两手抓，两手都要狠！洪瑞祥那个破学校空置那么久，手续各方面都不完善，让他整顿，他公然抗拒，还以为是领导故意整他，这是可忍孰不可忍，这事说到底是你村里的事，你要大胆处理，干脆把地收回，现在，那一块地可是黄金宝地呀！"

王宗伟一听便开心，忙说道："方市长指示很重要，很及时，是村里太软弱了，这事我马上处理。"

王宗伟何曾不知道，这又是方市长大人故意找碴，就是想让洪瑞祥不痛快，损失点什么。他知道储洋走了，去处理那笔大款去了，父亲也走了，他不是明天，后天也得走，不能再拖了。本来可以不管方市长为难洪瑞祥的电话的，但他潜意识里，总觉得自己走了，让洪瑞祥更加快活自在，心里总是不甘。借市长这一把尚方宝剑，临走时让洪瑞祥丢一丢脸，也是一件舒心的事。

他便通知晚上开村民大会。

接到通知，洪瑞祥还以为村里要通过天珠被盗一事教育全体村民防火防盗防蚊子呢，所以也不在意。但吃晚饭的时候，他接到张少龄的电话。听张少龄在电话里说完后，他不由怒火中烧，不由破口大骂："一群王八蛋！真是狗胆包天，真该千刀万剐！"

原来，那储洋自以为大功告成，一回到腾冲，便兴冲冲地去了银行，想把那两笔巨款以购买玉石的名义转移到国外。银行当即通知了张少龄，张少龄便把他请到了边防部队里。坐下来便对他说："我们边防部队，负责的不仅是国境安全，也要保证国家财产不能从国境偷运出去。所以，我们请你来，是有理由的。"

这储洋一听就慌了，知道事有不妙，但还强作镇定："上校，我不明白你的意思。"

张少龄便一声断喝："说，那几个亿是不是用土地的名义骗取的国家资金！"

储洋被这一喝问，霎时吓坏了，双腿一软，便跪下了。于是还不等少龄细问，便一五一十地把如何与王庆文、王宗伟合伙，诈骗土地红线图，又如何从陈先林手里诈出来巨款的事和盘托出。同时还交代了他们计划中如何将资金运作出境外，而他们夫妇，还有王庆文、王宗伟父子什么时候如何出逃的安排。

随后，边防系统就在深圳发现了王庆文的行踪，并在他走向香港的闸口处把他请走了。

有关案情也迅速通报了玉王庄所在地的上级有关执法机关。

洪瑞祥知道，王宗伟今晚就要结束他的村主任生涯了，他很想看看他这时候是个什么鸟样。

现在村民们集会的机会不多。但大家却都很愿意开会，一遇有会，大家必到。因为一开会总能听到好政策或什么利好的消息。

这天晚上一开始似乎和往常没有什么两样，大家纷纷提前来到，互相问候一下，互递一支烟，或吵吵嚷嚷地说一通家长里短的事，大家的心情都很平静，也很愉快。

但会一开始，气氛便不同了。王宗伟一上讲台，一句客套话不说，便把矛头直指洪瑞祥。他说："我们村里，有些人自以为了不起，有了一点成绩，就尾巴翘到天上去了，党的话不听，政府的话不听，村委的话也不听，实在是目无领导，目无组织，令上级部门和领导十分愤怒，我现在转达市主要领导的意见，洪瑞祥必须将他的学校拆除，将土地恢复原样还给村里。三天之内如果还没有动作，村里将雇用推土机，将学校强行推平，把那块黄金宝地重新挂牌拍卖。我的话，大家听明白了没有？洪瑞祥你听明白了没有？"

全场鸦雀无声，洪瑞祥也微笑着不吭声。

坐在他旁边的陈茗乾火了，低声对洪瑞祥说："这小子疯了，满口喷粪，我上去给他两巴掌！"

洪瑞祥看了看陈茗乾，还没说话，刘江也说："我也上去，一人给他两巴掌！"

洪瑞祥说："去！不是为我出气，是为全村人出气，等会我会把揍他的理由告诉大家。"

陈茗乾便站起来，大步走向主席台，边走边说："学校的事我清楚，乡亲们也清楚，我来替阿祥回答！"

刘江从另一边向主席台走去，却只是一脸冷峻的笑，一句话不说。

王宗伟见这俩人一左一右，气势汹汹地走上台来，一时不知如何是好，便说道："有话在下面说，这是主席台！"

刘江先说话了："我就是来把你赶下主席台的！"

王宗伟说："你放肆！"

他的话刚说完，陈茗乾已一个巴掌甩过去，"啪"的一声脆响！

全场一下热闹了，许多人"啊"的一声惊叫，有的人也大叫："打！打得好！"有的人则吹响了口哨，当然，更多的人一时惊呆了，上台打村主任，这可是共和国历史以来第一次见到。

这时，又听"啪"的一声，陈茗乾反手又是一巴掌，看着被打得踉踉跄跄、差点倒地的王宗伟说道："阿祥的学校，培养了多少人才，对玉石事业做出了多大贡献，这是全村人有目共睹，你作为村主任，你瞎了？什么市里主要领导？是谁？也说出来听听！让大家见识见识，究竟是谁一直故意为难我们玉王庄，故意打压培养人才的学校，他居心何在！"

王宗伟刚刚站稳，刘江又站在他面前："说呀！"

王宗伟想说又不敢说："这……"

刘江一个巴掌便掴过去："假传圣旨是不是？你对祥哥有仇恨，故意整他是不是？说！"

王宗伟当然不会承认，于是，刘江反手又是一巴掌。

洪瑞祥从座位上站了起来，对大家说道："好了！他们俩上台打人，我是同意的，不是为我出气，而是我也气不过，我是觉得应该为全村老少、为全村的兄弟姐妹出出这口气！你们知道吗？就是这位所谓的村主任，伙同他父亲王庆文，勾结原来境外武装团伙头子王利群的手下储洋，从我们村委会手里骗走了四百亩地的红线图，又以此诈骗了一个国家开发公司的几个亿！他对我们全村人都犯下了不可饶恕的罪！对国家，犯了罪！"

所有人一下子惊呆了，人们一下子静了下来，看了看说完后一脸平静的洪瑞祥，他们都相信了，于是都愤怒地转向台上："打死他""打死他"的呼喊声不绝于耳。

王宗伟怕了，他竭尽全力喊道："你……你血口喷人！"

说着，他就往台后走，还希望能逃之夭夭。

但是，晚了。几位穿着检察院制服的人上台拦住了他。为首的一个说道："洪先生没有说错！你的罪行已经暴露，人证物证俱在。现在，我们对你实施逮捕！"

王宗伟扑通一声瘫软在地，尿裤子了。

看着王宗伟被上了手铐拖走，众人回头看向洪瑞祥。洪瑞祥便把知道的案情说了一遍。

这时，有人进来说道，在王庆文宾馆的门后，一个大胖子和一个小美女也被铐走了。

洪瑞祥便给大家解释："那大胖子就是和王庆文一伙的，他们合伙坑骗国家的钱，然后都准备外逃。王庆文外逃，在深圳已经落网了。"

众人便一阵欢呼。

有人开始指责陈茗乾和刘江："你们知道王宗伟狗胆包天，坑骗了我们全村，怎么才给他两巴掌！太不男人了！"

陈茗乾与刘江也不争辩，只是一脸委屈。

案情大白。审讯中，王宗伟为争取表现，供出了王庆文是盗窃天珠的主谋。这一回，周雪海也只好实话实说了。王庆文又罪加一等。他们一伙人都受到了法律的严惩。

方市长也牵扯到了案情中，但上面有人替他说话，说他到底也就是个生活作风问题，在中间并没有任何经济问题，培养一个干部不容易，能网开一面就网开一面吧。于是，只是受了一个党内处分，依然身居高位。不久，他还升调到省里一个副省级市任市长。洪瑞祥他们对此颇有微词。但他们坚信善有善报，恶有恶报，不是不报，是时候未到的信条。只是拭目以待。果然，若干年以后，他上面的人因巨贪东窗事发，他的罪行也凸现出来，于是，这上下级之间的关系便成了难兄难弟，一起在牢中去过下半生了。

王宗伟被捕后第二天，镇里来人组织了一次公正的选举，夏小雨以全票当选玉王庄村主任。

不久，省里有关部门接受了洪瑞祥公司的申诉材料，组织调查组对洪瑞祥公司办在玉王庄的学校进行了全面的审查之后，撤销了市勒令其停学整顿的文件，学校得以复课。林如玉到学校当了校长。

又不久，洪瑞祥与李福祥筹办已久的上海玉文化产业园开业了，园内的玉雕技校也被核准开办了。敏敏受聘当了首任校长。接到聘书时，敏敏和母亲紧紧拥抱，都说了两个字："努力！"

最让洪瑞祥和他的家人，还有他的兄弟们高兴的是，洪瑞祥可以用最好的翡翠，来制作自己倾注了全部情感、全部心血的作品。

他从天珠上取下了一大片翡翠，开始精心制作自己构思已久的作品：圆梦。

制作重要作品时，便闭门谢客，这已成了他的习惯。这一次，他只闭门三个月。

作品完成了，他自己满意，但凡见到的人，都惊叹，都喜爱。林清溪给了一个全面的评价，无论从创意、工艺，到整体结构的组合，每一步，每一个细节，都无懈可击。而从玉料的选用上，更是完美无瑕。

他将作品拍成了录像，传给甄月瑶、李福祥，还有已退休的白司长观看。他们除了赞美、褒扬，挑不出一点毛病，也确实无毛病可挑。他们更多地深陷于作品深厚的内涵和强大的精神力量而不能自拔，只是激动、兴奋。

洪瑞祥知道，自己这件作品真的成功了。

他同意白老司长将作品推荐给北京奥组委的提议。奥组委专门派人到玉王庄看了作品原件，也是激动不已。于是，奥组委把这件作品安排到奥组委组织的中华国粹展览会的重要展馆，并建议他将《长征》系列作品也一起展出。同时还决定奥运会奖牌由洪瑞祥参与设计与制作。

展览会比奥运会还先开幕。这时，北京已挤满了来自全世界各国的朋友。展会从开幕那一天，洪瑞祥的"圆梦展馆"就人满为患。来宾大多是外国朋友，幸得洪瑞祥带了自家的一对金童玉女，就是儿子洪树林与女儿洪敏敏。他们都曾是大学里屈指可数的高才生，俩人一共通晓六国语言：英、法、德、日、俄还有西班牙语。所以，一切的交流都没有问题。

一天，一对金发情侣对着《圆梦》，眼里放光，女孩子说："天哪！太美了！此玉只应天上有，人间何处可找寻！我愿意倾家荡产买下它！"

男青年不屑地看了她一眼，说道："你是公主？还是女皇？你有几座城池？和氏璧的故事，你知道吧？你是中国通，不可能不知道。当年一件和氏璧，价值几座城池，中国的成语价值连城，也是由此而来。你看这件《圆梦》，用料不亚于当年的和氏璧，制作工艺，更是和氏璧所不能比拟的。何况，它表达的，是一种人类最强烈的梦想，是美好生活的梦，是强国梦，所以，这件作品蕴含了十几亿中国人的情感和骄傲！其价值，你能估量吗？什么是无价宝？这就是无价宝，你就是富可敌国，然后你愿意倾家荡产来换这件作品，我估计它的主人也不卖的。"

金发女郎频频点头："我太异想天开了。"

敏敏笑着把这对情侣的对话带着骄傲的口吻说给洪瑞祥听，又说："那男孩子可真是你的知音！"

洪瑞祥说："是的，这些展品，我都不会卖，更不会卖给外国人。"

随着奥运会的开幕，参观展览的人越来越多，但并不是每个人都像那个金发青年一样有那么强的理解能力。每天对着展品向洪瑞祥询问价码的人有很多很多。

洪瑞祥只能用英语说一声"对不起"。其他的话，就只有由儿女去说了。

《圆梦》的问世和《长征》系列作品的问世一样，引起了轰动，洪瑞祥很快又陷入媒体记者的包围中，一时间疲惫不堪。

好不容易坚持到奥运会闭幕，展馆也跟着闭馆了。但邀请洪瑞祥携展品到各地展览的函件又雪片般飞来，有国内的，也有国外的。

又是诸多奖项，又是各种荣誉，对这些，洪瑞祥都有点麻木了。

他只想把成功的喜悦，传递给曾经给自己寄予厚望的前辈，让他们知道他没有辜负他们的期望，让他们知道，民族的玉文化传承后继有人。

这年的清明，他带着林如玉、洪瑞麟、林晓翠、刘江、巧巧，还有钟小九，一行人满天飞，到处踏青。分别在洪春山、外婆、张老爷子、乔太爷，还有钟老爷子墓前烧了香，烧了纸，烧的更多的是他和他的兄弟们的作品相片，他们坐在墓前，在心里默默地与老人们交流、诉说……

虽然已是名闻遐迩，虽然作品已如繁星，但洪瑞祥并不认为他已登上巅峰，他还在努力攀登，几乎每一届的玉雕百花奖，他都能拿出金奖作品，但他并不满足。

他一直耿耿于怀的，是她对林如玉欠下的"情债"，那就是心中那座凌波仙子的玉雕，他不知构思了多少遍，又推翻了多少遍。他要把对爱情，对人生，对未来的所有的纯洁而美好的情感，全部倾注在这个凌波仙子身上。而还剩下大半个的天珠还有不断到手的极品翡翠，还在不停地刺激着他的创作欲望。他相信自己的作品会越来越好。最好的作品，是他的下一件，再下一件……

尾声　梦想总能成真

岁月飞逝，转眼间，已经到了公元二〇二一年。

对洪瑞祥来说，这是一个值得庆祝的年头。自打少年时第一次拿起雕刻刀，把一块黑不溜秋的小石头打造成一个小巧玲珑的墨砚，从而踏入金石艺术这一行，至今五十年过去了，从业半个世纪，虽然一开始也是磕磕绊绊，但他踏踏实实地走过来了，一步步走向辉煌。他与爱妻喜结连理，携手创造幸福家庭，也有四十年了。如今子孙满堂，令人羡慕。他在家乡发展壮大之后，又"东征北伐"，在上海建立了一个可持续发展的根据地。经过二十年的拼搏，上海公司也蓬勃发展起来了，还建立集科研、设计、生产、销售、教学传承为一体的大型基地——洪祥园。

适逢世界花博会在洪祥园所在的上海崇明岛上举行。洪瑞祥认为，花是美好的象征，玉是高洁的代表，花团玉簇，更能烘托清平盛世的新气象，便自告奋勇，从洪祥园辟出一百亩地和二万三千平米的建筑面积，与花博会及上海的合作伙伴联手举办同样是世界性的玉博展，使之成为与花博会互为彰显的姐妹展。消息一经传出，前来参展、交流、合作与参观游赏的人便成倍激增。经此盛会，崇明这个地方以后想不繁荣昌盛都难了。也许不久的将来，在洪瑞祥的努力下，这里将会是世界花都与世界玉都。

借此盛会，洪瑞祥把从业五十周年，结婚四十周年，上海公司成立二十周年的庆典也放在了这里。良辰美景，赏心乐事，亲朋好友全都齐了，真是四美俱，二难并。

玉王庄的亲友们包专机来了，林如玉带着一家子来了。儿女们以及儿媳、女婿及孙子孙女，共计二十几人，可谓是人丁兴旺，全都衣着亮丽，走到哪里，都带着一团喜气。已是名闻遐迩的女村主任夏小雨，则带着浩浩荡荡的一大群乡亲，乡亲们中间，有一大批人也是玉石界名人，他们同样携老带幼，来赶这一次盛会。

洪瑞祥与夏小雨紧紧握手，彼此的表情都是既凝重又亲切，但一开口都是玩笑。

洪瑞祥说道："想不到我们的小雨同学还是个野心家啊！"

夏小雨哈哈一笑："看来八卦的人还是多呀！多少年前的事了，还有人告诉你！"

夏小雨担任村主任多年，政绩斐然，县里觉得哪怕是作为奖励，也应该给她个正科级待遇，便决定提拔她当镇长。谁知道组织部的人和她一谈话，她一听便假装生气地说："怎么，现在才想到要提拔我？我都快到退休年龄了，才给我个镇长？不去，除非让我去当县长。"组织部的人听了一愣，半天才说："我们也愿意你去当县长，可我们没这个权限啊！"夏小雨说："那就让有那个权限的人来跟我谈吧。这事到此打住。"她以为这事没几个人知道，想不到洪瑞祥这时候却拿这个事跟她开玩笑。

洪瑞祥问："当时你是怎么想的？"

夏小雨说："我就是不想离开玉王庄。玉王庄建设得那么好，那么美。再说，我觉得我生来就是接我爸的班，要为玉王庄的乡亲服务。我若是离开了玉王庄的乡亲们，身边没有了如山似海的玉石翡翠，我就灵动不起来，恐怕连生命气息都会减弱许多。我，真怕离开玉王庄。"

洪瑞祥点点头，深有同感地说："我知道你心里想的，但你这村主任还能当多少年呢？"

夏小雨说："很快就不当了，现在村里有能力有志气有担当又真心为村子发展着想的年轻人不少，我可以放心交班了。我虽然不当村主任，只要还在乡亲们中间，在玉石中间，就行！"

洪瑞祥诚恳地说："不当村主任之后，到这里来帮我吧。"

夏小雨说："你有事，我帮帮忙可以，只要力所能及的都没问题，但我长期住在这里恐怕不行。"

洪瑞祥开心地说："那就可以了。玉王庄到洪祥园，是一脉相承，都是致力于玉文化的传承与发展，都是为玉石科研、创作、生产、营销；都是为玉石事业办学育人，为一代代发扬光大。我想让你及亲昵的兄弟姐妹们一起，在玉王庄和洪祥园之间搭起一道桥梁，让两头都能迅猛发展。"

夏小雨赞许地点着头。

这一天，除了夏小雨，洪瑞祥还带着刘江、张少龄等人一起忙着迎来送往。酒喝了不少，话说得更多。夜深了，才告别众人回到自己的卧室。这里有他的专用楼宇，这个家比玉王庄他的住所更典雅，也更时尚。

林如玉还没睡下，还在灯下看着电视节目等他。一见面便亲切地问道："累了吧？喝了很多酒？"

洪瑞祥笑了："腾冲那帮兄弟好久不见，不喝尽兴，对不起人呐！"

林如玉赶紧给他冲了一大杯醒酒茶，端到他跟前："虽说应该尽兴，但也要适可而止。毕竟，年岁不饶人了。"说着，轻轻抚着他额头上的皱纹。

洪瑞祥却一把抓住她的手："以后一定注意。先给你看样东西。"

他拉着林如玉来到一个大保险箱跟前，打开保险箱，从箱里捧出一个二尺见方的檀香木盒子，打开盒子，林如玉一见盒子里的东西，禁不住"哇"的一声惊叹。

这是一座由玻璃种白色翡翠精心制造的雕像。白得纯净，纯净得透明。林如玉不知洪瑞祥是何时从何地获得这么罕见的玉石。更不知从何时开始，花了多少工夫完成这一完美无瑕的作品。她也没时间去询问，因为她被这座雕像深深打动了。这是一个仙女般飘逸而又圣洁的形象，而那面相以及神志，却酷似她自己。她顿时明白，这就是她的丈夫、她的祥哥一直想送给她的礼物。

洪瑞祥轻声说道:"这就是我的凌波仙子,是我从业以来最为得意的作品。送给你。"

不用说谢谢,不用说感言,两滴灼热的眼泪,代表了一切。

夫妻俩依偎着坐在沙发上。洪瑞祥跟林如玉说了自己往后努力的方向,也与她说了今天与夏小雨的约定。林如玉没有异议,只是说以后她会在玉王庄和洪祥园两个学校多用点心,减轻一下丈夫的工作压力。说着,她突然站了起来:"我从家里给你带了一件东西过来。"

洪瑞祥说:"这大上海什么东西没有,还要从家里带?"

林如玉笑笑,也不答话,径直打开她的行李箱,从里面取出一件用洁白的绣花手帕包裹着的东西。

洪瑞祥一见便知道那是什么:"墨砚!"

林如玉点点头:"当年你还是个懵懂少年,通过它表达了你一生的宏愿。那时我们都是一穷二白。现在,我们什么都有了。但我觉得,它还是家里最贵重的东西!"

洪瑞祥会心地点着头:"你是想让我随时能见到它,不忘初心,不负使命。"

林如玉说:"我就喜欢你这一点,什么时候都是个明白人。"

洪瑞祥接过墨砚,沉吟片刻,转身找来了一把雕刻刀,在墨砚背面刻下了几行诗句:

东方龙舞望长江,

美玉生辉梦洪园。

家风清正重德义,

书香一脉六百年。

林如玉惊喜地:"你是说,你不仅要发扬玉王庄人的匠师精神,还要让洪家的传承发扬光大,把洪祥园办成又一个洪园!"

洪瑞祥哈哈一笑:"知我者,如玉也!我打算,此次盛会之后,趁着全家人都在这里,带他们一起去杭州西溪,去拜谒我们的祖先,去领会洪家那永远都不会过时,永世都不会落后的家风和规矩,领会祖辈们对家国,对事业的虔诚与奉献精神,努力继承他们的清正廉洁、一心为民的高贵品德。"

林如玉拍手叫道:"好!我听说我们洪家的这个传统美德,连中纪委都在有关文件里提到过,要求大家学习和继承?"

洪瑞祥说:"是的。作为洪家子孙,我们首先要做好,这责无旁贷!"

林如玉开心地说:"我这就去把这个好消息告诉孩子们!"

屋子里只剩下洪瑞祥一人。他捧着墨砚,似有所悟:"我这一辈子,是一个梦想接着一个梦想,我就是被梦想推着往前走的。没有梦想,我这一生,也许就是个零!"

梦想总能成真,但贵在坚持,更贵在行动。

洪瑞祥就是一个有恒心,又能不懈行动的人。

玉博会和花博会先后开幕。中央和各地来了不少领导,国际友人更是蜂拥而至。很多国人也争先恐后。一时间,崇明岛上成了人的海洋,花的领地,玉的世界。洪瑞祥和他的合作伙伴，致力于金银珠宝营生的创业领袖李总，都忙得不亦乐乎。每天早上，他们都比别人起得早，要碰头商量一天里的各种大事和细节。

　　这天凌晨，洪瑞祥在洪祥园门口等着李总。李总已徐徐走来，他的身后，是滚滚长江，眼前，是滔滔大海。这时，太阳还未露脸，水面上却早已流光溢彩，美不胜收，令人心旷神怡。他一边走一边喊："好啊！好啊！"

　　洪瑞祥迎了上去，却见李总并没有看他，眼光落在他的身后，一脸的兴奋。

　　洪瑞祥也顺着李总的眼光望去，见到的却是他撰写的，悬挂在洪祥楼上的一副巨幅对联：

　　崇千足真纯、阳春润泽，花开富贵，万里长江腾瑞气。

　　明五德高雅、美誉传芳，金玉良缘，百年瀛海沐祥曦。

后 记

辛丑初夏，正逢第十届中国花卉博览会开幕，又迎来中国共产党100周年诞辰庆典。为打造中国玉都品牌，由广东阳美玉业投资有限公司、揭阳市阳美翡翠玉雕研究院策划，上海洪祥珠宝玉器有限公司、揭阳市老洪祥珠宝玉器有限公司的大力支持协助，作者陈天泽、洪荣辉辛勤创作、筹划出版《玉王庄》一书，为中国共产党的百岁生日献礼，为上海崇明的花博会献礼。同时在上海洪祥珠宝园举办"花博玉展"，为促进中国玉都品牌建设增添光彩！

在出书过程中，得到了世界贤达及阳美玉都长辈的大力支持，在此一并表示感谢！

陈天泽、洪荣辉
二〇二一年四月